Karl Emil Franzos
Der Pojaz

W0364084

Karl Emil Franzos ist wohl nur noch einigen wenigen ein Begriff, die ihn als Erstherausgeber des Büchner-Werkes oder als Redakteur der um die Jahrhundertwende vielgelesenen Zeitschrift „Deutsche Dichtung“ kennen.
Eine Wiederentdeckung ist sein großer, in der Tradition des deutschen Bildungsromans geschriebener Roman „Der Pojaz“ (das jiddische Wort für Bajazzo), der mit einem Nachwort von Jost Hermand erneut zugänglich gemacht wird.
Die Anklänge an „Wilhelm Meister“ sind unübersehbar und wie für diesen wird für Sender Glatteis, den jungen galizischen Ghettojuden, einem jener „reinen Toren“, das Theater zum entscheidenden Erlebnis.
Einmal mit dem Geist der Aufklärung in Berührung gekommen, will er ein „Deutsch“ werden und gerät dabei in lebensbedrohliche Verwicklungen und Konflikte mit seiner orthodoxen Umwelt.

Karl Emil Franzos

Der Pojaz

Eine Geschichte aus dem Osten

Mit einem Nachwort
von Jost Hermand

athenäum

Nach der Erstauflage von 1905 unter Verwendung eines Exemplars der Universitätsbibliothek Frankfurt/Main.

W 535

FB Politische Wissenschaft
Bibliothek
Freie Universität Berlin
(Otto-Suhr-Institut)

gelöscht

90/4000

CIP-Titelaufnahme der Deutschen Bibliothek

Franzos, Karl Emil:
Der Pojaz : e. Geschichte aus d. Osten / Karl Emil Franzos. Mit e. Nachw. von Jost Hermand. – Nach d. Erstaufl. von 1905. – Frankfurt am Main : Athenäum, 1988.
(Athenäums Taschenbücher Die kleine weiße Reihe ; Bd. 112)
ISBN 3-610-04712-7
NE: GT

athenäum[s] taschenbücher
Band 112
September 1988

Athenäum Verlag GmbH, Frankfurt am Main 1988
Alle Rechte vorbehalten.
© 1979 Athenäum Verlag GmbH, Königstein/Ts.
Umschlaggestaltung unter Verwendung von Marc Chagalls Studie „Über Witebsk“
Druck und Bindung: Druck- und Verlagsgesellschaft mbH, Darmstadt
Printed in Germany
ISBN 3-610-04712-7

Vorwort

„Bilde, Künstler, rede nicht!“ Jedes Dichterwerk soll sich selbst erläutern. Bedarf es erst einer Erklärung, so taugt es nichts. Zudem nützt alles Erklären nichts. Ist das Werk lebensfähig, so lebt es durch die eigene Kraft; ist es als Krüppel zur Welt gekommen, so nützt ihm das Mäntelchen eines Vorworts nichts. Im Gegenteil, das Mäntelchen schadet nur. Ungeduldig zerrt der Leser an dem Gewande: „Laß mich doch selbst sehen, wie das Kind gewachsen ist!“

Dies Vorwort also soll meinen Roman weder erläutern, noch verteidigen. Es soll nur einige äußere Umstände anführen und daneben einiges sagen, was ich schon lange auf dem Herzen habe und am besten bei dieser Gelegenheit vorbringen kann.

Ich bin am 25. Oktober 1848 auf russischem Boden geboren, im Gouvernement Podolien, in einem Forsthause dicht an der österreichischen Grenze. Ich glaube nicht, daß man je die Absicht hegen wird, an diesem Hause eine Gedenktafel anzubringen; sollte aber einst irgend ein Freund meiner Schriften auf diesen Gedanken kommen, so wird er ihn nicht verwirklichen können. Das Haus steht nicht mehr; über die Stelle, wo ich zur Welt gekommen bin und die ersten Wochen meines Lebens verbracht habe, geht heute der Pflug; der gerodete Wald ist Ackerland geworden. Vor 45 Jahren wohnte dort ein wackerer deutscher Förster aus Westfalen, der meinem Vater treu anhing, weil er ihn in schwerer Krankheit am Leben erhalten hatte. Den Dank dafür trug der Mann nun ab, indem er die Familie seines Lebensretters treulich aufnahm. Denn der Spätherbst 1848 war eine böse Zeit in Ostgalizien; die Polen erhoben sich und gingen damit um, den vereinzelten Deutschen im Lande dasselbe Los zu bereiten, wie es ihre Posener Landsleute den Preußen ein halbes Jahr vorher zugefügt oder doch zuzufügen versucht. Zu den Bedrohten gehörte auch mein Vater, denn erstlich stand er als Bezirksarzt in kaiserlich königlichen Diensten, und zweitens hatte er sich immer als eifriger Deutscher betätigt. Jeden Tag regnete es Drohbriefe; auf dem flachen Lande war bereits der Aufruhr offen erklärt; im Städtchen erwartete man stets den Überfall. Man riet meinem Vater, zu flüchten; er war nicht der Mann, seinen Posten zu verlassen. So schickte er denn nur meine Mutter, die mich eben unter dem Herzen trug, und meine älteren Geschwister über die Grenze in jenes Forsthaus. Dort also bin ich, wie gesagt, zur Welt gekommen, vorzeitig; meine arme Mutter war ja in tödlicher Angst und Sorge um den Gatten. Die Gefahr ging gnädig an ihm vorbei; schon im November war der Aufstand der Polen zu Ende, und sie konnte heimkehren. Man sieht, ich bin deshalb in Rußland zur Welt gekommen, weil mein Vater sich als Deutscher fühlte und danach handelte.

Auch bei meiner Erziehung. Das deutsche Nationalgefühl, das mich erfüllt, das auch ich mein Leben lang betätigt habe, ist mir von Kindheit auf eingeprägt worden. Ich war noch nicht drei Käse hoch, als mir mein Vater bereits sagte: „Du bist deiner Nationalität nach kein Pole, kein Ruthene, kein Jude – du bist ein Deutscher." Aber ebenso oft hat er mir schon damals gesagt: „Deinem Glauben nach bist du ein Jude." Mein Vater erzog mich wie mein Großvater ihn erzogen, in denselben Anschauungen, sogar zu demselben Endzweck, ich sollte meine Heimat nicht in Galizien finden, sondern im Westen. Und auch die Gründe, die meinen Vater dazu bewogen, waren dieselben.

Ich besuchte die einzige Schule des Städtchens, die im Kloster der Dominikaner; dort lernte ich Polnisch und Latein. Im Deutschen unterrichtete mich mein Vater selbst. Für das Hebräische hatte ich einen besonderen Lehrer. Dieser Mann war zugleich der einzige meiner Czortkower Glaubensgenossen, mit dem ich bis in mein zehntes Jahr in nähere Berührung kam. Meine Mitschüler, meine Spielgefährten waren Christen. Ich betrat selten ein jüdisches Haus, nie die Synagoge. Religiöse Bräuche sowie die Speisegesetze wurden im elterlichen Hause nicht gehalten. Ich wuchs wie auf einer Insel auf. Von meinen Mitschülern schieden mich Glaube und Sprache, und genau dasselbe schied mich von den jüdischen Knaben. Ich war ein Jude, aber von anderer Art als sie, und ihre Sprache war mir nicht ganz verständlich.

In diesen Eindrücken meiner Kindheit wurzelt vielleicht das Beste, was ich habe: die Fähigkeit des Beobachtens. Ich war von allen anderen geschieden, ein anderer als sie. Aber was ich nun war, wußte ich ganz genau, dafür hatte mein Vater gesorgt. Ich war ein Deutscher und ein Jude zugleich. Von beiden hörte ich nur das Beste und Edelste, was mich zur Treue, ja zur Begeisterung entflammen konnte. Bewarf mich zuweilen ein Judenknabe mit Kot und schimpfte mich einen Abtrünnigen, so wurde mir gesagt: „Er ist deshalb doch dein Bruder, grolle ihm nicht! Er weiß nicht, was er tut." Freilich durfte ich den Bruder nicht näher kennen lernen, aber dazu hatte ich auch geringe Lust, und bescheidene Annäherungsversuche, die ich machte, fielen übel aus: die kleinen Kaftanträger prügelten und verhöhnten mich. Begegnete ich aber nur einem von ihnen, so lief er mir davon. Das mißfiel mir beides, stimmte mir auch nicht zu der Geschichte der Makkabäer, die mir mein Vater so begeistert zu erzählen pflegte.

So standen die Dinge in meiner Knabenzeit in Czortkow. Ich

hatte viel Begeisterung für das Judentum, aber einen sehr dürftigen Einblick in das reale Leben der Juden um mich her.

Einen tieferen Einblick gewann ich erst in Czernowitz, wo ich das Gymnasium besuchte, allmählich und stückweise, von Jahr zu Jahr mehr. Nun, wo mein Vater nicht mehr war – ich habe ihn bereits 1858 verloren –, begriff ich erst recht, unter welchen Kämpfen sein Leben vergangen, in welchen Anschauungen er mich erziehen gewollt. Wie es ohne jenen festen Grund, den er gelegt, ohne jene Begeisterung, die er in mir entflammt, mit mir gekommen wäre, könnte ich mit Bestimmtheit nicht sagen, denn vielleicht hätten mich zwei Grundzüge meines Wesens, die auch ich mir nachsagen darf, weil sie niemand übersehen kann, der meine Schriften oder mich kennt – vielleicht hätten, sage ich, mein Pflichtgefühl und mein Gerechtigkeitssinn mich annähernd denselben Weg einschlagen lassen, den ich gegangen bin. Aber gut war es doch, daß mein Vater jenen Grund legte. Denn je näher ich das nationalorthodoxe Judentum kennen lernte, desto mehr fühlte ich mich durch seine Auswüchse im tiefsten Herzen verwundet und fremdartig berührt. Auch entging mir zwar das Poetische an vielen seiner Formen nicht, aber ihren Zauber können sie doch nur auf einen voll üben, dem sie zugleich ein Stück Kindheitserinnerung bedeuten. Dies war bei mir nicht der Fall.

Es war ganz ausgeschlossen, daß ich, meines Vaters Sohn und frühzeitig auch durch das Leben zum vollen Pflichtgefühl erzogen, jemals daran denken konnte, meinen Glauben zu wechseln. Aber ebensowenig dachte ich daran, daß das Judentum in meinem Leben eine bestimmende Rolle spielen, daß ich jemals innerhalb der engeren Genossenschaft meiner Glaubensbrüder bestimmte Ideen zur Anschauung bringen sollte. Ich wollte Jude bleiben, auch hier meine Pflicht tun, das war alles. Und vollends fiel mir damals nicht bei, daß in mir ein Erzähler, ein Kulturschilderer des Ghettolebens stecken könnte. Mir schwebte ein anderes Ziel vor Augen, ich wollte klassische Philologie studieren und Professor werden. Das Ziel schien gar nicht zu verfehlen; ich war fleißig, hatte Neigung für das Fach, hatte schon als Schüler eine Arbeit geleistet, welche die Aufmerksamkeit auf mich lenkte: eine Übersetzung der lateinischen Eklogen des Vergil ins Griechische, in die Sprache Theokrits (den dorischen Dialekt). Freilich war ich sehr arm, aber die Regierung gab mir ja gewiß ein Stipendium. Auch der Landeschef der Bukowina, ein wohlwollender Mann, war dieser Ansicht und unterstützte mein Gesuch auf das wärmste.

Die Entscheidung ließ lange auf sich warten. Endlich wurde ich eines Tages zum Landeschef berufen. Der gute Mann war in sichtlicher Verlegenheit.

„Ihre Eignung steht außer Zweifel, aber –"

Der Gedankenstrich bedeutete das Taufbecken. Einem Juden wurde das Stipendium nicht gegeben, es hatte auch keinen rechten

Sinn, denn ich wollte ja eine Universitätsprofessur erreichen, und die war ja dem Juden unmöglich. Es war im Sommer 1867, vor der liberalen Ära.

Mit meiner religiösen Überzeugung Handel treiben, das ging natürlich nicht. Auf das Stipendium mußte ich also verzichten. Und damit auch auf die klassische Philologie. Ein armer Junge wie ich, der Mutter und Schwestern zu versorgen hatte, durfte keinen Beruf wählen, der keine Aussicht auf Versorgung bot.

Ich beschloß also, Jura zu studieren, und tat's.

Das schreibt sich leicht hin, aber wieviel Schmerz, wieviel schlaflose Nächte zwischen jeder dieser Zeilen stehen, weiß nur, wer selbst in ähnlicher Lage war. Indes – dies Selbstverständliche würde ich nicht erwähnen, wenn es nicht zur Sache gehörte. Mein Judentum hatte mir bisher weder Vorteil, noch Schaden gebracht. Nun brachte es mir Schaden, den schwersten, den ein Mensch erleiden kann, legte mir ein furchtbares Opfer auf: den Verzicht auf den Beruf, für den ich mich selbst bestimmt, von dem damals ich und andere meinten, daß er am besten für mich tauge.

Derlei wirkt auf den Menschen verschieden, je nach seiner Anlage. Der eine kann das Opfer nicht bringen, ihm scheint der Glaubenswechsel das leichtere Opfer. Der andere verzichtet zwar, beginnt aber innerlich sein Judentum als ein Unglück zu empfinden und zu – hassen. Den dritten aber beginnt sein Glaube eben deshalb näher anzugehen, wärmer zu interessieren, weil er ihm ein solches Opfer hat bringen müssen.

Dies Letzte war bei mir der Fall. Ich wurde kein Frommer im Lande, aber mein Interesse für das Judentum, das Gefühl meiner Zusammengehörigkeit mit den armen Kaftanjuden in der Czernowitzer „Wassergasse" wurde ungleich stärker als bisher.

Es ging mit der Juristerei besser, als ich gedacht; ich begann, mich mit dem Studium zu befreunden. Da kam mir um meines Judentums willen ein neuer, großer Schmerz.

Eine Liebesgeschichte. Ich war kaum 21 Jahre alt. Aber es traf mich doch recht hart, als mir das Mädchen sagte: „Mir bricht das Herz, aber Sie sind ein Jude . . ."

Das Herz brach ihr übrigens nicht. Aber auch mir nicht. Weh freilich tat es mir, recht weh. Und in dieser Stimmung schrieb ich meine erste Novelle, „Das Christusbild", das die Liebe eines Juden und einer Christin schildert, und wie das Vorurteil des Weibes stärker ist als seine Liebe. Freilich bereut sie, aber die Reue kommt zu spät.

Ich schrieb die Geschichte binnen drei Tagen, im halben Fieber. Unwillkürlich, ohne nachzusinnen, verlegte ich den Schauplatz in mein heimatliches Czortkow und ließ auch sonst Jugenderinnerungen hineinspielen.

An den Druck dachte ich nicht. Ein Zufall bestimmte mich, das Manuskript ein halbes Jahr später an die damals verbreitetste deutsche Revue zu senden, die „Westermannschen Monatshefte". Die Redaktion nahm es sofort an und verlangte eine neue Arbeit aus „diesem interessanten Stoffkreise".

Ich war darüber ebenso erfreut wie erstaunt; daß der Stoffkreis „interessant" sei, daran hatte ich nicht gedacht. Aber ebensowenig daran, dieser ersten Novelle eine weitere folgen zu lassen. Ich wollte ja Jurist werden.

Nun fing ich aber doch an, über den „interessanten Stoffkreis" zu grübeln. Die Gestalten der Heimat wurden mir lebendig. Ich hatte sie einst, als sie leibhaftig vor mir gestanden, sehr nüchternen Blutes angesehen. Nun aber verklärte sie ein Zauber, der Zauber der Ferne. Ich studierte an der Universität Graz, war der einzige Jude an der Hochschule, ja in der Stadt, sah das ganze Jahr lang keinen Juden. Und während ich so grübelte, war eine zweite Novelle fertig: „Der Shylock von Barnow".

Nun folgte eine lange Pause. Ich geriet, weil ich während des deutsch-französischen Krieges in einer Kommersrede meiner Sympathie für die Deutschen kräftigeren Ausdruck gab, als der neutralen österreichischen Regierung recht schien, in einen politischen Prozeß, dann nahm mich der Abschluß meiner Studien in Anspruch. Als ich fertig war, da fühlte ich, daß ich zum Advokaten nicht taugte, nur der Richterberuf zog mich an.

Aber ich war ein Jude –

Man errät leicht, daß auch dieser Gedankenstrich ein Taufbekken bedeutet. Aber wenn ich schon als Jüngling nicht geschwankt, so noch weniger als Mann.

Aber leben mußte ich ja, und so wurde ich Journalist, schrieb politische Artikel und schnitt mit der Schere die schönsten „Vermischten Notizen" zusammen.

In meinen Freistunden aber schrieb ich Novellen. Bald solche aus dem jüdischen Leben, bald solche aus dem deutschen Leben. Es war derselbe Drang, der mich zu beiden führte: ein künstlerischer Drang. Ich wollte darstellen, was ich empfand, dachte, erfand. Aber nicht ins Blaue hinein. Ich konnte nur ein Leben schildern, das ich gesehen. Und so spielen meine ersten Novellen entweder in Graz oder in Czortkow, dem „Barnow" meiner Novellen.

Es ist nicht meines Amtes, darüber zu sprechen, was meinen Büchern zu ihrem Erfolg verholfen hat. Nur eins darf ich darüber bemerken, ohne den guten Geschmack zu verletzen: es waren Bücher, die nicht bloß den Juden, sondern auch den Christen aller Länder gleich verständlich waren.

Nun aber glaubte ich, meiner eigenen künstlerischen Entwicklung etwas anderes, etwas Neues schuldig zu sein: einen Roman aus dem östlichen Ghetto.

Dieser Roman liegt hier vor. Der Plan dazu ist sehr alt, über zwanzig Jahre. Aber ich zögerte immer wieder, ihn auszuführen.

Ich fühlte mich aus verschiedenen Gründen noch nicht reif dazu. Endlich glaubte ich, nicht länger zögern zu sollen.

Warum ich so lange zögerte?

Erstlich deshalb, weil es sich eben um einen Roman handelt, während ich bisher aus diesem Stoffkreis nur Novellen geschrieben. Das ist aber nicht bloß bezüglich des äußeren Umfanges, sondern auch bezüglich des inneren Wesens der Arbeit ein Unterschied. Die Novelle schildert einen eng begrenzten, und zwar nicht bloß durch den Raum, sondern auch durch das Problem begrenzten Ausschnitt aus einem bestimmten Leben; der Roman aber soll, sofern er diesen Namen verdient, ein Spiegelbild dieses gesamten bestimmten Lebens sein. Wer einen Ausschnitt schildert, braucht nur diesen zu kennen, zu einem Gesamtbild gehört Beherrschung des gesamten zu schildernden Lebens in seinen sämtlichen oder doch wichtigsten Beziehungen. Ich zögerte, bis ich mir sagen konnte, daß ich genug vom äußeren und inneren Leben des Judentums wüßte, um an dieses Werk schreiten zu können. Oder mit einem Worte: ich wollte die jüdische Volksseele tiefer als bisher ergründen lernen.

Das also ist der erste Unterschied dieser Arbeit von meinen bisherigen. Ein zweiter betrifft die Tonart dieses Werkes.

Ich möchte mich als Künstler nicht selbst analysieren. Das ist Sache der Kritiker, die ja auch ihre Arbeit eifrig genug verrichten und noch ferner tun werden, einige vivisezieren mich sogar. Ich will daher nicht eingehend erörtern, daß und warum die Tonart meiner früheren Schriften sich zwischen Tragik und Komik bewegte. Dieser Roman schlägt eine andere Tonart an: die humoristische. Warum erst dieses Werk? Nun, vielleicht muß man älter geworden sein, mehr erfahren und mehr gelitten haben, um das „Lächeln unter Tränen" zu erlernen ... Aber auch nach anderer Richtung, nicht bloß der subjektiven meiner Darstellung, sondern auch der objektiven des Inhaltes, darf ich diesen Roman einen humoristischen nennen. Er sucht dem Leser die Fülle jenes eigentümlichen Witzes und Humors nahe zu bringen, der im Ghetto des Ostens zu finden ist, und darf darum keine der Formen vermeiden, in denen sich dieser Witz bewegt, also auch in Formen des Wortspiels nicht.

Und nun ein dritter, vielleicht der größte Unterschied: die Tendenz.

Ich glaube, auch in meinen ersten Schriften meine Pflicht gegen meine Stammesgenossen erfüllt, nicht gegen, sondern für sie, nicht zu ihrem Schaden, sondern zu ihrem Heil gewirkt zu haben. In dieser Zuversicht haben mich auch meine chassidischen Schmäher und Angreifer nicht wankend gemacht. Als ich zuerst das Wort ergriff, da gab mir ein Jude dieser Richtung, ein Mann namens Dr. Lippe in Jassy, den Rat, mich baldigst taufen zu lassen, denn das Judentum hätte für einen Mann meiner Gesinnungen keinen Platz. In milderer Form ist dasselbe oft genug von jüdischer Seite über mich geäußert worden. Ich habe es lächelnd ertragen, weil ich mir sagte: „Dies ist der beste Beweis, daß du deine Pflicht getan hast. Wärest du so töricht, so ungerecht, so feig gewesen, deine Waffen nur gegen die äußeren Feinde des Judentums zu kehren und nicht gegen die inneren Gegner einer gesunden Entwicklung, so wären diese Herren mit dir zufrieden gewesen, aber sonst niemand anders und am wenigsten dein eigenes Gewissen." Und auf diesem Standpunkt blieb ich stehen.

Freilich, ein Gesamtbild läßt sich dem Leser ungleich schwerer verständlich machen als ein Ausschnitt. Aber ich habe mich bemüht, meinen Roman so zu schreiben, daß er von jedem Leser, gleichviel welchen Bekenntnisses, auch wenn er nie einen Juden des Ostens selbst gesehen hat, verstanden werden kann.

Berlin, 15. Juli 1893

Karl Emil Franzos

Karl Emil Franzos ist am 28. Januar 1904 aus dem Leben geschieden, ohne den „Pojaz" veröffentlicht zu haben. Was ihn bewogen hat, dieses Werk – wohl sein bestes und reifstes – mit dem er sich durch Jahrzehnte beschäftigt und das er im Jahre 1893, im Alter von 45 Jahren, auf der Höhe seiner Schaffenskraft vollendet hat, so lange zurückzuhalten, soll hier nicht erörtert werden. Nur so viel sei gesagt, zweierlei hatte kein Teil an dieser Zögerung: er hielt sein Werk keiner Änderung mehr bedürftig und hat auch tatsächlich seit dem Jahre 1893 nichts mehr hinzu und nichts hinweggetan, und er scheute nicht den Kampf mit den dunklen Mächten, die dies Buch vielleicht wieder gegen ihn aufgewühlt hätte. Denn bis zu seinem letzten Atemzuge blieb er ein Streiter für Recht und Licht.

Über sein Leben und seine Vorfahren hat Franzos in der „Geschichte des Erstlingswerkes" (1894), worin er autobiographische Aufsätze von neunzehn deutschen Schriftstellern über ihre dichterischen Anfänge vereinigt, in seinem Aufsatz: „Die Juden von Barnow" ausführliche, obiges Vorwort ergänzende Mitteilungen gemacht.

FB Politische Wissenschaft
Bibliothek
Freie Universität Berlin
(Otto-Suhr-Institut)

Wien, im Juli 1905

Ottilie Franzos

Erstes Kapitel

Der Held dieser Geschichte – und zwar in Wahrheit ein Held, wenn man diese Bezeichnung nicht einem Menschen, der mit Aufgebot aller Kraft leidvoll nach einem hohen Ziele ringt, ungerecht weigern will – hatte auch einen heroischen Vornamen. Er hieß *‚Sender'*, in welcher gedrückten, gleichsam ausgeknochten Form der stolze Name Alexander, den die Juden in einer glorreichen Zeit ihrer Geschichte von den Hellenen übernommen, unter ihren gequälten, geknechteten Nachkommen im Osten Europas fortlebt. Minder heldenhaft klingt sein Zuname: *Glatteis*, den irgend ein Zufall oder die Laune eines Beamten seinem Großvater zugeteilt hatte.

Aber wenige wußten, daß er so hieß, der Name stand eigentlich nur in seinem Geburtsschein, in seinem Konskriptionszettel und in dem Totenschein. In Barnow jedoch ward er nie anders genannt als *„Sender der Pojaz"* oder noch häufiger *„Roseles Pojaz"*. Denn die Rosele Kurländer draußen im Mauthhause, am Eingang des Städtchens, hatte ihn aufgezogen, und er benahm sich so sonderbar: wie ein „Pojaz" meinten die Leute. „Pojaz" aber ist das korrumpierte Wort für „Bajazzo".

Auch die Rosel war nur seine Pflegemutter. Sender war mit niemand im Städtchen verwandt, auch sonst mit keinem Menschen in der ganzen weiten Welt. Freilich war er in Barnow geboren und stand im Buch der Gemeinde verzeichnet. Die Leute hätten ihn nicht fortjagen dürfen, selbst wenn er ihnen zur Last gefallen wäre, wie die Scholle das Samenkorn, das ihr der Wind zugetragen, dulden muß, auch wenn es zum Unkraut wird. Aber deshalb ist es doch nur ein Zufall, daß es hier gehaftet und nicht eine Meile weiter. Er freilich hatte die Empfindung nicht, daß er nur so ein Korn im Winde gewesen, und als sie ihn spät genug überkam, bestimmte sie sein ganzes Leben. Den Leuten von Barnow aber war er immer ein Fremder, und es wunderte sie, daß er so lange unter ihnen blieb, denn seine Herkunft war ihnen ja allen vertraut.

Sein Vater, Mendele Glatteis, war ein „Schnorrer" gewesen, ein fahrender Mann, der rastlos umherzog und nichts, gar nichts sein eigen nennen konnte.

Es gibt sehr viele solche Nomaden unter den Juden des Ostens; tausend und abertausend verurteilen sich in dieser Weise freiwillig zur bittersten Armut, zum Verzicht auf all die Güter, die auch dem

Dürftigsten das Leben schmücken und erträglich machen: Heimat, Weib und Kind.

Man sagt, der Hang zur Trägheit, die Arbeitsscheu erkläre diese Erscheinung, und hat dabei insoweit recht, als sicherlich kein „Schnorrer" zu einer geordneten Tätigkeit zu bringen ist. Da fruchten nicht Güte, noch Strenge, er würde lieber verhungern, als arbeiten. Aber darum allein brauchte er noch nicht durch aller Herren Länder zu ziehen; so schwer auch die Sorge ums tägliche Brot auf den Juden des Ostens lastet – die ärmsten Menschen der Erde finden sich gewiß im polnischen und russischen Ghetto –, so ist doch dort noch keiner verhungert, so lang die anderen leidlich satt wurden. Der Fleißige verwünscht den Bettler, aber wehe dem, der gegen den Bruder hartherzig sein wollte, er wäre geächtet. So kann der Träge nirgendwo besser fortkommen als dort, wo ihm die fromme Satzung unter allen Umständen den Unterhalt sichert; in der Fremde hat er nicht bloß mit der Polizei zu kämpfen, sondern auch mit den einheimischen Bettlern, die den Zugereisten grimmig verfolgen.

Es hat also noch andere Gründe, als die Trägheit, daß dennoch alljährlich, und zwar in unseren Tagen genau ebenso, wie vor hundert Jahren, Tausende von Ost nach West, von West nach Ost wandern, und daß vollends Hunderttausende innerhalb Halbasiens von der Leitha bis zur Wolga, von der Newa bis zum Bosporus ihr unstetes, armseliges Wesen treiben. Hier spielt die Wanderlust mit, die dies Volk einst noch weiter geführt, noch mehr zerstreut hat, als ohnehin durch seine furchtbaren Geschicke bedingt war, dann die Eitelkeit des „Schnorrers", vor allem aber das Bedürfnis der seßhaften Leute nach dem Verkehr mit diesen fahrenden Gesellen.

Das klingt seltsam und dennoch ist es jener Grund, der das Schnorrertum forterhält. Auch der Jude Halbasiens weiß sehr wohl, daß es sich da um eine rechte Landplage handelt; er empfindet dies umso deutlicher, als er selbst nichts übrig hat. Die fromme Satzung aber würde höchstens hinreichen, dem Fremden den Bissen Brot zu gewähren, nicht aber den freundlichen Empfang, der ihm wird, namentlich in kleinen Gemeinden, die abseits der großen Heerstraßen liegen. Nur die wohlhabendsten Leute des Ortes wagen es, dem eintretenden Vagabunden zunächst ein bärbeißiges Gesicht zu zeigen, aber auch sie lenken rechtzeitig ein, damit er ihnen nicht davongehe.

Am Wochentag ist er nur eben willkommen, aber am Festtag unentbehrlich – was wäre ein Sabbat ohne „Schnorrer"?! Denn es ist ein überaus dumpfes, stilles, eintöniges Leben, das der Jude in diesen Kotstädtchen des Ostens führt; noch gleichförmiger verbringt höchstens der slawische Bauer seine Tage, und der empfindet ihren Druck weit weniger, weil sein Geist ganz ungeweckt ist. Der Jude aber hat hebräisch lesen und schreiben gelernt; die Thora, der Talmud haben seinen Verstand bis zur Spitzfindigkeit geschärft, ihm einen heißen Wissensdurst erweckt, aber befriedigen kann er ihn nur immer aus derselben Quelle: dem uralten Wissen der Väter. Von der modernen Bildung hält ihn ja ebenso der Wille der Machthaber, wie der eigene fromme Wahn fern!

Nachdem er von Morgens bis zum Abend für die Notdurft des Lebens gesorgt, möchte er erfahren, was in der Welt vorgeht, ob sich der Deutsche und der Franzose vertragen; vor achtzig Jahren hat er wissen wollen, ob Napoleon noch nicht aus St. Helena zurückgekehrt ist, heute, ob Bismarck nicht wieder Reichskanzler ist, denn Napoleon wie Bismarck sind für ihn buchstäblich unsterbliche Menschen. Seine Zeitung will der Mann haben, und die gedruckte christliche nützt ihm nichts, weil er sie nicht lesen kann. Auch ist ihm nichts lieber, als ein guter Witz, ein „gleiches Wörtel", das irgend eine schwierige Talmudstelle scharfsinnig erklärt oder doch so, daß man über die Auslegung lachen kann; auch nach Liedern oder Gassenhausern, nach einem „Spiel" ist er begierig. Und im Ghetto gibt es keinen gedruckten Anekdotenschatz, kein Konzert, kein Theater.

So hat es denn der Himmel gnädig gefügt, daß es dort wenigstens „Schnorrer" gibt. Denn der richtige Schnorrer ist alles zugleich: Witzbold, Sänger, Schauspieler, vor allem aber die lebendige, zweibeinige Zeitung. Vor den gedruckten hat diese Zeitung voraus, daß sie immer in jenem Format erscheint, das dem Abonnenten wünschenswert ist; will er in Kürze bedient sein, in Duodez; liebt er die Ausführlichkeit, in Folio. Auch kann man gleich fragen, wenn man etwas nicht versteht, und findet immer, was man finden will: wer Schnurren liebt, bekommt sie aufgetischt und die Staatsgeschichten nur als Anhang; der Politiker des Ghetto aber kann die längsten Leitartikel genießen, immer nur die hohen diplomatischen Affären, mit einem Feuilleton wird er nicht belästigt. Freilich lügt der Schnorrer oft, während in der gedruckten Zeitung immer nur die Wahrheit steht; auch ist seine Auffassung der Tatsachen oft eine subjektive, ja geradezu einseitige, während in jedem Leitartikel die einzige Meinung zu finden ist, die man als vernünftiger Mensch über ein Ereignis haben kann.

Aber dafür leistet er daneben auch noch Besonderes, was sogar ein Weltblatt nicht gewähren kann. Denn keine andere Zeitung singt und führt komische Soloszenen auf, und so viel Anekdoten auf einmal, wie er mitbringt, könnte auch keine bieten und erschiene sie dreimal täglich in der Größe eines Bettlakens.

Darum braucht der Jude des Ostens seine „Schnorrer", und es gibt viele unter diesen Landstreichern, die sich die Kundschaft förmlich auswählen können und nicht für jeden zu haben sind, der sie als Gäste begrüßen will. Aber auch bei jenen, die er seines Besuches würdigt, bleibt der „Schnorrer" kaum länger als einen Tag, und selbst in einer größeren Stadt kaum länger als eine Woche. Die

Unrast treibt ihn hinweg, aber auch die Klugheit, die Eitelkeit. Er will immer neu, anziehend, willkommen bleiben.

Man sieht, das „Schnorrertum" ist eine Erscheinung im Volksleben des Ostens, die so sehr an die eigentümlichen Verhältnisse wie an den Volkscharakter gebunden ist, daß man in aller Welt und Geschichte nichts Gleiches finden könnte.

Es läge ja nahe, an den „Schmieren"-Künstler zu denken, wie er bei uns in Deutschland von Dorf zu Dorf, von Flecken zu Flecken zieht, durch seine Talente die Leute rührt oder erfreut, und dadurch sein Brot erwirbt, wenigstens zuweilen. In der Tat verdankt auch er, wie der „Schnorrer", die Möglichkeit, sein Dasein zu fristen, jenem dunklen Drang der Menschenbrust, der auch den Rohesten nicht fehlt, dem Drang, zuweilen aus der Tretmühle seines Lebens ins Freie, aus der platten Wirklichkeit in die Welt des schönen Scheins zu flüchten. Aber der „Schnorrer" ist unendlich vielseitiger und dann ist seine soziale Stellung eine ganz andere, eine viel schlimmere, sollte man denken. Denn der wandernde Komödiant bettelt nur, wenn er durch seine „Kunst" nicht genug verdient, während es beim Schnorrer selbstverständlich ist, daß man ihn beherbergt, beköstigt und zum Abschied eine kleine Wegzehrung reicht. In Wahrheit ist diese Stellung eine weit bessere. Der „Schnorrer" blickt nicht bloß in heimlichem Selbstgefühl auf den Seßhaften herab – das tut ja wohl auch der „Schmieren"-Künstler –, sondern läßt ihn auch oft genug seine Überlegenheit fühlen, und eine andere Behandlung, als die eines Ebenbürtigen, nimmt er höchstens von den Reichsten hin, in der Regel aber überhaupt von keinem. In seinen Augen ist eben Broterwerb keine menschenwürdige Beschäftigung, er dünkt sich nicht allein klüger, witziger, gebildeter – das ist er zumeist wirklich –, sondern auch vornehmer als seine Gönner; vollkommen gleich aber fühlt er sich ihnen schon durch die Satzungen des Glaubens, der nur Brüder kennt und keinen anderen Adel, als den der Gelehrsamkeit. Was gäbe der deutsche Dorfkomödiant darum, wenn er sich so fühlen dürfte, wie der „Schnorrer"!

Aber auch an den Hofnarren des Mittelalters darf man nicht denken, obgleich der Vergleich schon etwas zutreffender wäre: auch er war in allen Bedürfnissen von dem Herrn abhängig und durfte ihm dennoch die Wahrheit sagen. Aber der Hofnarr war deshalb doch ein gemieteter Diener, der „Schnorrer" aber ist ein freier Mann. Ihn drückt keine Sorge um Weib und Kind, um den kommenden Tag; erlebt er ihn, so werden sich auch Speise und Nachtlager für ihn finden, erlebt er ihn nicht, ein Grab auf dem nächsten Judenfriedhof. Wenn nur seine Feinde nicht wären, die Polizei und die einheimischen Bettler! Aber dann schiene ihm sein Leben eben gar zu schön, und etwas Trübsal muß jeder Mensch haben, schon der Abwechslung wegen . . .

Freilich, nicht jeder „Schnorrer" fühlt sich so glücklich. An manchem nagt die Qual ungestillten Ehrgeizes, der Neid auf die begabteren Kollegen. So kann nur ein Dichterling den wahren Poeten hassen, wie der unfähige „Schnorrer" den echten, richtigen. Auch hier nützt der Fleiß allein nichts, und sogar die Streberei nicht auf die Dauer; das beste ist die „Gabe von oben". Zum richtigen „Schnorrer" muß man geboren sein, wie zum Dichter.

Einer dieser Echten war der Vater des Sender, Mendele Glatteis, den sie nach seiner litauischen Geburtsstadt den „Kowner" nannten, denn von den „christlichen" Familiennamen, die ihnen durch den Willen der Regierung aufgezwungen worden sind, machen die Juden im Osten untereinander noch heute keinen Gebrauch, geschweige denn zu seinen Tagen; er war am Ausgang des achtzehnten Jahrhunderts geboren.

Der Wille der Eltern hatte ihn zum Talmudisten bestimmt, weil er früh treffliche Anlagen zeigte und schon als Zehnjähriger mit den Gelehrten über die schwierigsten Fragen, die sie beschäftigten, zu disputieren wußte. Seltsame Fragen! – Seit Jahrhunderten werden sie in jeder „Klaus", wie die jüdischen Studierstuben des Ostens heißen, erwogen, gründlich, mit Aufgebot aller Geistesschärfe, aber noch sind sie nicht ganz gelöst.

Kein Wunder, die Fragen sind eben gar zu schwierig! Zum Beispiel, an welchem Tage Eva die Frucht vom Baum der Erkenntnis gepflückt hat. Ein Sabbat war es gewiß nicht, denn da darf man keine Früchte pflücken, aber welcher Wochentag?! Oder von welcher Art die Leiter gewesen ist, die Jakob im Traum gesehen hat? Natürlich keine Hängeleiter, die an den Wolken befestigt war und bis auf die Erde hinabreichte, denn es steht ja geschrieben, daß sie auf der Erde stand und mit der Spitze an den Himmel rührte. Aber war es eine Schiebeleiter, die zusammenzulegen war, oder bestand sie aus einem Stück? War sie aus Holz, aus Eisen oder aus was sonst? Und vor allem: wieviel Sprossen hatte sie? Das aber hängt mit der Frage zusammen, ob die Engel, die daran auf und nieder stiegen, lange oder kurze Beine hatten. Wie also waren die Engel gebaut? Darauf allein kommt es an, denn wohl wissen wir ja, daß sie Flügel haben, aber in jener Nacht machten sie keinen Gebrauch von ihnen, es steht ausdrücklich geschrieben: „Sie stiegen". Daraus aber ergibt sich die weitere Frage: Warum stiegen sie, warum flogen sie nicht von Sprosse zu Sprosse? Und dann: „Der Herr stand oben darauf" heißt es in der Heiligen Schrift. Auf der obersten Sprosse also? Oder hatte die Leiter oben eine Plattform? Und wenn diese, wie breit war sie? Aber das sind im Grunde noch naheliegende Fragen im Vergleich mit jenen anderen, die für scharfe Augen zwischen den Zeilen der Heiligen Schrift stehen. Im Lobgesang Mosis wird der Herr gerühmt, weil seine Rechte die Ägypter ins Rote Meer versenkt. Was aber tat zu selbigen Zeit des Herrn Linke? Darüber steht nur eines fest, sie hat nicht etwa das Meer geteilt, denn das vollbrachte, wie geschrieben steht, der Atem des Herrn. Was also verrichtete sie, oder ruhte sie etwa ganz? . . .

Die Jahre kommen und gehen und werden zu Jahrzehnten, zu Jahrhunderten, immer neue Gebiete des Wissens tauchen auf und unzählige Arbeiter des Geistes mühen sich um sie und häufen sie höher und höher empor, im Osten aber grübeln sie noch heut' wie im Mittelalter über die Linke des Herrn, den Apfelbiß und die Himmelsleiter. Und das ist noch heute dort der einzige Weg, sich als „feiner Kopf" hervorzutun.

Das gelang auch unserem Mendele. Nachdem er den Körperbau der Engel auf den Zoll festgestellt und nachgewiesen, daß Gottes Linke in jenem Augenblick wahrscheinlich nichts getan, beschlossen die Eltern, ihren Einzigen zu einer „Leuchte in Israel" zu machen, und der große Rabbi von Kowno nahm ihn als Schüler in sein Haus auf.

Es ging zunächst alles gut. Mendele machte unerhörte Fortschritte, und darum sah der Gelehrte mild darüber hinweg, daß sich der Knabe viel in den Straßen umhertrieb, seine Mitschüler neckte und sogar ihn selbst nicht verschonte. Der Weise hatte nämlich die Gewohnheit, sich oft zu kratzen – vielleicht auch war es keine Gewohnheit, sondern er hatte jedesmal Grund dazu, und so oft er sich kratzte, tat es auch sein Lieblingsschüler und in ganz derselben Art. Aber Mendele behauptete, es geschähe nur, wenn es eben sein müßte, und erinnerte an den Talmud, wo die Freundschaft zwischen David und Jonathan dadurch veranschaulicht wird, daß es beide stets im selben Augenblicke gehungert und gedürstet habe. Die innige Sympathie, die ihn mit seinem Lehrer verbinde, äußere sich hier eben darin, daß es beide zu gleicher Zeit jucke. Der Rabbi zweifelte; indes, möglich war es doch, und so ließ er die Sache hingehen, so unangenehm ihm das Lächeln der anderen Schüler war.

Er nahm es sogar geduldig hin, als sich die Sympathie in immer deutlicheren äußeren Zeichen entlud. Nun mußte Mendele in derselben Sekunde husten, sich räuspern und schneuzen, wie der Gelehrte, ja, die Sympathie zwang ihn allmählich sogar, in demselben Tonfall, mit derselben heiseren Stimme zu sprechen. Ganz Kowno lachte, aber zu ändern war das nicht.

Da machte ein allerdings seltsames Ereignis dem Unterricht ein Ende.

Zu den schwierigsten Fragen, die der Talmud abhandelt, gehört auch die des Blutflecks im Ei; es ist für den Gläubigen genießbar oder nicht, je nach der Form des Flecks. Nun sind aber die Weisen des Talmuds trotz aller Mühe, die sie auf die Sache gewendet haben, zu keiner völligen Eintracht gelangt, und alle Formen haben sie ja auch unmöglich voraussehen können. So muß denn jeder Gelehrte, so oft er befragt wird, sein Hirn gehörig anstrengen und er wird oft befragt, weil eine sparsame Hausfrau lieber den Gang zum Rabbi macht, als das Ei zu opfern.

Nun begab es sich also, daß Mendeles Mutter plötzlich von diesem Mißgeschick so oft ereilt wurde, wie keine andere Hausfrau; fast jeden zweiten Tag brachte Mendele in ihrem Auftrag ein Ei zum Rabbi. Und immer hatte der Blutfleck höchst seltsame Formen, die dem Gelehrten die Entscheidung umso schwerer machten, als er sehr kurzsichtig war. Die Sache wurde immer unheimlicher; bald hatte der Fleck die Gestalt eines Kreuzes, bald eines Fragezeichens, bald eines Buchstabens. Die Henne der Frau Chane Glatteis schien geradezu verhext!

Eines Tages aber brachte Mendele nach längerer Pause ein Ei zur Schule, dessen Blutfleck wohl unerhört gestaltet sein mußte, denn der Knabe war selbst in sichtlicher Erregung und verfolgte die Bewegungen des Rabbi mit Spannung. Langsam beugte sich der große Gelehrte auf das Ei nieder, blickte es an und fuhr entsetzt zurück, brachte den Fleck noch einmal dicht vor die Augen und schnellte dann bleich und erregt empor.

„Das war noch nie da, seit die Welt steht!" schrie er. „Diese Henne muß ich sehen!"

Der Wunsch war begreiflich. Der Blutfleck hatte diesmal die Form einiger hebräischer Buchstaben, die zusammen das Wort „Esel" bildeten. Ein so merkwürdiges und verruchtes Tier hatte die Welt noch nicht gesehen.

„Ich will Euch die Henne bringen, Rabbi", sagte Mendele dienstfertig.

„Nein, da seh' ich selbst nach!" rief der Rabbi und eilte zur Mutter seines Schülers.

Mendele begleitete ihn dicht vors Haus, dort drückte er sich und ging spazieren.

Als er heimkam, empfing ihn unter einem Hagel von Schlägen und Vorwürfen die Kunde, daß ihn der Rabbi aus seiner Schule ausgeschlossen, weil er sein Spiel mit dem Heiligsten getrieben. Denn wohl hatte Frau Chane eine Henne, aber dies brave Tier legte immer Eier ohne Blutflecken. Die hatte Mendele mit roter Farbe auf den Dotter gemalt und schließlich auch, durch den Eifer und die Kurzsichtigkeit des großen Gelehrten immer kühner gemacht, die sonderbare Huldigung.

Noch einen Versuch machten die Eltern des damals zwölfjährigen Knaben, ihn jenem frommen Beruf zuzuführen, zu dem ihn seine seltenen Gaben zu bestimmen schienen. Sie vertrauten ihn dem berühmten Talmudisten Rabbi Meyer in Wilna an, der neben dem Ruf großer Gelehrsamkeit auch den einer besonders festen Hand hatte.

In der Tat schien der Rabbi mit Mendele leicht fertig zu werden, und als sich die wachsende Sympathie des Schülers für den Lehrer auch hier in ähnlichen Formen zu äußern begann wie in Kowno, nahm dies bald ein Ende. Denn so oft diese geheimnisvolle Kraft den Knaben trieb, den Rabbi Meyer durch Nachäffung zu verhöhnen, erwachte sie auch in diesem und zwang ihn, dem geliebten Schüler eine ungeheure Maulschelle zu geben. Kein Wunder, daß sich die Sympathie immer seltener äußerte, immer geringer wurde und schließlich in Haß umschlug.

Das ging so bis zu Mendeles dreizehntem Geburtstag fort. An diesem Tage, der im Leben eines jeden jüdischen Knaben einen wichtigen Einschnitt bildet – er wird da konfirmiert und fortab beim Gottesdienst als Erwachsener mitgezählt –, schien sich auch in Mendele eine große Veränderung vollzogen zu haben: der Zorn gegen den strengen Lehrer schlug in sanfte Ergebung, der Haß in Liebe um. Es ist Sitte, daß jeder Lehrer seinen Schüler zu diesem Geburtstage so reich, als ihm irgend möglich, beschenke; auch Rabbi Meyers Geschenk war sehr wertvoll, aber nur in moralischem Sinne. Er hielt dem Knaben nämlich eine sehr lange Mahnpredigt, worin er ihm mit Sicherheit prophezeite, daß er einmal hoch über allen anderen Menschen enden werde, am Galgen. Einen anderen Knaben hätte dies vielleicht erbittert. Mendele aber schien wohl tief zerknirscht, sagte dann aber mit vor Rührung zitternder Stimme: „Ihr habt recht, Rabbi, ich habe kein ander Geschenk verdient. Aber weil ich nun heute dreizehn Jahre alt geworden bin und da Geschenke üblich sind, so schenk' ich Euch was! Verschmähet es nicht, obwohl es wenig ist!" Sprach's, wischte sich die Tränen aus den Augen und überreichte dem Rabbi je eine Büchse jener beiden Salben, die auch der ärmste Jude des Ostens nicht entbehren kann.

Der strenggläubige Jude darf nämlich sein Haupt nicht dem Schermesser beugen, Bart und Wangenlöckchen wachsen, wie ihnen beliebt, und dürfen sogar nie gekürzt werden; im Gegenteil, ihre Länge und Dichtigkeit ist der schönste Schmuck des Frommen und er, der sonst wahrlich auf sein Äußeres nicht viel Pflege, ja nicht einmal allzuviel Wasser wendet, gebraucht doch eine Salbe, die den Bartwuchs befördert. Die andere Salbe aber dient dem entgegengesetzten Zweck: das Haupthaar völlig zu entfernen, denn auch dies gebietet die Mode. Durch einen anderen, als einen völlig kahlen Scheitel würde sich der Fromme entstellt fühlen, und da er sich nicht rasieren lassen darf, so reibt er das Haupt von Zeit zu Zeit mit dieser scharfen Mixtur ein, die zwar anfangs keine Beschwerde macht, dann aber gehörig auf der Kopfhaut brennt. Beide Salben sind weiß und haben metallischen Glanz; um einer Verwechslung vorzubeugen, wird die Ätzsalbe immer in runden, die Bartsalbe in eckigen Büchschen verkauft.

Rabbi Meyer war über das Geschenk betroffen, sogar ein wenig beschämt, dann jedoch machte er, ehe er ins Lehrzimmer ging, von beiden Salben Gebrauch. Mendele aber gönnte sich einen Ferialtag und trollte sich seiner Wege.

Eine Stunde später merkte der Rabbi ein seltsames Brennen auf den Wangen, und als er in den Bart griff, blieb ihm ein Büschel

Haare in den Händen. Entsetzt stürzte er in sein Wohnzimmer, die Ätzsalbe abzuwaschen, aber mit ihr ging auch der schöne lange Bart ab und das Antlitz des Würdigen glich nun der litauischen Heide, auf der nur ein wenig Gestrüpp und hie und da ein einzelner Stamm verraten, welcher herrliche Wald da einst gestanden. Nach einiger Zeit erwiesen sich auch die Haarwurzeln der Kopfhaut, die er bisher immer so schnöde mit Ätzsalbe behandelt, für die unverhoffte Labung dankbar und sproßten kräftig empor. Dies Unglück ließ sich ja gut machen, aber der Bart! Die vielen Besuche neugieriger und teilnehmender Verehrer, die den Rabbi zu besichtigen und zu trösten kamen, freuten ihn gar nicht, und Monate währte es, bis er wieder auf die Gasse zu treten wagte. Der Bart aber kam in alter Fülle nie wieder, niemals, und bis an sein Lebensende gab es ihm einen Stich durchs Herz, wenn man ihn bat: „Erzählet doch, was Euch Mendele Kowner zum Abschied verehrt hat!"

Denn Mendele hatte sich die Freude versagt, den Erfolg seiner freundlichen Gabe mit eigenen Augen zu sehen, und war auf Nimmerwiedersehen gegangen, aus dem Haus und aus der Stadt. Er wollte heimkehren und schlug den Weg nach Kowno ein, aber je näher er der Heimat kam, desto kürzer wurden die Tagereisen, desto länger der Aufenthalt bei gastlichen Glaubensgenossen, und in einer Schenke dicht vor Kowno besann er sich eines anderen und schlug den Weg nach Westen ein. Denn viel rascher als er war die Kunde jenes Streiches dieselbe Straße gezogen und wohin immer er gelangte, und als er den Ort, aus dem er kam, Wilna nannte, fragten ihn die Leute sofort nach Rabbi Meyers Bart, und obwohl einige dazu lachten, waren doch die meisten über den unerhörten Frevel an der heiligen Zier eines heiligen Mannes so entrüstet, daß er es vorzog, inkognito zu bleiben. In jener Schenke vor Kowno aber traf er einen Fuhrmann aus seiner Heimat, der ihm erzählte, seine Eltern hätten anfangs viel geweint, nun aber seien sie damit beschäftigt, biegsame Haselstauden in Essig zu legen, auch zwei Bambusrohre seien angeschafft und sonstige Vorbereitungen zu seinem würdigen Empfang getroffen. Da dachte Mendele, daß es ja nicht gleich sein müsse, machte kehrt und zog langsam der preußischen Grenze zu.

Was aus ihm werden sollte, war damals nach seinem Willen noch nicht entschieden, und hätte jemand dem übermütigen, aber klugen und gutherzigen Knaben auf jener ersten Wanderung gesagt, welches Lebensziel seiner harre, ihm wäre die Warnung nicht nahe gegangen. Er war ja guter Leute Kind, hatte etwas gelernt – warum sollte er ein „Schnorrer" werden?! Es fiel ihm gar nicht bei, er war nur eben der Meinung, daß den Haselstauden eine längere Beize nicht schaden würde, und wollte den Zorn seiner Eltern ausrauchen lassen, ehe er heimkehrte. Auch war es für ihn – wie für manchen vor und nach ihm, der die gleichen Pfade geschritten – eine große Verlockung, daß er nicht um Brot und Obdach zu sorgen brauchte.

Wie der Scholar des Mittelalters von einer Universität zur anderen, noch öfter ins Blaue hinein, sorgenlos durch ganz Deutschland ziehen konnte, weil ihm sein Barett und sein bißchen Latein die Türe jedes Pfarr- und Bürgerhauses öffneten, so genügt noch heute in Halbasien das Wort: „Ich bin ein Jeschiwa-Bocher" (Zögling einer Talmudschule), und die spitzfindige Auslegung irgend einer Bibelstelle, um dem Knaben, dem Jüngling jedes jüdische Haus, in das er tritt, zur gastlichen Stätte zu machen. Das Gegenteil wäre eine Sünde, denn wer in der Lehre forscht, dient dem Herrn, und wer ihn unterstützt, erwirbt den Himmel. Nicht einmal mit allzuviel Fragen wurde Mendele behelligt; sagte er den Leuten, er sei auf der Suche nach einer passenden Schule, so wunderten sie sich auch darüber nicht. Ein begabter „Bocher" wählt sich die „Jeschiwa" sorglich aus und bindet sich nie, ehe er sie persönlich kennen gelernt, ehe er weiß, was ihm dort an weiterer Ausbildung oder an Stipendien geboten wird.

Wenn Mendele so sprach, so log er freilich; er wollte zunächst keine neue Schule beziehen, ehe er nicht den Zorn der Eltern beschwichtigt hätte. Nur kam ihm das Wandern, der Verkehr mit den vielen fremden Menschen so ergötzlich vor, daß er die Heimkehr immer wieder aufschob, und als er gar ins Posensche gelangt war, gefiel es ihm dort so gut, daß er seiner guten Vorsätze ganz vergaß. Hier waren die Städtchen reinlicher, die Gemeinden wohlhabender, aber auch die Gelehrsamkeit vernünftiger; ohne es selbst recht zu empfinden, standen die dortigen Rabbinen ein wenig unter dem Einfluß des deutschen Geistes und beschäftigten sich lieber mit den wissenschaftlichen Problemen des Talmuds, als mit den Fragen über die Himmelsleiter. Das gefiel dem begabten Knaben, schon weil es ihm neu war, er blieb monatelang da und dort haften und lernte ernsthaft. Aber zu seinem Unglück war auch die preußische Polizei regsamer als die russische und schaffte ihn eines schönen Tages, da er keine Papiere hatte, über die Grenze.

Das rüttelte ihn auf; er schrieb an seine Eltern, ob er heimkehren dürfe.

Eine Antwort wurde ihm nicht.

Sie zürnten also noch schwerer, als er gedacht, und so traute er sich nicht heim, sondern wanderte ziellos im „Großherzogtum Warschau" umher, das die Laune Napoleons kurz vorher geschaffen hatte. Auch nun hatte er nicht Hunger noch Kälte zu leiden, zugleich stumpfte ihn die Gewohnheit gegen die Mühsal dieses unsteten Lebens ab. Dennoch regte sich ihm die Sehnsucht nach den Eltern immer stärker im Herzen und er beschloß, die Heimkehr zu wagen, auf die Gefahr, daß der Empfang noch so unfreundlich ausfalle.

Diesmal aber trat der Zufall dazwischen oder, wenn man will, das Schicksal.

Als Mendele im Frühling 1812 langsam aus dem Krakau'schen, wo er zuletzt verweilt hatte, nach Norden pilgerte, begegnete er den Kolonnen der „großen Armee", die sich eben langsam nach Rußland wälzten. Es war später das Hauptstücklein des Kowners – und es hat ihn lange überlebt – zu berichten, wie er bei dieser Gelegenheit zufällig die Bekanntschaft des größten Mannes seiner Zeit gemacht und verstanden habe, sich ihm durch wichtige strategische Ratschläge unentbehrlich zu machen.

„Seid Ihr schon in Warschau gewesen?" pflegte er mit der Frage an seine Hörer zu beginnen. „Wer dort war, kennt gewiß das große gelbe Wirtshaus gleich rechts neben der Maut; damals hat es der alte Reb Mosche gehalten, Mosche mit der roten Nas'; ein braver Mensch, der sich nie darüber beklagt hat, daß er nicht einmal zum Fenster hinausschauen darf. Nämlich die russische Polizei hat es ihm verboten, weil sonst alle Fremden geglaubt hätten, daß Warschau brennt. Auch sonst ein guter Mensch, er hat mich aufgenommen wie einen Sohn und mir guten Rat gegeben, wenn er nüchtern war, aber freilich war er nie nüchtern. Nun, auf einmal darf der arme alte Mann wieder frische Luft schöpfen – die Russen sind fort, die Franzosen kommen. Zwei Tage und zwei Nächte dauert der Durchzug, Soldaten zu Fuß und Reiter und Kanonen und Wagen, vor den Augen hat es einem geflimmert und in der Luft war ein Gedröhn wie ein Gewitter – zwei Millionen Menschen, meint Mosche, aber das war nur, weil er alles doppelt gesehen hat – eine Million war es wirklich! Das war aber nur der Vortrab, jetzt ist erst die Armee gekommen. Zehn Millionen! Mein Mosche weint vor Freude: ‚Gott, wie viel Franzosen, das gönn' ich den Russen!' – Da geht die Tür auf, zwei Offiziere kommen herein, ein großer und ein kleiner, und bestellen Likör. ‚Gott über der Welt!' schreit der Große erschreckt, wie er den Mosche erblickt, der Kleine aber verzieht keine Miene. ‚Das kann doch nur Napoleon sein', denk' ich, ‚das ist der einzige Mensch, den nicht einmal eine solche Nase aufregen kann', und wie ich ihn anschau' – richtig ist er's. Aber ich tu' nichts dergleichen; will er nicht erkannt sein, so weiß Mendele Kowner, was sich schickt. Nur wie er sein Gläschen hebt, heb' ich das meine und sag': ‚Ihr Herr Emprör soll bis zu hundert Jahr leben!' – ‚Ich danke!' sagt er freundlich. ‚Ha', denk' ich, ‚jetzt hab' ich dich', und frag': ‚Warum danken Sie?' Er wird verlegen. ‚Weil ich auch ein Franzose bin', sagt er. ‚Du aber bist wohl ein Jude?!' – ‚Kunststück, daß Sie es erraten!' sag' ich. ‚Ein Kaftan und Wangenlöckchen, ein Spanier werd' ich sein!' Und so kommen wir ins Gespräch, und ich erzähl' dies und das, und er lacht. ‚Mir scheint', sagt er, ‚du bist ein gescheiter Mensch. Was denkst du denn über den Krieg?' – ‚Fragen Sie Ihren Emprör', sag' ich, ‚der ist noch gescheiter.' – Lacht er: ‚Schmeichler! Du weißt doch, daß ich's bin! Also wie soll ich den Krieg führen?' – ‚Schnell!' sag' ich.

‚Besseres kann ich Ihnen nicht raten. So schnell wie möglich. Sonst kommt der Winter, und das sind die Russen gewohnt, aber Sie nicht!' – ‚Mendele', sagt er, ‚du hast recht! Meine Generale denken anders, aber ich bin deiner Meinung. So schnell wie möglich marschier' ich nach Petersburg!' – ‚Um Gottes willen!' schrei' ich, ‚Herr Emprör, das wär' eine Dummheit! Erstens ist dort das Meer nahe – ein bißchen zu weit links und alle Ihre Soldaten fallen hinein! Und dann ist ja dort sehr kalt!' – ‚Also nach Moskau!' – ‚Auch nicht! Auch zu kalt! Hinunter nach Kiew, nach Odessa!' Davon will er aber nichts hören, ich rede und rede, er bleibt bei Moskau. ‚Gut', sag' ich. ‚Bin ich der Emprör?! Aber was dabei herauskommt, werden Sie schon sehen!' – ‚Du auch!' sagt er und packt mich an der Hand. – ‚Wieso?' sag' ich. – ‚Weil du mitgehst, Mendele! Ohne dich will ich nicht nach Rußland. So einen eisernen Kopf wie du kann ich brauchen! Komm mit! Geht es gut aus, schenk' ich dir einen Zentner Diamanten, geht es schlecht aus, so kann es für Mendele Kowner doch nur eine Ehre sein, mit mir, dem großen Napoleon, ‚kapore' (zu Grunde) zu gehen.' Und bittet und bittet, bis ich nachgeb'."

So kam Mendele Kowner mit Napoleon nach Rußland. Leider trübte sich die freundschaftliche Beziehung durch den Eigensinn des Kaisers, wohl auch durch seine Eifersucht auf Mendeles militärisches Genie.

Nahe vor Moskau nämlich riet Mendele, sofort zehntausend Feuerspritzen zu bauen und in die Stadt mitzunehmen. „Denn", meinte er sehr scharfsichtig, „sonst zünden die Russen Moskau an und wir können nicht löschen, und was haben wir von Moskau, wenn es verbrannt ist?! Gnädiger Herr Kaiser, hören Sie auf den Kowner, Sie wissen, er ist nicht dumm! – wo werden Sie sonst überwintern?!" Aber man weiß ja, daß die zehntausend Feuerspritzen nicht mitgenommen wurden und daß Moskau in Flammen aufging, und daraufhin sah der kluge Mendele auch alles andere voraus und sagte dem Kaiser: „An der Beresina wird es Ihnen schlecht gehen, ich rate Ihnen, marschieren Sie lieber auf einer anderen Straße – aber was nützt mein Reden! Leider tun Sie ja doch, was Sie wollen! Ich aber will nicht mehr dabei sein, denn so ein Unglück, wie Sie es an der Beresina erleben werden, hat die Welt noch nie gesehen, und wenn es auch für mich eine Ehre wäre, mit Ihnen ‚kapore' zu gehen, ein Vergnügen wäre es nicht! Also, adjes, Herr Emprör, und nichts für ungut!"

Dabei blieb es auch, obwohl ihn Napoleon durch Geschenke festzuhalten suchte und dann, als alles fruchtlos war, ihm zwar den Rücken zuwandte, aber doch hörbar schluchzte. Mendele ging und gelangte, wenn auch auf Umwegen, mit heilen Gliedern in die Heimat zurück.

Die Erzählung entsprach im allgemeinen der Wahrheit, nur waren einige unbedeutende Einzelheiten doch nicht ganz genau wiedergegeben. Die Begegnung in der Schenke vor Warschau hatte wirklich stattgefunden, nur war es nicht Napoleon selbst gewesen, der Gefallen an dem lustigen Burschen gefunden und ihn zum Mitgehen bewogen, sondern ein jüdischer Sergeant aus dem Elsaß, Maurice Ettelmann aus Colmar.

Auch hatte Maurice wirklich bitten müssen, bis sich Mendele dazu entschloß, denn so leichtfertig der Junge war, wollte er die Eltern doch nicht länger entbehren. Aber in Kowno erwarteten ihn nur Prügel, vielleicht sogar eine verschlossene Türe, die sich trotz allen Flehens nie wieder öffnete – hier lockte ein fremdes lustiges Leben; so neben dem Sergeanten in eine Stadt einzuziehen, von allen Juden bewundert und gefürchtet als einer, der mit zur großen Armee gehörte, das war doch etwas anderes, als wenn er als „Bocher" bescheiden an die Tür der Reichen klopfte. Mendele ging mit, als Dolmetsch, Schalksnarr und Marketender zugleich; er erlebte wirklich den Brand von Moskau, entging auch tatsächlich dem Unglück an der Beresina, aber nur, weil das Regiment, dem er sich angeschlossen, schon früher zurückgesendet worden war. Auch hatte er's in Wahrheit nicht übers Herz gebracht, seinen Protektor in der Not zu verlassen; Maurice Ettelmann war verwundet worden; Mendele brachte ihn bei barmherzigen Glaubensgenossen unter und pflegte ihn, bis er genesen war.

Dann zogen beide in der üblichen Judentracht bis Thorn, wo sie schieden; der Sergeant schlug sich nach dem Westen durch und Mendele wandte sich nun endlich nach Kowno.

Zweites Kapitel

Er kam zu spät.

Frau Chane war nun schon zwei Jahre tot; im Hause waltete eine junge Stiefmutter, ein halbjähriges Bübchen auf dem Arm.

Mendeles Vater, der alte Sender Glatteis, hatte sein Weib herzlich lieb gehabt und seine Trauer um ihren Verlust war eine aufrichtige und tiefe gewesen, gleichwohl hatte er nicht einmal das Trauerjahr abgewartet, um ihr eine Nachfolgerin zu geben. Denn so gebot es seine Anschauung von den Pflichten des Frommen und wie er hienieden für seine künftige Seligkeit vorzusorgen habe.

Nichts ist dem Herrn wohlgefälliger, als die Vermehrung seines Volkes. Nur einen Sohn und lauter Töchter zu haben ist ein Unglück, aber keinen „Kadisch" zu hinterlassen, eine Sünde. So heißt das Gebet, welches der Sohn alljährlich am Sterbetag seinen Eltern zu widmen hat; wie hoch diese Pflicht steht, wie sehr der Fromme ersehnt, daß sie an ihm geübt werde, erweist eben der Sprachgebrauch, der den Sohn kurzweg als „Kadisch" bezeichnet.

Der alte Sender hatte keinen mehr; Mendele war nach einem gottlosen Streich in die Welt gelaufen, hatte nie wieder von sich hören lassen; der Schmerz um ihn hatte seiner Mutter die letzten Jahre vergällt, die Sorge um ihn die letzten Stunden der Sterbenden verdüstert – Sender war es der Toten und sich selbst schuldig, einen anderen „Kadisch" zu zeugen.

Der Himmel war ihm gnädig gewesen; der Sechzigjährige erlebte noch die Geburt eines Sohnes. Nun mochte ihn der Herr rufen, wann ihm beliebte; seine Pflicht auf Erden hatte er erfüllt.

Mendele aber war für ihn tot. So tot, daß er den Heimgekehrten nicht einmal schmähte, geschweige denn schlug. Er legte ihm hundert Rubel hin, genüge ihm dieses Erbteil nicht, so möge er ihn bei der Gemeinde verklagen, und wies ihm die Tür.

Das Flehen des Reuigen blieb vergeblich; auch seine Beteuerung, daß er geschrieben und die Erlaubnis zur Heimkehr erbeten habe, verhallte ohne Wirkung.

„Vielleicht lügst du nicht", war die Antwort. „Dann hat eben Gott nicht gewollt, daß deine Reue noch fruchte. Geh!"

Die junge Frau suchte zu vermitteln. Sie fürchtete sich vor dem bösen Leumund der Stiefmutter und daß die Gemeinde ihrem Einfluß die Verstoßung des Sohnes zuschreiben würde.

„Da irrst du", war die Antwort. „In unserem Kowno herrscht

Gottesfurcht. Kein Vater würde anders handeln. Was würde es auch nützen, wenn ich schwach sein wollte?! Nach einigen Wochen liefe er wieder davon. Ein ‚Schnorrer' ist er und ein ‚Schnorrer' wird er bleiben; ihm ist vorbestimmt, hinter der Hecke zu sterben."

Und dann wieder zu Mendele: „Geh!"

Der Verstoßene ging.

Die Rubel ließ er liegen, auch verklagte er den Vater nicht auf Herausgabe eines größeren Erbteils. Ihn erfüllte nur ein Gedanke: „Der alte Mann soll nicht recht behalten! Er soll einst erkennen, wie hart und töricht seine Prophezeiung war, und unter Freudentränen soll er mich als seinen ‚Kadisch' segnen!"

In Kowno war freilich seines Bleibens nicht. Aber wie ernst seine guten Vorsätze waren, bewies der einzige Besuch, den er machte, ehe er die Heimatstadt verließ. Er ging zu seinem einstigen Lehrer, bat ihn für seine Knabenstreiche um Vergebung und teilte ihm seinen Entschluß mit, auf der besten Jeschiwa in Rußland binnen wenigen Jahren die Würde eines „Rabbi" zu erwerben.

Der gutmütige Mann verzieh ihm gern und riet ihm, die Schule zu Berditschew aufzusuchen; ein Vater, dessen Sohn von dort die Würde eines Rabbi heimbringe, erfahre dadurch ein so großes Glück, eine so hohe Ehre, daß sie jeden früheren Fehler des Jünglings tilge.

„Gut, so komme ich denn als Berditschewer Rabbi wieder", sagte Mendele und bat dann, ihm den Todestag seiner Mutter zu sagen. „Sei überzeugt", schloß er, „und sagt es auch meinem Vater: solang' ich lebe, wird auch meine Mutter an diesem Tag ihren ‚Kadisch' haben!"

Diese Zusage hat Mendele Glatteis getreulich eingehalten, aber als Berditschewer Rabbi ist er nicht heimgekehrt. Es mag auch daran gelegen haben, daß Berditschew gar so weit von Kowno liegt – Hunderte von Meilen, tief im Süden des Reiches – und daß es nicht in der Natur dieses Jünglings lag, seine Zunge zu hüten. Er erzählte auf dem Wege jedermann, wie sich sein Leben gefügt habe, und warum er nun gerade die beste Schule aufsuchen müsse.

So erfuhr es auch sein alter Gönner, Rabbi Meyer von Wilna, und beeilte sich, den Rabbi von Berditschew vor der Aufnahme dieses Sünders zu warnen; vielleicht beschwor er ihn darum bei seinem Barte.

Gewiß ist, daß der Brief seine Wirkung tat. Als Mendele den großen Berditschewer aufsuchte, empfing ihn dieser nur, um ihm eine donnernde Strafpredigt zu halten und den Aufenthalt in seiner Stadt für immer zu verbieten.

Vernichtet setzte Mendele seinen Stecken weiter; noch flakkerte zuweilen sein Ehrgeiz auf, und häufiger noch sein Trotz, aber einen ernsten Anlauf, seine Studien fortzusetzen, nahm er doch nicht mehr. Vielleicht unterlag er da nur eben seinem Temperament, vielleicht aber auch der ungeheuren Schätzung, die sein Volk einem Worte aus des Vaters Munde beizulegen pflegt. Sender Glatteis hatte prophezeit, daß Mendele als „Schnorrer" hinter der Hecke sterben werde; alle Welt wußte es und zweifelte nicht daran, daß sich das Furchtbare erfüllen müsse. Mendele freilich trug sein Haupt noch immer hoch, aber wie schwer das Wort innerlich in ihm wuchtete, wagte er sich wohl selbst nicht zu gestehen, bis ihn das unstete, elende und doch für Naturen seines Schlages reizvolle Leben völlig in seinen Bann gezogen hatte. Da freilich sprach er es auch aus: „Ein ‚Schnorrer' bin ich und ein ‚Schnorrer' will ich bleiben ..."

Er sprach es mit lachendem Munde; zuweilen freilich mag ihm das Herz dabei sehr wehe getan haben. Aber manchmal lag auch ein gewisser Stolz darin und schließlich ein gewisses Selbstgefühl. Ähnlich mag es seiner berühmten Schicksalsgenossin zu Mute gewesen sein, als sie den Leipziger Spießbürgern die stolze Antwort gab: „Nur eine Komödiantin, ja, aber die Neuberin!"

Mendele Kowner war der König der „Schnorrer" seiner Zeit; man sah ihn überall herzlich gern, es war ein rechtes Fest für jede Gemeinde, wenn er wiederkam, und aus abgelegenen Ortschaften kamen oft Einladungsbriefe: sie seien doch auch Menschen und ehrliche Juden und hätten sich bisher nur mit ganz gewöhnlichen „Schnorrern" begnügen müssen, – ob er sie nicht auch einmal beehren wolle?!

Er aber kam nur, wenn es ihm beliebte, wenn ihm das Städtchen der Auszeichnung würdig erschien, einen so großen Schnorrer zu beherbergen; um Geld war er nicht zu haben, verteilte auch in jenen Städtchen, wo er oft einkehrte, die Gunst seines Besuches nur nach der Würdigkeit, nicht nach dem Besitz. Was er forderte, konnte ihm selbst ein armer Mann gewähren: Nachtlager und Nahrung, wenn es sein konnte, ein Gläschen Wein und zum Abschied einige Kupfermünzen, so viel als nötig war, in den nächsten Ort zu gelangen.

Mehr aber nahm er auch vom Reichsten nicht. Der echte „Schnorrer" ist ja auch sonst nicht habgierig; aber keiner verachtete das Geld so, wie der „Kowner". Schon dies mußte ihm unter den Söhnen seines Volkes, dem Erwerb so hoch steht, weil das Geld seit zwei Jahrtausenden seine einzige Waffe im Kampf mit seinen Bedrängern gewesen, eine unerhörte Stellung sichern. Und nun waren ja zudem all die Gaben und Gnaden, die den „Schnorrer" machen, in ihm verkörpert.

Ein Mann dieses Handwerks – oder nein, es ist ja eine Kunst – muß weit umhergekommen sein, denn die Leute lassen sich zwar gern Lügen von ihm gefallen, ja sie fordern sie zu ihrer Unterhaltung, aber nachdem er ihnen versichert, daß er in Italien immer nur Eier gegessen, die er in der Sonne gargekocht, nachdem er ihnen das „goldene Haus" des Kaisers zu Wien und die diamantenen

Fenster im Zarenpalais an der Newa geschildert, verlangen sie, die an der Scholle haften und doch von Wißbegier und Sehnsucht nach der Fremde erfüllt sind, wie wenig andere Menschen, ernsthaften Bericht über Land und Leute. Lügt er sie dann noch an, so ist es mit seinem Ruhm vorbei.

Der Kowner hatte das nicht nötig.

Er war sehr weit herumgekommen, fast durch ganz Europa, soweit Juden wohnten, bis Petersburg und Konstantinopel, bis Berlin, Straßburg, Wien und Venedig. So war er an Scherz und Ernst ein Krösus, der immer aus dem Vollen spendete, ohne sich doch je zu erschöpfen. Wo er wirksamer war, wußten sie kaum zu entscheiden. Wenn er erzählte, wie wenig Ruhe der arme, große Rothschild in Frankfurt am Main habe, weil er, um der Welt seinen Reichtum zu beweisen, alle Viertelstunde ein frisches Hemd anziehen müsse, oder das Glück der Italiener pries, die so billiges Fleisch hätten, weil sie keines Fleischhauers bedürften – wolle man dort einen Ochsen schlagen, so schicke man ihn ohne Sonnenschirm auf die Weide, und er komme als fertiger Braten heim –; oder die Petersburger beklagte, weil dort zur Winterszeit die Straßen auch bei hellstem Sonnenschein künstlich erleuchtet werden müßten, da der Atem der Menschen wie eine undurchdringliche Wolke über ihnen lagere; oder über die Kaufleute klagte, die alles verteuerten, sogar die Tinte, die doch nur aus dem Schwarzen Meer geschöpft zu werden brauche, dann lachten alle, daß ihnen die Tränen über die Backen liefen. Aber dann lauschten sie angehaltenen Atems, wenn er das märchenhafte Venedig vor ihren Augen aus dem Meere emporsteigen ließ, oder schilderte, wie er von Padua nach Konstanz gewandert, auf der Straße, wo ewiger Schnee liege, während drunten die blauen Seen lachten und das Anland im Schmuck des Frühlings; wenn er ihnen eine Anschauung davon gab, wie groß Wien oder Berlin sei, und wie die Leute dort lebten, namentlich die Juden.

Niemand wußte so viel Schnurren und von niemand konnte man so viel lernen, denn der Kowner wußte ja alles. Nachdem er ihnen seinen vertrauten Verkehr mit Napoleon geschildert, daß sie sich vor Heiterkeit nicht zu fassen wußten, machte er ihnen begreiflich, wie der Mann in Wahrheit gewesen, was er angestrebt und wie er geendet, und da sie in dem Kaiser der Franzosen den Mann verehrten, der den Juden seines Landes vor allen anderen Fürsten die vollen Menschenrechte verliehen, so lauschten sie bewegt, wenn ihnen der Kowner von seinem Tode auf St. Helena erzählte, und wie nun sein armer Sohn in Wien dahinsieche.

War aber ihrer Wißbegier in weltlichen Dingen genug getan, so begann er ihrer frommen Gelehrsamkeit auf den Zahn zu fühlen; er stellte Fragen, die der Weiseste nicht beantworten konnte, und erledigte sie dann durch einen Witz, eine Spitzfindigkeit, daß die ganze Zuhörerschaft vor Bewunderung stumm blieb, oder aufjubelte, oder gar, als höchstes Zeichen des Beifalls, mit der Zunge schnalzte; er war nicht umsonst „Jeschiwa-Bocher" gewesen.

Schon in all dem und der Art, wie er zu erzählen wußte, hatte er keinen Nebenbuhler, und nun gar erst in seinen künstlerischen Gaben!

„Israel hat das Singen verlernt", klagt eine Wormser Aufzeichnung aus dem dreizehnten Jahrhundert. Man hört selten im Ghetto eine weltliche Melodie, und die Volkslieder fehlen zwar nicht ganz, werden aber nicht oft gesungen. Wo der ‚Kowner' geweilt hatte, änderte sich dies wenigstens auf Wochen; so lang er da war, lauschten sie ihm und wagten kaum, im Chorus einzufallen, denn er hatte „eine Stimm' wie eine Flöt'". Dann aber sang ihm Alt und Jung nach, bis die Lieder verklangen und sich wieder das traurige Schweigen über das Ghetto senkte. Aber nicht bloß singen konnte er, sondern auch „Spiele" machen, das heißt komische Szenen aus dem Stegreif vorführen: das Examen eines unwissenden Bochers vor einem gestrengen Rabbi, oder den Streit einer geizigen Schwiegermutter mit ihrem leichtlebigen Schwiegersohn, oder wie ein furchtsamer Jüngling vor die Rekrutierungskommission tritt. Da konnte niemand ernst bleiben, nicht einmal jene, die er aufs Korn nahm, indem er ihre Sprechweise nachäffte und Anspielungen auf ihre Verhältnisse einflocht.

„Lachen ist Gottesdienst", sagt ein Spruch dieses armen, verdüsterten Volkes und: „Gesegnet sei, von dem Heiterkeit ausgeht!" Dann war noch selten ein Mensch so gesegnet, wie dieser arme landfahrende Bettelmann, und selten einer den Herzen so teuer. Andere „Schnorrer" werden nur bewundert oder gefürchtet, vom Kowner aber ging jener Zauber aus, der die Herzen zwingt, jene seltenste aller Gaben, die für unsere Sprache nur ein viel mißbrauchtes und darum verbrauchtes Wort hat: die Liebenswürdigkeit.

Nur eines nahmen ihm selbst seine wärmsten Bewunderer übel, daß er unvermählt bleibe. Das war unerhört und nach ihrer Anschauung ein ruchloser Frevel, den Gott unmöglich verzeihen konnte. Freilich ziehen auch die anderen „Schnorrer" einsam umher, aber der frommen Satzung haben sie vorher wenigstens äußerlich genügt. Die einen haben ein Weib genommen und ihm nach wenigen Tagen dann den Scheidungsbrief geschickt, die anderen bleiben verehelicht, aber ihre Familie fällt, während sie die halbe Erde durchwandern, daheim der Gemeinde zur Last. Ländlich – sittlich – das scheint dem Juden des Ostens zwar nicht hübsch, aber weit löblicher als das Junggesellentum.

Dem Kowner aber konnten sie es umsoweniger verzeihen, als ihm mehr als einmal die Gelegenheit winkte, durch eine Heirat sein Glück zu machen. Oder was sie so nannten . . . Einmal hätte sich sogar eine wohlhabende Witwe, die freilich doppelt so alt war als er, durch das Bewußtsein, einen so gefeierten Gatten zu haben, über den Schmerz hinweggesetzt, ihn zuweilen entbehren zu müssen. Sie hatte ihm vorschlagen lassen, ein halbes Jahr an ihrer Seite zu verleben, die übrige Zeit seine Bewunderer zu erfreuen. „Davon habe ich nichts", war seine mehr deutliche als höfliche Antwort gewesen, „denn der Winter neben der Alten macht mich so traurig, daß im Sommer niemand mehr den lustigen Kowner wiedererkennt." Und ähnlicher Bescheid war auch anderen geworden, die ihm mit weit günstigeren Anerbietungen gekommen.

Den wahren Grund hatte er nur einem Menschen anvertraut, seinem wärmsten Verehrer, einem Weinhändler in Oberungarn, der ihm seine hübsche und wohlhabende Schwester zum Weibe geben wollte.

„Laß mich zufrieden!" rief der „Schnorrer" lachend. „Ich spüre eine heftige Liebe, die mich immer wieder herzieht, aber nur für deinen Keller!"

Als jedoch der Freund nicht abließ, sagte er ernst: „Ein Mensch, der hinter der Hecke sterben wird, heiratet nicht! Nun weißt du die Wahrheit!"

„Mendele!" rief der Mann. „Für andere bist du so klug und für dich so dumm! Glaubst du, daß dein Vater Gottes Willen bestimmen kann?!"

„Ich weiß, was ich weiß", war die Antwort. „Und so ein Mensch hat allein zu bleiben!"

Er blieb eine Weile stumm, dann stimmte er überlaut ein keckes Trinklied an.

Dieses Vorgefühl sollte den armen Menschen nicht trügen: er starb hinter der Hecke, – es war im Unglücksjahr 1831 und auf der Heerstraße zwischen Tarnopol und Barnow – aber in den Armen seines Weibes.

Er hatte die Gefährtin, wie alles sonstige Glück und Unglück seines Lebens, auf der Straße gefunden, nahe seinem Heimatort, hoch oben in Litauen. Als die Cholera ausbrach, war er nach Kowno gewandert. „Ich versuch's, in einer Stadt zu sterben", sagte er lächelnd, „jetzt, wo es so vielen Tausenden gelingt, bring' ich's vielleicht auch zu stande!"

Der wahre Grund war, daß er noch einmal eine Versöhnung mit seinem Vater versuchen wollte.

Es sollte ihm nicht gelingen.

Der uralte Mann war als eines der ersten Opfer der Seuche gefallen. Erbarmungslose Nachbarn wußten Mendele mitzuteilen, daß er noch vor dem Tode jenen Fluch wiederholt habe.

„Da geb' ich's auf", sagte Mendele. „Es bleibt also bei der Hecke!"

Und er wanderte wieder nach Süden.

Als er eines Abends eine elende Dorfschenke betrat, ein Nachtlager zu erbitten, bot sich ihm ein grauenvolles Bild. Der Wirt und sein Weib lagen tot. Zwischen ihnen kauerte ihre junge Tochter, wie gelähmt vor Schmerz und Entsetzen. Er hob sie sanft empor und wollte sie hinwegführen. Sie litt es nicht und stieß ihn hinweg.

„Auf", sagte er und faßte ihre Hand. „Wir müssen ins nächste Städtchen, wo Juden wohnen, damit sie deine Eltern holen und auf ihrem Friedhof begraben."

Er mußte die Worte oft wiederholen, bis sie ihn verstand. Dann folgte sie ihm willenlos.

Er verließ sie auch am nächsten Tag nicht und begleitete sie auf den Friedhof, zu dem armseligen Begräbnis. Es war bald vorüber, die Leichenträger entfernten sich, das Mädchen warf sich verzweiflungsvoll über den frischen Grabhügel. Er stand still daneben und ließ sie ihren Schmerz ausweinen. Dann aber trat er auf sie zu und mahnte: „Nun ist's genug! Komm!"

„Wohin?" rief sie wild. „Ich will hier bleiben, bis ich auch tot bin!"

„Auf den Tod wartet man nicht", sagte er sanft. „Du bist ein frommes Kind und wirst dich nicht versündigen wollen!"

Er blickte um sich, und ihn schauderte vor den vielen frischen Gräbern, auf denen Schlamm und welkes Laub lag, vor der entsetzlichen Öde des kleinen Friedhofs, auf den der kalte Herbstregen niederrieselte. Ihm war's, als müßte er sie retten, als würde sie sonst im nächsten Augenblick hinsinken und sterben.

„Komm!" wiederholte er angstvoll. „Du wirst doch Verwandte haben?"

Sie schüttelte stöhnend den Kopf und sank wieder auf den schlammigen Hügel zurück.

„Nicht Schwester, noch Bruder? Niemand?"

„Niemand!" ächzte sie.

„Dann will ich dein Bruder sein", erwiderte er. Er faßte ihre Hand, und der Zauber, der ihm so Vieler Herzen zugewendet hatte, bewährte sich auch an diesem armen, geknickten Geschöpf. Sie sah ihn an und folgte ihm.

Er führte sie zur Stadt, zu den Ältesten der Gemeinde und fragte sie, wo das Mädchen bleiben könne.

„Sie ist eine Fremde", erwiderten sie, „bringt sie zu ihren Verwandten!"

„Sie hat keine! Alles tot!"

„Dann wissen wir keinen Rat!"

„Und ihr wollt Juden sein?!" fuhr er sie an. „Wißt ihr nicht, was geschrieben steht: ‚Liebe deinen Nächsten wie dich selbst?!' Seid Ihr Heiden?"

„Aber in solcher Zeit . . ."

„Gerade in solcher Zeit!" rief er. „Wißt ihr, wer ich bin? Mendele Kowner! Nur ein ‚Schnorrer'! Aber Leuten, die so handeln, einen Ruf in ganz Israel zu machen, daß sie niemand mehr als Menschen ansehen wird, dazu bin ich der Mann!"

Sie kannten den Namen und erschraken; gewiß, das war keine leere Drohung.

„Aber was sollen wir tun?!" fragten sie.

„Zunächst für ein Plätzchen sorgen, wo die Waise ihre ‚Schiwa' halten kann", befahl er. So heißt die achttägige Trauerfrist, die der Leidtragende in tiefster Abgeschiedenheit verbringen muß, in einer verdunkelten Kammer, auf der Erde hockend, den Blick nach dem Schein des Totenlichtes, gewendet, das Tag und Nacht brennen muß.

Das durften sie nicht weigern. Während die Waise bei den Leuten, wohin sie die Gemeinde in Pflege gegeben, ihrer frommen Pflicht genügte, blieb Mendele im Orte. Acht Tage – so lange hatte der unstete Mann seit Jahren nirgendwo verweilt; die Leute wunderten sich sehr darüber.

Sie sollten bald noch mehr Grund zum Staunen haben.

Am achten Tage trat er vor die junge Waise.

„Höre", sagte er, „hier kannst du nicht bleiben. Und als meine Schwester kann ich dich nicht mit mir nehmen. Ein lediger Mann und ein jung Mädele – es wäre unerhört und würde dir einen bösen Namen machen. Willst du – willst du – mein Weib werden?!"

In ihr verhärmtes Antlitz schlugen die Flammen, und sie barg es in den Händen.

„Mein Gott!" stammelte sie, „warum wollt Ihr es tun? Wie verdien' ich das?"

„Recht hast du!" sagte er. „Ein so groß Glück, einen alten ‚Schnorrer' zum Mann zu bekommen, verdient keine Prinzessin! Aber du hast ja nichts Besseres! Ich kann freilich nur das mit dir teilen, was ich selbst hab': die weite Welt, so weit Juden wohnen. Aber wenigstens wirst du so weder verhungern noch in Schande kommen. Also – wie heißt du, Mädele?"

„Miriam . . ."

„Also, Miriam, willst du mein Weib sein?"

„Wie gut Ihr seid!" rief sie und stürzte zu seinen Füßen nieder.

„Ein wahrer Engel!" erwiderte er und hob sie auf. „Armes Kind, du wirst es schon merken! Komm zu den Ältesten!"

Am selben Tage wurden sie getraut und traten vereint ihre Wanderung an. Wohin immer sie kamen, waren die Leute fassungslos vor Staunen, den Kowner nun doch vermählt zu sehen, und begriffen nicht, warum er es getan. Denn seine Sinne konnte das unhübsche, vergrämte Geschöpf nicht gereizt haben, und wollte er endlich der frommen Satzung genügen, so hätte er sich dadurch zugleich ein gemächliches Leben sichern können. Er aber hatte es vielleicht bloß aus Erbarmen getan, vielleicht auch dachte er daran, daß nur eines mächtiger sei, als des Vaters Fluch: die eigene Guttat als Fürsprech vor dem Throne des Allgerechten. Vielleicht wollte er sich eine andere, bessere Sterbestunde sichern . . .

Gewiß ist, daß er nun wieder tapfer und fröhlich wurde wie zuvor. Er betreute das junge Weib, das den Mühen eines solchen Lebens nicht gewachsen war, mit rührender Liebe, blieb überall länger, als er gewohnt war, und obwohl er auch nun nie bettelte, wies er doch jetzt um ihretwillen keine Gabe zurück, auch wenn sie ihm mit hochmütigen Worten gereicht wurde.

So zogen die Neuvermählten langsam gegen Süden, eine traurige, traurige Wanderung, da sie am Wege wenig anderes sahen als Tod und Todesangst, oder wüste Entfesselung aller Leidenschaft, diese Angst zu überwinden. Der ‚Kowner' aber blickte der Seuche gefaßten Muts ins fürchterliche Antlitz, er kramte keine tollen Schwänke mehr aus, aber wohin er kam, ward er den Leuten in seiner tapferen, milden Art ein rechter Tröster. Er mahnte zu Gottvertrauen und Menschlichkeit, wie der Rabbi, aber in ganz anderen Worten, die den angstgequälten, verzweifelten Menschen viel tiefer ins Herz griffen. So konnte nur Einer sprechen, der selbst keine Furcht mehr kannte und von der Gnade des Himmels felsenfest überzeugt war. Namentlich seit jener Stunde, wo er wußte, daß Gott seines Weibes Schoß gesegnet, schien er ein anderer, höherer, besserer Mensch geworden.

„Gott ist gerecht", sagte er, „auch mir schenkt er einen ‚Kadisch' – sein Name sei gelobt!"

Nun änderte er auch sein Reiseziel. Er hatte vorgehabt, sich bis ans Schwarze Meer durchzuschlagen, weil dort die Cholera ihr Wüten bereits eingestellt zu haben schien; nun wandte er sich nach Westen. Er wollte über Galizien nach Oberungarn zu jenem Freunde, dem Weinhändler, dort sollte sein Weib ihrer schweren Stunde entgegenharren. Daß er durch Landschaften kam, wo die Seuche eben am stärksten wütete, schreckte ihn nicht. Noch in Tluste, wo er zuletzt mit seinem Weibe den Sabbat hielt, war er tapfer wie je, und da es an Leuten fehlte, die Toten zu begraben, blieb er den Sonntag über und half die fromme Pflicht erfüllen.

Am nächsten Tage – einem kalten, aber sonnigen Dezembertage – zogen sie weiter. Inmitten des Weges trat ihn die Entsetzliche an, der er getrotzt, und warf ihn nieder.

Er wußte sofort, daß er sterben werde. Das verzweifelte Weib warf sich vor einem Fuhrmann, der vorbeikam, in die Kniee und flehte ihn an, den Kranken nach dem nächsten Städtchen zu bringen.

Der Kowner aber schüttelte das Haupt.

„Nein", sagte er, „hier!"

Er schleppte sich an eine Pappel am Wege – es war zufällig dicht neben einer Kapelle –, bettete sein Haupt auf dem Wurzelwerk der Pappel und wartete sein Ende ab.

„Gott ist gerecht!" tröstete er sein Weib. „Er ist es mir gewesen, aber du bist schuldlos, er wird es auch dir sein! Weine nicht, verzweifle nicht – es könnte dem Kind schaden! Meinem ‚Kadisch'! Denn ich weiß, es wird ein Knabe sein – Gott ist auch mir nicht bloß gerecht, auch barmherzig. Nenn' ihn Sender nach meinem Vater, erzieh ihn zu einem braven Menschen. Er soll werden, was er will . . . nur kein ‚Schnorrer' . . . hörst du?!"

Und dann noch einmal schon im Todeskampf: „Nur kein ‚Schnorrer' – Gottes Segen über ihn!"

Sein Weib wäre ihm wohl gern, sehr gern nachgestorben, aber sie durfte ja nicht! Sie fühlte das Regen des jungen Lebens unter ihrem Herzen und schleppte sich vorwärts, dem nächsten Judenstädtchen zu. Das war Barnow, und gleich im ersten Hause an der Straße ward ihr, was sie bedurfte: ein Lager und eine barmherzige Pflegerin.

Aber sie fiel nicht allzulange zur Last. Sie starb im nächsten Mai, nachdem sie vorzeitig ein schwächliches Knäbchen geboren hatte.

Drittes Kapitel

Dies waren die Eltern des „Pojaz" gewesen, und auch seine Pflegemutter war kein gewöhnliches Weib. Jenes erste Haus von Barnow war das Mauthaus, wo die Pächterin des Straßenzolls wohnte, die Rosel Kurländer, eine junge, starke, aber überaus häßliche Frau, der ein hartes Geschick zu gefallen war.

Ein sehr hartes, das gaben die Leute von Barnow zu, aber ein warmes Mitgefühl für sie empfand niemand. Im Gegenteil, sie fanden dies Geschick gerecht; so ging es eben, wenn man sich gegen Sitte und Ordnung versündigte.

Die Sitte gebot, daß die Braut den Bräutigam bei der Verlobung kennenlerne, nicht früher; ihr den Freier zu wählen, war das Recht der Eltern; ihr eigener Wille hatte dabei nicht mitzusprechen. Schon daß man das Mädchen vorher befrage, galt als unschicklich und kam in Familien, die etwas auf sich hielten, nicht vor; eine Weigerung vollends war unerhört.

Die Rosel war nun seit Menschengedenken die erste und einzige, die ihren Eltern von vornherein erklärte, sie heirate nur jenen Mann, den sie sich selbst erwähle, und dann diesen Frevel durchsetzte.

Es gelang ihr, weil sie das einzige Kind ihrer Eltern war, weil ihr Wesen von je herb und entschieden gewesen, vor allem aber, weil die Mutter den Wunsch des Mädchens nicht so unvernünftig fand. Die Rosel war ja fast ebenso reich wie häßlich; das Mutterherz fühlte nach, wie sich ihr Kind dagegen sträubte, bloß um des Geldes willen genommen zu werden. Aber auch sie war tief erschreckt, als ihr das Mädchen sagte: „Froim der Schreiber hat mir gesagt, daß er mich will, und ich nehm' ihn!", denn der Froim Kurländer war ein hübscher, starker, lustiger, aber sehr armer Bursche, der sich durch das Abschreiben von Thorarollen notdürftig ernährte, und dies umso schwerer, als er sein bißchen Verdienst immer rasch unter die Leute brachte. „Eben darum nehm' ich ihn", meinte die Rosel. „Er verachtet das Geld. Wenn er mich will, so ist's um meinetwillen."

Da irrte sie. Froim ließ sich nur eben durch die reiche Mitgift über das Unglück trösten, die häßlichste Frau im Kreise zu haben.

Es ward eine jämmerliche Ehe. Der Mann war ein Säufer und Spieler und kam nur dazu manchmal heim, um neues Geld zu holen oder sein Weib zu prügeln, wenn sie ihm keines gab. Vergeblich rieten der Rosel die Verwandten, sich von dem wüsten Menschen scheiden zu lassen. Die düstere Frau schüttelte den Kopf: ihr geschehe nur, was sie verdient habe, und sie wolle die Suppe, welche sie sich selbst eingebrockt, bis auf den letzten Löffel schlucken. Das erfüllte sie denn auch ganz und gar. Erst nachdem sie dem Trunkenbold nichts mehr zu geben hatte, prügelte sie ihn einmal so unmenschlich durch, und schwor mit so entsetzlichen Eiden, ihn zu morden, wenn er sich je wieder blicken lasse, daß der Lump verschwand, als hätte ihn die Erde verschlungen.

Nun pachtete die Rosel den Schranken und begann in dem einsamen Hause ein neues, mühseliges Leben. Sie hielt keine Dienerin, keinen Knecht und verrichtete selbst den harten Dienst, rastlos, Tag und Nacht, mit einziger Ausnahme des Sabbats, und auch das nur, weil das Gesetz es gebot. Und wenn die Leute sie vor den Gefahren solcher Einsamkeit warnten, erwiderte sie kurz: jedes Kind im Kreise kenne ihre Geschichte und wisse, daß sie jetzt bettelarm sei, und vor sonstigen Anfechtungen wahre sie ihr Gesicht hinlänglich. Übrigens ward jeder dieser Rater in einer Art empfangen, daß er nicht wiederkam. So galt sie bald den einen als verrückt, den anderen als menschenfeindlich und ward von allen gemieden. Aber wie edel und klar sie war, bewies sie an der unglücklichen Witwe des Mendele. Sie pflegte sie bis zur letzten Stunde wie eine Schwester, und zog dann das Knäblein durch künstliche Ernährung mit unsäglicher Mühe auf.

Das Schicksal des „Pojaz" ist dadurch bestimmt worden, daß er dieser Eltern Sohn gewesen und von dieser Frau auferzogen worden ist; er selbst hat im Grunde wenig dazu getan, wie denn überhaupt das Wort, daß jeder seines eigenen Glückes Schmied sei, wohl die größte Lüge ist, welche so durch all die Zeiten von Mund zu Mund geht.

Übrigens erfuhr er seine Herkunft erst spät, er hielt sich für der Rosel Sohn, und die Leute taten ihr den Willen, ihn nicht aufzuklären; sie hatte so flehentlich darum gebeten, daß selbst der Roheste nicht entgegenhandeln wollte.

Auch hielt ihn die Frau wie ihr eigenes Fleisch und Blut; alle Liebeskraft des einsamen, verbitterten Herzens hatte sie dem Knaben zugewendet. Wer an der Maut vorüberfuhr und das schön geputzte Kind neben dem ärmlichen Weibe auf dem Steinbänkchen sitzen sah, mußte glauben, daß da eine Magd das Söhnchen ihrer Herrin bewache.

Den Leuten von Barnow begegnete die Rosel so herb wie sonst, aber dem Knaben fast töricht weich. Vielleicht auch deshalb, weil er trotz aller Pflege schwächlich blieb; ein mageres, hastiges Bübchen mit dunklen, unruhigen Augen, das fortwährend umherschoß und fragte und sich zu tun schaffte. Zutraulich lief es den Vorüberziehenden zu, begleitete sie lange Strecken Weges und hatte auch bald unter den Fuhrknechten, welche da regelmäßig vorbeikamen, eine große Anzahl Freunde, von denen es eifrig lernte, was sie eben lehren konnten: mit den Pferden umzugehen und allerlei russische und polnische Lieder und Sprüche, gerade nicht immer des saubersten Inhalts.

Es war eigen, wie rasch sich das Bürschchen mit den rohen Gesellen vertraut zu machen wußte. Und doch ermunterten sie es anfangs wahrlich nicht oder hielten sich gar den „jungen Judenhund" mit der Peitsche vom Leibe. Aber er gewann sie durch seine hastige, possierliche Art, und dann, weil er ihre Sprache so fertig und ohne Akzent erlernte, wie sie es aus jüdischem Munde kaum gehört, noch für glaublich gehalten hatten. Besonders ein schweigsamer, ältlicher, ruthenischer Knecht, namens Fedko Hayduck, der wöchentlich zweimal mit dem Gemüsewagen der Dominikaner aus dem Meierhofe vorüberkam, ward ganz bezaubert vom „Senderko", freute sich auf die Maut, wie sehr er sie sonst auch verwünschte, weil dann der Bube eine halbe Stunde mit ihm fuhr, und meinte immer: „Der Teufel mag alle Heiligen loben, wenn das ein Judenblut ist. Den haben die Juden einmal zu Ostern auf einen Braten gestohlen, aber es war ihnen zu wenig Fleisch und Blut daran! Denn wann hat man gehört, daß ein Jud' so sprechen kann oder gar singen! Eher glaub' ich wahrhaftig noch die Geschichte vom fleißigen Edelmann!"

Minder erbaut waren die Leute im Städtchen von diesem Treiben, doch ließen sie der seltsamen Erziehung ihren Lauf. Auch holte sich niemand gern ohne Grund die wuchtigen Höflichkeiten ab, die Frau Rosel für jeden Besucher bereit hielt. Aber als der Knabe endlich neunjährig geworden, ohne auch nur einen Buchstaben zu kennen, trieb die Leute ihr frommes Gewissen, sich ins Mittel zu legen. Denn Unterricht und Gottesdienst sind ja bei diesem Volke eins und Unwissenheit eine Todsünde; wer nicht lesen kann, ist auf Erden ein Verruchter, im Jenseits ein Verdammter.

So ordneten sie eine Gesandtschaft ins Mauthaus ab, welche wohl bitter empfangen wurde, aber doch ihren Zweck erreichte. Sie werde, erklärte die Frau, ihr liebes Kind keinem „Cheder" (Judenschule) anvertrauen, aber einen „Knaben-Bocher", einen Hofmeister, wolle sie gern bezahlen. Nur die Schwächlichkeit des Knaben habe sie bisher abgehalten, dies selbst zu veranlassen. Doch müsse sie bitten, ihr einen sanften und geduldigen Menschen zu schicken.

Der Beisatz war fast überflüssig, denn ungeduldige „Knaben-Bachorim" gibt es nicht, wenigstens nicht im podolischen Ghetto. Das sind Leute anderen Schlages, als die „Jeschiwa-Bachorim", die Hörer an den Rabbinerschulen. Es ist ein Gegensatz wie etwa zwischen dem dürftigen Schulmeister und dem übermütigen, selbstbewußten Sohn der „Alma mater". Es kommt ja auch vor, daß aus einem flotten Studenten, der nicht ans Ziel gelangt, ein zahmer Hofmeister oder gar ein gedrückter Volksschullehrer wird, aber dann ändert er eben sein Wesen. Die Knaben-Bachorim sind arme, scheue, demütige Menschen, die sich im Schweiße des Angesichts ihr kümmerliches Brot verdienen und alle Launen der Zöglinge und ihrer Eltern mit so unbewegtem Gesichte hinnehmen, als wäre das im Gegenteil gerade die Butter auf dies harte Brot.

Da aber mit der Frau da draußen nicht zu spaßen war, so schickte man ihr ein wahres Lamm. Es war dies der Bocher Naphtali, der wohl mit seinem Familiennamen Ritterstolz hieß, aber ein halbverhungertes Männchen von kleiner, dürftiger Gestalt war, mit einem Gesicht wie aus schlechtem Fließpapier geschnitten.

Der Unterricht begann und anfangs ging alles gut, der Knabe saß still und ließ sich in die Geheimnisse des Alphabets einführen, weil ihn die Neuheit der Sache interessierte und weil sich das bärtige Männchen im Erklären so komisch hin und her wiegte, wie ein Perpendikel, und jedes Wort schön durch die Nase sang. Nur wenn der Fedko vorbeikam, lief Sender davon. Aber bald lief er auch davon, wenn ein anderer Wagen vorbeikam, und schließlich ohne jede Veranlassung.

Auch Mosche Rindsbraten, Schlome Rosenthal, Chaim Fragezeichen, Selig Diamant und wie sonst die Pädagogen von Barnow hießen, hatten kein besseres Ergebnis zu verzeichnen. Da sich jeder von ihnen sonderbar hin und her bewegte und durch die Nase sang und jeder in anderer Art, so hielt der Knabe in den ersten Stunden immer still, aber da keiner gelernt hatte, Variationen in seinen Vortrag oder Vorsang anzubringen, so ward das Ende immer dasselbe.

Die Frau nahm sich das nicht zu Herzen. „Das Kind hat ja Zeit", meinte sie. Und so hatte das blasse, hastige, vorwitzige Büblein wieder selige Tage, fast ein Jahr lang.

Aber sie sollten ein jähes Ende nehmen, auf immer. Zwei Ereignisse führten dies herbei, ein Spaziergang und eine Kunstproduktion.

Da fuhr nämlich einmal Sender auf dem Gemüsewagen des Fedko davon und kam nicht wieder; erst am dritten Tage brachte ihn ein Barnower Dorfgeher der angstgequälten Pflegemutter zurück. Er habe nach Lemberg gewollt, erklärte Sender unbefangen, weil man ihm erzählt habe, daß dies die schönste und größte Stadt der Welt sei. Und als ihn die Frau fragte, ob er denn nicht Heimweh oder Bangen verspürt habe, schüttelte der Zehnjährige den Kopf; er kannte die Empfindung offenbar gar nicht.

Das machte die Mutter denn doch nachdenklich. Aber noch fand sie nicht den Schlüssel für die sonderbare Natur des Kindes.

Erst ein Fremder sollte es ihr mit dürren Worten sagen, der alte, reiche Moses Freudenthal, als er einmal während eines jähen Regens Schutz in ihrem Häuschen suchte.

Der Greis fragte den Knaben, warum er nicht lernen wolle, und erhielt darauf die keckste und possierlichste Antwort. Da setzte sich das Bürschlein an den Tisch und kopierte jeden seiner unglücklichen Erzieher so schrecklich getreu mit allen Arten und Unarten, daß der alte Mann vor ungemeinem Staunen gar nicht zum Lachen kam. Es war kein bloßes Nachäffen, wie man es von ungezogenen Kindern häufig genug sieht, sondern dem Manne war's, als sähe er da wirklich bald den Chaim Fragezeichen, bald den Naphtali Ritterstolz, bald den Schlome Rosenthal leibhaftig vor sich sitzen. Und als nun der Knabe, durch die Mutter aufgemuntert, auch seine Freunde, die Fuhrknechte vorzuführen begann, alle mit fast unheimlicher Naturtreue in Stimme und Ausdruck, da blieb der alte Mann wohl eine Stunde über den Regen sitzen und sagte der Frau, als er schied: „Es ist ein ‚Pojaz', wie ich noch keinen gesehen habe. Er hat's von seinem Vater, aber er trifft's schon jetzt besser als der Kowner! Denkt an mich: in drei Jahren läuft er davon und läßt nie wieder von sich hören. Eines ‚Schnorrers' Sohn ist er und ein ‚Schnorrer' wird er werden!"

Die Frau erschrak tödlich; wie Schuppen fiel es ihr von den Augen, nun konnte sie sich auch diesen seltsamen Wandertrieb erklären. Eine quälende Angst erfüllte ihr Herz; nicht dazu hatte sie das fremde Kind mit so unsäglicher Mühe aufgezogen, daß es, kaum flügge geworden, sie allein lasse und fortziehe ins fremde Elend hinein! Und dann – was hatte sie der sterbenden Mutter gelobt?! „Seid ruhig, Miriam, und sagt es auch Eurem armen Mann, wenn Ihr ihn drüben wiederseht: aus Eurem Sender wird kein ‚Schnorrer', solang die Rosel die Augen offen hat. So wahr mir Gott barmherzig sein möge in meiner letzten Stunde – ich will ihn davor hüten!" Die Miriam hatte ihr nur noch mit einem Blick danken können, aber der sprach: „Ich glaube dir – du bist auch die Frau, die ihren Schwur halten kann!" Und sie hatte ja auch dem Knaben aus dem doppelten Grund, ihn an sich zu fesseln und ihn vor jedem Gedanken an jenes unselige Leben zu bewahren, seine Herkunft so ängstlich verschwiegen, hatte es durchgesetzt, daß der Rabbi es jedem eingeschärft: „Der Sender ist der Rosel Sohn – wer es ihm anders sagt, begeht eine Sünde!"

Und nun?!

Aber neben dem Schmerz bäumte sich auch ein wilder Groll in ihr auf. Sie zürnte dem Knaben für das, was wahrlich nicht seine Schuld war: sein Blut und seine Erziehung. Denn wie sehr die Freiheit, die sie ihm in ihrer Zärtlichkeit gegönnt hatte, den angeborenen Trieb habe mehren müssen, sah sie nicht ein; sie hatte nur die Empfindung, daß er diese Zärtlichkeit mißbraucht habe.

Frau Rosel verbrachte eine schlaflose Nacht. Am nächsten Morgen raffte sie die Habseligkeiten des Knaben zusammen und ging mit ihm ins Städtchen. Sie wolle ihren Sohn in ein „Cheder" tun, erklärte sie, und wünsche, daß man ihr einen recht strengen „Rebbe" bezeichne.

Auch diesmal war der Beisatz fast überflüssig, denn der Leiter eines „Cheders" ist niemals sanft, wenigstens nicht im polodischen Ghetto. Wenn ein „Knaben-Bocher" sich zum „Rebbe" aufschwingt, zum Besitzer einer eigenen Lehrstube, in welcher er zwanzig, dreißig und mehr Kinder gleichzeitig unterrichtet, so wird er auch innerlich ein anderer Mensch oder kehrt sein Inneres ungescheut hervor, da er ja nun keine ängstlichen Rücksichten mehr zu nehmen braucht. Gewöhnlich wird aus dem sanftesten „Bocher" der grausamste „Rebbe", der nun auch unerbittlich alle jene Hiebe austeilt, welche er durch manches Jahr seinen Herren Zöglingen nur in der Phantasie widmen durfte. Auch sitzen ja da meist die Kinder ärmerer Leute, welche kaum ein Lehrgeld von zwei Kreuzern täglich bezahlen. So ist der „Rebbe" vor Beschwerden ziemlich sicher; ein armer Mann ist froh, wenn er sein Kind in der Schule weiß, und übrigens bewahrt ja sein eigenes Hinterteil lebhafte Erinnerungen aus der Jugendzeit – warum sollte es die junge Generation besser haben?!

Totgeschlagen ist im „Cheder" noch niemand worden, trösten sich die Leute, und das mag wahr sein, sofern man einen schlichten, klaren, durch den Galgen zu bestrafenden Mord meint. Aber langsam ist da sicherlich manches junge Leben erdrosselt worden: durch die abscheulichen Mißhandlungen roher Fanatiker. Es ist sicherlich ein schöner und kluger Grundzug des jüdischen Volkstums, das Lernen zur religiösen Pflicht, die Gelehrsamkeit zum Verdienst vor Gott, den Adel der Gelehrsamkeit zum einzigen im Judentum gültigen Adel zu machen, und es wäre nur wünschenswert, daß die altgläubige Judenschaft dies auch von anderem Wissen gelten ließe, nicht bloß vom Hebräisch-Lesen und dem Pentateuch, dem Talmud und der Kaballa. Aber dieser schöne und kluge Grundzug hat zur abscheulichen Einrichtung der „Cheder" (zu deutsch „Stuben") geführt, einem Schandfleck des orthodoxen Judentums, an welchem die Edlen und Einsichtigen dieses Glaubens eifrig aber vergebens herumscheuern. Denn sie bringen den Schandfleck trotz aller Mühe nicht weg, vielleicht, weil ihnen nur das Öl vernünftiger Überredung zu Gebote steht und nicht das zuweilen sehr heilsame Vitriol der Gewalt. So wuchern diese Marterhöhlen für Körper und Geist noch immer fort . . .

Auch in Barnow gab und gibt es deren viele, und das Weib aus dem Mauthause hatte stattliche Auswahl. Sie entschied sich für die Anstalt des Reb Elias Wohlgeruch, weil man ihr sagte, daß dieser Mann es verstehe, auch den wildesten Trotz zu brechen.

Elias Wohlgeruch hauste in einem der schmutzigsten, dumpfigsten Gäßchen von Barnow. Weder das Haus, noch der Mann machten dem Familiennamen große Ehre. Modrig und baufällig war die Spelunke, die wackeligen Mauern halb in die Erde gesunken, und das Innere bestand aus einem einzigen leidlich großen, wüsten und feuchten Raum, der alles in einem war: Küche, Empfangszimmer und Schlafsaal der Familie, Lehrsaal der Anstalt und Studierzimmer des Hausherrn. Da hockten in einem Knäuel an die vierzig Kinder, die größeren auf Schemeln, die kleineren auf dem nackten, schlüpfrigen Lehmboden, unter ihnen Reb Elias. Was sie trieben, hörte man durch das ganze Gäßchen: ein eintöniges Summen und Surren, in welches sich zuweilen ein durchdringendes Jammergeheul mischte.

Gerade als die Frau mit dem Knaben vor dem Häuschen hielt, ging drinnen eine solche Exekution vor sich. Frau Rosel erbleichte, faßte die Hand des Kindes fester und zauderte einen Augenblick. Dann schüttelte sie finster den Kopf und trat über die Schwelle. Freilich wich sie im selben Augenblicke unwillkürlich zurück; sie war draußen in ihrem reinlichen Feldhäuschen solcher Düfte nicht gewohnt, wie sie diesen düsteren Raum erfüllten. Denn zu der Ausdünstung der vielen Menschen kam der Dunst des Herdes, an welchem Frau Chane Wohlgeruch das Mittagessen bereitete, und überhaupt genau so waltete, wie Schiller singt, nur daß sie nicht bloß den Knaben, sondern auch den Mädchen wehrte und bald dem, bald jenem ihrer Kinder eine ungeheure Maulschelle gab. In ähnlichen Bewegungen bestand auch die Haupttätigkeit ihres Gatten; nur daß er bei der großen Anzahl der Schüler die eigene Hand, so knochig und fest sie war, nicht für ausreichend hielt und darum immer ein scharfkantiges, messingbeschlagenes Lineal schwang, auf welchem mancher dunkle Fleck saß, nicht Tinte, sondern Blut.

Das war übrigens nur das Werkzeug für den ersten Torturgrad. Der zweite wurde neben der Tür vollzogen, wo auf einem Schemel ein anscheinend harmloser, aber in guten Essig getauchter Birkenzweig ruhte – er ruhte aber selten –. Der dritte Grad endlich wurde in einem dunklen Winkel geübt; dort war ein Haufe scharfkantiger Steine geschichtet, auf die man den armen kleinen Sünder gebunden hinwarf.

Als die Rosel mit dem neuen Zögling eintrat, war gerade nur das Lineal in Tätigkeit, aber auch dies wirkte, wenn man aus dem Geheul des eben bearbeiteten Jungen schließen durfte, sehr energisch. Auch der Lehrer war offenbar erregt, und wenn der hagere, furchtbar verwahrloste Mann mit der ungeheuren Geiernase im verkniffenen Gesichte auch sonst keinen gemütlichen Eindruck machte, so mußte er nun in seiner Raserei geradezu unheimlich erscheinen.

Der kleine „Pojaz" schrie denn auch, als sollte er an den Spieß gesteckt werden. Frau Rosel zauderte abermals. Aber dann gab sie dem Bübchen einen festen Ruck und brachte ihren Antrag vor.

Reb Elias war natürlich einverstanden, hier doppelt, weil sich die Frau bei der Feststellung des Kost- und Lehrgeldes nicht knickrig zeigte. Er hoffe den besten Erfolg, versicherte er, seiner Erziehungsmethode habe auch der wildeste Range nicht widerstanden. Und dann erklärte er dem Ankömmling in einladendster Weise die Bedeutung des Lineals, des Schemels und der Steine.

Der armen Frau gab es einen Stich durchs Herz, aber sie blieb fest, und als der Rebbe, wahrlich nicht aus Menschenliebe, fragte, ob sie nicht den Knaben mindestens jeden Sabbat über bei sich zu haben wünsche, erwiderte sie: „Nein! nicht eher, als bis er mindestens gut lesen kann."

Aber Sender kam schon viel früher heim: am Abend desselben Tages. Das Bübchen hatte sich mühsam bis zum Mauthaus geschleppt und wenn es auch vor blutigem Weinen nicht zum Reden kam, so erzählte doch der arme, zarte Leib, daß der Erzieher neben der alten Betschul bereits im Laufe des einzigen Tages Zeit gefunden, alle drei Mittel in Anwendung zu bringen.

Die düstere Frau wusch und kühlte schweigend den Körper ihres Lieblings und bettete ihn an gewohnter Stelle. Dann verbrachte sie schlaflos die Nacht an seinem Lager und weinte vor sich hin, weinte zum ersten Male seit langen Jahren. Aber als Sender wieder wohl war, zerrte sie ihn doch zurück zum Cheder. In dieser Frau war eine unheimlich starke Kraft des Willens, stärker als in den meisten Männern ihres Stammes.

Man soll nicht überflüssig Düsteres berichten, und nichts auf Erden ist düsterer als grausames Leid, das sich über hilfloser Kindheit entlädt. Darum kein Wort über die Art, wie Reb Elias die Wiederkehr des Flüchtlings feierte, und über die Methode, durch die er ihm schließlich doch das Lesen beibrachte.

Das geschah freilich erst nach zwei Monaten. Aber dann sah sich Reb Elias benötigt, einen Besuch im Mauthause zu machen.

„Ich habe ihn wirklich weit gebracht", erklärte er, „wir könnten jetzt sogar schon mit dem Übersetzen anfangen, aber der Bub ist so trotzig. Aus Trotz hat er sich jetzt in eine Ecke gelegt und will nichts mehr essen."

Die Frau ging zu dem Kinde. Und als sie an seinem Lager niederkniete, da wurde sie inne, daß Sender in seinem Trotze noch viel weiter ging: das Bübchen atmete kaum noch und sein linker Arm war gebrochen. Frau Rosel blickte den Rebbe mit einem langen Blicke an, daß er entsetzt in eine Ecke zurückwich. Dann hob sie den Knaben in ihre Arme und trug ihn heim.

Der Arzt machte anfangs ein bedenkliches Gesicht, weil der Bruch so lange vernachlässigt geblieben. Aber in dem schwächlichen Knaben war doch etwas von der eisernen Natur des Vaters. Nach vier Wochen war jede Gefahr vorüber.

An dem Tage, wo ihr der Arzt dies erklärte, wich Rosel zuerst vom Lager des Kranken.

Sie ging in ihr Gärtchen und schnitt dort eine lange, starke und doch biegsame Staude ab. Und so gerüstet machte sie dem Rebbe

Elias Wohlgeruch einen Besuch. Von den Gesprächen, welche sie in stiller Kammer mit ihm gepflogen, wurden auf die Straße hinaus freilich nur unartikulierte Laute hörbar, aber ihr Inhalt blieb im allgemeinen doch nicht unbekannt.

So endete dieser Abschnitt in den Lehr- und Lernjahren des „Pojaz" mit einer stark dramatischen Szene.

Viertes Kapitel

Nun wechselt der Schauplatz dieser Geschichte; sie spielt nicht mehr in Barnow, sondern in Buczacz. Aber da dies gleichfalls ein erbärmliches galizisches Judennest ist und im selben Kreise, nur fünf Meilen von Barnow liegt, so ist dies anscheinend kein großer Unterschied. Aber nur anscheinend, in Wahrheit trennt die Bewohner beider Städtchen die tiefste Kluft. Wohl sind sie gleich ungebildet, gleich arm, gleich mißachtet, wohl tragen sie die gleiche Tracht und beugen sich demselben Gotte, aber sie dienen ihm in grundverschiedener Weise.

Die Juden von Barnow sind „Chassidim", Mucker und Schwärmer, wilde, phantastische Fanatiker, die zwischen grausamer Aszese und üppiger Schwelgerei seltsam hin und her schwanken. Sie halten sich – daher ihr Name – für die „Begnadeten" unter den Juden, weil ihnen andere tiefere Quellen der Offenbarung fließen: jene der „Kaballa", namentlich des Buches „Sohar". In Buczacz hingegen wohnen „Misnagdim", harte, nüchterne Leute, die vor allem die Bibel ehren, den Talmud aber nur insoweit, als er die Bibel erläutert, wie denn überhaupt die Geltung dieses Konversationslexikons bei keiner Sekte eine bindende ist, ja nicht einmal sein kann, weil es nicht viele Fragen gibt, über die der Talmud nicht sehr verschiedene Ansichten enthielte. Praktische, kühle Menschen, leben die Misnagdim schlecht und recht den Gesetzen ihres Glaubens nach, halten aber die zehn Gebote für wichtiger als alles andere, erklären sich die Wunder in möglichst natürlicher Art, sind jedoch im übrigen jeder überflüssigen Grübelei abgeneigt. Jedes Gleichnis hinkt, vielleicht darf hier gleichwohl an den Gegensatz zwischen den protestantischen „Stillen im Lande" und den Rationalisten derselben Konfession erinnert werden – es ist aber eben nur ein entfernt ähnliches Verhältnis.

Da der Glaube der Juden des Ostens in allen Stücken das belebende Moment ist, der Urquell und Endzweck allen Strebens, so sind die Juden von Barnow und die von Buczacz in der Tat grundverschieden. In Barnow wird viel gefastet, aber auch viel gezecht, in Buczacz bewegt sich das Leben in gemessenem, einförmigem Geleise; in Barnow wird den lieben, langen Tag über gelehrte Dinge disputiert und nur in den Zwischenpausen gearbeitet oder gewuchert, die Buczaczer widmen sich dem Handwerk und Handel; der Fleiß, die bürgerliche Ehrenhaftigkeit sind größer, die

Achtung vor geistiger Tätigkeit und die Opferfreudigkeit für Armut und Gelehrsamkeit geringer. Die Barnower sind exzentrisch und leidenschaftlich, die Buczaczer gelten als harte, berechnende Menschen. Die gleiche Frömmigkeit und der gleiche Druck von außen machen freilich diese Verschiedenheit dem flüchtigen Blick unkenntlich; der Pole oder Ruthene merkt es kaum, daß in Buczacz eine andere geistige Atmosphäre herrscht, als in den übrigen Städtchen des Kreises, wie auch dem schlesischen Wasserpolaken der Unterschied zwischen einem Herrnhuterorte und einer protestantischen Industriestadt nicht ganz klar ist. Der Kundige kann ihn freilich nicht übersehen.

Auf diese Eigenschaften der „Misnagdim" baute die Rosel Kurländer ihre Hoffnung. Wenn ein Gast irgendwo schlecht bewirtet worden ist, so sagen die Leute in Podolien: „Man hat ihn aufgenommen wie die Buczaczer einen ‚Schnorrer'." Diese nüchternen Leute haben einen Abscheu gegen alle unsteten Lumpen, auch wenn diese sehr fromm sind und lustige Geschichten erzählen. Hier konnte der Knabe, rechnete die kluge Frau, am leichtesten Verachtung jenes Lebens lernen, zu welchem ihn geheimnisvoll die Stimme des Blutes zog. Sie gab ihn in das beste Cheder zu Buczacz, das ein gutmütiger, wohlbeleibter Mann leitete, Simon Baumgrün.

Simon prügelte nicht gern, weil er dabei in Hitze kam, auch begnügte er sich mit drei bis vier Stunden täglichen Unterrichts. Der gravitätische, unbehilfliche Mann ward von seinen Schülern aufrichtig geliebt, weil sie herausfühlten, daß er sie liebte. Auch unser „Pojaz" machte da wohl im Grunde seines Herzens keine Ausnahme, aber er offenbarte diese Liebe in recht eigener Weise ...

In den ersten Wochen ging freilich alles gut. Der Schmerz der Trennung war leicht verwunden; die fremde Umgebung beschäftigte den Knaben. Zwar kamen ihm die Leute von Buczacz langweiliger vor als jene der Heimat, dafür war's aber bei Simon Baumgrün besser als bei Elias Wohlgeruch. Aber der gute Simon hatte ein komisches Äußere und das nährte den Dämon, der in dem hastigen Buben hauste. Sender äffte dem Lehrer nach, erst heimlich, dann offen, er tat ihm tausend Streiche an. Wenn Simon in seiner Dose statt seines „gemischten Ungarischen" Sand fand, wenn er sich nicht wieder vom Sessel erheben konnte, weil dieser mit Leim bestrichen war, wenn er statt des Taschentuchs einen Kinderstrumpf hervorzog, wenn er statt des guten alten Moldauers, welcher zu seiner Labe bereit stand, den sauersten Essig zu kosten bekam – der „Pojaz" hatte es verschuldet, dies und noch viel mehr. Denn nur während des Unterrichts war der Lehrer der Gegenstand seiner Vergnügungen, für den Rest des Tages die ganze Gemeinde.

Noch heute erzählen die Leute von Buczacz, halb ärgerlich, halb belustigt, tausend Streiche von dem Kobold, der drei Jahre in ihrer Mitte gehaust.

Da kamen einmal in der Frühe jene Männer und Weiber, die regelmäßig in der Lotterie zu spielen pflegten, unter großem Freudengejohle vor der Türe des Kollektanten zusammen und jeder versicherte, Gerson, der Kollektant, sei gestern abend bei ihm gewesen und habe ihn aufgefordert, morgen früh einen großen Gewinn zu erheben.

Als ihrer immer mehr zusammenkamen, alle mit gleich strahlenden Gesichtern, da ward ihnen die Sache doch etwas bedenklich. „Gerson hat sich vielleicht geirrt", meinte wohl der und jener, aber jeder war überzeugt, der Irrtum beziehe sich auf des Nachbars Gewinst.

Endlich begannen sie unwillig an der verschlossenen Ladentür zu pochen. „Gerson, mach auf! Gerson, mein Geld!" Und sie wurden immer ungestümer, bis endlich das Weib des Kollektanten erstaunt öffnete.

„Es hat ja diese Woche niemand gewonnen", versicherte sie, „und eben darum ist mein Mann, weil ohnehin nichts zu tun war, gestern nachmittag nach Kolomea gefahren!"

„Aber er ist ja gestern abend an meiner Tür gewesen", schrie der eine.

„An meinem Fenster!" schrie der andere.

„Meine Nummern sind herausgekommen 2, 5, 27."

„Meine, meine 17, 48, 80."

„Schweigt, ich hab' ein Terno, 46, 57, 89."

Der Lärm wurde immer größer – die Frau wußte sich der Anstürmenden nicht zu erwehren und schrie um Hilfe.

Schließlich stand die ganze Gemeinde um den Laden, die Betroffenen wütend, die Zuschauer lachend. Der Knabe aber, der durch sein Nachahmungstalent den ganzen Spuk angerichtet hatte, saß zur selben Zeit mit ungewohntem Ernst zu Füßen seines Lehrers und nur zuweilen zuckte es wie ein Blitz über das blasse Antlitz.

Dieses Talent entwickelte sich überhaupt immer mehr und es ist schwer zu sagen, ob die Juden von Buczacz mehr Freude oder mehr Verdruß davon hatten. Auch der harmloseste Mensch hört es gern, wenn man seinen lieben Nächsten ein wenig verspottet, und darum war Sender in den meisten Häusern ein gern gesehener Gast.

Da stellte sich der Knabe hin: „Ratet, wer ist das?" Und dann hörte man eine sanfte Lispelstimme: „Erbsen! immer Erbsen! Weib! warum gibst du mir niemals Fleisch?" Worauf eine polternde Frauenstimme erwiderte: „Mit Braten bist du aufgewachsen? Verdien dir das Fleisch!" Der Mann fuhr fort zu flehen, das Weib zu poltern – man brauchte bloß die Augen zu schließen und hätte schwören mögen, da zanke sich der kleine Chaim Roser wieder einmal mit seinem großen Weibe Rifka.

Ein Hauptstücklein des Knaben war's, sonderbare Käuze in verschiedenen Gemütszuständen vorzuführen – zärtlich oder betrunken, zornig oder furchtsam. Seinem Lehrer hatte er vollends jede Gebärde abgeguckt – es war den Zuschauern fast unheimlich ob solcher Naturtreue.

Aber er bedurfte dazu nicht erst langjähriger Beobachtung.

Da war einmal ein berühmter Rabbi ins Städtchen gekommen, verweilte über den Sabbat und hielt am Vormittag eine Gastpredigt. Am Nachmittag war bei Moses Fränkel, einem reichen Manne, in dessen Hause der Rabbi abgestiegen war, zu dessen Ehren ein Fest. Niemand wurde besonders geladen, es war nach der Sitte dieser Kreise selbstverständlich, daß jeder kam, der Lust dazu hatte, Greise, Männer und Knaben. Darunter natürlich auch Sender.

Während sich die Frauen des Hauses in einem Nebengemach um die Gattin des Gastes scharten, suchten die Männer den hochwürdigen Herrn nach Kräften zu vergnügen. Zu diesem Zwecke ward ihm auch Sender vorgeführt und machte seine Stücklein.

„Könntest du auch nachahmen, wie ich rede?" fragte der Rabbi.

„Warum nicht?" erwiderte der Knabe und begann eine Kopie der Predigt, Zug um Zug getreu, bis auf die Art des Atemholens.

Die Leute sahen sich verlegen an, der Rabbi lächelte, aber immer gezwungener. Da ward die Tür des Nebengemachs geöffnet. „Verzeiht", sagte die Dienerin, „aber die Rebbezin möchte hören, was ihr Mann predigt."

Die eigene Gattin des Mannes hatte sich täuschen lassen!

So ward Sender unter den nüchternen Leuten von Buczacz nicht selber nüchtern, steckte sie vielmehr mit seinen Torheiten an.

Aber es ging dabei nicht immer so harmlos zu. Der schlanke, blasse Junge steckte voll Tücken und Nücken. Nur aus Übermut und weil es nun einmal Menschenart ist, seine Krallen zu brauchen, wenn man sie hat; wer sie nicht hat, findet das freilich unverzeihlich. Aber gut war der Junge dabei doch, grundgut und warmherzig. Er achtete nicht auf Besitz. Schenken war seine Leidenschaft, und einmal kam er ohne Stiefel, ein andermal ohne Hut heim, weil er sie an Arme verschenkt hatte.

Solche Züge versöhnten den guten, dicken Simon immer wieder mit seinem ungezogenen Zögling. „Eben ein Pojaz!" sagte er achselzuckend.

Minder gleichmütig nahm es die Rosel, als sie endlich nach zwei Jahren zum dreizehnten Geburtstage Senders nach Buczacz hinüberkam und die Ergebnisse der Erziehung überblickte. Mit dem vollendeten dreizehnten Jahre tritt der jüdische Knabe, wie bereits erwähnt, in den Bund der Männer, und dies ist auch in der Regel die Zeit, wo er einen bestimmten Beruf wählen muß.

„Meine liebe Frau Rosel", sagte Simon bekümmert, „fünfhundert Knaben habe ich bis zum dreizehnten Geburtstag unterrichtet, fünfhundert Ratschläge habe ich gegeben – Euch weiß ich keinen. Zum Handelsmann taugt der Junge nicht – er schenkt ja alles weg! Zum Gelehrten auch nicht – er hat einen guten Kopf, aber keinen Fleiß!"

Die kluge Frau faßte sich rasch und wußte Rat.

„Dann muß er eben ein Handwerker werden", entschied sie und gab ihn zu einem Uhrmacher in die Lehre.

So begann der dritte Abschnitt im Leben dieses sonderbaren Menschen, aber er endete jäh und bald.

Auch hier ging anfangs alles prächtig. Der Lehrherr, Hirsch Brandes, war nicht bloß der beste Uhrmacher des Kreises, sondern auch einer der vernünftigsten Männer von Buczacz. Er hielt den Knaben kurz, und dieser fügte sich, solange ihn die veränderten Verhältnisse und das neue Handwerk interessierten. Dann begann er sich zu langweilen und machte tausend tolle Streiche. Und endlich auch einen, infolgedessen er die Stadt verlassen mußte.

Da schlug nämlich einmal in später Abendstunde eines Herbsttages der Holzklöppel des Schuldieners von Buczacz, des kleinen, melancholischen Mendele, dreimal im wohlbekannten Takte an alle Fenster des Städtchens und mit seiner näselnden, ewig umflorten Stimme forderte Mendele die Leute auf, morgen schon um vier Uhr zum Gebete zusammenzukommen, der Rabbi befehle es und werde morgen selbst den Grund offenbaren.

Seufzend erhoben sich schon in der dunklen, kalten Frühe die Familienhäupter aus ihren warmen Betten und schlichen zur „Schul'". Aber das Gotteshaus war verschlossen und nun warteten sie zähneklappernd auf Mendele und den Rabbi.

Inzwischen waren auch diese beiden geweckt worden.

Der Rabbi hörte an seinem Fenster die wohlbekannten drei Schläge, und als er sich aufrichtete und erschreckt rief: „Mendele, was ist geschehen?" erwiderte dieser: „Auf, Rabbi, in der Schul' steckt ein böser Geist und poltert. Es stehen schon eine Menge Leut' draußen, aber ohne Euch trauen sie sich nicht hinein!"

„Gott! Gott!" rief der alte Mann entsetzt, „es ist gewiß Berisch, der Schenker, der keine Ruh' im Grabe hat, weil er so viel Wasser in den Schnaps gegossen hat!"

Und er fuhr hastig in seine Kleider.

Gleich darauf klopfte es an Mendeles Fenster: „Ich bin's", rief eine kreischende Frauenstimme, „Mirl, die Köchin des Rabbi! Ihr sollt sogleich mit den Schlüsseln zur Schul' kommen. Drinnen hört man einen bösen Geist, die halbe Gemeinde steht schon draußen!"

„Gottes Schutz über Israel", stöhnte das Männchen erschreckt und stürzte halbbekleidet zur Schul'.

„Hört ihr's schon lang?" rief er den Männern entgegen.

„Was?"

„Den bösen Geist, der drinnen ist?"

„Bist du verrückt – man hört ja nichts!"

„Aber der Rabbi hat es mir sagen lassen."

Im selben Augenblick kam auch dieser herangekeucht.

„Leut'!" rief er, „es ist Berisch, der Schenker!"

„Der ist ja begraben!"

„Eben darum! Ein Lebendiger kann nicht als Geist des Nachts in der Schul' poltern."

„Aber es poltert ja nichts, Rabbi!"

„Wie? Mendele hat mich doch geweckt!"

„Rabbi! Ihr habt mich ja wecken lassen, durch Eure Köchin!"

„Was? . . . Was? . . . Du warst ja bei mir!"

„Aber Mendele, warum hast du uns gestern abend herbestellt?"

„Ich euch? – Verrückt seid ihr!"

„Verrückt bist du, du warst ja bei uns allen!"

„Ich?"

Dem armen Mendele begann es im Hirn zu wirbeln und nicht minder dem Rabbi und den Leuten. So schrieen, riefen, klagten, schimpften sie wirr durcheinander, in dichtem Knäuel schoben sie sich hin und her, die tiefe Dunkelheit mehrte den Wirrwarr – es war eine unbeschreibliche Szene.

„Ein böser Geist", rief plötzlich einer mit durchdringender Stimme, „das kann nur ein Geist angestiftet haben."

„Ein Geist", wiederholten die anderen und schoben sich noch enger zusammen. „Horch! da klopft es ja wirklich in der Schul'."

In der großen Aufregung hörten sie in der Tat, was nicht zu hören war.

Da faßte sich endlich einer und rief: „Hört mich, ihr Leute! Ein böser Geist hat es angestiftet und aus vernünftigen Leuten Verrückte gemacht. Aber vor dem braucht ihr euch nicht zu fürchten."

Es war Hirsch Brandes, der Uhrmacher. „Umsonst ist mein Sender gestern abend nicht so spät nach Hause gekommen!" fügte er bei.

„Der Pojaz!" riefen alle – es fiel ihnen wie Schuppen von den Augen. „Erschlagen soll man ihn – kommt – kommt – lebendig kommt er uns nicht aus den Händen!"

Aber da rief Hirsch Brandes: „Laßt das mir, ihr Leut', er soll sein Teil bekommen, und dann hinaus mit ihm – aus meinem Haus und aus der Stadt!"

So geschah's. Als Sender um die Mittagsstunde desselben Tages Buczacz verließ, da nahm er nicht bloß im Herzen, sondern auch in anderen Körperteilen lebhafte Erinnerungen mit an die Stadt seiner Jugend.

Fünftes Kapitel

Die Mutter empfing ihn schlecht, sehr schlecht. Wohl hörte sie ihn ruhig an, ohne Schimpf und Schlag, aber Prügel wären dem Jungen lieber gewesen. Frau Rosel tat, als wäre er nicht zu Hause, sie würdigte ihn keines Worts und Blicks, sie klagte nicht, nur Nachts hörte er sie in ihrer Kammer stöhnen. Und weil er ja guten, weichen Herzens war, so wirkte gerade dieser stumme Schmerz tiefer auf ihn als jede laute Züchtigung.

Eines Morgens warf er sich ihr weinend zu Füßen.

„Tritt mich, schlag' mich", schluchzte er, „aber dann sag', was ich nach deinem Willen tun soll!"

Die Frau schüttelte finster den Kopf.

„Es kommt ja doch alles, wie es kommen muß!"

„Was meinst du, Mutter?"

„Später – morgen – ich werde nachdenken!"

Das Geheimnis seiner Geburt war ihr fast auf die Lippen getreten, sie drängte es zurück.

Am nächsten Morgen hatten Mutter und Sohn eine lange Unterredung. Rosel drang in den Zerknirschten, ihr zu sagen, welchen Beruf er selber wünsche.

„Was du willst, Mutter", war seine Antwort.

Aber als sie nicht abließ, meinte er zögernd: „Am liebsten schau ich mir so die Leut' an und mach' ihnen dann nach, oder denk' mir, was sie tun würden, wenn ihnen ein Schmerz widerfahren möchte, oder eine Freude, oder ein Schreck, oder wenn sie betrunken wären. Geschichten hör' ich gern und weiß sie auch sehr gut zu erzählen – die Leut' lachen, daß ihnen der Bauch wackelt. Und dann möcht' ich herumreisen! Sobald ich jemand gut kenne, geht er mich nichts mehr an . . ."

Die Frau nickte fortwährend, während er so sprach.

„Ja, ja", flüsterte sie dumpf, „so, genau so habe ich es mir gedacht!"

Aber dann richtete sie sich hoch auf; noch einmal wollte sie den Kampf aufnehmen mit dem ererbten Dämon.

„Davon kann man nicht leben", sagte sie mit harter, schneidender Stimme, „hast du nie daran gedacht, dir dein Brot zu erwerben?"

„Nein", gestand er.

„Aber es muß ja sein!"

„Dann möchte ich am liebsten Fuhrmann werden", sagte er zaghaft. „Da kommt man weit herum, sieht viele Menschen, und während man die Pferde lenkt, kann man sich so Geschichten ausdenken."

Frau Rosel stimmte weder dafür noch dagegen, sie stritt einen schweren Kampf. Endlich entschloß sie sich, des Knaben Wunsch zu erfüllen. Wer sich aus einer reißenden Strömung retten will, dachte sie, darf nicht gegen sie schwimmen, sondern mit ihr und zugleich langsam dem Ufer zu. Das erwählte Gewerbe tat dem unsteten Sinn des Knaben Genüge, und er blieb dabei doch in geordneten Bahnen.

„Noch zwei Jahre", hoffte sie, „dann suche ich ihm ein braves Weib und es behagt ihm schließlich selbst nicht mehr, so ewig auf der Landstraße umherzukollern."

Und wieder schickte sich anfangs alles gut. Sender kam zum ersten Lohnfuhrmann von Barnow, Simche Turteltaub, einem lustigen, kreuzbraven, ewig durstigen Menschen. Herr und Knecht paßten zusammen, vertrugen sich vortrefflich, lachten an einem Tage mehr als alle übrigen Juden von Barnow in der ganzen Woche und gewannen sich täglich lieber.

Nach zwei Monaten brachte es Sender so weit, daß ihm der Herr sein eigenes Fuhrwerk auf größere Reisen anvertraute; nicht umsonst war schon in seinen frühen Knabenjahren der Fedko sein guter Freund gewesen.

Im übrigen blieb der Bursche, wie er gewesen; immer lustig, nicht immer harmlos, voll von Possen und Tücken. Nur daß ihm mit den Jahren die Kunstfertigkeit zunahm und da er nun auch wirklich viel Zeit hatte, sich „Geschichten" auszudenken, wenn er so von Barnow nach Tarnopol fuhr, oder durchs Flachland gegen die Berge Pokutiens, so ward er bald im ganzen Lande im gleichen Sinne bekannt, wie früher in Buczacz. Der „Pojaz" – sie nannten ihn nirgendwo anders, und so groß war der Ruf seiner Streiche, daß er noch heute nicht erloschen ist. Tolle Streiche, in denen gleichwohl ein Fünklein Vernunft oder Gerechtigkeitssinn nicht zu verkennen war.

Er hatte dieselbe Empfindung darüber, mehrere Jahre später pflegte er selbst zu sagen: „Schändlich habe ich's getrieben, aber zu schämen brauch' ich mich nicht."

Das war die Einleitung, und dann begann er zu erzählen: „An der Grenze, in Skalat, war ein kaiserlicher Finanzkommissär, Meyringer hat er geheißen, der war schlauer als alle armenischen und jüdischen Schmuggler zusammengenommen. Die Regierung schickt ihn hin, damit er dem Treiben ein Ende macht, und gibt ihm viele Grenzwächter mit, sogar eine Kompagnie Militär. Er aber läßt die Soldaten ruhig in der Kaserne, geht zu den Leuten hin, die dieses Geschäft in der Hand haben, und sagt ihnen: ‚Wenn ich euch abfasse, habt ihr nur Schaden und ich keinen Nutzen! Verständigen wir uns!' Das ist den Schmugglern nicht neu, sein Vorgänger hat es ebenso gemacht, sie bieten ihm dasselbe: ein Viertel vom Nutzen. ‚Gut', sagt er, ‚aber ihr versprecht es mir schriftlich und was ich beiläufig jährlich erwarten darf.' Das fällt ihnen auf, dann aber denken sie: ‚Er ist doch ein Beamter! Wenn er sich nicht schämt und fürchtet, einen solchen Vertrag zu machen, warum wir?' Und sie tun's.

Zwei Tage darauf sitzen sie alle im Kreisgefängnis in Barnow. Der Meyringer hat sie angezeigt, die Verträge vorgelegt. Sie kommen ins Zuchthaus, müssen den früheren Schaden ersetzen, und der Meyringer bekommt zur Belohnung ein Drittel davon. Das Militär kann abrücken, der Schmuggel hat aufgehört, denn die Schmuggler sitzen ja alle, und der Meyringer wird Oberkommissär und kriegt einen Orden.

Ein anderer wäre zufrieden, aber der Meyringer denkt: ‚Was fang' ich nun an? Kein Schmuggel, kein Verdienst für mich! Das schöne Geschäft darf doch nicht stille liegen!' Zwei Monate später wird wieder geschmuggelt, Vieh und Getreide aus Rußland, Salz und Stoffe nach Rußland, und dreimal so viel als sonst. Der Meyringer hat, weil sich kein anderer gefunden hat, die Sache selbst in die Hand genommen – und wie! Er verdient ein Heidengeld dabei, und das Geschäft ist sicher: sollen seine Schmuggler durch die Furt gehen, so warten seine Aufseher an der Brücke und umgekehrt!

Natürlich dauert's nicht lang, und es kommt eine Anzeige an den Kreishauptmann. Ein Oberkommissär wird abgeschickt und untersucht – umsonst! Man schickt mehr Aufseher, auch Soldaten. Der Schmuggel dauert fort, und den Meyringer abzusetzen ist nicht möglich, weil man ihm nichts beweisen kann. Nun kommt ein Finanzrat aus Lemberg, der tüchtigste Beamte im Lande, aber der findet auch nichts.

Zu dieser Zeit bin ich gerade in Skalat und höre diese Geschichte und wie alle Leute den schlauen Schurken verfluchen. ‚Dem kommt niemand bei!' klagen sie.

Da kommt ein anderer Fuhrmann, Krumm-Avrumele hat er geheißen, und ein großer Gauner war er, zu mir.

‚Pojaz', sagt er, ‚wann fährst du nach Barnow zurück?'

‚Morgen früh', sag' ich.

‚Und heut' nacht?'

‚Schlaf' ich und ruhen die Pferde!'

‚Hättest du nicht Lust, heut' nacht etwas Besonderes zu verdienen? Dein Fuhrherr muß es nicht erfahren. Deinen Wagen brauche ich nicht, aber dich und die Pferde!'

Ich weiß gleich, was dahinter steckt, denn alle Leute sagen ja, daß Krumm-Avrumele für den Meyringer schmuggelt.

‚Wohin soll ich kommen?'

‚Schlag zehn ins Wirtshaus in Rossow. Aber du schweigst darüber!'

‚Natürlich! Abgemacht!'

Nun überleg' ich mir die Sach'. Also in Rossow sammeln sich die Schmuggler. Dann fahren sie natürlich ins nächste russische Dorf, nach Klobowka, dort wird aufgeladen. Vor Morgengrauen müssen sie zurück sein. Dann können sie also nur den kürzesten Weg zurücknehmen, über die Rossower Brücke. Sind der Finanzrat und seine Leute gegen zwei Uhr früh dort, so fangen sie den Transport ab. Dem Schurken, dem Meyringer, gönn' ich's. Also muß ich's dem Rat sagen.

Ich geh' ins Wirtshaus, wo der Rat wohnt, zum dicken Froim.

‚Der Herr Rat ist in der Kasern'', sagt mir der, ‚heut' wird er wieder die ganze Nacht mit dem Meyringer und den Aufsehern herumkutschieren und am Morgen mit langer Nas' heimkommen. Der Schuft foppt ihn, wie er will, und der Herr Rat glaubt ihm doch!'

‚Böse Sach'', denk' ich, ‚dann glaubt er auch mir nicht!'

Da kommt der Kutscher vom Rat in die Stub' und läßt sich ein Glas Schnaps einschenken.

‚Severko', sagt der dicke Froim, ‚du hast genug! Wie willst du heut' nacht kutschieren?!'

Ich schau mir diesen Severko an, und richtig – er steht kaum noch auf den Beinen.

‚Froim', sag' ich zum Wirt, ‚gebt ihm so viel Schnaps, wie er will. Es ist ein gut' Werk!'

‚Bist du verrückt?' fragt er.

‚Tut's', sag' ich und bitt' so lang, bis der Kerl eine ganze Flasche bekommt. Und eine halbe Stunde darauf eine zweite.

Es wird Abend, der Regen gießt in Strömen, der Rat kommt mit dem Meyringer, um abzufahren, aber die Pferde stehen im Stall und der Severko liegt unter dem Tisch. Der Rat wettert, da biet' ich mich an. Der Wirt steht für mich gut. Er nimmt's an. Eine Viertelstunde später fahren wir ab.

‚Vor die Stadt!' wird mir befohlen.

Bei der Kaserne schließen sich uns sechs andere Wagen an mit Aufsehern und Soldaten.

‚Ihr fahrt uns nach', befiehlt der Rat, und mir: ‚Nach Dolnice!'

Das Dorf liegt zwei Stunden vom Städtchen und vier von Rossow – der Schurk' führt uns wirklich in die entgegengesetzte Richtung. Aber da läßt sich nichts machen – ich fahr' auf Dolnice zu, wenn auch langsam. Die Nacht wird immer finsterer, der Regen stärker, bei der ersten Seitenstraße bieg' ich ab. Der Meyringer merkt's.

‚Wohin?' ruft er.

‚Der Weg ist kürzer, lieber Herr!'

‚Aber du wirst dich verirren!'

‚Behüte!'

Und fahr' und fahr' im großen Bogen ums Städtchen gegen Rossow und die sechs Wagen hinter mir her. Der Meyringer wird ungeduldig.

‚Wo sind wir?'

‚Bei Dolnice!'

‚Aber dort ist ja kein Wald.'

Ich schweig' und fahr' zu. Vom Rossower Kirchturm schlägt's – ein Uhr, wir sind dicht am Dorf.

‚Du Judenhund, du hast dich verirrt.'

‚Ja, Herr!'

‚Und wo sind wir?!'

‚Ich weiß nicht, aber dort schimmert Licht!'

Das Rossower Wirtshaus! Aber das Nest ist ja schon leer, ich fahr' weit daran vorbei, der Grenze zu. Nach einer halben Stunde fängt der Meyringer ordentlich zu toben an.

‚Halt – halt!'

Auch der Rat schimpft und schreit, ich tu', als hör' ich's nicht. Sie schlagen das Leder zurück und prügeln mit den Stöcken auf mich ein, ich tu', als spür' ich's nicht, sondern fahr' zu – immer näher der Rossower Brücke.

‚Halt! halt!'

Es nützt ihnen nichts. Da seh' ich uns endlich etwas Dunkles entgegenkommen: einen Lastwagen. Gottlob, da sind die Schmuggler! Ich halte, die beiden stürzen hervor, die Aufseher sammeln sich um sie.

‚Wo sind wir?'

‚An der Rossower Brücke, Herr Rat!' sag' ich. ‚Und dort kommt der Transport!'

Einige Minuten darauf waren die Schmuggler gefangen, und am nächsten Morgen sind sie samt dem Meyringer in die Kreisstadt geschafft worden, nach Zaleszczyki. Eine Belohnung habe ich nicht verlangt und nicht bekommen – mir war's genug, daß alle Leute gesagt haben: ‚Ein Bursch' von achtzehn Jahren! – einen Kerl wie den Pojaz hat's noch nie gegeben!''

Noch ungleich stolzer aber war er auf folgenden Streich.

„In Tarnopol war ein steinreicher Greis, Chaim Burgmann, ein geiziger, hartherziger Mensch. Seiner verstorbenen Schwester Kinder waren bettelarm, aber er hat ihnen nie einen Kreuzer zukommen lassen von seinem Überfluß.

Einmal mietet er mich nach Zloczow, wir fahren die ganze Nacht durch. Und wie ich ihn so hinter mir schnarchen höre, fällt mir seine Schwester Lea ein, die ich sehr gut gekannt habe – von Buczacz her – und ich denke: dem Alten ist etwas zu gönnen und – den armen Kindern auch!

So schreie ich plötzlich laut und hohl, ganz mit der Stimme der Lea: ‚Du alter Lump, warum läßt du meine Kinder verhungern?'

Mein Chaim fährt auf.

‚Gott mit uns!' schreit er, ‚was war dies für eine Stimme?'

Ich schweige, er murmelt etwas und liegt wieder still da.

Da wag' ich's noch einmal.

,Chaim! meine Kinder hungern!'

Nun hat er's deutlich gehört, entsetzt fährt er auf.

,Was war das? Kutscher, hast du nichts gehört?'

,Ja', erwidere ich mit zitternder Stimme, ,plötzlich hat ein kalter Wind durch den Wagen geweht – und eine schreckliche Stimme ...'

Dem Alten sträubt sich das Haar, zitternd setzt er sich neben mich auf den Bock und fängt laut zu beten an. Aber am anderen Tage hat er zehn Gulden nach Buczacz geschickt und von da ab jeden Monat ..."

Seine rühmlichste Tat freilich dünkte ihm die folgende.

„In Kopeczynce war ein reicher Verwalter, der Herr Tuskowski. Der hat eine einzige Tochter gehabt, das Fräulein Waleria. Das Mädchen war recht schön, aber stolz, als wär' sie von Gold, und hart, als wär' ihr Herz von Stein. Sie war die eigentliche Verwalterin, und wenn ein Mädchen auf dem Hofe ein Unglück gehabt hat, ein kleines Unglück, so hat sie die Arme fortgejagt ohne Erbarmen!

Was tut aber Gott?!

Gott schickt die Husaren nach Kopeczynce und läßt den Rittmeister einen schönen Mann sein. Und nach einigen Monaten wird die stolze Panna (polnisch: Fräulein) selbst blaß und kränklich und doch täglich runder. Natürlich verbirgt sie es ängstlich und ist noch viel strenger gegen andere, so grausam streng, daß es kaum zu sagen ist!

Wie ich einmal nach Kopeczynce komm', erzählt mir Mortche der Schenker die ganze Geschichte und sagt: ,Heute nachmittag gibt sie wieder eine große Unterhaltung im Gartenhaus, um die Herrschaften zu täuschen.'

Ich hör's an, spann' ein, fahr' nach Tluste und nehm' mir die beiden Hebammen mit, die jüdische und die christliche: ,Zum Fräulein Tuskowska! Eine schwere Sache, sie braucht euch beide!'

Vor dem Garten lad' ich die beiden alten Weibsbilder ab: ,Da hinein! Um Gottes willen – eilt euch!'

Atemlos keuchen sie hinein und fragen vor der ganzen Gesellschaft, wo denn die Panna Waleria ist, die sie so dringend braucht.

Natürlich hat sie sie hinausgeworfen und ich selbst bin mit genauer Not den Knechten des Herrn Tuskowski entgangen. Aber am nächsten Morgen ist die Panna Waleria aus Kopeczynce abgereist und nie wiedergekommen ..."

Bis in sein zwanzigstes Jahr ging dies Treiben fort. Da wandelte ihn ein jäher, zufälliger Eindruck und warf ihn in neue Bahnen. Auch dies sei mit seinen eigenen Worten berichtet.

Sechstes Kapitel

„Es war so gegen Ende des Winters", pflegte er darüber zu erzählen, „da läßt mich einmal Jossef Grün, der Vorsteher, rufen und mietet mich, mit seinem Sohn Schmule nach Sadagóra zu fahren, zum Wunderrabbi.

Der Schmule ist so in meinem Alter, damals also war er im zwanzigsten, aber dabei blaß, schwach, kränklich wie ein zwölfjähriges Kind. Weil jedoch Jossef gar so ein frommer Mensch war, so hat er ihn schon den Herbst vorher verheiratet, noch dazu mit einem Mädchen, welches um zwei Jahre älter war und dabei dick und rot wie ein Maschansker Apfel. Aber wie ein halbes Jahr vorbei ist und sich noch immer keine Hoffnung auf ein Enkelchen zeigt, wird der Alte ungeduldig und denkt: der große Rabbi muß es richten.

Wie er mir das erzählt, und ich mir so den Schmule anschau', denk' ich mir im stillen: ‚da hat der Mann recht, ohne ein Wunder wird dieses schwächliche Kind nicht Vater werden.' Laut aber verspreche ich alles, um was der Alte mich bittet: achtzugeben auf den Schmule und mit ihm vor den Rabbi zu gehen und ihn dort zum Reden zu bewegen, weil der schüchterne Junge sonst vielleicht gar nicht sein Anliegen vorbringen möchte.

So fahren wir also aus, kommen am Abend des zweiten Tages nach Sadagóra und kehren in einer Schenke ein. Dort sind einige Juden, die uns gleich vertraulich näher rücken und fragen, wozu wir gekommen sind – aber nicht aus Neugier und noch weniger aus Gutmütigkeit. Das ganze armselige Nest lebt ja nur vom Rabbi, und darum sind alle seine freiwilligen oder bezahlten Helfer. Die Fremden werden ausgeforscht, man berichtet dann ihren Namen, ihren Stand und ihr Anliegen dem Rabbi, und am nächsten Tage, wo er den Besucher vorläßt, kann der Mann mit leichter Mühe den Allwissenden spielen!

‚Bei uns sollt ihr euch einmal eine Beule anrennen', denk' ich und fange an zu klagen, was für ein unerhörtes Schicksal den Schmule hergeführt hat. Seit wenig mehr als drei Jahren ist er verheiratet, und alle zehn Monate gebiert sein Weib Drillinge! Immer Drillinge, also zwölf Kinder in dreieinhalb Jahren – und gerade jetzt scheinen wieder neue unterwegs – ein richtiges Unglück!

Die Leute glauben's zuerst nicht, aber dann fang' ich an, es genau zu erzählen, als wär' ich selber die Mutter, und zähl' die Geburtstage und die Namen der Kinder auf und mach' von jedem die Stimme nach. Da werden selbst die Schlauesten von diesen frommen Gaunern gläubig und nicken ernst und suchen meinen Schmule zu trösten.

Der rückt unruhig hin und her, schweigt aber noch. Aber wie sie ihm gar sagen: ‚Der Rabbi kann alles, er wird gewiß den Schoß deines Weibes für immer verschließen!' da fängt er laut zu weinen an.

‚Gott behüt' mich davor', schluchzt er, ‚dann prügeln mich mein Vater und mein Schwiegervater, daß mir kein Knochen im Leibe ganz bleibt.' Und dann heult er ihnen sein wirkliches Unglück vor.

Anfangs schimpfen die Leute auf mich, aber dann wundern sie sich über meine Art, zu erzählen, und einer ruft: ‚Auf Ehr', ich hätt' geschworen, daß ich selbst die Kinder gesehen hab' –'

‚Nun', sag' ich, ‚ich heiß' nicht umsonst der Pojaz!'

‚Du bist der Barnower Fuhrmann?' rufen sie, ‚du bist Roseles Pojaz? Wieviel haben wir schon von dir gehört, du mußt noch mehr erzählen!'

Nun krame ich meine Geschichten aus, und alle lachen, daß ihnen die Tränen über die Backen laufen. Und an jenem Abend hab' ich zum ersten Mal das Wort gehört, welches mir für mein Leben das Wichtigste, das Einzige geworden ist.

Was das für ein Wort war?

‚*Theater!*'

Da sagt nämlich einer von den Sadagórern, welchen sie immer den ‚Meschumed' (Abtrünnigen) genannt haben, weil er viele deutsche Bücher gelesen haben soll – Sinai Welt hat er geheißen: ‚Gott', sagt er, ‚ewig schad', daß dieser Mensch ein Fuhrmann bleibt!'

Ich lach': ‚Prinz oder Wunderrabbi wär' ich auch lieber!' sag' ich.

‚Ich kenn' etwas anderes', erwidert er, ‚was dir vielleicht das Liebste wär' – Komödiant!'

‚Was heißt das?' frag' ich.

‚Das weißt du nicht?! So nennt man die Menschen, die im Theater die närrischen Leut' spielen, über die man lachen muß.'

‚Was ist ein Theater?' frag' ich weiter.

‚Man sollt's nicht glauben', ruft er erstaunt, ‚wie sehr die Polnischen zurück sind! Also höre! Da tut sich eine Gesellschaft zusammen, Männer und Weiber, und sie mieten einen Saal und beschmieren sich die Gesichter und ziehen sich komische Kleider an, und stellen zusammen eine Geschichte vor, wie du sie uns allein vorgemacht hast – alles erlogen, keine Silbe wahr, aber solang' man ihnen zuhört, glaubt man, daß es wahr ist, und lacht oder weint. Die anderen Leut' aber zahlen, damit sie in den Saal gehen können und zuhören und zuschauen.'

‚Und was tut der Komödiant bei Tag?' frag' ich.

‚Nichts, da raucht er Zigarren und ist ein großer Herr, weil er sich am Abend genug verdient!'

‚Das glaub' ich nicht!' sag' ich.

‚Ha! ha! ha!' lachen die Sadagórer, ‚er glaubt's nicht! So fahr doch nach Czernowitz – es ist ja kaum eine Meile – dort ist jetzt ein Theater.'

‚Das will ich', sag' ich drauf.

Es ist mir aber in jenem Augenblick nicht einmal so ernst damit gewesen. Erst als wir allein in unserer Schlafkammer sind, Schmule und ich, und ich kann nicht sogleich einschlafen – da fällt mir's wieder ein, und nun freilich hat mich der Gedanke gequält und zu rütteln begonnen. Denn das wär' ja ein Leben, wie ich mir's schon selber geträumt habe! Herumfahren, die Leut' anschauen, ihnen ihre Narrheiten abgucken und sie dann den anderen vormachen. Und nun erst von einem solchen Vergnügen auch reichlich leben können – heiß und kalt ist es mir geworden, ruhelos hab' ich mich herumgewälzt und erst gegen Morgen bin ich so eingedämmert . . .

Dann machen wir die Geschichte beim Rabbi ab, ohne viel Reden, kurz und gut: er bekommt dreißig Gulden und Schmule bekommt seinen Segen. Anfangs hat er freilich fünfzig verlangt, aber ich sag' ihm: ‚Dann fahren wir zum Nadwornaer Rabbi, der verlangt nur zwanzig Gulden, obwohl er auf Zwillinge segnet!' – und da hat er schnell nachgegeben.

Als wir aus Sadagóra hinausfahren, lenke ich links ab, gegen Czernowitz.

Schmule bemerkt es gar nicht, bis wir endlich über der Pruthbrücke sind und in der Vorstadt, der Wassergasse. Da fängt er freilich zu schreien an, daß er nichts zu suchen hat in der unheiligen Stadt, in welcher die Juden Hochdeutsch reden und Schweinefleisch essen.

‚Dann steig ab', sag' ich ruhig, ‚und miete dir einen Anderen.'

Nun klammert er sich natürlich an mich, wir fahren den Berg hinauf, in die Stadt.

An der Straße, auf einem freien Platz ist ein Zelt aufgeschlagen, davor steht ein Mann, nur in gelbliche Leinwand eingenäht, daß er von fern wie nackt aussieht und trompetet.

‚Nur immer herein!' schreit er, und ein Haufe Gesindel steht vor ihm und lacht.

‚Ist das ein Komödiant?' frag' ich ganz bekümmert, denn der Mensch hat sehr verhungert ausgesehen.

‚Ja', antwortet mir ein Knabe.

‚Also ist hier das Theater?'

‚Nein!' lacht er, ‚das ist im Hôtel Moldavie. Hier tanzt man auf dem Seil, und zwei Affen sind drin.'

‚Gottlob', denk' ich, und laß mir den Weg zum Hôtel beschreiben. Gegenüber dem Hôtel, in einem kleinen jüdischen Gasthaus, stell' ich den Wagen ein und lauf' gleich hinüber.

‚Im ersten Stock ist das Theater,' sagt man mir, ‚aber es wird erst um sechs geöffnet."

‚Könnt Ihr mir keinen Komödianten zeigen', bitt' ich den Kellner, der auch ein Jude war, aber sehr komisch gekleidet – eine kurze, schwarze Tuchjacke hat er getragen und hinten waren zwei Schwänze dran.

‚Warum?' fragt er.

Ich will's aber nicht eingestehen und bitt' nur immer fort. Er aber fragt mich immer wieder.

Da fährt mir's endlich so heraus.

‚Weil ich selbst so ein Komödiant werden will.'

Der Mensch schüttelt sich vor Lachen und greift mir an meine Wangenlöckchen und sagt: ‚Die mußt du dir noch schöner drehen, wenn dich der Direktor aufnehmen soll.'

Im selben Augenblick geht ein langer ‚Deutsch' (Herr in moderner Tracht) an uns vorbei und will die Treppe hinauf.

‚Herr Direktor', sagt ihm der Kellner, ‚hier ist ein neues Mitglied' – und erzählt ihm meinen Wunsch.

Der ‚Deutsch' schaut mich an, er hat ein Gesicht zum Erschrekken, blaß, furchtbar mager, ganz glatt rasiert, so daß er halb gelb, halb blau war – eine ungeheure Nase und funkelnde, stechende Augen – und noch dazu hat es fortwährend in dem Gesichte gezuckt.

Aber wie er mich fragt: ‚Ist es wahr?' da erschrecke ich nicht, sondern sage ruhig ‚Ja!' und erzähle ihm alles.

Der Kellner lacht fortwährend wie besessen, aber der Herr bleibt ernst und sagt mir: ‚Komm mit!'

Er führt mich in ein Zimmer im ersten Stock, da ist eine dicke Frau gesessen und hat sich eben das Gesicht weiß angeschmiert.

‚Eulalia', sagt er ihr, ‚hör einmal zu.'

Und mir sagt er: ‚Zeige uns, wie du dir deinen Namen als ‚Pojaz' verdient hast.'

Ich nehme mir ein Herz und fang' an, meine Stücklein loszulassen – eins nach dem anderen. Der Herr schaut die Frau an, die Frau den Herrn, sie lachen nicht, wie sonst meine Zuhörer, aber dennoch glaube ich, daß es ihnen gefallen hat.

‚Genug', sagt endlich der Herr und fängt mit der Frau zu reden an. Es war aber Hochdeutsch, noch dazu ungemein schnell, ich habe sehr wenig davon verstanden.

Endlich fragt mich der Herr: ‚Was meinst du selbst, Bursche, hast du Talent?'

Das habe ich damals nicht verstanden, ich habe geglaubt, er fragt, ob ich einen ‚Talis' (Betmantel) habe.

‚Nein!' sag' ich also. ‚Aber wenn ich heirate, so muß mir meine Braut einen schenken.'

Sie sind erstaunt, dann lachen sie und der Herr fragt wieder: ‚Ich meine, ob du glaubst, daß du zum Komödianten taugst?'

‚Natürlich', sag' ich. ‚Ich?! Glauben Sie mir, so hat noch nie ein Mensch dazu getaugt.'

‚Das wird sich zeigen', schmunzelt er, ‚hier hast du eine Karte, schau dir heute die Vorstellung an und komm dann in den Speisesaal.'

Da bitt' ich noch um eine Karte für meinen Schmule und dank' ihm schön und renn' wie verrückt die Treppe hinunter – in mein Gasthaus.

Den Schmule hab' ich in Tränen getroffen, das Kind hat sich allein gefürchtet in der fremden Stadt. Und wie ich sag', daß er abends ins Theater gehen soll, weint er noch stärker und meint: Das ist ein schlechtes Vergnügen, eine Sünde, das tut er nicht. Und gleich will er fort.

‚Gut!' sag' ich, ‚bleib zu Haus! Aber gleich einspannen? Wirklich nicht um die Welt!'

Denn ich kann nicht beschreiben, wie mir zu Mut war, so, als hätt' mir jemand tausend Gulden geschenkt, oder als hätt' ich zu viel Wein getrunken!

So lauf' ich also allein vor dem Hôtel Moldavie auf und ab, bis es dunkel wird, und mein Herz hat mir gepocht zum Zerspringen.

Endlich läßt man mich in den Saal – ich war der Erste und hab' mich vorn hinsetzen wollen, aber mein Platz war auf einer Bank in der Mitte. Eben hat man die Lichter angezündet, ich habe mir angesehen, wie der Saal eingerichtet war. Aber das hat mich nicht sehr überrascht. Es war ja beinahe so, wie in unserer Betschul': unten Bänke für die Männer, oben zwei Galerien für die Weiber, und vor mir ein großer Vorhang, wie er ‚in Schul'' vor der Thoralade hängt. Nur daß dort nicht das Wort ‚Osten' eingestickt war, sondern es waren darauf nackte Kinder hingemalt, die so übereinandergepurzelt sind.

Später, wie die Leut' kommen, merk' ich, daß es doch ein großer Unterschied ist. Erstens waren es lauter feine ‚Deutschen', zweitens sind auch Männer hinaufgegangen auf die Weibersitze, und wieder haben sich Weiber auf die Männersitze gesetzt.

Dann hat plötzlich vor dem Vorhang eine Musik zu spielen begonnen. Es war ganz lustig, wie ein Tanz. Aber mir war nicht ‚tanzerig' – gefreut hab' ich mich freilich, aber dabei war mir furchtbar bang.

Nun endlich schiebt sich der Vorhang hinauf, merkwürdig, als ob er von selber ginge; man hat nicht gesehen, wer ihn zieht.

‚Eine Gasse!' ruf' ich, daß sich die Leut' nach mir umschauen und zu lachen anfangen. Es hat mir wirklich geschienen, daß man da in eine Stadt hineinschauen kann – Häuser, ein Turm, eine Brücke. Und da kommen drei Leute heraus, alle schwarz angezogen, bemalte Gesichter haben sie gehabt und große falsche Bärte angeklebt.

Sie fangen an zu reden – verstanden hab' ich nur so viel, daß es gute Freunde sind und von Geschäften reden. Aber einer von ihnen war gewiß der Vornehmste, weil er einen Pelz getragen hat und weil die anderen so um ihn herumgetänzelt sind. Anton hat er geheißen, wie mein Freund, der Kutscher vom Bezirksvorsteher. Dieser Anton hat fortwährend mit der Zunge angestoßen und dabei mit dem Kopfe gewackelt, als ob er traurig wär'.

Dann sind noch einige Freunde gekommen, darunter ein junger Mensch mit einem blonden Bart, der will Geld von Anton borgen. Da hat sich aber gezeigt, warum Anton traurig ist: er hat selbst kein Geld und muß sich's erst borgen gehen.

Alle gehen hinaus, und da fängt auf einmal die Stadt zu wackeln an und schiebt sich hinauf! Es war alles nur auf Leinwand aufgemalt. Und statt der Stadt ist plötzlich ein ganz schönes Zimmer da, und da stehen zwei hübsche Mädchen und sprechen miteinander.

Natürlich – wovon reden Mädchen? – vom Heiraten reden sie! Aber der Älteren gefällt keiner, über jeden schimpft sie. Der eine ist zu lustig und der andere zu traurig und der dritte zu gescheit und der vierte zu dumm. Gerade wie die Panna Waleria, die Tochter vom Verwalter in Kopecynce. ‚Gib acht', denk' ich mir, ‚daß du kein End' nimmst wie sie oder sitzen bleibst. Schön bist du freilich, aber das dauert nicht ewig.' Da – mitten im Reden laufen beide hinaus, das Zimmer verschwindet – wieder die Stadt.

Kommt der Blonde mit einem alten Juden. Ich denk' mir gleich: ‚Jetzt will er sich das Geld vom Juden leihen!' Richtig ist es so – dreitausend Dukaten, weniger nimmt er nicht. Und der Anton, sagt er, soll bürgen.

‚Faule Fisch'', denk' ich mir, ‚der hat ja selbst kein Geld. Der alte Jud', wenn er kein Esel ist, wird sich doch vorher nach dem Anton erkundigen.' Aber da kommt der Anton selbst dazu, redet auch in den Juden hinein. ‚Schajlock' hat er ihn genannt, weil ein Christ sich nie jüdische Namen merken kann, der Alte hat wahrscheinlich ,,Schaje'' (Jesaias) geheißen.

Aber Schajlock will nicht. ‚Wo ist die Bürgschaft?' fragt er. ‚Auf was hinauf dreitausend Dukaten?!' Und dann macht er dem Anton Vorwürfe, daß er ihn früher angespieen hat und überhaupt schlecht behandelt.

‚Gott', denk' ich mir, ‚dieser Anton ist gewiß ein Pole. Die machen es alle so. Aber wenn sie Geld brauchen, kommen sie zu uns gekrochen und schmeicheln . . .'

Also – die Leut' reden hin und her, alles kann ich nicht verstehen, denn auch Schaje spricht nicht wie ein ehrlicher Jud', sondern Hochdeutsch, nur daß er durch die Nase singt und mit dem Kopf wackelt.

Ich hör' ihm zu und weiß nicht, warum er mir sehr bekannt vorkommt. Auf einmal erkenn' ich ihn, es ist derselbe ‚Deutsch', der am Nachmittag mit mir gesprochen hat, aber ganz beschmiert und verkleidet.

‚Gott', schrei' ich in meiner Überraschung, ‚der Direktor'.

Alle Leute wenden sich zu mir um und lachen.

‚Was ist da zu lachen?' frag' ich. ‚Es ist wirklich der Direktor.'

‚Pst, pst', machen die Leut'.

Ich schweig' und hör' zu, was Schaje weiter redet. Die dreitausend Dukaten will er richtig hergeben, aber wenn Anton nicht zahlt, so darf ihm der Jud' ein Pfund Fleisch ausschneiden.

‚Faule Fisch'!' denk' ich wieder. ‚Was hat Schaje von dem Pfund Fleisch?! Ich bin gar nicht für solche Sachen. Damit macht man nur Rischchus (Judenhaß). Und dann – der Bezirksvorsteher wird es gewiß nicht zulassen, denn der ist ja auch ein Christ.'

Aber Schaje läuft ums Geld, und wie er draußen war, da ist der Vorhang mit den nackten Kindern wieder heruntergefallen und die Musik hat angefangen zu spielen.

Ich denk', es kann noch nicht aus sein und bleib' sitzen. Die Leut' schauen mich an und flüstern und lachen, es hat mich wenig gekümmert. Ein alter Herr ist neben mir gesessen, der fragt mich: ‚Sie sind wohl zum ersten Male im Theater?'

‚Wie nicht?' sag' ich, ‚kann man denn das in Barnow alle Tage sehen?'

‚Also aus Barnow?'

‚Ja, Sender heiß' ich und bin im Dienst bei Simche, dem Kutscher, wenn Sie ihn vielleicht kennen.'

‚Habe nicht die Ehre', sagt er.

‚Die Ehre?' frag' ich. ‚Meinen Simche kennt wirklich jeder, es ist gar keine Ehre dabei.'

Aber da hat sich der Vorhang schon wieder hinaufgeschoben.

Wieder ein Stück Stadt. Kommt ein junger Bursch, wie ein Narr angezogen, schneidet Gesichter, macht Witze mit jedem – sogar mit seinem alten blinden Vater, was mir gar nicht gefallen hat. Er erzählt, daß er Bedienter bei Schaje ist, und schimpft auf ihn – so ein Lump – jüdisches Brot frißt er und schimpft dann drauf! Gewundert hat's mich freilich nicht. Zum Beispiel der Janko, der Kutscher von unserem Doktor Schlesinger, der macht's grad' so!

Dann kommt Schajes Tochter, ein ganz hübsches Mädchen, aber so verdorben, wie gottlob in Barnow kein jüdisch Kind ist. Über den eigenen Vater macht sie sich mit dem Bedienten lustig, aber wie Schaje kommt, ist sie ihm ins Gesicht hinein ganz gehorsam und demütig.

Aber was tut sie, wie er fort ist? Da verkleidet sie sich als Knabe und steckt seine Schätze zu sich, und wie ihr christlicher Liebhaber kommt, geht sie mit ihm durch.

Schimpf und Schande! Ich war so empört – zerreißen hätte ich sie können. Wie unserem reichen Moses Freudenthal seine Tochter Esther durchgegangen ist mit einem Husaren, da hat sie wenigstens den alten Vater nicht beschimpft und sein Geld liegen lassen. Die Leut' klatschen und schreien: ‚Sehr gut!' und ‚Bravo!', ich aber ruf': ‚Schlecht ist sie! Prügeln sollt' man sie!' Und da lachen sie wieder.

Erst wie die Stadt fortwackelt und wieder das Zimmer kommt mit den zwei lustigen Mädchen, hab' ich mich erinnert, daß es ja nur so ein Spiel ist.

Die Mädchen haben wieder gelacht, und es waren einige Herren bei ihnen, darunter einer mit einem schwarz angestrichenen Gesicht, und etwas von Kästchen haben sie gesprochen. Und immer wieder Kästchen! Ich hab' nicht recht hingehört – was gehen mich eure Kästchen an?! Ich hab' nur immer so nachdenken müssen, wie die Geschichte mit Schaje und mit der Tochter ausgehen wird, und ob sie auch reuig zurückkommen wird, wie Esther Freudenthal, um vor dem Hause des Vaters zu sterben.

Aber es ist ganz anders gekommen.

Zuerst spazieren da zwei Herren herein und erzählen mit Lachen, wie Schaje halb verrückt in der Stadt herumläuft. Und dann kommt er selbst, blaß, verstört, aber die ‚Galgans' (Lumpe) haben sich noch lustig über ihn gemacht!

Sie erzählen ihm, daß Antons Geschäfte schlecht stehen und daß er wird nicht zahlen können, und fragen, ob Schaje dann wirklich sein Fleisch nehmen wird?

‚Ja', sagt der Alte und fängt an zu reden über Juden und Christen, und daß wir so bitter von den Christen verfolgt werden – durch Mark und Bein ist es mir gegangen und durch das tiefste Herz. Bis dahin hab' ich noch nicht so viel nachgedacht über uns und die Polen, und hab' geglaubt, es schickt sich so, aber jetzt haben sich mir die Augen aufgetan über das blutige Unrecht, das wir erdulden. Ach! wie hat der Alte gesprochen, welche Worte, welche Stimme! Bald hat er geweint, bald mit den Zähnen geknirscht. Totenstill ist es im ganzen Saal gewesen, die Tränen sind den Leuten in die Augen getreten.

Dann kommt noch ein Jud' und erzählt bald von Anton, bald von der Tochter, und Schaje hat vor Wut gebebt. Es hat ihm um die Dukaten grad' so leid getan, wie um die Tochter!

Anfangs hat mich das gewundert. Aber dann hab' ich mir gedacht: ‚Geld ist Geld, aber ein Mädel, das dem Vater fortläuft und ihn noch dazu bestiehlt, ist keine Tochter mehr!'

Kommt zum dritten Mal das Zimmer mit den Mädchen, diesmal war der Blonde bei ihnen, er macht ein Kästchen auf – es wird Hochzeit gemacht.

‚Maseltow' (Glück auf)!' sag' ich – aber was geht's mich an?

Endlich schiebt sich der Vorhang wieder herauf: Schaje und Anton stehen vor dem Richter!

So hab' ich noch nie zugehört wie damals, und ich hab's noch heute nicht vergessen. Aber auch heute noch weiß ich nicht, wer recht gehabt hat und wer unrecht; ich glaube, die Christen und der Jude haben recht gehabt – und beide haben unrecht gehabt.

Eine merkwürdige Geschichte!

Zuerst sagt Schaje: ‚Anton hat mir diesen Wechsel unterschrieben, daß ich ihm ein Pfund Fleisch ausschneiden darf, wenn er nicht zahlt. Ich will mein Recht!'

Der Richter ist ein alter Mensch mit einem Schmerbauch, aber dabei ein Dummkopf – nicht zu sagen!

Er traut sich keinen Spruch zu tun und läßt einen alten Advokaten rufen. Kommt aber ein junger Advokat mit einer ganz dünnen Stimme und wie ich ihn näher anschau' – ein Weib! – das größere von den zwei lustigen Mädchen!

Sie fängt an, sagt: Schaje hat recht, aber er soll sich erbarmen. Schaje will nicht – sein Geld verlieren, gekränkt und mißhandelt zu werden und noch Erbarmen dazu, das wär' wirklich zu viel! ‚Recht hat er', denk' ich. Aber da bietet ihm der Blonde, Antons Freund, die dreitausend Dukaten, das Doppelte, das Dreifache – Schaje will noch immer nichts als das Pfund Fleisch!

Das hat mir nicht gefallen! Sein Geld bekommt er, sogar dreifach, was hat er davon, wenn Anton stirbt! Sie bitten ihn: der Mensch soll nicht unversöhnlich sein! Mir hat da gleich nichts Gutes geahnt, denn erstens ist's ganz häßlich von Schaje, und dann ein Jud' vor einem christlichen Gericht – leider, wir in Polen wissen, was das heißt!

Richtig! Das Mädel sagt endlich: Ein Pfund Fleisch darf sich Schaje nehmen, aber wenn er einen Tropfen Blut dabei vergießt, wird ihm sein ganzes Vermögen weggenommen. Heißt ein Kopf, ein eiserner Kopf!

Jetzt war ich sehr neugierig, was Schaje tun wird. Ich hab' geglaubt, er wird sagen: ‚Gut, mein Vermögen soll hin sein, aber mein Recht will ich haben.' So paßt es sich für ihn, hat mir geschienen, wenn er schon so ein harter Mensch ist. Aber er?! – Jetzt will er das Dreifache nehmen!

Sie geben ihm aber nicht einmal das Einfache, und hier fängt das Unrecht der Christen an und hört gar nicht auf. Denn was sagt das Mädel weiter? ‚Weil du einem Christen nach dem Leben getrachtet hast, sollst du selbst sterben!'

Nach dem Leben getrachtet? Warum hat Anton so einen Wechsel unterschrieben? Warum hat das Gericht erlaubt, daß so ein Wechsel eingeklagt wird? Jetzt fällt es ihnen ein!

Schaje windet sich, es hilft ihm nichts. Sie schenken ihm nur dann das Leben, wenn er sich taufen läßt, und die Hälfte seines Vermögens muß er dem Anton geben!

Wirklich sehr bequem! Dreitausend Dukaten ausleihen, nicht zahlen, und für diese große Müh' vielleicht das Zwanzigfache als Belohnung bekommen!

Und Schaje?!

Schaje gehorcht und wird ein ‚Meschumed' (Abtrünniger)!

Meinen Augen hab' ich nicht getraut – aufgesprungen bin ich und hab' die Fäuste geballt!

‚So ein Unrecht!' schrei' ich. ‚Das kann ich nicht länger anschauen!'

Zum Glück sind schon alle Leut' aufgestanden, sonst wär' mir's vielleicht schlecht gegangen.

Ich aber lauf' allen voran die Treppe hinunter und dann auf und ab vor dem Hotel.

Bald war mir heiß, bald haben mir die Zähne geklappert – so aufgeregt bin ich noch nie gewesen.

‚Gott!' denk' ich mir, ‚was möcht' ich drum geben, wenn ich in dem Spiel der Schaje sein könnt'! Aber dann benehm' ich mich anders, entweder geb' ich gleich nach oder gar nicht!'

Überhaupt hat nur dieser Mensch mir gefallen, der Anton hätt' ich nicht sein wollen, noch weniger der Blonde. Freilich hätt' ich die auch anders gemacht, als diese ‚Deutschen'. Der Anton, zum Beispiel, hat nur immer dasselbe Gesicht geschnitten, wie er in Todesangst und wie er gerettet war! Oder der Blonde – immer fröhlich, auch wie der Freund in Gefahr war!

‚Schlechte Pojazen!' denk' ich, ‚das muß ich dem Direktor sagen!'

Und ich geh' in den Speisesaal.

Es war ganz voll – endlich hab' ich ihn herausgefunden: an einem großen Tisch ist er gesessen, mit vielen Herren und Frauen, die Dicke neben ihm. Er muß ihnen schon von mir erzählt haben, denn wie ich hinzukomm', sagt er: ‚Seht – da ist er! Der jüngste Sohn der Musen!'

Ich bin sehr erstaunt.

‚Verzeihen Sie', sag' ich, ‚meine Mutter hat nur einen Sohn und heißt Rosel – sie hält die Maut in Barnow . . .'

Alle lachen, aber der Direktor fragt: ‚Nun, wie hat es dir gefallen!'

‚Gut und schlecht', sag' ich. ‚Aber eines müssen Sie mir jetzt gleich sagen: sind Sie ein Judenfeind oder nicht?'

Er stutzt: Warum?'

‚Weil ich mich in Ihnen nicht auskenn. Sind Sie ein Judenfeind, warum haben Sie so schön von dem Unrecht geredet, welches der Pole uns antut? Sind Sie kein Judenfeind, warum benehmen Sie sich so zum Schluß, erst so hartherzig und dann so feig? Wissen Sie, was man dann sagt? Daß alle Juden so sind!'

‚Mein Lieber', sagt er, ‚so hat es der Dichter vorgeschrieben!'

‚Wer?' frag' ich.

‚Der Mann, der alles ersonnen und die Worte aufgezeichnet hat!'

‚Machen Sie das nicht aus dem Kopf?' frag' ich. ‚Wie ich und wir alle unsere Spiele am ‚Purim' (jüdische Fastnacht)?'

‚Nein', sagt er und klärt mich auf.

‚Gut!' Aber Sie kennen gewiß den Dichter! Ist er ein Judenfeind oder nicht?'

Alle brüllen, nur der Direktor nicht.

‚Er ist schon dreihundert Jahre tot', sagt er ernst, ‚aber deine

Frage kann ich doch beantworten. Er war ein edler, großer Mensch, darum hat er das Unrecht eingesehen, welches man den Juden antut. Aber zu seiner Zeit hat man die Juden überall so gehaßt, wie jetzt nur bei euch, und darum hat er seinen Leuten den Gefallen gemacht und läßt das Spiel so ausgehen, daß der Jud' verachtet und ausgelacht wird.'

‚Und warum machen Sie den Schluß nicht besser?'

‚Da sei Gott vor!' sagt er. ‚Vielleicht siehst du einmal ein, was das für eine Sünde wäre. Aber wie hat dir das Spiel gefallen?'

‚Manches gut, manches schlecht', mein' ich, und fange an zu reden von ihm, von dem Anton und von den anderen. Und mach' dem nach und jenem.

Zuerst lachen sie mich aus, und alle Leut' im Saal stehen auf und stellen sich um mich herum.

Aber dann meinen sie: ‚Er ist gar nicht dumm!' und schauen sich manchmal erstaunt an.

Endlich sagt der Direktor: ‚Komm zu mir morgen um neun!'

Ich geh' in mein Gasthaus, Schmule schläft schon. Ich leg' mich auch hin, aber kein Auge hab' ich geschlossen.

Endlich wird es Tag, ich besorge die Pferde, richte den Wagen und geh' dann zum Direktor.

Er ist grad' beim Kaffee gesessen, in einem großen roten Schlafrock, mit ihm die Dicke, den ganzen Kopf voll mit Papierlocken.

‚Höre', sagt er, ‚du hast es nicht erkannt, aber ich bin selbst ein Jude. Freilich aus einem anderen Land, aus Preußen. Aber nicht darum allein möchte ich mich gern deiner annehmen, sondern weil du höchst wahrscheinlich ein großes Talent bist. Ob du es bist, ob du wirklich für das Theater taugst oder nicht, weiß ich nicht gewiß. So, wie du jetzt bist, kann es dir niemand mit Gewißheit sagen. Aber bei Gott und auf Ehre! – soweit ich es jetzt beurteilen kann, taugst du vortrefflich dazu, mehr als ich, mehr als jemand von meinen Leuten. Wenn du schon älter wärst oder in einem guten, angenehmen Leben, ich möchte dir das vielleicht nicht sagen. Aber als Fuhrknecht hast du nichts zu verlieren. Und darum will ich, wenn dein Entschluß feststeht, dein Rater und Helfer sein.'

Mir sind die Tränen in die Augen gekommen, wie er so gut zu mir geredet hat.

‚Ich dank' Ihnen tausendmal!' – ich hab's sagen wollen, aber es ist mir nicht über die Lippen getreten.

Endlich fass' ich mich und sage: ‚Übermorgen komm' ich wieder und bleibe!'

‚Nein', ruft er, ‚jetzt darfst du noch nicht in das lustige, unsichere Leben hinein! – Um Gottes willen nicht! Bleibe zwei Jahre an einem Ort und lerne Deutsch – das ist das Wichtigste – lesen, schreiben, sprechen. Ferner mußt du so das Notwendigste wissen, das übrige findet sich. Hast du in Barnow Gelegenheit dazu?'

‚Wenn es sein muß', mein' ich, ‚so wird sich alles finden.'

‚Gut', sagt er, ‚ich bin jeden Winter hier, vom Oktober bis zum März. Aber vor Ablauf von zwei Jahren will ich dich nicht sehen. Wenn du mir schreiben willst, so wird's mich freuen. Ich heiße Nadler, Adolf Nadler. Und nun – Gott mit dir!'

‚Und mit Ihnen, Sie guter Mensch', sag' ich unter Tränen, und: ‚Sie werden von mir hören!'

Und geh' fort und lade meinen Schmule auf und fahr' zurück nach Barnow . . ."

Siebentes Kapitel

Als ein veränderter Mensch kam Sender in sein armseliges Heimatstädtchen zurück. Wohl trieb er noch zuweilen seine tollen Possen, aber wahrlich nur als Deckmantel für seine Pläne. Es war eine wilde Energie in ihm wach geworden, die er selbst einige Tage vorher nimmer in sich geahnt hätte, noch minder ein anderer. Alle Sehnen seiner Seele spannten sich, so jäh, so stark, daß er es fast schmerzlich empfand, fast unheimlich, wie den Eingriff einer fremden, übermächtigen Hand. Aber trotz dieser jähen Gluten im Herzen – und dies ist vielleicht der beste Beweis, daß sie echt gewesen – ward er nach außen schlau, vorsichtig, bedächtig.

Von seiner Unterredung mit dem Direktor erfuhr zunächst niemand. Vielleicht sagte es ihm der Instinkt, noch mehr als die Überlegung, daß ihn dies nur hemmen müsse. Und dann – „Vor der Thora in der Betschul' hängt ja auch ein Vorhang", pflegte er später darüber zu sagen, „mein Plan war meine Thora . . ."

Er begriff, daß er als Fuhrknecht die „deutsche Weisheit" nicht erlernen könne, und trat vor die Mutter – das unstete Leben freue ihn nicht mehr.

Frau Rosel vernahm es erfreut und stimmte eifrig zu. Aber als er nun bat, nach Czernowitz gehen zu dürfen, schlug sie dies rund ab. Was er in der unheiligen Stadt wolle, fragte sie. Er erwiderte: er gedenke bei einem geschickten Meister denn doch wieder die Uhrmacherei zu erlernen.

„Gut, werde Uhrmacher", entschied sie. „Aber hier in Barnow."

Sender widersprach nicht. Und als ihm die Mutter am nächsten Tage mitteilte, daß sie ihn bei Jossele Alpenroth, dem geschicktesten Uhrmacher des Städtchens, in die Lehre getan habe, sträubte er sich auch dagegen nicht und trat in die Werkstätte ein. Aber sein Entschluß stand fest: fand er in Barnow keinen Lehrer des Deutschen, so mußte er auf eigene Faust hinaus – in die Fremde . . .

Da griff abermals ein seltsamer Zufall in sein Leben, oder doch etwas, was wir armen, kurzsichtigen Menschen gemeiniglich so nennen . . .

Am Eingang des Städtchens, abseits der Heerstraße, stand damals ein großes, hölzernes Haus, von Ställen und Fruchtschobern umgeben. Die Türen der Baracke waren schwarzgelb angestrichen, und über dem Tore prangte ein kaiserlicher Adler. Das war das k. k. Verpflegsmagazin von Barnow, welches man drei Jahre vorher, im Spätherbst 1849, in größter Eile gezimmert hatte.

Der Unternehmer dieser Bauten, Leib Rosenstengel aus Tluste, war so reich daran geworden, daß er sich im nächsten Jahr bereits Leo nannte, aber dies war auch der einzige Segen, den die Baracke brachte. Denn das armselige Gebäude bot keinen Schutz vor Kälte, Wind und Regen, und im April 1854, als man es am nötigsten brauchte, stürzte es nachts im Frühlingssturm zusammen. Zwei Soldaten blieben tot, einige andere wurden zu Krüppeln geschlagen und meilenweit trug der Sturmwind die Vorräte über die Heide, daß die Bauern um Barnow noch lange schmunzelnd von dem unverhofften Manna erzählten. Zwei Monate darauf bekam Leo Rosenstengel den Franz-Josephs-Orden. Ob aber nur um dieses oder auch noch einiger ähnlicher Verdienste willen, steht jedoch nicht fest.

Zur Zeit, da Sender einen Mentor suchte, im Frühling 1852, stand dieses Haus noch, und darin wohnten die Beamten der Verpflegskanzlei und ein „Flügel Fuhrwesen", was, aus der k. k. österreichischen Militärsprache übersetzt, eine Abteilung Trainsoldaten bedeutet.

Es ist dies gerade kein Elitekorps. Der „Fahrer", wie der Gemeine heißt, ist mehr Pferdeknecht als Soldat und wird schon darum von den Kameraden anderer Waffen über die Achsel angesehen. Er muß Dienstleistungen verrichten, gegen welche sich der soldatische Stolz sträubt, er ist gleichsam nur ein Anhängsel der streitbaren Macht. Darum geht niemand freiwillig zum Fuhrwesen, sondern diese Truppe setzt sich zum Teil aus jenen Rekruten zusammen, die für eine andere Waffengattung körperlicher oder geistiger Gründe wegen untauglich scheinen, zum Teil aus Soldaten, welche sich durch unziemliche Aufführung diese Versetzung als Strafe zugezogen. Der „Furbes" ist der Prügelknabe der Armee, er gilt, bis das Gegenteil erwiesen ist, als Dummkopf oder Spitzbube. Heute ist dies übrigens besser als in jenen Tagen, da die „Fünfundzwanzig" blühten, insbesondere sind wohl derzeit die Offiziere des Korps Männer anderer Artung, als ihre Vorgänger in den Flitterjahren der Reaktion.

Das waren stramme, rohe Grauköpfe, welche vom Gemeinen aufwärts gedient, zwanzig Jahre Feldwebel gewesen und schließlich das Leutnantspatent bei dieser Truppe erhalten, weil sie bei der ihrigen nicht recht in die Offiziersgesellschaft gepaßt hätten. Oder auch sehr junge Herrchen, welche so lange leichtfertige Schulden gemacht oder sonstige Streiche verübt, bis sie endlich vor der Alternative standen: Fuhrwesen oder Quittierung des Dienstes! Wie das Verhältnis solcher Vorgesetzten zu einer solchen Mannschaft sich gestaltete, braucht kaum gesagt zu werden. Die Disziplin wurde leidlich aufrecht erhalten, aber wahrlich nur durch jene Wunder, welche ein wahrhaft österreichischer Heiliger jener Tage verrichtete: „Der heilige ‚Haslinger' (Haselstock)".

Es war an einem Sabbatnachmittag im Frühjahr, da unser Sender gedankenvoll aus dem Städtchen wandelte und dann über die Seredbrücke. Auf der „Promenade", unter den Linden, welche längs des Flusses stehen, spazierten die geputzten Leute aus der „Gasse" langsam und vergnüglich auf und nieder, er aber eilte an ihnen vorbei, er wollte allein sein.

Seine Gedanken waren gerade nicht heiter, und tröstlichere wollten ihm nicht kommen, so sehr er sich auch sein Hirn zerquälte. Seit zwei Wochen war er nun Lehrling bei Jossele, aber einen Meister der „deutschen Weisheit" hatte er bisher nicht gefunden. In der Klosterschule freilich wurde sie gelehrt, er selbst hatte bei dem Sohne des Doktor Schlesinger eine Fibel gesehen, und dieser Knabe hatte ihn stolz versichert, das sei zwar nur der Anfang der Weisheit, doch wer diesen Anfang erst erfaßt habe, verstehe eigentlich schon alles übrige.

Aber an diese Schule konnte er ja nicht ernstlich denken. Des Doktors Sohn freilich durfte straflos zu den Dominikanern gehen; sein Vater war zwar auch ein Jude, aber zugleich ein „Deutsch", ein angesehener Mann. Ihn aber hätte für die bloße Absicht sein Lehrherr entlassen, der Rabbi gezüchtigt, die Mutter verstoßen und die Gemeinde halb tot geschlagen.

So war es denn seine einzige und ach! sehr karge Hoffnung, einen Menschen zu finden, der ihn heimlich lehren könne, wonach ihn dürstete. Aber einen solchen Weisen kannte er nicht, mindestens keinen, an den er sich hätte heranwagen mögen.

Da war der reiche Grünstein, Schlome Grünstein, der „Meschumed" (Abtrünnige), wie sie ihn nannten, weil er in seiner Jünglingszeit aus deutschen Büchern sündiges Wissen gesogen. Der wußte gewiß viel, aber er war ein kranker, gebrochener Mann, der sich heute ängstlich von ähnlichen Sünden fernhielt und wohl kaum an die Bestrebungen seiner Jugend erinnert sein wollte.

Da war ferner der einzige christliche Privatlehrer des Ortes, Herr Osner, ein hageres, bewegliches Männchen, welches jahraus, jahrein denselben gelblichen Rock trug und in der Rechten eine riesige Tabaksdose. Aber dieser Herr war erstens sehr geschwätzig und konnte kaum ein Geheimnis bewahren, zweitens lebte er ja vom Unterrichten und verlangte vielleicht zwanzig Kreuzer für die Stunde – wie sollte Sender das viele Geld aufbringen!

Noch schlimmer lagen die Dinge bei Luiser Wonnenblum, dem Gemeindeschreiber, und bei Dovidl Morgenstern, dem „Privatagenten", das heißt Winkelschreiber. Sie konnten Deutsch, weil sie es fürs Geschäft erlernt, waren aber sehr habgierig.

Kurz, je länger der arme Junge darüber nachdachte, desto trauriger ward er, desto mehr festigte sich in ihm der Entschluß, nach Czernowitz zu fliehen – das war sein Mekka, dort war ja jeder Jude ein „Deutsch". Der Gedanke, die Mutter zu verlassen, ihr Schmerz zu bereiten, war ihm wohl peinlich, aber er hinderte ihn nicht.

„Sie hat viel für mich getan", dachte er, „aber das war ja ihre Pflicht, ich bin ja ihr Fleisch und Blut! Es wird sie anfangs sehr schmerzen, aber bin ich nur einmal erst ein großer Komödiant, so wird sie ja auch viel Freude und Ehre davon haben und ein sorgenfreies Leben!"

Während er sich all dies wieder einmal in Gedanken zurechtlegte, wohl zum tausendsten Male in den Tagen, seit er heimgekehrt, hatte er absichtslos einen Pfad eingeschlagen, den er sonst sicherlich vermieden hätte.

Am linken Ufer des Sered, in der Vorstadt Wygnanka, die von Bauern und den ärmsten Juden bewohnt wird, erhebt sich ein Hügel, welchen sie im ganzen Kreise den „Barnower Berg" nennen; der mäßige Hügel ist eben in dieser ungeheuren Ebene auf Meilen sichtbar. Auf dem Gipfel stehen die Trümmer einer Burg, des Stammhauses der Grafen Bortynski, der Besitzer von Barnow. Nur die mächtigen Quadern der Ringmauer stehen noch aufrecht und im Schloßhof die Strebepfeiler der Kapelle und der Brunnenrand, sonst liegt alles in Schutt und Staub, und manche unheimliche Sage knüpft sich an die düstere Ruine.

Da wandelt, nicht etwa um Mitternacht, sondern im hellen Sonnenschein, ein Weib im Schlosse herum, ein hohes, schlankes Weib, in der Tracht verschollener Tage und wiegt, leise singend, ein Kind, das sie in den Armen trägt. Das Kind aber hat eine rote Blutspur um den Hals und schlägt nimmer die Augen auf, obwohl die Mutter es innigst herzt und küßt.

Auch ein lustiges Gespenst ist dort zu sehen, gleichfalls am hellen Mittag, ein junger Leibeigener, der aber seinen Kopf statt auf dem Halse unter dem Arm trägt und die Begegnenden gern um etwas bittet. So hat er einmal den alten, reichen Bauer Fedko Czunteliak aus Altbarnow um eine Pfeife Tabak ersucht – ganz freundschaftlich, wie ein Bruder den anderen. Der alte Fedko war damals sehr betrunken, aber als das Gespenst ihn antrat, da erschrak er so heftig, daß er in zehn Sätzen den Berg hinabsprang und unten nüchtern ankam.

Auch kann man oft eine Glocke im Gemäuer hören – bim, bam – es klingt hell und klar, man kann es weithin hören. Aber wer es vernimmt, soll sich schnell die Ohren zustopfen. Denn die Glocke hat einen merkwürdigen Klang; wer ihm lange zuhört, hat keine Freude mehr auf Erden und sehnt sich nach dem Tode. Einer hat auch gesehen, wer die Glocke läutet: ein junger Mönch mit einem bleichen, müden Gesichte . . .

Um all diesen Spuk zu bannen, haben die Bauern im Schloßhofe ein großes, rotes Kreuz aufgerichtet mit dem Bilde des Erlösers und einem Täfelchen, auf dem in russinischer Sprache geschrieben steht: „Herr, erbarme dich des Sünders!" Aber trotz des Kreuzes meiden sie doch ängstlich die Ruine, und die Juden tun eben wegen des Kreuzes dasselbe.

Auch Sender zuckte zusammen, als er sich plötzlich am Eingang der Ruine fand, und wandte sich eilig zur Flucht. Dann aber schämte er sich, auch trieb ihn die Neugier, doch mindestens einen Blick in den Burghof zu tun. „Der Pojaz fürchtet sich nicht!" murmelte er, um sich Mut zu machen, halblaut vor sich hin.

Er machte sich auf vieles gefaßt, aber beim besten Willen konnte er zuerst nichts Unheimliches gewahren. Über dem verfallenen Gemäuer war tiefste Einsamkeit, und breit und voll legte sich die Sonne auf die Steine und das Gras, das lustig dazwischen emporschoß. Tausend Mücken schwirrten wie ein Goldregen durch die Frühlingsluft, weiße Falter kreisten langsam um das Gesträuch im Hofe und auf den Pfeilern der Kapelle zwitscherten die Sperlinge.

Der Jüngling trat weiter vor, aber als er nun den ganzen Burghof übersehen konnte, unterdrückte er mit Mühe einen Schreckensruf und blieb wie erstarrt stehen: Da saß ja im Winkel hinter der Kapelle das kopflose Gespenst, und neben ihm blitzte ein breites Schwert im Grase! . . .

„Gott der Heerscharen, laß zerstieben, was nicht auf die Erde gehört", murmelte er mühsam.

Es war der Stoßseufzer, welcher dem Gläubigen in so sonderbarer Lage vorgeschrieben ist. Aber das Gespenst zerstob nicht, und als er genauer hinblickte, mußte er sich sagen, daß es mindestens nicht gar zu unheimlich gekleidet sei.

Das Gespenst trug einen braungrauen Waffenrock mit blauen Aufschlägen, eine k. k. Reithose und gespornte Stiefel. Auch lag neben dem Schwerte ein Tschako, und das ließ beruhigend den dazu gehörigen Kopf ahnen. Und als Sender nun ermutigt schärfer hinblickte, entdeckte er, daß dieser Kopf in der Tat an der rechten Stelle saß, nur war er so tief gesenkt, daß man ihn kaum gewahrte.

„Ein Furbes", murmelte Sender erleichtert, „da ist gewiß auch eine Köchin in der Nähe."

Aber von einem weiblichen Geschöpf war nichts zu gewahren. Der Soldat war allein und saß unbeweglich da, das Haupt tief hinabgeneigt.

Neugierig schlich Sender näher und stieß unwillkürlich einen leisen Schrei der Verwunderung aus, der Mann hielt ein Büchlein im Schoße!

„Der Furbes liest!"

Sender konnte sich vor Erstaunen nicht fassen, bei einem Furbes hätte er solche Kunst und Beschäftigung nimmer vermutet . . .

Der einsame Leser hatte in seiner Versunkenheit den leisen Ruf überhört, er fuhr fort, Blatt um Blatt hastig zu überfliegen. In dem schmalen, kränklichen Gesicht glühten die Wangen, die Augen leuchteten, und nun erhob er die Stimme und las in seltsamem, ergreifenden Ton, fast wie man ein Gebet spricht:

„Ja, ja, die deutsche Fahne siegt,
Die halbe Aula ist ja dort –

Der Windischgrätz, trotz allem Mord,
Er hat sie doch nicht untergekriegt,
Die braven Wiener Studenten!

Will's Gott, so wird nun wieder bald
Die teure Fahne aufgerollt
Im Aulahofe: Schwarz-Rot-Gold,
Und lustig bald das Lied erschallt
Von den braven Wiener Studenten!

Er hatte immer lauter gelesen, immer voller und fester klang die Stimme und die letzten Worte hatte er jubelnd gerufen. Aber nun entsank das Buch seinen Händen, er starrte vor sich hin, dann schlug er jählings die Hände vors Gesicht und begann heftig zu weinen.

Sender ward immer erstaunter – von den Worten des Gedichtes hatte er natürlich nichts verstanden. Aber noch mehr als die Rührung des Mannes interessierte ihn die Tatsache, daß dieser lesen konnte.

Zögernd trat er auf den Schluchzenden zu.

„Verzeihen Sie zur Güte", sagte er schüchtern, „ich möchte Sie gerne etwas fragen tun!"

Die Wirkung dieser Worte war eine ungeheure und solchen Effekt hatte Sender jedenfalls nicht erwartet. In tödlichem Schreck zuckte der Soldat empor, sein Antlitz ward leichenfahl und die starren Augen drängten fast aus den Höhlen.

„Was wollen Sie?" rief er endlich und die zitternden Hände krampften sich um das Büchlein zusammen, als müßte er es beschützen.

„Gott!" stammelte Sender nun selber erschreckt. „Nur eine Frage möcht' ich Sie fragen!"

„Was? Wer sind Sie?"

Der Mann war noch immer schreckensfahl und schob das Buch mit zitternder Hand in den Stiefelschaft.

Das gab unserem Sender den Mut zurück.

„Warum erschrecken Sie?" fragte er mit überlegenem Lächeln. „Bin ich ein Räuber? Will ich Sie erschlagen? Nur eine Frage –"

„Was wollen Sie?"

Aber Sender zog es vor, zuerst beruhigend zu wirken.

„Gewiß nichts Böses, Herr Furbes! Sie haben einen Säbel, ich nicht – ich bin wirklich froh, wenn Sie mir nichts tun! Sehen Sie, ich bin so spazieren gegangen, weil heute Sabbat ist, und auf einmal habe ich Sie gesehen, wie Sie sitzen und lesen. Da war ich sehr verwundert. Denn was tut gewöhnlich ein Furbes, wenn er keinen Dienst hat? Geht zu Roth-Moschele, dem Lumpen, in die Schenke, weil man ihn anderswo gar nicht hineinläßt, und trinkt, bis er unter den Tisch fällt. Denk' ich mir, der da ist ein merkwürdiger Furbes, den muß ich in der Nähe anschauen."

„Nun – das haben Sie jetzt getan!"

„Ja – und Sie haben wirklich kein Gesicht, wie die anderen. Ein feines Gesicht haben Sie – ein gutes Gesicht – auf Ehre! Sie werden nicht böse werden, wenn ein armer Jung' Sie etwas fragt! Sie werden mir in Güte antworten!"

Der Soldat hatte sich allmählich beruhigt.

„Fragen Sie!" sagte er milder.

„Gleich! . . . Aber warum sagen Sie ‚Sie' zu mir? Sie sind wirklich der erste Mensch, der das tut! Ich bin Fuhrknecht gewesen und jetzt bin ich Lehrling bei einem Uhrmacher, und Sender heiß' ich und ein jüdischer Jung' bin ich – zu mir sagt man ‚du'!"

„Zu mir auch!" erwiderte der Mann und lächelte bitter. „Ich bin ein gemeiner Soldat beim Fuhrwesen!"

„Gott behüte!" wehrte Sender ab. „Sie sind ja ein Mann, welcher *lesen* kann! *Lesen!* Und eben deswegen möchte ich Sie ja etwas fragen – nämlich – also – ist es schwer?"

„Was?"

„Nun – in deutschen Büchern zu lesen! Und in welcher Zeit könnte man es erlernen, wenn man sich sehr viele Mühe gibt?"

Wieder lächelte der Mann, aber es war ein anderes, gutmütiges Lächeln.

„In wenigen Wochen", sagte er. „Wollten Sie es lernen?"

„Ich? Ob ich es will?" rief Sender leidenschaftlich. „Was gibt es auf der Welt, was ich mehr wollte? Nichts! Nichts!"

„Warum?"

„Weil ich ja Komödiant werden muß –"

„Wa–as?" rief der Soldat erstaunt.

Das Wort war dem armen Sender nur so entfahren. Aber nun blickte er dem Mann ins Gesicht – trotz aller Düsterkeit und Trauer blickten die blauen Augen hell und offen, wie die eines Kindes. Und darum faßte sich nun Sender ein Herz.

„Ja", sagte er, „Komödiant! Mit *einem* Menschen wenigstens muß ich davon reden, es drückt mir ja sonst das Herz ab."

Und er sagte dem wildfremden Menschen alles, alles.

Der Soldat hörte ernst und ruhig zu, nur zuweilen glitt, rasch wie ein Blitz, ein Lächeln über sein bleiches, müdes Antlitz. Aber als Sender endlich fertig war, seufzte er tief auf.

„Gut, mein Junge", sagte er, „dir ist zum Glück leichter zu helfen als mir!"

Sender wollte fragen, aber er traute sich nicht – auf dem Antlitz des Soldaten lag ein so tiefes Weh.

„Werden Sie mich nicht verraten?" wagte er endlich zu bitten.

„Nein – aber du mich auch nicht?"

„Ich?" fragte Sender, „was kann ich von Ihnen verraten?! Sie sind gesessen und haben gelesen und geweint – Ihre Kameraden sitzen bei Roth-Moschele und treiben es wie die Schweine – das ist ja nur eine Ehre für Sie – wirklich!"

„Und wenn du davon erzählst und mein Rittmeister hört es durch einen Zufall, was meinst du, wie er mich dafür belohnt?"

„Weiß ich? – Er wird Sie dafür beloben . . ."

„Beloben?"

Der Soldat lachte bitter und sagte dann langsam, zähneknirschend: „Er läßt mich auf die Bank legen und halb tot prügeln!"

„Beschütz uns Gott!" rief Sender erschreckt. „Ich werde schweigen wie das Grab! Aber", fuhr er zögernd fort, „verzeihen Sie zur Güte – nämlich, ich verstehe das nicht. Bei uns Juden darf man keine deutschen Bücher lesen, weil die Chassidim sagen, daß es eine Sünde gegen Gott ist. Aber Sie sind ja kein Jude – oder ist es auch den Soldaten verboten?"

„Den Soldaten? Nein! Wenigstens den meisten nicht. Aber mir ist es verboten!"

„Ihnen allein?"

„Mir und noch einigen hundert anderen, die derselbe Fluch getroffen hat, wie mich!"

„Ein Fluch? . . . Wer hat Sie denn verflucht? Bei uns verflucht der Rabbi – hat Sie auch ein Geistlicher verflucht?"

„Nein!"

„Wer sonst?"

„Die Reaktion!"

„Wer ist das?" fragte Sender. „Es scheint – ein Frauenzimmer – Aha! gewiß eine Liebschaft . . ."

Der Soldat mußte lächeln, trotz seiner tiefen Betrübnis.

Er schüttelte den Kopf.

„Nein?! Dann müssen Sie es zur Güte entschuldigen", bemerkte der Jüngling schüchtern, „aber ich hab's wirklich geglaubt."

„Es war keine Liebschaft", sagte der Soldat, „und die Reaktion ist kein Weib. Aber wollte man sie so abbilden, man müßte eine häßliche Hexe hinmalen, Schlangen ums Haupt und Torturwerkzeuge in den Händen . . ."

„Das versteh' ich nicht – verzeihen Sie zur Güte . . ."

„Und du würdest es auch nicht verstehen, wenn ich es dir auch noch so genau erklären wollte."

„Hm!" meinte Sender selbstbewußt, „ich bin gar nicht dumm – auf Ehre! – ganz gescheit bin ich. Probieren Sie's nur – ich werd's schon verstehen. Und dann – vielleicht geht es Ihnen so wie mir, Sie müssen wenigstens *einen* Menschen haben, mit dem Sie so reden können, wie Ihr Herz will . . ."

Der Soldat nickte traurig.

„Das wäre allerdings ein großes Glück", sagte er leise, „ein Glück, nach dem ich mich schon lange schmerzlich sehne . . . Also höre! Hast du nie etwas von der Aula gehört?"

„Es klingt wieder wie der Name von einem christlichen Frauenzimmer", sagte Sender zögernd. „Nein, ich habe nie etwas von ihr gehört!"

„Und von der Revolution?"

„Natürlich! Das war ja erst vor vier Jahren. Der Kaiser hat die große Revolution gegeben, – alle Leute haben Lichter in die Fenster gestellt."

„Das war die Konstitution –"

„Kann sein, daß die auch dabei war, bei uns hat man gesagt: ‚Die Revolution.' Ich bin damals als Kutscher im Lande herumgefahren und hab' mir die Sach' überall angeschaut, ich erinnere mich, als wär's gestern geschehen. So gegen das Frühjahr sind die Leute auf einmal verrückt geworden vor Freude. Warum? Die Studenten in Wien haben dem Kaiser die Fenster eingeworfen, aber er hat ihnen verziehen und ihnen noch obendrein dafür die große Revolution geschenkt. Alle Bauern sollen freie Menschen sein, die Juden sollen gleiche Rechte haben wie die Christen, und jeder Mensch darf Schnaps verkaufen und Tabak bauen! Und die Steuern, hat man erzählt, werden kleiner und hören mit der Zeit ganz auf. Was das für ein Jubel war – nicht zu erzählen! Haben Sie nichts davon gehört?!"

„O doch!"

„Nu also! Auch die Polen sind herumgeritten mit großen Bändern um den Leib und haben geschrieen: ‚Jetzt wird Polen wieder einig!' Da kommt ein Schreiber vom Kreisamt und bringt den Befehl: Alle müssen sich bewaffnen, damit sie den Kaiser beschützen, und damit sie die Revolution beschützen, denn die Polen wollen vom Kaiser abfallen und der Revolution etwas antun! Was sie ihr antun wollen, hat eigentlich niemand gewußt, aber alle haben sich bewaffnet – mit Säbel, mit Flinten oder mit Heugabeln, und obwohl die Säbel stumpf waren und die Flinten nicht geladen, so hat sich doch jeder vor seiner eigenen Waffe gefürchtet. Aber täglich hat die ganze Gemeinde in der Frühe ausrücken müssen zur Übung, die ‚Nazenal' hat das geheißen –"

„Die Nationalgarde?"

„Ja – die ‚Nazenal'. Viel hätten sie nicht gegen die Polen ausgerichtet, aber zum Glück waren die Bauern da, und haben ihre Sensen gerade gehämmert und gesagt: ‚Wer sich gegen unseren Kaiser rührt, den schlagen wir tot.' Da sind die Polen plötzlich sehr demütig geworden und haben gesagt: ‚Es ist alles nur ein Spaß gewesen!' Und im Herbste hat sich gezeigt, daß leider auch alles andere ein Spaß gewesen ist – die ganze kaiserliche Revolution, über die man sich so gefreut hat. Der Jud' ist Jud' geblieben, so rechtlos wie früher; die Steuern haben nicht aufgehört, sondern sind im Gegenteil größer geworden als je zuvor; wer Tabak gebaut hat, hat ihn an das kaiserliche Magazin abliefern müssen, und das Recht, Schnaps zu verkaufen, hat den Gutsherren gehört, so wie früher. Nur die Bauern sind frei geblieben und haben die Robot nicht mehr leisten müssen. Man hat erzählt, der Kaiser hat die Revolution wieder zurückgenommen, weil die Studenten noch einmal keck gegen ihn waren. Und dann hat man gehört, die Ungarn schlagen sich mit unseren Soldaten herum, und darauf sind die Russen gekommen, und wie sie zurück sind, ist alles in Ordnung gewesen und ganz still und ganz ruhig . . ."

„Ja", sagte der Soldat mit bitterem Lächeln. „Ganz ruhig – die Ruhe eines Friedhofs. Aber wenn ein Gott im Himmel lebt, so wird es einmal wieder laut werden, sehr laut – und dann wirst du wieder von den Wiener Studenten hören . . ."

„Gut, meinetwegen", sagte Sender gleichmütig. „Aber was geht das uns beide an?"

„Mich geht die Revolution an! denn sie war der Stolz und die Freude meines Lebens, und sie ist mein Unglück geworden. Höre – ich selbst war unter jenen Wiener Studenten, welche, wie du meinst, ‚keck mit dem Kaiser waren'. Und wegen dieser ‚Keckheit' haben sie mich anfangs zum Tode verurteilt und dann ‚aus Gnade' für Lebenszeit als Gemeinen ins Fuhrwesen gesteckt . . ."

„Für Lebenszeit?!" rief Sender erschreckt. „Das ist eine furchtbare Strafe! Da sind Sie wahrscheinlich – verzeihen Sie – sehr keck gewesen. Haben Sie dem Kaiser vielleicht – verzeihen Sie – noch einmal die Fenster eingeschlagen?!"

„Bewahre! . . . Niemals!"

„Unserem Bezirksvorsteher ist das dreimal geschehen! Oder haben Sie ihm am Ende gar – aber das wird sich ja niemand trauen – haben Sie ihm die Zunge gezeigt?!"

„Behüte! Mit unserer Ehrfurcht vor dem Kaiser hat die Sache nichts zu tun gehabt. Vielleicht wird sich einst noch zeigen, daß wir die Kaisertreuen gewesen sind, nicht unsere Verfolger! Aber das kannst du nicht verstehen!"

„Nein", sagte Sender. „Aber Ihre Strafe verstehe ich, – die ist sehr hart. Und warum haben Sie gerade ‚Furbes' werden müssen? Da dienen ja nur die rohesten Leute! . . ."

„Eben um die Strafe zu verschärfen!"

„Und warum dürfen Sie kein Buch lesen?"

„Damit ich mit der Zeit ein Tier werde, dumm und stumpf, damit ich gehorche wie eine Maschine!"

Der Mann schlug verzweiflungsvoll die Hände vors Antlitz.

„Sie armer Mensch!" sagte Sender, und die Tränen traten ihm in die Augen. „Sie sind wirklich weit mehr zu bedauern als ich. Denn ich weiß noch nicht, was in den deutschen Büchern steht und möchte es nur gerne wissen, Sie aber haben es schon erlernt und müssen es vergessen. Ich kann mir denken – das muß ein großer Schmerz sein! Und dann – jetzt sind Sie ein Furbes, und sonst wären Sie gewiß ein Doktor geworden – nicht wahr?"

Der Soldat nickte.

„Und hätten Leute kuriert."

„Nein – Doktor der Philosophie – ich wollte Professor werden – Lehrer an einer Hochschule –"

„Lehrer", rief Sender, und seine Augen leuchteten. „O wenn Sie –"

Er hielt inne, er wagte es doch nicht zu sagen.

Der Soldat nickte freundlich.

„Ich will dich gerne das Lesen lehren", sagte er. „Ob dein Zweck vernünftig ist, weiß ich freilich nicht und kann es nicht entscheiden, aber das bißchen Wissen wird dir keinesfalls schaden."

Sender faltete die Hände.

„Ich danke Ihnen", stammelte er, und die Tränen rannen ihm über die Wangen.

Der Andere schüttelte den Kopf.

„Nein, mein armer Junge", sagte er, „vielleicht habe ich dir zu danken. Nun habe ich wieder einen Menschen, mit dem ich sprechen kann, der mich weder quält noch verhöhnt. Und dann – wie oft bin ich da unten auf der Brücke stehen geblieben und habe in die Wellen hinabgesehen, lange – zu lange . . . Es ist gut, wenn man ein Ziel vor Augen hat und sich sagen kann: Es gibt einen Menschen, der dich erwartet, dem du nützen kannst."

Sender nickte ernst. Er hatte kaum recht verstanden, was der Soldat meinte, aber er wußte: Das ist ein guter Mensch, und es ist ihm weh ums Herz . . .

Darum wagte er nicht zu sprechen, auch der Soldat schwieg.

Endlich faßte sich Sender ein Herz und fragte: „Entschuldigen Sie zur Güte – werden Sie mich hier unterrichten?"

„Wo sonst?" war die Antwort. „Es liegt uns beiden daran, nicht gesehen zu werden. Ich habe jeden dritten Tag keinen Dienst, da will ich hierherkommen!"

„Gott lohn' es Ihnen", sagte Sender. „Brauche ich eine Fibel, wie sie des Doktors Sohn hat?"

„Gut wär's!"

„Im Laden bei Jossef Grün sind sie zu kaufen, dreißig Kreuzer kostet das Buch. Aber ich trau' mich nicht hin. Man wird mich fragen, wozu ich sie brauche."

„Nun", meinte der Soldat, „dann muß es ohne Fibel gehen. Die Buchstaben kann ich dich aus meinem Buche hier lehren, dem einzigen, welches ich besitze."

Er zog es aus dem Stiefel hervor; ein kleines, abgegriffenes Bändchen mit zerrissenem Deckel.

„Ist das ein Gebetbuch?" fragte Sender.

„Nein, aber mir hat es mehr Trost gewährt, als wenn es ein Gebetbuch wäre."

Der Jude nahm es mit ehrfurchtsvollem Staunen in die Hand und suchte nach dem Titel. Er fand ihn natürlich da, wo bei hebräischen Büchern, in denen der Druck von rechts nach links läuft, das Ende zu stehen pflegt.

„Verkehrt gedruckt!" murmelte er erstaunt.

Aber noch verblüffter ward er, als er im Büchlein blätterte.

„Das ist ja eine Verschwendung", sagte er, „ein Leichtsinn. Warum sind die Zeilen so kurz, und rechts und links ist doch so viel Raum."

„Es sind Verse", belehrte ihn der andere. „Die hat ein edler Mann geschrieben, der mit uns in Wien war. Ich habe das Büchlein auf dem Durchmarsch in Mähren von einem braven Mann bekommen, der Mitleid mit mir hatte. Ein größeres Geschenk hätte er mir nicht machen können! Ich trage das Büchlein beständig bei mir, obwohl das ein großes Wagnis ist. Weh' mir, wenn man dahinter kommt!"

„Warum?"

„Warum?" lächelte der Soldat. „Weil der Mann, der es gedichtet hat, auch zu jenen gehört, welche ‚keck mit dem Kaiser' waren. Er ist auch nur durch einen Zufall demselben Schicksal entronnen, das mich getroffen hat, dem selben oder einem ähnlichen. Und merke dir's: der Mann ist auch ein Jude!"

„Ah! – wie heißt er?"

„Moritz Hartmann."

„Auch aus Polen?"

„Nein, aus Böhmen. Auch über deine Glaubensgenossen steht manches gute Wort in dem Büchlein, und du sollst es verstehen lernen!"

„Gut!" nickte Sender. „Aber auf andere Sachen freue ich mich mehr. Denn auf Juden, wissen Sie, verstehe ich mich auch jetzt schon ganz gut! Also übermorgen, Montag – nach dem Essen komm' ich her!"

„Ich werde pünktlich sein!" versprach der Soldat.

Sie schieden und gingen auf verschiedenen Pfaden dem Städtchen zu . . .

Achtes Kapitel

So ward Senders Wunsch erfüllt, wenn auch in recht sonderbarer Weise: der einstige Wiener Legionär Heinrich Wild wurde sein Lehrer und Moritz Hartmanns „Reimchronik des Pfaffen Mauritius" sein Fibelbuch.

Von solchem Lehrer und aus solcher Fibel lernt sich mehr, als das bloße Lesen. Es ging in den nächsten Monaten etwas wirr zu im Kopfe des Pojaz. Wenn die Morgensonne aufsteigt, muß sie einen harten Strauß kämpfen mit den Schatten der Nacht, den Dünsten der Dämmerung. Heinrich Wild hatte da ein schweres Stück Arbeit übernommen.

Aber er vollführte es gern, nach bester Kraft und mit wachsendem Eifer. Es war nicht leicht zu entscheiden, ob sich Lehrer oder Schüler mehr nach diesen Stunden im einsamen Gemäuer sehnten. Sie mußten auf getrennten Wegen emporschleichen und es hatten beide oft rechte Mühe, sich unbemerkt davonzustehlen. Aber sie kamen dennoch pünktlich, weil sie einander lieb hatten, weil sie einander boten, was jeder bedurfte: der Schüler dem Lehrer ein empfängliches, teilnehmendes Herz, der Soldat dem armen Judenjungen den Einblick in die fremde Welt, nach der er sich sehnte, das Mittel zu jenem Ziel, das ihm der Leitstern seiner Tage war und der Traum seiner Nächte . . .

„Theater!" – In der Reimchronik stand wahrlich nichts darüber. Diese Reime, in denen ein freiheitsdürstendes Herz wettert und stöhnt, segnet und flucht, spottet und weint, hofft und verzweifelt, diese holprigen, ungefügen und doch so ergreifenden Reime schilderten wohl auch eine Tragikomödie, aber eine wirkliche und wahrhaftige, welche die Menschen selbst kurz vorher erlitten und erlebt. Das zuckende Leben der Gegenwart lag darin mit allen, allen seinen Strebungen. Darum konnte Sender ohne den Lehrer auch nicht eine Zeile davon verstehen, und der Exlegionär mußte viel erklären, besonders da Sender, nach Art seiner Genossen, unablässig neue Fragen tat. Aber mochten sie von welchem Thema immer sprechen, von Goethe oder Frankfurter Würsten, von Windischgrätz oder der Nordsee, schließlich fand Sender doch den Übergang zu dem Brennpunkt seiner Gedanken.

Da lasen sie einmal in der Chronik das schöne Gedicht: „Der arme Jude." Ein gebückter Hebräer schleicht zu Kossuth ins Zelt und bringt dem Diktator das Letzte, was er besitzt:

„Was mir geblieben an Geld und Gut
Und was ich gerettet: mein Leben und Blut,
Ich bring's fürs Vaterland heran,
Das ich in Ungarn neu gewann!"

Sender hatte seine Freude daran.

„Da sieht man", sagte er stolz, „daß wir Juden auch dankbar sind, wenn man uns gut behandelt."

Wild bestärkte ihn in diesem Stolze und wies darauf hin, wie die Reaktion auch die Juden wieder in ihren Rechten gekürzt habe.

„Das ist wahr", meinte Sender. „Aber", setzte er zögernd hinzu, „gar so schlecht ist es doch nicht und ich könnte mich nicht beklagen –"

„Wie?" rief der Andere erstaunt.

„Nun, Komödiant, darf der Jud' doch auch werden."

Ein andermal lasen sie die ergreifende Klage:

„Umsonst lag Deutschland in Gebeten
Vor'm Gott der Freiheit auf den Knien – –
Mein armes Wien, du bist zertreten,
Zertreten und gebrochen ganz,
Wie Saragossa und Numanz,
Und wie die Heimat der Karthager."

Und zu dem ergreifenden Texte wußte der arme Student aus der eigenen Erinnerung blutige, erschütternde Bilder zu malen.

Der Jüngling hörte mit glühenden Wagen zu, und seine Fäuste ballten sich. Dann versank er in tiefes Brüten.

„Das wär' schön", murmelte er, „alle Leute möchten weinen . . ."

„Was meinst du?"

„Nämlich, wenn man das auf dem Theater nachmachen würde. Ich möchte dann ein Student sein, oder auch der alte Arbeiter, von dem Sie erzählt haben."

„Und das ist alles, was du dabei fühlst?!" rief Wild entrüstet. „So viel Blut, so viel Tränen, und du denkst nur, wie man es nachäffen könnte?!"

Sender fuhr zusammen und blickte ihn erschreckt an.

„Entschuldigen Sie . . ." stammelte er. „Ich verstehe nicht . . ."

„Hast du denn kein Mitleid mit all dem Elend?!"

„Natürlich!" beteuerte Sender gekränkt. „Was denken Sie von mir? Aber eben darum denk' ich mir: Das wär' der Mühe wert, daß man's nachmacht . . ."

„Theater!" Was sich nicht darauf bezog, interessierte Sender nicht, was ihm nicht dafür nützen konnte, das trieb er gar nicht, oder doch sehr ungern.

So gab er sich zum Beispiel mit dem Schreiben anfangs unmenschliche Mühe. Er hatte nur Nachts in verschlossener Kammer Gelegenheit, die Vorlage seines Lehrers nachzumalen, bei Tage war er ja unter den Augen seines Meisters oder der Mutter.

Und so saß er beim Scheine seines dürftigen Öllämpchens Stunde um Stunde und schrieb unverdrossen wohl an die hundert Male dasselbe Zeichen oder dasselbe Wort.

Mutig kämpfte er gegen die Müdigkeit, aber einmal fielen ihm dabei doch die Augen zu, und er erwachte erst, nachdem ihm ein Stück des brennenden Dochtes auf die Hand gefallen war und eine Wunde hineingebrannt hatte. Das war ihm denn doch zu unangenehm, und als er am nächsten Tage wieder im Burghofe vor dem Soldaten stand, fragte er demütig: „Entschuldigen Sie zur Güte – aber muß ein Komödiant eine schöne Schrift haben?"

„Warum?" fragte Wild.

„Darum!"

Und Sender wies auf seine Wunde.

„Nun", entschied der Lehrer, „eine schöne Schrift muß ein Komödiant nicht unbedingt haben, aber leserlich muß er schreiben können, wie jeder gebildete Mensch."

Sender nickte fröhlich. Von da ab übte er allnächtlich nur eine halbe Stunde. Leserlich schreiben, meinte er, das könne er ja ohnehin . . .

Einer anderen Mühe hingegen unterzog er sich mit größter Ausdauer. Er wollte und mußte hochdeutsch sprechen, und es gelang ihm mit der Zeit auch überraschend gut. Sein merkwürdiges Nachahmungstalent kam ihm da vortrefflich zu statten. Wie er schon einst als Kind seinem alten Freund Fedko durch sein reines Ruthenisch schwere Zweifel an seiner jüdischen Abkunft erweckt, so setzte er nun den Soldaten durch seine reine Aussprache in Verwunderung.

Doch war die Sache nicht so glatt und hatte ihre sonderbare und komische Seite.

Wild war im Unterinntal geboren und aufgewachsen, und wenn er auch ein Schriftdeutsch sprach, so schlug dabei doch der grobkörnige, tirolische Dialekt sehr vernehmlich durch. Mit dem Richtigen horchte ihm Sender natürlich auch diese eigentümlichen Mängel ab und sprach daher das Deutsche etwa so, als wäre er in Jenbach geboren oder in einer anderen Zwingburg der katholischen Glaubenseinheit. Ferner hatte es der Jüngling wohl in der Gewalt, alle Unarten seines Jargons, soweit sie Tonfall und Aussprache betrafen, zu vermeiden, aber sein deutscher Sprachschatz war kein allzu reicher, und so mußte schließlich doch sein gewohntes Jüdischdeutsch herhalten. Kurz – Senders Rede hörte sich so an, als wenn ein Tiroler den Dialekt der polnischen Juden sprechen würde.

Es ist unbeschreiblich, wie komisch das klang. Der unglückliche Soldat, den sein Schicksal sonst nicht gerade zur Heiterkeit stimmte, bekam oft wahre Lachkrämpfe, bis Sender gekränkt rief: „Oper ichch pitte Sie, pin ichch ein geporener Deutsch?"

Da schwieg Wild, denn entmutigen wollte er den Schüler nicht, und wie die Aussprache etwa zu bessern wäre, dafür wußte er zunächst keinen Rat. „Das schleift sich vielleicht ab", dachte er, „wenn er erst unter gebildete Leute kommt." Hingegen erfüllte ihn der tolle Wirrwarr, der in diesem Schädel herrschte, mit bleibender Sorge, und oft genug überkam ihn der Gedanke, daß er Sender durch den seltsamen Unterricht mehr als Gutes zugefügt. Die historischen Kenntnisse des Jünglings beschränkten sich auf die biblische Geschichte und die Ereignisse von 1848, aus dem Nebel, der dazwischen lag, tauchten nur die Namen der Kaiser Titus und Napoleon auf, weil sie, der eine als Feind, der andere als Freund der Juden auch im entlegensten Ghettowinkel ein unsterbliches Leben führen – daran reihten sich nun in tollem Wirbel die Gagern, Radowitz, Arndt und Robert Blum. Von fremden Völkern und Ländern wußte Sender fast nichts, und daß die Erde eine Kugel sei und sich um die Sonne drehe, glaubte er seinem Lehrer nur aus Höflichkeit. Aber was er so etwa gleichsam zufällig erfuhr, das haftete dann auch, und hatte es zu seinem Idol irgend einen Zusammenhang, so blieb es ihm vollends unvergeßlich. Da buchstabierte er einmal seinem Lehrer die Stelle vor:

„Die armen Magyarn haben's auch erfahren,
Sie büßen heut, daß vor hundert Jahren
Sie ihr: „Moriamur pro rege" riefen
Und froh in Tod und Verderben liefen,
Zu retten eine fürstige Frau . . ."

Wild erklärte ihm, daß darunter Maria Theresia gemeint sei, und wie sie auf dem Preßburger Landtag die Stände zur Begeisterung entflammt habe.

Sender hörte aufmerksam zu. „Das wär' auch ein schönes Spiel", sagte er. „Hat das noch niemand aufgeschrieben?"

Wild verneinte. „Und immer nur das Theater!" tadelte er dann. „Sonst magst du dir nichts merken."

„Was brauch' ich denn das andere?" entschuldigte sich Sender. „Übrigens weiß ich schon was: Vier große Königinnen kenn' ich schon! Die Königin von Saba, die zum Salomo zu Besuch gekommen ist, und die Königin Esther, die den Haman hat aufhängen lassen, und die Maria Theresia und dann die Elisabeth."

„Welche Elisabeth?"

„Die englische Königin, die unter Schaksburr gelebt hat!"

Wild lachte. „Woher weißt du das?"

„Wie ich Ihnen das Spiel vom „Schaylock" erzählt hab', haben Sie gesagt: ‚Das hat ein Engländer gemacht zur Zeit der großen Elisabeth.' Aber von ihm redet noch jeder und von ihr? Also hat sie unter ihm gelebt!"

Derlei Aussprüche hoben wieder die Zuversicht des Lehrers. Ein gutes Gedächtnis, viel Verstand, ein rührend guter Wille waren ja vorhanden, vielleicht gelang es allmählich, dieses Chaos zu klären. Und er nahm die Arbeit mit neuem Mut auf.

So setzte sich der Unterricht fort bis tief in den Herbst hinein. Die Tage wurden kürzer und kühler, der Oktoberregen brach ein. Betrübt saßen Lehrer und Schüler unter einem Mauervorsprung der Kapelle, der ihnen leidlichen Schutz gewährte, und grübelten darüber nach, wo sie den Winter über zusammenkommen könnten. Doch war da guter Rat teuer, und so lange sie auch brüteten – sie fanden keinen Ausweg.

Aber die Sorge war leider überflüssig gewesen.

Als Sender am letzten Sabbat des Oktober trotz Sturm und Regen zur verabredeten Stunde zur Ruine kam, fand er den Soldaten nicht, obwohl er bis zum Einbruch der Dämmerung harrte.

„Das schlechte Wetter hat ihn abgehalten", tröstete er sich, aber es war ein schwacher Trost – wußte er doch, daß es ihn sonst nie abgehalten hatte.

In der Tat erwartete er auch am Dienstag, einem goldklaren, milden Herbsttag, seinen Lehrer vergeblich.

„Er ist krank", dachte Sender betrübt. Und nun erst wurde er inne, wie lieb ihm der sanfte, melancholische Mensch geworden.

Er beschloß, Erkundigungen nach ihm einzuziehen.

„Vielleicht", dachte er, „kann ich ihm doch heimlich ins Spital eine Labung zukommen lassen oder etwas Geld."

So schlich er denn um das Militärlazarett herum und sann auf ein Mittel, wie er sich mit dem Freunde in Verbindung setzen könne. Da sah er einen Mann vom Fuhrwesen herbeikommen, der den Arm in der Schlinge trug. An diesen trat er heran.

„Weg – varfluchte Jud'!" rief der Soldat grimmig. Es war ein Tscheche mit rohem, stupidem Gesichte, der das Deutsche nur gebrochen sprach.

„Entschuldigen Sie zur Güte . . ." begann Sender demütig.

„Schweig, Hund!"

„Aber Herr Feldwebel! – möchten Sie nicht fünf Kreuzer verdienen?"

Das wirkte. „Jo – gib – Jud'!"

„Dann müssen Sie mir aber zur Güte sagen, ob Ihr Kamerad Heinrich Wild da drinnen ist?"

„Is Hund!" schrie der Soldat und wurde krebsrot vor Zorn, „hot mich gehaut mit Sabel – hot Martin gehaut – hot Vorreiter gehaut –"

„Gott beschütz' uns", rief Sender erschreckt. „Wie ist das zugegangen?"

„Wozu frogst, Jud'?"

„Weil er –" Sender stockte und log dann rasch: „Weil er mir Geld für Schnaps schuldig ist."

„Hoho!" gröhlte der Soldat, „kriegst nie Geld, Jud'! Wild pritsch – kaput!"

„Tot?!" rief Sender, und sein Herz stand still vor jähem Weh.

„Heut' nicht. Ober morgen, übermorgen. Is zu Stab geführt – Stab in Kolomea – wird erschossen!"

„Erschossen!" stöhnte Sender.

„Is Rebell, is Hund varfluchte – verdient Strick, nicht ehrliche Kugel."

„Aber wie ist das zugegangen?"

Dem armen Burschen versagte die Stimme.

„Zuerst gib fünf Kreuzer, Jud'!"

Nachdem er die Kupferstücke erhalten, erzählte der Soldat: „Weißt, Jud' – Wild is Tückmäuse gewesen, Student varfluchte. Nix lustig! nix Madel! nix Schnaps! Mir hab'm ihn alle nit leiden können, Herr Hauptmann sogt immer: ‚Tückmäuse hochverratige!' Kummt Herr Hauptmann Freitag Nacht in Kasern', kummt in Schlofsaal, sogt Trumpeter: ‚Allarm blosen, will sehen, ob Ordnung is.' Trumpeter blost. Mir springsme alle auf, Wild auch. Ober da follt ihm Büchel heraus, wos hot getrogen unter Hemd. Will schnell verstecken, ober Herr Hauptmann sieht und schreit: ‚Büchel her!' Wild wird wie Leiche, sogt: ‚Ich geb' nicht!' Schreit Herr Hauptmann: ‚Soldaten, reißt's ihm Büchel weg.' Wir auf Wild. Ober Wild auf Bett, reißt Sabel heraus, fuchtelt herum, schreit: ‚Wer mich anrührt, wird kaput!' Wir doch auf ihn. Ober er haut mich mit Sabel und Kamerad Martin und Vorreiter. Endlich hab'm ihn doch gepackt und gebunden. Wie Herr Hauptmann Büchel aufschlagt, schüttelt er Kopf: ‚Is ja von Pfaffen, konn nit verboten sein!' Ober donn liest er im Büchel, zittert vor Wut, sogt: ‚Hund wird erschossen.' Und Samstag hot Wild fünfzig Stockstreich gekriegt, bis is liegen geblieben wie tot. Ober heut früh sogt Herr Doktor: „Konn transportiert werden!" Laßt Herr Hauptmann auf Wagen loden, zu Kriegsgericht führen, zu Stab in Kolomea . . ."

„Und was wird mit ihm geschehen?" jammerte Sender.

„Worum schreist, Jud'? Moch Kreuz über dein Geld – kriegst nie mehr! Wird erschossen, Hochverrate varfluchte!"

Der Soldat ging.

Betäubt blieb Sender stehen, als hätte ihn der Blitz getroffen. Die Tränen rannen ihm unablässig über die Wangen, er empfand es kaum. Es war ihm dumpf im Hirn und weh im Herzen, sehr weh.

Er mochte nicht heimgehen, noch minder zum Meister. So schlich er denn zum Städtchen hinaus an eine einsame Stelle und warf sich da ins rote Heidekraut nieder und weinte sein Weh aus.

Er weinte nur um den armen Freund. Erst als er ruhiger geworden, kam ihm der Gedanke an sich selbst und wie er nun ohne Führer und Lehrer dastehe. Aber da weinte er nicht mehr, ruhig und gefaßt grübelte er darüber nach, was er nun beginnen müsse.

Erst am Abend kam er heim.

Die Mutter erschrak, als sie ihn sah.

„Was fehlt dir?" rief sie. „Du bist totenblaß?"

„Es ist nichts", wehrte er ab, „ein bißchen Kopfweh. Morgen früh bin ich wieder ganz gesund – ich verspreche es dir."

Dieses Versprechen hielt er auch.

Still und ruhig ging er am nächsten Morgen an die Arbeit. Er hatte seinen Entschluß gefaßt. „Ich kann Deutsch lesen, schreiben und sprechen", sagte er sich. „Was mir fehlt, sind Bücher. Kann ich mir die auftreiben, so bleib' ich. Ich werd' mir schon selbst weiterhelfen."

Und er grübelte darüber nach, wie er sich Bücher verschaffen könne. Es hatte dies große Schwierigkeiten, denn nur wenige Leute in Barnow hatten deutsche Bücher. Der Stadtarzt stand im Rufe großer Menschenliebe, und Schlome Grünstein war ein sanfter, gütiger Mensch – „aber", fürchtete Sender, „vielleicht halten sie mein Streben für töricht oder sündhaft und verraten mich doch."

Ein anderer Weg dünkte ihm sicherer und klüger. Die einzige große Bibliothek des Städtchens, ja des Kreises, fand sich im Kloster der Dominikaner. Sie stammte aus einstigen Tagen, da der Orden noch sehr reich gewesen und sich diesen Luxus erlauben konnte. Auch deutsche Bücher gab es da, sogar auffallend viele, und darunter solche, die man wahrlich in einer gottgeheiligten Bücherei nicht vermutet hätte.

Es hatte dies seine eigene, sonderbare Bewandtnis. Als das Land unter österreichische Herrschaft gekommen, da war die kluge k. k. Militärverwaltung, die im Namen und Geiste Kaiser Josephs das Land organisierte, mit Eifer und Glück beflissen gewesen, in jedes Kloster, welches man nicht aufheben wollte oder konnte, doch mindestens zwei Patres aus den deutschen Erblanden zu bringen. Und wo es nur irgend anging, wurde einer von ihnen zum Prior gemacht. Es geschah dies aus leichtbegreiflichen Gründen. Die Interessen des deutschen Priesters waren von denen der Regierung in dem eben gewonnenen Lande nicht verschieden. So war auch im letzten Jahrzehnt des achtzehnten Säkulums ein kluges, behäbiges Mönchlein aus dem Breisgau, Pater Stephanus, Prior zu Barnow geworden und blieb an die vierzig Jahre da. Aber so sanft und leicht er auch sich und den Brüdern das Joch des gottgefälligen Berufs auflud, er fühlte sich doch nie recht wohl im fremden Lande und ließ sich darum als Tröster mindestens aus der Heimat so viele deutsche Bücher kommen, als der Klostersäckel nur immer bezahlen konnte. Der gute Stephanus las gern ein gutes Buch und stapelte die Klassiker in langer Reihe auf, aber fast noch lieber mag der dicke, fromme Herr schlechte Bücher gelesen haben, sofern sie nur sehr amüsant waren. Als die Patres nach seinem Tode die Bibliothek inventierten, entsetzten sie sich nicht wenig und lasen im frommen Schreck jedes solche Buch mehrere Male. Dann aber kam der sonderbare Schatz allmählich in Vergessenheit und im währenden Zeitenlauf legte sich auch über die Bücher des Stephanus dieselbe Staubdecke, welche die schweren, frommen Folianten bedeckte. Denn das Kloster verarmte immer mehr, die Brüder rekrutierten sich aus immer niedrigeren Ständen, und so fanden sich schließlich nur noch mit Mühe die Lehrkräfte für die Klosterschule, obwohl da wahrlich nur sehr schlichte Weisheit vorgetragen wurde.

Die Bibliothek stand verödet und außer den Spinnen und Mäusen waltete nur noch ein einziger Mann in den beiden hohen, düsteren Sälen. Das war der einstige Meier und jetzige Hausverweser das Klosters, Fedko Hayduk, jener alte, schweigsame Mann, dem einst der kleine „Senderko" so gut gefallen hatte. Er sorgte seinem Auftrage gemäß dafür, „daß nichts wegkomme", aber er hielt sich nicht für verpflichtet, entgegenzuwirken, wenn sich das Vorhandene mehrte. Und so ward die Staubdecke immer dichter, die Zahl der Mäuse immer stattlicher.

Auf den Fedko nun setzte Sender seine Hoffnung oder vielmehr nur auf die schöne, kupferige Nase des Mannes. Er wußte von dem vermodernden Bücherschatze im Kloster, wie jedes Kind in Barnow, und wußte auch, daß es nur von Fedko abhänge, ihm den Zugang zu verschaffen.

„Ein Mann", dachte er, „der eine solche Nase im Gesichte trägt, wird wohl nicht unbarmherzig sein, wenn man sich ihm mit freundlichen Worten und gutem Schnapse nähert."

Und diese Probe wagte er denn auch schon in den nächsten Tagen. Da suchte er den Alten in seiner Stammkneipe auf.

Fedko saß in derselben Ecke, wo er seit manchem Jahr zu sitzen pflegte, und trank still und lächelte stumm vor sich hin. Er war ein einsamer Zecher und überflüssiger Rede fast so abhold wie dem Wasser, sofern es nicht gebrannt war.

„Ei guten Tag, lieber Fedko", begann Sender freundlich, indes ihm das Herz vor banger Erregung wie ein Hammer schlug, „täglich jünger, auf Ehre, täglich! Wie lange ist's schon her, daß wir nicht geplaudert haben? Vielleicht schon ein Jahr! Da habe ich dich vom Meierhofe der Mönche nach Barnow mitgenommen. Du mußtest rasch zurück – es war dein Namenstag!"

„Ja, ja", nickte der Alte freundlich und blickte dann wieder in sein Glas.

„Wir haben so lustig geplaudert, du hast mir von den vielen Mäusen in der Bibliothek erzählt."

„Hm! – wirklich!"

„Und hast mich gefragt, ob ich kein Mittel dagegen weiß. Ich wußte keins. Aber neulich habe ich ein sicheres Mittel erfahren."

„Ich glaube, du irrst dich", sagte Fedko bedächtig. „Ich habe die Mäuse nie töten wollen. Warum? Es sind ja auch Geschöpfe Gottes –"

„Aber sie zernagen die Bücher."

„Kränkt dich das?"

„Nein – ja –" stotterte Sender verlegen.

Aber da kam ihm ein rettender Gedanke.

„Lassen wir die Mäuse", rief er. „Eben fällt mir ein, es ist heute genau ein Jahr, daß wir beisammen waren. Heute ist ja dein Namenstag."

„Nein, lieber Senderko!"

„Schade!" rief dieser. „O wie schade! Eben wollte ich zu Ehren des Tages eine Flasche Slibowitz bestellen."

„So, so!" Der Alte dachte nach, lange und gewissenhaft.

„Nein", sagte er dann, „so leid es mir tut, heute ist nicht mein Namenstag!"

„Dann wollen wir ihn im voraus feiern", rief Sender. „He – eine Flasche!"

Der Slibowitz erschien. Fedko leerte langsam das eingeschenkte Glas und schnalzte zufrieden mit der Zunge.

Dann blickte er den Jüngling freundlich an und sagte: „Nun sprich nur gerade heraus!"

„Was?"

„Was du von mir willst!"

„Ich – hm! Wirklich nichts –"

„Nur der alte Herrgott hat Wunder getan", sagte Fedko langsam und wuchtig, „und dann sein Sohn, der Herr Christus. Aber jetzt geschehen keine Wunder mehr. Und darum zahlt kein Jude einen Slibowitz, wenn er nicht etwas will."

„Nun ja! Aber du verrätst mich nicht?"

„*Ich*?"

„Ich weiß, du bist kein Schwätzer. Auch bist du ein guter Mensch und wirst mich nicht unglücklich machen. Also – ich möchte die Bibliothek der Mönche anschauen."

Fedko dachte lange nach, wohl fünf Minuten. Endlich sagte er: „Ich habe fragen wollen: Wozu? Aber das geht mich nichts an. Gar nichts. Also: bloß anschauen? Ja!"

„Und mir ein Buch nach Hause mitnehmen, und wenn ich's zurückbringe, ein anderes!"

„Nein!" erwiderte der Alte sofort und entschieden. „Nicht um die Welt! – nicht um fünf Gulden! Der Prior hat gesagt: ‚Fedko, du stehst dafür, daß nichts wegkommt!' Ich stehe dafür."

„Aber ich bringe es wieder! Bin ich doch in deiner Hand – ein Wort von dir macht mich unglücklich."

„Daß nichts wegkommt!" wiederholte Fedko nachdrücklich, „und wenn ein Buch bei dir ist, so ist es nicht in der Bibliothek."

Gegen diese Logik war nichts einzuwenden. Sender seufzte tief auf.

„Aber vielleicht ist es dir wenigstens erlaubt", bat er, „mich täglich auf zwei Stunden bei den Büchern einzusperren? Ich verspreche dir – ich – ich feiere dann wöchentlich deinen Namenstag . . ."

Wieder dachte der Alte nach, lange, sehr lange.

„Ja", sagte er dann.

Sender atmete auf. Sie verabredeten, daß er täglich von zwölf bis zwei Uhr bei den Büchern bleiben dürfe. Das waren seine einzigen Freistunden; um halb zwölf begann in der Werkstätte die Mittagspause. Freilich blieb ihm dann wenig Zeit zum Essen, aber was konnte ihm *daran* liegen! . . .

„Noch eins", sagte Fedko. „Ich habe gehört, daß die Juden viele böse Zaubereien können. Nicht aus Schlechtigkeit, sondern nur wegen des jüdischen Glaubens. Und da drinnen sind heilige Bücher – wirst du da keine Hexereien verrichten? Und wie, wenn du den heiligen Geist daraus vertreibst – und dann kommt der Herr Prior und sucht ihn, weil er ihn gerade braucht, und findet ihn nicht mehr –"

Nachdem Sender ihn auch darüber beruhigt und mit furchtbaren Eiden geschworen, dem heiligen Geist nichts anzutun, gab der Alte endlich nach.

„Gut! Also morgen! Kurz nach dem Mittagsläuten, bei der Tartarenpforte."

Neuntes Kapitel

Die „Tartarenpforte" war eine Hinterpforte des Klosters, die in ein einsames Gartengäßchen mündete, in dem nur zuweilen, und dann auch nur in der Dämmerung, ein Liebespaar zusammentraf. Ihren Namen hatte sie aus den alten, blutigen Tagen, wo die Tartaren in einem der zahllosen Grenzkriege zwischen Polen und der Türkei das Kloster belagert hatten und endlich hier eingedrungen waren, um die „Geschorenen des bleichen Götzen" zu töten.

Am nächsten Tage, als es zu Mittag läutete, stand Sender hier harrend, und trotz der warmen, fast sommerlichen Herbstsonne klapperten seine Zähne wie Kastagnetten, und ein Fieberfrost durchzitterte seine Glieder. Man legt altgewohnten Aberglauben nicht so leicht ab, wie ein abgetragenes Gewand. Er war in der Anschauung aufgewachsen, daß man die Augen niederschlagen müsse, wenn man an diesem Hause vorbeigehe, daß es eine Todsünde sei, es zu betreten.

„Ich werde jetzt ein Abtrünniger", sagte er leise vor sich hin. „Ist es das Opfer wert?"

Aber er bezwang sich, biß die Zähne aufeinander und blieb. Und bald, nachdem der letzte Schlag der Mittagsglocke verhallt war, trat auch Fedko heraus, einen mächtigen Schlüsselbund in der Hand.

„Mittag!" sagte er. „Komm!"

Sender folgte entschlossen, aber seine fieberhafte Erregung war so groß, daß er sich unwillkürlich an die Wand lehnte, um nicht umzusinken. Er atmete schwer, seine Augen schlossen sich.

„Krank?" fragte Fedko.

„Nein, nein!" stammelte er mühsam.

Und gewaltsam raffte er sich auf und folgte, wenn auch wankenden Schritts.

Sie gingen einen langen Korridor hinab. Es ward immer dunkler um sie, feucht und kalt schlug ihnen die Luft entgegen, grünlicher Schimmel überzog die Wände.

„Der Korridor des Severin", erklärte Fedko.

Vor einem mächtigen Kruzifix blieb er stehen.

„Hier haben die verdammten Heiden den Prior Severin erschlagen. Er war ein neunzigjähriger Greis. Hier an der Wand unter der Glastafel ist sein Blut und Hirn zu sehen."

Sender wandte den Blick ab.

„Zieh den Hut!" sagte Fedko.

Der Jüngling schüttelte leise den Kopf.

„Komm", bat er dann.

„Du willst nicht?" fragte der Alte. „Warum? Wenn ich in eure Synagoge käme, würde ich auch den Hut ziehen. Man soll keinen Gott verachten, weder den alten, noch den jungen. Der alte kann was, der junge kann was! Aber wie du willst ..."

Sie gingen weiter und eine Treppe empor. Staub und Moder bedeckte die Stufen, eine Fledermaus erhob sich schwirrend.

„Kommen die Mönche nie hierher?" fragte Sender.

„Nein", war die Antwort. „Es ist ja nur der Aufgang zur Bibliothek. Jeder Mönche hat ohnehin sein Gebetbuch."

„Und die Lehrer der Schule?"

„Der Pater Marcellinus, meinst du, und der Frater Antonius? Die haben jeder drei Bücher in ihrer Klause."

„Ist das genug?"

„Mehr als genug!"

Sender blickte ihn prüfend an – aber der Alte meinte es ernst.

Im ersten Stockwerk tat sich wieder ein langer Gang vor ihnen auf. In einer Nische stand unter einem Kruzifix eine Bank, daneben hingen Geißeln von verschiedener Form und Größe.

„Das ist der Winkel, wo die Pönitenz erteilt wird", erklärte Fedko. „Aber unter unserem jetzigen Prior kommt das selten vor. Er ist ein guter Mann, der auch die Fünfe g'rad sein läßt. Die eigenen Mönche läßt er niemals prügeln und selbst die fremden sehr ungern – nur wenn er Befehl hat ..."

„Kommen auch fremde hierher?"

„Ei freilich! Oft waren schon mehrere zugleich hier –"

„Auf Besuch?"

„Auf Besuch – hehe! – freilich – aber oft jahrelang und nicht freiwillig. Zu seinem Vergnügen kommt keiner her – das Kloster ist arm und der Wein so sauer, daß ich wirklich lieber Schnaps trinke, obwohl ich den bezahlen muß –"

„Also als Gefangene?"

„Natürlich! – wir sind ja das Strafkloster der Ordensprovinz. Wenn einer ein Ketzer wird oder den Mädchen so arg nachläuft, daß es eine Schande ist, so kommt er hierher, und wir setzen ihm schon den Kopf zurecht."

„Wodurch?"

„Wir verstehen das!"

Der Alte ergriff mit grimmigem Lächeln eine der Geißeln und hieb durch die Luft, daß es pfiff.

„Ist jetzt so ein Mönch hier?"

„Nein – jetzt nicht – sonst hätte ich dir nicht den Gefallen tun können. Denn wir pflegen diese Gäste an diesem Korridor hier einzuquartieren, in den Nonnenzimmern. Nämlich – damit sie die

Geißeln gleich in der Nähe haben – falls es sie etwa gelüstet, sich freiwillig den Teufel aus dem Leib zu treiben . . ."

„In den Nonnenzimmern?"

„Ja – hehe! – In diesen Zellen haben einst, vor hundert Jahren, Nonnen gewohnt – hehe! Nonnen – du verstehst schon! Damals war das Kloster sehr reich und der Prior ein lustiger Mann. Aber als er starb, kam an seine Stelle ein strenger Greis. Der hat keinen Spaß verstanden, der alte Ignatius. Jagt die Weiber hinaus, richtet die Zimmer als Büßerzellen ein, stellt hier an der Ecke die Geißeln auf und der ganze Konvent muß sich vor diesen Zimmern die Waden wund hauen . . ."

Sender besah sich die Marterinstrumente. Die meisten waren mit dunklen Flecken bedeckt.

„Das ist Blut", sagte der Alte gleichgültig. „Komm –"

Sie schritten den Korridor hinab. Vor einer mächtigen Flügeltüre blieb Fedko stehen. Daneben war eine Marmortafel in die Wand eingelassen. Sie trug in spitzen, steifen Majuskeln die Inschrift:

B J B L.
C. B A R N O V.
S. O. S. D. D. G. S. F. P.
MDCXI.

Mit Mühe vormochte Sender die einzelnen Buchstaben zu enträtseln; ihr Sinn blieb ihm natürlich verschlossen. Die Inschrift lautete: Bibliotheca Conventus Barnoviensis Sancti Ordinis Sancti Dominici de Guzman sive Fratrum Praedicatorum (Bibliothek des Klosters Barnow des Ordens des heiligen Dominicus von Guzman oder der Predigermönche). Beigefügt war das Gründungsjahr der Bibliothek, 1611.

„Hier d'rin sind die Bücher", sagte der Alte.

Er zog einen mächtigen, verrosteten Schlüssel hervor und versuchte zu öffnen. Das Schloß krachte, aber der Schlüssel drehte sich nicht.

„Ich komme selten hierher", erklärte Fedko. „Wozu auch? So lange der Schlüssel hier am Bund ist, kommt nichts weg."

Endlich ging der Flügel auf.

Ein eisiger Hauch schlug den Eintretenden entgegen, durchdringender Modergeruch beengte die Brust. Es war fast dunkel in dem riesigen Raume, denn das Glas der hohen, schmalen Fenster war erblindet, und die Spinnen hatten es mit dichten Netzen überzogen. Als die beiden über die vermodernden Dielen mühsam vorwärts schritten, ward es urplötzlich um sie lebendig, es rauschte in den Lüften, es raschelte am Boden.

„Geschöpfe Gottes", tröstete Fedko, „fürchte dich nicht."

„Aber wo sind die Bücher?"

„Nun – hier – überall . . ."

In der Tat bedeckten sie in mächtigen Regalen alle Wände vom Boden bis zur Decke. In der Dunkelheit, und weil eine Staubdecke sie gleichmäßig überzog, hatte Sender die endlos aufgetürmten Reihen für die Wände selbst gehalten . . .

„Und wenn dir das noch nicht genug sind", fuhr Fedko fort, „so sieh einmal her – hier sind noch mehr –"

Sie traten in einen zweiten, noch größeren Saal. Hier war es heller, weil durch die Fenster die Mittagssonne drang. Auch hier war jedes Plätzchen mit Büchern angefüllt, es war in der Tat eine riesige Bibliothek.

In der Mitte stand ein mächtiger Tisch und ein Sessel. Ein hölzernes Schreibzeug stand auf dem Tische, die Tinte war längst eingetrocknet.

„Hier pflegte der alte Pater Ämilius zu sitzen", erzählte Fedko, „den ganzen Tag, oft auch die Nacht hindurch. Hundert Bücher hat er um sich liegen gehabt, und hat gelesen und geschrieben – fortwährend – es war ein Mitleid mit dem Greis. ‚Warum plagst du dich so, Hochwürdigster?' frag' ich ihn einmal. ‚Ich schreibe ein Buch', erwidert er lächelnd. ‚Aber es sind wirklich genug Bücher da', sag' ich mitleidig, ‚so sieh dich doch nur um!' Aber er lächelt nur so vor sich hin und schüttelt den grauen Kopf. Nun, nach seinem Tode habe ich seine Schreibereien dem Prior gebracht. Er hat sie flüchtig angesehen und gesagt: ‚Verbrenne sie, der Alte war ein Ketzer!' Aber ich habe sie hierher in einen Winkel gelegt, mir war's, als könnte der Pater Ämilius keine Ruhe im Grabe haben, wenn ich so seine mühsame Arbeit vernichten würde."

Darauf nickte der Alte freundlich: „So, jetzt lies, was du willst. Um zwei Uhr hole ich dich!"

Er ging der Türe zu.

Sender blickte um sich in dem wüsten, halbdunklen Raume, und eine jähe Bangigkeit legte sich um sein Herz.

„Fedko!" rief er unwillkürlich.

„Nun?"

Sender schwieg.

„Fürchtest du dich etwa?" rief der Alte an der Türe.

„Nein – geh!"

Der Schlüssel klirrte, kreischend schloß sich der Riegel.

Sender war allein.

Er blieb lange regungslos, auf den Tisch des Ämilius gestützt, und sein Herz schlug in dumpfen, schweren Schlägen. Dann richtete er sich auf.

„Es muß ja sein!" sagte er laut, und der Klang der eigenen Stimme befreite ihn von aller Bangigkeit.

Ruhig schritt er an eines der Fächer heran, und begann die Bücher zu mustern. Er fegte ein Buch nach dem anderen rein, eine Staubwolke umwirbelte ihn.

Aber als er einen der Bände aufschlug, standen da in lateinischer

Schrift Worte, die er nicht verstand – es mußte eine fremde Sprache sein. Sender war an die römischen Klassiker geraten.

Kopfschüttelnd wandte er sich zum nächsten Fache; wieder wirbelte er eine Staubwolke auf, wieder war seine Mühe vergeblich. Denn das Bändchen, das er nun hervorzog, trug den Titel: „Myszeis J. Krasickiego" – es war das erste satirische Epos der Polen, der „Mäusekrieg" des Erzbischofs Krasicki.

Sender schlug das Buch auf und begann zu lesen, er verstand die Worte; aber nach einer Weile schlug er traurig das Buch wieder zu.

„Was geht's mich an", dachte er, „was die Mäuse da auf Polnisch miteinander reden?! Ich will die deutsche Weisheit!"

Er trat betrübt an ein drittes Fach heran und zog ein ganz dünnes Büchlein heraus. Als er es aufschlug, glänzten seine Augen freudig auf – es war Deutsch. Er las den Titel:

„Abenteuer des Mönchs Paphnutius und der Nonne Paphnutia. Zur Kurzweil für fromme Gemüter. Gedruckt in diesem Jahre zu Karthago, in der Druckerei zum irdischen Himmel."

Voll heiligen Eifers begann er halblaut zu lesen, und ging dabei auf und nieder. Aber schon auf der dritten Seite hielt er inne.

„Es ist ja nicht möglich", sagte er und wurde blutrot. „So etwas beschreibt man in keinem Buche."

Aber noch einige Seiten, und nun war keine Täuschung mehr möglich.

Er warf das Büchlein von sich und nahm es dann wieder in die Hand, vorsichtig, wie man eine Schlange anfaßt, und starrte auf den Titel – erstaunt – entsetzt . . .

Es war eines jener schmutzigen Pamphlete, wie sie das letzte Viertel des achtzehnten Jahrhunderts in so ungeheurer Menge geboren. Sender war nicht rein wie Telemach – wer in Jünglingsjahren als Fuhrknecht die podolische Landstraße befährt, kann es nicht bleiben. Aber von solcher schmunzelnden, halbverhüllten, raffinierten Gemeinheit hatte er keine Ahnung, und daß sie ihm lustig aus den Lettern eines Buches entgegentrat, das erdrückte ihn fast. Ihm war jedes Buch so heilig, wie dem Wilden sein Fetisch; und insbesondere jedes deutsche Buch, stand doch darin die „Weisheit"!

„Wozu werden solche Bücher gedruckt?" fragte er sich, und versuchte an einer anderen Stelle zu lesen, vielleicht konnte er wenigstens dies erraten. Aber Paphnutius und Paphnutia blieben sich auf jeder Seite gleich in ihrem Reden und Tun.

Da schlug er endlich das Büchlein zu und schob es heftig an seine Stelle zurück.

Dann stand er lange regungslos und grübelte über seine Entdekkung nach.

„Es gibt auch schlechte Bücher", flüsterte er erstaunt vor sich hin, „um Gottes willen – wozu gibt es solche Bücher? Wie kann es schlechte Bücher geben? Und dann: Man weiß ja, wie die Mönche sind – der Fedko hat es ja eben selbst erzählt – wie, wenn hier lauter schlechte Bücher wären?"

Angstvoll stöberte er in dem Fache weiter. Aber der zweite, dritte, vierte Band, den er hervorzog, war gleichen oder ähnlichen Inhalts. Er brauchte nicht erst darin zu blättern, um dies zu erkennen, schon die sauberen Titelkupfer ließen keine andere Deutung zu. Sender war zufällig gerade an jenes Fach geraten, welches der alte Stephanus zur Erheiterung seiner Mußestunden so reichlich ausgestattet hatte.

„Umsonst!" stöhnte der Jüngling. „Hier sind keine Bücher, aus denen ich lernen kann, ich habe die Sünde umsonst auf mich genommen."

Ratlos wendete er den Blick von einem Fache zum anderen. Da fiel ihm eine Bücherreihe ins Auge, die etwas geringerer Staub bedeckte als die übrigen. Vielleicht hatte der alte Ämilius zuletzt darin geblättert.

Er trat näher und zog einen der Bände hervor.

„Theater", las er. „Theater von Gotthold Ephraim Lessing."

Und darunter stand in großem Druck:

„Nathan der Weise."

Kaum vermochte er das Buch zu halten, so sehr durchzitterte ihn die jähe Freude. Wie hatte er sich bei den Erzählungen seines Lehrers darnach gesehnt, endlich auch so ein „aufgeschriebenes Spiel" zu lesen! Hier hatte er ein solches vor sich und es handelte dazu noch von einem Juden. Und Lessing hatte es geschrieben! Sender erinnerte sich, daß Wild ihm erzählt, das sei ein großer Dichter gewesen.

Er blickte zum Himmel empor.

„Gott Israels, Herr der Heerscharen, du starker und einziger Gott, ich danke dir, daß du gewährt, wonach dein Knecht gedürstet!"

Laut und feierlich sprach er den hebräischen Dankspruch. Er hallte seltsam von den Klosterwänden wider.

Dann schlug er das Buch auf. Dem Titel folgten zunächst die *„Personen"*. Er begriff sofort, was das bedeute: „Da hat er aufgeschrieben, wieviel Spieler man dazu braucht und wie jeder heißt." Aber schon die erste Zeile im Verzeichnis faßte er sehr eigentümlich auf.

„Sultan Saladin", las er. „O du Lump! – Ist das am End' auch ein schlechtes Buch?!" Denn „Sultan" wird im podolischen Ghetto vornehmlich in jenem Sinne gebraucht, der auch unserem Sprachgebrauch nicht ganz fremd ist; es ist dort das allgemein übliche Schimpfwort für einen Mann, der seinen sinnlichen Lüsten die Zügel schießen läßt und es zuchtlos mit mehreren Weibern zugleich hält.

„Aber nein!" berichtigte er sich, „solche Sachen wird doch so ein großer Dichter nicht aufschreiben! ... Also, Saladin heißt er und ein elender Sultan ist er – aha! Also steht bei jedem Namen aufgeschrieben, was das für ein Mensch ist, damit es der Spieler gleich weiß!"

Aber schon bei der nächsten Zeile stimmte dies nicht.

„‚*Sittah, seine Schwester*' – warum steht nicht auch da, wie sie ist?! Sie muß ja darum nicht auch schon schlecht sein, weil sie die Schwester von so einem Kerl ist! Oder ist das gar so gemeint, wie in dem ekelhaften Buch von Paphnutius? – Da nennen sich der Mönch und die Nonne auch Bruder und Schwester! ... Aber weiter: ‚*Nathan*, ein reicher Jude in Jerusalem' ... Was?!"

Sender unterbrach sich erstaunt und las es nochmals. „Reich?!" rief er höhnisch – „und in Jerusalem?! Mein lieber Mensch" – er meinte Lessing –, „ich glaub' gern, daß du ein großer Dichter bist, und ob du trotzdem auch ein Schweinemagen bist, wird sich erst zeigen, aber daß du nichts von Juden verstehst, seh' ich schon jetzt! Hast du schon heutzutag' von einem *reichen* Juden in *Jerusalem* gehört? Andere Leut' noch nicht!"

Auch diese Kritik war begreiflich. Das ungemeine Elend, in dem heute die jüdischen Bewohner der heiligen Stadt dahinleben, ist ein ständiger Gesprächsstoff des östlichen Ghetto – wird doch für diese armseligen frommen Müßiggänger unablässig gesammelt, und es vergeht kaum ein Monat, wo nicht ein Sendling von dorther auftaucht und durch grelle Schilderungen das Mitleid der polnischen und russischen Juden für ihre verkommenden Glaubensbrüder wachruft.

„Reich! – haha!" Sender zuckte die Achseln. „‚*Recha*, dessen angenommene Tochter' – meinetwegen, aber von Juden weißt du wirklich nichts, mein lieber Mensch, der Name heißt ‚Rachel'."

Die nächste Zeile aber machte das Maß seiner Nichtachtung für Lessings jüdische Kenntnisse vollends überfließen. „‚*Daja*, eine Christin, aber im Hause des Juden als Gesellschafterin der Recha.'" Sender lachte laut auf. „‚Gesellschafterin' – ausgezeichnet! Weißt du nicht, was für Juden in Jerusalem wohnen?! Die sind ja so fromm und so dumm, daß unsere Barnower Chassidim im Vergleich zu ihnen aufgeklärte Leut' sind! Und so ein koscheres Betmännchen wird eine Christin ins Haus nehmen?! Höchstens jede Woche einmal als ‚Schabbesgoje' (christliche Magd, die am Sabbat im Hause des strenggläubigen Juden bedient, die Kerzen anzündet und löscht u. s. w.). Aber für immer und als Gesellschafterin für seine Tochter? Verrückt wär' er, wenn er's tät', denn die anderen würden ihn ja steinigen!"

Auch die nächste Zeile mehrte ihm noch das Gefühl der Überlegenheit über den „lieben Menschen". ‚Ein junger Tempelherr' – das war so viel wie ein „Deutsch", das heißt ein aufgeklärter, modern gekleideter Jude. Und warum? Sender hatte seine Mitbürger oft genug jene „Gottlosen" und „Abtrünnigen" verwünschen hören, die nicht in Synagogen hebräische, sondern in „Tempeln" unter Orgelbegleitung deutsche Gebete verrichteten und gleichwohl so vermessen waren, sich noch als Juden zu fühlen; so ein Mann war offenbar gemeint. „Ich weiß schon", dachte er, „er wird gewiß der Rachel den Hof machen. . . . Und so einen ‚Deutsch' sollt' es in Jerusalem geben – es ist zum Lachen!"

Was aber war ein „Derwisch", was ein „Patriarch" und ein „Emir" mit „Memelucken"?! An diesen Wörtern scheiterte all seine Findigkeit; nur der „Klosterbruder" war ihm vertraut.

„Vielleicht erkenn' ich's aus dem Spiel", dachte er und begann zu lesen.

Mit allen Sinnen versenkte er sich in die Dichtung und las langsam, jedes Wort laut vor sich hinsprechend, jede Zeile wiederholend. Ob er wollte oder nicht, er mußte an die Vorstellung denken, der er in Czernowitz beigewohnt, er konnte Daja und Nathan nicht mit derselben Stimme lesen und drückte auch die wechselnden Empfindungen des Mannes durch den Tonfall aus, so gut er konnte. Es geschah unwillkürlich, der angeborene dunkle Trieb regte sich in ihm. Bei den Reden des Nathan näselte er und agierte dazu lebhaft mit den Händen; die Worte der Daja sprach er möglichst hochdeutsch, mit einer spitzen Altweiberstimme und stemmte die Arme in die Hüften, wie es die Mägde in Barnow zu tun pflegten.

Es war ein saures Stück Arbeit, schon weil ihm manche Worte unverständlich waren; die „Phantasie, die immer malet", die „fromme Kreatur" verwirrten ihn. Vollends aber trieben ihm die vielen Sätze, wo er zwar jedes Wort verstand, ohne doch den Sinn des Ganzen erfassen zu können, den Angstschweiß auf die Stirne. Ganze Reden und Gegenreden mußte er so durchirren.

Er legte das Buch vor sich hin. „Also, was geht da vor?" begann er und brachte seinen Körper dabei unwillkürlich in jene wiegende Bewegung, wie in der Knabenzeit, wenn er über einer schwierigen Thorastelle gebrütet. „Nathan, reich, Kaufmann. An den Reichtum glaub' ich nicht recht. Erstens: Jerusalem. Zweitens: womit er handelt, ist nicht gesagt – mit Kamelen? – mit Goldsachen? Drittens: ein großer Kaufmann fährt nicht viele Wochen herum, Schulden einzukassieren, sondern schickt seinen Kommis. So macht es zum Beispiel unser Reb Mosche Freudenthal, der freilich bare dreißigtausend Gulden im Vermögen hat – und wie kann auch ein Kaufmann so lange vom Geschäft wegbleiben? Aber meinetwegen! Sonst ist Nathan ein guter Mensch, schenkt auch gern, nur etwas scheint er doch einmal angestellt zu haben, und Daja weiß es – er muß ihr mit Goldsachen den Mund stopfen –, das kann bös werden! Das Haus ist verbrannt, während er weg war, daran liegt nichts – natürlich, er war versichert! So was kann sogar, sagt man, manchmal ein gutes Geschäft sein. Recha ist gerettet durch einen

Tempelherrn! Das ist aber kein ‚Deutsch', wie ich sehe, sondern ein ‚Sellner' (Soldat); er ist gefangen, Saladin, der Sultan, hat ihm das Leben geschenkt, Nathan sagt, das ist ein Wunder! Begreif' ich! So ein Sultan – mit Weibern ist er freundlich, Männer läßt er totschlagen, der Bösewicht! Aber ein großer Herr muß dieser Saladin doch sein, vielleicht ein Fürst! . . . Recha glaubt, daß der Tempelherr ein Engel war, Nathan will es ihr ausreden. Recht hat er! Erstens ist es die Wahrheit und dann – einem Menschen kann man dankbar sein, einem Engel nicht! Gut, weiter! Jetzt kommt Recha!"

Er erhob sich, versuchte Miene und Haltung eines jungen, züchtigen Mädchens anzunehmen und las mit gespitztem Mund und möglichst zarter Stimme:

„So seid Ihr es doch ganz und gar, mein Vater?
Ich glaubt', Ihr hättet Eure Stimme nur
Vorausgeschickt –"

Hier stutzte er wieder.

„Mein lieb Kind", sagte er wohlwollend, „mir scheint der Schrecken hat dich so benommen, daß du noch nicht recht weißt, was du redest! Hat man schon je gehört, daß jemand seine Stimme vorausschickt – vielleicht in einem Briefele mit der Post?!"

Das übrige aber gefiel ihm gar wohl, auch mit Rechas Glauben an einen Engel befreundete er sich nun, weil sie ihn in so „feinen Wörtern" ausdrückte. Eben darum begann er sich nun über Nathan, der es ihr ausredete, zu ärgern, hauptsächlich aber deshalb, weil dieser dabei gar so unverständlich sprach. So sprang er denn auch geradezu entzückt auf, als er auf die Worte der Daja stieß:

„Wollt Ihr denn
Ihr ohnedem schon überspanntes Hirn
Durch solcherlei Subtilitäten ganz
Zersprengen?"

„Recht hast du", rief er, „Gottes Recht! Was ‚Subtilitäten' heißt, weiß ich nicht, wahrscheinlich so viel wie ‚Dreh' (talmudische Spitzfindigkeit). Ich versteh' mich doch wahrhaftig auf ‚Chassidim' – aber ‚großes Wunder' – ‚kleines Wunder' – ‚wahres Wunder' – ‚allgemeines Wunder' – dagegen ist noch unser Rabbi ein Mensch mit einem graden Verstand. Und ich muß sagen, ich hab' ihm unrecht getan, dem Lessing – er weiß, wie Juden sind . . ."

„Aber jetzt bin ich ja der Nathan", unterbrach er sich und sprach die ihm unverständlichen Worte möglichst eindringlich, im Tonfall eines disputierenden Talmudisten und mit den eigentümlichen Handbewegungen, die ihn einst an seinen ersten Lehrern, den „Bachorim", so belustigt hatten.

So näselte er sich bis an den Auftritt mit dem Derwisch durch. Was dieser rätselhafte Name bedeute, verstand er auch nun nicht recht, aber so viel schien ihm gewiß: ein hochmütiger Bursche war er. Und demgemäß las er die Rolle in polterndem, prahlendem Ton, bis zu den Worten:

– „gesteht, daß Saladin
Mich besser kennt, Schatzmeister bin ich bei
Ihm worden –"

da richtete er sich noch stolzer auf, kniff die Augen halb zu und mühte sich, ein so hochmütiges Gesicht zu machen, als ihm irgend gelingen wollte.

„Bist du verrückt?"

Urplötzlich tönte es ihm ins Ohr. Sender fuhr zusammen, fast hätte er das Büchlein fallen lassen.

Es war Fedko; der Jüngling hatte im Eifer des Lesens seinen Schritt überhört.

„Zwei Uhr", sagte der Alte. Und dann wiederholte er seine Frage: „Bist du verrückt?"

Sender erwiderte nichts. Seufzend schob er das Büchlein an seinen Platz und folgte dem Manne, der ihn fortwährend, wie ängstlich, betrachtete.

Als sie unten vor der Pforte standen, sagte Fedko: „Höre, du mußt mir sagen, was du da oben treibst . . ."

„Ich lese."

Der Alte schüttelte unwirsch den grauen Kopf.

„Das ist nicht wahr! Sag' die Wahrheit! Nicht aus Neugierde will ich es wissen, sondern meiner Pflicht gemäß."

„Aber das kann dir doch gleichgültig sein . . ."

„Oho! Als du mir gestern deine Bitte sagtest, habe ich mir gedacht: ‚Der Senderko war schon als Kind nicht so, wie die anderen Juden, er ist wahrscheinlich ein gestohlenes Christenkind, und darum liegt es ihm im Blute, daß er sich nicht vor dem Kloster fürchtet.' Aber jetzt habe ich dich getroffen, wie du mit den Händen herumwirfst und schreist und ein verzücktes Gesicht machst. Weißt du, wer sich so benimmt? Entweder ein Verrückter –"

„Ich bin bei Vernunft", beteuerte Sender.

„Dann noch schlimmer – ein *Zauberer*!" sagte Fedko dumpf und bekreuzte sich. „Und bei einer Zauberei helfe ich nicht mit. Einmal ist keinmal – hoffentlich ist diesmal kein großer Schade geschehen. Aber du kommst nie wieder hinauf!"

Sender seufzte tief auf. Dann begann er zu flehen, seine Unschuld zu beteuern. Der Alte blieb hart. Sender versprach ihm, fortab nicht bloß am Sonntag, sondern auch am Mittwoch ein Fläschchen Slibowitz zu zahlen. Fedko ließ sich nicht rühren.

„Du mußt mir sagen, was du oben treibst?" wiederholte er.

„Ich lerne!"

„Ich bin nicht so dumm", sagte Fedko, „so lernt man nicht!"

So rückte denn Sender endlich mit der vollen Wahrheit heraus, aber es dauerte sehr lange, bis der Alte es annähernd verstand.

„Kommedia", murmelte er. „Was ist das für ein Einfall! Kommedia machen unsere Bursche, wenn sie um Neujahr als die Drei Könige aus Morgenland von Haus zu Haus ziehen, aber was nützt das einem Juden?!"

Indes – so viel war ihm nun doch klar: der Bursche war wohl eher verrückt, als ein Zauberer. Und daraufhin ließ es sich doch wieder wagen.

„Das eine sage ich dir", schloß er, „wenn ich im Kloster oder in der Stadt die geringste Verzauberung bemerke, so werde ich wissen, wer sie angestellt hat, und mich darnach benehmen!"

„Ich bin's zufrieden", sagte Sender und eilte in die Werkstätte.

Zehntes Kapitel

Jossele Alpenroth, sonst ein sanftes, stilles Männchen, empfing ihn heute sehr mürrisch.

„Es ist drei Uhr", sagte er, „du hältst die Arbeitsstunde nicht ein. Auch sonst kann ich unmöglich mit dir zufrieden sein, endlich muß ich es dir doch sagen. Wenn das nicht besser wird, so kannst du gehen."

Das hätte sich Sender sonst wahrlich nicht zu Herzen genommen, das Handwerk war ihm ja in der Tat sehr gleichgültig. Heute traf es ihn hart. Denn weil er bei Jossele weder Kost noch Wohnung hatte, so hatte er sich eben vorgenommen, den Meister um einen kleinen Lohn zu bitten. Nur so konnte es ihm ja möglich werden, die Namenstage seines alten Freundes würdig zu feiern. Nun fand er natürlich nicht den Mut, die Bitte auszusprechen.

Betrübt kam er des Abends heim. Es fiel ihm schwer, aber er mußte nun, wohl oder übel, die Mutter darum ersuchen.

Frau Rosel hörte ihn nach ihrer Gewohnheit schweigend an, und fragte dann kurz: „Wozu?"

„Nun", meinte Sender verlegen, „ich bin ja kein Kind mehr. Ein erwachsener Mensch fühlt sich ja wie ein Toter, wenn er so ohne Geld herumgeht."

„Warum verdienst du es nicht?"

„Aber ich bin ja noch Lehrling."

„Warum heiratest du nicht?"

„Hei-ra-ten!"

Sender war ebenso erstaunt wie erschreckt.

„Ja, heiraten!" wiederholte die Frau nachdrücklich. „Glückliche Eltern, die das Geld dazu haben, können schon früh das gottgefällige Werk tun und ihre Söhne im fünfzehnten, sechzehnten Jahre verheiraten. Mir ist dies Glück, dies Verdienst vor Gott nicht beschieden gewesen. Aber nun bist du über zwanzig Jahr' alt – es ist die höchste Zeit, daran zu denken!"

„Nein!" rief er heftig.

„Wie?" schrie sie auf.

„Um Gotteswillen, Mutter, nein!" fuhr er flehentlich fort und erhob abwehrend die Hände – an diese Gefahr für seine Pläne hatte er noch gar nicht gedacht!

„Willst du gar nicht heiraten?"

„Nein!"

„Niemals?!" schrie sie abermals gellend auf.

„Niemals!" erwiderte er ebenso laut, fast sinnlos vor Erregung.

„Warum?" stieß sie heiser hervor. „Aber was frage ich noch!" fuhr sie murmelnd fort. „Ich weiß es ja!"

Ihre Stimme brach sich, die Tränen stürzten ihr plötzlich über die Wangen und sie begann krampfhaft zu schluchzen.

Das war etwas so Ungewohntes, so Unerhörtes an dieser Frau, daß es dem Jüngling ins tiefste Herz griff.

„Um Gotteswillen!" rief er flehend. „Beruhige dich doch! Niemals – ich habe es ja nur so gesagt – warum sollt' ich niemals heiraten?! Ich meine nur – jetzt – jetzt könnt' ich an alles andere eher denken! Ich hab' ja noch nichts, ich bin ja noch nichts, wie sollt' ich ein Weib ernähren?!"

Er mußte lange fortfahren, bis sie sich wieder gefaßt hatte.

„Ist es nur dies?" fragte sie endlich und blickte ihn scharf an.

Er nahm sich zusammen und hielt den Blick aus.

„Ja!"

„Dafür kann Rat werden!" entschied sie. „Du wirst bald dein Brot verdienen. Und bis dahin kannst du ja von dem leben, was die Mitgift deiner Frau trägt oder auch von der Mitgift selbst, das ist auch noch durchaus kein Unglück, kein Leichtsinn. Die meisten heiraten so und es geht gut aus! Also nächster Tage werde ich mit Itzig Türkischgelb reden."

Das war der geschickteste Heiratsvermittler von Barnow.

Sender seufzte tief auf.

„Nächster Tage" wiederholte Frau Rosel und strich mit der flachen Hand über die Tischdecke.

Sender kannte die Bedeutung dieser Bewegung: die Sache war abgemacht.

Es konnte ihn wenig trösten, daß er nun auch das erbetene Geld erhielt mit dem Versprechen, daß es ihm wöchentlich regelmäßig zukommen werde bis zur Vermählung.

„Hoffentlich noch in diesem Winter", schloß die Frau.

Sender schlief in jener Nacht etwas später ein als sonst, aber wer so jung ist und so fest an sich selbst glaubt, bringt seine Sorgen leicht zur Ruhe. Bis auf weiteres genügte ihm die Möglichkeit, in der Klosterbibliothek „Weisheit" zu erwerben, und was die angedrohte Braut betraf, so konnte er sich wohl über die Entschlossenheit seiner Mutter keiner Täuschung hingeben, „aber" – dachte er – „ohne mich kann's doch eigentlich auch nicht geschehen und obendrein brauche ja nicht bloß ich mich zu entscheiden, sondern auch die Eltern der Braut können ‚Nein!' sagen. Ich kann ja auch etwas dazu tun – umsonst heißen sie mich nicht den ‚Pojaz'!"

Seine Pflegemutter aber fand auch der grauende Morgen noch wach. „Er hat vielleicht zuletzt nicht gelogen", dachte sie, „aber die Sache ist nicht leicht zu nehmen. Denn jenes ‚Niemals' hat sein Blut aus ihm herausgerufen, das unselige Blut, das vielleicht stärker ist als seine Liebe zu mir!"

Sie wollte tatkräftig eingreifen, auch diesmal den Kampf mit dem Dämon aufnehmen, aber das Herz war ihr schwer und kummervoll.

Nachdem Sender nun das Geld hatte, die vielen Namenstage des Fedko würdig zu begehen, fand er sich wieder regelmäßig in der Bibliothek ein und las das „Spiel vom Juden Nathan" weiter, eifrig, aber mühsam und ohne vollen Erfolg, weil ihm das nötige Wissen zum rechten Verständnis fehlte. Über die unzähligen dunklen Stellen half ihm weder sein scharfer Verstand, noch sein starker dramatischer Instinkt genügend hinweg.

Was er verstand, packte ihn freilich mächtig, schon deshalb, weil es ihm so neu war, eine unbekannte, fremde Welt, die Welt der reinen Menschlichkeit. Er war in einem Winkel der Erde geboren und aufgewachsen, wo die Binde des religiösen Vorurteils den armen Menschen so dicht um die Augen liegt, wie selten anderwärts. Als er nun mit ungemeiner Spannung aller Sehnen der Seele, so wie man eine unerhörte Entdeckung vernimmt, das Märchen von den drei Ringen las, da sank ihm diese Binde freilich nicht von den Augen, aber er erkannte doch, daß es Leute gegeben, die sie nicht getragen. Die Stelle beschäftigte ihn auf das Lebhafteste, er las sie immer und immer wieder, obwohl er dabei die Neugierde niederkämpfen mußte, wie „das Spiel ausgehen" werde. Aber wie oft er auch begeistert vor sich hinsprach: „Eine schöne Geschichte, eine wunderschöne! Ich wollt', ich könnt' sie gleich weitererzählen! Und so ‚sinnedig' (sinnreich) ist sie!" – er selbst vermochte sie nicht recht zu beherzigen, und die Mahnung

„Wohlan
So eifre jeder seiner unbestochnen
Von Vorurteilen freien Liebe nach!"

wäre ihm unerfüllbar gewesen, auch wenn ihm ihr Sinn völlig klar aufgegangen wäre. „Wenn Nathan", dachte er, „beweisen will, daß auch ein Jud', ein Christ, ein Türk' ein braver Mensch sein kann, daß niemand glauben soll, nur er ist gut – da hat er recht. Aber wenn er vielleicht sagen will: Jeder Glaube ist der richtige – das ist, scheint mir, nicht wahr. Ich hab' doch gewiß nichts gegen die Polen und bin schon zufrieden, wenn sie mich in Ruh' lassen, aber daß ihre Religion so gut ist wie die meinige, kann ich nicht glauben. Denn warum bleib' ich denn ein Jud', den alle schimpfen und bedrücken? Da kann ich mich ja gleich taufen lassen! Aber daß der Herr Lessing einen Juden so gerecht reden läßt, war doch schön von ihm. Die Leut' hören es und denken sich dann: ‚Warum sollen wir die Juden hassen? – sie hassen ja auch uns nicht' . . . Und das ist gut, sehr gut! Schad' ist nur, daß nicht alle Polen Deutsch verstehen!" Denn daß die Mahnung auch anderwärts nötig sein könnte, fiel ihm nicht bei. Hatte doch auch Nadler gesagt, daß die Juden heutzutage nirgendwo mehr so bedrückt seien, wie in Galizien!

Als er endlich nach mehreren Wochen mit der Dichtung fertig war, legte er sie mit sehr gemischten Empfindungen aus der Hand. Es kränkte sein Selbstgefühl, daß ihm so vieles unverständlich geblieben; er räumte in Gedanken ein, daß dies nicht des Dichters Schuld sei, aber ärgerlich war es doch und verdarb ihm die Freude an dem Werke. Auch mißfiel ihm, daß die Leute seines Erachtens gar so viel redeten und zu wenig handelten – es ging doch zu wenig vor – kein Kampf, keine Schlacht, nicht einmal eine richtige Liebesgeschichte war darin. Eine Ahnung der sittlichen Größe der Dichtung überkam freilich auch ihn – „Er muß doch wirklich ein feiner Mensch gewesen sein", urteilte er über den Dichter, „und gegen alle gut, nicht bloß gegen uns Juden. Aber daß er es auch gegen uns war, werd' ich ihm nie vergessen!" Darum empfand er es auch peinlich, daß ihm von jenen beiden „Spielen", die er kannte, der „Nathan" nicht ganz so gut gefiel, als der „Schajelock", obwohl doch in diesem die Juden nicht so gut wegkommen. Und wenn er gar nachdachte, wen er lieber darstellen wollte, den wilden, rachegierigen „Schajelock" oder den edlen, milden Nathan, so gab er vollends mit aller Entschiedenheit der unedleren Gestalt den Vorzug.

„Nathan", sagte er sich, „ist zwar der Bessere, aber er redet immer ruhige, vernünftige Sachen und hat keine großen Leiden und keine großen Freuden, Schaje aber – der kann immer schreien und herumlaufen und dies und jenes tun. Nathan wäre leichter zu machen, aber Schaje wäre mir doch lieber! Natürlich aber den Schluß, den müßte ich machen, wie ich will!"

Das nächste, worüber er nun geriet, war *„Emilia Galotti"*. Aber hier kam kein Jude vor, und in diesem seinen Intriguennetze vermochte sich der arme Sender vollends nicht mehr auszukennen, so peinliche Mühe er sich auch gab. Auch war ihm natürlich die Sprache zu gebildet. Da las er zum Beispiel die Szene zwischen dem Fürsten und dem Maler, las sie wohl an die zehn Male, und begriff noch immer nicht, worüber die Herren sich eigentlich unterhielten. Je weiter er kam, desto dunkler ward es um ihn, und schließlich wurden ihm die feingefügten Szenen zu einem Irrgang, in welchem er nur noch aus Pflichtgefühl umherschlich. Brennend empfand er die Sehnsucht nach einem Lehrer und Rater, und dabei dämmerte ihm auch zuweilen die Erkenntnis auf, daß dieses Lesen von „Spielen" vielleicht doch nicht jenes „Lernen" sei, welches ihm der Direktor in Czernowitz so dringend ans Herz gelegt. Tag für Tag fand er sich ums Mittagsläuten pünktlich an der Tartarenpforte ein, aber von Tag zu Tag zaghafter und betrübter.

Hiezu kam noch eine äußere Bedrängnis. Der Winter war hereingebrochen, und das ist ein grimmiger Gast in der großen Ebene, welche schutzlos dem Nord- und Ostwind preisgegeben ist. Im Saale der Bibliothek herrschte die Temperatur eines wohlgepflegten Eiskellers.

So oft Sender die Treppe emporstieg, klapperten ihm schon beim bloßen Gedanken an diese Kälte die Zähne, und während der beiden Stunden mußte er wie wahnsinnig auf und ab rennen, stampfen und um sich schlagen, um nicht zu erstarren.

Der alte Fedko, der bisher weder im Städtchen noch im Kloster durch eine besondere Zauberei beängstigt worden und daher immer mehr zu der Überzeugung kam, daß sein armer Senderko nur eben ein stiller Wahnsinniger sei, Fedko also fühlte Mitleid mit „diesem merkwürdigen Juden", und brachte einmal eine wohlgefütterte Kutte herbeigeschleppt.

„Da schlüpf' hinein", riet er, „die Kutte hat dem Pater Ämilius gehört, er hat sie immer angezogen, wenn er hier in der Bibliothek ein Buch gesucht hat."

Aber Sender sträubte sich lange, das Mönchsgewand anzuziehen, und als er es endlich an einem besonders kalten Tage dennoch tat, da war es ihm, als hätte er eine schwere fast unsühnbare Sünde auf sich genommen.

Einige Tage später hatte er eine Unterredung, welche das Maß seiner Sorgen und Bekümmernisse voll machte.

Als er nämlich eines Abends heimkam, fand er bei seiner Mutter im warmen Stübchen einen Mann sitzen, den er sonst sehr gern gesehen hatte, seit einigen Wochen aber so ängstlich mied, als wäre es der leibhaftige Teufel. Das war Itzig Türkischgelb, der fröhliche „Marschallik" (Lustigmacher) und Heiratsstifter von Barnow, in seiner Art auch ein „Pojaz" und wahrlich nicht der langweiligste, klug und wohlwollend, immer fröhlich, freilich auch immer durstig.

Sender war damals vielleicht der einzige Mensch in Barnow, der die Gesellschaft dieses feuchten Greises fürchtete. Denn Itzig Türkischgelb war eine überaus beliebte Persönlichkeit, und verdiente dies auch durch seine Bravheit und ewig muntere Laune. In Häusern, wo sich heiratfähige Kinder fanden, war er besonders wohlgelitten, denn er stand im Rufe, daß er selbst das häßlichste Mädchen, den ungeschicktesten Tölpel anzubringen wisse, sofern er sich nur recht der Sache annehme. Nur die Mädchen liefen vor ihm davon, weil er seinem Witz und seiner Phantasie gern freien, sehr freien Lauf ließ. Aber Sender war kein Mädchen, und darum hatte er bei Gastmählern und Hochzeiten manche fröhliche Stunde mit dem Alten verbracht und so wacker in allerlei Schwänken mit ihm gewetteifert, daß die Leute oft kaum zu sagen wußten, wer sie besser unterhalten habe, ob der gemietete „Marschallik" oder sein freiwilliger Nebenbuhler.

Jetzt freilich wurde Sender bleich, als er den alten Kumpan da sitzen sah, und blickte ihn finster an. Aber Itzig bemerkte es nicht, oder tat so, als ob er es nicht bemerkte.

„Sender", rief er ihm fröhlich entgegen, „sei so gut und mach' den Mund auf und sag' ‚Ja'!"

Aber Sender blieb finster.

„Was wollt Ihr?" fragte er kurz.

„Daß du ‚Ja' sagst", erwiderte der Alte freundlich. „Wenn du aber vielleicht müde bist, so brauchst du nur mit dem Kopfe zu nicken, und es ist uns auch genug – nicht wahr, Frau Rosel?"

Die Frau richtete auf ihren Sohn einen Blick, dessen Macht Sender wohl kannte, denn er schlug sofort die Augen nieder.

„Wir haben es dir zum Guten ausgedacht", sagte sie scharf. „Reb Itzig wird dir sagen, um was es sich handelt –"

„Ich kann es mir denken", sagte Sender, „und ich glaube . . ."

„Höre!" befahl die Frau kurz. „Redet, Reb Itzig!"

„Es handelt sich", begann der „Marschallik" behaglich und wiegte sich hin und her, „um eine Blume! Eine schönere und duftigere Blume ist noch nie in einem Garten gewachsen, seit uns das Paradies verschlossen ist. Es handelt sich um einen Schatz! Kein Mensch in unserer Gemeinde oder im Barnower Kreis hat noch je einen solchen Schatz besessen. Es handelt sich um einen Diamant! Ein so kostbarer Diamant ist noch nie gefunden worden, seit die Welt steht, und sogar der Kaiser in seinem goldenen Haus in Wien wünscht sich ihn umsonst! Es handelt sich –"

„Und wie heißt dieser Diamant?" fragte Sender spöttisch.

„Wie soll ein Diamant heißen?!" war die Antwort. „Diamant!"

„Wie?"

„Chaje Diamant, die Tochter von Reb Mortche Diamant, dem Uhrmacher von Mielnica."

Darauf folgte eine lange Stille. Sender schwieg und biß sich die Lippen blutig.

„Der gute Jung'!" rief Türkischgelb. „Auf so ein Glück war er gar nicht gefaßt! Aber ist das ein Wunder? Wirklich! Ein solches Glück kann einem die Red' verschlagen! Erstens ist das Mädchen schön wie die Sonne, weiß wie Schnee, rot wie Blut, frisch wie ein Fisch, dick und schwer, daß das ganze Haus zittert, wenn sie auf den Fußspitzen herumschleicht, und gesund ist sie wie das ewige Leben. Eher stürzt der Himmel ein, als daß die auch nur den Schnupfen bekommt. Zweitens ist Reb Mortche der geschickteste Uhrmacher im ganzen Land und sein Geschäft ist das beste Geschäft auf der ganzen Welt, und seinen Schwiegersohn will er in dieses Geschäft aufnehmen und für das ganze Leben versorgen wie einen Herrn, wie einen Baron, wie einen Grafen, wie einen Fürsten, wie einen Kaiser. Drittens ist das Mädchen klug wie der Tag, freundlich und still wie der Mond, und versteht zu kochen, daß alle Weiber von ganz Israel bei ihr lernen sollten. Neulich, wie ich bei Reb Mortche war, hat sie Fische gekocht in der braunen Brühe mit Rosinen – das waren Fische – Sender, Fische waren es – auf Ehre, ich kann nicht weiterreden, wenn ich an diese Fische denke, das Wasser läuft mir im Munde zusammen – ich kann nicht weiterreden –"

„Es ist auch nicht nötig", sagte Sender finster.

„Freilich ist es nicht nötig", erwiderte der Vermittler, „du weißt schon jetzt genug, um gleich ‚Ja!' zu sagen, zu rufen, zu schreien. Aber das Glück, das auf dich wartet, ist noch viel größer! Denn wer hat eine schönere Ausstattung als deine Chaje? Auf Ehre – eine Prinzessin könnt' gleich sterben vor Neid, wenn sie diese Hemden anschaut, diese Röcke, diese Polster, diese Leintücher, diese Tischtücher, diese Handtücher, diese Kleider, diese Hauben, diese Mantillen! Und dazu Ohrringe und Armbänder und Ketten und Broschen und eine Uhr, man kann blind werden, wenn man es lange anschaut, so groß ist die Pracht. Und dann die Mitgift! ‚Gott!' hab' ich zu Reb Mortche gesagt, ‚daß Ihr ein reicher Mann seid, hab' ich gewußt, wie jeder Mensch im Kreise – aber so ein Vermögen – so ein Vermögen' – ich hab' nicht ausreden können vor Staunen. Denn was meinst du, was deine Braut mitbekommt? Halt dich an den Tisch oder setz dich hin, sonst fällst du um vor Freud'! Sechshundert Gulden, bare sechshundert Gulden! Nun freilich, es ist ja das einzige Kind –"

„Das ist nicht wahr!" unterbrach ihn Frau Rosel. „Bleibet bei der Wahrheit, Reb Mortche hat andere Töchter. Aber Sender kann dennoch glücklich sein, wenn er ihn zum Schwiegersohn nimmt."

„Warum lasset Ihr mich nicht ausreden?" fragte Itzig Türkischgelb ohne jede Verlegenheit, „freilich hat er noch eine Tochter, aber die ist doch schon verheiratet, wozu soll ich unserem Sender von ihr erzählen?! – Soll er denn die auch nehmen?! Wenn ich aber schon von ihr rede, so sollst du auch gleich wissen, wen du zum Schwager bekommst. Der Mann von der Ältesten ist ein Ururenkel vom Rabbi von Mielnica und außerdem der größte Fuhrherr von Czernowitz, Meyer heißt er und mit dem deutschen Namen Strisower . . ."

„Der!" lachte Sender höhnisch. „Rot-Meyerl! Einen Karren hat er und zwei Schindmähren . . ."

„Soll ein Lohnkutscher vierspännig fahren?!" rief Türkischgelb fast entrüstet. „Und was seine Pferde betrifft, der Kaiser hat keine solchen Rappen –"

„Da habt Ihr recht! Solche gewiß nicht!"

„Genug!" befahl Frau Rosel. „Die Rappen heiratest du nicht . . . Übrigens sind noch zwei jüngere Töchter im Hause, aber . . ."

„Es ist doch das größte Glück", fiel Türkischgelb ein. „Ich hab' von den beiden gar nicht gesprochen, vielleicht sind es sogar drei – denn ist es mein Geschäft, mich um Kinder zu kümmern? Ich kümmere mich um Erwachsene! Und wie sollen dir diese vier kleinen Kinder im Wege sein und wie sollen sie dir dein Glück stören? Als guter Mensch, als guter Schwager wirst du sagen: ‚Gott lasse alle fünf gesund aufwachsen und gebe ihnen gute, tüchtige Männer, wie ich bin!' Ja, so wirst du sprechen, Sender, denn ich kenn' dein gutes Herz!"

„Fünf?“ fragte Frau Rosel sichtlich unangenehm überrascht.

„Ich glaube“, sagte Itzig Türkischgelb unbefangen. „Reb Mortche ist auch in dieser Beziehung ein gesegneter Mann. Am Ende sind es gar sechs. Möglich ist es, verschwören will ich es nicht. Denn mich, wie gesagt, kümmert nur mein Geschäft! Und ob nun zwei kleine Töchterchen im Hause sind oder noch vier andere dazu, ist deshalb diese schöne, kluge, dicke Chaje . . .“

„Wie viele sind's nun aber wirklich?“ unterbrach ihn Frau Rosel mit scharfer Stimme.

„Sieben!“ gestand er. „Aber ist deshalb, frag' ich, diese schöne, kluge, dicke Chaje häßlicher, magerer, dümmer?! Kann sie deshalb keine Fisch' kochen? Fehlt deshalb etwas an der Aussteuer oder an den baren sechshundert Gulden? Oder wird Sender deshalb nicht ins Geschäft aufgenommen und ist darum auf Lebenszeit ein versorgter Mann?! Und ist dies Geschäft nicht . . .“

„Auch was das Geschäft betrifft, müßt Ihr ihm die volle Wahrheit sagen“, fiel ihm Frau Rosel ins Wort. „Dein Schwiegervater nimmt dich nur für fünf Jahre ins Haus. Während der Zeit arbeitest du in seiner Werkstätte und bekommst mit deiner Familie freie Kost und Wohnung. Die sechshundert Gulden werden für dich auf Zinsen angelegt. Nach fünf Jahren kannst du dir damit eine andere Werkstätte ankaufen oder selbst einrichten!“

„Nun, was sagst du?!“ rief Türkischgelb begeistert. „Ist das nicht noch viel schöner, als wenn du etwa immer dort bleiben müßtest und noch zehn Jahre oder zwanzig oder gar vierzig Jahre deinen Schwiegervater als Herrn über dir hättest? Ist das nicht viel schöner, als wenn du dir dein Leben lang die Nachrede gefallen lassen müßtest: ‚Er hat sein Geschäft vom Schwiegervater geerbt, allein hat er's nicht so weit gebracht?!‘ Nu, hab' ich recht oder nicht?!“

„Darüber läßt sich streiten“, sagte Frau Rosel. „Aber über die Hauptsache nicht: daß diese Partie deshalb doch ein großes Glück für einen Menschen ist, der nichts hat, auch nichts erben wird, der schon vieles versucht hat, eh' er Uhrmacher geworden ist, und es auch jetzt noch nicht weit in seinem Handwerk gebracht hat. Darum hat mich auch alles andere nicht gestört, was Sender noch nicht weiß! Aber saget es ihm, Reb Itzig! Er soll nicht klagen dürfen, daß wir ihm etwas verschwiegen haben!“

„Ich verstehe Euch nicht!“ versicherte der Marschallik treuherzig und blickte sie fragend an, „etwas, was *dagegen* spricht?! Davon habe ich Euch gegenüber nichts erwähnt und wüßte es auch unserem Sender nicht zu sagen. Es spricht ja alles *dafür*!“

„Nun“, sagte Frau Rosel, „zum Beispiel, daß leider ein Verbrecher in der Familie ist.“

„Ein Verbrecher?!“ rief Türkischgelb entrüstet. „In *dieser* Familie?! Frau Rosel, verzeiht, aber das müßt Ihr geträumt haben.

Die Familie von Reb Mortche ist ja von einem Adel, einem Adel – Gott, wie soll ich den beschreiben?! Ist es nicht schon genug, wenn ich sage, daß Reb Mortches Großvater der berühmte Reb Srulze war, der den ganzen Talmud auswendig gekonnt hat?! Auswendig, Sender! – von vorn und von hinten hat er ihn hersagen können, und wenn man ihn mitten in der Nacht aus dem Schlaf geweckt hat! Von hinten, mitten in der Nacht! – Wenn du nicht darauf brennst, die Urenkelin von einem solchen Gelehrten zum Weibe zu bekommen, so verdienst du nicht, ein Jude zu sein! Und wer ist denn der Bruder deiner künftigen Schwiegermutter? Der erste ‚Gabe' (höherer Diener, etwa Sekretär) beim Wunderrabbi von Nadworna. Und wen hat Reb Mortches Sohn, dein ältester Schwager, geheiratet?! Die Tochter von Reb Meier Hirschler in Tluste – ja, von Reb Meier so wahr ich lebe! Und Reb Meier ist doch gewiß der größte Gelehrte im Barnower Kreis, aber der hat nicht von einer Verbrecherfamilie gesprochen!"

„Ich auch nicht", meinte Frau Rosel. „Aber deshalb bleibt's doch wahr, daß Reb Mortches einziger Bruder –"

„Still, Frau Rosel, still!"

Itzig Türkischgelb zuckte schmerzlich zusammen, dann erhob er sich würdevoll, ein Zug tiefer, milder Wehmut lag auf seinem Antlitz.

„Still", wiederholte er zum dritten Male. „Mir tut das Herz weh, wenn ich anhören muß, wie sich eine fromme Frau wie Ihr gegen Gott versündigt. Er, der Allerbarmer, hat uns befohlen: ‚Lasset die Toten ruhen und richtet sie nicht!' Warum –"

„Das hab' ich nicht gewußt", fiel sie ein. „Ist also der Mensch inzwischen gestorben?"

„Schon vor drei Jahren", sagte Itzig Türkischgelb mit zitternder Stimme. „Er ruhe in Frieden!"

„Also gleich nachdem er ins Zuchthaus gekommen ist?" fragte sie. „Denn vor drei Jahren ist er ja erst verurteilt worden! Mir scheint aber, Ihr irrt Euch! Denn wie ich mich nach der Sache erkundigt habe, hat mir Reb Jossele, der Lehrherr von Sender, der den Lumpen, den Noah kennt und damals auch als Zeuge vor Gericht erscheinen mußte, gesagt, daß er ihn erst vor einigen Monaten bei der Durchfahrt in Zloczow gesehen hat. Dort ist ja das Zuchthaus. Und Noah ist mit anderen Sträflingen im Straßengraben gesessen und hat Steine zum Straßenbau geklopft!"

„Und das nennt Reb Jossele *leben*?!" rief Türkischgelb. „Ich hätt' ihn für gescheiter gehalten! Wer ins Zuchthaus kommt, ist *tot*! Noah ist tot für die Welt, tot für den Bruder! . . . Du darfst aber nicht glauben", wandte er sich an Sender, „daß er am Ende gar ein Räuber oder ein Mörder war! Unglück im Geschäft hat er gehabt – sonst nichts!"

„Saget das nicht", verwies ihm Frau Rosel streng. „Ihr seid ja selbst ein so ehrlicher Mann. Auch Reb Mortche wird mir gerühmt, und daß er nicht das geringste mit den Gaunereien seines Bruders zu tun gehabt hat!"

„Ich möcht's auch niemand raten, so was zu sagen!" rief der Marschallik. „Dieser Noah – sieh, Sender, wie merkwürdig das Leben ist! Er war der Enkel von Reb Srulze, der den ganzen Talmud von hinten hat hersagen können, und auch sein Vater war ein Frommer und Gerechter, und erst sein älterer Bruder Mortche – solche Vorbilder hat noch kein Mensch gehabt! Und was wird aus ihm? Ein Gauner! Statt Uhrmacher zu bleiben wie Mortche, wird er Uhrenhändler, nimmt in der Schweiz und in Frankreich und weiß Gott wo Uhren auf Kredit und beschwindelt die Leut' von hinten und vorn, fälscht Wechsel, handelt mit gestohlenem Gut! Reb Mortche mahnt und rettet ihn ein-, zweimal, endlich sagt er sich von ihm los. Und wie hat er sich seinetwegen bei dem Prozeß gekränkt und geschämt, obwohl es doch eigentlich eine Ehre für ihn war –"

„Eine Ehre!" rief Sender.

„Gewiß! Denn alle Leut' haben gesagt: ‚So ein Lump und so ein Ehrenmann sind unter demselben Herzen gelegen – zwei so verschiedene Brüder hat die Welt noch nicht gesehen!' Übrigens frag' ich –" der Marschallik erhob sich – „ich frag' Euch, Frau Rosel, und dich, Sender, frag' ich: Ist diese schöne, dicke Chaje mit den sechshundert Gulden die Tochter von Noah oder von Mortche?! Gebt mir zur Güte Antwort!"

„Ich hab's schon gesagt", erwiderte Rosel, „es ist für Sender doch ein Glück, nur soll er alles wissen. Darum soll ihm auch die Bedingung nicht verschwiegen sein, daß er sich nach fünf Jahren überall, wo er will, niederlassen darf, nur in Mielnica nicht. Denn das verschlechtert die Partie!"

„Nein, es verbessert sie!" rief der Marschallik. „Ein junger Ehemann soll nicht immer unter den Augen seiner Schwiegereltern bleiben – es tut nicht gut, Frau Rosel, glaubt meiner Erfahrung, es tut nicht gut. Wie gern wird Sender nach fünf Jahren mit seiner Chaje und seinen Kinderchen, die ihm Gott schenken wird, hierherziehen oder nach Tarnopol – wohin er will, und wo es gut für ihn ist."

„Warum stellt Mortche diese Bedingung?" fragte Sender.

„Weil er", erwiderte Frau Rosel, „seinen Ältesten auch zum Uhrmacher ausbildet und nicht will, daß du ihm einst vielleicht die Kunden wegfängst. Der Sohn soll das Geschäft erben. Nun, das ist im Grunde auch nur gerecht, und ich kann mir ja auch für dich nicht alles auswählen, wie für einen Prinzen. Ich muß Gott danken, daß sich die Sache mit dem Noah ereignet hat, sonst würde Reb Mortche gewiß nichts von dir hören wollen. Aber was dies betrifft – das besprechen wir noch, wenn es nötig sein sollte. Ich hoff' aber, es ist nicht nötig."

Sie blickte den Sohn fest an und strich die Tischdecke glatt.

„Ich dank' Euch, Reb Itzig", wandte sie sich dann an den Marschallik. „Sender weiß jetzt, um was es sich handelt und daß es wirklich ein Glück ist, das wir ihm zuwenden wollen. Also – heut' ist Mittwoch, Sonntag früh fahrt Ihr mit ihm auf Brautschau. Es bleibt dabei, wie wir es verabredet haben, Sonntag früh bitte ich Euch hierherzukommen."

„Gut!" erwiderte Reb Itzig. „Aber ein Glück für Sender sagt Ihr – nur ein Glück?! Im siebenten Himmel kann er sich fühlen, im vierzehnten, im vierundzwanzigsten Himmel. Also – Sonntag früh. Lebt gesund!"

Elftes Kapitel

Er ging. Mutter und Sohn blieben allein. Es war ein langes Schweigen zwischen den beiden.

„Sonntag früh", begann die Frau, „fährst du also mit dem ‚Marschallik' nach Mielnica und läßt dich von den Eltern des Mädchens anschauen. Wenn du ihnen gefällst, so fahre ich in den nächsten Tagen hinüber und mache die Verlobung fertig –"

„Und wenn das Mädchen mir nicht gefällt?"

„So fahre ich dennoch hinüber und schaue sie mir an. Ich werde plötzlich kommen, so daß die Leut' sich nicht herausputzen können. Und wenn mir das Haus und das Mädchen gefallen, so bringe ich die Sache ins reine."

„Wirst *du* sie heiraten?"

„Auf die Schönheit kommt es nicht an!" sagte Frau Rosel. „Und die Eltern wissen da überhaupt besser Bescheid als die Kinder."

Jeder Nerv ihres Herzens zuckte schmerzhaft, während sie so sprach. Sie erinnerte sich ihrer eigenen Jugend und wie ihr das ganze Leben entzweigebrochen war, weil sie gegen den Willen der Eltern und nach ihrem Herzen gewählt hatte. „Es war eine Sünde", sagte sie sich, „und sie hat sich gerächt!"

„Mutter", bat Sender, „hast du es auch wohl überlegt?"

„Ja!" erwiderte sie fest. „Das ist abgemacht und bleibt abgemacht, soweit wir beide etwas dazu tun können ... Spare dir deine Worte", fuhr sie mit lauterer Stimme fort, als er sprechen wollte. „Es würde nichts nützen ... Gute Nacht!"

„Mutter, treib' mich nicht in mein ..."

„Ja ... ich treib' dich in dein Glück ... Gute Nacht!"

Er ließ die flehend erhobenen Arme sinken und ging in seine Kammer. Dort saß er im Dunkeln auf den Stuhl neben seinem Bette nieder und überdachte seine Lage.

„Es geht nicht anders", murmelte er endlich, „es muß sein!"

Er machte Licht, zog seine Schreibsachen hervor und malte langsam in so deutlichen Buchstaben, wie er sie irgend fertig bringen konnte, den folgenden Brief:

„An den Herrn Wohltäter Adolf Nadler in Czernowitz.

Weil Sie es mir erlaubt haben so werden Sie mir nicht bös sein. Aber auch wenn Sie es mir nicht erlaubt hätten, so möchten Sie mir gewiß zur Güte verzeihen, weil es meine einzige Hoffnung ist.

Nämlich, in Barnow kann ich nicht bleiben.

Erstens haben sie mir meinen Soldaten fortgeschleppt und erschossen, vielleicht hat es auch der barmherzige Gott von dem armen Menschen abgewendet, aber gehört habe ich nichts mehr von ihm.

Nämlich dies war mein Lehrer, sein Unglück war mit einem Büchel vom Pfaffen Moritz Hartmann. Geheißen hat er Wild.

Zweitens habe ich jetzt im Saale bei den Mönchen Bücher, aber allein verstehe ich nur sehr wenig, vom Erfrieren gar nicht zu reden. Und weil ein Unglück nie allein kommt, soll ich jetzt auch noch eine Braut kriegen. Der Herr Wohltäter kann mir wirklich glauben, daß ich jetzt schon der traurigste Pojaz auf Gottes Erde bin.

Lieber Herr Wohltäter – wie ich in Czernowitz war, haben Sie mit mir gemacht, was Gott mit Moses gemacht hat, Sie haben mich auf einen Berg hinaufgeführt und haben mir von fern das gelobte Land gezeigt. Moses hat sich mit dem Anschauen begnügen können, denn er war schon sehr alt, aber mir blutet das Herz, daß ich dieses Land nie soll erreichen können, weil ich noch so ein junger Mensch bin und gottlob so gut zum Theater passe! Sie haben ja selbst gesagt, daß Sie einen solchen Spieler noch nie gesehen haben, und es ist auch gewiß wahr! Hier wird nichts aus mir, das kann ich Ihnen ganz sicher sagen. Also flehe ich Sie an, daß Sie es mir erlauben und daß ich darf zu Ihnen nach Czernowitz kommen. Mein Brot verdiene ich mir schon, vielleicht bei Ihnen, denn es scheint ja nur, daß der Vorhang von selbst in die Höhe geht, es muß ja doch jemand ziehen, und Lampen möchte ich anzünden und Stiefel putzen und alles pünktlich verrichten, bis ich spielen kann. Oder vielleicht trifft sich mir ein Uhrmacher in Czernowitz, oder sonst was, denn bin ich nicht gottlob ein geschickter Mensch?

So haben unsere Väter in der Wüste nicht nach dem Manna gelechzt oder nach dem Wasser, wie ich auf Ihre Antwort warte. Bitte ich also, mir zu schreiben, aber nicht an mich, sondern an Fedko Hayduek im Kloster in Barnow, weil sonst hier die Leut' was merken könnten. Fedko wird mir schon den Brief geben, zu verzahlen brauchen Sie ihn nicht, denn meinetwegen sollen Sie nicht Geld ausgeben.

Ich grüße den Herrn Wohltäter und die Frau Wohltäterin und schreibe darunter als

Ihr
Sender, der ‚Pojaz'.

Daß ich schon schreiben kann, sehen Sie, lesen natürlich auch, und Deutsch kann ich reden, als wenn ich nie einen Kaftan getragen hätte. Alles auf Ehre! – Sie können es mir glauben."

Als Sender am nächsten Tage diesen Brief im Schalter des Postamtes verschwinden sah, kehrten ihm auch Mut und Entschlossenheit zurück.

Nun galt es, die nächste Gefahr abzuwehren, die Verlobung. Er machte keinen Versuch mehr, die Mutter umzustimmen; er wußte, daß es vergeblich sein würde; nun mußte auf eigene Faust gehandelt sein, freilich nicht mit Gewalt.

Als ihm Frau Rosel am Freitag morgen den Befehl gab, für den Sonntag bei seinem einstigen Lehrherrn, dem lustigen Simche Turteltaub, ein Wägelchen zu mieten, verzog er keine Miene. „Es soll geschehen", erwiderte er und entledigte sich des Auftrags. Auch dem Marschallik, der ihn am Sonnabend morgen vor der Schul' beglückwünschte und umarmte, sagte er kurz: „An mir soll's nicht fehlen!"

„Gottlob, er scheint vernünftig geworden", sagte der Alte einige Stunden später zu Frau Rosel, als er ihr seinen Besuch machte, um alles für den nächsten Tag genau festzustellen. „Wenn ich ihm noch so auf der Fahrt einige Winke gebe, so wird alles gut ablaufen."

„Was wollt Ihr ihm sagen?" fragte sie.

„Nun, wie er sich zu benehmen hat, um Reb Mortche und seinem Weibe zu gefallen. Sie sind auch Menschen und haben ihre Schwächen."

Sie dachte nach.

„Davon redet ihm lieber nicht", entschied sie. „Nicht etwa, als ob ich ihm nicht trauen würde. Ich habe ihn zum Gehorsam erzogen, er weiß, daß er sich fügen muß. Aber vergesset nicht, Reb Itzig, daß er ein ‚Pojaz' ist! Ich werde ihn mahnen, sich anständig zu benehmen – mehr wäre von Übel!"

Zur selben Stunde unterhielt sich Sender mit seinem fröhlichen Freunde, dem dicken Simche, über dasselbe Thema, seine Brautfahrt. Aber auch dies geschah in einer Art, mit welcher der Marschallik anscheinend nur hätte zufrieden sein können. Simche, der nie den Verdruß verwunden, seinen liebsten Jungknecht an die langweilige Uhrmacherei verloren zu haben, neckte den Pojaz soviel er konnte, aber der ließ sich nicht unterkriegen.

„Natürlich", rief er, „Euer Mädele hätt' ich nehmen sollen, an der kein Quentchen Fleisch ist, damit ich immer an die sieben mageren Küh' denken muß. Da lob' ich mir meine Dicke! Das ist doch ein Beweis, daß Reb Mortches Kost gut ist."

„Gut und kräftig!" höhnte Simche. „Die Fliegen in der Supp' werden das einzige Geflügel sein, das du zu sehen bekommst."

„Ihr wißt es, Ihr wart bei Reb Mortche immer eingeladen!"

„Das nicht – aber wenn man alle Monat' zweimal nach Mielnica kommt, wie ich, so kennt man die Leut' und ihren Ruf. Dein Schwiegervater wägt seinem Weib die Knochen zur Supp' zu – ein Knauser wie kein zweiter!"

„Und stehlen tut er auch!"

„Das besorgt sein Bruder, dein neuer Herr Onkel! Nein, im Ernst, Sender, Reb Mortche ist sonst ein braver Mensch, aber wirklich ein Geizhals! Ich rat' dir, beding' dir bei der Verlobung mindestens für jeden Sabbat fünf Lot Fleisch aus, sonst kriegst du es nie zu sehen, auch wenn du seiner Frau täglich sagst, daß sie das schönste Weib auf der Welt ist!"

„So schön wie Eure Surke ist meine Schwiegermutter natürlich nicht! Eurem Schwiegersohn könnt Ihr ruhig täglich drei Pfund Fleisch versprechen, wenn er Eure Surke ansieht, vergeht ihm der Appetit!"

„Dafür ist meine Surke nicht lächerlich und zum Gespött fürs ganze Städtchen wie Mortches Rifke!" erwiderte der Kutscher vergnügt. „Nämlich weil sie einmal hübsch war, hält sie sich noch heute dafür und tut so, als wär' sie ein geschämig Mädele von vierzehn Jahren."

„Wer's glaubt!" rief Sender anscheinend sehr grimmig. „Nun – nur zu! Was wißt Ihr sonst noch von ihnen?!"

„Nichts!" sagte Simche einlenkend. „Auch will ich dich wahrhaftig nicht abschrecken. Was ich gesagt hab', ist wahr, aber deshalb rat' ich dir doch zu der Partie! Viel Glück auf den Weg!"

„Schön Dank!" erwiderte Sender, schlug herzlich in die dargebotene Hand ein und drückte sie warm. „Ihr habt mir einen großen Dienst erwiesen –"

Dann eilte er rasch hinweg.

Der Kutscher blickte ihm erstaunt nach. „Pojaz!" murmelte er. „Ein anderer wär' bös, und der fährt vor Freud' schier aus der Haut, wenn man auf seine Schwiegereltern schimpft!"

Am Sonntag morgen war Sender schon so früh vom Hause fortgegangen, daß ihn die Mutter nicht mehr sprechen konnte. Sie sah ihn nur eine Stunde später, als er in Simches Wägelchen, den Marschallik neben sich, am Mauthause vorüberfuhr. „Du benimmst dich vernünftig!" rief sie ihm streng nach.

Er sagte nichts. Der Marschallik aber erwiderte statt seiner: „Keine Sorg', Frau Rosel, er ist wie ausgetauscht!"

In der Tat war Türkischgelb vom Benehmen seines Begleiters aufs angenehmste enttäuscht; er konnte sich die ermunternden Trostreden sparen, die er in Bereitschaft gehalten. Sender lachte und scherzte, als wäre ihm mit dem Leitseil, das er so oft geführt, auch die fröhliche Laune seiner Fuhrmannsjahre zurückgekehrt. So konnte der Marschallik statt aller Predigten jene saftigen Scherze an Mann bringen, die sein eigentliches Element waren. Aber Sender blieb nicht hinter ihm zurück, und die beiden kamen gar nicht aus dem Lachen heraus.

„Sender", rief der Marschallik fröhlich, „so lustig bin ich noch nie auf Brautschau gefahren, aber so eine Braut hat auch noch niemand gekriegt. Schön wie die Sonn' –"

„Die Sonn' hat auch Flecken!" meinte Sender.

„Dann ist sie noch schöner wie die Sonn'! Das Mädchen hat keinen Fehler! – Du wirst selbst sehen!"

„Aber wenn sie gar so herrlich ist", meinte Sender, „dann nimmt sie mich am End' gar nicht!"

Reb Itzig lachte.

„So gefällst du mir! Hast sie noch gar nicht gesehen und sorgst dich schon um den Ausgang! Aber da kannst du ganz ruhig sein! Ein Bursch' wie du! Und dann: die Hauptsach' ist doch, daß du den Eltern gefällst! Und daran wird's nicht fehlen, wenn du dich anständig benimmst!"

„Seid unbesorgt!" lachte Sender. „So hat sich bisher noch nie ein Freier benommen!"

Sie langten in Mielnica an, stellten das Wägelchen im Wirtshause ein und machten sich sofort zum Hause Mortche Diamants auf. Mit jedem Schritt wurde Sender ernster, und nahe dem Laden hielt er zögernd still.

„Reb Itzig", begann er unsicher.

„Nun?!" rief Türkischgelb. „Ich glaube gar, du hast Furcht! ... Vorwärts, es muß sein!"

Sender war bleich geworden. „Es muß sein", sagte er finster. „Aber meine Schuld ist's nicht!"

Dann lachte er laut auf.

Sie traten in den Laden. Mortche Diamant, ein wohlbeleibter Mann mit gutmütigem Gesichte, erhob sich von der Arbeit und begrüßte sie freundlich.

„Es freut mich, daß Ihr mir die Ehre schenkt", sagte er zu Sender. „Was führt Euch nach Mielnica?"

Solche Diplomatie schreibt die Sitte dem Brautvater vor. Aber Sender war nicht in der Laune, darauf einzugehen.

„Das wißt Ihr ja!" rief er lachend. „Ich komme, um mir Eure Tochter anzuschauen und ob Ihr wirklich was habt! – Na – Uhren scheinen ja genug da!"

Und ungeniert trat er an den großen Schaukasten und begann die Ware zu mustern. „Aber nichts Rechtes!"

Der dicke Mann räusperte sich befremdet. Auch Türkischgelb war einen Augenblick verdutzt, aber er faßte sich rasch.

„Gott!" rief er, „was für ein Uhrmacher ist unser Sender! Mit Leib und Seel' ist er dabei! – Wo er Uhren sieht, muß er sie anschaun!"

„Ei, Reb Itzig!" lachte Sender, „was seid Ihr für ein unverschämter Lügner! Ihr wißt ja ganz genau, wie verhaßt mir das Handwerk ist und daß mich mein Meister jeden Tag dreimal wegjagen will. Recht hat er, ich bin als Uhrmacher ein Stümper und werd's bleiben! Aber mich kränkt das nicht und Euch hoffentlich auch nicht, Reb Mortche! Übrigens – Ihr habt ja außer den Uhren wahrscheinlich noch Geld im Beutel, he?"

„Verzeiht ihm", sagte der Vermittler, „er – er ist so wirtschaftlich, so sparsam!"

„Hm! Hm!" Der Uhrmacher räusperte sich immer verlegener und blickte dabei zur Erde nieder oder vielmehr nur – jeder, wie er kann! – auf seinen mächtigen Leibesvorsprung.

„Na, nichts für ungut, Alter", sagte Sender und klopfte ihm gemütlich auf das Bäuchlein. „Ihr scheint mir ein stilles, gutmütiges Fäßchen, – solche Leute hab' ich gern. Der Alte spart's, der Junge gibt's aus – wir werden uns schon vertragen! Aber wo ist das Mädel?"

Türkischgelb gab ihm einen Rippenstoß, daß er drei Schritte weit flog.

„Verzeiht!" sagte er zum Uhrmacher, „er ist so aufgeregt, weil ich ihm viel von dem Mädchen erzählt habe, und jetzt brennt er schon darauf, sie zu sehen. Nun – da kommt sie ja!"

In der Tat erschien jetzt in der Türe, welche in die Wohnung führte, die Frau des Uhrmachers und hinter ihr ein sechzehnjähriges wohlbeleibtes Mädchen.

„Guten Tag!" rief ihnen Sender entgegen. „Ist das das Mädel? Na, für den Winter nicht übel – aber im Sommer müßte man sie im Keller halten, sonst zerschmilzt sie an der Sonne –"

„Was?!" rief Frau Rifke – sie traute ihren Ohren nicht –

„Nun, Reb Itzig", fuhr Sender gemütlich fort, „ich hab' sie mir zwar nach Eurer Beschreibung anders gedacht, aber –" fügte er in gedämpftem Tone hinzu, den man bis auf die Gasse hinaus hören konnte, „wenigstens sieht sie gottlob ihrer Mutter nicht ähnlich!"

„Was?!" rief Frau Rifke noch gellender und stemmte die Arme in die Seiten.

„Ja, ja!" rief Türkischgelb laut, „freilich sieht sie der Mutter ähnlich – ich hab's dir ja gesagt – darum ist sie so schön, so –"

Frau Rifkes überbreites Antlitz verzog sich zu einem verlegenen Lächeln – wem sollte sie nun glauben?!

„Gottlob gar nicht ähnlich!" wiederholte Sender laut. Dann wandte er sich an den Uhrmacher.

„Nebenbei –" sagte er halblaut – „eine Frage im Vertrauen! Wie seid Ihr zu den vielen Uhren gekommen?!"

„Was meint Ihr damit?" fragte der Uhrmacher entrüstet. „Gekauft hab' ich sie!"

„Ich hab' gemeint, weil auf so vielen ‚Genève' steht – das sind vielleicht Andenken an Euren Bruder!" (Ein unübersetzbares Wortspiel: „Genève", die Bezeichnung der Genfer Uhren, „Geneve", hebräisch Diebstahl.)

Reb Mortches breites Gesicht färbte sich dunkelrot. „Ihr wagt es . . ." pustete er. „Ihr wagt es . . ."

Wieder gab Türkischgelb dem Jüngling einen Puff, daß er gegen den Ladentisch flog.

„So ist der Jung'!" lachte er. „Brennt fürs Geschäft! Sieht gleich nach, welcher Stempel auf einer Uhr steht!"

Aber alle Geistesgegenwart nützte da nichts mehr.

„Genug!" unterbrach ihn der dicke Mann keuchend vor Erregung, aber entschieden. „Ich hab' Euch gleich gesagt, ich will mit dem ‚Pojaz' nichts zu tun haben. Ihr habt mir vorgelogen, daß er vernünftig geworden ist. Es ist nicht wahr! – Geht mit Gott – kommt gesund heim!"

„Bleibt gesund!" rief Sender fröhlich und war mit einem Satz zur Türe hinaus.

Er ging zur Schenke und harrte auf den Marschallik. Aber dieser kam nicht wieder. Und je länger er ausblieb, desto ernster wurde Sender, desto bänger wurde ihm vor den Folgen seiner Handlungsweise. Und als er sich endlich nach vierstündigem Warten entschloß, allein heimzufahren, da war ihm alle Lustigkeit vergangen.

Der Abend dämmerte schon, als er vor den Mautschranken hielt. Die Mutter öffnete ihm.

Ein Blick in ihr Antlitz zeigte ihm, daß der Marschallik bereits vor ihm dagewesen. Er hatte diese Züge noch nie so streng und finster gesehen.

„Ich will den Wagen abliefern", sagte er demütig.

Sie nickte stumm.

Als er heimkam, sagte sie mit jener dumpfen, klanglosen Stimme, die der Sohn so sehr fürchten gelernt: „Du bist ein Lump! Aber ich spreche nicht gern über Dinge, welche sich nicht mehr ändern lassen. Nur über die Zukunft ein Wort! Ich habe den Marschallik bewogen, dir eine andere ‚Partie' zu suchen. Benimmst du dich da ähnlich, so jage ich dich aus dem Hause und kenne dich nicht mehr. So wahr mir Gott gnädig sei!"

Sie erhob die Hand zum Schwure.

Zwölftes Kapitel

In den nächsten Tagen war Sender sehr zerknirscht, die Reue, die Mutlosigkeit lasteten schwer auf ihm. „Es war Notwehr", sagte er sich zur Entschuldigung, aber wenn er die Trauer der Mutter sah oder ihrem finsteren, vorwurfsvollen Blick begegnete, kam er sich wie ein rechter Sünder vor.

Dann freilich regte sich jener leichte Sinn wieder, der ihm ebenso im Blute lag wie der dunkle Drang nach seinem Ziel. Es gab nun freilich nur noch eine Hilfe für ihn: der Direktor in Czernowitz mußte ihn aus seinen Barnower Ketten befreien, aber dieser Mann tat es auch sicherlich! Und seltsam genug wuchs seine Zuversicht desto mehr, je länger die Antwort auf sich warten ließ.

„Warum schweigt er?" dachte er. „Weil der gute Mensch eine Beschäftigung für mich sucht. Einen anderen Grund kann er gar nicht haben. Wollte er ‚Nein' sagen, er würde mich darauf nicht warten lassen! Und bis er was findet, brauch' ich ja nicht müßig zu bleiben: ich hab' ja die Bücher im Kloster! Freilich schneidet mein Fedko mürrische Gesichter, wenn ich ihm keinen Schnaps zahlen kann, aber er läßt mich doch immer hinein, und mit der Zeit wird mir der liebe Gott auch wieder zu einem Fläschchen Slibowitz für ihn verhelfen! Und am Frieren kann doch mir nichts liegen! Hab' ich als Kutscher bei Simche immer hinter dem Ofen sitzen können?!"

Nur eines machte ihm ernste, ja bittere Sorge: was er nun lesen sollte.

Mit der „*Emilia Galotti*" war es schlecht gegangen, er hatte fast nichts davon verstanden, mit dem nächsten Bändchen des „Theater von Lessing", wie der vergilbte Wiener Nachdruck betitelt war, dem „*Philotas*", ging es gar nicht mehr.

An die zehn Male mußte er den Eingangsmonolog lesen, bis ihm eine Ahnung davon aufdämmerte, in welcher Lage und Stimmung Philotas war.

„Mir scheint", sagte er vor sich hin, „dieser Philotas ist auch ein Soldat wie der Tempelherr. Gut, da hab' ich nichts dagegen! Denn warum? Mit einem Soldaten kann viel geschehen, ein Soldat läßt sich in einem ‚Spiel' gut machen. Das letzte Mal hab' ich zu ‚Purim' (jüdische Fastnacht) auch einen Soldaten gemacht, einen Oberleutnant, den ältesten Sohn von Haman, dem Judenfeind, der sich aber bei den Juden gern Geld leiht – die Leut' haben sehr gelacht. Das hier scheint ein ernster, ein trauriger Soldat – tut nichts – kann ich auch machen. Aber was für ein Mensch ist er? Da kann ich bis jetzt nur so viel sehen, daß er gewiß kein Jud' ist. Denn erstens hat ein Jud' noch nie Philotas geheißen, und zweitens sagt er, daß er schon als kleiner Knabe von Waffen geträumt hat und von Schlachten – das hat auch seit Judas dem Makkabäer kein jüdisch Kind mehr getan . . ."

„Also", spannen sich seine Gedanken weiter, „ein trauriger christlicher Soldat. Aber was für einer? Ist er ein Österreicher oder ein Russ', oder ein Preuß' oder ein Franzos', oder ein Engländer? Es ist gar nicht gesagt. Schon das gefällt mir nicht! Denn wenn das Spiel gemacht wird, und ich bin dieser Philotas, so muß ich doch eine Uniform anziehen. Soll ich einen weißen Rock und einen Tschako tragen wie unsere Soldaten, oder einen grauen Rock und eine Mütze wie ein Russ'? Aus dem Namen kann man es auch nicht erkennen. ‚Philotas!' und da stehen ja auch die anderen. ‚Aridäus, Strato, Parmenio' – in meinem ganzen Leben bin ich noch keinem Menschen begegnet, der so geheißen hat. Übrigens – da fällt mir eben ein – der Laborant in der Apotheke heißt Philipp – vielleicht heißt das in einer anderen Sprache Philotas, vielleicht sind es Franzosen, denn Deutsche oder Polen oder Russen sind es nicht . . ."

Er nickte.

„Also wahrscheinlich ein Franzos'! . . . Aber was ist dieser Philotas? Das ist gar zum Lachen! Hier steht: ‚Aridäus – König' – gut! ‚Strato' ist sein ‚Feldherr', ‚Parmenio' ist ‚Soldat' – aber Philotas?! ‚Philotas *gefangen*'. Zum Lachen sag' ich. ‚Gefangen!' ist das ein Stand, ist das eine ‚Parnosse' (Broterwerb)?! ‚Gefangen!' – Kommt man so auf die Welt, und kann man davon leben? ‚Gefangener Feldwebel' sollte es heißen oder ‚Hauptmann' oder ‚General', denn ein Gemeiner, wie mein armer Wild, ist dieser Philotas nicht, sonst würde ihn ja der König nicht so pflegen lassen. Sein eigenes Zelt hat er und ‚alle Bequemlichkeiten'. Aber ist er damit zufrieden? Nein! er ärgert sich gar noch darüber und schimpft und schimpft und möchte sich sogar seine Wunden aufreißen.

Aber warum schimpft er?! Kann kein Mensch verstehen! Weil er gefangen ist? Das ist doch keine Schande! Er hat sich doch gewehrt, sonst hätt' er doch keine Wunde! Wenn ich ein Soldat bin und muß – Gott verhüte es gnädig! – in eine Schlacht und schlag' mich herum und werd' verwundet und gefangen, so ist das gewiß nicht angenehm, aber ich werde sagen: ‚Das kann doch jedem Soldaten passieren, und wenn es schon geschieht, so ist es doch besser, ich habe Pflege, als daß ich sterben muß!' Also dieser Philotas ist ein Esel oder verrückt – und solche Leut' gehören in kein Spiel, und von dem will ich nichts mehr hören!"

Er warf das Bändchen auf den Tisch und ging erregt auf und nieder.

„Vielleicht auch –" murmelte er nach einer Weile und hielt den Schritt an und dachte nach.

„Lessing!" sprach er dann laut vor sich hin. „Was hat Wild immer gesagt?! ‚Ein großer Dichter!' Und er hat ja auch das Spiel vom Nathan aufgeschrieben. Lessing schreibt gewiß nur, was vernünftig ist! Vielleicht ist es gar nicht ernst gemeint, ich mein', vielleicht sollen die Leut' über diesen französischen Philipp lachen ... Aber nein, es ist ja ein Trauerspiel, da weint man! Oder vielleicht hat es doch einen Sinn, und ich versteh's nur nicht! Ja, so wird es sein! Ich bin selbst der Esel und nicht der Philotas!"

Unschlüssig begann er wieder seinen Rundgang um den Tisch. Seine Zähne klapperten vor Frost, was ihm freilich nicht zum ersten Male begegnete, nur daß er diesmal diese eisige und zugleich moderschwere Luft gleichsam bis in sein Herz hinein dringen fühlte, vielleicht weil ihn heute auch das Unbehagen des Gemüts so sehr peinigte. Darum kam ihm auch diesmal Fedko nicht zu früh, und als sie an der Tartarenpforte schieden, schwebte es ihm auf den Lippen: „Ich komme nicht wieder!"

Er sprach es nicht aus, und schon nach wenigen Stunden schien ihm der bloße Gedanke eine Sünde. Freilich verspürte er ein heftiges Kratzen in Hals und Nase. Am Abend brach eine arge Grippe aus, und der Husten ließ ihn auch des Nachts nicht ruhig schlafen, aber das schien ihm wahrlich kein Grund, um am nächsten Tage das Kloster zu meiden, und vollends gab es keinen inneren dazu. Wenn er das „Spiel" vom französischen Philipp nicht verstand, so durfte er es freilich nicht weiter lesen – aus der Erfahrung mit der *„Emilia Galotti"* wußte er nun, wie wenig Nutzen ihm derlei bot. Aber was folgerte daraus? Er mußte eben ein anderes Spiel suchen, das er fassen konnte.

Vor allem etwas von „Scheckspier", dem Verfasser des „Schaje". Diesen Dichter verstand er gewiß, und das war ja obendrein, wie ihm Wild versichert, der größte, der je für die Bühne geschrieben. Freilich hatte er seine Werke bisher in der Bibliothek nicht aufgefunden, aber sicherlich waren auch sie vorhanden, und dann war ihm geholfen. Sein Herz klopfte vor Erregung, wenn er daran dachte, daß er nun vielleicht auch jenes „Spiel", das ihn in Czernowitz so mächtig ergriffen, würde nachlesen können.

Die beiden nächsten Male verbrachte er die Stunden in vergeblichem Suchen, Regal an Regal sah er durch, ungeheure Staubwolken jagte er auf und zerstörte Tausenden von Spinnen die emsige Arbeit ihres ganzen Lebens; Antlitz, Hände und Gewand überzogen sich mit einer Schmutzkruste, und der Husten wurde so arg, daß ihm der Brustkasten bei jedem Atemzug weh tat. Aber *„Scheckspier"* stand auf keinem der Bücherrücken.

Gerade der beste fehlte! Wie war dies zu erklären?! „Vielleicht haben die Mönche nichts von ihm wissen wollen", dachte er, „weil er an einer Stelle auch für die Juden ein Herz gezeigt hat! –

Aber das kann's doch nicht sein", fiel ihm sofort bei, „das hat Lessing noch mehr getan, und der ist da!"

Indes – sein Gutes hatte dies vergebliche Suchen doch. Zur Zeit, da noch Wild sein Lehrer gewesen, hatte dieser einmal, als er ihn besonders hartnäckig mit Fragen gequält, lachend ausgerufen: „Ich bin ja kein Konversationslexikon!" Natürlich hatte er durch diese Abwehr nichts erreicht als die erneute Frage Senders: „Was ist das?" Wild hatte es ihm erklärt und beigefügt, das sei ein sehr nützliches Buch, man könne darin alles finden, was man wissen wolle.

Ein solches Buch war Sender bei der Jagd nach dem großen Dichter in die Hände gefallen. Er hatte es beiseite gelegt und holte es nun hervor. Vielleicht war es besser, wenn er statt der unverständlichen Spiele dies nützliche Werk duchlas. Freilich war es gerade kein ermutigendes Anzeichen, daß er auch hier schon den Titel nicht verstand: „Konversationslexikon oder enyklopädisches Realwörterbuch. Leipzig 1846."

Aber vielleicht ging es mit dem Text besser. Daß man ein solches Buch nur zum Nachschlagen benütze, wußte er natürlich nicht; er schlug das erste Blatt auf und las weiter, unter beständigem Räuspern, Husten und Schnäuzen. So erfuhr er, daß Aa ein Fluß in Frankreich sei, Aachen eine Stadt in Preußen, Aal ein schlangenförmiger Fisch und Abbotsford das Landgut eines Herrn Walter Scott, den er aber nicht kannte.

Kurzweilig war auch dies nicht, und hätten ihn die Kälte im Büchersaal und sein körperliches Mißbehagen nicht wach erhalten, so wäre er wohl über dem Bande eingenickt. Und natürlich verstand er auch in diesem Buche nicht alles. Trotzdem hielt er tapfer aus und hatte bereits erfahren, daß Akbar ein mongolischer Kaiser von Hindostan gewesen und Akerside ein englischer Dichter, als sich ein Hindernis ergab, das auch diesen bescheidenen Lesefreuden ein Ende zu machen drohte.

Dies Hindernis war die Überzeugung des Fedko, daß jede Arbeit ihren Lohn verdiene. Wohl ließ er Sender täglich ein, aber seine Miene ward immer düsterer, und an dem Tage, da dem wißbegierigen Jüngling der Genuß winkte, über „Akerside" hinaus zu den „Akephalen" zu gelangen, stieß der Alte beim Empfang an der Tartarenpforte einen so tiefen Seufzer aus, daß Sender wohl oder übel um den Grund fragen mußte.

„Weil mein Herz schwer ist!" erwiderte Fedko. „Ein Jude im Kloster – es tut doch nicht gut! Gestern klagt mir der Pater Ökonom, daß unsere Schweine gar nicht mehr fett werden wollen! Am Ende ist das doch ein Zauber . . ."

„Aber Fedko", wandte Sender traurig ein, „wie kannst du das glauben! Schweine mager zu machen ist doch ein schwerer Zauber, und ich hätt' nichts davon! Wenn ich zaubern könnt', möcht' ich mir meinen Husten und Schnupfen wegzaubern, und noch lieber möcht' ich dann meinem lieben Fedko ein Fläschchen Slibowitz in die Tasche zaubern! Denn Geld hab' ich leider nicht ..."

Das leuchtete dem Alten ein, aber fröhlich machte es ihn nicht. „Ich habe nur gemeint", entschuldigte er sich, „weil ihr diese lieben Tierchen nicht leiden könnt ... Ein dummes Volk seid ihr! Keinen Schweinebraten essen, keinem Mädchen nachlaufen, keinen Schnaps trinken, keine Lieder singen – ein ganz dummes und trauriges Volk ... Aber wenn es auch nicht dein Zauber ist, so vielleicht Gottes Strafe: ‚Ihr laßt mir einen Juden ins Kloster, ich mache eure Schweine mager!' Das bedrückt mich sehr ..."

„Aber ohne Grund", tröstete Sender. „Wenn wir nächstens wieder bei Srul Schänker zusammensitzen, werde ich es dir beweisen."

„Nächstens?!" fragte Fedko kummervoll. „Mein Herz ist *sehr* schwer! – Könnte es nicht heute sein?"

„Ich sage dir ja: kein Heller! ... Aber nächstens, wenn unter deiner Adresse ein Brief aus Czernowitz kommt – du weißt ja!"

„Ich weiß, daß du ihn erwartest!" erwiderte Fedko schmerzlich. „Aber sonst weiß ich leider nur, daß unsere armen Schweinchen – – Übrigens wie Gott will! Für eine Woche will ich's noch tragen!"

Auch Sender seufzte tief auf, als er diesmal in die Kutte des Ämilius schlüpfte und sich an dem großen Tische niederließ. Und seine Bekümmernis war nicht erheuchelt. „Noch eine Woche –" er wußte, daß Fedko Wort halten würde. Dann war ihm das einzige, was er hier aus eigener Kraft zur Erreichung seines Ziels tun konnte, abgeschnitten ...

Betrübt beugte er sich auf das dicke Buch nieder.

„Akephalen", begann er zu lesen, „das heißt Hauptlose.' – Was?" unterbrach er sich, „Menschen ohne Kopf?!"

Aber da hieß es nun: „Zuerst die Monophysiten'" – er buchstabierte es nochmals, „heißt ein Name!" seufzte er, „und was er bedeutet, mag Gott wissen! – also, ‚Monophysiten, welche sich 483' – wie lang ist das her?! Vierzehnhundert Jahr'! Gott meiner Väter, das ist doch schon gar nicht mehr wahr! Aber was haben diese Leut' vor vierzehnhundert Jahren gemacht? ..., 483 von der Kirchengemeinschaft mit dem Patriarchen Petrus Magnus von Alexandrien lossagen' – das heißt, scheint mir, sie haben mit dem Peter nichts zu tun haben wollen, und da haben sie ja recht gehabt, weil er ein Patriarch war! Denn ein Patriarch heißt ein dicker, roter Geistlicher, der aber ganz schlecht ist und immer sagt, daß der Jude verbrannt werden muß, so steht es ja im Spiel vom Nathan. Also alles in Ordnung – Aber wissen möcht' ich, ob es mich was angeht, daß sie mit dem Peter im Altertum nicht in dieselbe Kirche haben gehen wollen – weil – Gott – was ist das für ein Wort! –, ‚weil er das Häretikon des Kaisers Zeno angenommen hatte!' ... Was kann das sein, was er vom Kaiser angenommen hat?! Gewiß etwas Unrechtes! Aber was? ..."

Er schüttelte den Kopf und las dann weiter.

„Akiba' – was?! Er meint doch nicht den Rabbi Akiba?! Er wird doch mir nicht vom Rabbi Akiba erzählen wollen?! – ‚der Sohn Josephs, Schüler des Gamaliel' – also doch, es ist wirklich der Rabbi Akiba, mit dem mich schon mein alter Lehrer Simon in Buczacz genug gelangweilt hat – ‚war ein berühmter Rabbi' – wirklich?! Neuigkeiten weiß du einem zu erzählen! – ‚der der Hauptgründer der Mischna wurde' – Und das ist alles, und mehr weiß er nicht!"

Erzürnt schlug Sender das Buch zu und sprang auf.

„Ich Narr!" rief er, „ich großer Narr! Eine Stund' frier' ich jetzt wieder zum Erbarmen! Und wenn ich so bedenk', was ich überhaupt während der drei Wochen aus dem Buch da gelernt hab' – lachen könnt' ich, wenn ich nicht weinen müßt'! Daß Aal ein Fisch ist, aber ohne Schuppen und wie eine Schlange, und man ißt ihn geräuchert oder gekocht oder mariniert! Davon werd' ich ein guter Spieler und kann zum Theater gehen! Obendrein weiß ich noch gar nicht, was ‚mariniert' heißt, aber wenn ich's wüßt', hätt' ich auch nichts davon, denn Fische, die auf dem Land kriechen können, sind ja ‚trefe' (nach dem jüdischen Speisegesetz verboten). Und dann weiß ich noch, daß die Affen vier Hände haben und einen Schwanz – aber das hab' ich schon früher gewußt – und alles andere, was ich noch gelesen hab', hab' ich vergessen . . . Nein, nein! – Wild hat sich einen Spaß mit mir gemacht, oder es gibt verschiedene Bücher von dieser Art, und das ist ein dummes schlechtes Buch . . . Und für *diese* Sach' sich krank machen und auch noch Schnaps zahlen und sorgen, wo man Geld dazu hernimmt?! Ich werd' dem Fedko sagen – wenn er nur schon käm' – ich werd' ihm sagen . . ."

Er schlug mit den Händen um sich, daß Staubwolken aus der Kutte fuhren, und murmelte vor sich hin, was er dem Alten sagen wollte. Aber es währte noch eine Stunde, bis Fedko erschien, und während dieser Zeit überlegte sich Sender die Sache anders und gründlicher.

Nein! Er gab das Lesen nicht auf, so lang es anging! Es schien keinen Nutzen zu haben, aber war er gebildet, war er ein „Deutsch", stand ihm darüber ein Urteil zu?! Und wenn es nutzlos war, so tat er doch, was er konnte! „Hilf dir selbst, dann wird dir Gott helfen –" der fromme Spruch aus seiner Knabenzeit, an den er lang nicht mehr gedacht, klang wieder in ihm auf . . . „Aushalten muß ich, aushalten!"

Als Fedko endlich kam, sagte er ihm genau das Gegenteil dessen, was er zuerst beabsichtigt: er sei ihm sehr dankbar und hoffe ihm diese Dankbarkeit bald zu beweisen.

Der Greis nickte.

„Binnen einer Woche", sagte er nachdrücklich und entließ ihn auf die Straße.

Dreizehntes Kapitel

Die Tage vergingen; die Antwort aus Czernowitz traf nicht ein; eine andere Aussicht, etwas zu verdienen, ergab sich nicht. Von der Mutter ein Geschenk zu erbitten, wäre Torheit gewesen. Sie blieb in ihrem Benehmen gegen ihn stets gleich kalt, gab ihm nie ein schlechtes, aber auch nie ein gutes Wort, und nur zuweilen, wenn er unversehens den Blick erhob, fand er ihr Auge kummervoll und prüfend auf sich gerichtet; namentlich in den letzten Wochen, wo sein Gesicht etwas spitzer geworden und er so viel hüstelte. Auch fragte sie ihn einmal, wo er sich so arg erkältet und ob er beim Husten ein Stechen in den Lungen verspüre. Aber es klang so gleichgültig, als hätte sie ihn gefragt, ob ihm ein Knopf am Kaftan fehle, und als er eifrig versicherte, er fühle sich ganz wohl, drang sie nicht weiter in ihn und stellte nur des Abends schweigend eine Tasse Eibischtee vor ihn hin. „Ich danke dir, Mutter", sagte er und suchte ihre Hand zu fassen, da zog sie sie sachte zurück.

Dies Benehmen und noch mehr das heimliche Bewußtsein seiner Schuld – er war ja fest entschlossen, sie zu verlassen, sobald er konnte – ließen ihn keinen Versuch wagen, sie zu begütigen. Stumm und gedrückt saß er ihr gegenüber und suchte, sobald er konnte, sein Kämmerchen auf.

Auch sein Verhältnis zu Jossele Alpenroth hatte sich seit dem Abenteuer von Mielnica noch verschlechtert. Heftig zu werden oder gar Schimpfworte zu gebrauchen, lag nicht im Wesen des stillen, ruhigen Männchens. Auch seine Mahnreden wiederholte er nicht mehr. Aber der Lehrling schien für ihn kaum noch auf der Welt zu sein, und er gab sich mit seinem Unterricht keine Mühe mehr.

Dennoch faßte sich Sender am Morgen des Tages, wo die Frist, die ihm Fedko gesetzt hatte, ablief, ein Herz und brachte seine Bitte vor.

Der Meister blickte kaum von der Arbeit auf.

„Nein!" sagte er ruhig und leise wie immer. „Keinen Heller! Es geschieht nicht aus Geiz oder Härte – frag' nur in der ‚Gasse' nach, wenn du das glaubst. Aber du verdienst es nicht. Deine Arbeit taugt nichts! Auch will ich dir nichts geben, denn dann bleibst du vielleicht noch länger bei mir als sonst!"

„Ihr wollt mich los sein?" rief Sender.

Der kleine Mann nickte.

„Wie gern wär' ich dich los! Sehr, sehr gern!" versicherte er treuherzig. „An dem Tag schenk' ich den Armen fünf Gulden. Und fünf Gulden ist viel Geld, und ich verdien' sie nicht leicht!"

„Warum? Hab' ich Euch was Böses getan?"

„Nein – was man so Böses nennt, nicht! Das ist es ja eben. Wenn du mir einen Streich spielen würdest – und wer könnte das besser als du?! – so wär's zu Ende. Denn so habe ich es mit deiner Mutter abgemacht: ‚An dem Tage, wo er gegen mich den ‚Pojaz' herauskehrt, darf ich ihn hinauswerfen!' Du tust es leider nicht, und ich muß deiner Mutter mein Wort halten. Denn sie ist ein braves Weib, und Gott hat sie ohnehin hart genug mit dir gestraft; durch mich soll sie keine traurige Stund' haben. Aber schwer fällt's mir!"

Sender fühlte den Zorn in sich aufsteigen, umso heftiger, mit je sanfterer Stimme das Männchen seine Reden vorbrachte. Aber er bezwang sich – ein Streit mit dem Meister, das war's just noch, was ihm zu seinen Bedrängnissen fehlte!

„Aber nun den Grund", sagte er. „Ihr werdet einsehen, Meister, daß Ihr mir das schuldig seid!"

Der Uhrmacher nickte wieder.

„Das ist wahr!" sagte er. „Aber *der* Grund? – ein Grund . . . Komm' her, Sender, hier an meinen Tisch . . . Sieh dir das Werk von dem Ührchen da an, das ich eben reparieren tu' – gehört dem Herrn Kreiskommissär. Ein feines Ührchen, ein schönes Ührchen", fügte er mit fast zärtlicher Stimme bei und strich mit dem kleinen Finger liebevoll über den Rand, „es ist auch gottlob nicht ernstlich krank, sondern muß nur gereinigt werden . . . Also, wie viel Rädchen siehst du da?"

„Vier!"

„Vier! Richtig! Was jeder Bauer sehen könnt', siehst du auch! Aber mehr nicht! Und viel mehr als ein Bauer verstehst du auch nicht und kannst du nicht machen. Schon das ist schlecht für mich! Freilich bezahl' ich dir nichts, aber auch einem anderen Lehrling würd' ich nichts geben, und an dem hätt' ich doch mit der Zeit eine Hilfe. Jeder Mensch darf doch auf seinen Vorteil sehen, nicht wahr?! Aber daß du mir Schaden bringst, weil alle meine Zeit und Müh' an dir verloren ist, das ist nur *ein* Rädchen in der ganzen Sach', und zwar das kleinste. Das Rädchen ist da!"

Er wies mit dem Finger auf das Uhrwerk.

„Aber daneben", fuhr er fort, „ist ein größeres: *warum* lernst du nichts? Weil du ungeschickt bist? Nein! Oder dumm? Einen gescheiteren Burschen hab' ich nie gehabt. Oder weil du zu kurze Zeit dabei bist? Das ist ja gar schon deine zweite Lehrzeit! Du lernst nichts, weil du kein Herz für unser goldenes Handwerk hast! Ich aber – – Sender, du wirst mich ja nicht verstehen oder gar verspotten, aber sagen will ich's dir doch! Täglich im Morgengebet, wenn ich die Stelle sag': ‚Ich danke dir, Herr, daß du mich als Mann geschaffen hast', füge ich bei: ‚und als Uhrmacher!' Ich sag' es nur in Gedanken, denn man kann doch nicht ins Gebet deutsche

Worte mischen, und für ‚Uhrmacher' haben unsere Väter kein Wort gehabt, aber Er hört mich doch und weiß, daß ich Ihm dankbar bin! Ich denk' mir oft: ‚Du hast viel Sorgen, Jossele, und es könnt' dir besser gehen, aber du tauschst doch mit niemand und kannst nie unglücklich werden, denn du bist gottlob ein Uhrmacher!' Mit wem sollt' ich tauschen? Mit einem Wucherer? Pfui! Oder mit einem anderen Handwerker? Der Schuster, der Tischler – mit welchen Sachen haben sie es denn zu tun? Mit toten, groben Sachen! Meine sind fein und leben! Holz ist Holz und Leder ist Leder, aber jede Uhr hat ihre eigene Natur, man muß sie erkennen und lieb haben; dann vergilt sie einem die Mühe. Ich sag' dir, Sender, ich, Jossele, der arme Mann, beneid' keinen, außer vielleicht deinen früheren Meister, Hirsch Brandeis in Buczacz, weil ich leider nicht so geschickt bin wie er. Aber ein Herz dafür hab' ich wie er! Und nun sitzt einer neben mir, der kein Herz dafür hat, der dies schöne Handwerk verachtet, und das kränkt mich, das ärgert mich, das empört mich!"

Der kleine Mann erhob auch nun seine Stimme nicht, aber sie zitterte, und seine Wangen brannten.

„Verachtet!" sagte Sender abwehrend. „Das nicht, Meister!"

„O ja! Für einen Dieb hältst du einen Uhrmacher gerade nicht, aber du möchtest es nicht bleiben. Nicht um die Welt! Und warum nicht? Das ist das dritte Rädchen und noch weit größer als das zweite: weil du zu gut dafür bist, du, der ‚Pojaz'! Natürlich – du bist ja gescheit, und es fallen dir ja lustige Sachen ein, über die man lachen muß, und du kannst jedem nachäffen und ihn so verhöhnen, daß kein Mensch mehr Achtung für ihn hat! ‚Wer das kann', denkst du, ‚ist zum Handwerker zu gut'! Ich aber sage dir" – und nun erst schwoll die Stimme an – „du bist zu schlecht dazu! Es gibt zweierlei Arten von Menschen, die braven, fleißigen, die sich ihr Brot im Schweiß ihres Angesichts verdienen, das sind die Gelehrten und die Handwerker. Und andere gibt es, die verachten die Arbeit und mißbrauchen den Verstand, den ihnen Gott gegeben hat, und leben von anderer Leut' gutem Ruf und aus anderer Leut' Sack: die Schnorrer, die Marschalliks, die Pojazen! Ich bin ein echter Uhrmacher, und du bist ein echter Pojaz – und darum *haß'* ich dich, *haß'* ich dich!"

Die Erregung des Männchens gab Sender die Ruhe zurück.

„Das ist traurig für mich", sagte er. „Aber für Euch ist's nicht schön! Ja, Meister, es gibt Uhrmacher und es gibt Pojazen, aber warum? Weil sie es so wollen? Nein, weil Gott es so will. Glaubt Ihr, Ihr hättet ein Marschallik werden können wie unser alter Reb Itzig?"

Jossele machte eine Bewegung entrüsteter Abwehr.

„Ich weiß", fuhr Sender rasch fort. „Ihr hättet es auch nicht werden wollen! Also auch nicht *können*, Meister! Ihr sagt, ich hätt' kein solches Herz für unser Handwerk wie Ihr! Wenn das wahr ist, man gibt sich ja nicht selbst sein Herz, sondern Gott tut es!"

„Laß Gott dabei aus dem Spiel", rief Jossele. „Gott meint's mit jedem Menschen gut, Gott gibt jedem das Herz zu einer anständigen Arbeit! Es kommt nur auf unseren Willen an, auf die Bravheit, den Fleiß! Ein guter Handwerker kann jeder werden, es ist nur sündige Hoffart, wenn einer sagt: ‚Nein, das mag ich nicht, lieber Pojaz, dazu bin ich geboren!' Und mehr noch als die Hoffart spricht der Hang zum Müßiggang solche Worte aus euch. Es gibt keine geborenen Pojazen – so unbarmherzig ist Gott nicht! Und wenn du hundert Tage redest, ich glaub' es nicht!"

„Und ich Euch nicht!"

„Natürlich! Wolltest du mir glauben, du müßtest dich ja vor mir schämen! Übrigens – wenn du recht hast, wenn du ein geborener Pojaz bist, was suchst du hier? Willst du bei mir Künste lernen? Ich versteh' nichts, nur mein Handwerk . . ."

„Ihr wißt", erwiderte Sender düster, „es ist nicht meine Wahl. Und Ihr behaltet mich auch nur meiner Mutter zuliebe. So bitt' ich Euch: habt Geduld mit mir, vielleicht geht's doch!"

„Ja, wenn das vierte Rädchen nicht wär'", rief Jossele. „Und das vierte ist grad' das größte! Du bist ein schlechter Bursch' und treibst wüste Sachen!"

„Ich?!" rief Sender.

„Du! Du bist schlecht, sag' ich. Daß du nicht heiraten willst, wundert mich nicht – ein ‚Pojaz' will nicht gebunden sein, wenn er seine Späße heut' hier und morgen dort auskramen will. Aber warum sagst du denn nicht deiner Mutter ‚Nein!', warum läßt du, wenn du zu feig dazu bist, Schuldlose für diese Feigheit büßen?! Du hast es auf dem Gewissen, wenn Reb Mortche Diamant vielleicht erst in Jahren, vielleicht niemals einen Mann für seine Chaje findet – die dummen Leut' lachen, wenn man ihren Namen nennt, so hast du sie durch deine Possen bloßgestellt! Ich weiß, du bist gar noch stolz darauf! . . ."

„Bei Gott, nein!" beteuerte der Gescholtene.

Der Meister richtete sich auf; wieder überflammte der Zorn sein Antlitz.

„Wer hat's unter die Leut' gebracht?!" rief er. „Etwa Reb Mortche, weil er so viel Freud' davon hat? Du warst es!"

Sender mußte den Blick senken. In der Tat hatte er einigen davon erzählt.

Aber noch schlimmer ward ihm zu Mut, als Jossele fortfuhr: „Das ist aber noch nicht das Ärgste! Das Ärgste ist, was du jetzt treibst. Wo bist du immer während der Mittagszeit? Ich hab' geglaubt, bei deiner Mutter. Aber du kommst nur nach Haus, das Essen in dich hineinzuschlingen, dann rennst du wieder davon. Hierher aber kommst du immer zu spät, und wie schaust du dann aus? Halb erfroren bist du und Augen hast du, als hätt'st du zu viel getrunken. Ich hab's deiner Mutter bisher verschwiegen, aus Mitleid, sie härmt sich deinetwegen ohnehin genug ab. Aber jetzt muß es sein, denn jetzt weiß ich endlich, was dahinter steckt!"

Sender wurde totenbleich. Hatte der Meister seine Besuche im Kloster wirklich erkundet, so mußte er sofort fliehen, gleichviel wohin, auf die Gefahr, am Wege zu erfrieren oder Hungers zu sterben. Denn in Barnow quälten ihn die Fanatiker unter den Chassidim langsam zu Tode.

„Du zitterst! Du kannst mir nicht ins Gesicht sehn! Hättst du dich doch lieber geschämt, eh' du diese Schande und Sünde auf dich und ganz Israel geladen hast! So was war ja noch nicht da, seit Barnow steht ..."

Kein Zweifel, der Mann wußte alles! Aber hatte er trotzdem bisher geschwiegen, so tat er es vielleicht auch ferner, sofern man ihn nur recht darum anflehte.

„Meister!" stammelte Sender, „denkt an meine Mutter ..."

„Hast du an sie gedacht, als du dich so an Gottes heiligem Namen versündigt hast?!"

Sender beugte das Haupt noch tiefer.

„Ich sehe ja ein", flehte er, „es ist eine Sünde. Aber seht, anderswo, in Czernowitz zum Beispiel, ist ja jeder Jud' ein ‚Deutsch' ..."

„Eine schöne Ausred'! Übrigens hab' ich das sogar von den Czernowitzern, die doch gewiß Abtrünnige sind, nie gehört, daß dort jeder eine Liebschaft mit einer Christin hat wie du! ..."

„Was?!" Sender traute seinen Ohren nicht.

„Willst du dich aufs Lügen verlegen?! Du hast es ja eben gestanden! Du treibst dich täglich irgendwo mit ihr herum! Neulich bist du sogar mit einem ganz beschmutzten Kaftan hergekommen! Und mager und grün wirst du davon! Pfui! pfui!"

„Ich bin unschuldig!" rief Sender und beteuerte es mit feierlichen Eiden. Es nützt ihm aber nichts, bis er auf Josseles Drängen auch bei dem Leben seiner Mutter schwor, daß er keine Christin liebe. Da erst gab sich der Meister zufrieden; eines solchen Meineids wäre auch der gewissenloseste Jude nicht fähig.

Während aber Sender schwor, dachte er angstvoll nach, welcher Sünde er sich statt dessen beschuldigen sollte. Endlich fiel ihm etwas bei, was nicht allzu unwahrscheinlich klang. Jedes Judenstädtchen ist von einem an Häusern, Bäumen oder Pflöcken befestigten Draht, dem „Eiruw" umzogen. Bei den „Mismagdim" in Galizien, den frommen Gemeinden in Posen und Westpreußen hat der „Eiruw" nur für den Sabbat Bedeutung. Da der Jude an diesem Tage keine Last aus seinem Hause hinaustragen darf, also niemand mit einem Gebetsmantel oder einem Taschentuch auf die Gasse treten dürfte, so wird durch den „Eiruw", der den Ort umschließt, die Fiktion hergestellt, als wäre das ganze Weichbild *ein* Haus. Der Sekte der „Chassidim" aber, die ja in Barnow die herrschende war, genügt diese Bedeutung des Drahtes nicht. Bei ihnen ist es überhaupt verboten, zu anderen Zwecken als in Geschäften oder um das Gotteshaus aufzusuchen, die Stube zu verlassen, denn der Fromme soll daheim sitzen und über Talmud und Thora grübeln. Da aber auch sie dies nicht immer tun können, so bedeutet der „Eiruw" die Grenze, innerhalb deren man spazieren gehen darf, denn da verläßt man gleichsam das Haus nicht.

„Den ‚Eiruw' hab' ich überschritten", gestand also Sender zu. „Aber seht, Meister, als Kutscher hab' ich mich an frische Luft gewöhnt. Ich muß täglich gehörig laufen!"

Jossele schüttelte den Kopf. „Du lügst mich an", sagte er. Aber sein erster Verdacht war ungerecht gewesen, und eine andere Erklärung für die steifen Hände und die glänzenden Augen seines Lehrlings hatte er nicht – so mußte er denn diesen Anwurf wohl oder übel fallen lassen.

Das aber wurmte ihn, und darum wurde er doppelt heftig.

„Deshalb bist du doch schlecht!" rief er so laut, wie man es kaum je von ihm gehört. „Und von mir kriegst du nie einen Heller! Geh in die Welt, werd' ein Schnorrer! Da bekommst du für deine Späße Essen und noch ein paar Kreuzer dazu . . ."

„Schweigt!" brauste Sender auf und ballte die Fäuste. „Ein Schnorrer!" . . . Nicht umsonst hatte ihn Rosel in der Anschauung erzogen, daß dies das erbärmlichste, jammervollste Gewerbe unter der Sonne sei.

„Warum?!" sagte der kleine Mann höhnisch; der Zorn, der lang zurückgehaltene Haß übermannte ihn. „War nicht dein Vater Mendele ein Schnorrer? Und deine Mutter . . ."

„Meine Mutter?!" fiel ihm Sender heiser vor Wut ins Wort und trat dicht an ihn heran. „Wer was gegen meine Mutter sagt, den schlag' ich nieder! Und mein Vater? Was geht's mich an, was aus Froim dem Schreiber geworden ist? . . . Denn Froim hat er geheißen und nicht Mendele. Er hat mich in die Welt gesetzt – ja! aber wer so schlecht gegen meine arme Mutter war, den brauch' ich nicht als Vater zu achten. Und vorgeworfen hat mir bisher noch niemand das Unglück, für das doch ich nichts kann. Ihr seid der erste – schämt Euch!" . . .

Aber es bedurfte dieser Rüge nicht. Jossele Alpenroth schämte sich in diesem Augenblick ohnehin so sehr, daß er in die Erde hätte versinken mögen, freilich aus einem anderen Grunde, der aber noch viel triftiger war. Er war eben im Begriffe gewesen, eine Roheit zu begehen, die ihm niemand in Barnow verziehen hätte, geschweige denn Frau Rosel, die er so aufrichtig verehrte. Jedem einzelnen in der Gemeinde, auch ihm, hatte ja der Rabbi das Gelübde abgenommen, Sender niemals das Geheimnis seiner Geburt zu entdecken. „Es wär' so schlecht und roh von euch", hatte der Priester gesagt, „wie wenig anderes auf der Welt." Und dieser Roheit, dieser Schlechtigkeit hatte er, Jossele Alpenroth, ein „feiner Mensch", ein frommer Mann, ein Uhrmacher, sich eben schuldig machen wollen! Freilich nur, weil ihm der Zorn die Besinnung geraubt – aber war dies eine Entschuldigung?!

Er war fahl geworden und zusammengeknickt wie ein Taschenmesser.

„Verzeih", stammelte er, „ich . . ."

In derselben Haltung war vor fünf Minuten Sender vor ihm gestanden, als der Meister gesagt, er wisse um seine Schliche. Die beiden hatten ihre Rollen getauscht.

Sender war noch zu erregt, um dessen inne zu werden. Schweratmend stand er da. „Schämt Euch!" wiederholte er noch einmal.

„Ich schäm' mich ja!" sagte der kleine Mann weinerlich, „und du darfst deiner Mutter nichts davon sagen . . ."

Da erst kam Sender der jähe Wechsel der Situation zum Bewußtsein. Jählings schlug nun auch seine Stimmung um, er fühlte einen Lachreiz in der Kehle. Aber er unterdrückte ihn und sagte finster: „Ihr aber werdet Ihr natürlich vom ‚Eiruw' erzählen und daß ich überhaupt nichts tauge . . ."

„Nein!" beteuerte Jossele. „Hab' ich ihr denn bisher was gesagt? Also – es bleibt unter uns?"

Er streckte dem Lehrling die Hand hin. Aber dieser tat, als sähe er es nicht. Es überraschte ihn, wie zerknirscht der Meister nun war, er wußte es sich nicht recht zu erklären, aber das war Josseles Sache, und die seine war, aus dieser Wendung der Dinge Nutzen zu ziehen.

„Ihr habt mich schwer gekränkt", sagte er. „Ob ich als Uhrmacher was tauge oder nicht – gleichviel – ich bin ein ehrlicher Mensch wie Ihr . . . Der Mutter will ich nichts davon sagen, es würde sie auch zu sehr kränken, aber einen Dritten wollen wir fragen, ob das recht war, mir vorzuwerfen, daß ich eines Schnorrers Sohn bin. Den Rabbi zum Beispiel, wenn es Euch recht ist . . ."

„Um Gottes willen!" wehrte der Uhrmacher so entsetzt ab, daß ihn Sender ganz verblüfft anstarrte.

„Nein", fuhr der Meister fast atemlos fort. „Wir brauchen keinen Schiedsrichter! Wir werden uns auch so vertragen. Du verzeihst mir und ich dir!" Er ergriff Senders Hand und drückte sie. „Und was ich noch sagen wollt'", fuhr er fort, „du hast mich um einen kleinen Lohn gebeten! Du verdienst ihn zwar eigentlich nicht – das heißt – hm! Also – da du den ganzen Tag da sitzest – in Gottes Namen . . . Womit wärest du denn zufrieden?"

Sender riß die Augen weit auf, ihm war's, als ob er träume! Das hatte er nicht zu hoffen gewagt! Wenn er sich vorhin gekränkter gestellt, als er war, so geschah es nur, um dem Meister in Zukunft nicht gar so hilflos gegenüberzustehen wie heute. Und nun bot ihm dieser das Geld an!

„Ihr seid doch ein guter Mensch", sagte er gerührt, und er meinte es ehrlich. Ein Gulden Monatslohn war das geringste, was er fordern konnte, und um diesen Betrag bat er auch.

„Ein Gulden?!" rief Jossele erleichtert; er war auf das Doppelte gefaßt gewesen. „Nun – weil ich dich gekränkt hab' und weil ich hoff', es wird ein Sporn sein – du sollst ihn haben! Vom nächsten Monat ab!"

„Nein – gleich!" bat Sender, und Jossele gab nach. „Aber nun an die Arbeit!" schloß er.

So saßen Meister und Lehrling wieder friedlich in der Werkstätte nebeneinander, jeder über seine Arbeit gebückt, aber viel brachten beide an diesem Vormittag nicht vor sich. Der Meister war zu ärgerlich, der Lehrling zu freudig gestimmt.

„Ich hab' doch in allem recht gehabt", dachte Jossele, „und es war dem Pojaz zu gönnen, daß er's einmal gründlich zu hören bekommt. Da bringt mir ein böser Geist den Mendele auf die Zunge! Das hätt' eine schöne Geschichte werden können; in der ganzen Gemeinde wär' ich in Verruf gekommen! Aber das mit dem Gulden war doch eine Übereilung. Was hab' ich nun davon? Der Pojaz bleibt mir auf dem Hals, nur daß ich ihn noch bezahlen muß!"

Hingegen hegte Sender nun keinen Groll mehr. „Ein guter Mensch ist dieser Klein-Jossele", dachte er, „freilich nur eben so ein Uhrmacher! Merkwürdig, er haßt mich, weil ich ein anderer Mensch bin als er – warum fällt mir nicht ein, deshalb ihn zu hassen?! Er ist mir gleichgültig, eigentlich schau' ich ihm sogar nicht ungern zu, wenn er so dasitzt und seine ‚Ührchen' anlächelt – wenn ich einmal in einem Spiel einen braven Handwerker zu machen hab', der auch so viel Verstand hat, wie einem solchen Menschen nötig ist, aber nicht mehr, dann soll er sich benehmen wie Jossele . . . Hassen?! O wie lieb wollt' ich dich haben, wenn ich nicht den ganzen Tag mehr dasitzen müßt' und die verdammten Rädchen reinigen! . . . Nur in einem hat er recht gehabt, ich hätt' die Mielnicer Geschichte nicht erzählen sollen, aber wenn ich geschwiegen hätt', so hätten die Leut' am End' geglaubt, daß Reb Mortche mich nicht gewollt hat . . . Nein", rügte er sich dann selbst, „lüg' nicht, Sender, deshalb hast du's nicht getan – was wär' dir auch daran gelegen? – sondern weil's dir Freud' macht, wenn die Leut' über deine Geschichten lachen! Es kitzelt dir im Hals, wenn du so was weißt, du würdest dran ersticken, wenn du's verschweigen müßtest! . . . Die dicke Chaje bekommt schon noch einen Mann, Gott sorgt für uns alle" – er griff nach der Westentasche, wo er den Papiergulden geborgen – „er hat auch für mich und meinen Fedko gesorgt!"

Nicht minder fromm nahm der alte Klosterdiener die Flasche Slibowitz entgegen, die ihm Sender diesmal mitbrachte. „Das hat Gott nicht gewollt", sagte er, „daß ich in meinem Schmerz ohne Trost bleibe. Denn unsere Schweinchen, lieber Senderko, wollen noch immer nicht fetter werden!"

Woche um Woche verging, und Neujahr war längst vorüber, aber Fedko beantwortete die tägliche Frage, ob der Brief aus Czernowitz gekommen, immer wieder mit einem energischen Kopfschütteln und fügte zuweilen sogar ein spöttisches Wort hinzu. Aber Sender ließ sich nicht irre machen. „Dann kommt er morgen", sagte er.

Diese Zuversicht sollte sich glänzend erfüllen. Als er eines Tages – es war im Februar und bald ein Jahr herum, seit er in Czernowitz gewesen – wieder an der Tartarenpforte erschien, stand Fedko harrend da, ein mächtiges Paket unter dem Arm.

„Das hat mir heute der Briefträger gebracht", sagte er. „Er hat mich sehr ausgelacht, denn es fühlt sich an wie Bücher, und ich kann ja nicht lesen!"

Mit zitternder Hand ergriff Sender das Paket und drückte es an sich. Im Bibliotheksaal löste er die Siegel.

Es waren wirklich Bücher, eine deutsche Sprachlehre zum Selbstunterricht, eine kleine Weltgeschichte, ein Lehrbuch der Geographie, ein Rechenbuch, ein Briefsteller, ein Lesebuch für Gymnasien und ein „Katechismus der Schauspielkunst".

Ein Brief lag bei. Der Direktor entschuldigte sich zunächst, daß er erst jetzt antworte; er sei erst vor einigen Wochen mit seiner Truppe nach Czernowitz gekommen, weil sich in der Stadt kein genügendes Publikum für die ganze Wintersaison finde, und habe sich dann auch die Sache gründlich überlegen wollen. Er halte es nach reiflicher Erwägung auch nun noch für das beste, daß Sender in Barnow bleibe, bis er sich die nötigste Bildung angeeignet; sei er erst einmal bei der Truppe, so werde er dafür keine Zeit, keine Ruhe, vielleicht auch keine Lust mehr haben. Mit Hilfe der beiliegenden Bücher werde er sich auch hoffentlich ohne Lehrer forthelfen. „Du nimmst", heißt es weiter, „zuerst die Sprachlehre durch, dann die anderen Bücher. Der Briefsteller soll Dir nur als Muster dienen, den Katechismus liest Du zuletzt. Geht es trotz der Bücher gar nicht oder wollen sie Dich um jeden Preis verheiraten und kannst Du Dich unmöglich anders dagegen schützen, so komm in Gottes Namen sofort zu mir – ich bleibe bis Ende April in Czernowitz. Aber es scheint mir, wie gesagt, für Dich vorteilhafter, wenn Du erst im Januar, also nach einem Jahr, zu mir kommst. Noch eins! Bis Du meine Bücher ganz genau durchgelesen hast und verstehst, mußt Du das Lesen in der Bibliothek bleiben lassen – dann magst Du Schiller oder Lessing lesen, aber nicht Goethe oder Shakespeare. Leb' wohl, bleib' fröhlich, Gott schütze Dich, und ich werde Dich nie verlassen. Brauchst Du Geld, sei es zur Reise oder weil es Dir zu schlecht geht, so schreib' mir; ich hab' selbst nicht viel, aber es wird schon für uns beide reichen."

Sender las den Brief wohl an die zehn Male, seine Augen feuchteten sich, so oft er an den Schluß kam. „Der gute Mensch", murmelte er, „der gute Mensch! . . . Natürlich will ich ihm in allem gehorchen, es ist ja bitter, daß ich noch hier bleiben muß, aber er weiß, warum!"

Als Fedko erschien, nahm Sender Abschied von ihm. „Vielleicht komme ich in den nächsten Monaten wieder", versprach er.

Aber der freundliche Greis schüttelte traurig den Kopf.

„Es ist aus", sagte er, „für immer aus. Ich habe ja gewußt, es wird so kommen. Daß du täglich so bitter frierst und ich dafür Slibowitz trinke – es war mir immer wie ein schöner Traum, und ein Traum kann nicht ewig dauern. Nun kommt wieder der gemeine Schnaps, wo ich drei Fläschchen trinken muß, bis mein Herz heiter wird – und den muß ich mir obendrein selbst bezahlen. Aber das ist der Welt Lauf! Leb' wohl, Senderko!"

Vierzehntes Kapitel

„Euer Hochwohlgeboren!
In umgehender Erwiderung Ihres Werten vom 30. Januar beehre ich mich ganz ergebenst mitzuteilen, daß Ihnen Gott soll Glück geben und Segen und langes Leben, und soll Ihnen vergelten, was Sie an mir armem Menschen tun!

Es war mir sehr angenehm, aus Hochdero Zuschrift zu ersehen, daß sich Euer Hochwohlgeboren in erwünschtem Wohlsein befinden, und ich möcht wissen, ob Sie gesund sind und ob die Czernowitzer wenigstens die paar Wochen viel ins Theater gehen, denn der Herr Wohltäter hat ja leider kein Wort über sich geschrieben und über die Frau und die Geschäfte. Auch war ich sehr erfreut, daraus zu entnehmen, daß Hochdero Unternehmungen guten Fortgang nehmen, und der Herr Nadler braucht sich nichts daraus zu machen, denn für die Czernowitzer ist es eine Schand', daß er dort nicht den ganzen Winter sein kann, aber nicht für ihn.

Euer Hochwohlgeboren gefällige Sendung habe gleichzeitig erhalten und beehre mich für die prompte Ausführung meiner Aufträge meinen Dank zu sagen; aufgegebenen Gegenwert habe Ihnen bestens gebucht. Lieber Herr Wohltäter, ich hab ja lang auf den Brief warten müssen, aber ich hab gewußt, der gute Mensch verläßt mich nicht, und wie ich alles gelesen hab und die Bücher durchgeschaut, hab ich geweint vor Freude. Gott muß es lohnen; wie soll ich es je vergelten, außer daß ich als Schauspieler bei Ihnen bleiben werd, so lang Sie wollen und für jeden Lohn spielen, auch für zehn Kreuzer täglich – auf Ehre!

An geschäftlichen Nachrichten vom hiesigen Platze, die Euer Hochwohlgeboren interessieren dürften, beeile ich mich zunächst zu Hochdero Kenntnis zu bringen, daß ich gottlob Reb Mortches Chaje nicht zu heiraten brauch, und eine andere, scheint es, hat Reb Itzig noch nicht gefunden, aber wenn ja, so werd ich schon machen, daß sie mich auch nicht nimmt. Im Kloster hab ich viel gelesen, zuerst von Lessing, dann von A bis Albigenser, aber der Herr Wohltäter hat recht, wenig hab ich verstanden, und ich weiß gar nicht, was Philotas will. Übrigens ist das Lexikon nicht so schlecht, wie ich geglaubt hab, denn jetzt seh ich aus Hochdero Zuschrift den Namen von dem englischen Dichter und bisher hab ich geglaubt, daß er Scheckspier geheißen hat, denn so hat es mir der arme Wild gesagt, er hat es – der Arme – selbst nicht richtig gewußt. Alles soll geschehen, wie der Herr Wohltäter mir schreibt, denn Sie sind mein Moses, aber ich werd Ihnen gehorsamer sein, als unsere Väter in der Wüste ihm waren, und erst im nächsten Winter komm ich zu Ihnen und jede Zeile in jedem Buch werd ich dann auswendig wissen – Sie können mich prüfen!

Was Euer Hochwohlgeboren gefällige Offerte betrifft, so hat es Ihr Engel im Buch Ihres Lebens eingeschrieben, was Sie, trotz Ihrer eigenen Sorgen für einen fremden Menschen, den Sie einmal im Leben gesehen haben, tun wollen. Aber es ist nicht nötig, lieber Herr Wohltäter, weil mir Klein-Jossele, was mein Meister ist, jetzt monatlich einen Gulden Lohn gibt, und was die Reise betrifft, das ist meine letzte Sorge – wenn ich erst so weit wär! Denn es fährt kein Fuhrmann zwischen hier und Czernowitz, und es sitzt kein Schänker am Weg, der nicht den ‚Pojaz' kennt. Nur in Czernowitz kennt mich niemand, aber das wird schon anders werden, und Sie werden Ehre mit mir einlegen – Sie werden schon sehen! Ich weiß nicht, was ich besser machen werd, ob lustige Leut, ob traurige Leut, aber beide werd ich sehr gut machen, da können sich der Herr Wohltäter darauf verlassen. Nur ob auch Verliebte, weiß ich nicht, aber so den Nathan oder den Schajelock – mir wässert schon der Mund, und Sie können mir glauben, mein Schajelock wird gut sein, ausgezeichnet wird er sein – natürlich nach Ihnen!

Indem ich mich Euer Hochwohlgeboren fernerer Geneigtheit empfehle, zeichne ich

in ausgezeichneter Hochachtung
Hochdero ganz ergebenster
Sender Kurländer,
künftiger Schauspieler.

Barnow, 8. Februar 1853.

N.S. Die Frau Wohltäterin laß ich schön grüßen und alle Ihre Mitglieder.

P.S. Wenn Sie mir schreiben wollen, immer an Fedko Hayduk im Kloster in Barnow, denn es darf ja niemand wissen, daß ich lesen kann.

Nachschrift. Was ich da geschrieben habe vom Schajelock und Nathan, natürlich mein ich das nicht für den Anfang. Im Anfang spiel ich Bediente, und wenn Sie wollen, kehr ich ein ganzes Jahr nur das Theater aus und werd doch glücklich sein, daß ich dabei bin."

Diesen Brief schrieb Sender in der dritten Nacht nach Empfang der Bücher, und schon brach der fahle Schein des Wintermorgens durch das Fenster seines Kämmerchens, als er ihn beendete. Denn das war ein schwer Stück Arbeit für ihn gewesen, weil er ja nicht nach eigenem Gutdünken schreiben, sondern, wie Nadler gewünscht, den „Briefsteller" als Muster benutzen mußte. So nahm er denn in den beiden ersten Nächten dies Buch durch, aber so eifrig er las, ein Entwurf, der auch nur entfernt für seine Lage gepaßt hätte, fand sich nicht, und er mußte endlich ihrer zwei kombinieren, um halbwegs zustande zu kommen, einen „Dankbrief an einen Gönner" und einen „Geschäftsbrief an eine große Firma".

Er arbeitete eifrig; auch wenn unten das Glöckchen erklang, zum Zeichen, daß ein Wagen den Schlagbaum passieren wollte, blickte er kaum auf. Das war Frau Rosels Sache, bei Tag und bei Nacht, so heut' wie vor zwanzig Jahren. Die wenigen Haare, die ihr unter dem „Scheitel" (der enganliegenden Kopfkappe der östlichen Jüdinnen) hervorquollen, waren nun weiß, das hagere, knochige Antlitz wies tiefe Furchen, aber die Gestalt war noch so ungebrochen, das Auge so scharf wie einst. Auch nun noch verrichtete sie den Dienst selbst. Und doch war die Heerstraße auch vom Abend bis zum Morgen viel befahren; wohl zehnmal mußte sich die Mautnerin des Nachts vom Lager erheben. Aber die tatkräftige Frau wollte von keiner Hilfe wissen, duldete auch nie, daß Sender für sie eintrat.

Er war es so gewohnt und dachte nicht darüber nach, ob es so recht sei – auch in jenen Nächten nicht. Nur eines ging ihm zuweilen durch den Sinn, wenn er das Glöckchen vernahm: wie, wenn die Mutter den Lichtschein bemerkte, die Leiter emporklomm und an seine Tür pochte? Aber seine Kammer lag ja im Dachgiebel des ebenerdigen Häuschens, und nach hinten hinaus; Frau Rosel konnte den Schein nicht gewahren. Und so las und schrieb er eifrig drauf los, obwohl er sehr müde war – aber er mußte nun fertig werden, der Dank für solche Wohltat ließ sich nicht länger verzögern.

Als der Brief endlich vorlag, gefiel er ihm wohl. „Nadler hat recht, wie immer", dachte er, „mit dem Briefsteller ist es schwerer, aber dann kommt alles auch viel feiner heraus."

Er streckte sich auf sein Lager hin, noch etwas vom versäumten Schlaf nachzuholen, bis er den Gang zur Werkstätte antreten mußte. Sonst schlief er ein, kaum daß der Kopf den Polster berührte; diesmal ging es nicht. In seinen Schläfen pochte es schmerzhaft, die Augen brannten, und so oft er in Halbschlummer verfiel, riß ihn ein angstvoller Traum wieder empor. Da stand sein Meister Jossele vor ihm und holte höhnisch den eben geschriebenen Brief hervor, den Sender unter dem Kopfpolster geborgen, oder die Mutter hatte die Lade aufgemacht, wo er die Bücher versteckt, und warf sie unter Verwünschungen zum Fenster hinaus . . . Dazu der Husten, der nicht enden wollte. „Wenn ich nur nicht krank werde", dachte er angstvoll, als er sich erhob, mühsam ankleidete und wankenden Schritts in die Wohnstube trat, die Frühstückssuppe einzunehmen, „um Gottes willen, jetzt gesund bleiben, gesund!"

Frau Rosel saß bereits auf ihrem gewohnten Platz am Fenster, wo sie jeden Wagen, der sich nahte, gewahren konnte. Sie blickte nicht auf, erwiderte auch seinen Gruß nicht.

Er setzte sich an den Tisch, griff nach dem Löffel, schob aber bald das Töpfchen von sich. Auch mit dem Essen war es heute nichts. Als er sich erhob, begegnete er dem Blick der Mutter; sie sah ihn so recht sorgenvoll an.

„Bist du krank?" fragte sie; es klang ungewohnt weich.

Er verneinte.

„Es ist doch so!" sagte sie und trat auf ihn zu. „Dein Husten wird immer schlimmer, er läßt dich jetzt auch nicht mehr schlafen . . ."

„O doch, Mutter . . . Warum glaubst du? . . ."

„Weil du immer Licht brennst – gestern – heute –"

Er fühlte sich erröten.

„Ja . . . aber es hat nichts zu sagen." Er griff nach der Mütze. „Du kannst wirklich ruhig sein, Mutter!"

Sie faßte ihn scharf ins Auge.

„Du fühlst keine Schmerzen?" fragte sie. „Spuckst kein Blut?"

„Nein!" beteuerte er.

„Sonst müßte man den Doktor fragen", fuhr sie fort. „Mit solchen Sachen darf man in deinen Jahren nicht spaßen! . . . Aber wenn dir wirklich nichts Ernstliches fehlt, so hat es vielleicht auch sein Gutes, daß du gerade jetzt ein bißchen hustest und blässer aussiehst . . ."

„Warum?" fragte er erstaunt.

„Weil ja –" begann sie lebhaft, stockte dann aber. „Wir sprechen später einmal darüber! Geh jetzt, der Meister wartet!"

„Was mag das sein?" dachte Sender erstaunt, aber um ernstlich darüber nachzusinnen, fühlte er sich zu müde, nur mit Aufgebot aller Kraft konnte er die Werkstätte erreichen und sank da matt auf seinen Schemel. Und mit der Arbeit ging's heute noch schlechter als sonst.

Jossele Alpenroth tat, als ob er es nicht bemerkte; aber Sender selbst fühlte, daß es so nicht gehe. Er mußte die Nächte nicht bloß zum Lesen und Schreiben, sondern auch zum Schlaf benutzen.

Das tat er denn auch, aber es fiel ihm schwer. Nicht etwa, als ob das Buch, das er nun zunächst durchnahm, gar so fesselnd gewesen wäre. Aus Gehorsam und in der abergläubischen Furcht, dadurch vom rechten Wege abzukommen, ließ er alles andere unberührt liegen und widmete sich der „Deutschen Sprachlehre". So oft er heimkam und die Bücherlade aufschloß, seufzte er tief auf. Da lag die „Weltgeschichte", das „Lesebuch", vor allem aber der Schlüssel zu seinem Paradies – der „Katechismus der Schauspielkunst", der sogar mit Bildern geschmückt war, die lachende, weinende, zornige und furchtsame Gesichter sowie „Spieler" und „Spielerinnen" in den verschiedensten Haltungen und Kostümen darstellten – und er mußte lernen, was ein „Hauptwort" sei, und dann, wie viele „Zeiten" es im Deutschen gebe! Es war hart, und nachdem er so stundenlang konjugiert: „Ich liebe – ich liebte – ich habe geliebt –" hätte ihm das Wachen eigentlich schwerer fallen sollen als das Schlafen. Dennoch kämpfte er allnächtlich den gleichen Strauß mit sich selbst: „Nur noch ein halb Stündele, das schadet nicht", und dann: „Noch zehn Minuten; das halt' ich leicht aus" – bis er sein Lager aufsuchte. Denn je rascher er mit dem langweiligen Buche fertig war, desto eher winkten ihm die Freuden des Lesebuchs und endlich auch die Wonnen des „Katechismus".

Er war in jenen Tagen wohl einer der glücklichsten Menschen in Barnow. Denn er war ja auf dem Weg zu seinem Ziel und felsenfest seine Zuversicht, es zu erreichen! Nur das ewige Verhehlen gegen seine Mutter war ihm zuweilen peinlich; er trug nun den Schlüssel zu seiner Kammer immer bei sich, obwohl Frau Rosel sie ohnehin nie betrat, und verhängte des Abends das Fenster, daß kein Lichtstrahl hinausdringen konnte. Aber er *mußte* sie ja hintergehen, und wenn ihr auch die Verwirklichung seiner Pläne gewiß zunächst nur Schmerz brachte, wie reichlich wollte er ihr einst, wenn er ein großer „Spieler" geworden, vergelten, was sie um ihn gelitten! Sie verdiente es ehrlich, so tief er sie gekränkt, nun wurde sie aus Besorgnis um seine Gesundheit von Tag zu Tag freundlicher gegen ihn. Die Wandlung mehrte das Glücksgefühl, das ihn in diesen Zeiten überkommen, fast hätte er den lästigen Husten gesegnet, der dies herbeigeführt.

Aber seltsam! – als sollte nun alles verschwinden, was ihm unangenehm gewesen, so wurde nun auch, je weiter der März vorschritt, je milder die Lüfte wehten, sein Meister gegen ihn immer freundlicher. Er lachte ihn ordentlich an, wenn er morgens den Laden betrat, und als Sender einmal beim Zusammensetzen eines Uhrwerks gedankenvoll deklinierte: „Das Rädchen, des Rädchens, dem Rädchen, das Rädchen" und dabei mit der Kneifzange die Feder sprengte, war der Meister nur einen Augenblick ungehalten, dann sagte er freundlich: „Mach' dir nichts daraus, ich leg's zum übrigen!"

Sender blickte ihn verblüfft an, aber der kleine Mann ärgerte sich wirklich nicht, lachte sogar über das ganze Gesicht. Hatte er endlich die Geduld verloren und wollte den ungeschickten Lehrling fortschicken? Das sah Jossele Alpenroth nicht ähnlich; er war nur eben so ein Uhrmacher, aber ein ehrlicher Mann. Hatte er Böses vor, so schnitt er keine freundliche Miene.

„Mir kann's recht sein", dachte Sender vergnügt. „Ich tu's gewiß nicht absichtlich, aber ich fürcht', die Freud' mach' ich ihm noch oft!"

Er wäre minder ruhig gewesen, wenn er den Grund dieser rätselhaften Fröhlichkeit gekannt hätte. Es war derselbe, der seine Mutter mit so zärtlichem Bangen erfüllte. Über Sender zog sich, ohne daß er es ahnte, ein Gewitter zusammen. Gegen Ende April fand, wie alljährlich, die Rekrutierung in Barnow statt, und Sender, der im vorigen Mai sein zwanzigstes Jahr vollendet, hatte sich zu stellen.

Das wußte er nicht, konnte es nicht wissen. Er gehörte ja – glaubte er – zu jenen wenigen Glücklichen, die gesetzlich vom Militärdienst befreit waren; er war der einzige Sohn einer Witwe. Allerdings genügte dies allein nach dem Gesetze nicht, der Sohn mußte der Ernährer der Mutter sein, und Frau Rosel ernährte ja ihn. Aber damit nahm man es in Barnow nicht so genau; für eine solche Bescheinigung sorgte schon Luiser Wonnenblum, der Schreiber der jüdischen Gemeinde, und man brauchte ihm nicht einmal gute Worte dafür zu geben, nur Geld, viel oder wenig, je nach dem Vermögen der Mutter. Frau Rosel, die arm war, kam vielleicht mit einer Taxe von zwanzig Gulden davon, was für sie freilich ein großer, aber nicht unerschwinglicher Betrag war. So hatte sie es Sender stets gesagt, so oft die Rede darauf gekommen, und hinzugefügt: „Gott hat ein Einsehen gehabt! *Die* Sorg' wenigstens hab' ich mit dir nicht – es wär' sonst auch wirklich zu viel!"

Es war keine Lüge, keine Heuchelei, wenn sie so sprach, sie glaubte es selbst so. Nur weil sie eine vorsorgliche Frau war, die alles gern rechtzeitig ordnete, war sie schon mehrere Monate vor der Rekrutierung, im Januar, nach dem Gemeindehause von Barnow gegangen und hatte Luiser Wonnenblum ihr Anliegen vorgetragen.

Aber da harrte ihrer eine bittere Enttäuschung. Der kleine, hökkerige, pockennarbige Mann blinzelte sie aus seinen schlauen Augen halb mitleidig, halb spöttisch an. „Liebe Frau Rosel", sagte er überlegen. „Das geht ja nicht, Sender ist ja nicht Euer Sohn!"

„Was?!" schrie sie auf, faßte sich aber sofort wieder. „Da irrt Ihr Euch", sagte sie ruhig. „Mein Sender ist nicht unter meinem Herzen gelegen, aber von seiner Geburt bis heut' bin ich seine *Mutter* gewesen. Und auch mit dem Rabbi und den Ältesten hab' ich's ausgemacht, daß er mein Kind ist, an dem sonst niemand ein Recht hat, und sie alle haben mir zugeschworen, er soll nie erfahren, daß er des Schnorrers Sohn ist . . . Also –"

Luiser hatte ihr ungeduldig zugehört.

„Also ist er doch nicht für den Kaiser Euer leiblicher Sohn!" fiel er ihr ins Wort, „und was kümmert den Kaiser, was Ihr mit dem Rabbi geredet habt?! . . . Hier steht" – er schlug die Matrikel auf – „ich werd's Euch vorlesen, Frau Rosel – ‚Sender Glatteis, Sohn des verstorbenen Talmudisten und Bettelmannes Mendel Glatteis aus Kowno und seiner gleich nach der Geburt des Knaben abgeschiedenen Ehefrau Miriam, unbekannten Geburtsnamens' – und das allein gilt!"

Noch immer blieb Frau Rosel gelassen.

„So schreibt hinzu", sagte sie, „daß ich, die Witwe Rosel Kurländer, diesen Sender schon vor zwanzig Jahren an Kindes Statt angenommen habe!"

„Wie kann ich das? Es wär' ja eine Lüge!"

„Eine Lüge?" schrie sie empört auf. „Meine Opfer, meine Tränen, meine schlaflosen Nächte eine Lüge?!"

„Für den Kaiser!" erwiderte er.

„Den Kaiser?! . . . Er soll alle Barnower fragen, ob es nicht wahr ist! . . . Und er ist ja auch ein Mensch und hat ein Herz . . ."

Luiser Wonnenblum lächelte. „Ihr redet, wie Ihr's versteht! Ich sage: ‚der Kaiser', denn wenn ich sagen würde: ‚das Gesetz', so würdet Ihr mich ja noch weniger verstehen. Nämlich des Kaisers Wille ist aufgeschrieben, und danach richtet man sich, und davon gibt es keine Ausnahme. Sagt selbst: hat der Kaiser die Zeit, alle Barnower auszufragen und dann zu entscheiden, ob er der Rosel im Mauthaus den Gefallen tun will?! . . . Nach dem Gesetz ist Sender nicht Euer Sohn! Und Ihr könnt ihn auch nicht nachträglich an Kindes Statt annehmen. Adoptieren heißt das – versteht Ihr? – adoptieren –"

„Meinetwegen! Aber warum nicht?!"

„Weil Ihr keine Witwe seid!"

Frau Rosel legte die Hand an die Stirne. „Seid Ihr verrückt oder ich? Keine Witwe?"

„Seid Ihr von Froim, dem Schreiber, geschieden? Nein! Ist er tot?! Ihr wißt es nicht! Folglich seid Ihr keine Witwe; sondern eine Frau, der der Mann durchgegangen ist. Da müßtet Ihr also zuerst eine Klage gegen Froim einreichen, weil er Euch böswillig verlassen hat. Und da man ihn nicht finden könnt', müßt' man die Klage öffentlich ausschreiben und sagen: Meldest du dich ein Jahr nicht, so bist du tot! Und dann wäret Ihr erst eine Witwe und könntet adoptieren. Aber das dauert mindestens zwei Jahre, und inzwischen kann Euer Sender schon Korporal sein . . ."

Frau Rosel richtete sich auf. „Das ist ja alles Unsinn", sagte sie. „Auf welchem Friedhof Froim liegt, weiß ich nicht – Gott geb' ihm die ewige Ruh! *Jetzt* soll *ich* ihn klagen, weil *ich* ihn vor zweiundzwanzig Jahren weggejagt hab'?! . . . Reden wir deutsch, Reb Luiser! Was verlangt Ihr?!"

Luiser Wonnenblum erhob die Augen zum Himmel, als wollte er ihn zum Zeugen machen, welchen Unverstand ein Mann wie er über sich ergehen lassen müsse.

„Aber, Frau Rosel!" sagte er vorwurfsvoll und trat auf sie zu. „Hätt' ich's denn dann nicht gleich gesagt?! Verdien' denn ich nicht gern? Aber da kann ich nichts tun, und wenn Ihr mir tausend Gulden gebt . . . Wahrhaftig – aber – um Gotteswillen!" unterbrach er sich erschreckt.

Frau Rosel wankte, sie war einer Ohnmacht nahe. Hastig ließ er sie auf einen Stuhl gleiten.

„So beruhigt Euch doch", fuhr er fort. „Es ist ja keine Schlechtigkeit von mir! Wenn Ihr mir vor zwanzig Jahren gesagt hättet: ‚Ich will nicht, daß dies Kind ein Sellner (korrumpiert aus ‚Söldner', Soldat) wird – schreibt es als Mädele ein' – ich hätt's um hundert Gulden getan. Oder: ‚Schreibt ihn gar nicht ein', hätt' nicht viel mehr gekostet . . . Aber jetzt . . . jetzt könnt' ich ihn höchstens sterben lassen . . ."

„Sterben?!"

„Ja – freilich müßt' er dazu nach Tluste gehen, der hiesige Doktor macht solche Sachen nicht. Dort wird ihm ein Totenschein ausgestellt . . . erschreckt nicht, solche Leut' leben am längsten. Freilich muß er dann für einige Jahre nach Rußland gehen oder nach Rumänien, bis er unter anderem Namen zurückkommt . . . Das ist das Sicherste, das einzige Sichere, aber es kostet fünfhundert Gulden!"

„So viel hab' ich nicht!" murmelte sie mit bleichen Lippen. „Wißt Ihr keinen anderen Weg?!"

Luiser Wonnenblum zuckte die Achseln. Er kannte deren genug, aber keinen, wo er auch etwas verdienen konnte. Weil aber die Frau so gebrochen war, so meinte er: „Ich kenn' keinen . . . Ein ehrlicher Mann hat mit solchen Sachen nicht gern zu tun . . . Aber – fragt doch andere!"

Frau Rosel wandte sich an den Mann, dessen Pflicht es war, den Witwen und Waisen beizustehen, den Rabbi der Gemeinde. Das war ein Mensch anderen Schlages als Luiser, fromm und gewissenhaft, beides freilich nur im Sinne des starren, düsteren Glaubens seiner Sekte. Er galt – und das wollte wahrlich etwas heißen – als der schlimmste, härteste Fanatiker unter den galizischen Chassidim, freilich auch als ein Mann von untadeliger Ehrlichkeit. Aber auch er fand das Bestreben, auf Schleichwegen der Militärpflicht zu entgehen, nicht sündhaft, im Gegenteil, Gott wohlgefällig – wer „Sellner" geworden, konnte ja die Speisegesetze nicht einhalten! Und vielleicht gab es damals – heute ist es anders und besser – keinen Menschen im Kreise, der anders dachte. Dem Städter und dem Bauer, dem Polen, Ruthenen und Juden – ihnen allen war jedes Mittel recht, den Staat um die Blutsteuer zu betrügen. Und vielleicht gereichte diese Anschauung nicht ihnen allein zur Unehre, sondern auch dem Staate, der nun acht Jahrzehnte über jene Landschaft gebot, ohne ihre Bewohner zu einer sittlicheren Auffassung ihrer Pflicht erzogen zu haben.

„Schlimm", sagte Rabbi Manasse Kirschenkuchen, „sehr schlimm! Vielleicht ist es eine Strafe Gottes! Ich will's nicht Euch zum Vorwurf sagen, ich bin ja mitschuldig. Aber recht war's von uns beiden nicht! Das kommt von den Heimlichkeiten – wir hätten dem Knaben seine Abstammung nicht verhehlen sollen. Wir haben's aus gutem Herzen getan, um ihn vor seines Vaters Schicksal zu bewahren, aber das hätte sich vielleicht auch richten lassen, ohne auf unser Haupt Sünde zu häufen. Dem armen Mendele lebt ein Sohn, aber der weiß nichts von seinem Vater und sagt ihm an seiner ‚Jahrzeit' (Sterbetag) keinen ‚Kadisch' nach. Um das haben wir den Toten betrogen –"

„Ich laß die ‚Jahrzeit' seiner Eltern halten", beteuerte Frau Rosel, „freilich durch einen Fremden ..."

„Gott hat aber geboten", sagte der Rabbi bekümmert, „daß es das eigene Fleisch und Blut tut."

„Und dann betet er aus seines Vaters Gebetbuch", fuhr sie zu ihrer Entschuldigung fort. „Ich hab's ihm gegeben, es war ohnehin sein einziges Erbe! ... Und gibt es auf unserem guten Ort (Friedhof) zwei besser gepflegte Gräber, als die von Mendele und Miriam?!"

Der Rabbi seufzte. „Das wird uns vor Gott nicht entlasten", sagte er. „Und dann noch eine Sünd': Sender ist über zwanzig Jahr' alt und hat noch kein Weib! Ich weiß, es ist nicht Eure, sondern seine Schuld – aber eine Sünd' bleibt's doch. Und für die Rekrutierung ist es auch nicht gut. Freilich muß die Kommission auch verheiratete Leut' nehmen – gottlob sind die meisten Juden schon mit zwanzig Jahren verheiratet. Aber wenn so ein junger Mensch vor den Herren weint: ‚Mein Weib, meine vier Kinder!' so nehmen sie doch lieber einen anderen, der keine Kinder hat, und am liebsten einen Ledigen ... Ein Lediger, Frau Rosel, ist schon gar verloren! Ihr solltet doch noch einmal mit Reb Itzig sprechen – es sind ja noch drei Monate Zeit ..."

„Ich werd' es tun", versprach sie. „Aber das allein bringt ihn ja nicht frei. An wen soll ich mich sonst wenden?!"

„Da ist nicht leicht raten –" erwiderte der Rabbi, „es ist ja ein notwendiges Geschäft, aber ehrliche Leute betreiben es nicht. Wollt Ihr die Kommission bestechen, so sind der Herr v. Wolczynski und Dovidl Morgenstern die anständigsten Vermittler, wollt Ihr lieber einen ‚Fehlermacher' nehmen, so rat' ich Euch zu Srul, dem ‚Cyrulik' (Bader), oder zum Wundarzt Grundmayer."

Schon am nächsten Tage eröffnete Frau Rosel die Verhandlungen. Itzig Türkischgelb, den sie zunächst zu sich entbot, schüttelte wehmütig den Kopf.

„Wer bin ich?" sagte er gekränkt. „Antwortet mir zur Güte, Frau Rosel! Bin ich Reb Itzig, der geschickteste ‚Schadchen' (Heiratsvermittler) im ganzen Land, oder bin ich es nicht? Braucht man mich noch daran zu erinnern, wenn man mir einen Auftrag gegeben hat?! Bin ich eine Uhr, die man immer von neuem aufziehen muß?! Ich lauf' von selber und lauf' und lauf', bis die Sach' im reinen ist. Auch für Sender hab' ich mir die Seel' aus dem Leib gelaufen und geredet – es nützt nichts! Glaubt Ihr, ich bin müßig, weil ich nicht zu Euch komm'? Aber ich hab' Euch nichts Gutes zu erzählen! Es war ja schon früher nicht leicht, aber seit der Mielnicer Sach' will gar niemand mehr von ihm hören."

„Das habe ich gedacht", erwiderte Frau Rosel bekümmert. „Jetzt wär' ich aber auch mit einer geringeren Familie zufrieden ..."

Reb Itzig nickte.

„Natürlich! Aber war denn der Uhrmacher in Mielnica gar so was Feines? Ein ‚Prostak' (gemeiner, ungebildeter Mensch), in der ganzen Familie niemand, der je ein Blatt Talmud gelesen hat, und der Bruder im Zuchthaus! Viel tiefer können wir nicht mehr greifen – das heißt, soweit *meine* War' reicht! Reb Srulze in Tluste, der die Knecht' mit den Mägden verheiratet, der könnt' Euch täglich drei Partien vorschlagen; *mein* Geschäft ist ein anderes. Aber seid ruhig! Was ich tun kann, geschieht ja und wirklich nicht bloß, um meinen Vermittlerlohn zu verdienen, sondern weil ich Euch gern hab' und – verzeiht – Euren Sender noch mehr! Ein ‚Pojaz', wie ihn die Welt noch nicht gesehen hat! Aber glaubt Ihr, daß das die Leut' lockt? Wenn ich ihn feineren Leuten vorschlag', werfen sie mich gleich hinaus, sobald ich seinen Namen genannt hab', mittlere Leut' lassen mich noch eine halbe Stund' reden und werfen mich dann hinaus; gemeine Leut' hören mich bis zu End' an und sagen dann: ‚Geht, Reb Itzig, und kommt mir mit dem nie wieder!' Ihr seht, Frau Rosel, ich hab' nicht viel Freud' davon!"

„Er hat sich aber in letzter Zeit geändert", erwiderte sie. „Er macht keine Streich' mehr, spricht mit keinem, sogar am Sabbat sitzt er in seiner Kammer, statt wie sonst bei Simche . . ."

„So?" fragte Türkischgelb. „Ich hab' mir gedacht, nur mir weicht er aus, weil er fürchtet, ich trag' immer in der Kaftantasch' ein Mädele bei mir und schwups, werf' ich's ihm an den Hals! . . . Also still ist der ‚Pojaz' worden? Fürchtet er sich vor der Rekrutierung so sehr?!"

„Davon weiß er ja noch nichts!" erwiderte sie. „Ich weiß gar nicht, wie ich's ihm beibringen soll! . . . Nein, er fühlt sich vielleicht –" sie stockte – ums Himmelswillen ,von seinem Unwohlsein durfte sie nichts verraten, das machte die „Partie" noch schlechter – „vielleicht sieht er ein, daß es Zeit ist, vernünftig zu werden . . . Ja, das könnt Ihr den Leuten ruhig sagen", fuhr sie fort. „Ich bitt' Euch, gebt Euch Müh'! Ihr habt ihn ja auch gern." Ihre Augen füllten sich mit Tränen. „Soll er deshalb Sellner werden?!"

„Behüte!" tröstete der gutmütige Marschallik. „Einige wüßt' ich ja schon heut' – aber ob der Pojaz ihnen passen wird?! Euch werden sie passen!" fügte er hinzu, weil sein Handwerk diese Diplomatie vorschlug, aber da er ein ehrlicher Mann war, so klang seine Stimme dabei etwas unsicher.

„Redet!" rief sie eifrig.

„Da wär' die Schwestertochter vom Tluster Rabbi!" sagte er. „Was das für ein Adel ist, brauch' ich Euch nicht zu sagen! Und die möcht' dem Pojaz schon den Kopf zurechtsetzen, sie ist's von ihrem seligen Mann gewohnt."

„Also eine Witwe? Hat sie Kinder?"

„Natürlich!" rief der Marschallik eifrig. „Ich werd' doch für meinen Sender, den ich so gern hab', keine Frau aussuchen, die vielleicht kinderlos bleibt. Darüber könnt Ihr bei *der* beruhigt sein!"

„Wieviel Kinder hat sie?"

„Für Kindersegen", erwiderte der Marschallik, „dankt man Gott, aber man zählt ihn nicht. Und vor der Kommission ist es ja gut, wenn Sender sagen kann: „Erbarmen – ich hab' neun Kinder!" Das älteste ist neunzehn, das jüngste zwei Jahr' alt, und alle sind versorgt, der Rabbi versorgt sie. Und ebenso wird er den zweiten Mann seiner Nichte und die Kinder, die Gott ihr noch schenkt, ernähren!"

„Ich hab' von ihm gehört", sagte Frau Rosel. „Er soll durch Wundermachen viel Geld verdienen, aber nichts zurücklegen. Und wenn der Greis stirbt?"

„Der Greis?!" rief der Marschallik. „Kaum achtzig ist er! Eine Leuchte in Israel, wie ihn erhält Gott bis zu hundert und zwanzig Jahr'."

Die Frau schüttelte den Kopf. „Das ist mir doch etwas zu unsicher! Auch könnt' sie ja Senders Mutter sein!"

„Freilich könnt' sie das, aber wenn sie jünger wär' und keine neun Kinder hätt' und wenn der Alte nicht schon so schwach wär', daß ihn ein Windstoß umblasen kann – würde da sie den ‚Pojaz' nehmen? . . . Seid gescheit, Frau Rosel, seid gescheit! Übrigens, weil Ihr es seid, ich hab' auch ein jung Mädele für Euch – siebzehn Jahr', gesund, hübsch, hat bare siebenhundert Gulden! Alles die Wahrheit – bei meinen Kindern schwör' ich's!"

„Wo leben die Eltern?"

„Der Großvater, Reb Mosche – mit dem deutschen Namen tut er sich Pulverbestandteil schreiben – hält eine Schänke bei Tarnopol, das Mädele ist in seinem Haus aufgewachsen."

„Also sind die Eltern tot?"

„Was fragt Ihr immer nach den Eltern?! Wenn von denen was zu erzählen wär', möcht' ich's gleich sagen. Es ist aber nichts von ihnen zu sagen. Die Mutter lebt irgendwo, vielleicht in der Türkei, ich weiß nicht wo . . ."

„In zweiter Ehe?"

„Natürlich! Oder doch wahrscheinlich! Möglich wenigstens ist es, daß sie in den sechzehn Jahren, wo sie fort ist, zweimal geheiratet hat. Denn wie sie fort ist, da war sie noch gar nicht verheiratet . . ."

„Und einer solchen Mutter Kind wagt Ihr mir anzutragen?" rief Frau Rosel mit flammenden Augen.

„Ja", erwiderte Türkischgelb, „ich hab's gewagt, weil ich Euch für edler gehalten hab', als Ihr seid! Was kann das arme Mädele für seine schlechte Mutter?! Da werft Ihr ihm am End' auch vor, daß der Großvater schon zweimal im Kriminal gesessen hat? Übrigens", fuhr er einlenkend fort, „daran liegt mir nichts, ich hab' Reb Moschele schon gesagt: ‚Um da meinen Vermittlerlohn zu verdienen, werd' ich Euch einen vom Galgen herunterschneiden müssen!' . . . Aber nun im Ernst gesprochen – ist Euch für Euren Sender eine Tochter vom Reb Chaim Goldgulden in Kolomea gut genug? Lea heißt sie!"

„Wie nicht?!" rief sie erfreut. „Er ist ein Ehrenmann und wohlhabend. Aber hat denn der noch eine Tochter zu verheiraten? Der Enkel von unserem Reb Mosche Freudenthal hat ja die jüngste bekommen."

„Nein, Lea ist die Jüngste . . . Das heißt – bei Euch muß man jedes Wort auf die Waagschale legen – vielleicht ist sie es nicht, vielleicht ist sie sogar die älteste von den Schwestern, was weiß ich? – Nach ihrer Größe könnt' sie jedenfalls die jüngste sein!"

„Ist sie so klein?" fragte Rosel argwöhnisch.

„Frau Rosel", rief der Marschallik, „macht mich nicht ungeduldig! Saget mir: ‚Sieben Fuß hoch muß sie sein, drei Zentner muß sie wiegen!' Dann weiß ich, wo ich Euch Eure Schwiegertochter zu suchen hab': auf dem Markt, wo man die Riesendamen zeigt . . . Reb Chaim Goldguldens Tochter braucht nicht höher zu sein wie der Tisch da und ist doch eine gute Partie!"

„Nicht höher?!" rief sie erschreckt. „Um Gotteswillen, dann ist sie ja eine Zwergin. Das ist ja unnatürlich . . ."

„Nein!" donnerte Reb Itzig. „Solche Reden verbitt' ich mir! Unnatürliches ist nichts daran. Habt Ihr schon gesehen, daß ein Mädele, dem von Kindheit auf das Rückgrat gekrümmt ist, groß wird wie ein Dragoner?"

„Aber Sender wird doch die bucklige Zwergin nicht wollen!"

Der Marschallik zuckte die Achseln . . . „Seine Sach' – Eure Sach', nicht meine. Meine Pflicht hab' ich getan, aber mir ist das Herz sehr schwer . . . Ältlich darf sie nicht sein, unehelich darf sie nicht sein, bucklig darf sie nicht sein – eine Braut, die Euch passen könnt', ist noch nicht geboren worden! Noch nicht geboren!" wiederholte er schmerzvoll. „Aber – weil Ihr es seid, ich will weiter suchen. Soweit meine Kraft reicht, soll mein Sender kein Sellner werden!"

Aber er kam schon nach zwei Tagen wieder, diesmal strahlend vor ehrlicher Freude.

„Heut' brauch' ich Euch nichts vorzureden", sagte er. „Die Rechte ist gefunden! Gestern war ich in Chorostkow und hab' natürlich auch meine jüngste Tochter Jütta besucht. Ihr wißt, sie ist dort bei Reb Hirsch Salmenfeld aufgenommen wie ein eigen Kind, weil sie so gut kochen und nähen kann. Bei der Gelegenheit hat Reb Hirsch mit mir gesprochen; er will einen Mann für seine Malke, eine Tochter aus erster Ehe. Das Mädchen bekommt achthundert Gulden, ist schön, jung und gesund, umd meine Jütta, die bei aller Jugend ein kluges Kind ist, sagt mir: ‚Gesegnet der Mann, der unsere Malke bekommt!' Also – an ihr ist kein Fleckele und an dem Vater auch nicht, aber er hat Unglück mit seinen Brüdern gehabt. Der älteste, ein Militärarzt, ist Christ geworden, der jüngere, ein Advokat in Czernowitz, lebt natürlich wie ein ‚Deutsch'. Bei diesem Onkel war Malke als Kind und hat dort leider Deutsch lesen und schreiben gelernt. Ihr seht, ich verschweig' Euch nichts. Aber sie ist deshalb doch ein ehrlich jüdisch Kind und Reb Hirsch, grad' weil er sich der Sünden seiner Brüder schämt, ein doppelt frommer Mann. Er weiß, daß trotzdem manchem die Verwandtschaft nicht passen wird, und wär' darum mit Sender einverstanden."

Er hatte in anderer Tonart gesprochen als sonst, schlicht und gerade. „Es ist ein Glück", schloß er, „besinnt Euch nicht und sagt ja."

Frau Rosel zögerte dennoch. „Man sollt' doch den Rabbi fragen", meinte sie.

„Dann wird nichts draus", warnte er. Da sie aber erklärte, es sonst nicht auf ihr Gewissen nehmen zu können, so fügte er sich darein und erklärte sich sogar auf ihre Bitte bereit, selbst mit dem Rabbi zu sprechen.

Fünfzehntes Kapitel

Minder langwierig gestalteten sich die anderen Verhandlungen, die Frau Rosel in ihrer Herzensangst um Senders Schicksal zu führen hatte.

Wer sich nicht rechtzeitig mit Luiser Wonnenblum abgefunden, – und dazu waren die wenigsten vorsorglich genug, da ja die Fälschung der Matrikeln schon bei der Geburt des Knaben stattfinden mußte, – hatte nur zwei Wege: er wandte sich an einen Agenten, der die Mitglieder der Kommission bestach, oder an einen „Fehlermacher", gewöhnlich einen Bader oder Wundarzt, der den jungen Menschen so übel zurichtete, daß er als untauglich befunden werden mußte. Beide Gewerbe wurden von Christen und Juden betrieben, ebenso waren unter den Klienten beide Bekenntnisse gleichmäßig vertreten. Da das „Fehlermachen" billiger zu stehen kam, so schlugen die minder bemittelten Leute in der Regel diesen Weg ein.

Frau Rosel hatte kaum das tägliche Brot, dennoch graute ihr vor diesem Mittel. Sie versuchte es zunächst bei Herrn v. Wolczynski, dem vornehmsten Bestechungsagenten im Barnower Kreise, der einst zwei Güter besessen hatte, aber langsam durch Verschwendung und Hazardspiel zu diesem Geschäft hinabgesunken war, das freilich seinen Mann trefflich nährte, sofern er es nur recht verstand. Ein richtiger Agent mußte den Charakter und die Verhältnisse aller Mitglieder der Kommission aufs genaueste kennen, um die Schwächen herauszufinden, durch deren Ausnützung er jeden dieser Offiziere, Ärzte und Beamten zu seinem Werkzeug oder doch zum untätigen Zuschauer seines Treibens herabwürdigen konnte. Und ebenso mußte er eine große Personenkenntnis im Kreise haben, denn von dem Aussehen des Jünglings, dem Vermögen seiner Eltern hing ja die Höhe des Preises ab. Endlich aber hatte er die schwere Kunst zu üben, all seine Schuftigkeit unter der Maske eines Ehrenmanns zu verbergen.

Herr v. Wolczynski verstand sich auf all dies und auf eine vierte Kunst dazu: niemals mit sich handeln zu lassen. Eine große Kunst in einem Lande, wo um alles gehandelt wird. Er ließ Frau Rosel ruhig reden, so lang sie wollte, und überlegte: „Sie ist arm, hat aber eine Affenliebe für den Schlingel, er ist blaß, mager, aber gesund –" Laut jedoch sagte er nur: „Dreihundert Gulden!"

Sie jammerte, das könne sie nicht erschwingen.

„Feste Preise!" war seine Antwort. „Adieu, liebe Frau!"

Länger währten die Verhandlungen mit Dovidl Morgenstern. Der Mann war seines Zeichens Winkelschreiber. Er hatte in seiner Jugend einige Jahre in Lemberg zugebracht, dort Deutsch lesen und schreiben gelernt und sich dann mit Hilfe des Bürgerlichen Gesetzbuchs und des Strafgesetzes zu einem „feinen Kopf" ausgebildet. Für die Juden von Barnow war er neben Luiser das Orakel in allen Rechtsfragen. Da dieser Erwerb nicht hinreichte, so machte er Herrn v. Wolczynski Konkurrenz. Sein Geschäft war kleiner als das des Edelmanns, er verdiente weniger dabei und war ein Jude. Darum galt er ebenso allgemein als Schurke wie Wolczynski als Ehrenmann. Dovidl ließ mit sich handeln, er verlangte, als Frau Rosel zu ihm kam, fünfhundert Gulden, und kam dann zu ihr, er wolle es um zweihundert richten. Aber auch diesen Betrag konnte sie nicht aufbringen, selbst wenn sie ihren einzigen Schmuck opfern wollte, die perlenbesetzte Stirnbinde.

Am nächsten Tage sandte der Wundarzt Grundmayer zu ihr, sie möge ihn besuchen. Er war ein alter Säufer, einst als Feldscher einer Husareneskadron nach Barnow gekommen und nach seiner Entlassung aus dem Dienst hier sitzen geblieben.

„Hoho!" gröhlte er sie an, als sie bei ihm eintrat, „haben Sie's so dick, daß sie dem Dovidl lieber zweihundert Gulden geben wollen, als mir dreißig. Um dreißig Gulden schneid' ich Ihrem Bengel eine Fußsehne entzwei, daß er zeitlebens hinkt, oder hau' ihm zwei Finger ab, wenn Ihnen das lieber ist!"

Die Frau starrte ihn entsetzt an.

„Noch immer besser, als dienen!" rief er. „Und um dreißig Gulden können Sie nicht mehr verlangen. Wollen Sie sich's aber mehr kosten lassen, so machen wir was Feines, was sich wieder wegkurieren läßt. Je nachdem der Bursch ist – schicken Sie ihn mir! Vielleicht ein chronisches Magenleiden – sehr zu empfehlen! Oder eine Lungenschwindsucht – ist noch feiner, von der echten nicht zu unterscheiden. In sechs Monaten mach' ich ihn dann wieder gesund – auf Ehre, so wahr ich Doktor Franz Xaver Grundmayer heiße und ein katholischer Christ bin. Kostet samt der Kur hundert Gulden!"

Mit Mühe vermochte sich Frau Rosel diesen lockenden Anerbietungen gegenüber so weit zu fassen, um ihren Dank und das Versprechen, sich die Sache zu überlegen, stammeln zu können.

„Ist nichts zu überlegen", grollte der würdige Mann. „Wollen wahrscheinlich lieber den Lumpen, den Srul in Nahrung setzen! Das verdammte Judenvolk hängt doch zusammen wie die Kletten! Glauben vielleicht, er macht's billiger?! O ja – der Kerl macht vielleicht schon um vierzig Gulden eine Schwindsucht! Ist aber auch darnach! Entweder auf zehn Schritt zu erkennen, daß der Lümmel doch genommen wird, oder so dauerhaft, daß sie kein Herrgott wieder fortbringt. Ich warne Sie!"

Frau Rosel beteuerte, sie wolle mit dem Srul nichts zu schaffen haben. Aber ebenso fest stand ihr Entschluß, auch auf die Hilfe des „Doktor" Grundmayer zu verzichten. Wohl aber tauchte ein anderer Gedanke in ihr auf: wie, wenn sie Sender auf ehrlichem Wege freibrächte! Der Stadtarzt von Barnow, der als Physikus des Kreises allen Rekrutierungen in seinem Sprengel beizuwohnen hatte, war freilich ein unbestechlicher, aber wohlwollender und einsichtiger Mann; Sender hustete ja und war auch sonst nicht der Stärkste; vielleicht nützte es, wenn sie diesen Mann um Schonung bat, er tat dann gewiß, was ihm sein Pflichtgefühl gestattete. Auch der Marschallik bestärkte sie in diesem Vorsatz, schon wollte sie ihn ausführen, da erfuhr sie, daß der Physikus diesmal den Rekrutierungen gar nicht beiwohnen werde; er sei gerade für dieselbe Zeit nach Lemberg berufen. So war es auch; um ihn und andere Männer von derselben Denkweise unschädlich zu machen, hatten die vielen Wolczynskis in Galizien durch ihre hochmögenden Gönner durchgesetzt, daß die Regierung gerade im April eine Enquête nach Lemberg berief, um „über die im Rekrutierungswesen zu Tage getretenen Mißstände zu beraten"; damit waren die ehrlichen Männer auf die einfachste und unverfänglichste Weise beseitigt!

Obgleich auch diese Hoffnung vereitelt war, blieb Frau Rosel doch fest. „Ich kann's nicht tun", erklärte sie ihrem Gewissensrat, dem Rabbi. „Andere mögen den ‚Fehlermacher' mieten – ich will sie nicht schelten. Und vielleicht tät' ich's auch, wenn ich meinem Sender sein Fleisch und Blut gegeben hätt'. Aber es ist anvertrautes Gut! Was soll ich der armen Miriam antworten, wenn ich ihr droben begegne?!"

Der Greis nickte ernsthaft.

„Recht habt Ihr!" sagte er. „Sie wird Euch ja ohnehin Vorwürfe machen – Euch und mir – des Kadisch wegen . . . Aber das ist nicht zu ändern! . . . Nein, über den Verwaisten darf keines ‚Fehlermachers' Hand kommen. Aber wo nehmt Ihr die zweihundert Gulden her?"

„Das frag' ich Euch", rief sie unter strömenden Tränen. „Ich bring's nicht zusammen, und wenn ich den letzten Stuhl aus dem Zimmer verkauf'."

„Dann steht's schlimm", sagte er gedrückt. „Dovidl läßt nichts mehr nach; bei anderen eine Sammlung machen, wär' vergeblich – Sender ist ja nicht hiesig! – mag Mendele Schnorrers Sohn ein ‚Sellner' werden!"

Er dachte nach. „Da kann nur eines helfen: eine Heirat! Von der Mitgift erlegen wir das Geld!"

„Aber der Marschallik weiß nichts rechtes für ihn", wandte sie schüchtern ein.

„So nehmt, was er hat. Hier steht eine Seel' auf dem Spiel!"

„Aber wenn er unglücklich wird?"

„Lieber unglücklich werden, als kein frommer Jud' mehr sein

können! . . . Und dann – eine unglückliche Ehe läßt sich scheiden, aber wer rekrutiert wird, muß sieben Jahr' Sellner bleiben!" So lange währte damals die Dienstpflicht in Österreich.

„Und wenn Sender nicht will?"

„Schickt ihn zu mir – und er wird wollen!"

Die Zuversicht des frommen Mannes erhöhte auch ihren Mut, getrösteter kehrte sie heim. Aber diese Stimmung hielt nicht lange vor. Die Tage verstrichen, Reb Itzig ließ sich nicht blicken, und doch war es nun höchste Zeit. In vierzehn Tagen schon sollte die Losung stattfinden, die Versammlung aller Stellungspflichtigen im Gemeindehause, bei der jeder aus einem Säckchen die Nummer zog, welche die Reihenfolge seines Erscheinens vor der Kommission regelte. „Wie soll ich's ihm erklären", dachte sie, „daß er nicht befreit ist?!"

Aber auch ein anderer Grund ließ sie zögern. Er war gerade in diesen Tagen so stillfröhlich, wie sie ihn nie zuvor gesehen. Der laute, übermütige Vorwitz, der sie oft gekränkt und geärgert, aber auch die verstockte Scheu, mit der er ihr in diesem Winter gegenübergestanden, waren verschwunden. „Jetzt", dachte sie, „zeigt sich an ihm jener Zauber, der seinem armen Vater so viele Freund' gemacht hat, aber dabei ist er doch gottlob so ganz anders, als der, so häuslich, brav und gehorsam." Sie mochte das Glücksgefühl nicht stören, das ihm aus den Augen leuchtete; woher es rührte, ahnte sie nicht. Er hatte nun auch die Sprachlehre überwunden, schwelgte in den farbigen Bildern einer bisher unbekannten, ungeahnten Welt, die ihm das Lesebuch erschloß, und tat dabei in Gedanken täglich einen Schritt vorwärts, dem großen Ziele seines Lebens zu.

„Der gute Junge", dachte sie. „Die bittere Stund' kommt ihm früh genug, aber wenigstens will ich's ihm dann auf gute Art beibringen."

Das Schicksal wollte es anders. Diese Stunde sollte für beide eine der furchtbarsten ihres Lebens werden.

Es war der erste Sonntag im April, zugleich der erste wolkenfreie Tag nach den endlosen Regengüssen, die für diese arme Landschaft den Anbruch des Frühlings bedeuten, denn wie alles andere Schöne, was unter glücklicheren Himmelsstrichen die Menschen labt, wird ihr auch der Lenz spät und kärglich zuteil. Noch waren die Straßen grundlos, die Äcker von einer Schlammschicht bedeckt und an den Bäumen hingen die ersten grünen Blättchen triefend herab, aber nun zum ersten Male seit lange, seit er zuletzt im Schnee geglitzert, lag der Sonnenschein verklärend über der traurigen, endlosen, verregneten Ebene und die Luft war feucht, aber warm. „Frühling, Frühling", murmelte Sender, als er in der ersten Frühe das Fenster seines Kämmerchens öffnete, und beugte sich weit vor, diese reine Luft einzufangen. „Gottlob, Frühling!"

Er lächelte beglückt vor sich hin. „Mein letzter Frühling in dieser Kammer!" Und dann folgte der letzte Sommer und wie rasch war der Herbst da und dann – zu Neujahr . . .

Er schloß die Augen, als könnte er den Glanz des Glücks nicht ertragen, in dem sein Leben vor ihm lag, soweit ihm der Blick reichte. Bisher hatte ihn eine trotzige oder kecke Zuversicht erfüllt, heute, an diesem ersten Frühlingsmorgen, da ihm jedes Hindernis beseitigt schien, war ihm so weich und zugleich so selig zu Mute wie nie zuvor. Mit anderer, höherer Empfindung als sonst langte er nun die Gebetriemen aus dem Schrein und schlug sein Andachtsbuch auf, das Morgengebet zu sprechen.

Es war ein abgegriffenes Büchlein mit mürben Blättern, das wohl einst in schwarzes Leder mit Goldschnitt gebunden gewesen; heute war der Einband grau und zerfetzt, der Druck fast verwischt. Ein altes Büchlein, und er hatte es nie neu gekannt; die Mutter hatte es ihm einst, als er beten gelernt, geschenkt; es habe früher einem Verwandten gehört. Aber so alt es war, ihm diente es gut, und gar beim Morgengebet konnte ihn der undeutliche Druck nicht stören; dies Gebet kannte er ja, wie jeder Jude, auswendig, und hielt beim Beten nur deshalb den Blick auf das Buch geheftet, weil es die Sitte so gebot. Und vielleicht sprach er auch das Gebet all diese Jahre oft genug aus keinem anderen Grunde – die Unterlassung wäre Sünde gewesen, warum sollte er sündigen? Heute aber, im Glanz dieses Frühlingstages, quollen ihm die Worte nicht bloß von den Lippen, sondern auch aus dem Herzen. Er war sich dessen wohl selbst kaum bewußt, und noch weniger hätte er sich über den Grund Rechenschaft geben können – verstanden hatte er diese hebräisch-chaldäischen Worte wohl auch sonst, heute schienen sie ihm für ihn selbst geschrieben: „Dank dir, Gnadenreicher, der du erfüllest, wonach unser Herz schmachtet . . . Erbarme dich über uns und gib uns in das Herz, zu verstehen und zu erkennen, zu hören und zu lernen . . ." Und als er an die Stelle kam: „Gepriesen seist du, der du die Siechen genesen machst und alle Krankheit von uns nimmst" – erhob er die Augen zum Himmel.

Ja, auch diese Last war nun von ihm genommen, die einzige, die ihn noch bedrückt. Er hatte das „bißchen Husten" nicht schwer genommen, aber es war doch recht lästig gewesen, und er hatte gelogen, wenn er der Mutter versichert, er empfinde keinen Schmerz dabei. Aber er hatte immer gehofft, das werde besser werden, wenn nur erst der Winter vorbei sei, und wirklich war schon während der Frühlingsregen der Hustenreiz geringer geworden. Heute quälte er ihn kaum mehr, und wenn er atmete, fühlte er kein Stechen in der Lunge. Wohl aber hatte er dabei eine andere Empfindung, die ihm wohl ungewohnt, aber nicht peinigend war, ein Gefühl der Schwere und Wärme in den Lungen, und es wuchs, je mehr er die feuchte, schwüle Luft dieses Frühlingsmorgens einsog. Es war, als hätte der Erdgeruch, der sie erfüllte, etwas Berauschendes; seine

Pulse klopften, der Atem ging hastiger, das Blut drängte ihm zu Kopfe, und als er sich am Schluß des Gebetes, wie es die Satzung vorschrieb, dreimal tief gegen Osten verneigte, überkam ihn ein Schwindel, daß er sich am Bettrand festhalten mußte, um nicht umzusinken.

Aber das ging so rasch vorbei, daß es ihn nicht weiter ängstigte. Als er in die Wohnstube trat und der Mutter den Morgengruß bot, blickte sie ihn mit freudigem Staunen an und sagte: „Heut' geht's dir gottlob wieder ganz gut, nicht wahr? Du hast ja ordentlich rote Backen, wie ich sie eigentlich noch nie an dir gesehen hab'!"

„Ich fühl' mich auch ganz gesund!" sagte er. „Was hab' ich dir immer gesagt? Der Husten ist nicht der Rede wert!"

„Es war ja nur, weil du so mager bist!" Sie überflog das scharfgeschnittene Antlitz, die hochaufgeschossene, bewegliche, aber schmalbrüstige Gestalt. „Dir schlägt ja kein Essen an, du bleibst wie ein Windhund!"

„Jetzt soll's anders werden", erwiderte er lachend und machte sich über die Frühstückssuppe her. „Gib acht – du wirst mich bald ums Geld zeigen können, so fett werd' ich."

Mit dem Essen ging es aber doch auch heute nicht recht, so wenig wie früher, und jene seltsame Empfindung der Schwere in den Lungen wollte nicht weichen. Um es der Mutter zu verbergen, führte er den Löffel fleißig, aber fast ungefüllt zum Munde. Es kam ihm sehr gelegen, daß eben ein Wagen am Schranken hielt, nun mußte die Mutter das Zimmer verlassen. Aber Frau Rosel blieb auf ihrem Sitz am Fenster, statt ihrer trat die alte Kasia, die sonst am Sabbat den Dienst für sie verrichtete, an den Kutscher heran und nahm das Mautgeld in Empfang.

„Ich hab' sie heut' hier behalten", sagte die Mutter zur Erklärung, „weil ich später in die Stadt muß!"

„So?" fragte er. „Wozu?"

Sie blickte vor sich nieder, setzte zum Reden an und schwieg dann wieder.

„Ich habe verschiedenes in Ordnung zu bringen", sagte sie endlich fast verlegen. „Wie lang bleibst du heut' in der Werkstätte?"

„Wie gewöhnlich bis nach Elf. Warum?"

„Wart' heut' auf mich, ich werd' dich abholen . . ."

Das war so ungewöhnlich, daß er sie befremdet ansah. Aber sie wich seinem Blick aus.

„Dahinter steckt was!" dachte er unruhig, als er dem Städtchen zuschritt. „Sie war so verlegen . . ."

Aber der Gedanke verflog rasch, wie er gekommen. Der Morgen war so herrlich und ihm so freudig zu Mut – er glaubte, nie einen schöneren Frühlingstag erlebt zu haben.

„Guten Morgen!" rief ihm der Meister fröhlich entgegen, als er in die Werkstätte trat. Er hatte dem Lehrling auch sonst in der letzten Zeit häufig zuerst den Gruß geboten, nun klang es gar wie ein Jubelruf.

‚Auch er ist an einem solchen Tag ganz anderer Laune', dachte Sender, ‚obwohl er doch nur ein Uhrmacher ist . . .'

„Guten Morgen, Meister! Der Frühling ist da!"

„Freilich ist er da", kicherte Klein-Jossele, „und mit ihm alles, was dazu gehört . . ."

„Was dazu gehört?!" wiederholte Sender lächelnd. „Natürlich – die Sonne, die Blumen –"

„Und noch was", lachte der Meister. Da aber kam ihm das fromme Gebot in den Sinn: „Du sollst deinem Nächsten nicht unangenehme Botschaft künden, es sei denn zu seinem Heil." Er zwang sich zu einer ernsten Miene und wies Sender die Arbeit für heute an. „Es drängt aber nicht", setzte er freundlich hinzu.

Dann jedoch kitzelte ihn die Neuigkeit, die er unterdrückt, doch ordentlich im Halse, er glaubte daran ersticken zu müssen.

„Meyerl Schulklopfer war eben da", begann er in möglichst harmlosem Tone.

Meyerl Kaiseradler war ein armseliges, gebeugtes, gleichsam von der Not des Lebens zerdrücktes Männchen, das sich kümmerlich als Diener der „Schul", der Synagoge, fortbrachte; als solcher hatte er die Männer in den Wintermonaten zum Schulgang zu wecken, daher der Name seines Amtes. Da er dabei samt seinen vielen Kindern hätte verhungern können, so gönnte man ihm den Nebenverdienst, alle amtlichen Mitteilungen der Gemeinde auszutragen.

„So?" fragte Sender. „Müßt Ihr wieder Steuer zahlen . . ."

„Nein! . . . Diesmal hat er dich gesucht, lieber Sender!"

„Mich? Was wollte er?"

Aber da hatte in dem kleinen Manne wieder die Ehrfurcht vor der frommen Satzung über die Schadenfreude gesiegt. „Ich weiß nicht . . . Er kommt wohl wieder." Und er zwang sich sogar, hinzuzufügen. „Etwas Böses ist's wohl nicht!"

„Ich wüßt' auch nicht was", erwiderte Sender gleichmütig.

Leise pfeifend und gemächlich machte er sich an die Arbeit, die ihm zugewiesen war. Aber der Meister hatte ja selbst gesagt, es eile nicht. Und so blickte er immer wieder durch die offene Ladentür auf den Marktplatz, an dem des Uhrmachers Haus lag.

Es war da heute mehr Leben als sonst. Die Bauern aus den Vororten zogen im Sonntagsstaat zur ruthenischen Kirche, die wenigen katholischen Bürger von Barnow eilten zur Messe in der Klosterkirche. Dazwischen standen viele Juden auf dem Platze in größeren Gruppen oder zu zweien. Einige schrien und gestikulierten, andere hörten ihnen andächtig zu, wieder andere starrten mit bleichem Antlitz und traurig vor sich hin.

„Was nur die Leut' heut' haben?" fragte Sender den Meister. Aber noch ehe dieser erwidern konnte, vermochte Sender sich selbst die Antwort zu geben. Da erschien hastigen Schritts, das hagere Antlitz mit der Hakennase hoch erhoben, Dovidl Morgenstern auf dem Markplatz und war im Nu von einem Haufen umringt, der immer größer anwuchs.

„Ach so!" lachte Sender. „Die Rekrutierung! ... Wann ist sie denn?"

„Die Losung ist in acht, die Stellung in vierzehn Tagen", erwiderte der Meister und lächelte die Uhr, die vor ihm lag, ganz verzückt an.

„Freilich", erwiderte Sender. „Wir sind ja schon im April. Gottlob, daß es mich nichts angeht." Im stillen aber wiederholte er diesen Gedanken noch viel nachdrücklicher. „Wie entsetzlich wär' das, wenn ich jetzt ‚Sellner' werden müßte. Sieben Jahr' muß man dienen! Aus wär's mit meinem Plan, mit meinem ganzen Leben! Ich glaub', ich würde den Schmerz nicht ertragen! Gottlob! ... Gottlob!"

Und wieder sah er gleichmütig zu, wie immer mehr Leute draußen zusammenströmten und sich die Gruppe um Dovidl Morgenstern vergrößerte.

„Er lügt ihnen natürlich vor", sagte er dem Meister, „daß er sie alle befreien wird – alle! Und die armen Teufel glauben ihm!"

Jossele Alpenroth wollte sich ausschütten vor Lachen.

„Recht hast du!" rief er. „Für einen Hexenmeister halten ihn die Dummköpfe. Und doch wird jährlich die bestimmte Zahl genommen! Hahaha! Nicht einer weniger!"

„Aber hart ist's doch!" sagte Sender. „Sieben Jahre! Wen's gerade trifft – ihm wär' besser, er wär' nie geboren!"

Darauf erwiderte der Meister nichts mehr und es wurde so still in der Werkstätte, daß man die Fliegen summen hörte.

Nach einer Weile pfiff Sender wieder leise vor sich hin. Aber er mußte dazwischen doch zuweilen die Hand auf die Brust legen. Er fühlte sich völlig wohl, aber jener ungewohnte Druck wollte nicht weichen.

Indes hatte auch Frau Rosel ihren Gang zur Stadt angetreten. Der Rabbi hatte ihr am Tage zuvor durch Meyerl Schulklopfer sagen lassen, er erwarte sie morgen zehn Uhr, er habe Wichtiges mit ihr zu besprechen. Ihr Herz pochte, je näher sie seinem Hause kam. Es handelte sich um Senders Schicksal!

Wenige Schritte vor dem Hause hörte sie sich angerufen; da kam Itzig Türkischgelb hastig herbeigekeucht, daß die dünnen, grauen Wangenlöckchen nur so um das rötliche Antlitz flogen. „Er hat mich auch bestellt", sagte er, „er will mit uns die Sach' in Ordnung bringen!"

„Wenn's nur von uns beiden abhinge", erwiderte Frau Rosel kummervoll.

Im Vorzimmer des Rabbi trafen sie den armen, kleinen Kaiseradler, der gleichsam Adjutantendienste bei dem Gelehrten versah. „Ich hab' da einen Zettel für Euern Sohn", sagte er demütig,

„ich hab' ihn nicht getroffen – es ist die Vorladung zur Losung, darf ich sie Euch geben?"

Die Frau nahm die Vorladung und ließ den Blick traurig auf dem grauen Papier haften. Oben war der kaiserliche Doppeladler zu sehen, unten der Stempel der Gemeinde Barnow; die gedruckten und geschriebenen Zeilen, die dazwischen standen, verstand sie nicht – es waren ja „christliche" Buchstaben. In deutscher Sprache, die damals im ganzen Kaiserstaat die Amtssprache war, wurde der Uhrmacherlehrling Sender Glatteis, bei der Rosel Kurländer im Mauthaus wohnhaft, aufgefordert, bei Vermeidung der gesetzlichen Strafen u.s.w. Zur Orientierung für den Boten hatte Luiser Wonnenblum in hebräischer Kurrentschrift an den Rand geschrieben: „Roseles Pojaz."

Frau Rosel trat, vom Marschallik geleitet, in die Studierstube des Rabbi. Er saß im Lehnstuhl hinter einem mächtigen Folianten und horchte einem seltsamen Konzert. An einem Tische am Fenster saßen drei Jünglinge, wiegten sich gleichmäßig hin und her und lasen unisono in hohen Tönen näselnd einen Talmudtext, daß es wie der Singsang dreier verschnupfter Tenore klang. Bei dem Eintritt der beiden hieß sie der Rabbi hinausgehen, lud die Gäste zum Sitzen ein und begann dann: „Es steht geschrieben: ‚Laß die Kinder der Welt das Weltliche besorgen.' Aber geschrieben steht auch: ‚Der Waisen Sache sei deine Sache.' Ich hab' mich nicht darum zu kümmern, welcher Jung' welches Mädele nimmt und ob er Sellner wird oder nicht. Aber Sender ist ein Fremdling in unserer Gemeinde, und hat sonst keinen Annehmer als mich, und sein Vater – er ruhe in Frieden – hat mich vielleicht ohnehin schon vor Gott verklagt – wegen seines ‚Kadisch'. Er soll mir nicht auch nachsagen dürfen: ‚Er hat meinen Sender dem Verderben überlassen!' Und darum muß ich jetzt über seine Heiratssach' mit Euch reden und über seine Militärsach', so ungern ich es tu'!"

Er begann sich hin und her zu wiegen und fuhr fort: „Sind es aber zwei Sachen? Nein – es ist beides *eine* Sach'! Wenn Sender nicht heiratet, so muß er Sellner werden! Folglich *muß* er heiraten! Wo aber ist da die Schwierigkeit? Ist Sender vielleicht, Gott bewahre, außer stande, zu heiraten? Nein! Oder haftet, Gott bewahre, ein Makel an ihm? Nein! Oder findet sich niemand, der ihm seine Tochter geben wollt'? Nein, Reb Itzig hier hat mir gesagt, er kennt solche Eltern! Oder ist an diesen Eltern oder an ihren Töchtern ein Makel, daß Ihr, Frau Rosel, oder Sender sie verschmähen müßtet?! Nein, nicht an allen. Also wo ist die Schwierigkeit, frag' ich nochmals? Darin liegt sie, daß Euch, Frau Rosel, leider kaum eine zur Schwiegertochter recht ist. Und ferner darin, daß Sender nicht heiraten *will*! Das erste ist nicht in der Ordnung, und das andere ist gar eine Sünde, und beides wegzutun und auszurotten, als ob es nie dagewesen wär', ist *meine* Pflicht und *mein* Recht. Darum hab' ich euch beide hierher berufen!"

Frau Rosel machte eine Bewegung, sie wollte sprechen.

„Später!" sagte der Rabbi streng. „In der ‚Klaus' (Gelehrtenstube) sprechen Weiber nur, wenn sie gefragt werden, und dann kurz! Ich, der ich doch wahrlich genug zu sagen hätte, rede auch kurz. Und ich bin doch der Rabbi! Denn warum? Weil geschrieben steht: ‚Das wohlriechendste Gewürz ist Schweigen.' Und ferner steht geschrieben: ‚Der Weisheit Zaun ist die Schweigsamkeit!' Und dann steht noch geschrieben: ‚Bevor du gesprochen, bist du deiner Worte Herr! Nachdem du gesprochen, sind sie deine Herren! Darum besinne dich, ehe du sie deinem Munde entweichen läßt!' Und ebenso steht geschrieben: ‚Bewahre deine Zunge vor unnützen Reden, damit deine Kehle keinen Durst bekomme!'"

„Ich verstehe", sagte der Marschallik mitleidig. „Soll ich Meyerl Schulklopfer sagen, daß er Euch etwas Wein bringt?" Und ehe sich der Rabbi über diese unerhörte Kühnheit gefaßt, sprach er weiter: „Wir haben nur zwischen zweien die Wahl. Erstens Reb Hirsch Salmenfelds Malke . . ."

„Schweigt!" unterbrach ihn der Rabbi. „Eine Verbindung mit einem solchen Menschen beredet man in einer ‚Klaus' nicht . . ."

„Es steht aber", wandte der Marschallik ein, „geschrieben: ‚Richte jeden nach seiner eigenen Tat!' Reb Hirsch ist der Frömmste der Frommen. Hab' ich nicht recht, Frau Rosel?"

Die Frau blickte furchtsam nach dem Rabbi hin. „Der Rabbi meint aber –" begann sie zögernd.

„Ich mein' nicht!" rief der Greis. „Ich *weiß*, daß es eine Todsünd' wär'. In eine Familie, wo solche Frevel geschehen, läßt man keinen Waisen heiraten. Vielleicht ist auch die Tochter gottlos, sie kann ja Deutsch lesen!"

„Aber Rabbi – meine Jütte sagt –"

„Eure Jütte! An Eurer Stelle ließ' ich mein Kind nicht dort . . . Deutsch Lesen und Schreiben ist ein Makel fürs ganze Leben, noch mehr – ein *Gift* ist es! Wer darf mit Gift umgehen? Der Apotheker. Luiser muß es können, weil er die Matrikel zu führen hat, und Dovidl Morgenstern wegen der Prozesse. Aber für jedes andere jüdische Kind, ob Mann, ob Weib, ist es Todsünde – Todsünde, hört Ihr! Und was immer gegen Sender vorgebracht wird, er ist fromm und hält alle Gebote und hat sich fern gehalten von den Wegen der Frevler und Abtrünnigen. Ihm ein Weib, das christliche Bücher liest?! Ich bin sein Annehmer und duld' es nicht! So ein Weib kommt überhaupt nie in *meine* Gemeinde – *niemals*!"

Der Marschallik zuckte die Achseln. „Dann muß er die aus Kolomea nehmen", sagte er, „Reb Chaim Goldguldens Lea. Der Vater ist einverstanden, er weiß, daß sich kein anderer findet!"

„Um Himmelswillen", schrie Frau Rosel auf. „Die Kleine, Bucklige?! Und häßlich ist sie wie die Nacht und fast dreißig Jahr' alt – man hat's mir gesagt!"

„Achtundzwanzig!" sagte der Marschallik. „Übrigens – ich

hätt' dem armen Sender die hübsche Malke auch lieber gegönnt . . ."

Der Rabbi strich nachdenklich den langen Bart.

„Reb Chaim Goldgulden ist ein Frommer und Gerechter", sagte er. „Klein? Bucklig? Was tut das? Es steht geschrieben: ‚Achte auf die Schönheit des Herzens!' Die Tochter von Reb Chaim ist gewiß tugendhaft und flieht vor dem Laster!"

„Da könnt Ihr ganz ruhig sein!" rief der Marschallik. „Wenn Ihr sie kennen würdet! Lea braucht vor dem Laster nicht zu fliehen – das Laster flieht vor ihr!"

„Und die zweihundert Gulden für Dovidl Morgenstern würde Reb Chaim sofort erlegen?!"

„Ja!" erwiderte der Marschallik. „Ich glaub', der würde sogar fünfhundert zahlen! Wenn nur den alten Mann nicht vor Freud' der Schlag trifft! – Daß er die noch anbringt, hat er wirklich nicht mehr gehofft! Übrigens sind ihr achthundert Gulden vor Gericht zugeschrieben!"

„Gut!" sagte der Rabbi. „Meyerl!" rief er laut. „Wo ist Euer Sohn?" wandte er sich an die Frau.

„In der Werkstätte. Aber um Himmelswillen –"

Der Schulklopfer erschien an der Tür.

„Du holst den ‚Pojaz' aus seiner Werkstätte", befahl ihm der Rabbi, „rasch"!

Der Bote stürzte davon.

„Rabbi!" rief Frau Rosel unter strömenden Tränen. „Das ist ja eine Sünd' vor Gott. Einen Menschen mit gesunden Gliedern wollt Ihr an einen Krüppel binden?"

„Schweigt!" rief der Greis in heftigem Zorn. „Was Sünde oder fromme Tat ist, weiß ich besser als Ihr! Sünde wär's, wenn er Sellner würde! Glaubt Ihr, ich misch' mich zum Vergnügen in Eure Sachen! Aus Ehrfurcht für die Gebote Gottes! Aber dann muß ich auch so entscheiden, wie es seinem Willen entspricht!"

„Oh!" schluchzte Frau Rosel. „Das kann seinem Willen nicht entsprechen! . . . Die Ehe wird ja auch kinderlos bleiben! So ein Krüppel kann nicht Mutter werden. Nicht wahr, Reb Itzig?"

Der Marschallik zuckte die Achseln. „Bei Gott ist alles möglich! . . . Aber ein Wunder wär's!"

„Hört Ihr?" rief Frau Rosel. „Ich bin ja ein unwissend Weib, aber ich hab' immer gehört: eine Ehe zu stiften, die kinderlos bleiben muß, ist Sünde!"

„Ein unwissend Weib!" sagte der Rabbi. „Ihr sagt es selbst! Es gibt nur eine Todsünde für Mann und Weib: unvermählt zu bleiben! Bleibt die Ehe kinderlos, so wird sie selbstverständlich wieder getrennt. Übrigens –" er wandte sich an den Marschallik – „wißt Ihr noch eine dritte?"

„Nein . . ." erwiderte dieser. „Aber vielleicht in einigen Tagen . . ." fügte er mitleidsvoll, zu Frau Rosel gewendet, hinzu.

„Haben wir dazu Zeit?" fragte der Rabbi. „Gebt mir die Vorladung", befahl er der Frau.

Sie reichte sie ihm hin.

Er schüttelte den Kopf. „Das kann ich nicht lesen!" sagte er und schob das Blatt scheu von sich.

„In vierzehn Tagen ist die Rekrutierung", sagte Frau Rosel. „Aber bis dahin –"

„Sollen wir warten?" fuhr der Rabbi auf. „Unmöglich! Lea! Es bleibt dabei."

Während so über seine Zukunft entscheiden worden, saß Sender ahnungslos in der Werkstätte. Als Meyerl Kaiseradler hereinstürzte, ihn zum Rabbi zu entbieten, schrak er heftig zusammen. Hatte Rabbi Manasse von seinen Besuchen im Kloster erfahren? Dann war er verloren!

„Warum?" stammelte er. „Wozu –"

„Es ist wegen der Rekrutierung", sagte Meyerl beruhigend.

„Der Rekrutierung?" stammelte Sender mit bleichen Lippen. „Ich bin ja frei!"

„O nein!" flötete Jossele Alpenroth mit sanfter Stimme, aber seine Augen leuchteten vor Freude, „das ist ein Irrtum von dir, lieber Sender! Du mußt dich stellen!"

„Ja, das mußt du!" bestätigte Meyerl. „Ich hab' dir ja auch den Befehl zur Losung zuzustellen gehabt. Deine Mutter hat ihn eben für dich übernommen. Aber komm' – sie warten!"

Einen Augenblick stand Sender starr vor Schrecken. Dann begann er zu taumeln; er empfand plötzlich einen furchtbaren Schmerz in der Lunge, als würde ihm da ein Messer eingebohrt, und gleichzeitig überflutete das Blut sein Hirn – ein Schwindelanfall wie am Morgen, nur ungleich stärker.

Erschreckt sprang der Meister auf den Schwankenden zu und ließ ihn auf den Schemel gleiten. Schwer atmend saß Sender da, sein Antlitz ward abwechselnd tiefrot und totenfahl; instinktiv hielt er die Hand auf die Brust gepreßt.

„Sellner!" stammelte er. „Jetzt! . . . Barmherziger Gott . . . jetzt!"

„Aber nein!" tröstete Meyerl. „So höre doch nur! Sie beraten ja eben! Komm'!"

Sender raffte sich auf und folgte dem Boten; anfangs zögernden Schritts, dann lief er rascher als dieser. Die Wärme und Schwere in den Lungen wuchs zur quälenden Hitze, der Atem ging pfeifend aus und ein, das fahle Antlitz war von kaltem Schweiß überdeckt. So stürzte er, lange vor Meyerl, in die Stube des Rabbi und auf seine Mutter zu, die ihm, fast ebenso bleich wie er, das Antlitz von Tränen überströmt, die Arme entgegenbreitete.

„Es ist ja nicht möglich!" keuchte er mühsam hervor. „Ich bin ja dein einziger Sohn! . . . Wo ist der Befehl?"

Er riß ihr das Schriftstück aus der Hand.

„Sender *Glatteis*!" schrie er auf. „Das bin ja nicht ich ... Und doch ... ‚bei der Rosel Kurländer' ..."

Das Blatt entfiel seiner Hand.

„Barmherziger Gott!" stöhnte die alte Frau auf und schlug die Hände vors Antlitz.

„Mutter ... was ist das ... was bedeutet das?!" Zitternd tastete seine Hand nach der ihrigen ...

Da fühlte er sich plötzlich an der Schulter gefaßt und zurückgerissen. Der alte Rabbi stand vor ihm, hoch aufgerichtet, mit verstörten Augen, fassungslos vor Zorn.

„Elender!" schrie er. „Du kannst diese Buchstaben lesen? ... Meinen Fluch über dich ... Hinweg ..."

Sender suchte sich loszumachen – da fühlte er jenen schneidenden Schmerz wiederkehren, heiß und salzig quoll es in seiner Kehle empor und drohte ihn zu ersticken; er sank zu Boden und ein Blutstrom brach aus seinem Munde.

„Er stirbt!" schrie Frau Rosel auf und warf sich über ihn. „Ihr habt ihn mir getötet!"

Sechzehntes Kapitel

Als Sender wieder zum Bewußtsein gelangte und um sich blickte, fand er sich in seinem Bette, aber im Wohnzimmer des Mauthauses. Es war Nacht, auf dem Tisch brannte ein Öllämpchen, die Fenster standen weit offen und ließen die laue Frühlingsluft einströmen. Von der Straße her klang lauter Gesang aus rauhen Kehlen, der allmählich in der Ferne verhallte. Dieses Lärmen mochte ihn aus dem Schlaf geweckt haben, in dem er wohl lange gelegen, sehr lange; er empfand dies sofort, als er die Augen aufschlug. Auf seinem Kopf lag etwas Kaltes, Nasses – er tastete darnach, es war ein in Eiswasser getauchtes Tuch.

Vom Fußende des Bettes erhob sich eine Gestalt und beugte sich über ihn. „Reb Itzig?" murmelte der Kranke erstaunt.

„Gottlob!" rief der Marschallik fröhlich. „Aber nun schläfst du noch ein bissele, wenn ich dich schön bitten tu'! Es ist kaum Zwei – was fängst du so früh an?!"

„Ich war wohl krank?" stammelte Sender und nun kam ihm die dunkle Erinnerung, als hätte sich das letzte Mal, da er dies Antlitz gesehen, etwas Peinvolles, ja Furchtbares zugetragen – aber was war es nur gewesen – und wann? . . .

„War das gestern?" murmelte er.

„Pst!" machte der Marschallik. „Geschichten erzählen wir uns ein andermal." Er streichelte ihm liebevoll das Antlitz. „Nun schlaf', sag' ich!"

Und Sender schloß gehorsam die Augen – er fühlte sich so furchtbar müde. Der Alte nickte zufrieden. Dann schlich er auf den Fußspitzen ans Fenster.

Am Schranken draußen stand Frau Rosel; sie konnte heute nacht ihren Posten kaum auf eine Minute verlassen. Denn es war die Nacht nach der Rekrutierung; von Mitternacht ab strömten die Bauern des Bezirks aus Barnow wieder in ihre Dörfer zurück; die einen traurig, die anderen fröhlich, aber alle betrunken. Wer der Gefahr entronnen, mußte dies ausgiebig feiern; die Rekruten aber und ihre Angehörigen konnten ja nicht ungetröstet heimkehren. Unablässig scholl das Heulen, Schluchzen und Johlen durch die Nacht, kaum daß der Lärm des einen Trupps verklungen war, verkündete schon der nächste sein Nahen. So eben jetzt –

„Mädel, einen letzten Kuß,
Weil ich jetzt marschieren muß –"

heulte eine meckernde Stimme in den höchsten Tönen aus dem Leiterwagen, der langsam herangehumpelt kam, und die anderen, die im Wagen saßen, fielen johlend im Chorus ein: „Marschieren muß . . ."

Dennoch teilte der Marschallik der Frau nur flüsternd die Freudenbotschaft mit.

„So wahr ich die Freud' haben soll", schwor er, „meine Jütte unter dem Trauhimmel zu sehen, er hat ganz deutlich ‚Reb Itzig' gesagt und vernünftig gesprochen. Frau Rosel, er ist gerettet."

Sie erhob die Augen zum Himmel.

„Aber nun schließet die Fenster", bat sie, „Das Gesindel schreit immer lauter! Wenn nur die Nacht schon vorbei wär'!"

Der Marschallik tat, wie sie gewünscht, aber das nützte auf die Dauer nicht. Gegen die dritte Stunde kam ein Trupp vorbei, der sich für den Heimweg ganz besonders gestärkt, denn er brüllte, daß die Scheiben zitterten:

„Nach Wien werd' ich gehen
Vor des Kaisers weißes Haus
Und werde weinen und flehen:
Gib den Iwon heraus!"

„Der Teufel wird euch holen, ehe ihr hinkommt", murmelte der Marschallik grimmig und beugte sich unwillkürlich über den Kranken, als könnte er dadurch das Lärmen von ihm abhalten.

Aber schon war Sender emporgefahren.

„Rekruten –" murmelte er verstört. „Ich muß auch mit . . ." Er suchte die Decke abzuschütteln.

„So wie du bist in dieser Generalsuniform?" lachte der Marschallik und drückte den Kranken in die Kissen nieder. „Du bist kein Rekrut, es geht dich nichts an", sagte er nachdrücklich. „Heut' bin ich dein Hauptmann und befehl' dir: ‚Augen zu'!" Aber er mußte lange bitten, bis Sender sich beruhigte, und nun fuhr der Kranke bei jedem Geräusch empor.

So auch, als Frau Rosel zwei Stunden später endlich abkommen konnte und an sein Lager trat.

„Mutter!" rief er freudig, als er sie erkannte. Dann aber wurde seine Miene ängstlich. „Bist du – bist du mir bös?"

Sie hatte bisher tapfer an sich gehalten, nun war ihre Kraft zu Ende. „Mein armes Kind!" schluchzte sie auf, und die Tränen überströmten das bleiche, vergrämte Antlitz, das in diesen bösen Tagen um Jahrzehnte gealtert war, „quäl' dich nicht. Wenn du nur gesund wirst, ist alles gut!"

Da lächelte der Kranke, und als ihm die Mutter die Hand auf die Stirne legte, schlummerte er sanft wieder ein.

„Das wär' in Ordnung", sagte der Marschallik. „Das Fieber ist weg, in vier Wochen ist er gesund. Der versoffene Grundmayer hat ja kaum gewußt, was er verschreibt, aber Gott hat ihn gerettet!"

„Gelobt sei Sein Name!" stimmte sie unter heißen Tränen bei. „Aber morgen wird er sich besinnen, was geschehen ist, und zu fragen anfangen . . ."

„Und dann ist Gott tot und Ihr verloren!" fiel der Marschallik ein. „Sprecht nicht so töricht, Frau Rosel, es wird sich alles finden! Jetzt aber legt Ihr Euch auf ein paar Stund' schlafen! . . . Gleich werdet Ihr gehorchen!" fuhr er fort, als sie sich sträubte. „Wollt Ihr auch krank werden?"

„Reb Itzig", sagte sie gerührt, „was seid Ihr für ein Mensch!"

„Ein kluger!" erwiderte er. „Der einzige Schlaukopf in ganz Barnow! Da ist eine arme, verlassene Witwe mit ihrem todkranken Sohn – wo war mehr Gotteslohn zu holen, als in den letzten vierzehn Tagen hier? Und alles haben die dummen Leut' mir gelassen . . . Im Ernst, Frau Rosel", fügte er bei, „ich hab' Euch zu danken."

Nachdem sie in ihre Kammer gegangen war, setzte sich der Marschallik an das Fußende des Lagers und verließ den Platz nur, wenn ein Wagen am Schranken hielt. Er dachte nach – es waren keine fröhlichen Gedanken, die den mitleidigen Mann erfüllten. Er war kein Fanatiker, der fröhliche, kluge Lustigmacher von Barnow, es entsetzte ihn nicht, daß Sender heimlich die „christlichen Zeichen" erlernt, aber unbehaglich war es ihm doch. „Darum also", dachte er, „hast du mir und dem dicken Mortche in Mielnica so übel mitgespielt. Natürlich, ein ‚Deutsch' heiratet spät oder gar nicht. Und ein ‚Deutsch' willst du ja werden. Wer das hinter dem lustigen Pojaz gesucht hätt'! Mein armer Jung', dazu wär's, fürcht' ich zu spät für dich, und wie willst du's denn nun machen? Wer dir die Bücher geschenkt hat, die wir oben in deiner Lade gefunden haben, mag der Teufel wissen; sie sind nun verbrannt, aber das Schlimme für dich ist geblieben! Der Rabbi in Wut, die Gemeinde gegen dich – was machen wir nun aus dir? Und was sagen wir dir jetzt, wo du deinen richtgen Namen kennst?"

Sorgenvoll griff er nach Senders Gebetriemen, die – wie es die fromme Sitte bei schwer Erkrankten gebietet – samt dem Andachtsbüchlein in einem Netz zu Häupten des Lagers hingen, schlug sie um Stirn und Rechte und verrichtete sein Morgengebet. Als er an die Stelle kam: „Hilf uns, Vater, dann wird uns geholfen sein! Denn von dir allein kommt das Heil", belebte sich sein Antlitz, und nachdem er das Gebet beschlossen, wiederholte er die Worte noch einmal.

„O ich Narr!" murmelte er. „Gott ist doch auch *sein* Vater! Nein, du wirst nicht zu Grunde gehen, du armer Mensch. Er wird mir schon was für dich einfallen lassen, auch wenn ich selbst keinen Rat mehr weiß!"

Diese zuversichtliche Stimmung hielt in ihm vor, als Frau Rosel wieder erschien, ihn abzulösen. „Denket, wie es vor vierzehn Tagen war", mahnte er. „Als sollt' die Welt über Euch und ihm zusammenstürzen. Und in abermals vierzehn Tagen ist vielleicht alles gut."

Das hoffte sie nicht, aber die Vergleichung war auch ihr tröstlich. Wie hart hatten sich die Leute in jener peinvollen Stunde gegen sie und ihren Sohn betragen! – Mit Mühe nur hatte der Marschallik einige bewogen, den bewußtlosen „Sünder" ins Mauthaus zu tragen. Allerdings wußte niemand recht, was Sender gefrevelt, es genügte ihnen, daß ihn der Rabbi verflucht. Um ihr die qualvolle Sorge um den Kranken zur Verzweiflung zu steigern, war nur der „Doktor" Grundmayer zur Hilfe da, der Stadtarzt hatte ja nach Lemberg reisen müssen. Der Marschallik hatte recht: Wenn Sender genas, so hatte ihn nur Gott gerettet! Dann aber zürnte Er vielleicht gar nicht so sehr wie sein Diener, der Rabbi. Sie war in strengster Gläubigkeit alt geworden, und nie hatte sie irgend ein Zweifel beschlichen, nicht einmal an einem Ausspruch des Rabbi, geschweige denn an der Notwendigkeit eines einzigen der unzähligen Gebote und Verbote ihrer Sekte. Auch nun zweifelte sie nicht, daß Sender schwere Sünde auf sich geladen, und nicht allein aus Vorsicht, auch um Unseliges nicht in ihrem Hause zu dulden, hatte sie die Bücher und Schriften verbrannt. Aber der Fluch eines Rabbi ist eine furchtbare Strafe, sie macht den Bestraften elend und verlassen – war sie hier nicht zu hart? Und da die Wucht dieser Strafe Sender verblutend zu Füßen seines Richters hingeworfen – hätte er nicht dann Mitleid üben, die Herbeieilenden zur Rettung des Jünglings anfeuern sollen? Er aber sagte nur: „Schaffet ihn fort! Das Blut des Sünders befleckt diese Stube!" War das auch im Namen und nach dem Willen Gottes gesprochen? . . .

Sie richtete sich hoch auf.

„Nein, Rabbi, das war zu hart!" murmelte sie, als stünde sie ihm gegenüber. „Und ihr anderen gar, was wollt ihr von ihm? Er hat gesündigt, ja, aber wer weiß warum und durch wessen Verführung? Aus den Wolken sind ihm ja jene Bücher nicht in die Lade gefallen! Und was er gesündigt hat, hat er gebüßt, und wenn ihm Gott verzeiht, indem er ihn genesen läßt, so sollt ihr anderen ihn nicht verfolgen! Er ist mein Kind – ich werde zu meinem Kinde stehen!"

Um die Mittagsstunde kam der Wundarzt Grundmayer, nach seinem Patienten zu sehen. Das war ein Beweis seines großen Pflichtgefühls, denn er hielt sich kaum auf den Beinen. Sein gewöhnlicher Rausch war allerdings immer schon am nächsten Vormittag ausgeschlafen, aber am Abend nach der Rekrutierung hatte er sich eben einen besonderen angetrunken, schon aus Freude darüber, weil sich diesmal die „Fehler" aller seiner Klienten als wirksam bewährt. Stolpernd und pustend kam er auf das Mauthaus losgesteuert.

Frau Rosel ersah ihn zufällig schon von fern und trat ihm vor der Tür entgegen; Sender sei wieder bei Bewußtsein, jetzt schlafe er tief und fest, es sei wohl das beste, ihn nicht zu wecken.

„Hoho!" gröhlte der Trunkene, „woher wissen Sie, was das beste ist? Aber meinetwegen –" er sank auf die Bank vor dem Hause – „lassen wir ihn schlafen! Wenn er aufkommt, zahlen Sie mir hundert Gulden, denn dann war das eine Wunderkur. Blutsturz – Nervenfieber – was weiß ich – alles zusammen." Er lachte laut auf. „Aber er kommt ja nicht auf. Unsinn! Deshalb müssen Sie mir doch einen Gulden für jeden Besuch zahlen! Auch für den heutigen. Sonst –"

Er erhob sich und nahm eine drohende Haltung gegen sie an. Zum Glück kam in diesem Augenblick ein Wagen vorbei; der dicke Simche Turteltaub, der einstige Lohnherr Senders, lenkte ihn. Auch er hatte sich bisher nicht einmal nach dem Befinden des Kranken zu erkundigen gewagt. Als er jedoch die Szene sah, hielt er an und sprang vom Kutschbock.

„Steigt ein!" befahl er dem Trunkenen. „Ich bring' Euch heim." Dann wandte er sich an Frau Rosel. „Das geht nicht, daß mein Sender in solchen Händen bleibt. Ich hab' eben den Herrn Regimentsarzt, der gestern die Rekrutierung in Barnow geleitet hat, zu einigen Kranken in Biala gebracht; Nachmittag soll ich ihn abholen, ich halt' auf dem Rückweg bei Euch an."

Sie vermochte ihm vor Rührung kaum zu danken. „Recht habt Ihr", sagte sie dem Marschallik, als er des Nachmittags wieder erschien, „Gott verläßt uns nicht."

Sender war nur auf wenige Minuten erwacht und hatte die Suppe, die sie ihm gereicht, mit Heißhunger gegessen. Nun schlief er wieder.

So traf ihn der Regimentsarzt. Er ließ sich die Krankengeschichte erzählen und untersuchte dann den Leidenden. Als Sender die Militäruniform sah, schrak er zusammen. Aber der Arzt beruhigte ihn: „Nein, mein Sohn, aus dir wird dein Lebtage kein Soldat!"

Dies sagte er auch der Mutter. „Eine Gefahr für sein Leben besteht jetzt nicht mehr, und wenn er sich schont, gut nährt, vor jeder Aufregung, aber namentlich auch vor jeder Erkältung hütet, so kann er recht alt werden. So gesund, um rekrutiert zu werden, wird er freilich niemals wieder."

Sie fragte, ob die Aufregungen jener Szene den Blutsturz herbeigeführt.

Der Arzt zuckte die Achseln.

„Vielleicht", sagte er. „Wenigstens wäre er sonst wahrscheinlich nicht so heftig gewesen. Aber dann wär's eben ein Bluthusten geworden. . . . Für die Erkrankung Ihres Sohnes kann der Rabbi nichts, wohl aber hängt es von ihm wie von jedem, der dem Kranken Freude oder Schmerz bereiten kann, ab, wie rasch und gründlich er sich erholt. Die Suppen allein werden's nicht machen!"

Der Marschallik, der neben Simche, dem Kutscher, ehrfurchtsvoll lauschend an der Tür stand, gab diesem einen kräftigen Rippenstoß. „Hört Ihr?" flüsterte er. „Ihr sollt mir dafür Zeuge sein."

Nachdem der Arzt gegangen, sagte er zu Frau Rosel: „Also die Hauptsache: keine Vorwürfe, keine Fragen! Und fragt er was, eine beruhigende Antwort. Wißt Ihr keine, so sagt es mir, ich werd' sie wissen."

„Immer?" fragte sie zweifelnd.

„Ja", erwiderte er. „Ich bin nicht dumm, und Gott ist allweise!"

Aber dazu kam es in den nächsten Tagen nicht. Sender schlief viel und lag die übrige Zeit still da. So oft die Mutter an sein Lager trat und ihm die blassen Wangen streichelte, überflog ein Lächeln sein Antlitz, er schloß die Augen, und dies Lächeln haftete dann noch auf den Zügen des Schlummernden. Ihm war's, als sei er wieder ein Kind und es könne ihn kein Leid anrühren, so lang ihn die Mutter behüte und mit ihm zufrieden sei. Und als er endlich fragte, ob er außer Gefahr sei und wie es um seine Militärpflicht stehe, so brauchte sie ja nicht erst mit dem Marschallik zu beraten, um ihn zu beruhigen.

Inzwischen war Itzig Türkischgelb bemüht, auch für all die anderen Fragen, die wie drohende Klippen das fernere Leben seines armen Schützlings umstarrten, eine freundliche Lösung zu finden.

Zunächst warb er den dicken Simche als Bundesgenossen. „Ihr müßt mir helfen, den Ochsen bei den Hörnern zu fassen", sagte er ihm. „Der Ochs ist unsere Gemeinde. Mit dem Schweif, den kleinen Schreiern, wollen wir uns nicht abgeben. Kommt zum Rabbi!"

Als sie vor dem Gelehrten standen, begann der Marschallik mit der Frage, ob der Rabbi Sender in den „Cherem" (Bann) getan. Niemand wisse es genau.

„Nein!" erwiderte Rabbi Manasse. „Meinen Fluch habe ich über ihn ausgesprochen, den Bann nicht; das muß ja schriftlich geschehen. Ich warte noch. Denn es steht geschrieben: ‚Der Mensch richte nicht, wo Gott gerichtet.' Er soll ja im Sterben liegen . . ."

Das sei zum Glück nicht wahr, erwiderte der Marschallik und erzählte ausführlich von Senders Zustand und der Mahnung des Arztes; auch seien die Bücher bereits verbrannt. „Und darum werdet Ihr Barmherzigkeit üben", schloß er flehend.

Der Rabbi schüttelte finster den Kopf. „Hat er denn mich beleidigt, daß ich ihm verzeihen könnte? Es war ein Frevel gegen Gott, und den muß ich strafen. Mit den fremden Zeichen schleicht sich der Abfall in die Reihen Israels ein. Ihr deutet seine Genesung als eine Gnade Gottes? Nein, er läßt den Sünder leben, damit er auf Erden büße, was er auf Erden gefrevelt!"

„Aber der Bann ist ja eine furchtbare Strafe!" klagte der Marschallik. „Der Unglückliche wäre dann brotlos, friedlos, heimatlos. Und was ist seine Schuld? Dasselbe tun alle Juden in Deutschland und in unseren großen Städten."

„Traurig genug", war die Antwort. „Ich habe leider nur über meine Gemeinde die Macht! Ich schütze sie vor dem Gift. Luiser und Dovidl – ich sagt's Euch schon – sind Apotheker. Aber von

Mutwilligen ist Sender der erste und soll der letzte bleiben. So wollen's unsere Weisen!"

„Unsere Weisen!" rief der Marschallik. „Unter den zehntausend Meinungen von zehntausend Rabbinern, die der Talmud verzeichnet, ist vielleicht auch eine, die Euch recht gibt, und die hundert, die Euch unrecht geben, beachtet Ihr nicht! Der Talmud ist wie ein Wald; ruft Ihr ‚Rache' oder ‚Gnade' hinein – es wird daraus schallen, wie Ihr gerufen!"

„Ihr redet, wie Ihr's versteht. Ich folge unseren Weisen! Übrigens – es war ihm vorbestimmt. Der Apfel fällt nicht weit vom Stamme. Seinen Vater hat der eigene Vater verflucht!"

Der Marschallik wollte heftig erwidern. Da hielt er plötzlich inne. Von seinem Antlitz wich die zornige Erregung und machte tiefer Betrübnis Platz.

„Kommt, Reb Simche", sagte er tief aufseufzend. „Unsere Pflicht haben wir getan – gegen Sender, aber auch gegen den Stolz unserer Gemeinde . . . Der frömmste Rabbi des Landes in den Händen der Polizei. Aber wird's unsere Schuld sein, Reb Simche?"

„Nein", wehrte der Fuhrmann entsetzt ab. Er verstand nicht, was der Marschallik meinte, aber er wollte keinesfalls daran schuldig sein.

Der Rabbi horchte hoch auf. „Was meint Ihr damit?" fragte er.

„Ja, wenn ich's sagen dürft'!" seufzte der Marschallik. „Aber kann ich's sagen? Redet, Reb Simche, könnt Ihr's sagen? *Könnt* Ihr?"

„Nein!" beteuerte dieser, und da log er wahrlich nicht.

„Ich nehm's Euch nicht übel, Reb Simche. Ihr seid eben Familienvater! Und ich auch . . . Lebt wohl, Reb Manasse. Aber wenn der Bann erlassen ist, und es kommt die Polizei und holt Euch – denkt dann an mich . . ."

„Die Polizei?" fragte der Rabbi geängstigt. Er wußte wohl, des Kaisers Gericht hatte den Rabbinern streng verboten, den Bann zu schleudern, auch war die angedrohte Strafe hoch. Aber zur Untersuchung kam es nur, wenn die Anzeige eines einflußreichen Mannes vorlag, sonst kümmerten sich die Bezirksämter nicht darum. „Hat dieser Sender so mächtige Freunde?"

„Ja!" sagte der Marschallik. „Mögen diese Herren dann mit mir tun, was sie wollen, ich warne meinen Rabbi! Nur von zweien dieser Freunde will ich reden. Der eine ist so mächtig, daß er neulich – ich war zufällig dabei – einen Herrn in Uniform zu Sender gebracht hat, und der hat gleich versprochen: ‚Sender wird nie Sellner werden.' Ist es wahr, Reb Simche?"

„Ja", erwiderte dieser feierlich, obwohl er das Lachen mit Mühe unterdrückte.

Der Rabbi rückte unruhig hin und her. „Könnt Ihr bezeugen", wandte er sich an den Fuhrmann, „daß auch Ihr diesen mächtigen Freund von Sender kennt?"

„Bei Weib und Kind kann ich's schwören", beteuerte der dicke Mann. „Ich kenn' ihn wie mich selbst!"

„Wer mag das sein?" murmelte der Gelehrte beängstigt. Dann aber erhellte sich sein Antlitz.

„Warum hat denn Frau Rosel so vor der Rekrutierung gezittert?" fragte er. „Warum ist der Mann in Uniform nicht früher gekommen?"

Türkischgelb lächelte überlegen. „Ihr vergeßt, daß Sender geglaubt hat, er ist befreit. Und der Mann in Uniform ist damals noch nicht in Barnow gewesen!" Er beteuerte auch dies mit schweren Eiden, und der Fuhrmann tat das gleiche.

Der Rabbi seufzte. „Aber wer war es?" fragte er. „Sagt es doch."

„Darf ich Euch nicht sagen", erwiderte Türkischgelb. „Und ebenso kann ich Euch nicht sagen, wer sein zweiter, noch viel mächtigerer Beschützer ist. Ich kann nicht. Aber ist Euch nicht aufgefallen, woher der Bursch plötzlich lesen und schreiben kann? Woher er die Bücher hat? Welch einen Haufen haben Frau Rosel und ich verbrannt! Welch einen Haufen! Alles von diesen reichen Herren . . . Glaubt Ihr, Rabbi, daß solche Herren schweigen werden? Eine kleine Straf' für ihren Schützling hätten sie hingenommen, aber den Bann? Ihr kommt ins Kriminal, Rabbi, ich seh' schon die Polizei, wie sie Euch holt! . . . Aber das ist nicht zu ändern, Ihr müßt nach Eurem Gewissen handeln . . . Kommt, Reb Simche . . ."

„Halt!" sagte Rabbi Manasse und wischte sich den Schweiß von der Stirne. „Sender ist reuig, sagt Ihr, und die Bücher sind verbrannt?"

„Ja, aber das nützt ja nichts! Kommt, Reb Simche!" Und er zog den Fuhrmann zur Tür hinaus.

Als sie auf der Straße waren, brach der dicke Mann in ein Lachen aus, daß es wie ein Dröhnen klang.

„Reb Itzig", rief er bewundernd, „was seid Ihr für ein Kopf! Aber warum seid Ihr nicht dageblieben? Wir hätten irgend eine Buße für Sender vereinbart, und die Sach' wär' im reinen!"

„Weil die Buße morgen, wenn er mich holen läßt, kleiner sein wird. Denn zwischen heut' und morgen liegt eine Nacht, die er schlaflos verbringt."

In der Tat erschien am nächsten Morgen Meyerl Kaiseradler beim Marschallik und entbot ihn sofort zu dem Rabbi. Türkischgelb ließ sich auch nicht lange bitten. „Vielleicht fragt er sonst einen anderen", dachte er.

Aber damit hatte es keine Gefahr.

„Unser gestriges Gespräch bleibt unter uns", begann der Rabbi. „Sonst könnten die Leut' glauben, daß ich mich vor der Polizei fürchte, während ich nur unseren Weisen folge. Nach unseren Weisen läßt sich eine so schwere Strafe doch nicht aussprechen –

ich hab' mich davon überzeugt. Es mag genügen, wenn Sender die folgenden Bedingungen erfüllt. Erstens muß er zu mir kommen und mir Abbitte tun für die Kränkung, die er meinem frommen Herzen bereitet hat ..."

Der Marschallik nickte. „Das sind Worte", dachte er, „auf Worte wird es meinem Sender nicht ankommen!"

„Zweitens, er muß mit einem Schwur auf die Thora geloben, nie wieder ein deutsches Buch anzurühren ..."

„Hm!" Türkischgelb räusperte sich. Seine eigene Empfindung darüber war eine unsichere, er verdammte Sender nicht, sondern bemitleidete ihn nur: die Wissenschaft brachte ihm schwere Anfeindung und keinerlei Nutzen, aber gleich abschwören wie eine Sünde! Und Sender mußte doch einen Zweck dabei verfolgt haben, und gleichviel, wie töricht dieser gewesen, würde er nun gewillt sein, ihn aufzugeben?

„Hm?" fragte der Rabbi.

„Hm!" wiederholte der Marschallik. Aber er sah ein: da konnte der Rabbi wirklich nicht nachgeben, ohne sein Ansehen einzubüßen.

„Und was noch?" fragte er.

„Zum dritten soll Sender zwei Jahre lang jeden Montag und Donnerstag fasten und zum vierten jeden Sabbat auf dem Sünderplatz neben der Tür der ‚Schul'' stehen."

„Daraus wird nichts!" erklärte Türkischgelb entschieden. Und in beweglichen Worten stellte er dem Rabbi vor, daß ein kränklicher Mensch doch nicht im Winter an der Tür stehen und zweimal wöchentlich fasten könne.

„Aber eine dauernde Buße *muß* er auf sich nehmen!" wandte Rabbi Manasse ein.

„So laßt ihn durch zwei Jahre täglich fünf Psalmen sagen."

„Das ist eine zu leichte Strafe", meinte der Gelehrte, gab sich aber schließlich damit zufrieden. „Außerdem aber", sagte er, „will ich ihm das Versprechen abnehmen, bald zu heiraten. Dann wird er ehrbar und vernünftig. Warum soll er nicht zum Beispiel die Lea aus Kolomea nehmen?"

„Rabbi!" rief der Marschallik lachend. „Das wäre ja die vierte und härteste Buße. Und eine Straf' soll's doch nicht sein! Es steht ja geschrieben: ‚Ehestand ist Glücksstand.' Aber daß er Euch das Versprechen leisten soll, damit bin ich einverstanden."

Er meinte dies ernst. Denn er wollte ja nicht, daß Sender ein „Deutsch" werde und unvermählt bleibe, wollte es, von dem Vorurteil abgesehen, das auch in ihm nicht schwieg, vor allem deshalb nicht, weil es ihm für den „armen Jung'" kein Glück schien, nun in neue, fremde Bahnen einzulenken – für den Zwanzigjährigen von schwankender Gesundheit war's zu spät.

Als der Marschallik seinem Bundesgenossen Simche das Ergebnis dieser Verhandlung mitteilte, brach der Fuhrmann in den ungestümen Ausruf der Bewunderung aus: „Reb Itzig, gegen Euch ist Gortschakow ein Esel, und Schwarzenberg ein Ochs. Wenn Ihr „Tippelmat" (Diplomat) geworden wäret, es gäb' keinen Krieg auf der Welt. Mehr hätte niemand für Sender erwirken können, auch sein eigener Engel nicht."

Minder bilderreich drückte Frau Rosel ihre Zustimmung aus. „Gott wird's Euch vergelten", sagte sie. „An Eurer Jütte wird er's Euch vergelten" – aber auch dies wenige erriet er mehr, als er es hören konnte, weil die Tränen der Freude die Stimme der armen Frau erstickten.

„Ihr sagt es ihm aber erst, wenn er außer Bett ist", mahnte er. Ihm machte jener Schwur Sorge, und obwohl er sonst auch sein eigenes Verdienst sehr gern und sehr lebhaft anerkannte, vermochte er doch diesmal nicht recht in das Lob der anderen einzustimmen. Denn da Sender in der Gemeinde beliebt war, ärgerten sich nur die Frömmsten darüber, daß er so glimpflich davonkommen sollte, wenn es auch die meisten geradezu wie ein Wunder berührte, daß der sonst so strenge Rabbi nicht einmal auf einer öffentlichen Buße beharrte – von den beiden Mächtigen, die dies bewirkt, erfuhr ja niemand ein Sterbenswörtchen.

Nur ein Mann der Gemeinde, sonst der Stillste und Sanfteste, konnte sich über die Milde nicht beruhigen. „Schimpf verdient Ihr, nicht Lob", rief Jossele Alpenroth dem Marschallik zu, als sie am Sabbat nach Abschluß jenes Vergleichs vor der Schul zusammentrafen. „Ihr habt den Rabbi betört."

Itzig Türkischgelb war sonst nicht der Mann, auf einen groben Klotz einen feinen Keil zu setzen, diesmal tat er es doch. Der Uhrmacher hatte bisher in seinen Zukunftsplänen für Sender eine große Rolle gespielt; natürlich sollte der Jüngling nach seiner Genesung in die Werkstätte zurückkehren.

„Reb Jossele", sagte er betroffen, „Ihr seid doch sonst ein Milder und Weiser. Ihr werdet doch den armen Jungen nicht verstoßen?"

Der kleine Meister wurde krebsrot.

„Was?" schrie er und warf die Arme in die Luft. „Ihr glaubt, ich nehm' ihn wieder auf? Diesen Pojaz, diesen Tagedieb, diesen Gotteslästerer! Wenn ich mein Versprechen brechen wollt', was könnt' ich von ihm erzählen! Und wie viel Rädchen hat er mir zerbrochen!"

Die Umstehenden lachten laut.

„Lacht nicht!" rief er außer sich vor Wut. „Wenn Gott noch zu den Menschen reden tät', er würde Euch zurufen: ‚Schickt ihn als Baal Taschuba (fahrenden Büßer) hinweg aus dieser frommen Gemeinde. Sonst –"

„Zerbricht er noch ein Rädchen", fiel der Marschallik ein. „Ihr irrt, so würdet *Ihr* reden, wenn *Ihr* Gott wäret. Aber Gott ist kein kleiner, dummer, heimtückischer Uhrmacher!"

Das Gelächter erhob sich noch lauter. Jossele Alpenroth flüchtete schmachbedeckt in den Vorhof der Schul, aber auch seinem Besieger war's schwer ums Herz. „Was nun?" dachte er. „Ein neues Handwerk kann er doch jetzt nicht anfangen. Simche nähm' ihn gleich wieder, aber das ist doch kein Geschäft für einen kränklichen Menschen."

Indes, diese Frage konnte nur mit Senders Zutun erwogen werden. Eine andere Sache aber hatte der Marschallik sofort zu ordnen. Der Name Glatteis im Ladungsschein mußte als Irrtum erscheinen. Auch die schonendste Enthüllung seiner Abkunft hätte den Genesenden furchtbar erregt, aber noch aus einem anderen Grunde schauderte Frau Rosel davor zurück: „In der nämlichen Stund' geht er in die weite Welt wie sein Vater! Er hält's dann für seine Bestimmung, und dasselbe Blut hat er ja leider. Glaubt Ihr, er wär' auf die christlichen Bücher gekommen, wenn er nicht Mendele Schnorrers Sohn wäre? Ich bin nicht eher ruhig, bis er ein Weib hat und auch vor dem Kaiser mein Kind ist." Sie wollte ihn nach Luisers Weisung adoptieren und diesem, der neben seinem Amt auch Winkelschreiberei betrieb, die Durchführung der Sache übergeben. Aber vorher mußte der Gemeindeschreiber jenen „Irrtum" bescheinigen.

Der Marschallik übernahm es, Luiser dazu zu bestimmen. „Ihr schreibt die Vorladung zur Losung noch einmal", schlug er ihm vor, „auf den Namen ‚Kurländer' und füget bei, bei ‚Glatteis' wär' Euch damals die Feder ausgeglitten."

Aber Luiser war für diesen bescheidenen Scherz unzugänglich. „Die größere Sach' übernehm' ich", sagte er. „Warum nicht? Eine ehrliche Sach', kostet hundert Gulden. Aber etwas Falsches bescheinigen? Um keinen Preis! Es geht ja um meine Ehre. Nicht um mein Leben! Nicht um zehn Gulden!"

„Aber um zwei", erwiderte Türkischgelb kaltblütig. „Zehn Gulden kann die arme Frau, die jetzt Arzt und Apotheker bezahlen muß, nicht erschwingen."

„Meine Ehre um zwei Gulden?" rief Luiser entrüstet.

„Also zwei und einen halben", sagte der Marschallik begütigend, „aber mehr keinen Heller. Sonst lüg' ich mir meinen Sender ohne Schein an." Er faßte nach der Türklinke.

Seufzend griff der Schreiber nach einem Formular und schrieb das Gewünschte, fügte auch in seiner unbeholfenen Schrift in zollhohen lateinischen Lettern bei: ‚Friher durch Irtum mit anterer Ruprike Glatteis geheusen.' – „Aber nun krieg' ich auch die größere Sach'!"

Der Marschallik zählte das Geld auf den Tisch und steckte den Schein ein.

„Wahrscheinlich", erwiderte er. „Aber vorher frag' ich Dovidl, ob er's nicht billiger macht."

„Den?" rief Luiser höhnisch. „Dovidl Morgenstern wollt' Ihr eine so schwere Sach' anvertrauen? Seid Ihr bei Vernunft? Natürlich wird er sie übernehmen, der Stümper, der zapplige Mensch übernimmt ja alles, aber kann er sie denn führen? Von den Gesetzen versteht er so viel wie ich von –" er suchte vergeblich nach einer Sache, von der er, Luiser Wonnenblum, nichts verstand, und verbesserte sich darum – „wie der Rabbi von einem Walzer! Und Deutsch schreibt er, hahaha" – er lachte krampfhaft – „in jedem Wort ist ein Fehler, auf Ehre! Die Herren vom Bezirksgericht schütten sich aus vor Lachen, wenn jemand mit einer Eingab' von ihm kommt. ‚Das ist ja ein Unsinn', sagen sie, ‚und nicht Deutsch, wir können's gar nicht erraten tun, was er will', sagen sie, ‚warum nehmen Sie zu Ihrem Schaden so einen Esel?' Und ein Mensch – wißt Ihr, was er jetzt werden will? Alles, was Koscielski bisher war. Ihr lacht, Reb Itzig? Recht habt Ihr!"

„Fällt mir nicht ein", sagte der Marschallik. „Warum sollt' ich lachen?" Wladimir Koscielski war der Lottokollektant und Versicherungsagent für Barnow, doch mußte er nun auf diese Ämter verzichten, da er Anfälle von Säuferwahnsinn hatte. „Besser als der versoffene Schlingel wird's Dovidl machen."

„Schlechter", rief Luiser grimmig. „Ich sag' ihm: ‚Teilen wir zur ehrlichen Hälfte, ich die Kollektur, du die Versicherungen.' Aber er will alles! Der Stümper! Und er soll gar eine Adoption durchführen? Hahaha, der macht Euch den Froim lebendig, statt ihn totzusagen. Und warum das alles? Weil er um zehn Gulden billiger ist und nicht neunzig Gulden verlangt wie ich, sondern achtzig."

Der Marschallik nickte ihm freundlich zu. „Nur weiter, Reb Luiser. Ihr redet gut, ich hör' Euch gern zu. Aber hundert – neunzig – in einer halben Stund' habt Ihr erst zehn Gulden nachgelassen – könnt's von nun an nicht schneller gehen?"

„Handeln laß ich mit mir nicht", erwiderte der Gemeindeschreiber. „Was ich ausgesprochen hab', dabei bleibt's. Um achtzig will's Dovidl machen, sagt Ihr? Gut, aus Freundschaft für Euch tu' ich's um dasselbe Geld. Da kann Euch die Wahl nicht schwer sein, denn dieser Dovidl – wißt Ihr, wie weit es schon mit ihm gekommen ist? Ich sollt' micht ja darüber freuen, aber weil er Weib und Kind hat, so tut er mir eigentlich leid. Nämlich weil das Bezirksamt keine Eingab' mehr von ihm annimmt, sucht er jetzt einen Schreiber, der besser Deutsch kann als er. Ein Erbarmen, sag' ich Euch. Aber ist's ein Wunder? Er benimmt sich ja wie ein Narr – alles an ihm zappelt – soll man da Vertrauen zu ihm haben? Und so einen Menschen wollt Ihr mir vorziehen, wenn's bei uns beiden gleich viel kostet – siebzig Gulden."

„Nein", erwiderte der Marschallik. Wenn's bei euch beiden fünfzig kostet, kriegt Ihr die Sach', lebt gesund."

Siebzehntes Kapitel

Der Marschallik überbrachte Frau Rosel das Schriftstück und suchte den Konkurrenten Luisers auf. Auf dem Weg hielt er plötzlich an. „Das wär' ja was!" murmelte er in höchster Freude. „Gott im Himmel, das wär' ja was!" Fast hätte er vor Jubel über den glücklichen Einfall auf offener Straße einen Luftsprung gemacht. Dann eilte er hastig zu Dovidl Morgensterns Haus. Aber auf dem Flur vor der Tür mit der Tafel in deutschen und hebräischen Lettern: „Prifat-Agentschaft. Guter Rath in alle Sachen", verschnaufte er sich erst gründlich, ehe er eintrat. Da hieß es ruhig auftreten.

Dovidl, ein hagerer Mann mit dünnem, rötlichem Bart, unsteten Augen und fahrigen Gesten saß an seinem Pult und schrieb eifrig, das Haupt tief hinabgeneigt, daß die Hakennase das Papier berührte. Bei Türkischgelbs Eintritt zuckte er empor, zwang sich dann aber, weiter zu schreiben. „Gut' Woch' – setzt Euch", sagte er möglichst gleichmütig und setzte seine Arbeit fort.

Der Marschallik blieb stehen und sah ihm eine Weile zu. „Reb Dovidl", begann er.

„Verzeiht – gleich! Ich bin beschäftigt – noch fünf Minuten –"

„Nicht eine halbe", sagte der Marschallik freundlich, aber entschieden. „Deshalb kriegt Ihr die große Sach', die ich Euch bring', doch nur, wenn Ihr's billiger macht als Luiser!"

„Aber Reb Itzig", rief der Winkelschreiber, fuhr empor und erhob vorwurfsvoll die Arme gen Himmel, „glaubt Ihr, ich mach' Euch was vor? Hab' ich das nötig? Ich hab' ja so viel zu tun! Wann hab' ich zuletzt die ganze Nacht geschlafen? Ich erinnere mich gar nicht mehr daran. Und mit Luiser droht Ihr mir? Mit diesem Stümper? Wißt Ihr, was die Herren vom Bezirksamt sagen, wenn sie eine Eingab' von ihm bekommen?"

„Ja", erwiderte der Marschallik. „Sie sagen: ‚Das ist ein Unsinn, der kann nicht Deutsch', sagen sie, ‚in jedem Wort ein Fehler.' Und schütten sich aus vor Lachen."

„So ist es!" rief Dovidl erfreut. „Habt Ihr's auch gehört?"

„Ja, von Luiser, er hat's mir eben über Euch gesagt!"

„Über mich?" Dovidl riß seinen Kaftan auf. „Ich fahr' aus der Haut."

„Später. Hört zuerst, was ich Euch bringe." Er trug ihm kurz die Sache vor. „Sagt: ‚Dreißig Gulden!' und wir sind einig."

„Unmöglich!" rief der Winkelschreiber. „Unmöglich!" wiederholte er wehklagend und taumelte händeringend in der Stube auf und ab. „Da verbrauch' ich ja auf Tinte und Papier mehr. Wenn Ihr wüßtet, wieviel da zu schreiben ist. Zuerst muß ich ja bei allen Gemeinden in der ganzen Welt anfragen, ob sie was von Froim Kurländer wissen, denn vielleicht lebt er noch. Und wenn niemand von ihm weiß, erst die Scheidung, dann die Todeserklärung, dann die Annahme an Kindesstatt. Einen Menschen totschlagen geht leicht, und ein Kind bekommen noch leichter, aber auf gesetzlichem Wege ist das sehr schwer. Und das soll Luiser durchführen? Freilich, übernehmen wird er's. Er will ja jetzt sogar die Kollektur und die Versicherungen übernehmen, obwohl ich ihm gesagt: ‚Jedem –'"

„Die Hälfte! Ihr die Kollektur, er die Versicherungen. Merkwürdig! Die Hälften sind gleich, und doch will jeder die Kollektur!"

„Aber kann denn er die Kollektur führen? ... Der Unverschämte! Ich wette, daß er Euch für diese Sache zuerst achtzig Gulden abgefordert hat."

„Nein!" erwiderte der Marschallik entschieden. Und in der Tat waren's ja hundert gewesen.

„Also siebzig oder sechzig. Und ich will's um vierzig machen. Warum? Weil mein Grundsatz ist: ‚Leben und leben lassen.' Luiser schindet die Leut', und dennoch verdien' ich mehr. Er spricht mir Böses nach, sagt Ihr? Das ist nicht schön von ihm, warum schimpf' ich nicht über ihn? Weil er mich erbarmt, denn seine Stube steht leer, und ich such' nach einem Schreiber – mit Lichtern such' ich – und find' keinen."

„Deshalb bekommt Ihr doch nur dreißig Gulden. Das vom Schreiber glaub' ich Euch nicht – wer sucht, der findet."

„Lächerlich! Ich schreib' die Eingaben zuerst in hebräischer Schrift, da geht's rascher, zum Abschreiben muß ich also einen Juden haben! Gibt's denn hier so viel Juden, die Deutsch können? Ich gut und Luiser schlecht. Einen von auswärts kommen lassen? Das duldet Rabbi Manasse nicht. Wer sucht, der findet? Schaffet mir einen Schreiber, und ich will Euch königlich belohnen – zwei Gulden sollt Ihr haben, oder einen, oder was Ihr verlangt!"

„Ich nehm' Euch beim Wort. Drei Gulden verlang' ich. Dafür sollt Ihr einen Schreiber haben wie noch nie einer war. Er kann besser Deutsch, als Ihr und Luiser zusammen, schreibt wie gedruckt, ist klug wie der Tag und ein treuer Mensch. Und der Rabbi wird nichts dagegen haben."

„Gut, drei Gulden. Wer ist's?"

„Roseles Pojaz."

„Der?" rief der Winkelschreiber. In der Tat, das war ja ein kluger Mensch, und lesen konnte er auch. Aber für Sender brauchte er doch nicht dem Marschallik einen Vermittlerlohn zu zahlen. Den konnte er sich selbst schaffen.

„Das ist nichts für mich", sagte er. „Ein Sterbender! Und gottlos ist er auch. Und ob er schreiben kann, weiß ich nicht."

Der Marschallik lächelte. „Ich hab's ja nur für Euch und Frau Rosel gut gemeint. Sender selbst will lieber fort – er hat auch schon was . . . Reden wir nicht mehr darüber. Also kein Geschäft, Reb Dovidl, weder das große noch das kleine. Lebt gesund!"

„Das große ist ja in Ordnung", rief Dovidl und sprang auf ihn zu. „Dreißig Gulden. Abgemacht."

Er hielt ihm die Hand hin, und Türkischgelb schlug ein.

Als er die Tür hinter sich geschlossen hatte, blieb der Marschallik stehen und lüpfte den Hut. „Reb Itzig", sagte er verehrungsvoll, „das habt Ihr gut gemacht! Will Sender hier bleiben, nun kann er's und braucht als ‚Apotheker' keinen Schwur zu leisten. In acht Tagen läßt Dovidl die Mutter zu sich bitten und bietet ihr's an. Und alle können zufrieden sein, auch Dovidl, denn der ist ja glücklich, daß er mich um die drei Gulden betrogen hat."

Er irrte nur insofern, als Morgenstern schon zwei Tage darauf um Frau Rosel sandte. Seine Aussichten auf die Kollektur waren gewachsen; und nun wollte er sich den Schreiber jedenfalls sichern. Aber Frau Rosel konnte nicht abkommen; es war der erste Tag, den Sender außer Bette verbrachte, und sie mochte ihn nicht verlassen.

Regungslos saß der Genesende im Lehnstuhl am Fenster, ließ den Blick über die Straße und das Stückchen Getreidefeld schweifen, das er überblicken konnte, und atmete tief – der Sonnenschein, die warme Frühlingsluft taten ihm so wohl – und daß er lebte, lebte! Noch war die dumpfe Betäubung im Hirn nicht ganz gewichen; wie ein Spinnennetz lag es über seinen Gedanken, und wenn er sich klar machen wollte, was alles geschehen, und sich ausmalen, wie es nun werden sollte, empfand er einen leisen Schmerz in den Schläfen. Aber wozu denken? Lieber atmen und wieder atmen – tief und immer tiefer – und die Glieder im Sonnenschein dehnen – die Hand nach einem Blättchen der Linde vor dem Fenster strecken, das Blättchen abreißen und fallen lassen, die Hand zur Faust ballen und sich freuen, daß er dies alles konnte. Die Hand zitterte, und wenn auch der Druck und die Stiche in den Lungen aufgehört, so mußte er doch noch zuweilen husten, aber daran lag ja nichts. „Sie werden gesund", hatte ihm gestern der Regimentsarzt zum Abschied gesagt, da er nun weiter mußte, „und brauchen keine sonstige Medizin als Essen und Stillsitzen. Und noch eins: keine traurigen Gedanken!" Der Genesende nickte vor sich hin, immer und immer wieder, und atmete und lächelte: Traurige Gedanken? Es gab nur ein Unglück auf der Welt: sterben müssen – und er lebte ja und wurde gesund. Aber essen – der Arzt hatte recht – essen, wo nur die Mutter so lange blieb? Aber da trat sie ja ein, den Teller in der Hand und lächelte ihm zu. Er aß gierig – welch köstliche Suppe das war, nur etwas wenig. Aber die Mutter sagte: „In zwei Stunden bekommst du wieder einen Teller", und so lehnte er sich geduldig in den Stuhl zurück und blickte in das

Grün der Linde und sah zu, wie Sonne und Schatten im leisen Windhauch über das Laub huschten, bis er die Augen schloß und einschlief.

Am nächsten Tage fühlte er sich schon viel kräftiger. Da konnte er die Jacke selbst knöpfen und stützte sich bei dem Gang ans Fenster auf den Arm der Mutter nur, weil sie es so wollte, er hätte den Lehnstuhl fast selbst erreichen können. Und heute konnte er auch schon ein ganzes Zweiglein des Lindenbaums an sich heranziehen und die winzigen Knöspchen betrachten, aus denen einst die weißlich-grünen, duftigen Blüten brechen sollten. Und jenes Haschespiel zwischen Licht und Schatten konnte er länger verfolgen als gestern, ohne müde zu werden. Während er so hineinstarrte, flog ihm brummend ein Maikäfer an die Nase. Schwups! – da hatte er ihn. Aber nachdem er die glänzenden Flügeldecken und die feinen Fühlfäden betrachtet, legte er ihn sacht auf das Fensterbrett und freute sich, wie rasch er davonflog. Auch der Käfer und alles, alles wollte leben und sich der Sonne freuen, wie er selbst. Einmal schob sich eine Wolke vor die Sonne, aber sie wich bald wieder. Es mußte ja schön bleiben, immer, denn Licht und Wärme taten ihm wohl, und er mußte ja gesund werden . . .

Und darum war auch am dritten und vierten Tage der Himmel blau, und es wurde immer schöner auf der Erde. Denken? nein, denken mochte er auch heute nicht. Aber in einem hielt er's nun doch anders. Er hatte bisher kaum darauf geachtet, wer die Straße gezogen kam, oder sich gar, wenn er von weitem einen Bekannten zu erkennen geglaubt, tiefer zurückgelehnt, um nicht erblickt zu werden – er wußte kaum selbst warum, es war eine ebenso instinktive Bewegung wie das Schließen der Lider, wenn ihn der Sonnenschein blendete. Nun aber sah er sich die Leute unbefangen an; es waren freilich fast nur Bauern und ein näherer Bekannter ließ sich lange nicht blicken. Da endlich kam einer vorbei und es war sogar ein uralter Bekannter, der kleine Naphtali Ritterstolz, der einst sein erster Lehrer gewesen; er war nun nicht Hofmeister mehr, sondern hielt selbst eine Schule; das Antlitz sah noch immer aus, wie aus grauem Fließpapier geschnitten, aber an dem dürftigen Leib saß vorne ein ganz unmotiviertes Spitzbäuchlein und er trug die Nase hoch, wie es einem so frommen, vom Rabbi bevorzugten Schulmeister zustand. Napthali war ein eifervoller Mann; der Genesende fühlte eine Röte in seine Wangen steigen und schloß die Augen. Aber wie ward ihm, als er die wohlbekannte Stimme hörte: „Gut Woch', Sender! Wie geht's dir? Wahrlich, du darfst das Gebet der Genesenden aus ganzem Herzen sprechen." Und als Sender die Augen öffnete, sah er, wie ihm der Würdige noch freundiich zunickte: „Schon' dich nur recht, daß du bald gesund wirst." Er vermochte nichts zu erwidern, aber die Glut auf den Wangen brannte stärker. Wenn Naphtali so freundlich war, dann zürnte auch der Rabbi nicht zu sehr.

Der Rabbi! Er legte die Hand an die Stirne und sann. Nun empfand er dabei jenes Stechen in den Schläfen nicht mehr, aber er schüttelte doch den Gedanken ab. Später! – Das hatte Zeit! Aber ein anderes, woran ihn Naphtali erinnert, wollte er sofort verrichten – er hatte ja das „Gebet der Genesenden" noch nicht gesprochen. Er erhob sich, holte aus dem Netz über dem Bette sein Andachtsbuch hervor und schlug das Gebet auf. Zunächst las er die wenigen Zeilen nur mit den Augen und dann noch einmal flüsternd und endlich halblaut, mit zitternder Stimme, indes ihm die Tränen über die Wangen rannen: „Gelobt seist Du, der Du stützest die Wankenden und heilest die Siechen! Tod und Leben kommen von Dir, im Tod ist Frieden, aber Gnade im Leben. Dank Dir, der mich in Gnaden erhalten."

Die Mutter erschrak, als sie ihn in Tränen fand, aber ihm mußte wohl zu Mute sein – wie ein Leuchten lag es über dem abgezehrten Antlitz. Sie tat keine Frage und setzte sich still mit ihrer Näharbeit in eine Ecke. Er blätterte in dem Büchlein, las da und dort, ließ es in den Schoß sinken und nahm es wieder auf. Dabei gewahrte er, was er bisher nie bemerkt, daß die beiden Blätter zwischen Deckel und Titelblatt zusammengeklebt waren. Der Klebstoff haftete nur am Rande, nachdem er diesen vorsichtig abgelöst, lag das bisher verborgene Blatt frei. Es wies drei Eintragungen in hebräischer Schrift und Sprache. Die Tinte war vergilbt, aber er konnte sie noch deutlich lesen.

Da stand zunächst in großen, etwas unbeholfenen Schriftzügen geschrieben: „Dieses fein gedruckte und schön gebundene Buch habe ich, Sender, Sohn des Abraham, aus der Schar der Leviten, der ich ein Kaufmann bin in der Stadt der Verbannung, Kowno geheißen, am heutigen Tage gekauft für meinen geliebten, einzigen Sohn Mendele zu seinem sechsten Geburtstage. Gottes Gnade ist mit mir gewesen, möge sie verdoppelt über meinem Sohne walten. Am 5. des Monats Adar im Jahre 5561 nach Erschaffung der Welt."*

Darunter war in feinen, phantastisch verschnörkelten Zügen zu lesen: „Ich, Mendele, Sohn des Sender, aus der Schar der Leviten, der ich ein unsteter und habeloser Mann bin, schenke dies Buch jenem, der es nach meinem Tode an meiner Brust findet und mein sterblich Teil barmherzig der Erde zurückgibt nach der Väter Weise. Wer immer es sei, er ist ein Glücklicherer als ich. Gottes Gnade habe ich verwirkt, dir, Unbekannter, möge sie leuchten. Auf der Wanderschaft im Lande der Verbannung, Ungarn geheißen, am 8. des Monats Tischri, am Vortag des Versöhnungstages im Jahr 5590 nach der Erschaffung der Welt."**

Darunter aber hatte dieselbe Hand gesetzt: „Am 16. des Monats

* 1801.

** 1829.

Ab im Jahre 5592.* Den Verzweifelnden richtet Er auf und begnadigt den Verurteilten. Er hat mir ein Weib gegeben und seinen Schoß geöffnet. Dieses Büchlein soll meinem Kinde gehören – es ist das einzige, was ich ihm vermachen kann. Aber da ich nun weiß, wie gnädig der Herr ist, so weiß ich auch, daß dies Büchlein meinem Kinde zum Segen sein wird."

Der Jüngling las diese Zeilen einmal und dann wieder – es mochte in seiner Stimmung liegen, daß sie ihn tief ergriffen.

„Mutter", fragte er, „wie hat der Verwandte, dem dies Büchlein früher gehört hat, geheißen?"

„Warum fragst du?" erwiderte sie unbefangen, da sie seine Entdeckung nicht ahnte, ohne von ihrer Arbeit aufzublicken.

„Am Ende war's dieser Mendele selbst", sagte er. „Du hast wohl auch das zusammengeklebte Blatt nie beachtet. Sieh her, was da geschrieben steht."

Ihr gerann das Blut zu Eis. Ihr Blick drohte sich zu verdunkeln. Sie hatte das Blatt einst sorglich zugeklebt, die Inschrift herauszuschneiden, hatte sie nicht übers Herz gebracht.

„Hörst du nicht?" fragte er, als sie still blieb, und suchte den Kopf nach ihr zu wenden.

„Doch!" murmelte sie. „Das Blatt . . . Was – was steht denn da geschrieben?"

Er las es ihr vor.

„Der arme Mann!" fügte er bei. „Eine so schöne Schrift – er mag nicht ungelehrt gewesen sein . . . Und das Büchlein war das einzige, was er seinem Kinde vermachen konnte . . . Hast du ihn gekannt?"

Noch immer war ihr die Kehle wie zugeschnürt. „Nein!" erwiderte sie endlich. „Ich hab' das Büchlein von einem verstorbenen Vetter", fügte sie dann hastig hinzu. „Ich habe es ehrlich erworben."

„Natürlich!" erwiderte er. „Ob aber jener Vetter? Vielleicht hat er das Kind dieses Mendele um seinen einzigen Besitz gebracht! Und er war wertvoll, eines Vaters Segen wiegt schwer."

Frau Rosels Haupt war tief auf die Brust gesunken. „Mein Herr und Gott", betete sie, „wenn es eine Sünde ist, daß er nichts von seinem Vater weiß, so laß nur mich dafür büßen."

Sender aber fuhr nach einer Weile fort: „Mutter, du hast ja ein frommes Herz, du wirst gewiß einverstanden sein. Wer im Zweifel ist, ob er nicht fremdes Gut besitzt, muß etwas zu frommen Zwekken spenden. Ich hab' das Büchlein nun schon so lang – und wo wär' auch das Kind jenes armen Mannes zu suchen? Aber wir wollen in der Schul' eine Kerze für seine Seele anzünden lassen. Vor mehr als zwanzig Jahren ist dies letzte geschrieben, da wird er wohl tot sein. Gott laß ihn in Frieden ruhen."

* 1831.

„Amen!" rief Frau Rosel – ihr war's, als fiele eine Zentnerlast von ihrer Brust – „Amen!" –

„Mir scheint, er ahnt noch immer nichts", sagte sie ihrem Vertrauten, dem Marschallik, als er sich wieder bei ihr einfand. „Aber mir ist's doch sehr bang . . . Soll ich ihm nicht morgen Luisers neue Vorladung geben? Dann wären seine Gedanken wenigstens vom ersten Anzeichen abgelenkt."

„Behüte!" rief Türkischgelb. „Das brächte ihn erst recht zum Grübeln darüber. Die Sach' will so leicht wie möglich behandelt sein, wenn so ganz zufällig die Red' darauf kommt und mit allem übrigen zusammen. Das laßt mich machen, sobald ich's für gut halte. Jetzt müssen sich seine armen Lungen noch ausschnaufen und auch die Seel' des Menschen, Frau Rosel, auch die Seel' hat Lungen, die das nötig haben . . . Es ist nur deswegen, daß ich warte, denn jetzt hab' ich auch die Antwort auf jede Frage, die er stellen kann."

Er stemmte die Arme in die Seiten und blickte sie triumphierend an.

„Ja!" rief sie freudig. „Und die Sach' mit Dovidl macht Euch keiner nach . . . Soll ich nun zu ihm hingehen?"

„Nein. Er bekommt die Kollektur und muß Sender haben. Jeder Tag länger macht den Monatslohn größer."

Schon war etwa eine Woche seit dieser Unterredung verstrichen und noch immer hielt es der Marschallik nicht an der Zeit, eingehend mit Sender zu sprechen. „Ausschnaufen lassen", wiederholte er immer wieder, „er wird schon selbst zu reden anfangen, wenn ihn etwas drückt."

Aber das tat Sender nicht, und wirklich empfand er kaum allzu große Sorgen und Kümmernisse, auch nachdem er wieder zu voller Klarheit über das Geschehene gekommen. Das unendlich wohlige Gefühl des Genesens, das Bewußtwerden der jugendlichen Kraft, die ihm gleichsam aus diesen Frühlingsdüften in die Adern zurückströmte, ließen keine düsteren Gedanken in ihm aufkommen. Aber auch an sich schien ihm nun seine Lage nicht gar so schlimm. Er war wieder gesund, die Gefahr, Soldat zu werden, für immer vorüber; im nächsten Januar aber harrte seiner sein Gönner, warum sollte er verzweifeln? Der Rabbi wußte nun um seine heimlichen Kenntnisse, gar so groß schien ja sein Zorn nicht, aber angenommen, daß er's war und die Gemeinde ähnlich dachte, so mußte das eben getragen sein, bis die Erlösungsstunde schlug. Allzu schlimm konnte es ja nicht werden, so lang die Mutter und der alte Freund in herzlicher Liebe zu ihm standen, und wenn er sich auch keiner Täuschung darüber hingab, daß die rührende Güte, mit der sie ihm nun begegneten, vor allem dem Genesenden galt, etwas davon blieb ihm auch für die gesunden Zeiten gewiß. Ob ihn Jossele wieder aufnehmen würde, war ihm freilich sehr zweifelhaft, aber wo nicht, dann fand ihm sein findiger Beschützer vielleicht ein anderes Stücklein Brot, und im schlimmsten Falle mußte er sich eben bis zum Januar von der Mutter ernähren lassen. Dieser Gedanke erschreckte ihn auch nicht allzu sehr, er war ja der Sohn eines Stammes, dem die schwersten Opfer der Eltern für ihre Kinder etwas Selbstverständliches sind. Aber ebenso selbstverständlich ist diesem Stamme die dankbare Treue der Kinder für die Eltern, das vierte Gebot wird nirgendwo auf Erden so heilig gehalten, wie im Ghetto des Ostens – und wie konnte er davor bestehen?! „Es muß ja sein", sagte er sich und malte sich aus, welch behagliches und ehrenreiches Alter er der Mutter bereiten würde. Gleichwohl wollte sein Gewissen nicht schweigen, und dieser Selbstvorwurf war die einzige, wahrhaft peinliche Empfindung, die ihn in diesen Tagen erfüllte. Hingegen dachte er an jenen fremden Mann im Ladungsschein kaum mehr, geschweige denn, daß ihn dieser Umstand mit Unruhe erfüllt hätte – das war irgend ein Versehen, das sich sicherlich harmlos genug erklärte – was konnte es auch anderes sein? Höchstens, daß er sich, wenn es ihm beifiel, sagte: „Ich muß die Mutter bitten, daß sie es richtig stellen läßt." Aber das hatte ja Zeit, ebenso Zeit wie zu erfahren, wie ihm Rabbi Manasse gesinnt war.

Etwas anderes aber hätte er allerdings gern gewußt: ob die Mutter die Bücher in seiner Lade entdeckt. Aber zu fragen wäre ja Torheit gewesen; es brachte sie vielleicht erst auf die Spur. Er mußte warten, bis er kräftig und schwindelfrei genug war, um die steile, hohe Leiter zu seiner Kammer emporzuklimmen.

Endlich – es war in den ersten Tagen des Mai – fühlte er sich dazu im stande, schlich sich eines Morgens, während die Mutter am Schranken stand, in den Flur und begann die Sprossen emporzusteigen. Aber sie hatte ihn gewahrt und kam hastig nachgestürzt.

„Komm herab!" rief sie angstvoll. „Du fällst ja hinunter!"

„Aber wie denn?" beruhigte er sie. „Ich bin's doch gewohnt."

„Ich fleh' dich an!" rief sie. „Hab' ich nicht genug Angst um dich ausgestanden?"

Daraufhin gab er nach und stieg hinab. „Aber morgen mußt du's erlauben", sagte er.

„Darüber reden wir noch", erwiderte sie, klagte dann aber dem Marschallik, als er zur gewohnten Stunde erschien, ihre Not.

„Dann muß ich mit ihm reden", sagte er.

„Aber es wird ihn aufregen", wandte sie angstvoll ein.

„Wenn ich mit ihm red'?" rief er. „Gebt acht, dann dankt er uns noch dafür. Nun gebt mir auch noch Luisers Schein", sagte er.

Sie holte das Schriftstück aus einer Truhe, wo sie es sorglich, in ein Taschentuch eingeschlagen, aufbewahrt. Aber der Marschallik knüllte es zusammen und steckte es dann nachlässig gefaltet in die Brusttasche.

„Was tut Ihr?" rief sie erschreckt.

„Vernünftiges, wie immer", sagte er.

Lächelnd trat er in die Wohnstube und setzte sich zu seinem Schützling.

„Lieber Sender", begann er, „bin ich eine Katz'? Nein. Bist du ein heißer Brei? Nein. Haben wir einander lieb? Ja. Also will ich vernünftig und gradaus mit dir reden."

Sender war rot geworden. „Ja", sagte er, „es ist nötig, Reb Itzig. Redet!"

„Das ist aber nicht so nötig", meinte der Marschallik, „als daß du antwortest! Weil ich aber nicht dumm bin, so frag' ich lieber gar nicht nach Sachen, über die du mir wahrscheinlich doch nicht antworten würdest. Also zum Beispiel, von wem du Deutsch lesen und schreiben gelernt hast?"

Er machte eine Pause.

„Ihr seid wie immer der Klügste", sagte Sender mit verlegenem Lachen, „darauf würd' ich Euch wirklich nicht antworten, wenn Ihr fragen würdet."

„Und von wem du die Bücher hast, wirst du natürlich auch verschweigen wollen."

Aber trotzdem hielt er wieder inne und blickte Sender erwartungsvoll an.

„Natürlich!" erwiderte dieser.

„Nun aber kammt eine Frag'", fuhr der Marschallik veränderten Tones fort, „auf die du antworten wirst. Betreffen diese Bücher unseren Glauben? Willst du Christ werden?"

„Nein!" beteuerte der Pojaz und fuhr erschreckt empor.

Der Marschallik nickte.

„Also du hast dabei einen vernünftigen Zweck und hoffst Nutzen davon zu haben?"

„Ja! Aber was es ist, kann ich Euch heute nicht sagen!"

„Sondern wann?"

„Spätestens im Januar."

Der Marschallik blickte ihn forschend an. Sender hielt den Blick aus.

„Gut", sagte der Alte, „du warst bisher immer ein frommer, guter Jung' und ganz klug – *ich* red' kein Wort mehr darüber, bis du selbst davon anfängst. Was du aber den anderen erzählen willst, ist deine Sach'. Nun aber was anderes, kannst du schon bis zum Januar davon leben?"

Sender verneinte kleinlaut. „Sonst wär' ich ja nicht bei Jossele für einen Gulden monatlich geblieben."

„Dann ist's dir am End' ganz angenehm, daß ich dir was anderes gefunden hab'. Freilich nur um kleinen Lohn, und ob dir die Arbeit recht sein wird, weiß ich auch nicht."

„Mir ist alles recht", erwiderte Sender.

Nun setzte ihm der Marschallik weit und breit auseinander, was er mit Dovidl vereinbart. „Sieben Gulden monatlich. Gestern hab' ich's mit ihm abgeschlossen."

„Reb Itzig", rief Sender jauchzend und faßte seine Hand, „wie soll ich Euch danken?"

„Narrele!" wehrte der Marschallik ab. „Hab' ich's denn deinetwegen allein getan? Auch um den Maklerlohn. Denn daß ich dir's nicht verschweig', auch drei Gulden für mich hab' ich ihm abgedrückt. Es reicht zu einer feinen Jacke für meine Jütte . . . Und dann, vielleicht verträgst du dich mit Dovidl gar nicht, er fährt ja täglich fünfzigmal aus der Haut und zappelt, daß es einem beim Zusehen schwindelt. Aber ich hab' mir gedacht, es ist doch ein Anfang, und immerhin für dich besser, als wenn ich's mit dem Luiser versucht hätt'. Denn der ist gar hoffärtig auf seine Schreiberei, und kann dabei noch weniger als Dovidl. Er kann ja nicht einmal aus der Matrikel einen Ladungsschein schreiben. Ich weiß nicht, ob du's bemerkt hast – du hast in jenem Augenblick größere Sorgen gehabt, du Ärmster – aber er hat dir ja im Ladungsschein einen fremden Namen beigelegt . . . ‚Glatteis' – glaub' ich – hahaha! – ein schönerer ist ihm für dich nicht eingefallen . . ."

Auch Sender mußte lächeln. „Ich erinnere mich", sagte er.

„Er war ganz bestürzt, wie ich's ihm gesagt hab'", fuhr der Marschallik fort. „Du kannst dir denken, ich hab' ihn auch gehörig damit aufgezogen. ‚Gebt ihn mir zurück', bittet er. ‚Ich will einen anderen schreiben, es kann mich mein Amt kosten.' Da geb' ich ihm den Schein zurück. ‚Hier – und ein richtiger ist nicht nötig', sag' ich. ‚Die Losung ist vorüber.' Aber er schreibt ihn doch und drängt ihn mir auf. Mir scheint, ich hab' ihn noch bei mir."

Er griff in die Schoßtasche seines Kaftans. „Am End' gab' ich ihn verloren. Na, deshalb erschlägst du mich nicht."

„Gewiß nicht", lachte Sender.

Der Marschallik griff nach der Brusttasche.

„Halt – da ist er! So – da hast du dein Dokument, kauf' dir eine feuerfeste Kasse und leg's hinein."

Sender überflog den Schein.

„Hahaha", lachte er. „‚Friher' – ‚anterer' – ‚geheusen' – in jedem Wort ist ein Fehler."

Türkischgelb blickte ihn ehrfurchtsvoll an.

„So gut Deutsch kannst du schon?" fragte er. „Dann brauchst du am End' keine Bücher mehr?"

„O doch!" rief Sender.

„So? Wozu? Ich rat' dir, laß das bleiben. Sonst bekommst du noch Händel mit dem Rabbi. Und ich hab' dich so schwer genug mit ihm ausgesöhnt."

„Also ist's Euch gelungen? Ich dank' Euch herzlich. Sonst hätt' ich ein schweres Leben hier gehabt."

„Aber wie gesagt, leicht war's nicht", fuhr der Marschallik fort. „Du wirst staunen, wie weit ich ihn gebracht hab'. Du wirst ihm einen Besuch machen und dann durch zwei Jahre täglich fünf Psalmen sagen. Ist das nicht fürchterlich?"

Sender lachte laut auf. „Ganz fürchterlich!" rief er.

„Dann hat er noch einen Schwur verlangt, daß du nie mehr ein deutsches Buch anrührst. Aber er sieht ein, daß jetzt keine Red' mehr davon sein kann. Bei Dovidl mußt du ja die deutschen Gesetze lesen lernen!"

„Natürlich! – Dann ist ja alles in schönster Ordnung."

„Gnädig von dir, daß du das anerkennst. Wirklich, recht gnädig! Aber wie schwer die Sach' war, bedenkst du nicht. Anfangs haben er und die ganze Gemeinde getobt wie die Wahnsinnigen. Er läßt deine Mutter und mich rufen: ‚Schwört mir, daß keine unheiligen Bücher im Hause sind. Sonst such' ich und verbrenne, was ich finde, und von Schonung ist dann nie mehr die Rede.' – ‚Da müssen wir doch erst nachsehen', sag' ich. Wir suchen und finden – nun, du weißt ja!"

Er stieß ihn schelmisch in die Rippen. „Deine Mutter war sehr erschrocken, ich aber behalt' ruhig Blut. ‚Was ist da Schlimmes? Schlimm wär's nur, wenn der Rabbi selbst die Bücher fänd'. Dann kann Sender nicht mehr in Barnow bleiben.' Denn, na, Sender –" wieder ein freundschaftlicher Rippenstoß – „dir brauch' ich ja nicht zu sagen, was für Bilder in dem einen Buch waren . . . ‚Aber, wenn wir sie verbrennen, so erfährt niemand was davon, und für Sender ist's kein Schade', sag' ich."

„O doch!" rief dieser erblassend. „Sind sie verbrannt?"

„O du Weiser!" rief der Marschallik spöttisch. „Entweder waren die Bücher gottlos. Dann war's für dich ein Nutzen. Oder sie waren nicht gottlos. Dann –" er zwinkerte ihn mit den Augen an – „dann gilt doch auch von deutschen Büchern dasselbe wie von hebräischen – sie werden nicht bloß in einem Stück gedruckt, und wer sieben Gulden Monatslohn hat und sich, weil es zu seinem Geschäft gehört, so viel deutsche Bücher, wie er will, kommen lassen kann, kann sie sich nochmals kaufen – oder gar, hehe! schenken lassen. Aber hätten wir sie nicht verbrannt – dann hätt's keine solche Stellung für Sender Kurländer gegeben, und keine sieben Gulden, sondern er wär' zur Stadt hinausgejagt worden. Also – verdienen wir deinen Dank oder nicht?"

„Gewiß", meinte der Jüngling mit etwas sauersüßer Miene, aber doch aufrichtig. In der Tat – der Verlust ließ sich ersetzen.

„So bedank' dich auch bei deiner Mutter dafür!" sagte der Marschallik. Als es Sender tat, wurden die Augen der alten Frau starr vor Erstaunen und Bewunderung.

„Reb Itzig", rief sie, „warum hat Euch Gott nicht Minister werden lassen?"

„Weil er weiß", erwiderte er, „daß dazu weniger Verstand gehört, als zu einem richtigen Marschallik. Also – morgen bringen wir die Sach' mit dem Rabbi ins reine und nächsten Sonntag trittst du bei Dovidl ein. Frau Rosel, wenn Ihr glaubt, daß ich's verdient hab', so tät' ich um ein Gläsele Met bitten!"

Achtzehntes Kapitel

Es war mehrere Wochen nach dieser Unterredung, ein Junimorgen, aber schon um die zehnte Stunde brannte die Sonne versengend nieder. Die Gassen von Barnow lagen verödet; auch jene lieblichen Vierfüßler, die sie sonst mit fröhlichem Gegrunz erfüllten, die Schweine, deren Mästung der Haupterwerbszweig der wenigen christlichen Bürger war, hatten sich in die Höfe zurückgezogen, wo es noch Pfützen gab; die Schlammlachen auf den Straßen waren eingetrocknet. Vierzehn Tage hatte es kein Tröpfchen geregnet, jeder leichte Windhauch wirbelte Staubwolken auf. Aber er regte sich selten; dumpf und schwer lag die heiße Luft über den schmutzigen Gäßchen, den verwahrlosten Häusern, und Düfte erfüllten sie, Düfte – kein Mensch konnte sie auf die Dauer ertragen, wenn er nicht ein geborener Barnower war.

Das focht unseren Sender nicht an, er war's ja. Und erträglicher als in den meisten anderen Stuben von Barnow ließ sich noch in seinem „kaiserlich-königlichen Lacal" verweilen. Denn so lautete die Inschrift der Tafel über Dovidl Morgensterns neuem Gassenladen: „K. K. Lacal der Loto-Colectur für Barnow und der ganzen Umkegend!" Den größten Raum dieser Tafel aber nahm ein großer, wenn auch etwas seltsam gemalter Doppeladler ein, und so war es nicht ganz überflüssig gewesen, daß Dovidl darunter in hebräischen Lettern hatte setzen lassen: „Kaiserlicher Adler! Hier wird gewonnen! Ein Terno macht jeder!" Denn Adler hatte nun auch sein Konkurrent Luiser Wonnenblum an die Tür heften können, sogar deren drei, aber das waren nur die Wappen der Versicherungsgesellschaften, deren Vertretung ihm nach dem Hintritt des würdigen Koscielski zugefallen war. „Luisers Hühnerstall", wie sie Dovidl nannte; es lag eine Welt von Verachtung in diesem einen Wort.

Unter den Fittichen des kaiserlichen Tiers also, an einem mächtigen Schreibtisch, der durch eine Barriere vom Raum für das Publikum getrennt war, saß Sender jenes Vormittags und blickte aus der Kühle auf die Straße hinaus. Er sah nun wohler aus als vor der Krankheit, seine Augen waren glänzender, die Bewegungen ruhiger. Auch die Kleidung bewies, daß aus dem geduldeten Uhrmacherlehrling nun ein wohlbestallter Lotterieschreiber geworden, noch mehr, eine Art von „Deutsch". Der neue Kaftan hatte den üblichen Schnitt, aber er war doch etwas kürzer als früher, und ebenso schienen die Wangenlöckchen gestutzt. Kurz – alles hatte sich mit ihm zum Besseren gewandelt. Trotzdem nagte er in diesem Augenblick mißmutig an der Unterlippe und blickte ungeduldig nach der Tür. „Er kommt nicht", murmelte er, „und wenn er kommt, so bringt er's nicht."

„Sender", klang die Stimme seines Herrn und Meisters aus dem anstoßenden Gemach; es war die „Prifat-Agentschaft", wo Dovidl Morgenstern nach wie vor, „Rath in alle Sachen" erteilte. „Ich bin fertig; schreib's ab."

Aber noch ehe sich der Schreiber erheben konnte, öffnete sich die Tür und Dovidl kam hereingestürzt. „Es eilt!" rief er und legte zwei vollgeschriebene Foliobogen vor Sender hin. „Die Rubra ist: ‚Chaim Fragezeichen und Naphtalie Ritterstolz contra Schlome Rosenthal wegen Verleumdung' . . . Eilt!" wiederholte er.

„Rubrum heißt es", erwiderte Sender gleichmütig. „Aber warum eilt es? Vielleicht wächst inzwischen Reb Schlomes Bart nach. Das kann doch für unsere Mandanten nur gut sein."

„Mandanten!" rief Dovidl heftig. „Gebrauch keine Ausdrücke, die du nicht verstehst. Übrigens heißt es wirklich ‚Mandanten'. Aber warum wär' das gut für sie? Was kümmert das sie, ob dieser Schlome einen Bart hat oder nicht?"

„Freilich kümmert sie das eigentlich nichts! Aber eben darum hätten sie ihn ihm nicht ausreißen sollen!"

„Ausreißen?" rief Dovidl. „Wer hat ausgerissen? Unsere Mandanten? Und das sagst du, *mein* Schreiber? Ich fahr' aus der Haut."

„Aber sie sagen's doch selbst", wendete Sender ein. Es war ein Pädagogenstreit gewesen, der die Gemüter der Barnower in großen Aufruhr versetzt. Sender freilich war unparteiisch geblieben; „sie waren ja alle nacheinander meine Lehrer", meinte er, „und ich hab' sie alle gleich lieb." Schlome Rosenthal war mit Naphtali Ritterstolz, dem Liebling des Rabbi, über die Auslegung einer schwierigen Talmudstelle in Streit geraten. Chaim Fragezeichen hatte Naphtali unterstützt, zunächst durch die Schärfe seiner gelehrten Gründe, dann, nachdem der Streit in Tätlichkeiten ausgeartet, durch die seiner Fingernägel; Schlome hatte schließlich die Flucht ergriffen, aber sein halber Bart war auf der Wahlstatt – Naphtalis Studierstube – geblieben. Schlome hatte zunächst den Rabbi als Schiedsrichter angerufen, dann aber, als dieser für seinen Liebling entschieden, durch Morgenstern die Klage beim k. k. Bezirksamt angestrengt.

„Sie sagen's selbst!" rief Dovidl, warf die Arme von sich und drehte sich zweimal wie ein Kreisel um die eigene Achse. „Wem haben sie's gesagt? Mir, ihrem Vertreter! Aber vor Gericht? Da lügt Schlome, da ist er ein Verleumder, weil er fromme Talmudisten beschuldigt – ‚wegen schwerer körperlicher Verletzung' beschuldigt – verstehst du?"

„Nein", erwiderte Sender. „Der Bart ist ja wirklich weg."

„Unsere Sorge! Er hat sich ihn selbst ausgerissen." Dovidl ergriff die Bogen und schwang sie wie eine Triumphfahne durch die Luft. „Das hab' ich hier geschrieben – um verleumden zu können, selbst ausgerissen!"

„Aber wenn das Gericht unsere Mandanten beeidet?"

„Beeidet? Hahaha!" Dovidl lachte krampfhaft. „Ich platz'. Sie sind ja Angeklagte. Die kann man doch nicht in Eid nehmen. Ich platz'."

„O doch!" erwiderte Sender gelassen. „Ihr erhebt ja die Gegenklage wegen Verleumdung. Und da sind Naphtali und Chaim die Zeugen und können beeidet werden."

Dovidl blickte ihn wie erstarrt an. „Ich fahr' –"

„Aus der Haut", ergänzte Sender. „Aber deshalb hab' ich doch recht."

Der Winkelschreiber hörte ihn nicht mehr. Blitzschnell hatte er die Bogen ergriffen und war in sein Sanktuarium zurückgestürzt.

Sender setzte sich wieder hin. „Und das erleb' ich nun dreimal täglich mit ihm", dachte er. „Anfangs hat's mir Spaß gemacht, aber jetzt möcht' ich eine Abwechslung haben! Wenn er doch wenigstens einmal wirklich platzen oder zum mindesten aus der Haut fahren wollte . . . Für mein Ziel nützt er mir gar nichts – so einen Narren werd' ich nie zu machen haben, den hat noch kein Dichter in ein Stück hineingesetzt . . . Und Nadler schweigt noch immer!"

Das war der Grund seines Mißmuts. Es ging ihm ja nun gut, er konnte zufrieden sein. Die Arbeit bedingte wohl viel Zeit, aber geringe Mühe. Hätte er sich auf jene Verrichtungen beschränken dürfen, für die er die sieben Gulden Monatslohn bezog, so wäre sein Tag fast nur aus Mußestunden zusammengesetzt gewesen, denn von Rechts wegen hatte er nur die Listen der Kollektur zu führen und die mit hebräischen Lettern, aber in deutscher Sprache geschriebenen Entwürfe seines Chefs in deutscher Schrift wiederzugeben. In Wahrheit war's anders, an beidem hingen mancherlei Verrichtungen, die nicht im Vertrage standen und doch getan sein wollten, jedoch auch dies nahm er willig in Kauf. Aber er konnte nichts zur Erreichung seines Ziels tun, in dieser Hinsicht verbrachte er seine Tage müßig, und dies ertrug er immer schwerer. Er hatte sofort nach seinem Eintritt in die Kollektur an seinen Gönner in Czernowitz geschrieben, die Wandlung seines Geschicks mitgeteilt und dringend gebeten, ihm die Bücher nochmals zu senden, namentlich den „Katechismus", aber nicht etwa wieder als Geschenk, beileibe nein, sondern unter Nachnahme und diesmal an seine eigene Adresse. Daß der Direktor noch in Czernowitz war, wagte er freilich nicht zu hoffen, „aber", dachte er, „so einen großen Künstler wird die Post schon finden." Darum hatte er keine baldige Antwort erwartet – nun aber waren's schon sechs Wochen und er harrte noch immer vergebens.

Auch heute hatte der Briefbote nichts für ihn, fast höhnisch winkte er ihm im Vorbeigehen mit der Hand ab. Es war dem Enttäuschten nur ein geringer Trost, daß in demselben Augenblicke die geistige Elite von Barnow zum Zwecke einer längeren Konferenz den Laden betrat.

„Hier wird gewonnen", stand auf jener Tafel, noch mehr, Dovidl verhieß sogar jedermann ein Terno. Er versprach nicht zu viel, nur gehörte freilich eines dazu: daß man jene Nummern zwischen 1 und 90 setzte, die dann in der nächsten Lemberger Ziehung herauskamen. Daß dies vom Glück, vom Zufall abhänge, glaubte eigentlich niemand in Barnow und der „ganzen Umkegend": man mußte eben das Glück zwingen, indem man sich nach verläßlichen Anzeichen richtete. Die einen folgten dabei mehr dem Verstande, die anderen mehr dem Gemüt, aber die Hilfe des Kollekturschreibers nahmen alle in Anspruch, und wenn es ihm auch die Gemütsmenschen nicht leicht machten, so erwiesen sich doch die Anhänger der reinen Vernunft als die Zeitraubendsten.

Die aber beehrten ihn eben: der Apotheker Ludwig Noß, der Steueramtskontrollor Viktor Huszkiewicz und der Wundarzt Franz Xaver Grundmayer; der vierte im Bunde, der Bestechungsagent Herr v. Wolczynski – es war dies fast ein ebenso offizieller Beruf wie der der anderen – fehlte heute.

Diese Herren folgten der Mathematik. Damit wenigstens eröffnete der kleine, kugelrunde Apotheker die Konferenz.

„Also, Senderko", begann er gewichtig, „wir kommen, um zu setzen. Große Einsätze! – bis zu fünfzig Kreuzer!" Er hob den Zeigefinger. „Aber ohne Mathematik tun das höchstens die Bauern! Also – lies uns einmal langsam die Listen der Nummern vor, die vor sieben Jahren herausgekommen sind. Langsam und deutlich!"

„Und laut!" fügte Grundmayer hinzu. Er hörte nicht ganz gut, wenn er etwas betrunken war, und etwas betrunken war er immer. „Die Lungen dazu hab' ich dir ja wieder kuriert! Nämlich, Sie müssen wissen, meine Herren, ich bin sein Lebensretter. Im April nämlich –"

„Aber Herr Doktor, das wissen wir ja, Herr Doktor!" fiel Huszkiewicz ein. „An die Arbeit, Herr Doktor!" Denn wenn man Grundmayer unterbrach, so wurde er grob, es sei denn, daß man ihn zur Begütigung „Herr Doktor" nannte. „Nimm also den Band von 1845, Sender, und lies. Ich werde auch heute notieren."

Er holte ein dickes Heft aus der Tasche, das schon fast ganz mit Zifferntabellen vollgeschrieben war, und nahm Platz. Sender aber langte seufzend den gewünschten Band aus dem Wandschrank und begann zu lesen. Er mußte es tun, sein Chef hatte ihm strengstens eingeschärft, jeden Wunsch der Kunden zu erfüllen, der sie in ihrer Spiellust bestärken konnte, aber es war ihm so langweilig, so schrecklich langweilig.

„Sender", klang die Stimme Dovidls aus dem Nebenzimmer,

und wieder kam er im nächsten Atemzuge hereingestürzt, auch diesmal ein Folioblatt in der Hand. „Ich hab' mir's überlegt – keine Gegenklage. Ich sag' einfach – Guten Tag, meine Herren, welche Ehre, meine Herren! Sie lassen sich vorlesen? Gut, sehr gut, vortrefflich, ausgezeichnet! Lies, Sender. Er liest doch deutlich, hoff' ich? Sind Sie zufrieden, meine Herren? Wenn Sie nicht zufrieden sind, so sagen Sie es! Aber warum liest du noch immer nicht?"

„19. 44. 57. 3 . . ."

„Aber, meine Herren, entschuldigen Sie zur Güte, das ist nicht auszuhalt – Sehr interessant, sehr! Und Ihre Methode, Pani Controllor, großartig! Was müssen Sie damit schon gewonnen haben! Noch nichts? Merkwürdig! Aber dann kommt es noch! Sie werden den Staat arm machen, Pani Controllor, bettelarm, zum Bankrott werden Sie Österreich bringen, meine Herren. So eine Methode! Aber warum liest du schon wieder nicht?!"

17. 31. 6 . . .

„Zum Verrücktwerden! Nämlich, ja! Großartig ist diese Methode, großartig ist sie, nicht zu sagen! Aber entschuldigen Sie, ist das wirklich nötig? Nämlich – worin besteht denn eigentlich diese Methode?"

„Ganz einfach", sagte der Apotheker. „Nämlich wir meinen –"

„Ich meine!" fiel der Controllor etwas pikiert ein. „Oder vielmehr, ich meine nicht, sondern ich weiß, daß sich die Nummern nach einem bestimmten Gesetz wiederholen. Aber eins bis neunzig – Sie verstehen, Pani Morgenstern, wie viel verschiedene Variationen sind da möglich! Da muß man also ein möglichst großes Material haben, um dahinter zu kommen. Aber fast hab' ich's schon heraus, und gerade die heutigen Ziffern passen merkwürdig in mein System. Merkwürdig! Weiter, Sender . . ."

„51. 12. 1 . . ." fuhr Sender monoton fort. ‚Wenn du erst wüßtest', dachte er, ‚wie merkwürdig das ist! Denn ich sag' dir ja schon eine Viertelstunde her, was mir grad' einfällt!' . . . „4. 73. 97 . . ."

„Was?" rief der Controllor und schnellte entsetzt empor. „97? Das gibt's ja im Lotto gar nicht!"

Und auch die beiden anderen Herren standen starr vor Staunen.

„Verzeihen Sie!" rief Sender hastig. „Ich hab' den Punkt übersehen. 9. 7 soll es heißen."

„Ach!" rief der Controllor befriedigt. „9. 7, das paßt wieder merkwürdig. Und jetzt, geben Sie acht – kommt 39 oder 58!"

„Wirklich 58", rief Sender im Tone fassungslosen Staunens und klappte vor lauter Bewunderung das Buch zu.

„58!" Der Controllor fuhr sich in die Haare. „Wirklich 58? Aber das ist ja auch so wahrscheinlich! . . . Nun hab' ich's, meine Herren, ich *hab's*. Bei der nächsten Ziehung kommen die Nummern" – er begann murmelnd zu rechnen – „kommen 6. 17. 83. – Ich setze einen Gulden!"

„Ich auch."

„Ich auch!"

Sender stellte ihnen die Scheine aus, erregt gingen die Herren ab.

„Drei Gulden!" rief Dovidl. „Wenn die Nummern herauskommen, so macht der Gewinn ein Vermögen. Rechne schnell aus, Sender, wie viel."

„Ich wart', bis sie gewinnen", erwiderte dieser und griff nach dem Hut, die Uhr wies eben auf zwölf.

„Aber die Eingab'! Ich hab's ganz einfach gemacht, alles ist nicht wahr! Es war nie ein Streit, nie eine Prügelei –"

„Und Reb Schlome hat nie einen Bart gehabt! . . . Auf Wiedersehen, Meister!"–

„Heut' war's doch wenigstens nicht ganz so langweilig wie sonst", dachte Sender, als er dem Mauthause zuschritt. „Aber ist das ein Leben für einen künftigen Künstler?" Freilich mahnte er sich sofort. „Pojaz, du hast schon auf schlechterem Papier geschrieben!" Aber der Schluß seines Selbstgesprächs lautete doch: „Wer weiß, wo Nadler ist! Ich muß an den Buchhändler in Lemberg schreiben! Dovidl kann mir gewiß seinen Namen sagen. Ich Narr, der nicht früher daran gedacht hat. Und wenn ich die Bücher doppelt bekomm', ist's auch kein Unglück. Ein Unglück ist's nur, länger müßig zu bleiben . . ."

Er schritt unwillkürlich rascher aus, als könnte ihn dies dem ersehnten Ziel näher bringen. „Als Kranker hab' ich einen anderen für mich sorgen lassen, aber jetzt –" Senders Tatkraft war wieder in ihm wach geworden.

Als er daheim die Wohnstube betrat, fand er just diesen anderen vor. Der „Marschallik" war auch sonst kein Kopfhänger, heut' lachte ihm vollends die helle Freude aus den Augen.

„Gottswillkomm'!" begrüßte ihn Sender herzlich. „Ist das recht? Seid Ihr nur ein Freund für die schlechten Tage? Seit vier Wochen hab' ich kein Zipfele Eures Kaftans gesehen. Aber ich seh', heut' ist Euch was Gutes begegnet!"

„Wird erst! mein Jung'", lachte der Marschallik, „wird erst! Das Beste, was ich auf der Welt hab'. Simche ist gestern nach Chorostkow gefahren und bringt mir heut' meine Jütte mit. Das Kind war jetzt vier Jahr' nicht zu Haus, und seit ihrem zehnten ist sie drüben – sieben Jahr'! So gut sie's in der Fremde hat, mir tut doch das Herz weh, daß sie dort bleiben muß. Aber was läßt sich da machen! Kein Mensch will heiraten, nicht einmal ein gewisser Mensch, der's dem Rabbi versprochen hat!"

„Findet doch erst eine, die mich mag", erwiderte Sender, suchte jedoch dann hastig das Gespräch auf andere Dinge zu bringen.

Es fiel ihm nicht schwer, der Marschallik erzählte von seinen Kindern; die beiden Söhne verdienten sich nun als Handwerker selbst ihr Brot, von den vier Töchtern waren nun drei verheiratet. „Und die Jütte bring' ich auch noch an!" schloß er. „Um die ist mir schon gar nicht bang. Freilich hier nicht, so wenig wie die Schwestern."

„Warum nicht hier?" fragte Frau Rosel. „Weil Ihr arm seid? Das ist doch kein Grund."

„Nein", erwiderte er, „sondern weil ich der ‚Marschallik' bin. Die Leut' haben mich gern, ich weiß, und gegen meine Ehrlichkeit ist auch nichts zu sagen, aber mit einem Menschen, der um Geld Spässe macht, verschwägert sich niemand gern."

Er nickte traurig vor sich hin, aber gleich darauf lachte er wieder. „Glaubt Ihr, ich mach' mir was draus? Nicht so viel . . . Aber nun geh' ich weiter!"

„In der Hitze?" rief Frau Rosel. „Erwartet doch Eure Tochter hier und eßt mit uns, so viel da ist."

Er ließ sich nicht lange bitten, aß aber nur wenige Bissen. „Ich kann's nicht – vor lauter Freud'", sagte er. „Ach wüßtet Ihr, was das für ein golden Kind ist. Reb Hirsch Salmenfeld sagt mir immer: ‚Ich gönn' Euch gewiß den Richtigen für Euer Kind wie mir für meine Malke, aber was ich ohne sie anfang', weiß ich nicht, sie hält mir das ganze Haus zusammen.' Und Ihr wißt", fuhr er stolz fort, „es ist die größte Wirtschaft in Chorostkow, das feinste Einkehrhaus weit und breit. Mit Müh' und Not hat er sie jetzt auf acht Tag' freigegeben, weil grad' das Geschäft still ist. Ja, meine Jütte!"

Nach dem Essen ging Frau Rosel auf ein Schläfchen in ihre Kammer, auch der alte Mann nickte in der Hitze ein . So war es Sender allein, der das Herannahen des schweren Leiterwagens gewahrte, den sein Freund Simche lenkte. Wohl ein Dutzend Passagiere saßen unter der Leinwandplache, halb erstickt von Staub und Hitze, darunter einige junge Mädchen.

Sender musterte sie neugierig. „Du bist die Jütte!" sprach er eins von ihnen an, dem lachende braune Augen in einem frischen, runden Gesicht standen. „An deines Vaters Augen erkenn' ich dich. Komm', steig' ab, er ist drinnen eingeschlafen – vor lauter Erwartung!"

Sie sprang ab. „Und du mußt der Pojaz sein", sagte sie munter. „Ich erkenn' dich an der Höflichkeit. Einem erwachsenen Mädchen ‚du' zu sagen – so eine Feinheit lernt man nur aus den deutschen Büchern."

Die Mitreisenden lachten. „Du, gib acht", warnte ihn Simche. „Die ist dir über! Was, Nüssele (Nüßchen)?" Der Vergleich war nicht übel, sie war rund, braun und blank wie eine Haselnuß. „Dein Kofferchen geb' ich zu Haus ab."

Er fuhr weiter. Sender öffnete ihr die Tür. „Ich bitte, näher zu treten, verehrtes Fräulein", sagte er neckend in seinem besten Hochdeutsch. „Wenn das Fräulein es so belieben . . ."

Sie blickte ihn scheinbar erstaunt an. „Was ist das für eine Sprach'?" fragte sie. „Glaubt Ihr, es wär' Deutsch?"

„Der Stich gibt kein Blut!" lachte er, war aber doch rot geworden. „Und da sagt man: Dicke sind gut. Jetzt weiß ich, wie viel's bei Euch geschlagen hat."

„Kein Wunder", erwiderte sie. „So ein Uhrmacher wie Ihr!"

Frau Rosel kam herbeigeeilt, als sie die fremde Stimme hörte, und geleitete das Mädchen zu ihrem Vater. Es war rührend, wie er die Augen aufriß und sie wieder schloß und dann aufjubelte: „Kein Traum! Kein Traum!"

Die Hausfrau brachte der Halbverschmachteten eine Labung; die vier blieben noch eine Weile in lustigem Geplauder beisammen. Am schweigsamsten war Sender, es ärgerte ihn, daß ihn das Mädchen vorhin so gründlich geschlagen. Um ihr eine bessere Meinung von sich beizubringen, lenkte er das Gespräch auf die Kollektur und spielte seinen Zuhörern die Szene vor, die er dort erlebt. Er gab sich alle Mühe, und sie lohnte sich, die beiden Alten lachten laut, und auch Jütte rief bewundernd, indem sie sich die Tränen aus den Augen wischte: „Auf dem Theater sieht man's nicht besser!"

Sender horchte hoch auf.

„Theater?" fragte er. „Habt Ihr je eins gesehen?"

„Natürlich. Im vorigen Monat war ja erst eine Gesellschaft in Chorostkow, vier Spieler und drei Spielerinnen. In unserem Haus, im Saal, den Reb Hirsch sonst zu Hochzeiten vermietet, war die Bühne. Ganz gute Geschäfte haben sie gemacht – alle Offiziere waren jeden Abend da. Es ist gar nicht zu erzählen, was die für Sachen gemacht haben, lustige und traurige! Ganz gute Spieler", fügte sie hinzu. „Sie waren früher in Czernowitz."

„In Czernowitz?" rief Sender atemlos vor Erregung. „War der Herr Nadler dabei?"

„Nein", erwiderte das Mädchen.

Die Mutter aber blickte ihn erstaunt an und fragte dann scharfen Tones: „Du bist ja außer dir! Was gehen dich die Spieler an? Und woher kennst du den Herrn Nadler?"

Sender hatte sich wieder gefaßt. „Die Wahrheit ist das beste", dachte er. Und so erzählte er möglichst gleichgültig, daß er diesen berühmten Schauspieler einmal auf der Bühne gesehen. „Du erinnerst dich – wie ich mit Schmule Grün beim Wunderrabbi in Sadagóra war."

„Ich erinnere mich nicht", sagte sie etwas scharf – jede Art von fahrenden Leuten war ihr gleich verhaßt.

Das Mädchen aber meinte: „Gar so berühmt kann dieser Nadler nicht sein. Wenigstens haben ihm die Spieler, die in Chorostkow waren, alles Schlechte nachgesagt. Sie haben ihm Schuld gegeben, daß sich die Gesellschaft aufgelöst hat. Er war ihr Direktor, hat sie aber nicht bezahlt und ist ihnen bei Nacht und Nebel durchgegangen – wegen fünfzig Gulden. Übrigens, vielleicht haben sie gelogen. Solche Lumpe! Und erst die Weiber!"

Sender wurde totenbleich, sein Herz pochte zum Zerspringen, und er fühlte jählings wieder ein Stechen in der Lunge. Die Gesellschaft aufgelöst, Nadler auf der Flucht! . . . all sein Hoffen lag im Staube! Instinktiv wandte er sein Antlitz ab, daß die Mutter seine Erregung nicht sehe, griff dann rasch zum Hut und stürzte hinaus.

Fast wankend schritt er im Sonnenbrand dem Städtchen zu und blieb immer wieder stehen und murmelte mit bleichen Lippen: „Was nun?" Während er auf Nadlers Hilfe baute, irrte der Unglückliche flüchtig umher. Und er kehrte wohl auch nie nach der Stadt zurück, die er mit Schimpf und Schande hatte verlassen müssen – und wenn der Winter kam . . . Sender schloß die Augen. „Barmherziger Gott", stöhnte er, „hättest du mich lieber sterben lassen, als das zu erleben! . . . Aber nein", murmelte er im nächsten Atemzuge, „das ist ja Sünde. Und doch, was wird nun aus mir?"

Er hörte seinen Namen rufen. Es war der Marschallik, der sich nun auch mit der Tochter auf den Weg gemacht. Sender winkte ihm mit der Hand zu und suchte rasch weiter zu gehen. Aber er konnte nicht so eilen, wie er wollte; der Schmerz beim Atmen hinderte ihn. „Die Erregung!" dachte er. „Der Arzt hat mich davor gewarnt!" Bei dem nächsten Seitenweg bog er ab und wieder zum Städtchen hinaus. In das nächste Ährenfeld, das er erreichte, warf er sich nieder und barg sein Haupt in den Händen. Nur nichts sehen, nichts hören, nur allein bleiben . . .

So lag er in dumpfer, fassungsloser Verzweiflung. Wild rauschte ihm das Blut in den Ohren, und die Lungen rangen nach Luft. „Es kommt wieder wie vor dem Rabbi", dachte er. „Aber was liegt daran?"

Dann richtete er sich doch auf, lüftete die Kleider, um leichter atmen zu können. „Nein", murmelte er vor sich hin und biß die Zähne aufeinander, „ich muß stark bleiben, ich hab' nun niemand, als mich allein . . . Aber", stöhnte er dann, „was kann ich anfangen, wie mir raten, wie mir helfen?"

Das Bewußtsein seiner Hilflosigkeit übermannte ihn; er kam sich so unglücklich, so verlassen, so bemitleidenswert vor! Jählings schossen ihm die Tränen in die Augen, er begann heftig zu weinen. Fassungslos schluchzte er vor sich hin und preßte das glühende Antlitz gegen die kühle, feuchte Erde des Ackers.

So verging eine geraume Weile. Allmählich wurde sein Atem ruhiger, die Tränen flossen reichlich, aber gelind. Nun, da sich sein Schmerz entladen, konnte er wieder ruhiger denken. „Die Lumpe!" hatte das Mädchen gesagt, „vielleicht haben sie gelogen!" Aber nein – darauf war kaum zu hoffen. Sie mochten Nadler verleumdet haben, daß er heimlich geflohen, aber was änderte das an der Sache? Die Gesellschaft war aufgelöst, Nadler brotlos – es klang ja nicht unwahrscheinlich, er hatte ihm ja selbst geschrieben, in Czernowitz finde sich nicht genug Publikum für den ganzen Winter – nun war es auch für die wenigen Wochen ausgeblieben . . . Und wenn es nicht fünfzig Gulden waren, sondern mehr, auch dies war nicht tröstlich.

Er stützte das Haupt auf die Hand. „Aber ist es nicht auch möglich", dachte er, „daß Nadler *sie* davongejagt hat? Vielleicht sind es gerade die schlechtesten unter seinen Leuten, und sie sagen ihm nun aus Rache Böses nach. Wenn ich wenigstens mit einem von ihnen reden könnt' – ich brächt' schon die Wahrheit heraus. Vielleicht treiben sie sich noch irgendwo in der Nähe herum, vielleicht kommen sie gar her . . . Nein, das nicht, wer ging' hier ins Theater? In Chorostkow steht viel Militär, aber hier – die drei Offiziere vom ‚Furbes' . . . Vielleicht weiß das Mädchen etwas darüber, und es ist möglich, daß ich selbst zu ihnen fahr' und sie ausfrag' . . ."

Drinnen im Städtchen schlug die Glocke des Klosters. „Vier Uhr!" erschreckt raffte er sich auf und rannte ins Städtchen zurück. „Zum Glück ist heut' Montag", dachte er, „da kommen noch nicht viel Leut'."

In der Tat waren des Nachmittags nur zwei Einsätze gemacht worden, er konnte es im Buche sehen. Dennoch empfing ihn sein Chef mit heftigem Poltern und Stöhnen.

„Fünfundvierzig Zettel hab' ich ausschreiben müssen", jammerte er. „und die Eingab' ist noch nicht geschrieben, obwohl sie eilt. Ich fahr' aus der Haut! Zahl' ich dir darum sieben Gulden?"

Neunzehntes Kapitel

Es war spät am Abend, als Sender die Eingabe mit Müh' und Not und sicherlich nicht ohne zahllose Fehler zu Ende geschrieben, dennoch ging er nicht heim, sondern zu seinem einstigen Lehrherrn, dem Kutscher. Nach heiterer Gesellschaft stand ihm der Sinn freilich nicht, aber Simche war ein Freund und Nachbar des Marschallik, vielleicht fand er Jütte dort. Und er mußte das Mädchen sprechen, Näheres von ihr zu erkunden suchen.

Dem heißen Tag war, wie so oft in der großen Ebene, jäh und unvermittelt ein kühler Abend gefolgt; ganz Barnow hatte die dumpfen Häuser verlassen und erging sich im Mondlicht auf der Straße. Wo immer sonst Menschen wohnen, vernimmt man an solchen Abenden Liederklang, lautes Lärmen und Lachen. Die schwere Last des Tages ist zu Ende getragen; nicht allein die Brust, auch die Seele atmet in der Kühle leichter und tiefer. Anders bei diesem Volke, das auf seinem Leidensweg über die Erde das erquickendste Gut, die harmlos heitere Hingabe an den Augenblick, für immer verloren. Das Behagen am Leben fehlt, andere bedürfen zur Trauer einer Ursache, der Jude des Ostens zur Freude. Wie still sich die vielen Menschen hielten! Nur zuweilen summte ein Mann halblaut eine Melodie der Synagoge vor sich hin, sonst war nur gemessenes Reden hörbar, zuweilen aus einem Kreise gedämpftes Lachen der Männer, aus einem anderen unterdrücktes Kichern der Mädchen. Denn nicht bloß im Gotteshaus, auch auf der Straße und bei jeglicher Lustbarkeit sind die Geschlechter streng geschieden. Hier standen Frauen, dort Männer in dichtem Knäuel beisammen, zumeist eng um jemand geschart, der Witzworte oder eine Klatschgeschichte zum besten gab, hingegen ging das junge Volk Arm in Arm in langen Reihen auf und nieder, aber kein Jüngling wagte sich an die Kette der Mädchen, und wo die Reihen einander begegneten und ausweichen mußten, drückten sie sich stumm und verlegen aneinander vorbei. Nur vor den Haustoren ging es zwangloser zu; dieser Raum gehörte ja gewissermaßen noch zum Hause.

Raschen Schritts und gesenkten Hauptes ging Sender dahin; rief ihn jemand an, so murmelte er einen Gruß und drückte sich hastig vorbei. Aber als er endlich das Haus des Fuhrmanns erreichte, harrte seiner nur eine Enttäuschung; da saßen neben den Hausleuten auch der Marschallik und sein Weib, eine dicke, muntere alte Frau, aber Jütte war nicht zu sehen.

„Wenn man den Wolf nennt, so kommt er gerennt", rief ihm der Marschallik entgegen. „Eben war Luiser hier, wir haben von dir gesprochen. Haben dir nicht die Ohren geklungen? Lauter Schimpf!"

„So?" fragte Sender leichthin, um nur etwas zu sagen.

„So?" äffte ihm der Marschallik nach. „Tu nicht, als ob es dir gleichtgültig wär'. Wenigstens könntest du dich schämen, wenn das wirklich so wär' . . . Luiser sagt, du kannst schon heut' besser schreiben als Dovidl; wenn du, sagt er, die deutschen Gesetze fleißig lernst, so kannst du in zwei Jahren dein eigenes Geschäft begründen. Die Gesetze – hörst du?"

Sender erwiderte nichts. „Das wär' grad' das rechte für mich", dachte er grimmig.

„Nun?" rief Türkischgelb ungeduldig, „warum antwortest du nicht? Mir scheint, du bist heut' nicht richtig im Kopf. Warum bist du Nachmittags davongelaufen wie ein Verrückter?"

„Mir war nicht wohl", murmelte Sender. „Von der Hitze."

„So? Weißt du, was meine Jütte gemeint hat: ‚Er ist erschrocken, wie ich von den Spielern erzählt hab', dahinter steckt was!' Und meine Jütte –"

„Sieht ein Brett durch!" ergänzte Sender ärgerlich. „Was sollt' dahinter stecken?" Mißmutig setzte er sich hin; nun konnte er sie auch bei einer künftigen Gelegenheit nicht mehr unbefangen ausfragen.

Aber er sollte noch am selben Abend alles erfahren, was sie darüber wußte. Nach einer kurzen Weile gesellte sich Jütte und die Tochter des Fuhrmanns zu der Gruppe. Das Gespräch kam natürlich auf das Leben in Chorostkow und Jütte meinte stolz, obwohl Barnow einige Einwohner mehr zähle, fühle sie sich doch wie in ein Dorf versetzt. Unter den Genüssen aber, die das Chorostkower Leben schmückten, nannte sie auch die Konzerte der Husarenkapelle im Schloßgarten und das Theater.

Die Frauen wußten nicht, was das Wort bedeute, der Marschallik aber erzählte, daß vor dreißig oder mehr Jahren auch in Barnow eine Truppe gewesen. „Aber die hat uns dann auch einen Ruf im Land gemacht, daß sich keine mehr hertraut; die armen Leut' sind fast verhungert. Unser Rabbi Manasse nämlich, der damals noch ganz jung war, aber womöglich noch strenger wie heut', hat verboten, hineinzugehen."

„Ich begreif' nicht, wie man so was verbieten kann", meinte Jütte. „Geht es denn gegen Gott, daß man sich unterhält und lacht und weint? Und was für schöne Spiele haben sie gemacht!"

„Erzähl' doch was davon", munterte sie ihre Mutter auf, die nicht wenig stolz darauf war, daß die Tochter so gut zu reden wußte.

„Zum Beispiel das Spiel von den Räubern", sagte Jütte. „Also –

zwei Brüder, der eine ist schlecht und ein Gutsbesitzer, der andere ist gut und ein Räuber –"

„Umgekehrt, Kind", verbesserte die Mutter.

„Nein, so ist es. Nämlich der Gute ist nur Räuber geworden, damit er den Menschen hilft! Das Spiel hat ein gewisser Schiller aufgeschrieben, sagt meine Malke."

Ein feines Mittel, den Menschen zu helfen". lachte Simche. „War denn dieser Schiller auch bei der Gesellschaft?"

„Nein, der Arme soll schon tot sein, sagt meine Malke. Und sie weiß ja alles. Aber noch besser hat mir das Spiel vom verliebten Schneider gefallen. Fips tut er sich mit deutschem Namen schreiben. Nämlich durch ein Loch in der Mauer wird ihm seine Braut entführt. Wenn ich dran denk', wie der Herr Stickler da gemeckert hat, lach' ich noch heut'. So heißt nämlich der Spaßmacher. Übrigens ein Lump, nicht zu sagen. Den ganzen Tag war er betrunken und ist schließlich Reb Hirsch mit der Zeche durchgegangen. Und erst die Weiber! Es war gut, daß sie selber fort sind, sonst hätt' sie Reb Hirsch hinausgeworfen."

Sie wurde rot und verstummte.

„Man kann sich denken, was das für ein Gesindel ist", sagte Simche. „Die Leut', die mit den Löwen und Schlangen herumziehen, sind doch, scheint's, ordentlicher. Die haben doch was!"

Sein Weib aber meinte: „Einmal möcht' ich so ein Spiel doch sehn. Vielleicht kommen sie her."

„Ich glaub' nicht", sagte Jütte. „Von Chorostkow sind sie nach Kolomea gezogen und von da wollten sie nach Siebenbürgen."

Das Gespräch nahm eine andere Wendung; bald darauf ging die Gesellschaft auseinander. In bitterem Herzeleid schritt Sender seiner Wohnung zu. Auch diese Hoffnung war also zerronnen, er konnte doch den Leuten nicht aufs Geratewohl nach Siebenbürgen folgen. In dieser Nacht kam kein Schlaf über seine Augen.

Das Tageslicht gab ihm seinen Mut wieder; mit frommer Inbrunst verrichtete er das Morgengebet. „Ich hab' nur noch zwei, auf die ich bauen kann", dachte er, „Ihn und mich. Aber wenn ich mich nicht verlasse, so tut auch Er es nicht. Die Hauptsache ist: ich muß weiterarbeiten und mir die Bücher schaffen. Es mag vielleicht kein gutes Brot sein, sonst hätte nicht ein Spieler wie Nadler wegen fünfzig Gulden durchgehen müssen, aber ich will lieber dabei zu Grunde gehen, als anderswie reich werden!"

Heute waren keine Eingaben zu schreiben. Es war der Dienstag, der Tag des Wochenmarkts, zugleich der Schlußtag der wöchentlichen Kollekte, wo die meisten Einsätze gemacht wurden, da hatte er keine Zeit dazu. Kaum daß er den Laden geöffnet, kamen die Bauern angerückt und wollten ihre sauer erworbenen Groschen los sein.

Aber das ging nicht so rasch. Die meisten wollten vorher Rat und Hilfe in der richtigen Auswahl der Nummern. Gleich der erste, der sich vor Senders Tisch schob, war ein ihm wohlbekannter Kunde, der ihn in der Regel eine halbe Stunde kostete. Ein stattlicher Bauer, der Dorfrichter von Miaskowka, der in seiner Umgebung den Ruf großer Klugheit genoß.

„Nun, Senderko", begann er wie immer mit vertraulichem Flüstern, „machen wir heute das Geschäft?"

„Nein", erwiderte Sender kurz, „es geht nicht."

„Aber warum denn nicht? Ich werde dich doch nicht verraten! Und wir reden ja auch nichts miteinander ab. Ich lege meine dreißig Kreuzer hin – so! – und du schreibst drei Nummern auf, die dir" – er zwinkerte schlau – „eben einfallen, und vom Gewinn bekommst du die Hälfte."

Der Richter war nämlich der Meinung, es hänge nur von Sender ab, welche Nummern er am Mittwoch Vormittag als gezogen an die Ladentür stecke. Der Schreiber hatte ihn bisher ruhig bei diesem Glauben gelassen, und nur immer versichert, das Geschäft gehe gegen sein Gewissen. Es hatte ihm Spaß gemacht, durch welche Mittel dann der Richter seine Zweifel zu zerstreuen suchte. Heute aber sagte er kurz: „Seid nicht dumm, Richter! Wüßte ich, welche Nummern herauskommen, ich wäre längst ein reicher Mann und säße nicht mehr hier."

Der Bauer sah ihn verdutzt an.

„Das heißt", sagte er zögernd, „daß du es mir nie sagen wirst?" Sein Gesicht färbte sich hochrot vor Zorn, er hieb auf die Barriere los. „Dann treibt ihr ja Betrug hier, ihr elenden Juden! Betrug! Für gute dreißig Kreuzer so ein elendes Zettelchen!"

Auf den Lärm kam Morgenstern herbeigestürzt.

„Du Narr!" fuhr er Sender heftig an, nachdem er den Sachverhalt erfahren, „so sorgst du fürs Geschäft?"

Dann wandte er sich an den Bauer.

„Herr Richter", flüsterte er ihm flehend zu, „ich sag' Euch die Nummern, die wir morgen ausstecken. Höchstens wenn mir der Herr Bezirksvorsteher andere befiehlt – aber sonst gewinnt Ihr gewiß! Und ich bin schon mit einem Viertel des Gewinns zufrieden!"

„Das ist was anderes", sagte der Bauer begütigt und machte seinen Einsatz. „Aber betrügen lasse ich mich nicht, am wenigsten von so einem jungen Tölpel!"

„Der Anfang war gut!" dachte Sender seufzend und beschloß, nun umso vorsichtiger zu sein. Zum Glück war unter den anderen Kunden keiner, der dem Richter von Miaskowka an Schlauheit gleichkam. Diese Bauern und Kleinbürger wollten nur wissen, ob jetzt „der Wind mehr nach Grad oder mehr nach Ungrad wehe", ob sie also vorteilhafter 15 und 43 oder 16 und 44 setzen sollten, oder noch häufiger, ob „der Wind unten, in der Mitte oder oben wehe", das heißt, ob sie die Ziffern zwischen 1 und 30, oder 31 und 60, oder 61 und 90 wählen sollten. „Der Wind" – was sie darunter verstanden, mochte der Himmel wissen, es war ihnen wahrscheinlich ebenso klar wie Sender, der diesen Wind abwechselnd durch alle drei Regionen streichen ließ. Wieder andere erzählten ihre Träume und verlangten die Nummern angegeben, die diesen entsprachen; zu dem Zwecke lag auch hier, wie in jeder Lottokollektur des Ostens, ein Traumbuch auf dem Schreibtisch. Sender glaubte den Leuten keinen Schaden zuzufügen, wenn er es nicht erst aufschlug.

„Also", sagte er der Pfarrersköchin von Barnow, „Ihr habt von einem Bottich voll Geld geträumt – 7, von einem Korporal – 23, und ein Hund hat Euch in die Wade gebissen – 50. Und Ihr?" wandte er sich an eine alte Bäuerin.

„Von einem schwarzen Huhn habe ich geträumt", erwiderte sie, „und daß mir ein junger Mann schön getan hat –"

„3 und 32. Was noch?"

„Und daß ich in der Kirche eingeschlafen bin."

„50 . . . Und Sie, gnädige Frau?"

Die Frage galt der Gattin des städtischen Försters, Frau Theodora Putkowska, ihrer boshaften Zunge wegen auch die Viper von Barnow genannt.

„Ein Rosaseidenkleid", flüsterte sie ihm zu. „Das ist das einzige, was mir geträumt hat, aber wiederholt . . ."

„50!" erwiderte Sender.

„Was?" rief sie und warf den Zettel, den er ihr reichte, zurück. „Empörend! Ist ein Rosaseidenkleid dasselbe, als wenn ein Hund in die Wade beißt oder wenn man in der Kirche einschläft? Immer 50! Das ist ja ein Betrug . . ."

Entsetzt erkannte Sender, daß er die Zahl, die ihn seit gestern begreiflicherweise, da er unablässig an Nadlers Los denken mußte, am meisten beschäftigt, etwas zu oft benützt. „Lassen Sie mich nachsehen", bat er erschreckt und griff nach dem Traumbuch.

Es war zu spät; schon war Morgenstern wieder erschienen, nach dem Rechten zu sehen. Ein Strom von Klagen und Schimpfreden ergoß sich über das Haupt des Schuldigen. „Du willst mich zum Bettler machen", schrie er, „aber eher jage ich dich davon!"

„Wie begütige ich ihn nur wieder?" dachte Sender, nachdem sich der Laden geleert. „Er soll mir ja die Adresse des Buchhändlers sagen." Er trat vor den Meister. „Wenn Ihr eine Arbeit für mich habt – ich hab' gerade Zeit."

Dovidl blickte ihn mißtrauisch an. „Was bist du plötzlich so eifrig?" fragte er.

„Es ist auch die Langeweile", sagte Sender. „Ich hab' ja nichts zu lesen. Und da wollt' ich Euch bitten –"

„Daß ich dir etwas von den Gesetzen da gebe?" fragte der Winkelschreiber lauernd und wies auf die Bücher, die vor ihm lagen.

„Nein", erwiderte der Schreiber. „Eine Sprachlehre will ich mir aus Lemberg kommen lassen, vielleicht auch ein Lesebuch, sagt mir, wie mach' ich das?"

Zornrot sprang Morgenstern vom Sessel empor.

„Schäm' dich!" rief er. „So jung und schon so falsch! Glaubst du, ich weiß nicht, wer dahinter steckt? Mein lieber Luiser! Er redet dir immer zu: ‚Lern' die Gesetze – dann kannst du Dovidl das Brot wegnehmen.' Und nun soll ich dir raten, wie du dir die Bücher schaffst!"

„Nein!" rief Sender. „Ich schwöre Euch . . ."

„Kein Wort mehr . . . So ein Undank . . ."

„Aber so nehmt doch Vernunft an", rief Sender heftig. „Wenn Luiser dahinter stecken würde, so könnt' er's mir doch gleich selbst sagen –"

„Er weiß es ja nicht! War er denn je in Lemberg? Nein, nein, mich betrügt man nicht so leicht!"

Mißmutig setzte sich Sender wieder an den Schreibtisch. „Dann frag' ich Luiser wirklich", dachte er. „Er kommt ja gewiß auch heute."

In der Tat trat der Gemeindeschreiber kurz vor Mittag ein, wie jeden Freitag und Dienstag. So sehr ihn Dovidl sonst haßte, die Besuche ließ er sich gern gefallen. Luisers Einsatz war sehr ansehnlich, da er das Haupt einer Spielgesellschaft war. Ihre Mitglieder wollten die Regierung nicht betrügen, aber auch von ihr nicht betrogen sein. „Das lassen wir uns nicht einreden", meinten sie, „daß die Nummern in Lemberg von einem Waisenknaben gezogen werden. Der Waisenknabe trägt Brillen und einen langen Bart und sieht vorher alle Listen durch. Jene Nummern, die am wenigsten besetzt sind, werden natürlich gezogen, damit auch möglichst wenig Gewinne ausbezahlt werden müssen." Nun standen ihnen freilich nicht alle Listen des Landes zu Gebote, aber sie spannen ihre Netze so weit sie konnten; jeden Freitag wurden die Listen eingesehen, die Ergebnisse brieflich ausgetauscht und dann am Dienstag verwertet. Keine Enttäuschung vermochte die Überzeugung dieser seltsamen Kartellbrüder zu erschüttern, daß sie allein auf richtiger Fährte seien. Auch Luiser Wonnenblum zählte das Häuflein Papiergulden so fröhlich vor Sender hin, als hätte ihm Gott selbst den Gewinn zugesichert. Aber womöglich noch heiterer wurde seine Miene, als Sender ihn nach dem Buchhändler fragte.

„Recht so!" flüsterte er. „Du brauchst nicht einmal dem Buchhändler schreiben. Ich schaff' dir schon die Gesetze durch meinen Vetter in Lemberg."

Sender lehnte dankend ab. „Bemüht Euch nicht, sagt mir nur, wie der Buchhändler heißt."

„Das weiß ich nicht. Aber wie gesagt, mein Vetter . . ."

Als Sender es endgültig ablehnte, verließ Luiser sehr erstaunt den Laden. „Glaubt er vielleicht", dachte er, „ich will am Preis verdienen? Nicht einmal – ich hab' schon so Vorteil genug davon, wenn sich Dovidl und Sender entzweien."

Sender aber schrieb ungesäumt „an den deutschen Buchhändler in Lemberg" und bestellte die Bücher gegen Nachnahme. Die genauen Titel wußte er ja nicht, aber das war wohl auch bei einem, der damit Handel trieb, nicht nötig.

Als er den Brief in den Schalter des Postamts warf, streifte sein Blick die Briefe, die über dem Schalter ausgestellt waren. „An den Herrn Theaterdirektor Nadler" – Himmel, das war ja sein Brief, auf den er so schmerzlich Antwort ersehnt; er war als unbestellbar zurückgelangt!

Der Postmeister musterte Sender lächelnd, als dieser den Brief zurückerbat: „Mensch, was hast du für Bekanntschaften?! Übrigens liegt der Brief schon einen Monat da." Auf der Rückseite stand: „Retour. Adressat unbekannt wohin verzogen."

Senders Herz zog sich schmerzhaft zusammen. Nun brauchte er niemand mehr zu fragen. Dieser Herr Stickler und die anderen hatten nicht gelogen . . .

Er war nun wirklich ganz verlassen, sein Gönner geflohen, warum hätte er sonst seine Adresse nicht zurückgelasen? . . . „Der Ärmste", murmelte er, „wegen fünfzig Gulden!" Und neben dem Mitleid mit Nadler regte sich auch abermals das mit sich selber.

Aber nun weinte er nicht wieder. Als ihn die Mutter beim Mittagessen besorgt fragte, warum er so bleich und traurig sei, zwang er sich sogar zu einer fröhlichen Miene.

Zwanzigstes Kapitel

Ebenso tapfer suchte er des Nachmittags seinen Dienst in der Kollektur zu verrichten. Es war der schwerste der Woche. Die Tür des Ladens stand nie still, zwischendurch mußte die ganze Liste kopiert werden, um mit Postschluß, sieben Uhr, nach Lemberg abzugehen. Denn am Mittwoch Morgens erfolgte schon die Ziehung in Lemberg, die Nummern wurden allen Kollekteuren sofort telegraphisch mitgeteilt; in dem rechtzeitigen Abgang der Liste lag also die einzige Sicherheit des Staates gegen einen Mißbrauch.

Nach sechs Uhr, Sender hatte schon das Kuvert geschrieben und wollte eben die Liste unterzeichnen – trat Herr v. Wolczynski in den Laden.

„Ich bin gestern nicht dagewesen", sagte er, „mit dem Huszkiewicz will ich nichts mehr zu tun haben. Seine Methode – haha! – die pure Narrheit. Du bist ja klug, Senderko, hab' ich nicht recht?"

Der Schreiber blickte etwas befremdet auf; so leutselig war sonst Herr v. Wolczynski nicht. Dann zuckte er mit diplomatischem Lächeln die Achseln.

„Wir verstehen uns", rief der Edelmann und klopfte ihm vertraulich auf die Schulter. „Also – ich setze auf eigene Faust, Nummern, die ich mir selbst ausgerechnet habe. Hier – hundert Gulden!" Er legte die Note hin. „Es ist doch noch Zeit?"

„Gewiß", sagte Sender dienstfertig und legte die Note in die Kasse. Es war der höchste Einsatz, den er je eingetragen. „Bitte, welche Nummern?"

Wolcynski griff in die Westentasche. „Da hab' ich das Zettelchen." Aber es fand sich nicht vor. Er suchte im Rock, im Beinkleid, das Zettelchen fand sich nicht. „Verflucht!" rief er, „was machen wir da? Habe ich noch Zeit, nach Hause zu gehen und es zu holen?"

„Nein", erwiderte Sender. „In zehn Minuten muß die Liste auf der Post sein."

„Aber ich kann doch nicht mein Glück versäumen", rief der Edelmann bestürzt. Im nächsten Augenblick jedoch erhellte sich seine Miene. „Halt!" rief er. „Das Einfachste fällt einem doch immer zuletzt ein. Du schreibst sowohl in die Liste wie in meinen Zettel nur den Einsatz und gibst mir beide; ich gehe rasch heim, fülle sie aus und bringe die Liste noch rechtzeitig zur Post. Du weißt, der Postmeister ist mein guter Freund – ich bürge dafür. Ist das nicht das Bequemste für uns beide?"

Sender erbleichte. „O du Schurke!" dachte er. Laut aber sagte er nur: „Bequem wär's freilich, aber gefährlich!" Er langte die hundert Gulden hervor und schob sie dem Edelmann zu.

„Gefährlich?" lachte Wolczynski. „So sei doch vernünftig! Hier sind zehn Gulden Trinkgeld, und wenn ich gewinne, bekommst du zwanzig Prozent von meinem Gewinn."

Auch dies Geld schob Sender zurück. „Zwanzig Prozent von Ihrem Gewinn?" fragte er. „Das ist zu viel für mich, das sind zwei Jahre Zuchthaus!"

„Wie?"

„Ganz einfach. Sie finden Ihr Zettelchen erst morgen, nachdem das Telegramm eingetroffen ist. Die Liste geht morgen mittag ab. Wird in Lemberg die verspätete Absendung bemerkt, so beträgt Ihr Gewinn zehn Jahre Zuchthaus."

„Kerl!" brauste der Bestechungsagent auf, „wie kannst du –"

Da stockte er. Die Tür wurde hastig aufgerissen; es war Jossele Alpenroth. „Ist's – noch – Zeit?" keuchte er mühsam hervor und hielt Sender zwei Gulden entgegen.

Wolczynski hatte sein Geld zu sich gesteckt.

„Adieu, Senderko!" sagte er, wieder ganz freundlich. „Wir sprechen uns noch! Natürlich ein Mißverständnis!"

„Natürlich!" rief ihm Sender nach und griff dann eilig zur Feder. „Rasch, Meister. Also zwei Gulden. Terno. Welche Nummern?"

„5, 63, 88. Sie haben mir heut' nacht geträumt. Den ganzen Tag hab' ich mit meinem Weib beraten, ob ich setzen soll oder nicht. Endlich hat sie's erlaubt."

Sender hörte ihn nicht an. In großer Hast schrieb er die Nummern in Zettel und Liste ein, unterschrieb sie, schloß das Kuvert und rannte zur Post, wo er die Sendung mit Mühe noch anbrachte.

Er fühlte sich sehr müde, die durchwachte Nacht lag ihm in den Gliedern, so ging er denn heute sofort heim und lag kurz darauf in tiefem Schlaf in seiner Kammer.

Unsanft genug sollte er daraus geweckt werden. Es pochte an seiner Tür. „Steh' auf!" hörte er die Mutter ängstlich rufen. „Reb Dovidl ist da; es soll etwas im Geschäft nicht stimmen."

„Wolczynski!" dachte er entsetzt und machte Licht. Es war kaum zehn Uhr. Hastig fuhr er in die Kleider. Aber was konnte ihm der Edelmann anhaben? Und nun hörte er auch unten eine wohlbekannte Stimme rufen: „Wenn er mir das Geld nicht zurückgibt, dann sollt ihr mich kennen lernen!" Das war Jossele Alpenroth.

„Was mag der wollen?" fragte sich Sender erstaunt. Aber als er die Wohnstube betrat, erfuhr er es nur allzu bald. Reb Dovidl stürzte ihm entgegen und hielt ihm einen Lotteriezettel unter die Nase. „Lies!" schrie er.

Sender las: „50, 63, 88. Terno. Zwei Gulden für die morgige Ziehung. – Was soll's damit? Der Zettel ist in Ordnung!"

„In Ordnung?" krähte Dovidl und drehte sich dreimal um seine Achse.

„In Ordnung?" rief Jossele und faßte Sender an der Brust. „5 habe ich gesagt, nicht 50, so wahr mit Gott helfe!"

„Das ist möglich", murmelte Sender bestürzt. Die Nummer war ihm im Lauf desselben Tages zum zweiten Mal verhängnisvoll geworden.

„Möglich?" schrie Dovidl. „Gewiß! Heut' bist du ja verrückt mit den fünfzig! O, könnt' ich sie dir aufmessen lassen! Also willst du die zwei Gulden in Güte ersetzen oder nicht? Wenn nicht, so brauchst du nicht mehr in den Laden zu kommen, und ich reiche für Reb Jossele die Klage gegen dich ein."

„Ich ersetze sie", sagte Sender und schüttelte das Männchen von sich ab. „Ihr braucht nicht zu drohen. Es ist meine Pflicht. Ich hole das Geld."

„Vom sauer erworbenen Lohn", schluchzte die Mutter hinter ihm her. „Was sind für uns zwei Gulden! O, er wird nie vernünftig werden."

Sender reichte seinem einstigen Lehrherrn das Geld hin und nahm den Zettel an sich. „So, der gehört nun mir!"

„Ja!" sagte der Uhrmacher „*Der* Zettel gehört dir! Aber wenn morgen 5, 63, 88 herauskommt, so verklag' ich dich auf die dreihundert Gulden Gewinn. Reb Luiser sagt, er will den Prozeß umsonst für mich führen, weil er gar nicht zu verlieren ist."

„Was?" rief Morgenstern. „Was?" wiederholte er im Tone höchster Entrüstung. „Mich reißt Ihr aus dem Bett heraus, und ich muß bei Nacht und Nebel mit Euch herlaufen und diesem armen Teufel da die zwei Gulden herauspressen, obwohl Ihr doch gar nicht *beweisen* könnt, daß Ihr nicht 50, sondern 5 gesagt habt – und Eure Prozesse laßt Ihr den Luiser führen? Hahaha! Da seid Ihr beim Rechten! Klagt nur – wir haben keine Furcht. Denn ich vertrete meinen Sender, versteht Ihr, den vertrete ich!"

„Aber Reb Dovidl", suchte ihn der Uhrmacher zu begütigen. „Wenn mir Reb Luiser sagt –"

„Hinaus!" rief der Winkelschreiber. „Erlaubet mir, Frau Rosel, und du, lieber Sender, erlaubet mir, daß ich diesen Menschen aus eurem Hause hinauswerfe. Wißt ihr, was er mir gesagt hat, als wir hergegangen sind? ‚Ich werd' über den Irrtum sehr froh sein', sagt er, ‚wenn ich dadurch mein Geld zurückbekom'. Es war eine Übereilung von mir', sagt er, ‚so viel zu setzen, und mein Weib schimpft gehörig.' Und jetzt, wo er sein Geld hat, will er durch Luiser Prozesse führen lassen! Geht und schämt Euch!"

Der Uhrmacher tat, wie ihm geheißen: gesenkten Hauptes schlich er hinaus, und hinter ihm schritt der zürnende Dovidl, stolz und finster wie ein Engel der Rache . . .

Als Mutter und Sohn am nächsten Morgen bei der Frühstückssuppe zusammensaßen, begann Frau Rosel: „Was doch dir alles begegnet, du Pojaz! Jetzt spielst du gar in der Lotterie mit, ohne gesetzt zu haben!"

„Und am End' gewinn' ich noch die dreihundert Gulden! Was würdest du dann sagen, Mutter?"

„Traurig wär' ich gerade nicht", erwiderte sie. „Aber mach' dir nur keine Hoffnungen. Das wär' ja ein Wunder."

„Ein Wunder nicht", erwiderte er, „sondern nur derselbe Zufall, den ich jetzt so oft mit ansehe. Fünfhundert Menschen und mehr setzen jede Woche und drei oder fünf davon gewinnen. Und die kommen auch zu ihren Nummern auf keine vernünftigere Weise, als ich zu den meinen. Warum sollt' der Zufall nicht mich treffen? Aber sei ruhig, Mutter, ein Haus kauf' ich mir auf die Hoffnung nicht."

In der Tat dachte er kaum mehr daran und arbeitete des Vormittags fleißig an einer neuen Eingabe, bis der Telegraphenbote eintrat. Gleichzeitig kam Morgenstern hereingestürzt.

„Nun?" fragte er, als Sender das Telegramm überflog. „Hast du gewonnen?"

„Ja", murmelte Sender mit schwacher Stimme und sank halb ohnmächtig auf seinen Sitz zurück, „ja – ich hab' gewonnen!"

„Mach' keine Witze!" rief Dovidl und riß ihm das Blatt aus der Hand. Aber da stand: „8. 36. 50. 63. 88."

Die Kunde von dem Glück des Pojaz verbreitete sich pfeilschnell durch das Städtchen und erweckte geringeren Neid und Ärger als sonstige Fälle dieser Art, nicht allein, weil Sender beliebt und ein so armer Mensch war, sondern weil die Leute gleichzeitig Grund zu einer anderen, für sie angenehmen Empfindung hatten: zur Schadenfreude über Jossele Alpenroth. Der kleine Uhrmacher schäumte vor Wut und lief zu Luiser, damit dieser die Klage sofort einreiche. Der war auch ohne Zögern dazu bereit, aber nur, wenn Jossele die Kosten trage. „Denn 50 ist ja herausgekommen", sagte er, „da ist der Erfolg unsicher." Aber als Jossele erklärte, sein gutes Geld wende er nicht daran, war auch der Gemeindeschreiber ehrlich genug, zu sagen: „Ihr hättet auch nichts ausgerichtet."

Zur selben Zeit saßen im Mauthause Mutter und Sohn beisammen, Hand in Hand, aber schweigend. Sender empfand die Freude fast ähnlich wie zwei Tage zuvor den Schmerz; seine Kehle war wie zugeschnürt, er konnte kaum atmen, nicht klar denken.

„Das hat Gott getan", sagte die Mutter. „O, es ist so, wie geschrieben steht: ‚Er hört, was nächtens unser Herz erfleht!' Wie oft habe ich zu Ihm emporgerufen: ‚Sender ist kränklich, sein Sinn nicht aufs Erwerben gerichtet – versorge Du ihn, wenn ich nicht mehr bin.' Nun bist du versorgt. Aber wir wollen Ihn auch nicht vergessen. Er hat uns befohlen: ‚Den Zehnten den Armen.' Dreißig Gulden sind ja sehr viel Geld; ich hab' sie seit fünfundzwanzig Jahren nie auf einem Fleck beisammen gesehen, aber wir wollen sie doch opfern, nicht wahr?"

„Gewiß, Mutter", stimmte er bei. Ob sie recht hatte, ob Gott wirklich auch die Gewinne im Lotto bestimmte – er wußte es nicht. Wie oft hatte er schon in diesen Wochen wohlhabende Leute gewinnen sehen, während Arme, die ihr Letztes geopfert, leer ausgegangen. Aber als ein Zeichen, daß der Himmel mit ihm und seinen Plänen sei, nahm er es doch auf. Wie sehr war ihm dadurch die Erreichung seines Zieles erleichtert! Er brauchte nun nicht länger in Barnow zu bleiben, als ihm beliebte, im Herbst, wo die Theater in den großen Städten wieder eröffnet wurden, wollte er fortgehen, nicht mehr nach Czernowitz, sondern nach Lemberg, wo es eine noch größere Bühne gab. Nun brauchte er ja keinen Gönner mehr, der ihm sofort den Unterhalt schaffte, er konnte leben und sogar seine Lehrer bezahlen, bis er selbst als Schauspieler Lohn erhielt. Er hatte ja nun so viel, so schrecklich viel Geld – auch der Mutter konnte er etwas davon zurücklassen. Ja, nach Lemberg – das heißt natürlich nur, wenn nicht etwa Nadler inzwischen von sich hören ließ und ihn anderswohin berief. Denn ihm wollte er treu bleiben und auch redlich mit ihm teilen, wenn der edle Mann noch immer in Not war.

„Wo nur der Marschallik bleibt?" meinte die Mutter. „Jetzt", fuhr sie lachend fort, „wird er mir wohl auch andere Partien für dich wissen, als ältliche Witwen und bucklige Mädchen. Und nicht wahr, wenn sich was Rechtes findet, du wirst nicht ‚Nein' sagen?"

Sender drückte stumm ihre Hand. Bejahen konnte er die Frage nicht und verneinen mochte er sie nicht. Sollte er ihr diese Stunde der Freude trüben, die erste seit langer, langer Zeit, die ihr wieder gegönnt war?

„Und was denkst du nun zu ergreifen?" fragte sie. „Ich mein', du bleibst vorläufig bei Dovidl, bis sich was Passendes für dich findet. Aber ich will dir nicht zureden; ein wohlhabender junger Mann kann auch eine Weile so zusehen . . ."

„Ich bleibe bei ihm", sagte Sender. Es war ihm gleichgültig, wo er die wenigen Monate bis zum Oktober verbrachte, wenn ihm dabei nur Zeit für seine Studien blieb.

Am Abend kamen der Marschallik und der Kutscher Simche mit ihren Familien zum Glückwunsch, und Frau Rosel bewirtete sie festlich. Sie hatte eine halbe Gans besorgt und sogar die ganze Leber dazu, eine Riesenschüssel geschmalzter Kartoffeln, dazu als Dessert die höchste Delikatesse: „Grieben", im eigenen Fett geröstete, klein gehackte Gänsehaut. Dann Weißbrot, und als Getränk Met. Aber nur die Gäste waren laut und fröhlich, Frau Rosel saß still da; die Freude war ihr so ungewohnt! Auch auf ihre gesellschaftlichen Pflichten als Wirtin verstand sie sich schlecht. Sie bat wohl zuweilen: „Langet doch zu, es reicht ja für alle!" oder fragte: „Nicht noch ein Gläsele?" Aber sie unterließ das „Nötigen", wie es die Sitte gebot. Die Wirtin darf sich weder um das Nein, noch um eine abwehrende Bewegung des Gastes kümmern, sondern hat ihm mit sanftem Zwang, oder wo es nicht anders geht, mit Gewalt noch einen Brocken auf den Teller zu bringen und selbst sein Glas zu füllen, auch wenn sie es ihm zu diesem Zwecke in längerem Ringen mühsam entwinden muß. Aber das verübelten ihr die Gäste nicht, es war ja das erste Fest, seit sie dies Haus bewohnte, und so erfüllten ihre Freundinnen, Frau Chane Türkischgelb und Frau Surke Turteltaub, abwechselnd statt ihrer diese Pflichten der Hausfrau, und zwar ganz gründlich. Sogar Frau Rosel wurde von ihnen „genötigt", und das war gut, sie hätte sonst keinen Bissen gegessen, und überflüssig war es auch bei Sender nicht. Er, der bei Festen anderer so laut war, saß stumm da, und selbst die besten Witze seines alten Freundes entlockten ihm kaum ein Lächeln.

Natürlich ließ es der Marschallik auch an Trinksprüchen nicht fehlen, und zwar selbstverständlich in Knüttelversen, wie es die Sitte seines Handwerks gebot. Der erste auf Frau Rosel weckte Rührung und Heiterkeit, der andere wahre Lachstürme, denn er galt dem eigentlichen Schöpfer dieses Glücks, Jossele Alpenroth. Nun war es an Sender, auf die Gäste zu trinken. Aber er schwieg. Er, der sonst noch kühnere Reime fand, als der Marschallik! Da geschah ihm nur recht, wenn nun Frau Chane das Wort ergriff und die Gründe aufzählte, aus denen Sender keinen Trinkspruch verdiene. Und da nun einmal heute „die verkehrte Welt" war, so hielt auch Frau Surke einen Spruch aus gleicher Tonart . . . „Ihr, Mädele, beschämt ihr ihn!" rief sie ihrer Tochter Lea und Jütte zu. Lea kicherte verlegen, aber Jütte blitzte den Geneckten aus ihren braunen Augen munter an und rief, das Messer ans Glas legend und über das ganze runde Gesicht erglühend, zu ihm hinüber: „Ihr oder ich – entscheidet Euch!"

Da erhob er sich und sprach: „Ihr lieben Leut', wär' mir das Herz minder voll und ihr nicht unsere besten Freund', wie viel wollt' ich reden. So aber sag' ich nur: Ich dank' euch! Und wie es auch kommen mag, erhaltet mir eure Freundschaft."

Das war alles. „Wie es auch kommen mag?" rief der Marschallik. „Und wenn du noch tausend Gulden gewinnst, ich bleib' dein Freund!" Auch das Necken der anderen ging jetzt erst recht los.

Nur Jütte schwieg. Es war ihr selbst rätselhaft, woher sie es wußte – vielleicht hatte sie es in seinen feuchten Augen gelesen – aber sie wußte es: „Dieser Mensch hat etwas vor, woran sein ganzes Herz hängt, etwas Großes, Schweres! Und weil er ein guter Mensch ist, so wird es wohl etwas Gutes sein. Möge es ihm gelingen!"

Aber auch ihm wurde eigen zu Mut, als er ihrem warmen, teilnahmsvollen Blick begegnete. Er streckte ihr sein Glas entgegen und ließ es an das ihre anklingen. „Ich dank' euch", sagte er leise. Wofür? – er hätte es selbst nicht zu sagen gewußt.

Einundzwanzigstes Kapitel

In den nächsten Tagen lernte Sender auch die Lasten eines solchen Glücksfalls kennen. Kaum konnte er sich der Bettler erwehren, die ihn im Laden und daheim bestürmten; auch allerlei Plänemacher rannten ihm die Tür ein, der eine wollte mit seinem Gelde einen Kramladen, der andere ein Viehgeschäft, der dritte eine Brauerei eröffnen. Vor allem machten ihm die Geldmakler zu schaffen; dreihundert Gulden waren – und sind noch heute – in einer galizischen Kleinstadt ein großes Kapital. Der eine bot ihm zwanzig, der andere gar dreißig und mehr Prozent Zinsen, und es waren Leute darunter, die für den Betrag gut waren. Aber Sender trug sein Geld zur Sparkasse, obwohl sie nur fünf vom Hundert bezahlte. Selbst die Mutter ließ dies nicht ohne heftigen Widerspruch geschehen, den anderen vollends war seine Handlungsweise unfaßlich. Nur die Mildesten meinten: „Eben ein Pojaz, wie sollt' der mit Geld umzugehen wissen?" wogegen Dovidl rief: „Ein Verrückter – ich fahr' aus der Haut!"

Zu dieser ohnehin schwer erfüllbaren Drohung ließ sich übrigens der Winkelschreiber jetzt seinem Schreiber gegenüber seltener hinreißen als sonst, der „Kapitalist" hatte ihn nun ja nicht mehr nötig. Sogar Senders Verlangen, nun täglich zwei Freistunden mehr zu erhalten, führte zu einer gütlichen Einigung, nachdem er auch vom Lohn einen Gulden geopfert. Nur ein Zwischenfall hätte der Beziehung fast ein Ende gemacht, denn in Dingen der Rechtgläubigkeit verstand Morgenstern keinen Spaß, schon aus Geschäftsgründen.

Da brachte nämlich eines Tages, als Sender abwesend war, der Postbote ein Paket für ihn, für das neun Gulden Nachnahme zu bezahlen waren. Da ein Lemberger Buchhändler als Absender darauf stand, legte Dovidl den Betrag aus; er wollte wissen, welche Gesetze da der künftige Konkurrent heimlich bezogen, und ihm scharf ins Gewissen reden. Er war angenehm enttäuscht, als er, eine Sprachlehre und einen „Briefsteller" abgerechnet, deren Nutzen auch ihm einleuchtete, im Paket lauter „dummes Zeug" fand; wozu brauchte ein Winkelschreiber eine Weltgeschichte, ein Lesebuch und ähnliches? Daneben lag aber noch ein dünnes Büchlein, und als Morgenstern dieses aufschlug, und nur zwei Zeilen las, ließ er es entsetzt fallen. Denn diese Zeilen lauteten: „*Frage.* An wen glaubst du? *Antwort:* An meinen Herrn und Heiland Jesum Christum . . ."

Es war entsetzlich, es war grauenvoll, aber nicht zu bezweifeln: Sender war entweder bereits heimlich getauft oder bereitete sich dazu vor. Einen solchen Menschen aber durfte er nicht länger unter seinem Dache dulden, sonst traf ihn selbst der Bannstrahl des Rabbi. Und darum harrte er dem Eintreten Senders in wildester Erregung entgegen und rief ihm dann kreischend zu: „Gib mir neun Gulden, nimm deine Bücher und geh' . . . Abtrünniger, weh' dir!"

Sender blickte ihn verblüfft an, zog, nachdem er den Zusammenhang begriffen, sein Beutelchen, zählte die neun Gulden auf den Tisch, griff nach den Büchern und fragte dann ruhig: „Seid Ihr wirklich so beschränkt wie Rabbi Manasse, oder stellt Ihr euch nur so?"

„Ich platz' . . . Schlag' das Büchlein auf . . . Ich rühr's nicht an – das dünne da . . . Nun?"

Sender las: „‚Katechismus für katholische Volksschulen' . . . Das hab' ich nicht bestellt."

„Nicht bestellt? Ich fahr' aus der Haut . . . Und was steht in dem Brief da?"

Er hielt ihm den Begleitbrief der Buchhandlung unter die Nase. Die Firma schrieb, sie habe, da die Post ihr den Brief verspätet übergeben, den Auftrag erst jetzt ausführen können und die verbreitetsten unter den gewünschten Büchern gewählt, gern sei sie eventuell zum Umtausch bereit. „Doch können wir Ihnen", schloß der Brief, „keinen anderen Katechismus als den beiliegenden senden, da wir nur diese offizielle, vom erzbischöflichen Ordinariat approbierte Ausgabe führen, und es unseres Wissens Katechismen für einzelne Stände nicht gibt."

Nun war Sender die Sache klar. „Esel", murmelte er, obgleich die Schuld an ihm lag. Er hatte einen „Katechismus für einen künftigen Schauspieler" bestellt.

Laut aber sagte er: „Ein Mißverständnis. Ich schicke das Büchlein vor euren Augen zurück. Genügt euch das?"

„Nein!" rief der Winkelschreiber. „Ich muß doch wissen, was vorgeht. So gesteh's doch, du willst Christ werden."

Erst nachdem ihn Sender darüber mit den feierlichsten Eiden beruhigt, gab sich Dovidl zufrieden, sofern er noch den Brief an den Buchhändler zu lesen bekomme. Aber dies konnte ihm Sender nicht versprechen, er gedachte seine Bestellung deutlicher zu wiederholen und für die Sendung Fedkos Adresse anzugeben. Dovidl war der letzte, den er in seine Pläne hätte einweihen mögen.

„Entscheidet euch", sagte er. „Genügt euch mein Schwur nicht, so sind wir geschiedene Leute. Und ebenso gehe ich, wenn Ihr jemand eine Silbe von dem Katechismus erzählt."

Dovidl fluchte und jammerte, dann gab er nach.

Die nächsten Wochen vergingen Sender in stiller, fleißiger Arbeit. Er konnte sich ihr ungestört widmen, im Freien, im Laden, in seinem Hause; die deutschen Bücher mehrten ihm nun sogar den Respekt bei den Leuten, sie gehörten ja zu seinem Geschäft. Nicht ohne Rührung trat er zuweilen in jenen Schloßhof, wo ihn vor Jahresfrist der unglückliche „Furbes" das Lesen gelehrt; das Schicksal hatte ihn doch wohl geleitet, wie ungleich näher fühlte er sich nun seinem Ziele!

Aber nicht allein um dieses Zieles willen schuf ihm die Arbeit Behagen, er freute sich des unbekannten, nie geahnten Lebens, in das er nun zu blicken begann. Die Erde, ihre Bewohner, ihre Geschichte, begannen sich ihm sacht zu enthüllen, er erkannte, daß er wie ein Blinder dahingelebt, oder richtiger wie ein Kind, das sich für den Mittelpunkt allen Treibens hält und sein Stücklein Welt für die einzige, die es gibt. Weil seine Erkenntnis wuchs, erkannte er deutlich, welche ungeheuren Lücken sie hatte, und daß er erst ein winziges Teilchen von dem wußte, was es zu wissen gab, ja noch mehr, erst ein Atom von dem, was ihm zu wissen nötig war. Aber weder diese Erkenntnis, noch die instinktive Empfindung, daß er von dem Wenigen, was ihn seine Bücher lehrten, vieles falsch und verkehrt auffasse, vermochte seine Zuversicht zu trüben; er mußte Lehrer haben, gewiß – der rechte Fortschritt begann erst in Lemberg, aber der war ihm ja auch gewiß.

Der Herbst, – wenn er nur erst da war! Er wünschte der Zeit Flügel, jeder einzelne dieser langen, heißen Julitage wollte gar nicht enden. Aber neben der Arbeit half ihm auch der Gedanke über diese Pein des Harrens hinweg, daß dies die letzte Zeit war, wo er der Mutter Liebe mit Liebe vergelten konnte. Sein Verhältnis zu ihr war nun inniger und zärtlicher geworden als je vorher, vielleicht, weil sich beider Wesen seit seiner Krankheit gewandelt. Sein Übermut hatte sich gelindert, kopfschüttelnd gedachte er nun selbst zuweilen der unzähligen tollen Streiche, in denen sich einst der dunkle Drang, der nun das rechte Ziel gefunden, ausgetobt. Die harte, verbitterte Frau aber war vollends immer weicher, und nun im Sonnenschein des Glücks fast fröhlich geworden. Freilich schien es ihm, als ob diese hellere Stimmung sich ihr wieder ein wenig getrübt hätte; sie seufzte zuweilen oder starrte stundenlang sinnend in das Licht der Lampe. Aber er glaubte den Grund zu wissen, der Marschallik fand sich ja wieder oft ein, und sie flüsterten dann immer lange miteinander; offenbar wurde abermals über eine neue Partie verhandelt, und diesmal war wohl auch Morgenstern irgendwie dabei beteiligt, denn auch er erschien ab und zu im Mauthause oder Frau Rosel in der „Prifat-Agentschaft". Es wurde dann drinnen so leise gesprochen, daß er kein Wort verstand, aber er war nicht neugierig; gleichviel wie die Braut hieß, sie mühten sich vergeblich.

Mehr Unbehagen machte es ihm, daß er jenen „Katechismus" noch immer nicht erhalten hatte; endlich schrieb ihm der Buchhändler, er könne das Buch ohne genaue Angabe des Titels nicht auftreiben. Aber auch dies war nicht gar so schlimm, da mußte er den August und September eben anderswie nützen. Nun war er ja so weit, um nach Nadlers Rat die Werke Lessings und Schillers lesen zu können, und die standen ihm in der Bibliothek des Klosters zu Gebote.

Sein Freund Fedko war unschwer zu finden; er saß noch immer jeden Abend in seiner Stammkneipe. Der Alte war aufrichtig gerührt, als ihm Sender sein Anliegen vortrug.

„O, ich habe es geahnt", sagte er. „Neulich habe ich einen merkwürdigen Traum gehabt; ich bin auf dem Marktplatz gelegen und war so schwer besoffen, daß ich mich nicht rühren konnte. Dann hat es zu regnen begonnen – lauter Slibowitz – in den Mund hat es mir hineingeregnet. Wie ich aufstehe, sage ich gleich: ‚Fedko', sage ich, ‚das bedeutet etwas Angenehmes – vielleicht stirbt der Prior – ein Totenmahl, und es muß ein neuer gewählt werden – ein Festmahl. Oder vielleicht kommt der verrückte Jude wieder!' Also – der Prior lebt – aber du bist wieder da! Nun – wann willst du zu den Büchern?"

„Morgen", erwiderte Sender.

„Gut! Morgen! Aber den Slibowitz könntest du schon heute zahlen."

Sender war dazu bereit. Mit strahlendem Gesicht setzte sich der Alte hinter den Schänktisch. Als er jedoch das Gläschen zum Munde führen wollte, verfinsterte sich plötzlich seine Miene.

„Teufel!" murmelte er bestürzt, „daran habe ich ja noch gar nicht gedacht!"

„Woran?" fragte Sender.

„Hm! Da haben sie nämlich –" Er stockte und sann nach! Dann griff er nach dem Gläschen und leerte es.

„Ach was!" murmelte er, „alle Menschen sind doch nicht verrückt wie dieser Jude da! Und wenn man nur vorsichtig ist . . . Also morgen, lieber Senderko, morgen mittag!"

Am nächsten Tage geleitete er ihn um die erste Nachmittagsstunde, kurz nach dem Mittagsläuten in die Bücherei.

„Es ist freilich eine Gefahr dabei", murmelte er „wir müssen leise auftreten."

„Warum?" fragte Sender.

„Hm – nein – nichts!" stotterte der Alte und wurde dunkelrot, er war das Lügen nicht gewohnt. Aber da standen sie schon vor der Tür der Bibliothek.

„Auch ich bin seitdem nicht dagewesen", sagte Fedko treuherzig, indem er öffnete, „das Herz hat mir zu weh getan. So ohne dich – ohne einen Zweck . . . Du findest alles wie früher."

Sender trat ein, die Riegel schlossen sich hinter ihm.

Es war in der Tat alles genau so, wie er es verlassen. Nur war ein Fensterflügel geöffnet, da drang die Sommerluft herein.

„Vielleicht hat der Sturm den Flügel eingedrückt", dachte Sender. Aber als er näher zusah, gewahrte er noch eine Veränderung. Auf dem Tische des Ämilius lagen einige vergilbte Hefte. Er schlug sie auf und begann zu lesen. „Ho-mo homi-ni lu-pus." Er konnte kein Wort verstehen, es war lateinisch.

War einer der Mönche inzwischen hier gewesen? Möglich, aber was störte das ihn! Er begann nach Schillers Werken zu suchen, fand sie jedoch nicht. Hingegen fiel ihm ein anderes Buch in die Hände, das er gleichfalls schon dem Titel nach kannte, es war im Lesebuch oft erwähnt: „*Faust*" von Goethe. Er blätterte hin und her. Es befremdete ihn, daß er kein Personenverzeichnis fand, keine Einteilung in Akte. Dann aber begann er wohlgemut zu lesen:

„Habe nun, ach, Philosophie,
Juristerei und Medizin"

und so weiter bis zum Vers: „Heiße Magister, heiße Doktor gar" – Da stutzte er zuerst: „Magister?" Das war der Titel des Provisors in der Apotheke, der Magister der Pharmazie war – „Ist dieser Faust Apotheker und Arzt zugleich?" dachte er. „Aber warum nicht, da er so vielerlei studiert hat?" Und weiter las er bis zum Vers:

„Mich plagen keine Skrupel noch Zweifel",

da hielt er abermals inne und fragte laut: „Was plagt ihn nicht? Was heißt Skrupel?"

„Ist das das einzige, was du nicht verstehst?"

Es war eine sanfte, leise Stimme, die diese Worte hinter ihm sprach, aber Sender erschrak tödlich und das Buch kollerte auf den Boden. „Gott über Israel!" stieß er entsetzt hervor und wandte sich um.

Vor ihm stand ein gebückter, klein gewachsener Greis im weißen Ordensgewande der Dominikaner.

„Erschrick nicht so", sagte er lächelnd. „Wie kommst du her?"

„Ver-zei-hen Sie –" stammelte Sender und starrte ihn aus weit aufgerissenen Augen an.

„Hat dich der Fedko eingelassen?"

„Ja."

„Und was suchst du hier?"

„Bücher – deutsche Bücher!"

Er brachte es nur mit Mühe hervor, und bebend fügte er hinzu: „Ich habe nichts genommen – alles stelle ich wieder an seinen Platz."

Der Greis trat näher – Sender wich zurück.

„Fürchte dich nicht", sagte der Mönch milde. „Von mir kommt dir nichts Schlimmes!"

Er ließ sich auf den Sessel des Ämilius nieder.

„Warum suchst du die Bücher hier?" fragte er.

„Wo könnt' ich sie sonst finden?" erwiderte Sender. „Aber ich will nichts, als sie lesen – bei Gott im Himmel!"

Wieder lächelte der Greis – es war ein gütiges, mildes Lächeln in dem feinen, bleichen, durchfurchten Antlitz. „Das glaub' ich dir! Diebe lassen sich nicht vom Pförtner einschließen, um den Monolog des Faust lesen zu können. Aber ich meine, du könntest dies Buch und ähnliche auch anderswo finden. Beim Stadtarzt zum Beispiel, der ebenfalls ein Jude ist."

„Gewiß", erwiderte Sender. „Der hat viele Bücher und ist ein guter Mann, er würde sie mir vielleicht leihen und es auch niemand sagen. Aber ein Zufall kann es doch enthüllen, ich hab' gedacht: ich bin nirgendwo so sicher wie hier."

„Aber warum diese Heimlichkeit?"

„Unser Rabbi ist streng und die anderen auch. Man darf höchstens die notwendigsten deutschen Bücher lesen, aber keine solchen. Das ist Sünde, glauben sie."

„Das glauben auch manche andere Leute", sagte der Mönch. Und wie im Selbstgespräch fügte er leiser hinzu, indem er die Hand auf die Schriften des Ämilius legte: „Der da hat recht gehabt, es ist überall dieselbe Geschichte, nur die Tracht ist verschieden . . ."

Dann fragte er: „Warum tust du, was der Rabbi verbietet?"

„Weil ich nicht anders kann!"

Der Greis nickte, als hätte er diese Antwort erwartet.

„Wieder einer, den der große Durst quält, nicht wahr?"

Sender schwieg; er verstand nicht, was der Mönch meinte.

„Die großen Rätsel haben dich angefaßt und du möchtest die Antwort finden, dich den Klauen der Sphinx entreißen?"

Sender schüttelte langsam und zaghaft den Kopf.

Der Greis blickte ihn schärfer an. „Du verstehst mich nicht?" fragte er.

„Wegen Rätseln bin ich nicht gekommen", sagte Sender schüchtern.

„Was suchst du in den Büchern?"

„Wissen", sagte Sender. „Die Bildung."

Der Greis nickte. „Warum suchst du sie?"

„Herr – Herr –" Sender suchte nach der richtigen Titulatur. „Herr Prior, das ist eine lange Geschichte –"

„Sag' nur: Pater Marian oder auch Pater Poczobut, dies ist mein Name, ich bin nicht Prior. Und wie heißt du?"

„Sender – Alexander Kurländer . . ."

„Also, Alexander, erzähle mir die Geschichte." Und als er den jungen Juden zaudern sah, setzte er hinzu: „Du kannst mir vertrauen, gewiß!"

„Ja", sagte Sender, „das weiß ich." Der Mann vor ihm trug eine Tracht, die ihm seit seiner Kindheit Furcht, ja Grauen eingeflößt, aber das war das Antlitz, die Stimme, der Blick eines guten Menschen. Und dann – „ertappt bin ich nun einmal", dachte er, „vielleicht überzeugt er sich wenigstens, daß auch ich kein schlechter Mensch bin." Und er erzählte alles, seine Schicksale, seinen Lebenszweck – und viel ausführlicher, als er vorhatte, weil Pater Marian durch Zwischenfragen, durch den Ausdruck seiner Züge bewies, daß ihn die Erzählung lebhaft interessierte.

„Merkwürdig", sagte er, nachdem Sender geschlossen. „Sehr merkwürdig. Ich hätte derlei kaum für möglich gehalten. Und doch", fuhr er in jenem langgezogenen, halblauten Tone fort, in dem er laut zu denken pflegte, „was ist da zu verwundern?! . . . Wo immer so ein Funke entglimmt, oft mitten im tiefsten Dunkel, und zur Leuchte wird, ist auch etwas Rätselhaftes dabei – den letzten Grund kennen wir nicht. Wir glauben, daß diese Funken sehr selten sind auf dieser dunklen Erde – das mag nicht richtig sein, sie sind häufig genug, nur daß wir von den meisten nie erfahren, weil sie das Dunkel wieder verschlingt . . . Und wie wird es diesem da ergehen?"

Er heftete seine Augen gedankenvoll auf das kluge, bleiche, scharfgeschnittene Antlitz des jungen Mannes, mit den feurigen, rasch blickenden Augen.

„An Ausdauer wenigstens scheint es dir nicht zu fehlen", sagte er. „Ich weiß nicht, wie viel dir deine Studien im Winter genützt haben, aber jedenfalls hast du einen hohen Preis dafür gezahlt. Denn deine Erkältung hast du dir offenbar hier geholt."

„Vielleicht", erwiderte Sender. „Ich hab' nicht darüber nachgedacht. Aber was liegt daran? Jetzt bin ich gesund."

„Was liegt daran?" wiederholte der Greis. „*Der* Funke scheint echt. Und warum sollte sich nicht Ähnliches zum zweiten Mal begeben? Du hast doch zweifellos", wandte er sich wieder an Sender, „von deinem berühmten Schicksalsgenossen gehört? Er war auch nur ein armer, unwissender Judenknabe, ein ‚Pojaz' wie du, und ist ein großer deutscher Schauspieler geworden."

„Natürlich hab' ich von ihm gehört!" rief Sender freudig. „Er ist sogar mein Beschützer, Adolf Nadler. Wissen Sie vielleicht, wo er jetzt ist?"

„Nadler? Den kenn' ich nicht. Ich habe Bogumil Dawison gemeint. Ich habe ihn vor zwei Jahren einmal in Breslau gesehen, als Shylock, und werde den Eindruck nie vergessen."

„Den spielt auch der Herr Nadler sehr gut", sagte Sender. „Und auch ich werde ihn gut spielen – das weiß ich."

Der Greis mußte lächeln. „Wie alt bist du?"

„Bald einundzwanzig."

„Wenn es nur nicht schon –" begann er, „zu spät ist", hatte er sagen wollen. Aber wozu den armen Menschen entmutigen? – Im September wollte er ohnehin nach Lemberg.

„Du gefällst mir", sagte er. „Kann ich dir in den zwei Monaten noch etwas nützen, soll es gern geschehen."

„Ich dank' Ihnen!" rief Sender freudig und tat einen Schritt vorwärts. Er wollte die Hand des Greises fassen, aber er traute sich nicht. Als sie ihm der Pater jedoch reichte, beugte er sich ehrfurchtsvoll auf diese zitternde, runzlige Hand nieder und hätte sie geküßt, wenn sie sich ihm nicht rasch entzogen hätte.

„Wenn das dein Rabbi gesehen hätte!" sagte Poczobut. „Übrigens – wer weiß, ob ich dir nützen kann. Du willst Stücke lesen, sagst du? Aber dann doch nicht als erstes den ‚Faust' – den kannst du ja jetzt unmöglich verstehen. Lieber ein Stück von Schiller –"

„Ich hab' keins finden können", entschuldigte sich Sender. „Übrigens, mein *erstes* wär's nicht. Von Lessing hab' ich schon vieles gelesen. Den Nathan und –"

„So? Nathan den Weisen? Aber hast du ihn auch richtig verstanden? Hältst du nun alle drei Ringe für gleich echt?"

Sender zuckte verlegen die Achseln. „Ich weiß nicht. Aber *mein* Ring ist jedenfalls echt. Denn er ist ja der *älteste*, kann also gar nicht einem anderen nachgemacht sein!"

Der Mönch mußte lachen, so pfiffig war dabei das Gesicht des „Pojaz".

„Nach dieser Probe zu schließen", sagte er dann ernst, „würde es dir vielleicht nicht schaden, den ‚Nathan' noch einmal zu lesen . . . Aber nicht mit mir", fuhr er fort. „Wir wollen alles vermeiden, was dich verwirren oder gar dein Mißtrauen gegen mich wekken könnte. Ich will dich nicht zur Taufe bereden, Alexander, wahrhaftig nicht!"

„Ich glaub's Ihnen", erwiderte der Jude. „Aber sagen Sie Sender – ‚Alexander', damit fang' ich erst in Lemberg an. Also Sie wollen so gut sein und ein Stück von Schiller mit mir lesen? Aber sind die Bücher hier?"

Der Mönch wies nach der Stelle; freudig brachte Sender die Bände herbei. „Aber wenn Fedko erfährt, daß ein Mönch darum weiß –"

„Ich werde schweigen! Und es soll mir lieb sein, wenn du es auch tust. Denn auch ich habe einen Gestrengen über mir, wie du den Rabbi . . . Übrigens können wir ruhig sein, die anderen kommen nie hierher . . ."

„Sie sind wohl oft hier? Aber wie kommt's, daß Fedko nichts davon weiß?"

„Weil ich durch das Pförtchen da hereinkomme." Er wies auf eine Seitenwand. „Ich wohne in der anstoßenden Zelle."

„In einer Nonnenzelle?" rief Sender.

„Ja, so nennen sie's. Seit zwei Monaten."

„Und was –" Sender stockte. „Und was haben Sie angestellt?" hatte er fragen wollen.

Der Greis erriet es. „Ja, ich bin zur Strafe hier", sagte er ruhig, ohne eine Spur von Bitterkeit. „Ich habe ein Buch geschrieben, das meinen Oberen in Schlesien nicht gefiel. Und darum bin ich hierher geschickt worden, bis – nun, bis ich mich bessere."

„Sie haben es hier gewiß recht schlecht?" fragte Sender teilnahmsvoll. Er dachte an die Geißeln, aber davon wagte er doch nicht zu sprechen.

„Nicht gut!" erwiderte der Mönch. „Aber was liegt daran? Ich bin an siebzig Jahre alt, krank und gebrochen. Ich habe keine Hoffnungen, keine Pläne mehr. Mein Buch aber ist in der Welt und lebt, und keine Gewalttat kann es vernichten, es wird leben, bis ein Größerer und Besserer kommt und es überflüssig macht. Möge er bald kommen!"

Sender blickte ihn bewegt, voll innigsten Mitleids an. Aber gleichzeitig dachte er: „In meiner Weltgeschichte steht, wie sie den Mönch in Rom verbrannt haben. Mir scheint gar, auch ein Dominikaner. Ich hab' mir immer gedacht: Das wär' ein feines Trauerspiel. Nun weiß ich auch, wie ich den Mönch machen möcht'."

Pater Marian fuhr sich über die Stirne. „Und nun wollen wir ein Stück für dich aussuchen." Aber während er noch in den Bänden blätterte, schlug es Zwei und gleichzeitig wurde der schwere Schritt Fedkos auf dem Korridor hörbar. „Auf Wiedersehen", flüsterte der Greis, und verschwand in seiner Zelle.

Freudigen Herzens ging Sender heim. „Gott ist mit mir", dachte er. „Gott will, daß ich mein Ziel erreiche. Was hätte ich mir für die Zeit, wo ich noch hier bleibe, besseres wünschen können?"

Zweiundzwanzigstes Kapitel

Am Schranken waltete die christliche Magd. Die Mutter war, wie in letzter Zeit so oft, nach dem Städtchen gegangen. In der Wohnstube sah Sender ihren Strickbeutel liegen; als er mit der Hand darüber hinfuhr, fühlte er ein eckiges Täfelchen. Neugierig zog er es hervor. „Wer ist das?" murmelte er verblüfft. „Ist die hübsch!"

Es war eine kolorierte Daguerrotypie, wie sie vor vierzig Jahren üblich waren, und stellte ein junges, auffallend schönes Mädchen dar. Goldbraunes Haar umwogte in leichten Wellen ein längliches, schmales, edel geschnittenes Antlitz, in dem große blaue Augen standen. Die feinen Lippen waren etwas abwärts gezogen, dies und der ernste, sinnende Blick gab den Zügen den Ausdruck des Strengen, fast Leidenden. Sich porträtieren zu lassen, ist noch heute in der Sekte der Chassidim nicht Brauch, geschweige denn damals, und der Marschallik machte sich oft genug über seine Kollegen, die Heiratsvermittler in den großen Städten, lustig, die mit einem ganzen Paket solcher Bilder hausieren gingen. Hatte er sich nun dennoch zu der neuen Mode bequemt? Es war unwahrscheinlich. Auch Frau Rosel war solchen „gottlosen" Neuerungen schwerlich geneigt – und dennoch, was konnte das Bild anderes zu bedeuten haben? „Mir kann's jedenfalls gleichgültig sein", murmelte Sender, und ließ das Bild ins Beutelchen zurückgleiten.

Aber dann holte er es doch wieder hervor. Er hatte sich bisher nicht viel um Frauenschönheit gekümmert, ein hübsches Gesicht war ihm lieber als ein häßliches und wie jedem Juden des Ostens ein wohlgenährtes lieber als ein mageres, aber was er bisher von der Macht und dem Zauber der Schönheit gelesen, war ihm nie recht verständlich gewesen. Nun kam ihm eine Ahnung davon. „So ein Gesicht hab' ich noch nicht gesehen", dachte er. „Sie ist mager, die Arme, und doch sieht man sie gern an, auch klug muß sie sein. Aber warum ist sie so traurig? Ein so junges Kind!"

Er hatte sein „Lesebuch" herbeigeholt und den Aufsatz „Schillers Leben" aufgeschlagen, um sich für morgen vorzubereiten. Sonst war in dem Augenblick, wo er zu lesen begann, alles andere für ihn versunken. Diesmal aber mußte er immer wieder nach dem Strickbeutel hinschielen und widerstand der Versuchung nicht länger, das Bild zum dritten Male hervorzuziehen.

Wer war das Mädchen? Wie kam seine Mutter zu dem Bilde? Es konnte ja gar nicht anders sein, der Marschallik hatte es ihr gebracht. Aber war das überhaupt ein jüdisches Mädchen? Er konnte nicht recht daran glauben. Wenigstens vermochte er nichts von dem Typus in den Zügen zu entdecken. „Wenn sie aber eine Jüdin ist", dachte er, „dann eine ganz feine, und für die werden ihre Eltern einen anderen suchen, als Sender, den Pojaz. Sie hat etwas im Gesicht – etwas Besonderes – ich weiß nicht recht was." Es war der geistige Ausdruck

Erst als er draußen die Stimme der Mutter hörte, steckte er das Bild hastig ins Beutelchen. Er wollte sie keinesfalls danach fragen; sollte ihn das Mädchen etwas angehen, so mußte ja sie davon zu reden beginnen.

Frau Rosel trat ein, ihre Lider waren gerötet, sie war offenbar in schmerzlicher Erregung. Als sein Auge dem ihren begegnete, blickte sie unsicher zu Boden.

„Mutter", fragte er besorgt, „was ist geschehen? Du hast geweint?" Sie wandte sich ab. „Es ist nichts", murmelte sie. Und als er in sie drang, wiederholte sie: „Wirklich nichts. Eine Kleinigkeit, nicht der Rede wert." Sie strich die Tischdecke glatt, er wußte, nun fruchtete kein Wort mehr.

So schwieg er denn, war aber auch nicht sonderlich beunruhigt. Sie selbst konnte kaum etwas erlebt haben, was ihr um ihretwillen schmerzlich war. Wahrscheinlich war die neue „Partie", die sie mit Dovidl und dem Marschallik für ihn geschmiedet, gescheitert. Daraus wäre ja ohnehin nichts geworden, selbst wenn es sich um die Schöne, Traurige gehandelt hätte . . .

Am nächsten Tage begann er unter Pater Marians Leitung die Lektüre der *„Räuber"*. Nach reiflicher Überlegung hatte der Greis dieses Drama als erstes gewählt. „Das verstehst du am leichtesten", sagte er ihm, „und da kann ich auch am raschesten erkennen, ob wirklich, wie du glaubst, ein Schauspieler in dir steckt." „Und was für einen unreifen Menschen Gefährliches darin ist", fügte er in Gedanken hinzu, „läßt sich durch vernünftige Erläuterung unschädlich machen." Dann ließ er ihn ohne jede weitere Einleitung beginnen, sogar das Verzeichnis der „Spieler", auf das Sender neugierig hinschielte, sollte er zunächst überschlagen.

Senders Herz klopfte freudig, als er zu lesen begann; ihm war zu Mut wie einem, der bisher taumelnd auf glatter Bahn dahingegangen und nun plötzlich einen kräftigen Arm fühlt, auf den er sich stützen kann. Freilich, etwas langsam ging es nun, gleich bei dem ersten Wort „Franken" verweilten sie eine Stunde. Sender war der Meinung, daß dies Frankreich bedeute, der Pater belehrte ihn eines Besseren, erzählte ihm eingehend von dem alten und neuen Franken und holte dann einen Atlas herbei, in welchem er ihm die deutschen Landschaften zeigte. Auch Leipzig wurde auf der Karte gezeigt und des breiteren geschildert, „wahrscheinlich ist's notwendig", dachte Sender, „aber so erfahr' ich in den zwei Monaten nicht, was eigentlich in dem Brief aus Leipzig steht." Eine freudige

Genugtuung jedoch brachte ihm schon dieser erste Tag. Als er die Worte Franzens las: – „wir alle würden noch heute die Haare ausraufen über Eurem Sarge", fügte er bei: „O du schlechter Kerl!"

„Woraus schließt du das?" fragte Poczobut.

„Er regt ja den armen Alten nur immer mehr auf", war die Antwort. Worauf der Pater meinte: „Du hast Verstand, Bursche."

Ähnliche Freuden, freilich auch ähnliche Leiden brachten ihm die nächsten Tage. Die Erläuterungen wollten gar kein Ende nehmen, und so notwendig sie sein mochten, kurzweilig waren sie nicht. Darüber freilich kam Sender leicht hinweg, – drückender empfand er eine andere Gefahr, die er im Selbstgespräch in die Worte kleidete: „Jetzt weiß ich, wer ‚Alexander Magnus' war, aber warum ärgert es diesen schlechten Kerl, daß sein Bruder so gern von diesem Helden gelesen hat?" – er befürchtete, vor lauter Bäumen den Wald nicht zu sehen. Aber wenngleich der greise Dominikaner nun zum ersten Mal dramatischer Lehrer war, so wußte er doch, worauf es auch hier ankam: er vergaß die Hauptsache nicht, und als sie nun die erste Szene nochmals durchnahmen, glänzten Senders Augen vor Freude. „Nun versteh' ich alles", rief er, „als ob das eine Geschichte wär', wie ich sie sonst am Sabbat nachmittag zwischen ‚Minche' und ‚Marew' (Nachmittags- und Abendgebet) meinen Freunden vor der Schul' erzählt hab'. Auf Ehre, so versteh' ich's."

Pater Marian lächelte, diese Ausdrucksweise hatte für ihn allmählich nichts Befremdendes mehr. „Warum sagst du", fragte er, „nicht lieber gleich: als ob du selbst die Szene geschrieben hättest und nicht Schiller?"

„Könnt' ich auch sagen", erwiderte Sender eifrig. „Aber wenn ich's geschrieben hätt' –" Er stockte. „Verzeihen Sie – es ist ja lächerlich, so was zu sagen –"

„Nun?"

„Dann ließ' ich den Franz ein bissele weniger reden und nicht gar so giftig. Denn wenn der Alte jetzt nicht merkt, daß das ein Hund ist, so ist er schon ganz schwach im Kopf . . . Und dann noch etwas: mir scheint, der Franz ist ein gar zu schlechter Mensch. Hat denn schon je so einer gelebt?"

Der Pater lachte laut auf. „Du bist ein scharfer Kritiker!" Dann suchte er Sender klar zu machen, unter welchen Bedingungen das Werk entstanden sei und wie das jugendliche Genie immer starke Farben wähle.

„Ich sag' auch nicht, daß es schlecht ist", entschuldigte sich Sender; „ich sag' nur, ich hätt's anders gemacht." Er war ein wenig gekränkt, daß auch dies die Heiterkeit des Mönchs weckte. Dann aber dachte er: „Wenn es ihm Spaß macht – er darf mich sogar auslachen. So den ganzen Tag allein sein, der arme Mann!"

Fröhlich, wie in dieser Zeit immer, ging er heim. Wieder einmal wie vor acht Tagen war die Mutter zur Stadt gegangen; auch ihr

Strickbeutel lag da. Aber jenes Mädchenbild war nicht mehr darin. Das enttäuschte ihn nicht mehr, es war schon am nächsten Tag daraus verschwunden gewesen. „Schade", dachte er, „ich hätt' mir das Gesicht gern noch einmal angesehen. So was trifft man nicht alle Tage."

Diesmal währte es lange, bis die Mutter heimkam, und als sie eintrat, sah er, daß sie abermals Kränkung erfahren und schlimmere als vor einer Woche. Aber ehe er fragen konnte, begann sie: „Hast du einmal mit dem bösen Menschen, dem Wolczynski, einen Streit gehabt?"

„Einen Streit kann man's eigentlich nicht nennen", erwiderte er betroffen. „Auch hätte ich nicht gedacht, daß *er's* jemand erzählen würde. Ich habe geschwiegen, freilich nicht aus Schonung, sondern weil ich's vergessen habe." Und er erzählte ihr von jener Zumutung des Edelmanns. „Jetzt erst fällt's mir auf", schloß er, „daß er sich seither in der Kollektur nicht mehr hat blicken lassen."

„Der Schurke", sagte sie. „Natürlich hast du recht gehabt, es abzulehnen. Aber den Witz mit deinem Anteil an seinem Gewinn hättest du nicht machen sollen. Nun will er sich rächen."

„Wie kann er das?" fragte er. „Der Regimentsarzt hat ja gesagt, daß ich vor keiner Rekrutierung mehr zu fürchten habe." „Und wer weiß", fügte er in Gedanken hinzu, „wo ich bei der nächsten Rekrutierung bin."

„Er hat auch in anderen Dingen seine Hand", erwiderte sie, „du weißt doch, wie ich vor acht Tagen so bestürzt heimgekommen bin. Damals hab' ich's zuerst erfahren." Sie war nun seit nahezu einem Vierteljahrhundert Pächterin der Straßenmaut, die Pacht war ihr, da sie den Zins pünktlich entrichtete, auch sonst nie Grund zur Unzufriedenheit gegeben, stets nach Ablauf auf weitere fünf Jahre verliehen worden. Darum hatte sie, da ihr Vertrag im März des nächsten Jahres ablief, auch diesmal im Juni das Gesuch um Verlängerung beim Bezirksamt eingereicht. Ein Bescheid war ihr nicht geworden, wohl aber hatte Jossef Grün, der Vorsteher der Gemeinde, sie vor acht Tagen holen lassen und ihr gesagt: „Der Wolczynski hat mich gefragt, ob ich niemand für Eure Pachtung weiß. Euer Vertrag, sagt er, wird nicht erneuert werden. Er hat das Bezirksamt im Sack, redet mit ihm." Sie war diesem Rate gefolgt, hatte Wolczynski zweimal zu sprechen versucht, war aber erst heute von ihm empfangen worden. „Es ist richtig", hatte er ihr gesagt, „ich habe die Herren vom Bezirksamt darauf aufmerksam gemacht, daß der Staat die doppelte Pacht davon haben kann. Warum ich's getan habe? Erstens als guter Staatsbürger und zweitens, weil Ihr Sohn ein frecher Tölpel ist. Die Pachtung wird am 1. November ausgeschrieben."

„Weißt du, was das bedeutet?" schloß sie händeringend. „Daß wir ihn entweder irgendwie begütigen müssen oder im März unser

Brot verlieren. Du kannst dir denken, wie viel diesen Schurken der Staat kümmert; auch weiß er, daß bei einer Ausschreibung niemand eine höhere Pacht bieten wird, als ich zahle, wahrscheinlich weniger. Denn jeder weiß ja, daß der Adjunkt Strus, ein Pole, ein Freund des Wolczynski, die Sache zu entscheiden hat, da kommt es nicht darauf an, was einer dem Staate, sondern was er diesen beiden bietet, denn dann drehen sie es schon so: ‚Der Mann hat zwar am wenigsten geboten, ist aber am verläßlichsten.' Das war einst, wo lauter deutsche Beamte waren, anders – grobe Klötze, aber ehrliche Leute. Ich habe den Zuschlag bekommen, weil ich das meiste geboten habe . . . Aber jetzt!"

„Er will Geld", tröstete Sender. „In Gottes Namen. Ich will ihm was geben."

Sie schüttelte den Kopf. „Ich fürchte, nein! Ich weiß ja, wie man mit ihm spricht, und habe ihm gesagt: ‚Was ist Ihr Preis?' Aber er: ‚Mit der Mutter dieses Sender mache ich keine Geschäfte.' Darauf ich: ‚Wenn mein Sohn Sie beleidigt hat, so soll er Sie um Verzeihung bitten.' – ‚Nein, ich ließe ihn mit Hunden von meiner Schwelle hetzen, wenn er käme! . . .' Es ist zum Verzweifeln. Auch Dovidl weiß keinen Rat und sagt, so was ist ihm beim Wolczynski noch nicht vorgekommen. Und mit dem Strus, sagt er, läßt sich direkt auch nichts machen. Er ist ein Heuchler, ein Betbruder, sagt er, und nimmt nur durch den Wolczynski."

Darauf wußte auch Sender nichts mehr zu sagen. „Kommt Zeit, kommt Rat!" sagte er endlich zaghaft. „Bis zum November sind's fast noch drei Monate."

Sie schüttelte finster den Kopf. „So sprichst du in deinem Leichtsinn", erwiderte sie. „Mir preßt die Sorge das Herz zusammen. Und wenn das wenigstens meine größte wäre!"

„Du hast noch eine größere?" fragte er bestürzt. „Was ist es denn?"

Sie preßte die Lippen zusammen und wandte sich ab.

„So sag' es mir doch!" drängte er. „Bin ich nicht dein Sohn? Hab' ich nicht ein Recht darauf, mitzutragen?"

Die selbstverständlichen Worte preßten ihr die Tränen aus den Augen. Das war's ja eben, daß er nicht ihr Sohn war! Was Luiser Wonnenblum einst dem Marschallik in Aussicht gestellt: „Gebt Ihr's dem Dovidl, so macht er den Froim nicht tot, sondern lebendig!" schien sich zu erfüllen, freilich war's nicht Dovidls, sondern Luisers Schuld. Um den Konkurrenten zu ärgern und sich für den entgangenen Auftrag zu rächen, hauptsächlich aber, weil ja bei Frau Rosel nun, da Sender den Gewinn gemacht, etwas zu holen war, hatte sich Luiser, als „Kurator" Froims, nicht mit den Edikten in den Amtsblättern begnügt, sondern die Hilfe der Rabbiner angerufen: es handelte sich ja um ein frommes Werk, dem Abwesenden durfte nicht unrecht geschehen. Was Dovidl in der Verhandlung, lediglich um den Preis zu steigern, vorgeschützt, daß „an alle

Gemeinden" geschrieben werden müsse, hatte Luiser nun bei einigen tatsächlich durchgeführt. Einen Erfolg hatte er nun erreicht: der Rabbi von Wadowice in Westgalizien hatte ihm mitgeteilt, daß Froim Kurländer dort längere Zeit von den Wohltaten der Leute gelebt und vor drei Jahren nach Oberungarn gegangen. Lebte er noch, so fand ihn Luiser sicherlich.

Während Sender noch vergeblich in sie drang, trat der Marschallik ein. Er war offenbar besonders gut gelaunt und wurde nun sehr bestürzt, als er die Frau weinend fand.

Er trat an sie heran. „Frau Rosel", flüsterte er vorwurfsvoll, „habt Ihr gegen meinen Rat –" Er deutete mit den Augen auf Sender.

„Nein", erwiderte sie hastig. „Es ist etwas anderes." Und sie folgte ihm auf den Flur, wo die beiden lange berieten. Als sie wiederkam, schien sie etwas ruhiger.

Am nächsten Tage erzählte Sender dem Pater von dem neuen Kummer, der ihn drückte. „Ich weiß", sagte er, „Sie können mir nicht helfen, aber ist das nicht schlimm? Wie kann ich fort, eh' das geordnet ist? O, ich hab' dem Schiller unrecht getan, der Wolczynski ist noch schlechter als der Franz."

Der Greis hörte ihn teilnahmsvoll an.

„Das wäre was für den da gewesen", sagte er und wies auf die Hefte des Ämilius. „Er hat ein Buch darüber geschrieben, daß der Mensch gegen den Menschen wie ein Wolf ist. Aber er hat doch unrecht gehabt, sein edles Herz so zu verbittern. Denke, es gibt auch gute Menschen, und von Natur ist keiner schlecht. Wie viel Mühe gibt sich Schiller, um zu begründen, warum Franz ein Ungeheuer geworden ist."

„Natürlich!" rief Sender. „Wie häßlich ist er! Wenn ich ihn einmal mache, werden die Leut' erschrecken. So!" Er schnitt eine entsetzliche Grimasse. „Aber ich freu' mich schon, wie es weiter geht."

Damit war es jedoch für heute nichts. „Nun muß ich dir auch an jenem Abschnitt, den du beinahe auswendig kannst, eine bessere Aussprache beibringen", sagte der Pater. Er selbst sprach das Deutsche freilich auch mit deutlichem oberschlesischen Akzent, aber doch ungleich reiner als Wild, dessen Tirolisch so seltsam in Senders Aussprache nachklang. „Lies!"

Sender begann seufzend. Es war hart, aber es mußte sein. Die beiden übten, daß sich ihre Gesichter rot und röter färbten und die Stimme des alten Mannes ganz heiser klang. Er stand vor Sender und schrie ihm die Worte vor, so laut er konnte. Der aber wiederholte sie in seinem Eifer mit brüllender Stimme.

Darüber hörten sie den Schlag der zweiten Stunde nicht und vergaßen, daß Fedko nun eintreten mußte.

„Noch einmal", rief der Pater. „Nicht, O, Karl! Karl! wüschtest tu', sondern, O, Karl! Karl! wüßtest du.'"

„O, Karl, wüschtest –" brüllte Sender, da blieb ihm der Ton in der Kehle haften, seine Augen wurden starr.

In der Tür stand Fedko, aber auch er stierte die beiden mit offenem Munde entsetzt, keiner Bewegung fähig, an.

Pater Poczobut war gleichfalls bleich geworden, doch faßte er sich zuerst.

„Komm' doch näher", sagte er zu dem Pförtner. „Beruhige dich, hier geschieht nichts Böses."

Der Alte schlug ein Kreuz ums andere, seine Lippen bewegten sich, aber er rührte sich nicht vom Platze.

„Hast du mich nicht verstanden?" fragte der Pater und trat auf ihn zu. Er sprach das „Wasserpolakisch" des Oberschlesiers, und Fedko war ein Ruthene, aber sie hatten sich doch bisher verständigen können.

Der Pförtner wich zurück. „Wohl habe ich verstanden", murmelte er endlich und schlug abermals ein Kreuz. „Nur zu gut habe ich verstanden, was hier getrieben wird! . . . Saget die Wahrheit", fuhr er fort und trat einen Schritt vor, „wer ist dieser Karl, den ihr verflucht habt?"

Die beiden mußten trotz ihrer Angst laut lachen. „Wir haben niemand verflucht", beteuerten sie einstimmig.

„Mir macht man nichts vor", sagte Fedko finster. „Der Herr Prior ist krank, habt ihr vielleicht den gemeint? Aber er heißt ja nicht Karl, sondern Chrysostomus!"

Nun legte sich Sender ins Mittel.

„So sei doch vernünftig", bat er, „daß vom Prior keine Rede war, hast du selbst gehört. Und was ich hier treibe, hab' ich dir schon einmal gesagt: ich lerne eine ‚Kommedia' und der Herr Pater hilft mir dabei."

Aber Fedko schüttelte den struppigen Kopf. „Gesagt hast du es mir, aber jetzt sehe ich, daß du gelogen hast. Denn warum? Die christliche ‚Kommedia' ist vor und nach Weihnachten, wo die Burschen mit der Krippe umherziehen, die geht dich nichts an, denn du bist ein Jude. Die jüdische ‚Kommedia' ist an eurem Fastnachtstag, da kann dir der Hochwürdige nicht helfen, denn er versteht nichts davon. Also . . ."

„Aber so laß es dir doch erklären", rief der Pater eifrig, „es gibt noch eine andere ‚Kommedia', die für alle ist, Christen und Juden. Nämlich –"

Aber Sender wußte eine probatere Erklärung. „Ich sehe dir an, daß du Durst hast", sagte er und griff in die Tasche.

Diesmal jedoch verfing auch dies Mittel nicht.

„Durst habe ich", sagte Fedko. „Ich bin ja gottlob nicht krank. Ein gesunder Mensch hat immer Durst. Aber ich bin ein Christ, ein Klosterdiener. Ich will nicht von einer Sache, die vielleicht gegen das Christentum geht, Vorteil haben, selbst wenn es Slibowitz ist."

„Aber ich schwöre dir –" rief Sender.

„Deinen Schwüren glaub' ich nicht. Denn warum? Du weißt, daß du als Jude ohnehin in die Hölle mußt, ob ein bißchen tiefer oder nicht, kann dir schon keinen Unterschied machen. Aber wenn der Hochwürdige schwören wollte." Er schielte zaghaft nach dem Greise hin. „Zwar ein Sünder, aber er hat doch die heiligen Weihen."

„Gut, ich schwöre", sagte Pater Marian. Aber Fedko war nicht eher beruhigt, bis der Greis die Schwurfinger emporreckte.

Da erst atmete er erleichtert auf, blieb aber auch nun noch stehen, blickte vom einen zum anderen, dann auf die Bücher und schüttelte den Kopf.

„Merkwürdig", sagte er, „sehr merkwürdig. . . . Diese Bücher – wer liest sie? Sünder, wie der selige Ämilian und dieser Hochwürdige da und ein Jude. Den frommen Patres fällt es gar nicht ein. Also können sie doch weder gut noch heilig sein. Aber warum duldet man sie dann im Kloster? Und wenn sie gut sind, warum lesen sie die frommen Patres nicht? . . . Merkwürdig! Aber wie Gott will. . . . Komm', Senderko."

Von da ab konnten die beiden ungestört arbeiten. Nur hielt Fedko streng darauf, daß kein Wort mehr gesprochen wurde, wenn er eintrat.

„Anhören will ich es nicht", sagte er. Auch machte es ihn ängstlich, daß der Prior von Tag zu Tag kränker wurde. „Ich weiß ja", sagte er, „daß der hochwürdige Chrysostomus nun sterben muß – Altersschwäche, dagegen ist kein Kraut gewachsen. Aber vielleicht schaden ihm diese Sachen doch."

Dreiundzwanzigstes Kapitel

Einige Tage später – der August neigte dem Ende zu – läuteten die Glocken des Klosters dem alten Prior zu Grabe. Der Unterricht mußte unterbrochen werden; Pater Marian war zwar nur „zur Besserung" im Kloster, aber der Konvent durfte ihn doch nicht von der Teilnahme am Begräbnis und den Totenmessen ausschließen.

Alle Geschäfte ruhten, ganz Barnow war in diesen Tagen auf den Beinen. Erstlich gab es, da der Adel und die Geistlichkeit des ganzen Kreises zusammengeströmt waren, viel zu sehen, und ferner war die bevorstehende Neuwahl ein Ereignis, das alle Bewohner der Stadt lebhaft interessieren mußte; für die Juden war es sogar eine rechte Lebensfrage. Der meiste Baugrund gehörte dem Kloster, der alte Prior hatte den Juden um keinen Preis auch nur eine Elle Bodens verkauft; das Ghetto war überfüllt; handelte der neue Prior ebenso, so mußte ein Teil der Bewohner die Stadt verlassen. Man wußte, daß sich zwei Kandidaten gegenüberstanden, der duldsame Valerian und der finstere Marcellin; selbst Rabbi Manasse gestattete, daß in der Schul' ein Bittgottesdienst für die Wahl des Valerian abgehalten werde. Der Raum war überfüllt, auch Sender fehlte nicht und betete sogar sehr eifrig. „Ein Haus brauch' ich hier nicht", dachte er, „aber vielleicht hat es dann der arme Marian besser."

Als er aus der Schul' heimging, am Hause des Vorstehers Jossef Grün vorüber, sah er vor der Tür zwei Frauen stehen, deren eine er wohl kannte. Das rotbäckige, blühende junge Weib war Taube Grün, die Schwiegertochter des Vorstehers, der Sender in der Sadagórer Schänke einst so reichen Kindersegen angedichtet, ein Knäblein hatte sie seither wirklich geboren. Die andere war noch ein Mädchen, sie trug ihr Haar, prächtiges, leichtgewelltes, hellbraunes Haar; als sie ihm nun ihr Gesicht zuwandte, fuhr er zusammen und wurde rot – das war die „Schöne, Traurige"! Mit Mühe faßte er sich so weit, um Taube unbefangen zu begrüßen; sie gab ihm den Gruß lächelnd, und wie er zu bemerken glaubte, sogar etwas spöttisch zurück. Das war wohl nur ein Irrtum gewesen, und so wagte er nach einer Weile zurückzublicken. Aber er hatte sich nicht getäuscht; nun deutete Taube lächelnd nach ihm, das Mädchen hörte mit fast finsterer Miene zu und wandte sich dann, als sein Blick sie traf, wie zürnend ab.

Betreten ging er weiter. „Ich kann mir denken, was Taube gesagt hat", dachte er. „,Das ist der Pojaz, der die vielen tollen Streiche gemacht hat.'" Aber wer war die Fremde und wie war ihr Bild in Frau Rosels Strickbeutel gekommen? „Kein gutes Bild", dachte er. „Sie ist ja in Wirklichkeit noch viel schöner, auch nicht so mager, wie ich geglaubt hab'. Und dieser Wuchs – wie eine Königin. . . Aber was geht's mich an!"

Dies Letzte wiederholte er sogar laut, aber es wurde dadurch nicht wahrer. Der Gedanke an das Mädchen verließ ihn nicht, weder im Laden, noch daheim. Und der beste Beweis dafür war, daß er niemand nach ihr zu fragen wagte, weder den Winkelschreiber, der als Verwandter Grüns sicherlich um den Besuch wußte, noch Frau Rosel.

Bei Einbruch der Dämmerung – Sender saß eben mit der Mutter beim Abendessen – trat der Marschallik ein. „Wißt ihr schon", erzählte er unter anderem, „heut' abend ist die Wahl. Man sagt, daß der gute Mensch, der Valerian, mehr Aussichten hat. Das wär' gut für die ganze Stadt, und besonders für mich. Wenn die Leut' erst bauen können, geht mein Geschäft doppelt so gut. Jossef Grün allein baut dann zwei neue Häuser – eins für seinen Schmule und eins für Mosche, den Jüngeren."

„Der ist ja noch ledig", sagte Sender.

„Wird's aber nicht lang mehr bleiben. Es ist zwar noch ein strenges Geheimnis, und wenn ihr jemand ein Wort davon sagt, zerstört ihr mir vielleicht das Geschäft, aber die Braut ist schon im Haus. Gestern abend ist sie gekommen. Ein schönes Mädchen, wunderschön, gute Familie, feine Mitgift, aber weil sie leider zufällig Deutsch lesen kann, will sie Jossef erst einige Zeit unter seinen Augen haben, ob sie fromm genug geblieben ist."

„Natürlich!" sagte Sender grimmig. „So ein Glück, wie den dummen Jungen, den Mosche, der kaum sechzehn ist und wie dreizehn aussieht, ist nicht bald eine wert."

„Was geht das dich an?" fragte der Marschallik. „Du bist ja ordentlich zornig geworden. Übrigens hast du recht: ein ungleiches Paar. Ich hab' sie ursprünglich für einen anderen bestimmt, der besser für sie gepaßt hätte, aber das hab' ich mir aus dem Kopf schlagen müssen; der will, scheint es, überhaupt nicht heiraten oder wartet auf die Prinzessin aus dem Mond. Du kennst ihn auch!"

Sender zwang sich zu einem Lachen, aber es klang nicht ganz unbefangen.

„Da habt Ihr recht getan", sagte er. „Der heiratet schwerlich – das heißt, nicht so bald", verbesserte er sich hastig, als er die Mutter schmerzlich zusammenzucken sah. „Aber wer ist es denn?"

„Reb Hirsch Salmenfelds Malke", sagte der Marschallik, „die Freundin meiner Jütte, aus Chorostkow."

„So – die?" sagte Sender langgedehnt. „Jütte hat ja Wunder von ihr erzählt." Dann aber blitzte der Gedanke in ihm auf: ‚Wenn er gar nicht ernstlich an mich gedacht hat, wie kommt Malkes Bild in den Strickbeutel meiner Mutter?' Laut aber sagte er: „Also die Verlobung mit Mosche ist beschlossene Sache?"

„Ich hoffe", sagte Türkischgelb. „Jossef sagt: ‚Wenn sie mir gefällt.' Aber wem würde die nicht gefallen? Eben hat er mir gesagt: ‚Ihr habt sie noch zu wenig gerühmt, Reb Itzig.' Und jetzt ist sie kaum einen Tag hier."

„Und wie gefällt sie dir?" wandte sich Sender an die Mutter.

„Ich kenn' sie ja nicht", erwiderte Frau Rosel.

„Aber ihr Bild kennst du doch."

„Ihr Bild?" Frau Rosels hageres Antlitz überzog sich mit dunkler Röte. „Woher weißt du, daß ich ihr Bild gehabt habe? Ich hab' nicht gewollt, daß du es siehst, wahrhaftig nein."

Sender kannte den Ton, das war die Wahrheit. Aber warum war sie dann gar so verlegen und blickte hilfeflehend nach dem Marschallik hin? Dahinter steckte doch was.

Er sollte es sogleich erfahren. „Wir wollen ihm die volle Wahrheit gestehen, Frau Rosel", sagte Türkischgelb. „Wie ich ihn kenne, wird's ihn nicht kränken. Vor der Rekrutierung hab' ich dich Reb Hirsch angetragen, er war einverstanden. Deine Krankheit ist dazwischen gekommen. Dann hab' ich vor einigen Wochen die Sach' wieder anspinnen wollen und deiner Mutter das Bild gebracht. Sie war ganz entzückt, das wird dich nicht wundern, du hast es ja gesehen. Nun sagt aber Reb Hirsch ‚nein'. ‚Ich weiß', sagt er, ‚er hat einen Gewinn gemacht, auch Jütte hat gut von ihm gesprochen, aber seit ich erfahren hab', daß er Deutsch kann, will ich nichts mehr von ihm wissen.' Das ist alles. Es ärgert dich doch nicht?"

„Nein", sagte Sender. Dann erhob er sich und trat ans Fenster. So konnte er nicht sehen, wie listig der Marschallik Frau Rosel zulächelte und dabei den Finger auf den Mund legte.

In dem Augenblick erklangen alle Glocken der Stadt und des Klosters; die Messe, die den Wahlakt einleitete, hatte begonnen.

Der Marschallik verabschiedete sich. „Ich muß doch hören, was drinnen vorgeht", sagte er. „Kommst du mit, Sender?"

„Später", erwiderte dieser.

„Mir scheint", sagte der Marschallik, „du bist doch gekränkt. Bedenk', jeder Mensch muß seinem Gewissen folgen, auch Reb Hirsch. Und daß du niemand sagst, wozu Malke hier ist, darauf hab' ich dein Wort – nicht wahr? Denn Jossef ist ja auch sehr fromm, und wenn er etwa doch ‚nein' sagt – aber ich will dir keine Hoffnungen machen."

„Hoffnungen!" rief Sender ärgerlich. „Redet keinen Unsinn. Ich denk' gar nicht an Eure Malke."

„Das glaub' ich gern", erwiderte treuherzig der Marschallik und ging überaus vergnügt von dannen.

Eine halbe Stunde später kam Sender desselben Weges. „Was so ein Chassid kann", dachte er zornig. „So lang ich nichts kann und nichts habe, bin ich ihm recht – jetzt nicht mehr. Vernünftig geht's bei uns zu – das muß man sagen! Ein so schönes, gebildetes Mädchen und dieser dumme, grüne Junge! Übrigens – für mich ist's jedenfalls so besser, denn wenn mich der Vater gewollt hätt', ich hätt' doch ‚nein' sagen müssen, und hier wär's mir schwer gefallen, glaub' ich."

Vor dem Gittertor des Klosterhofs stand die halbe Gemeinde und harrte in angstvoller Spannung der Entscheidung. Man vernahm nur zuweilen ein Flüstern, zu lachen wagte niemand. Umso geräuschvoller ging es drinnen im Hofe zu. Da standen, saßen und lagen die katholischen Bürger der Stadt, tranken und aßen bei Fakkelschein von den guten Gaben, die ihnen die Diener des Klosters auf mächtigen Holztischen hingestellt, und johlten dazu, daß die Fenster klirrten. Wurde der Lärm zu arg, dann erhob sich Fedko, der würdige Pförtner, von dem Bänkchen neben der Tür, murmelte etwas gegen die Trunkenen hin und rief dann mit Stentorstimme gegen den Haufen draußen: „Ruhe, ihr verruchten Juden! Vor einem solchen Lärm würde der Teufel Reißaus nehmen und nun gar der heilige Geist! Und der heilige Geist, ihr Lumpenhunde, ist doch bei der Wahl notwendig. Denn wie sollen die hochwürdigen Herren sonst auf den Rechten kommen?"

Da drängte hastig ein halbwüchsiger Bursche durch die Reihen der Juden. „Platz!" schrie er. „Mich schickt mein Vater."

Es war Mosche Grün. „Fedko", rief er den Pförtner an. „Ihr sollt sagen, wer gewählt ist. Aber gleich!"

„O du freche, kleine Kröte", zeterte der Alte. „Willst du es früher wissen als der heilige Geist? Zurück – oder!"

Er hob die Hand. Mosche flüchtete kreischend. Die anderen verhöhnten ihn, und am lautesten Sender.

Dann ging er weiter auf den Marktplatz. Auch hier wimmelte es von Menschen, und wer nicht auf die Straße getreten, stand doch am offenen Fenster. So Jossef Grün; er sprach mit einigen Männern auf der Straße. Im Fenster daneben stand die Fremde neben Taube und blickte ernst auf das laute Treiben nieder.

Sender trat so weit zurück, daß sie ihn nicht gewahren konnte, und starrte zu ihr empor. „Warum sollt' ich's nicht tun?" dachte er. „Ein schönes Gesicht darf man doch ansehen! Und merkwürdig, jetzt so von der Seite, ist sie schöner als bei Tage. Wie diese dicke Taube, die doch sonst ein hübsches Weib ist, neben ihr aussieht! Wie eine Stopfgans neben einem Schwan! Wahrhaftig die passende Braut für den Jungen, der sich eben so ausgezeichnet hat."

Da kam dieser eben herbeigestürzt. „Vater", klagte er, „sie sagen mir's nicht. Und der Fedko hat mich schlagen wollen, und die anderen haben mich ausgelacht."

„Ein geschickter Bote bist du", zürnte Jossef und ließ den Blick über den Platz schweifen. „Ist denn kein verständiger Mensch da, der es mir so bald wie möglich meldet?"

Da trat Sender hervor. „Ich will's versuchen, Reb Jossef", sagte er und schielte dabei zum Nebenfenster empor. Er sah, wie Taube auflachte und dabei Malke neckend anstieß; die aber wurde rot und trat rasch ins Zimmer zurück.

„Brav, Sender", sagte der Vorsteher erfreut. „Du bringst es gewiß heraus."

Sender eilte zum Kloster zurück. „Was bedeutet das?" dachte er. „Sie haben's beide wieder so gemacht wie heute vormittag."

Fedko hatte eben abermals eine Mahnrede gehalten, diesmal mit merklich unsicherer Stimme.

Sender trat auf ihn zu. „Wie steht's drinnen?" fragte er.

„Senderko – du?" rief Fedko zärtlich und klammerte sich ans Gitter. Es war keine überflüssige Bewegung, denn die große Flasche, die auf dem Bänkchen stand, war bereits nahezu leer. „Noch nichts entschieden! Aber sobald ich was weiß, sag' ich's dir – dir allein – denn du bist zwar verrückt, ganz verrückt – Kommedia, hehe! – und ein Jude, aber ich hab' dich gern, Senderko, sehr gern . . ."

Sender blieb neben dem Gitter stehen. Er brauchte nur wenige Minuten zu harren. Ein dienender Bruder erschien im Hofe und rief laut: „Geht heim, die Entscheidung wird erst morgen verkündet." Unter den Juden erhoben sich Rufe der Enttäuschung; von den Zechern drinnen horchten nur wenige auf. „Frag' ihn, was es gibt", bat Sender den Pförtner, und der steuerte denn auch gehorsam im Bogen auf den Frater zu und kam dann ebenso zurück.

„O die Schlauen", kicherte er. „Sie wollen nur das betrunkene Pack los sein. Sie fürchten, die Kerls lassen den Valerian sonst bis morgen früh hochleben und fordern immer mehr Met und Schnaps. Schande" – er taumelte – „Schande, sich bei solcher Gelegenheit zu betrinken. Aber wer gewählt ist, darf ich dir nicht sagen, der Bruder hat's verboten."

„Dann will ich nicht in dich dringen", lachte Sender und trat zurück. Im nächsten Augenblick umgab ihn ein Knäuel Fragender, und zwanzig Hände zugleich faßten ihn am Kaftan, Knöpfen und Ärmeln. „Was hat er gesagt? Was hat er gesagt?" Aber er schüttelte sie ab. „Ich weiß es nun", rief er. „Aber der Vorsteher muß es zuerst erfahren."

Wie ein Triumphator, rings von einem Gefolge umgeben, trat Sender den Weg zum Marktplatz an, anfangs rasch, dann immer langsamer. Denn das Gefolge wuchs von Schritt zu Schritt lawinenartig an, weil einer dem anderen zurief: „Sender hat's herausgebracht und bringt's nun dem Vorsteher." Aber auch Sender beeilte sich nicht, es war ihm nicht unbehaglich, so dahinzuschreiten, von allen Seiten bei den Knöpfen gefaßt, aber auch bewundert, denn auch sein Lob erklang von aller Lippen. „Sie wollen's nicht sagen, aber der Pojaz weiß es."

Als der Zug endlich vor Jossef Grüns Haus anlangte, war er, aber auch Senders Verdienst ins Ungemessene angewachsen: „So ein Kopf! Das war noch nicht da."

Jossef, der eben mit den Seinen beim Abendessen gesessen, eilte ihm auf die Gasse entgegen und führte ihn in die Stube. „Nun", rief er in atemloser Erregung, „rede! Marcellin oder Valerian?"

Aber mit einem Worte Antwort zu geben, war Sender nicht gewillt. Er ließ seinen Blick durchs Zimmer schweifen. Da stand die ganze Familie und die anderen angesehenen Leute der Stadt und hingen an seinem Munde. Malke hatte sich in einer Ecke verborgen, hinter dem breiten Rücken der Freundin, aber auch ihre Augen sah er erwartungsvoll auf sich gerichtet. „So große blaue Augen", dachte er, „wie heißt die griechische Göttin im Lesebuch, die solche Augen hat?" Laut aber sagte er endlich: „Furchtbar ist es bei der Wahl zugegangen, Reb Jossef, ganz furchtbar. Und Sachen haben sich die beiden Parteien gesagt, Sachen, schön war's nicht. ‚Wenn ihr den Valerian wählt', riefen die einen, ‚so ist's mit der Klosterzucht vorbei und er verkauft ganz Barnow an die Juden.' – ‚Und wenn ihr den Marcellin wählt', riefen die anderen, ‚so ist unser Leben hier nicht länger zu ertragen und das Kloster verarmt. Warum sollen wir den Juden nicht gegen gutes Geld Baugrund verkaufen? Es bricht ja vielleicht eine Pest aus, wenn wir sie noch länger zusammenpferchen.' Es ist aber noch schlimmer gekommen –"

„Schlimmer?" rief Jossef erblassend. „Schlimmer?" wiederholten die anderen atemlos.

„Bei den Verhandlungen nämlich", sagte Sender. „Böse Worte – aber wozu die wiederholen? Endlich sagt der Subprior: ‚Wir werden uns nicht überzeugen. Wählen wir.' Er verteilt die Stimmzettel und –"

„Und?"

„Athene heißt die Göttin", dachte Sender, „aber diese Augen sollen mich noch länger so ansehen!" – „Und jeder schreibt einen Namen auf", fuhr er fort. „Auch dabei ist es nicht ganz glatt zugegangen, hör' ich. Endlich sammelt der Pater Sekretär die Stimmen und der Subprior beginnt zu lesen: ‚Marcellin – Valerian – Marcellin – Valerian –'"

„Stimmengleichheit?" stieß der Vorsteher hervor.

Sender schüttelte den Kopf. ‚Zapple nur', dachte er, ‚so ein Mädchen für deinen Mosche!' – „Dann Marcellin, Marcellin, Marcellin –"

„Gott Israels!" stöhnte Jossef Grün angstvoll.

„Und Marcellin", fuhr Sender fort. ‚Halt', dachte er, ‚dreizehn Wähler sind's ja nur.' – „Dann aber Valerian und Valerian bis zu Ende."

„Und wer ist gewählt?"

„Valerian! Aber es wird erst morgen verkündet!"

„Valerian", jauchzte der Vorsteher und umarmte Sender. „Valerian", fielen die anderen ein. Und es klang auf die Straße hinaus und einige Minuten später bis in die entlegenste Ecke des Ghetto: „Gott sei gelobt, Valerian!" Auch der Ärmste, der nie hoffen durfte, ein Fußbreit Erde sein Eigen zu nennen, jubelte auf, als wäre ihm ein Haus geschenkt; ein schwerer Druck war von den Gemütern genommen, unter jenen Männern, von denen das Schicksal dieser Mühseligen und Belasteten abhing, war ein menschlich Gesinnter mehr.

„Wein her!" rief Jossef. „Setzt euch alle. Du, Sender, neben mich. Du weißt, ich hab' immer was von dir gehalten. Und nun erzähle: wie hast du alles so genau erfahren?"

„Mein Geheimnis", erwiderte Sender lächelnd. Wieder schweifte sein Blick zu Malke hin. Sie vermied es, ihn anzusehen, aber hören sollte sie ihn. „Es ist doch auch vielleicht manchmal für die Gemeinde gut, wenn einer Deutsch lesen kann und auch andere Leut' kennt, als Juden."

„Gewiß", gab Jossef zu. „Das heißt", fügte er zögernd bei, „für alle wär's nicht gut. Aber wenn's ein Mann zugleich zu seinem Geschäft macht, wie du, und so einen feinen Kopf hat, so kann niemand was dagegen haben . . . „Also", fuhr er hastig fort, um von dem heiklen Thema abzukommen, „wie du es erfahren hast, ist ein Geheimnis. Aber warum wird die Wahl erst morgen verkündet?"

„Fragt nicht, Reb Jossef", sagte Sender mit vielsagendem Lächeln. „Laßt Euch an der Nachricht genügen. Denn wenn ich Eure Neugierde befriedige, so wird mir dadurch vielleicht ein Weg verrammelt, auf dem ich der Gemeinde auch in Zukunft nützen kann. Ein Weg ins Kloster – Ihr seht, ich bin ein gefährlicher Mensch."

„Nein", rief Jossef eifrig, „daß du ein guter Jude bist, weiß ich."

„Ich widerspreche nicht", sagte Sender lächelnd, aber mit Würde. „Auch leidlich vernünftig bin ich geworden, Zeit wär's." Er blickte Taube scharf an. „Wer mich jetzt noch als Pojaz ausschreit, tut mir unrecht. Und das alles trotz der deutschen Bücher, Reb Jossef; sie können also nicht gar so schlecht sein. Ihr sagt: ‚Du bist ein Geschäftsmann, dir verzeihen wir sie.' Freilich muß ich sie auch zu meinem Geschäft machen, ich bin ja arm. Aber wenn ich reich wär', tät' ich's erst recht. Und wenn Ihr so denkt, so muß Euch ja ein Mädchen, das deutsche Bücher liest, gar als Sünderin erscheinen?"

Der Vorsteher stieß ihn heftig mit dem Fuß an. „Der neue Prior –" begann er laut.

Aber Sender war nicht der Mann, sich einschüchtern zu lassen. „Warum tretet Ihr mir auf den Fuß?" fragte er noch lauter. „Ich wüßt' gern, wie Ihr über so ein Mädchen denkt? Ich meine, man muß ihr deshalb nur noch mehr Achtung –"

Er verstummte bestürzt. Malke, die bisher mit glühenden Wangen und gesenktem Blick dagesessen, hatte sich geräuschvoll erhoben. „Komm', Taube", sagte sie und schritt zur Tür hinaus. Frau Taube lachte laut auf und folgte ihr.

„Hast du denn nicht gewußt, wer das ist?" fragte der Vorsteher. „Das Mädchen kann ja selbst Deutsch lesen. Nun hat sie's für Spott genommen."

„Aber das war's nicht", beteuerte Sender. „Ich bitt' Euch, sagt ihr das."

Eine Schar neuer Gäste trat lärmend ein, auch sie überhäuften Sender mit Lobsprüchen. Aber seine Stimmung war für heute abend verdorben. Er trat ans Fenster; draußen gingen Malke und Taube Arm in Arm auf und nieder. Sollte er sie ansprechen, sich entschuldigen? Vielleicht machte er's dadurch noch schlechter. „Ach was", dachte er, „den Hals kann's nicht kosten!" Und er trat hinaus und auf Malke zu.

„Verzeiht", sagte er. „Eine Fremde soll nicht glauben, daß ich sie kränken wollte. Ich hab's gut gemeint –"

Die blauen Augen blickten ihn abweisend, fast feindselig an. „Es hat mich nicht gekränkt", sagte sie kalt. „Nur unangenehm war's mir. Es war gar so deutlich . . ."

„Das war's", gab er kleinlaut zu. „Jetzt versteh' ich. ‚Wenn man die Absicht merkt, wird man verstimmt', heißt ein deutsches Sprichwort, das in meinem Lesebuch steht."

Sie lächelte spöttisch. „So beiläufig heißt es", sagte sie. „Aber es ist kein Sprichwort, sondern ein Vers aus Goethes ‚*Tasso*' und lautet: ‚So fühlt man Absicht, und man ist verstimmt.'"

„Ich will's mir merken", sagte er demütig. „Ist dieser ‚*Tasso*' auch ein Spiel?"

„Was versteht Ihr darunter? Ein Drama? Ja!" Es klang messerscharf. „Komm', Taube."

Aber das behäbige junge Weib empfand Mitleid mit dem Mißhandelten. „Ihr habt Euch ja heut' ausgezeichnet, Sender. Wie hast du ihn genannt, Malke? ‚Der Held des Abends.'" Sie wollte dadurch ein Pflaster auf seine Wunde legen. „Aber warum habt Ihr mich vorhin so scharf angesehen? Ich red' Euch nichts Böses nach. Nicht wahr, Malke?"

Das Mädchen zuckte die Achseln. „Ich erinnere mich überhaupt nicht", sagte sie, „daß wir über diesen – Herrn gesprochen hätten. Komm'!"

Das war Taube denn doch zu arg. „Aber Malke!" sagte sie und bot Sender herzlich die Hand zum Abschied. „Ihr könnt heut' wohl schlafen, Ihr habt uns allen eine große Freude bereitet. Hoffentlich Euch selber die größte", fügte sie neckend bei. Und als er sie fragend anblickte. „Wann baut Ihr Euer Haus, Sender?"

„Ich?" Er lachte auf. „Mit Gottes Hilfe in hundert Jahren. Denn nach meinem Tod müßt's sein. Lebend tu' ich's nicht. Wozu brauch' ich ein Haus?"

„Um darin mit Weib und Kind zu wohnen", lachte sie. „Freilich, Euch sagt man nach, daß Ihr nie heiraten werdet. Ist das wahr?"

„Nie?" erwiderte er. „Derlei soll man nicht verschwören. Aber nicht so bald." Da durchzuckte ihn plötzlich ein Gedanke: Dieses hochmütige Mädchen behandelte ihn deshalb so schlecht, weil sie wußte, daß ihr Vater ihn abgelehnt hatte, und nun befürchtete, er könnte die Werbung nochmals bei ihr selber versuchen. „O", dachte er, „diesen Irrtum wollen wir dir nehmen."

„So in zehn oder fünfzehn Jahren", fuhr er fort, „früher nicht, und wenn mir die Schönste, Klügste und Bescheidenste begegnete. Denn Bescheidenheit, Frau Taube, ist in meinen Augen mehr wert, als alles andere zusammen, mehr, als wenn man den ganzen Goethe auswendig kann und Lessing und Schiller und Moritz Hartmann und Shakespeare und was weiß ich!" Er wurde immer heftiger. „Ein Mann soll heiraten, wenn er was ist, und dann jene, die *er* sich aussucht, nicht der Vermittler. Warum mich dann, werdet Ihr fragen, der Marschallik dennoch ausbietet, wie der Metzger das Kalb? Weil er hofft, er bringt mich doch herum. Aber er irrt sich. Seit der Mielnicer Sach' hab' ich von nichts mehr gehört und darum auch nicht ‚nein' sagen können. Aber ohne mich geht's doch nicht. Und werd' ich gefragt, so sag' ich ‚nein! nein! nein!'"

„So", dachte er, „nun weißt du's, du Hochmütige!" Aber wie ward ihm, als nun das Mädchen auf ihn zutrat und ihm die Hand bot.

„Ihr habt recht", sagte sie fast bewegt. „Es freut mich, daß Ihr so denkt! Die Vermittler stiften viel Unheil an . . . Und erst die frühen Ehen! . . . Meine Jütte hat mir gesagt: ‚Dieser Sender hat seine eigenen Gedanken!' Es freut mich, daß sie recht hat und daß es vernünftige Gedanken sind."

Frau Taube starrte die beiden betroffen an.

„Unsinn!" sagte sie dann mit verlegenem Lachen. „Wenn jeder so dächte, dann könnt' die Welt aussterben." Sie errötete. „Ich hab' meinen Schmule erst unter dem Trauhimmel gesehen, auch ist er zwei Jahr' jünger als ich, und seit ich meine Bübele hab', bin ich doch ganz glücklich. Sollen sich etwa jüdische Kinder gar noch aus Liebe heiraten?"

„Bewahre", sagte Malke. „Es wär' zu entsetzlich." Sie wollte es spöttisch sagen, aber es klang wie der Aufschrei eines wunden Herzens.

Dann wandte sie sich an Sender, der noch immer ganz betroffen dastand.

„Ich höre", sagte sie freundlich, „daß Ihr nie einen Lehrer gehabt habt. Wie seid Ihr eigentlich zum Deutschen gekommen?"

„Durch Zufall", sagte er zögernd. „Aber ich weiß darum auch wenig genug. Ihr habt mich vorhin zweimal auf Fehlern ertappt – aber wenn Ihr wüßtet –"

„Verzeiht mir", sagte sie herzlich. „Es war nicht recht von mir. Wenn Ihr meine Lehrer gehabt hättet, wo wäret Ihr!"

„Kaum ebenso weit", erwiderte er und wunderte sich im selben Atemzuge, daß ihm das galante Wort eingefallen. Denn sein Hirn wirbelte wie ein Kreisel, namentlich wenn er sie ansah – und wie schön sie nun war, da ein freundliches, gütiges Lächeln die ernsten Züge verklärte! „Freilich hab' ich's nicht leicht gehabt. Wißt Ihr, wie mir mein bißchen Bildung vorkommt? Da hab' ich da einen bunten Flicken auf meinen Kaftan geheftet und dort einen – wie ich sie eben bekommen konnte, aber ein deutscher Rock ist's nicht geworden."

„Wer weiß", tröstete sie, „vielleicht schneidert Ihr Euch den auch noch einmal zusammen ... Aber es ist spät!" Sie bot ihm die Hand. „Gute Nacht – und auf Wiedersehen, nicht wahr?"

„Auf Wiedersehen", erwiderte er, drückte ihre Hand herzhaft und ließ sie dann errötend fahren.

Langsam ging er heim. Alle fünf Schritte blieb er stehen und legte die Hand auf die heiße Stirne, aber davon wollte es drinnen nicht klarer werden.

„Da erklär' mir einer das Mädchen", murmelte er. „Bin ich höflich, wird sie grob, werd' ich grob, ist sie höflich! Und da erklär' mir einer mich selber! Möcht' ich sie heiraten? Behüte! Warum hab' ich mich dann so geärgert, daß sie mir beigestimmt hat?"

Vierundzwanzigstes Kapitel

Ich fahr' aus der Haut . . . Was hast du da geschrieben? . . . Ich platz'."

„So faßt Euch doch, Reb Dovidl!"

„‚Fassen?' Nicht mich, sondern dich werd' ich ‚fassen' und vor die Tür setzen. Oder ins Irrenhaus stecken. Wenn diese Eingab' abgegangen wär', hätten sie mich ‚gefaßt'. Das war noch nicht da!"

„Aber was ist es denn?"

„Er fragt noch, was es ist! Was schreibst du in der Sach' kontra Schlome Rosental? ‚Wenn es aber schon vom hochlöblichen kaiserlich-königlichen Bezirksamt leider angenommen worden ist, daß wir den Bart ausgerissen haben, so erheben wir Gegenklage und zwar ich, Naphtali Ritterstolz wegen eines verletzten Ohrs, und ich, Chaim Fragezeichen, wegen eines blauen Augs.' Dann steht ein großer Tintenfleck da. Dann ‚Blaue Augen' und hundertunddreizehn Ausrufungszeichen. Dann: ‚Allerliebste Träumerin! wie sehr bewundere ich dein sanftes, liebevolles Herz.' Dann: ‚Wir Endesgefertigten bitten daher um Gerechtigkeit.' Das nächste Irrenhaus ist in Lemberg. Es ist die höchste Zeit!"

„Ich hab' mich verschrieben. . . . Das kann jedem begegnen. Ich will's noch einmal machen."

„Sehr gnädig! Verschrieben – haha! Seit zwei Wochen tust du nichts als dich verschreiben. ‚Allerliebste Träumerin!' und dreihundertzweiundvierzig Ausrufungszeichen. Ich sag' dir, das kann nur einem begegnen, der . . . Aber ich sprech's nicht aus, ich schäm' mich! – Du bist doch auch ein Jude. Das kommt von den deutschen Büchern!"

„Davon kommt es wirklich. Es ist ein Zitat aus einem Stück, das ich eben lese, aus Schillers Räubern."

„Hahaha! Das soll eine Entschuldigung sein. Wie kommt eins zum anderen? Sind Chaim Fragezeichen und Naphtali Ritterstolz Räuber? Arme ‚Melamdim' (Lehrer) sind sie, denen durch die Verdrehungen dieses Luiser blutiges Unrecht geschieht. Ich aber sag' dir, du allerliebster Träumer, die Sach' ist anders, und ich kenn' diese Träumerin. Werd' nicht rot – oder nein! werd' rot, dunkelrot und schäm' dich und mach' der Sach' ein End' . . ."

„Ich schwör' Euch, wir haben bisher immer nur von deutschen Büchern gesprochen."

„Schlimm genug, daß ihr überhaupt so viel gesprochen habt, dafür spricht man über euch zehnmal mehr! Ich wunder' mich nur, daß mein Vetter, Reb Jossef, es duldet. Er ist doch sonst ein frommer, braver Mann. Mach' ein End', sag' ich, oder ich mach's. Es ist die höchste Zeit. Entweder das Mädel gefällt dir und du paßt ihrem Vater, dann bitt' deine Mutter, daß sie durch den Marschallik bei ihm anfragen läßt. Oder du hast nichts Ernstes vor, dann schreib' mir nicht in meine Eingaben siebenhundertzweiundachtzig Ausrufungszeichen und unsinnige Sachen hinein! Die höchste Zeit, sag' ich, die höchste Zeit!"

Und Herr Morgenstern erhob beide Hände zum Himmel und verschwand in der „Prifat-Agentschaft".

Sender aber blieb wie vom Donner betäubt auf seinem Platze und starrte regungslos vor sich hin. Allzu klar waren seine Gedanken und Empfindungen in den beiden letzten Wochen ohnehin nicht gewesen; jetzt vollends fühlte er sie toll durcheinander wirbeln, als hätte jedes von ihnen seinen eigenen Willen und nur er selbst keinen mehr. So saß er wohl eine halbe Stunde mit weitgeöffneten Augen und sah und hörte nichts, kaum daß er ab und zu auf das Korpus delikti blickte, das Dovidl erzürnt vor ihn hingeworfen. Es stand alles wirklich da: der Tintenfleck, die Worte, die Ausrufungszeichen. Nur ihre Zahl hatte der Winkelschreiber ein wenig übertrieben, es waren nur ihrer drei. Aber Sender seufzte doch jedesmal tief, tief auf, so oft sie ihm in die Augen fielen.

Endlich raffte er sich auf. „Aber das ist ja alles Unsinn", murmelte er und preßte die Hand auf die Stirne. „Unsinn", wiederholte er halblaut. „Ich hab' manchmal mit ihr gesprochen – ja, aber ‚solche Sachen'! Die Leut' reden? Was können wir dafür?" Und: „Unsinn, Unsinn!" rief er nun fast schreiend, als müßte er sich selbst überzeugen, und suchte in rechter Herzensangst alles zusammen, was für diese harmlose Auffassung sprach.

Niemals hatten sie von der Liebe gesprochen, nicht einmal in demselben Sinn wie am ersten Abend. Sie unterhielten sich von dem Leben um sie her, von den Büchern, die er kannte, von anderen, die sie ihm empfahl – und immer war sie die überlegene, aber freundlich herablassende Lehrerin gewesen, er der ehrerbietige, wenn auch nicht immer zustimmende Schüler geblieben.

Alles wußte sie, alles! Da neckte ihn Taube einmal mit seinen schüchternen Versuchen, Kaftan und Wangenlöckchen kürzer zu tragen. Aber damit kam sie bei Malke übel an. „Glaubst du, daß das jüdische Tracht ist? Wir haben sie von den Polen angenommen, als wir hier eingewandert sind. Nun tragen sie eine andere, und uns soll ihre alte heilig sein?" Man sprach von dem Neujahrsfest, das eben gefeiert wurde. „Alles haben wir anders als die Christen", meinte er. – „Die Zeitrechnung freilich", erwiderte sie, „aber die meisten Feste nicht. Ostern und Pfingsten zum Beispiel haben sie von uns übernommen." Es klang unerhört, fast sündhaft, aber sie wußte es zu begründen.

Zuweilen wollte ihm ob solcher Gelehrsamkeit fast bange werden; er begann Scherze auszukramen, wie sie die Leute sonst gern von ihm hörten, aber da blickte sie ihn groß an, und er verstummte. Oder er fragte nach ihrem Leben daheim und nach ihren Jahren in Czernowitz. Darauf gab sie Bescheid, aber nur ganz kurz. Er verübelte es ihr nicht, es mochte traurig sein, nun wieder in dem öden Nest zu leben – „unter Larven die einzig fühlende Brust" – wie sie einmal zitiert hatte, „aus Schillers ‚Taucher', den müssen Sie lesen!" – und zudem war ja eine Stiefmutter im Hause.

Er selbst enthüllte ihr auch nicht alles. Zwar von Wild erzählte er und von den Büchern, die er gelesen, aber nicht von seinen Plänen. „Taube verrät mich am Ende sonst", dachte er. Gleichwohl schien es ihm einmal, als ob sie ihn durchschaut hätte. „Es ist merkwürdig", sagte sie, „daß Sie bisher nur Dramen gelesen haben und mich auch nur nach Dramen fragen. Auch Romane sind schön, und gar Gedichte." Ihre Augen leuchteten. „‚Laura am Klavier' oder ‚Das Lied an die Freude'. Goethes Gedichte sind ja auch hübsch, aber nicht wie diese! Aber Sie kümmern sich nur um ‚Spiele'. Warum?" Sie blickte ihn lächelnd an. Er errötete. Dann begann sie vom Czernowitzer Theater zu sprechen und welch großer Künstler Nadler sei.

„Den kenn' ich ja", rief er, „und ein guter Mensch ist er auch!"

Wieder lächelte sie ganz eigentümlich. „Also Sie kennen ihn?" sagte sie. „Das erklärt mir vieles." Er war sehr verlegen, sie aber fuhr rasch fort: „Es ist übrigens ein gefährlicher Beruf! Wie leicht gleitet man da in die Tiefe, wie schwer ist's, nach oben zu klimmen! Es kommt nicht auf das Talent allein an, auch auf den Charakter. Da war im Frühling eine Truppe bei uns, erbärmliche Schmierenkomödianten, aber ein Mädchen war wirklich begabt. Ich habe mich für sie interessiert, schon ihres Talents wegen und dann weil die Leute fanden, sie sähe mir ähnlich. Aber sie war nicht mehr zu retten!"

All der Gespräche erinnerte er sich nun. „Nein, Dovidl, du tust mir unrecht!" Aber es war ja auch aus anderen Gründen „Unsinn". Hätte es sonst der Vorsteher geduldet? Es geschah ja unter seinen Augen. „Und du, Langnasiger", murmelte er, „weißt nicht, was ich weiß: daß er sie seinem Mosche bestimmt hat. Der Alte würde schön dreingefahren sein, wenn so was zu wittern wäre."

Er streckte den Kopf aus der Ladentür und atmete tief auf. Aber da fuhr er erschreckt zusammen und wurde bleich. Und warum? Ein Tropfen war ihm auf die Nase gefallen, und als er emporblickte, sah er, daß der Himmel umwölkt war. „Um Gotteswillen, es wird regnen bis zum Abend, wie vorgestern, und ich seh' sie nicht!" Und da schoß ihm auch wieder das Blut in die Wangen. „Warum war ich vorgestern so unglücklich, warum bin ich jetzt so erschrocken? Weil sie mich belehrt? Das mag ich Dovidl erzählen, aber nicht mir selber. Lüg' nicht, Sender! Wenn's dir nur um die Belehrung ist, warum klopft dir das Herz zum Zerspringen, sobald es dämmert? Warum zieht's dich wie mit Ketten zu Jossefs Haus? Warum starrst du ihr immer so ins Gesicht! Du horchst kaum auf das, was sie spricht, und siehst sie nur immer an und denkst: ‚O wie schön sie ist!' Deine Lehrerin! Hast du je von dem Furbes geträumt oder jetzt vom Pater Marian! Und von ihr allnächtlich! Und du arbeitest ja auch in all der Zeit nichts mehr, und was du machst, ist verkehrt. Du träumst am hellen Tag und denkst ja an nichts, gar nichts mehr als an sie. Du bist verliebt, Sender. Ja, das ist das, was in den Büchern die ‚Liebe' heißt, und nichts anderes!"

Er sank auf den Stuhl hinter dem Schreibtisch und schlug die Hände vors Gesicht. Um Himmelswillen, das war ja ein Unglück, er konnte sie ja nicht heiraten, er mußte doch nach Lemberg gehen, sobald die Sache mit dem Mautvertrag der Mutter in Ordnung war. Aber wie sollte er fort? Er war vorgestern wie ein Narr im Regen auf dem Marktplatz auf und ab gelaufen, ob sie sich nicht doch blicken lasse, und war dann endlich ebenso durchnäßt wie verzweifelt heimgeschlichen, und heute hatte ihn der eine Tropfen entsetzt – er blickte hinaus, nun regnete es wirklich, o Jammer – wie sollte er sie nun gar für immer entbehren! Sie lassen? Unmöglich! Sein Ziel lassen? Unmöglich! Aber eins von beiden mußte doch sein. Das war ja ein Unglück, ein wirkliches, wahrhaftiges, großes Unglück!

Erregt sprang er auf und begann im Laden auf und nieder zu gehen. Noch einmal suchte er sich zu verteidigen. „Aber von ‚solchen Sachen' war doch wirklich nie –"

Nein! aber weshalb nicht, lieber Sender? Nur weil du dich nicht getraut hast, davon zu beginnen. Sie ist ja schon bei der geringsten Schmeichelei unwillig geworden! „Da war das mit den Namen", murmelte er, „und dann mit dem Haar." Sie hatte der Annahme christlicher Vornamen das Wort geredet, auch Taube, Jütte, Hirsch, Wolf seien ja deutsche Namen.

„Und Sie heißen dann Regina", meinte er, „Königin bleibt Königin!"

Da wandte sie den Kopf ab und ging bald ins Haus.

Sie sprachen von der grausamen chassidischen Sitte, den Mädchen vor der Trauung das Haupthaar abzuschneiden. „Wenn ich daran denke", rief er grimmig, „daß Ihr herrliches Haar geopfert werden soll!" – sie lohnte es in gleicher Weise.

Er war natürlich nie darüber erfreut gewesen, hatte sich aber getröstet: „Sie fühlt sich eben schon als Mosches Verlobte und hat sich in ihr Schicksal gefunden." Erst jetzt fiel's ihm ein, daß diese Ergebung sie nicht hinderte, im Beisein ihrer künftigen Schwägerin so scharf über derlei ungleiche Ehen herzuziehen und von Mosche als von einem verzogenen Knaben zu sprechen. Hatte es einen anderen Grund? Etwa dieser Bernhard, den sie so oft zitierte . . .? Unmöglich, er mußte ja weit, weit älter sein als sie, sie hatten sich seit Jahren nicht mehr gesehen. Es war doch wohl nur der Gedanke: „Wenn ich Jossef Grün gefalle, bin ich die Braut seines Sohnes." Aber es war fast unmöglich, daß er, einer der Frömmsten im Ghetto, eine solche Schwiegertochter wählte. Darum gestattete er wohl auch den Verkehr mit Sender: von Jossef also war kein Einspruch zu befürchten. Und ebensowenig von ihrem Vater, er gab wohl nach, wenn er sah, daß es auch mit Mosche nichts war. Sie selbst aber? „Wenn sie Mosche gewollt hat", dachte er, „so wird sie doch auch mich nehmen." Nur an ihm selbst lag das Hindernis! – er *mußte* ja Schauspieler werden. –

„Ich muß", murmelte er. „Ich *muß*", wiederholte er lauter. „Schon heut' abend geh' ich nicht mehr hin. Das Herz wird mir weh tun, ich kann ihm nicht helfen ... Und jetzt wird wieder gearbeitet." Er schritt an seinen Platz zurück. „Mit aller Kraft!" rief er laut und streckte die Arme.

„Jesus Maria! ... O du armer Senderko!"

Er sah sich erschreckt um. An der Tür des Ladens stand Fedko und blickte ihn scheu, aber mitleidsvoll an.

„Du, Fedko? Komm' näher."

Aber der Alte blieb an der Tür stehen, und als Sender auf ihn zutrat, wich er einen Schritt zurück.

„Also du sprichst jetzt schon immer mit dir selbst?" sagte er bang und musterte ihn scharf. „Ich hab' dir immer gesagt, Senderko, das nimmt kein gutes Ende. ... Läßt du dich deshalb nicht mehr blicken?"

„Nein, Fedko, ich bin noch bei Vernunft. Ich bin seit der Wahl ausgeblieben, weil ich nicht gewußt habe, ob Pater Marian wieder Zeit für mich hat."

„So, so?" Der Pförtner schüttelte den Kopf. „Und Augen macht er heute auch", murmelte er, „wie ich sie noch nicht an ihm gesehen habe. Aber was geht das mich an? Also", fuhr er laut fort, „der Hochwürdige läßt dir sagen, daß du von heut' mittag ab wieder in die Bibliothek kommen kannst, obwohl er seit vorgestern nicht mehr daneben wohnt."

„So? Warum?"

„Weil er kein ganzer Sünder mehr ist, sondern nur noch zur Hälfte, oder zu einem Viertel oder vielleicht gar nicht. Nämlich ein neuer Prior, eine neue Frömmigkeit. Dieser hochwürdige Valerian" – er seufzte tief auf – „stellt alles auf den Kopf. Ein bißchen Trinken ist eine Sünde, aber den Juden Baugründe verkaufen, das darf ein Christ. ‚Die Mönche brauchen zu viel', sagt er, aber bei einer Malerin in Lemberg ein neues Altarbild für die Klosterkirche bestellen, dazu hat er das Geld. Den Pater Ökonom hat er in eine Nonnenzelle gesetzt, weil er ihm nicht glaubt, daß die Försterin, die Frau Putkowska, seine Nichte ist, und sie ist es doch schon seit acht Jahren. Aber der Pater Marian, der einem Juden eine ‚Kommedia' lehrt, bekommt ein schönes Zimmer im ersten Stock. Das heißt, das weiß der Prior freilich nicht und soll's auch nicht erfahren. Also kommst du heute an die Tartarenpforte?"

„Ja, und ich lasse dem Pater schön danken." Da fiel sein Blick auf die Eingabe; die mußte ja sofort geschrieben sein. „Erst morgen, lieber Fedko, da aber gewiß."

„Gewiß?" fragte der Alte und schüttelte traurig den Kopf. „Was ist in solchen Zeiten gewiß? Am Ende verlier' ich auch diesen Slibowitz. Aber wie Gott will."

Sender machte sich an die Arbeit. Vorerst besah er sich noch die verhängnisvolle Stelle. Nun fiel ihm bei, wie der Schaden entstanden. Der mächtige Tintenfleck war zuerst auf den Bogen gekommen. Er hatte gewartet, bis er etwas getrocknet sei, um ihn wegradieren zu können. Dabei waren ihm die Gedanken von Chaim Fragezeichens blauem Auge zum Marktplatz gewandert. Dann hatte er den Bogen umschreiben wollen, aber am nächsten Morgen das Blatt gewendet und den Schluß beigefügt.

„Heute soll mir so was nicht passieren", dachte er. Er faltete einen neuen Foliobogen und begann das Rubrum zu schreiben. „Replik in Sachen" . . . Dovidl sollte diesmal zufrieden sein, das Wort „Replik" ein Muster kalligraphischer Kunst werden, wie er es liebte. An dem „R" malte er allein einige Minuten.

„Arbeiten", dachte er dabei. „Und die Sach' muß ein End' nehmen. Aber heut' schon soll ich nicht mehr hingehen?" Er blickte hinaus, der Regen hatte aufgehört. „Was soll sie denn davon denken? Sie wird gekränkt sein. Und einmal mehr oder weniger macht doch keinen Unterschied. Und heut' hat sie mir ja versprochen, das Trauerspiel von Schiller zu erzählen, wo eine Königin die andere köpft. Das liest sie am liebsten, sagt sie, ich glaub's. ‚Malke' heißt sie, eine Königin ist sie, eine Regina, wie die Christen sagen. . . . O, wie schön sie ist, o, wie schön!"

Die Tür wurde aufgerissen, Dovidl stürzte herein.

„Die Eingab' – bist du fertig? Noch nicht? Ich fahr' aus der Haut. Was hast du in den zwei Stunden getan?" Er riß das gefaltete Blatt vom Tische. „Was! . . . Was?" Seine Augen wurden immer größer. „‚Regina' – hahaha! Nach Lemberg – morgen, heute, in diesem Augenblick. Eine Zwangsjacke und nach Lemberg!"

Schreckensbleich starrte Sender auf seine neue Missetat. Wahrhaftig, da stand der Name in so schönen lateinischen Buchstaben, wie er sie irgend leisten konnte.

„Verzeiht . . ." stammelte er, „ich – ich hab' nur die Feder probieren wollen."

„Probieren!" lachte Dovidl krampfhaft. „Seit zwei Stunden hat er die Feder probieren wollen und nichts ist ihm dabei eingefallen, als wie ‚Malke' auf ‚christlich' heißt. . . . Hahaha! Aber was lach' ich noch. . . . Blutige Tränen sollt' ich weinen. Das ist die Arbeit für sechs Gulden monatlich! Du machst mich arm, du reißt mir den Kaftan vom Leibe, die Hosen reißt du mir von den Beinen, die Unterhosen . . ."

Der erregte Mann hätte sein Elend wohl bis auf die Haut enthüllt, wenn nicht seine Frau in diesem Moment die Tür der „Prifat-Agentschaft" geöffnet und ihm mit den Augen gewinkt hätte. „Wer ist denn da?" rief er, stürzte aber, als sie ihn bedeutungsvoll anblickte, eilig hinaus.

Sender machte sich wieder an die Arbeit. Er nahm seine ganze Kraft zusammen und der Teil, den er bis zur Mittagsstunde fertig brachte, enthielt keine Fehler. Dann lief er eilig zum Essen heim, er wollte raschestens zurück sein, sein Gewissen drückte ihn.

Er mußte allein essen. Frau Rosel war nicht daheim. Sie war es gewesen, um derentwillen Dovidl abberufen worden.

Rabbi Manasse hatte sie zu sich entbieten lassen und ihr ein gestern an ihn gelangtes Schreiben des Rabbi von Marmaros-Szigeth in Oberungarn vorgelesen. Sein Amtsbruder teilte ihm mit, Froim Kurländer lebe seit einigen Monaten dort. Da er als morscher und verlotterter Mensch der Gemeinde zur Last falle, habe diese mit großem Vergnügen zur Kenntnis genommen, daß jemand nach ihm suche, und dies dem Bettler mitgeteilt. Froim sei auch gern bereit, nach Barnow zu kommen, jedoch nur gegen Erhalt der Reisekosten. Ob die Barnower Gemeinde sie senden wolle? Wo nicht, so wollte die Szigether den alten Lumpen jedenfalls los sein und ihn gleich nach den Feiertagen entfernen, aber ob er dann nach Barnow komme, könnte sie nicht verbürgen. „Er lebt also wirklich", schloß Frau Rosel ihren Bericht an den Winkelschreiber verzweiflungsvoll, „und kommt her, obwohl unsere Gemeinde ihm natürlich kein Geld schickt. Aber wenn die Szigether ihn fortjagen, bettelt er sich doch wohl nach Barnow durch, da er ja hier gesucht wird. Rabbi Manasse sagt, er muß Luiser den Brief geben."

„Dem Schurken!" rief Dovidl wütend. „Seht Ihr nun ein, welcher Stümper er ist?"

Sie blickte ihn befremdet an. „Ich denke", erwiderte sie, „diesmal hat er seine Sache nur allzu gut gemacht."

„Ein Stümper", wiederholte Dovidl nur umso heftiger. „Er wird den Brief beim Bezirksamt einreichen und den Antrag stellen, dem Froim Eure Klage durch das Szigether Amt zuzustellen. Natürlich ist es nun mit der Todeserklärung nichts, und wir haben einen Prozeß, der jahrelang dauert und weiß Gott wie endet. Aber deshalb ist er doch nur ein elender Stümper. Warum? Weil er sich auf den Zufall verläßt! Wenn dieser Froim nicht zufällig noch leben würde, wie stünde Luiser jetzt da? Ein ‚Prifat-Advokat', der sich auf den Zufall verläßt – hahaha! Ich tu' das nie."

Aber das war kein genügender Trost für Frau Rosel, und auch ihre größte Sorge vermochte er nicht zu beseitigen.

„Er wird nicht herkommen!" rief er. „Ganz gewiß nicht! Oder doch wahrscheinlich nicht! Oder es ist doch wenigstens möglich, daß er nicht kommt. Übrigens, wenn er kommt, – ich hab's Euch ja immer gesagt, daß er kommen wird! Nicht? Da irrt Ihr Euch! Ich hab's gesagt, oder ich hab's doch wenigstens immer geglaubt – also, wenn er kommt, so ist's für uns umso besser. Dann will er entweder nicht zu Euch ziehen, und Ihr werdet geschieden, oder er will, dann ist alles in Ordnung, in schönster Ordnung. Und ich hoff', Frau Rosel, daß wir das erreichen. Er ist ja ein alter Bettler, warum sollt' er sich nicht von Euch versorgen lassen?"

„Aber das wär' ja mein größtes Unglück", schrie sie entsetzt auf. „Und was soll ich dann meinem Sender sagen?"

„Verzeiht", sagte Dovidl, „das gehört nicht mehr zu der Sach' ‚Kurländer kontra Kurländer', in Familiengeschichten misch' ich mich nicht. Und da bald ‚Jom-Kippur' (Versöhnungstag) ist, und ich bis dahin sehr viel zu erledigen hab' –"

Sie ging „Nun muß er heiraten", dachte sie. „Binnen zwei Wochen muß es sein. Denn wenn Froim früher da ist, so geht er mir auf und davon." Und sie eilte zum Marschallik.

Itzig Türkischgelb nickte. „Binnen vierzehn Tagen", sagte er. Und als sie ihn zweifelnd anblickte: „Frau Rosel, hab' ich je mehr versprochen, als ich halten kann? Heut' ist Montag. Spätestens am Donnerstag sind die beiden verlobt, wenn nicht geradezu ein ‚Sched' (böser Geist) dazwischen kommt. Am Sonntag, wo wir ‚Jom-Kippur' haben, könnt Ihr unserem Herrgott nicht bloß Eure Sünden sagen, denn damit werdet Ihr arme, gute Frau, bald fertig sein, sondern auch Eure Freuden. Und die werden groß sein. So ein Mädchen!"

„Aber wird er wollen?"

Der Marschallik lächelte. „Er? Er glüht, er brennt, er flammt! Gegen sein Herz ist ein Kalkofen eine Eisgrube. . . . Da macht mir anderes mehr Sorge, aber das wird sich auch finden. Freilich müssen wir es vernünftig anstellen. Wißt Ihr, wie es unser Kaiser vor drei Jahren gemacht hat, als er mit den Ungarn nicht hat fertig werden können?"

Sie blickte ihn verblüfft an.

„Er hat die Russen gerufen. Kommt zum Telegraphenamt."

Dort ließ er den Beamten eine Depesche schreiben. Sie erfuhr nicht, was drin stand, obwohl sie einen Gulden Gebühr bezahlen mußte. Aber der Marschallik tröstete sie: „Das Geld ist vernünftig angelegt, verlaßt Euch drauf. Und nun will ich mit Sender reden."

Vergnügt lächelnd schritt er neben ihr dem Mauthause zu. Da wurde sein Gesicht plötzlich gramvoll und finster. „Schneidet ein bestürztes Gesicht", flüsterte er ihr hastig zu. Es gelang ihr nur zu gut, als sie in seine jählings verwandelten Züge blickte. „Da ist er ja", fuhr er leise fort. In der Tat kam Sender rasch des Weges, er wollte in den Laden zurück.

„Frau Rosel", begann der Marschallik, als der junge Mann in Hörweite war, mit lauter Stimme, „ich hab' Euch gleich gesagt und wiederhol's nun: Euch geb' ich keine Schuld, aber mit Sender bin ich fertig! Fertig!" wiederholte er, „obwohl mir das Herz dabei sehr weh tut." Seine Stimme brach sich vor Wehmut. „Denn ich hab' ihn lieb gehabt wie einen Sohn und war gegen ihn wie gegen einen Sohn! Und er, er tut mir dafür das an, *das*, Frau Rosel!"

„Was?" wollte sie fragen.

„Schweigt!" murmelte er hastig und fuhr laut fort: „Ihr

schweigt! Recht habt Ihr! Da ist nichts mehr zu sagen. So einen Undank, wie ich von diesem Pojaz –"

„Von mir?" rief Sender bestürzt und trat heran. „Was redet Ihr da, Reb Itzig? Was hab' ich Euch getan?"

Der Marschallik lachte krampfhaft auf. „Was er mir getan hat? Das arme, unschuldige Kind! Soll ich ihm überhaupt noch antworten, Frau Rosel? Verdient er, daß ich ihm antworte? Aber weil Ihr mich drum bittet – meinetwegen. . . . Komm'!" und er schritt finster dem Mauthaus zu.

„Was ist geschehen?" wandte sich Sender kleinlaut an die Mutter.

Sie zuckte die Achseln. „Geh' nur", erwiderte sie. „Du wirst ja hören." Sie selbst trat in die Küche; sie wußte nicht, welches Gesicht sie bei dieser Unterredung machen sollte.

Als sie in der Wohnstube waren, begann der Marschallik: „In mir kocht's, aber ich will ruhig bleiben. Ich will dich nur etwas fragen: Weißt du, daß das Vermitteln von Heiraten mein Erwerb ist: Ja oder nein?"

„Natürlich, Ihr lebt davon. Aber –"

„Gut oder schlecht? Bin ich ein reicher Mann?"

„Nein. Aber –"

„Hast du gewußt, daß es mein Geschäft ist, wenn Reb Hirschs Malke heiratet? Und hast du gewußt, wozu Malke in das Haus des Vorstehers gekommen ist? Nun? Werd' nicht rot wie ein Krebs, nicht grün wie eine Gurke, schnapp' nicht nach Luft wie ein Karpfen im Sand, sondern antworte: Ja oder nein!"

„Nun – ja!"

„Und *woher* hast du es gewußt?" donnerte Türkischgelb. „Weil ich es dir *anvertraut* hab'. Als Geheimnis meinem besten Freund anvertraut! Und wie hast du das Vertrauen benützt? Du hast mein Geschäft zerstört, hast die Partie zerstört!"

Sender konnte nichts erwidern. Schuldbewußt stand er mit bleichen Mienen vor seinem Ankläger.

„Zerstört, zerbrochen", fuhr der Marschallik fort, „wie ich das zerbreche." Er riß ein Zweiglein des Lindenbaums ab und zerstükkelte es. „Heut' komm' ich ahnungslos zu Reb Jossef und freu' mich schon auf den guten Lohn, den mir Reb Hirsch versprochen hat, da donnert er mich an: ‚Ich will nichts mehr von Euch wissen und nichts mehr von dem Mädchen. Eine, die sich jeden Abend von einem Burschen unterhalten läßt und den Hof machen, als ob sie beide Christen wären, ist mir für meinen Mosche zu schlecht. Mit ihr red' ich nicht darüber, aber ihrem Vater hab' ich geschrieben, daß er sie morgen abholen soll' . . . Sender", rief er ausbrechend, „warum hast du mir das getan?"

„Ohne meine Absicht", stammelte dieser. „Und Taube war ja dabei. Sie kann bezeugen, daß ich ihr nie was Unrechtes gesagt hab'."

„Lüg' nicht!" rief Türkischgelb heftig. „Denn entweder lügst du oder du bist ein schlechter Mensch. Nur ein solcher Mensch kann es in der Ordnung finden, wenn ein junger Mann der Braut eines anderen sagt, daß sie die Königin über alle Weiber ist, und daß er vor Schmerz vergeht, wenn er daran denkt, daß ihr herrliches Haar abgeschnitten werden soll. Du siehst, ich weiß alles. Die arme Taube, die auch nur Verdruß davon hat, hat es heut' ihrem Schwiegervater gestehen müssen. Und bedenk', Malke war die Braut eines dummen, grünen Jungen, und du bist ein hübscher, kluger Mann, der Deutsch reden kann, da hätte dein Gewissen doppelt auf der Hut sein sollen."

Sender war zerknirscht, aber dieser Vorwurf schmeichelte ihm doch.

„Ich will mich nicht verteidigen", sagte er, „Ihr würdet mich doch nicht verstehen, weil Ihr alles nach den hiesigen Sitten beurteilt. Nur eines will ich Euch sagen: wenn Ihr recht hättet, wenn ich diese Partie zerstört hätte, so täte es mir wohl um Euretwillen leid, aber sonst wär's mir eine Freude. Denn ein Mädchen wie Malke ist für einen Mosche zu gut! Aber Ihr gebt mir grundlos die Schuld, sie hätte ihn ohnehin nicht genommen."

„Da irrst du!" erwiderte der Marschallik nachdrücklich. „Sie hätt's getan, so lang sie an keinen anderen dachte. Jetzt freilich nicht mehr. Schon vor einigen Tagen hat sie Taube gesagt: ‚Und wenn mich mein Vater verstößt, ich heirate nur den Mann, den ich mir selbst ausgesucht habe, für den ich passe, der für mich paßt' ... Warum wirst du so rot?"

Sender wandte sich ab.

„Und das", rief der Marschallik mit donnernder Stimme, „das ist dein schlimmstes Verbrechen. Daß du die Partie zerstört hast, könnt' ich dir verzeihen – ich hab' dir damals selbst gesagt, ich hätt' sie lieber einem anderen gegönnt. Und meinen Verdienst – Gott wird mich auch so nicht verhungern lassen. Aber daß du, sonst ein guter, braver Mensch, so schlecht, so gewissenlos an einem armen Mädchen gehandelt hast, an diesem Mädchen, für das selbst der Beste kaum gut genug wär' – das verzeih' ich dir nicht! ... Du willst nicht heiraten, sagst du? – Gut, deine Sache. Aber dann dennoch so tun, als ob's dir Ernst wäre, und dem armen Mädchen den Kopf verdrehen, das Herz brechen – pfui, Sender, ich hab' kein anderes Wort ... du heiratest sie nicht, einen anderen nimmt sie nicht – was soll aus ihr werden?"

Schwer atmend, das Haupt auf den Arm gestützt, saß Sender da. Wie bei jeder heftigen Aufregung empfand er auch diesmal ein leichtes Stechen in der Lunge, aber er achtete nicht darauf; in ihm stürmte es wie nie zuvor.

„Ich hab's nicht gewollt", murmelte er. „Bei Gott im Himmel, ich hab's nicht gewollt."

„Das glaub' ich dir", sagte der Marschallik milder. „Ein solches Mädchen absichtlich ins Gerede und für sein ganzes Leben um sein Glück bringen – ich glaub', dazu wär' der Schlechteste nicht schlecht genug. . . . Aber jetzt ist es einmal so. . . . Und nun? Was nun? Es geht mir ja nicht bloß um sie, sondern auch um dich, es wird dein Lebenlang auf dein Gewissen drücken."

„Da habt Ihr recht", murmelte Sender düster und preßte dann wieder die Lippen zusammen. Auch der Marschallik sagte nichts mehr. Es war ein banges, schwüles Schweigen.

„Ich gehe", sagte Türkischgelb endlich und griff nach dem Hut. „Bleib' du ruhig hier – bei Dovidl entschuldige ich dich schon – und überleg' dir die Sach'. Ein Mensch wie du tut nichts ohne vernünftigen Grund. Es muß einen Grund haben, daß du nicht heiraten willst. Das also spricht dagegen, aber vielleicht doch nicht so, wie du glaubst. Was du aus dir machen willst, mag Gott wissen, aber doch gewiß keinen Mönch. Bedenke, vielleicht kannst du es auch als verheirateter Mann erreichen."

Sender machte eine heftige Bewegung, nicht der Abwehr, sondern der Überraschung.

Türkischgelb schien es nicht zu bemerken. „Und ferner", fuhr er fort, „mußt du dir überlegen, ob es viele solche Mädchen gibt wie Malke, und was dir die Ruhe deines Gewissens und das Glück deiner Mutter wert sind. Ich mach' dir einen Vorschlag: morgen mittag ist Reb Hirsch hier und holt sie ab. Willst du, daß ich mit ihm rede, so sag' es mir bis dahin. Daß er auch jetzt ‚nein' sagen wird, glaub' ich nicht – der arme Vater, dessen Kind du ins Gered' gebracht hast! Willst du also, so kann morgen abend die Verlobung gefeiert werden. Willst du aber nicht, so versprich mir, dem armen Kind wenigstens das Herz nicht noch schwerer zu machen und heut' abend nicht mehr auf den Marktplatz zu kommen."

„Das tu' ich keinesfalls", murmelte Sender.

„Wenn du dich so entschließt, wie ich von Herzen wünsche, so kannst du kommen. Warum nicht? Malke weiß noch nichts davon, daß Jossef Grün sich entschlossen hat, ‚nein' zu sagen, nicht einmal, daß ihr Vater morgen kommt. Ich weiß nicht, warum es ihr Jossef nicht sagen will. Sie ist also ganz unbefangen und wird dich erwarten und sich kränken, wenn du nicht kommst. Freilich, bleibst du bei deinem ‚Nein', so ist es gleichgültig, ob sie sich von heut' abend an fürs ganze Leben zu grämen beginnt oder erst von morgen mittag!"

Er reichte ihm die Hand. „Möge dich Gott zum Rechten führen", sagte er warm und verließ die Stube. Draußen sagte er zu Frau Rosel: „Laßt ihn allein! Fragt ihn nicht . . . Der arme Junge!"

„Warum bedauert Ihr ihn?" rief sie erschreckt.

„Weil es ihm so hart fällt, glücklich zu werden", erwiderte der Marschallik, nun wieder lächelnd. „Aber er wird glücklich, verlaßt Euch drauf."

Je näher er der Stadt kam, desto fröhlicher wurde er. Er hatte eine Komödie gespielt und sich in vielem an der Wahrheit versündigt, aber es war ja notwendig gewesen. „Für ihn ist's das Beste", dachte er, „und für sie wohl auch. Meine Jütte sieht da zu schwarz. Ein Bursch wie Sender – warum sollte nicht auch Malke mit der Zeit glücklich werden? Sie ist ja sehr verständig und ein jüdisch Kind – das findet sich in alles."

Fünfundzwanzigstes Kapitel

Die Mutter folgte dem Rat des Marschallik. Sie ließ Sender allein. Wohl eine Stunde vernahm sie aus der Stube keinen Laut. Endlich trat er heraus, nickte ihr stumm zu und schlug den Weg in die Felder ein.

Traurig blickte sie ihm nach. Es gab ihr einen Stich durchs Herz, wie bleich er war. „Er ist nicht mein Fleisch und Blut", dachte sie, „aber doch ein Mensch wie ich. Wie hart ihm alles fällt, sogar sein Glück."

Und da täuschte sie sich nicht. Bitterhart wurde es dem armen Jungen. Zwar hatte er nun, während er ziellos über die Stoppelfelder dahinschritt und immer weiter in die Heide hinaus, bereits seine Wahl getroffen, eigentlich schon früher, während der Unterredung mit dem Marschallik, aber in seiner Brust war's darum nicht friedlicher geworden. Natürlich mußte er um Malke werben, nicht allein, weil es das Gewissen gebot und weil ihn die Gewißheit ihrer Gegenliebe berauschte, sondern weil es ihm glattweg unmöglich schien, künftig ohne sie zu leben.

Aber sein Ziel! Sein heißersehntes, so recht um den Preis seines Herzbluts angestrebtes Ziel rückte ihm nun in die Ferne. Freilich brauchte er nicht ganz darauf zu verzichten – der Marschallik hatte ihn erst auf diesen trostreichen Gedanken gebracht, aber der lag ja auch sonst nahe genug – gab es nicht auch verheiratete Schauspieler, war nicht auch Nadler verheiratet? Hätte er um Malkes willen seinem Beruf entsagen müssen – ihm schauderte; „wer weiß", dachte er, „wie ich mich dann entschieden und ob ich es überlebt hätte!" Drückte ihn doch nun schon der Gedanke zu Boden, daß er vielleicht ein Jahr länger harren mußte, denn gleich nach der Hochzeit konnte er ja doch nicht fort.

Aber je weiter er in die herbstliche, rotschimmernde Heide hinausschritt, desto heller wurden seine Gedanken. Vielleicht brauchte er nicht einmal ein Jahr zu warten – Malke war ja kein gewöhnliches Weib, sie mußte sein Ziel verstehen und förderte ihn gewiß, statt ihn zu hindern. Vielleicht hatte auch sie Talent zur Kunst – doch nein, den Gedanken verbannte er, kaum daß er ihm aufgestiegen; sein Weib, sein schönes, geliebtes Weib sollte nicht vor die Menge treten. Er allein – aber sie sein Leitstern, ihre Zustimmung sein schönster Lohn, seine Triumphe das Glück ihres Lebens. Er warf sich ins Heidekraut und schloß die Augen, um besser träumen, sich die Bilder der Zukunft ausmalen zu können; ein seliges Lächeln lag auf seinen Zügen. Er hatte die Liebe, so lang er sie nicht kannte, an anderen komisch gefunden, eine „Narrheit", die er nie mitmachen wollte – und so fremdartig war ihm diese Empfindung erschienen, daß er zweifelte, ob er je Verliebte werde spielen können. Dann, als sie unerwartet über ihn gekommen, hatte sie ihm Schmerz, Wirrnis und Aufregung genug gebracht, aber keinen Augenblick des Glücks. Nun aber flutete es auf ihn nieder, mit jedem Atemzug voller und reicher, daß er all die Seligkeit kaum zu ertragen vermochte. „O wie schön das ist", murmelte er, „wie schön . . . wie schön . . ." und dann leise ihren Namen. Ihm wurde die Brust zu eng, er richtete sich auf, um leichter atmen zu können. „Wie schön . . ." und plötzlich brachen ihm die Tränen aus den Augen und überfluteten sein Antlitz.

„Ich Narr", sagte er endlich lächelnd und wischte sich die Tränen fort. „Da liege ich einsam auf der Heide und weine, statt bei meiner Braut zu sein und mich mit ihr zu freuen." Er blickte um sich. Noch schimmerte die Heide in satter, roter Farbenglut, aber die Sonne war im Sinken, im Osten glitt eben die weiße Mondsichel empor.

Er sprang auf und schritt der Stadt zu, anfangs rasch, dann immer langsamer. „Halt", dachte er, „meine Braut wird sie erst morgen. Ich will sie auch heute gleichsam zufällig treffen. Anders freilich werden wir schon jetzt miteinander sprechen als sonst – jetzt, wo ich weiß –"

Er lächelte. „Wie sie sich verstellt hat! Was so ein Mädchen kann! Über jedes freundliche Wort war sie ordentlich böse." Er fühlte eine Empfindung des Unbehagens, der Unsicherheit in sich aufsteigen. Aber er schüttelte sie ab, „Unsinn – jetzt, wo sie es Taube gestanden hat –"

Dennoch ging er immer langsamer, und als er von fern ein Licht aufschimmern sah, die Laterne am Mautschranken, welche die Mutter eben angezündet, hielt er den Fuß an und blickte hinüber. „Soll ich's der alten Frau schon heute sagen?" murmelte er.

Er entschloß sich, es nicht zu tun. „Zuerst muß Reb Hirsch seine Einwilligung geben. Der Marschallik meint zwar, daß sie sicher ist, und wollte er etwa ‚nein' sagen, so bringen Malke und ich ihn gewiß herum, aber die Mutter soll nicht drum zittern. Morgen, wenn alles in Ordnung ist, freut sie sich doppelt."

Er ging weiter, dem Marktplatz zu, aber immer zögernder. Die Dämmerung war hereingebrochen, die Mondsichel warf ihr blasses Licht über die Gartenstraße, die er noch zu durchschreiten hatte; nun war sie wohl schon mit Taube vor dem Hause. „Wie red' ich sie an?" dachte er.

„Nun – mit dem Guten Abend", lachte er dann auf, „das weitere findet sich." Dennoch schlich er nun förmlich und das Herz pochte ihm immer ungestümer, je näher er dem Marktplatz kam.

Da war er endlich auf dem Platz und wieder nach einigen Minuten vor dem Hause des Vorstehers. Himmel, sie war nicht da. Aber da erschien sie eben mit Taube vor der Tür.

Er trat auf sie zu und bot ihr den Gruß. Sie erwiderte freundlich wie immer, wenngleich nicht so laut wie Taube, die ihm auch die Hand bot. Er drückte sie herzhaft und hielt dann Malke die Rechte hin. Er tat es heute bei der Begrüßung zum ersten Mal, und sie blickte befremdet auf. Dann rührte sie einen Augenblick mit ihren schlanken, weißen Fingern an die seinen.

Es verblüffte ihn mehr, als es ihn betrübte. „Gut!" dachte er, „ich will dir den Gefallen tun! Also heut' noch wie sonst!" Und darum trat er auch wie immer an Taubes Seite und schritt neben dieser her.

„Nun?" fragte die dicke, lustige Frau, „was bringt die Barnower Zeitung heut'?" So pflegte sie ihn zu nennen.

Er dachte nach. „Daß Dovidl Morgenstern aus der Haut fährt", begann er, „wissen Sie schon. Aber halt! – eine Neuigkeit gibt's wirklich: der Prior hat bei einer Lemberger Malerin ein neues Altarbild bestellt. Ein Weib, das malt und gar Heilige fürs Kloster – das ist sehr komisch!"

„Warum?" fragte Malke. „Meine Cousine Viktorine Salmenfeld, die älteste Tochter meines Onkels Franz, malt auch solche Bilder und sehr gute. Sie hat sich in Wien als Künstlerin einen Namen gemacht und soll ebenso liebenswürdig wie begabt sein. Leider kenne ich sie nicht persönlich."

„Leider?" rief Taube. „Du mußt gottlob sagen!"

„Warum? Weil sie Christin ist? Deshalb bleibt sie doch meine Blutsverwandte, und ich weiß, daß sie auch meiner freundlich denkt."

„Aber Malke", rief Frau Taube erschreckt, und Sender war es kaum minder. Nach seiner Anschauung zerschnitt die Taufe jedes Band. „Da sehen Sie das am Ende gern?" rief er angstvoll.

„Die Taufe? Nein, gern niemals. Und unter zehntausend Fällen ist kaum einer, wo sich nicht das geringste dagegen sagen läßt, denn häufiger, glaub' ich, trifft sich's nicht, daß es jemand aus innerster Überzeugung tut. Aber daneben gibt es Fälle, die man beklagen, aber nicht verurteilen darf, und der liegt bei meinem Onkel Franz vor. Aber wenige fassen sie gerecht auf. Mein Großvater, Nathan Salmenfeld, war ein lebenskluger, aber überaus strenggläubiger Mann, der seinen drei Söhnen ihr Lebensziel von Anbeginn vorgeschrieben hatte, der älteste, Froim, sollte Arzt, der zweite, Manasse, Advokat werden, der dritte, Hirsch, mein Vater, sein Wirtsgeschäft erben, aber alle sollten nicht minder fanatisch bleiben wie er selbst. So mußte Froim auch im Gymnasium den Kaftan tragen, auf der Universität, in Pest, bei Chassidim wohnen. Es war ein Höllenleben. Die Christen verhöhnten ihn und diesen Juden galt er auch nicht mehr für rein. Ist's ein Wunder, daß er da seinen Glauben mit all dem furchtbaren Zwang hassen lernte und ihn endlich abschüttelte? Ihn haben die Chassidim zum Christen gemacht! Mein Onkel Max aber, der jetzt Advokat in Czernowitz ist, hat dasselbe Martyrium durchgelitten und dann doch nur den Zwang abgeschüttelt, nicht den Glauben." Und sie erzählte begeistert, welch herrlicher Mann dies sei, ein Vorkämpfer für die Rechte seiner Glaubensgenossen, aber auch für ihre sittliche Veredlung und Befreiung.

„Nächstens tauft der sich auch", sagte Taube in ihrer gewohnten Weise, während Sender fragte: „Wie lange waren Sie in seinem Hause?"

„Sechs Jahre. In meinem achten Jahr' verlor ich die Mutter. Das ist ja gewiß das schwerste Unglück, das ein Kind treffen kann. Aber für mich hatte es doch noch ein Glück im Gefolge: ich kam in das Haus meines Onkels. Er und seine Frau haben mir die Eltern ersetzt, seine Kinder die Geschwister. Und einen besseren Lehrer als meinen Cousin Bernhard hätte ich nie haben können."

Schon wieder dieser Bernhard! Aber Sender beruhigte sich wieder, als sie fortfuhr: „Freilich konnte er mich nur in den Ferien unterrichten; er war damals Student in Wien."

„Dann ist er wohl schon in den dreißigen?" fragte er mit einem gewissen Behagen.

„Ja. Zweiunddreißig. Er ist jetzt noch Konzipient in der Kanzlei seines Vaters, hofft aber bald zum Advokaten ernannt zu werden. Wie seine Aussichten jetzt stehen, weiß ich freilich nicht. Denn ich erfahre immer weniger von der Familie", fuhr sie mit einem leichten Seufzer fort, „mein Vater wird immer frommer, er ist nun seit Jahren auch mit seinem Bruder Max entzweit."

„Aber du warst doch noch vor zwei Jahren in Czernowitz?" fragte Taube.

„Nur für einige Wochen, das hat er ausnahmsweise erlaubt."

„Es muß Ihnen hart gefallen sein, nun wieder alles zu entbehren", sagte Sender warm und blickte sie voll liebevoller Teilnahme an.

„Sehr hart", erwiderte sie. „Sie verstehen mich!"

Das ermutigte ihn. „Nun wird's ja bald wieder besser werden", sagte er mit leuchtenden Augen.

Sie blickte ihn befremdet an. „Wie meinen Sie das?"

Er errötete. „Das – das werden Sie ja erfahren", stotterte er und versuchte zu lächeln. Es war ihm sehr willkommen, als im selben Augenblick die Frau des Vorstehers auf sie zutrat und die Geschichte vom Pater Ökonom und der Frau Putkowska, „der Viper von Barnow", zu erzählen begann.

Dann trat auch Jossef Grün zur Gruppe. „Nun, Sender", fragte er, „ich hoffe, deine Mutter war nicht allzu unglücklich über den Bescheid vom Bezirksamt?"

„Welchen Bescheid?"

„Hat sie ihn noch nicht? Wolczynski hat mir gesagt, er ist ihr bereits zugestellt: die Ablehnung ihres Gesuchs, daß ihr der Pachtvertrag verlängert wird. Der Lump hat's durchgesetzt und sie hat sich leider trotz meines Rats nicht mit ihm verständigt."

„Es war ja nicht möglich", erwiderte Sender, „aber ich glaube nicht, daß sie darüber sehr unglücklich sein wird." In der Tat, dazu lag nun kaum Grund vor. Mit seinem Gewinn und einem Teil von Malkes Mitgift konnte er wohl auch so ihre Zukunft sichern.

Der Vorsteher und seine Frau gingen wieder, aber andere Bekannte traten heran. „Wie lange bleibt Ihr noch hier?" wurde Malke gefragt.

„Ich weiß nicht", erwiderte sie. „Wie es mein Vater bestimmt."

„Es ist doch ein Unrecht", dachte er, „daß man ihr noch immer nichts von seinem morgigen Kommen gesagt hat."

Er teilte es ihr halblaut mit.

Die Wirkung war eine ganz unerwartete. Sie erbleichte und starrte ihn aus weitgeöffneten Augen erschreckt an.

„Um Gotteswillen", murmelte er, „was haben Sie?"

Sie hatte sich gefaßt.

„Was ich habe?" fragte sie bitter, ja verachtungsvoll. „Ich soll mich wohl noch freuen, daß Sie es wissen und ich nicht? Ihnen hat es natürlich der Marschallik gesagt!"

„Ja!" gestand er. „Aber –" Da durchfuhr ihn ein Gedanke: sie glaubte offenbar, der Vater komme, um ihre Verlobung mit Mosche Grün zu feiern.

„Jetzt verstehe ich!" sagte er lächelnd. Freilich konnte er vor Taube nicht offen sprechen, aber es gelang ihm doch wohl, sich ihr verständlich zu machen. „Sie glauben, er kommt, um das – sagen wir das Geschäft, das der Marschallik vermitteln wollte, abzuschließen? Davon ist keine Rede mehr! Der Mann, der das Geschäft schließen sollte, hat eingesehen, daß es für ihn nicht passend ist, und ist zurückgetreten."

„Wie?" rief sie fassungslos vor Freude. „Verstehe ich Sie recht?" Sie schluchzte auf, griff nach seiner Hand und drückte sie.

Ihn durchrieselte es heiß. „Liebe Malke", murmelte er. „Beruhigen Sie sich! Niemand wird Sie zwingen! Sie – Sie werden jenen Mann heiraten, den Sie selbst gewählt haben."

Das ungestüme Glücksgefühl, das ihn durchflutete, machte seine Worte undeutlich, aber sie hatte ihn doch verstanden.

„Sender, lieber Sender!" stieß sie mit glühenden Wangen hervor und preßte seine Hand in ihren beiden. „Sie sind ein edler Mensch, Gott wird es Ihnen lohnen – durch Glück und Ruhm auf Ihrer Laufbahn, die Sie sich erwählt haben." Sie lächelte ihn durch Tränen an. „Sie kennen mein Geheimnis – aber ich auch das Ihre!" Wir haben es wohl beide nur erraten? . . . Aber ich kann jetzt nicht so . . ." Ihre Stimme brach sich. „Ich danke Ihnen noch morgen. Bis in den Tod vergess' ich's Ihnen nicht."

Und sie stürzte ins Haus.

„Was war das?" fragte Frau Taube erstaunt.

Er konnte nichts erwidern. „Gute Nacht", murmelte er endlich und stürzte davon, ohne auf die Richtung zu achten. Erst als das Rauschen des Sered an sein Ohr schlug, hielt er an. Er war in die Anlagen zum Flusse gelangt. Auf die nächste Bank saß er nieder.

„Was war das?" sagte er endlich laut vor sich hin. „Ich glaube – eine Verlobung."

Er schloß die Augen, wie nachmittags auf der Heide, und auch dasselbe selige Lächeln lag auf seinen Zügen.

Kühl strich der Herbstwind durchs entlaubte Geäst, der Fluß rauschte durch die stille, tiefdunkle Nacht, sonst war nichts hörbar, als das Schlagen der Glocken. Er aber vernahm auch diese nicht, nur die holde, weiche Stimme: „Sender – lieber Sender!"

Lange, lange saß er so. Er hat diese Stunden nie vergessen, trotz alledem, was ihnen gefolgt, niemals, und noch in der Sterbestunde hat ihn die Erinnerung daran gelabt, wie glücklich er in jener Nacht gewesen . . .

Als der Morgen nahte, erhob sich der Ostwind stärker und überdeckte ihn mit welken Blättern. Da endlich erhob er sich, heimzugehen.

Jenseits des Flusses sah er im ersten grauen Morgenschimmer die Ruinen des Schlosses ragen. „Da führ' ich sie einmal hin", dachte er, „an dieser Stelle hat mein Glück begonnen. Wenn das der arme Wild noch erlebt hätte."

Er ahnte nicht, wie bald er den Raum wieder betreten sollte und was dort seiner harrte.

Es war bereits lichter Tag, als er sein Lager aufsuchte. Schon nach zwei Stunden erhob er sich wieder, das Morgengebet zu sprechen. „Dank Dir, Gnadenreicher, der Du erfüllest, wonach unser Herz schmachtet!" Seit jenem Aprilmorgen, an dem ihn dann sein Blutsturz ereilt, hatte er diese Worte nicht mehr mit so heißer Inbrunst gesprochen.

Als er die Wohnstube betrat, kam ihm die Mutter besorgt entgegen.

„Du mußt heut' nacht spät heimgekommen sein", sagte sie. „Ich war bis Mitternacht auf und habe dich erwartet. Gestern nachmittag hat mir der Bote diesen Brief vom Bezirksamt gebracht." Sie reichte ihm den geschlossenen Brief hin.

„Wir wollen den häßlichen Brief nicht erst aufmachen, Mutter", sagte er mit feuchten Augen. „Was sagst du immer: ‚Gott nimmt nicht bloß, er gibt auch und gibt mehr, als er nimmt.' In dem Brief steht, daß du die Maut nicht mehr bekommst. Aber deshalb wollen wir doch fröhlich sein – heut' verlob' ich mich mit Malke."

Mit einem Freudenschrei sank ihm die alte Frau in die Arme. Sie hielten sich lange und wortlos umschlugen.

„Gottlob", rief sie dann und pries das schöne Mädchen. „Aber daß du damals das Bild gesehen hast, war doch nur ein Zufall, nicht meine Absicht."

„Aber ein glücklicher Zufall', sagte er fröhlich, „sonst hätte ich mich nicht so rasch in sie verliebt."

Erst nach einer Weile griff Frau Rosel wieder nach dem Brief. „So lies doch", bat sie.

Er tat's. „Es ist so, Mutter."

„Aber was wird nun aus mir?" klagte sie.

„Eine zärtliche Großmutter", erwiderte er und küßte ihre Stirne; „da gibt's noch mehr zu tun, als dem Kaiser die Maut einzuheben. Und angenehmer ist's obendrein, nicht wahr?"

Er fand den Laden bereits geöffnet, Dovidl am Schreibtisch einige Kunden bedienend. Aber unerhört genug! Er drohte nicht aus der Haut zu fahren und schwieg auch über den gestrigen Nachmittag. Und als Sender davon begann, erwiderte er freundlich: „Ich weiß ja, was vorgeht . . . Wenn du auch heut' nachmittag frei haben willst, so sag's nur."

Nur zögernd räumte er dann den Platz am Schreibtisch. Er befürchtete offenbar, daß Sender heute noch mehr Unheil anrichten werde, als gestern. Aber der junge Mann war trotz der durchwachten Nacht und des Ereignisses, das seiner harrte, so klar im Kopf, so voll ruhigen, sicheren Glücksgefühls im Herzen, daß er die Arbeiten in der Lotterie, trotz des großen Andrangs – es war ja heute Dienstag – pünktlich erledigte und daneben noch Zeit fand, die Eingabe Fragezeichen-Ritterstolz fertig ins reine zu schreiben. Dennoch lehnte er den angebotenen Urlaub ab.

Als er zur Mittagsstunde heimging, begegneten ihm einige Lohnwagen. „Komisch genug wär's", dachte er, „wenn da so mein künftiger Schwiegervater an mir vorbeiführe. Ich kenn' ihn ja nicht!" Und als er von fern einen Chorostkower Kutscher, seinen einstigen Kumpan von der Landstraße, in einem leichten Wägelchen daherkutschieren sah, blickte er neugierig hin. „Da könnt' Reb Hirsch wirklich kommen." Aber drin saß nur ein Frauenzimmer, er wollte vorbei, ohne aufzublicken.

Da hörte er sich plötzlich angerufen, und gleichzeitig hielt das Wägelchen. Er sah auf und in das runde, wohlgenährte Antlitz Jüttes.

„Gottswillkomm!" rief er fröhlich und trat an den Schlag. „Welcher gute Wind bringt Euch her? . . . Aber bringt Ihr Euren Reb Hirsch nicht mit?"

„Der kommt morgen", sagte sie unsicher und sah ihn aus den braunen Augen, die sonst so munter und durchdringend blickten, fast zaghaft an. „Wie – wie geht's Euch, Sender?"

„Dank' der Nachfrag'", rief er lustig. „So gut wie noch nie! Euer Vater sagt Euch den Grund!"

„So?" fragte sie befangen und seufzte tief auf. „Und wie geht es –" Sie stockte. „Aber ich will Euch nicht aufhalten."

„Habt Ihr in der Zwischenzeit das Seufzen gelernt?" fragte er lachend. „Reb Hirsch kommt doch gewiß morgen?"

„Gewiß", erwiderte sie gedrückt, „wenn es nötig ist!"

„Dann kommt er", lachte Sender. „Denn es ist dringend nötig. Auf Wiedersehen! Und grüßt Malke. Ich komm' Abends, wenn nicht schon früher!"

„Auf Wiedersehen!" murmelte sie betrübt und ließ den Kutscher weiterfahren.

Er machte sich nicht viel Gedanken über das veränderte Wesen des Mädchens; daheim erzählte er der Mutter doch davon lachenden Mundes. Auch sie lächelte.

„Merk' dir's, Sender! Jedes arme Mädchen, das noch keinen Bräutigam hat, seufzt bei der Verlobung ihrer reichen Freundin. Jütte wünscht deshalb doch dir und Malke gewiß das Beste."

Er nickte fröhlich. Leise pfeifend ging er in den Laden zurück und an die Arbeit. Während er aber der Frau Putkowska einen Traum auslegte – diesmal hatte ihr nicht von einem rosa Seidenkleid geträumt, sondern von einer Geißel, – stürzte Mosche Grün herein, legte ein Briefchen vor ihn hin und lief davon.

Pochenden Herzens besah er die Adresse: „An Herrn Sender Kurländer, Wohlgeboren hier. Durch Güte." Wie fein und zierlich sie schrieb. Drinnen stand:

„Lieber Freund!

Ich habe Sie dringend zu sprechen. Kommen Sie heute nachmittag vier Uhr zur Ruine. Ich werde Sie dort mit meiner Freundin Jütte erwarten.

Mit herzlichem Gruß

Ihre treue Freundin

Regina Salmenfeld."

Selig, verzückt starrte er auf das Blättchen. Die Liebe, Gute wußte, wie sehr er sich nach ihr sehnte, und gewährte ihm freiwillig ein Stelldichein, nur um ihm für seine Werbung „zu danken". Du lieber Himmel, sie ihm „danken". Das hätte eine Barnowerin nicht getan, aber er hatte eben das Glück, eine „aufgeklärte" Braut zu haben. Jütte würde dabei sein, schrieb sie, natürlich, aber der alte Schloßhof war groß. . . .

Es war halb vier. „Ich muß nun doch fort", sagte er Dovidl, der ihn denn auch sofort entließ.

„Ich muß doch als der Erste da sein", dachte er und eilte über die Seredbrücke den Hügel empor, in den Schloßhof. Aber als er den wüsten Raum betrat, sah er schon ein Frauengewand durch das kahle Geäst schimmern.

Es war Jütte. Sie saß auf der Bank neben dem verschütteten Brunnen und starrte gesenkten Hauptes vor sich hin. Als er näher trat, fuhr sie empor.

„Ihr – Ihr allein?" rief er und als er sah, wie bleich sie aussah und daß ihre Augen gerötet waren, stieß er zitternd hervor: „Was – was ist geschehen?"

In ihr Antlitz schlugen die Flammen. „Nichts“, murmelte sie. „Malke ist wohl, aber sie kommt nicht. Sie wollte es, aber es wäre ... es wäre doch wohl über ihre Kraft gegangen. ... Die Ärmste, welche furchtbaren Aufregungen hat sie in letzter Zeit erlebt! Aber auch um Euretwillen, Sender, habe ich sie davon abgebracht. ... Derlei hört man aus fremdem Munde leichter.“

„Um meinetwillen?“ ... Er schwankte und griff nach dem steinernen Rand des Brunnens, sich zu halten. ... „Was redet Ihr da?“

„Hört mich an“, bat sie und faltete die Hände, „hört mich ruhig an. Es wird Euch hart treffen, ich weiß, sehr hart.“ Wieder schossen ihr die Tränen in die Augen. „Aber es ist niemand daran schuldig. ... Vielleicht mein Vater, aber auch er hat es gut gemeint.“ Die Tränen erstickten ihre Stimme.

„Sprecht!“ murmelte er.

Sie nickte. „Ich will es kurz machen. Aus Eurer Verlobung mit Malke kann nichts werden. Sie liebt seit ihrer Kinderzeit einen anderen, ihren Vetter Bernhard. Vor zwei Jahren hat sie sich mit ihm verlobt. Reb Hirsch wollte nichts davon wissen; ein ‚Deutsch‘, der Schweinefleisch ißt – Ihr versteht. Es waren furchtbare Auftritte im Hause, auch die Stiefmutter war dagegen. Und die Frau ist sehr bös. Sie haben beschlossen, Malke mit einem Frommen zu verheiraten, auch gegen ihren Willen ... Mein Vater hat sie vielen angetragen, aber – es ist ja ein Getaufter in der Familie – es ist nicht gegangen. Darum war Reb Hirsch schließlich auch mit Euch zufrieden, obwohl Ihr auch Deutsch gelernt habt. Aber da war ja ein anderes Hindernis, Ihr wolltet ja nicht heiraten wegen Eurer Pläne. Ihr wollt ja Schauspieler werden. ...“

Er hatte ihr wie betäubt zugehört, bleich bis in die Lippen, aber ohne Regung. Bei diesem Wort ging ein Zucken durch sein Antlitz.

„Erschreckt nicht!“ sagte sie hastig. „Ich bin zuerst auf den Gedanken gekommen, Malke hat es dann aus Euren Gesprächen ganz erkannt. Aber von uns beiden erfährt es niemand.“

„Weiter“, sagte er tonlos.

„Da hat also mein Vater seinen Plan geschmiedet. ‚Ein halber Deutsch ist er, da soll er sich auch so verloben.‘ Ich sollte mit Malke herkommen, Eure Bekanntschaft vermitteln, Euch und ihr zureden. Aber ich hab' ‚nein‘ gesagt. Mein Vater hat gejammert, Reb Hirsch hat gedroht, mich aus dem Haus zu geben. Ich bin fest geblieben.“ Ihre Augen blitzten. „Zu einem solchen Spiel zwischen zwei guten Menschen hab' ich nicht mithelfen wollen. ...“

„Und da haben sich die anderen gefunden“, sagte er. „Der Vorsteher und Taube und die ganze Stadt. Und jetzt“, fügte er knirschend hinzu, „bin ich zum Gespött für sie alle geworden. ...“

„Nur die beiden haben es gewußt“, sagte sie schüchtern. „Und zum Gespötte, sagt Ihr – wer dürft' Euch verspotten? Ihr habt ehrlich ...“

„Dann war", unterbrach er sie finster, „natürlich auch das mit Mosche eine Lüge."

„Ja", sagte sie.

Er nickte. Nun war ihm alles klar. Er schlug die Hände vors Gesicht, ihm war so weh, so furchtbar weh zu Mute, wie nie zuvor im Leben. Als hätten ihm die Leute das Herz aus der Brust gerissen und in den Schlamm geworfen. . . . Er stöhnte leise auf, auch aus körperlichem Schmerz, nun empfand er wieder ein Stechen bei jedem Atemzuge. „Was liegt daran", dachte er, „wenn ich jetzt sterbe . . ."

Dann aber raffte er sich empor. „Es ist gut", sagte er und ließ die Hände sinken. „Geht, Jütte!"

Sie blickte ihm ins Gesicht und schlug erschreckt die Hände zusammen. Wie entstellt er war, wie jählings gealtert. „Sender", rief sie schluchzend, „habt Ihr sie denn so lieb? Ich kann mir's ja denken, sie ist so schön, so gebildet. Aber bedenkt, wär' das ein Glück geworden? Sie will ja einen anderen und denkt nur an ihn . . ."

„Darum hat sie sich auch hierher schicken lassen", fiel er bitter ein. „Was liegt an einem Pojaz? Der muß die Komödien früh gewohnt werden!"

„Das glaubt Ihr selbst nicht!" rief sie. „Sie hat freilich ihre Fehler wie jeder Mensch, und so lieb ich sie hab', ich kenne diese Fehler. Sie ist ein anderer Mensch als Ihr, vielleicht auch – vielleicht auch als ich – bei Euch kommt alles aus dem Herzen und bei ihr alles aus dem Verstand. Und darum –" sie errötete bis ans Stirnhaar – „ich sag's nicht, um Euch zu trösten, ich mein's wirklich so, bei Gott – vielleicht wär's doch zwischen Euch beiden nicht gut geworden, auch wenn sie nicht mit ihrem Doktor versprochen wär'. Sie ist sehr gebildet, aber sie weiß auch, daß sie es ist, und wer nur ein Tüpfele weniger weiß als sie, ist nichts in ihren Augen, auch wenn er das beste, treueste Herz hätt'." Sie sprach immer hastiger. „Sie hat vielleicht hundert Bücher gelesen, ja, oder gar noch mehr, aber glaubt Ihr, daß sie nur ein bissele Supp' für einen Kranken kochen kann? Oder nähen und stricken? Nur immer lesen und an den Bernhard denken. Er war ihr Lehrer und weiß mehr als sie, und wenn sie ihn bekommt, ist sie eine Frau Doktorin und kann in einer großen Stadt leben —"

„Aber was red' ich da?" unterbrach sie sich, wieder flammte das rundliche Antlitz purpurn. . . . „Ich wollt' nur sagen, Ihr dürft's ihr nicht verargen, daß sie hergekommen ist. Sie hat die Höll' im Haus und fürchtet den Vater, und so denkt sie: ‚Du hast die Gewalt – und ich den Verstand.' Sie hat sich zum Schein gefügt, und vielleicht hab' auch ich etwas Schuld. Ich hab' ihr gesagt: ‚Dieser Sender hat etwas ganz anderes vor, als heiraten.' So ist sie gekommen mit dem Vorsatz, Euch so schlecht zu behandeln, daß es zu nichts kommt. Aber da habt Ihr ja zum Unglück gleich am ersten Abend gesagt, daß auch Ihr nicht wollt –"

„Ein Mißverständnis", sagte er. „Und auch das gestern abend. Ich hab' Mosche gemeint und sie mich." Seine gequälten Nerven überkam plötzlich ein Lachreiz. „Hahaha!"

„Sender", rief sie ängstlich, „ich bitt' Euch, weint, wenn es Euch so ums Herz ist, aber lacht nicht. Mir ist so bang um Euch. Ihr tut mir so leid. Und ich kann Euch doch nicht helfen." Sie hob schluchzend die gefalteten Hände zu ihm empor. „Beruhigt Euch!"

Er verstummte, dies Lachen hatte ihm selbst zu wehe getan. Und wie er sie so weinend vor sich stehen sah, rührte ihn ihre Teilnahme.

„Ich dank' Euch, Jütte", sagte er. „Aber nun verzeiht –" Seine bleichen Lippen versuchten ein Lächeln. . . . „Es ist doch etwas plötzlich gekommen . . ."

„Ihr wollt allein sein! Aber wir müssen doch erst verabreden, wie die Sach' zu beenden ist . . ."

„Sie ist zu Ende. Sie will mich nicht, ich werd' sie nicht zwingen."

„Aber was fangen wir mit ihrem und meinem Vater an?" fragte sie angstvoll. „Beide ahnen natürlich nicht, daß ich mich da eingemengt hab'. Was mich erwartet, wenn sie es erfahren, könnt Ihr Euch denken. Aber das braucht Euch nicht zu bekümmern." Die kleine untersetzte Gestalt reckte sich energisch auf, die braunen Augen blitzten. . . . „Immer gradaus, und wenn ein Mensch das Rechte tut, muß er auch die Folgen auf sich nehmen. Meinetwegen also braucht Ihr meine Bitte nicht zu erfüllen. Nämlich als gestern das Telegramm meines Vaters kam, Reb Hirsch möchte gleich kommen, sagte er mir: ‚Ich hab' morgen ein großes Geschäft, fahr' du hinüber, red' ihr zu, sag' ihr, was ich ihr antue, wenn sie ‚nein' sagt, vielleicht geht es auch ohne mich; denn bei der Verlobung kann mich ja Reb Jossef vertreten. Geht's nicht, so mag mir dein Vater morgen telegraphieren, und ich komm' übermorgen.' Ich muß meinem Vater bis zum Abend Bescheid sagen, natürlich Nein. Dann kommt Reb Hirsch morgen – und das wird furchtbar sein. Also –"

„Soll ich Eurem Vater sagen, daß ich's mir anders überlegt habe?"

„Ja – darum läßt Euch Malke anflehen. Ich soll, sagt sie, auch für mich bitten, das kann ich nicht. Und Euch vorstellen, daß es für Euch das beste ist, auch dies wär' nicht ehrlich. Denn wohl steht Ihr dann vor der Welt stolz da, aber Eure Mutter hättet Ihr schwer gekränkt. Um Malkes willen aber – ja, da kann ich bitten, und ich tu's aus ganzem Herzen." Wieder hielt sie ihm die gefalteten Hände entgegen. „Ihr bewahrt sie vor Bösem, vor dem Schlimmsten. Ihr kennt Reb Hirsch und seine Frau nicht, ich aber kenne sie . . . Und Malke ist Euch ja lieb" – sie errötete – „Ihr habt die Liebe zu ihr bekommen. Ich weiß nicht, was das ist, aber es muß etwas Großes sein. – Sender, wenn Ihr sie sehen könntet, wie eben ich, als ich von meinem Vater kam und ihr alles aufklärte – so verzweifelt, die schönen, blauen Augen starr vor Furcht und Entsetzen. . . . Sender, sie ist ein armes Geschöpf, und weil sie Euch so teuer war und weil Ihr ein guter Mensch seid . . ."

„Ich will's tun", murmelte er. „Verlaßt Euch drauf. . . . Noch heute sag' ich's Eurem Vater . . ."

„Sender", rief sie, „das tät' kein anderer! . . . Wo Ihr Eure Mutter so lieb habt! Was habt Ihr für ein Herz! Gott wird's Euch lohnen! Mit einem treuen Weib, das Euch liebt, wie Ihr's verdient, und mit Glück und Gedeihen bei dem, was Ihr vorhabt . . ."

„Dabei vielleicht, wenn Er barmherzig ist", erwiderte er mit zuckenden Lippen. „Aber ein Weib . . . ich werd' allein bleiben . . ."

Er wandte sich ab und schritt dann rasch tiefer ins Gemäuer hinein.

Sie schlug den Blick zu Boden. „Ich will nicht sehen, wie er weint", murmelte sie. Ihr selbst aber rannen unablässig die Tränen über die runden Wangen, während sie ins Städtchen hinabschritt. . . .

Sechsundzwanzigstes Kapitel

Der düstere Versöhnungstag, das heitere Fest der Laubhütten war vorüber; noch schien die Sonne Tag für Tag fast sommerlich warm vom unbewölkten Himmel nieder, aber die Juden von Barnow hatten ihr winterliches Leben begonnen; sie richten sich ja in allem nicht nach der Natur, sondern nach den Satzungen ihres Glaubens. Jeder spann sich in seinen vier Wänden ein, legte seine Sorgen und Hoffnungen für den Winter zurecht und begann die Arbeit, wie er sie nun bis zum Osterfeste zu üben gedachte. Das abendliche Treiben auf der Straße war zu Ende, dafür besuchten die Nachbarn einander häufig, und jeden Sonnabend nachmittag stand das Haus jedes Reichen gastlich offen.

Sender ließ sich dabei nirgendwo blicken, man lud ihn auch nicht ein; zwar stimmte nicht jeder bei, wenn ihn sein Feind Jossele Alpenroth eine „Schande Israels" nannte, aber die Meinung des Ghetto hatte sich doch wieder gegen ihn gekehrt und kaum minder heftig als im Frühling. Denn fast ebenso schlimm wie heimlich deutsche Bücher zu lesen, erschien es ihnen, ein unbescholtenes Mädchen, das man ins Gerede gebracht, sitzen zu lassen. Sie stritten darüber, ob nicht auch Jossef Grün mitschuldig sei, weil er dies unerhörte Hofmachen, „fast wie bei Christen", geduldet, aber in Senders Verurteilung waren alle einig. Er verteidigte sich auch gar nicht, wenn ihm einer im Laden oder in der Schul' Vorwürfe machte, sondern erwiderte nur: „Ihr habt recht, ich hätt's mir früher überlegen sollen, aber nun ist's geschehen." Da verdiente er's redlich, daß ihm Naphtali Ritterstolz einmal vor aller Welt sagte: „Und wenn du noch zehnmal in deiner Lotterie gewinnst, dir gibt nie ein ehrlicher Jud' sein Kind."

Nur zwei Menschen schwiegen, und gerade die zunächst Beteiligten. Der Marschallik hatte geflucht und gejammert, als ihm Sender an jenem Abend seinen Entschluß mitgeteilt, er hatte alles aufgeboten, um ihn umzustimmen, aber nun machte er ihm keine Vorwürfe. Noch mehr, er schlich sich still davon, wenn andere über Sender loszogen, und fuhr fort, die beiden Bewohner des Mauthauses, die nun wieder einsam wie auf einer Insel dahinlebten, freundschaftlich zu besuchen. Alle seine Schwänke kramte er aus, um sie zu erfreuen – sie hatten ja beide ein bißchen Lachen nötig. Aber da versagte seine Kunst, Frau Rosel hörte ihn kaum an, und auch Sender verzog sein Gesicht nur zuweilen aus Höflichkeit zu einem Lächeln. „Seid nicht hart gegen ihn", mahnte einmal Türkischgelb die Mutter. „Ich sag' ihm kein Wort", erwiderte sie. Es war so, auch sie schwieg. „Sie wissen eben beide die Wahrheit", dachte Sender, „dafür kann ich nichts." Er irrte. Nur der Marschallik dachte grimmig: „Die Schamlose hat ihm vielleicht von ihrem Bernhard erzählt." Die Mutter hatte einen anderen Verdacht: „Er hat ja was vor, was es ist, mag Gott wissen, aber ich fühl's, er will was Unerhörtes beginnen. Anfangs hat sie ihm zugestimmt, im letzten Augenblick nicht. Da hat er lieber sie gelassen, als seinen Vorsatz." Ihr Herz krampfte sich in Zorn und Sorge zusammen. Dennoch hatte sie Mitleid mit ihm, sie sah ja, wie es um ihn stand. „Er ist ja verzweifelt", dachte sie, „da jage ich ihn durch Vorwürfe gar aus dem Hause."

Und in der Tat, schlimm genug stand es in dieser ersten Zeit um ihn. Da hatte er nur eine Empfindung. „Wär' ich doch tot, wie soll ich ohne sie leben?" Zuweilen zürnte er ihr und klagte sie der Hinterlist an, – wie hatte doch Jütte gesagt: „Bei ihr kommt alles aus dem Verstand!" – oder er empfand eifersüchtigen Groll gegen „diesen Doktor", aber zumeist seufzte er nur: „Sie hat recht gehabt, aber was fang' ich nun an?" Unablässig schwebten ihm die blauen Augen vor, und den Klang ihrer Stimme verlor er vollends nie aus dem Ohr; selbst durch die Schimpfreden Dovidls tönte er hindurch, ja sogar durch die Worte des Pater Marian, und denen horchte er doch gewiß mit voller Hingabe.

Denn die Lehrstunden in der Bibliothek hatten wieder begonnen. Der edle Greis hatte ihn gütig aufgenommen und widmete sich ihm nun mit vermehrtem Eifer. Er wußte nicht, warum der junge Jude so bleich und verwandelt zu ihm zurückgekehrt, er fragte nicht danach; ihm genügte es, daß er seiner Hilfe nun noch mehr zu bedürfen schien als vordem, um sie ihm verdoppelt zu widmen. „Es ist nur Egoismus", wehrte er lächelnd ab, wenn ihm Sender dankte, „sonst habe ich ja nichts zu tun, nicht einmal meine Sünden habe ich mehr zu bereuen." Der neue Prior war weder ein Gelehrter, noch ein freier Geist, aber ein verständiger, duldsamer Mann. Er hatte das Los des berühmten Ordensbruders, dessen Buch über die Sittenlehre des Urchristentums so viel Lärm machte, nach Kräften gelindert, so weit er es ohne Zustimmung der Oberen vermochte; ihm eine Tätigkeit in der Schule oder Seelsorge einzuräumen, lag nicht in seiner Macht. „Egoismus! das ist meine einzige Arbeit, und ohne zu arbeiten, kann man nicht leben. Die Arbeit allein hilft uns über alles hinweg."

Als Sender dies Wort zum ersten Male hörte, glaubte er nicht recht daran. Freilich, er wollte arbeiten, sein Ziel war ja das einzige, um dessentwillen er noch lebte, für seinen Schmerz jedoch schien es ihm kein Trost. Aber allmählich kam es doch so, je mehr Zeit verstrich, je größer die Freude an der Arbeit wurde. Sie hatten „Die Räuber" zu Ende gelesen und nahmen nun den „Fiesko" durch. Es ging jetzt rascher, weil die Einsicht des Schülers wuchs, sein Instinkt sich immer mehr schärfte. Oft genug mußte der Pater über die Raschheit staunen, mit der sich Sender in so wildfremde Dinge wie die genuesischen Verhältnisse des sechzehnten Jahrhunderts hineinfand – jedes erläuternde Wort, jedes Gleichnis wurde ihm zur sicheren Stütze – noch mehr über seine Treffsicherheit in der Beurteilung von Charakteren und Situationen. An komischen Mißverständnissen fehlte es nicht, aber im wesentlichen begriff er doch fast immer, wie sich der Dichter eine Gestalt gedacht und worauf es ihm ankam. „Brav!" sagte der Greis immer wieder. „Ich glaube, aus dir wird was", und steigerte seine Bemühungen immer mehr. Er ahnte nicht, welche Wohltat er dadurch seinem Schützling gerade in diesen Zeiten erwies. Nun war Sender nicht mehr ganz verzweifelt, mit leiser Wehmut konnte er der Verlorenen gedenken, und zuweilen ging es ihm tröstlich durchs Herz: „Wär' ich nicht unglücklicher, wenn ich sie gewonnen und mein Ziel verloren hätte? Die gute Jütte hat mich getröstet, daß Malke ohnehin nicht für mich getaugt hätte, nun – vielleicht doch! Aber beherrscht hätte sie mich gewiß mein Leben lang, – wie, wenn ihr, die so vernünftig ist, die Schauspielerei als zu unsicheres Brot erschienen wäre, wenn sie es mir verboten hätte? Ich hätte mich nicht gefügt, aber was dann?"

Da kam ein Tag, der ihm den Trost noch mehrte. Sie hatten den „Fiesko" beendet; nun sollte Sender versuchen, die Rolle des Mohren zu lesen, die ihn besonders angezogen hatte. Er machte es so gut, daß der Pater freudig ausrief: „Wahrhaftig! Ich hätt's kaum für möglich gehalten! Du bist wirklich zum Schauspieler geboren!"

Senders Augen leuchteten. „Ich dank' Ihnen", rief er. „Und Sie verstehen was davon."

„Nicht allzuviel, aber darin glaube ich mich doch nicht zu irren. Nur um die Aussprache steht's noch schlimm, aber auch die bessert sich etwas, dank deiner Ausdauer." Mit Recht hätte der gute Priester sagen dürfen, dank unserer Ausdauer. Er schrie sich täglich die Kehle heiser, daß man es bis auf den Korridor der Pönitenz hörte, und Sender vollends brüllte die „a" und „o", daß die Fenster klirrten. „Wenn dein Fleiß nicht ermattet", schloß Marian, „freilich nur dann, wird was Rechtes aus dir."

„An mir soll's nicht fehlen", beteuerte Sender. „Ich seh' ja ein, ein Schauspieler muß sehr fleißig sein, fleißiger als jeder andere Mensch. Es ist da so schrecklich viel zu lernen. Da darf man an gar nichts anderes denken. Für mich wär's vielleicht sogar nicht gut gewesen, wenn ich geheiratet hätt', eh' ich was geworden bin." Es war ihm unwillkürlich entfahren; er fühlte nun, wie sein Gesicht zu flammen begann.

Der Geistliche lachte laut auf. „Heiraten!" rief er. „Das ist das letzte, wozu ich dir jetzt raten möchte. In zehn Jahren, wenn du als Künstler durchgedrungen bist. Aber warum wirst du so rot? ... Du, ich glaube gar ..."

Er hob drohend den Finger, aber Sender beteuerte so nachdrücklich, damit wäre es nichts, daß ihm der Pater endlich glauben mußte. „Das freut mich", sagte er, „denn es wäre ein rechtes Unglück für dich. Sogar eine Liebschaft kannst du jetzt nicht brauchen."

Leichteren Herzens als seit Wochen ging Sender heim. „Mein Pater", dachte er, „ist ja sonst ein kluger Mann, wahrscheinlich hat er auch darin recht. Unsere Weisen sagen: ‚Es ist alles auch zum Guten.' Vielleicht ist der Schmerz, den ich um Malke gelitten hab' und noch leide, nur die gerechte Strafe dafür, daß ich an etwas anderes gedacht hab', als an mein Ziel." Er seufzte tief auf. „Aber freilich, dann muß die Schuld groß gewesen sein."

Aber als er am nächsten Tage in die Bibliothek trat, begann Poczobut wieder: „Du, Sender, mir kommt die Sache doch verdächtig vor, trotz deiner Schwüre. Warum gehst du nicht nach Lemberg? Du wolltest Mitte September fort, nach euren Feiertagen. In vier Tagen haben wir den 1. November, und du denkst noch nicht daran."

„Das hat einen anderen Grund", erwiderte Sender seufzend. „Haben Sie den Wolczynski vergessen?"

Sein Liebesschmerz hatte diese Sorge in den Hintergrund gerückt, nun wuchs sie ihm über den Kopf. Der erste November war ja der Termin, wo die Maut zur Bewerbung ausgeschrieben werden sollte. Sender bereitete auch die Eingabe der Mutter vor; daß sie, gleichviel, was Frau Rosel bot, erfolglos bleiben würde, sofern Wolczynski nicht wollte, wußten beide. Und der wackere Edelmann schien ja unversöhnlich. Die Mutter klagte nicht, aber die zehrende Sorge stand ihr auf dem Antlitz geschrieben – er wußte nicht, daß daneben auch die Angst vor Froims Wiederkehr ihre Nächte schlaflos machte.

„Was soll ich beginnen?" klagte Sender dem Pater. „Abwarten – aber ich kenn' ja die Entscheidung schon heute, was dann? Die Hoffnung auf Nadlers Hilfe habe ich aufgegeben, und der Mutter mein Geld lassen und ohne Mittel in die Welt gehen, ist auch schwer möglich. Freilich wird mir nichts anderes übrig bleiben."

„Und dieser Wolczynski glaubt auch ein Christ zu sein", rief Marian schmerzvoll. „Und erst dieser Strus, ich kenn' ihn ja aus der Kirche, der fromme Heuchler beichtet sogar wöchentlich. Als ob sich Gott so betrügen ließe wie die Menschen." Aber er konnte nur an Senders Sorgen teilnehmen, helfen nicht.

Am nächsten Tage jedoch schien sich auch diese Wolke zu lichten. Als Sender da – es war der 29. Oktober – zum Essen heimging, begegnete ihm Herr v. Wolczynski. Sender wollte rasch an ihm vorbei, er aber blieb stehen und winkte ihm freundlich zu: „Nun, lieber Senderko, wie geht's? Warum besuchst du mich nicht? Ich habe ja deiner Mutter gesagt, daß ich dich erwarte."

„So?" sagte Sender. „Da hat sie nicht gut gehört. Sie hat verstanden, daß nicht Sie, sondern Ihre Hunde mich erwarten ..."

Der Edelmann lachte. „Behüte! Einen klugen Burschen wie dich? Mit dem verständigt man sich. Aber bald müßte es sein", fügte er bedeutungsvoll hinzu.

„Ich verstehe", sagte Sender. „Vor dem Ersten. Morgen vormittag bin ich bei Ihnen."

Die Mutter blickte erstaunt auf, als er bei ihr eintrat. Heut' lächelte er wieder. „Ich hab's dir ja damals gleich gesagt", meinte er, „der Lump will Geld. Wenn ich zäh bin, so kostet's nicht einmal viel. Denn nun ist er mürb, sonst hätt' er nicht begonnen."

Aber er hatte Wolczynski unterschätzt. Zwar empfing ihn der Edelmann am nächsten Tage freundlich und bot ihm sogar einen Stuhl zum Sitzen an, aber von Geld wollte er nichts hören.

„Was fällt dir ein, Senderko? Mein Freund Strus tut mir ja gern einen Gefallen, und die vielen Offerten lesen, ist auch lästig; könnte euer Pachtvertrag einfach zu den alten Bedingungen erneuert werden, so wäre es für alle das bequemste. Aber die Pflicht gegen den Staat! Und zu so einer Pflichtverletzung soll ich ihn durch Geld bringen? Da käm' ich schön an. Und ich tät's auch selber nicht. Beamtenbestechung – wie kannst du einem Ehrenmann, einem Edelmann, so was zumuten?"

Sender blieb kaltblütig. „Dann behalten Sie die zwanzig Gulden, die ich Ihnen geben will, für sich selber und lassen Sie sich von Strus den Gefallen umsonst erweisen."

„Elender Jude!" brauste Wolczynski auf. „Ich soll Geld behalten, das einem anderen gehört? Das mag eure Moral gestatten, unsere nicht!" Dann aber besänftigte er sich wieder. „Aber eben darum, was wißt ihr alle von Anstand und Ehrlichkeit?! – eben darum, weil du ein Jude bist, will ich dir verzeihen. Aber lern' mich besser kennen. Ich erweise dir eine Gefälligkeit, die mich nichts kostet, du sollst sie mir durch eine lohnen, die dich nichts kostet und dir noch was trägt. Hundert Gulden Trinkgeld. Nämlich ich mache noch immer meine Lottoberechnungen, verstehst du, aber immer erst am Dienstag nachmittag, und da kann es ja vorkommen, daß ich mein Zettelchen zu Hause liegen lasse – verstehst du – und –"

„Ich verstehe", sagte Sender. „Es ist dieselbe Gaunerei, zu der Sie mich schon einmal haben verleiten wollen. Ob sie möglich ist, ohne entdeckt zu werden, weiß ich nicht –"

„O doch! Ich kenne einen Mann, der dadurch sein Glück gemacht hat."

„Aber daß ich es nicht tue, weiß ich."

Der Edelmann pfiff vor sich hin. „Dein letztes Wort?"

„Mein letztes. ... Aber zehn Gulden will ich noch drauflegen. Also dreißig."

„Jüdisches Hundsblut!" brach Wolczynski los. „Hinaus mit dir und danke Gott, daß ich dich nicht anzeige, weil du mich zu einem Verbrechen hast anstiften wollen."

... „Weine nicht!" tröstete Sender die Mutter, als sie auf seinen Bericht in Tränen ausbrach, „deshalb gehen wir noch lange nicht zu Grunde. Ich reiche die Offerte ein, nützt es nichts, so wird uns doch Gott nicht verlassen."

Er machte sich stärker, als er war. Am letzten Januar, wo das Ergebnis der Ausschreibung veröffentlicht werden mußte, wollte er jedenfalls gehen, aber wie ein Bettler das neue Leben beginnen, war hart.

Er begann jeden Heller zu sparen. Es traf sich gut, daß Dovidl nun immer mehr zu tun bekam und daher seinen Lohn erhöhen mußte. Auch konnte er sich durch das Schreiben von Briefen für andere Leute etwas verdienen. Wieder mußte er die Nächte zu Hilfe nehmen, was ihm nicht leicht fiel, denn der naßkalte Spätherbst hatte ihm seinen Husten wieder gebracht. Aber es ging nicht anders, seine Studien durften durch den Broterwerb nicht leiden. Im Gegenteil, nun widmete er ihnen womöglich noch mehr Zeit und Kraft, und Pater Poczobut feuerte seinen Eifer durch sein Lob immer mehr an.

Nun lasen sie „Kabale und Liebe", dann den „Don Carlos". Da es im großen Saal zu kalt geworden, siedelten sie in eine heizbare Zelle über. Freilich mußten sie nun ihre Stimmen dämpfen, da sie damit dem büßenden Pater Ökonom, der in einer benachbarten „Nonnenzelle" wohnte, näher gerückt waren. Aber die Furcht, von ihm gehört zu werden, war wohl überflüssig. Er verbrachte seine Tage in einer Art von Beschaulichkeit, die Fedkos stillen Neid weckte, er ließ sich des Morgens von diesem eine Flasche Slibowitz holen und trank sich einen Rausch an, der bis zum Abend vorhielt.

So war der November verstrichen. Die ersten Dezembertage brachten strenge Kälte, blinkenden Schnee und wolkenlosen Himmel. Nun konnte Sender wieder leichter atmen, als in der trüben Nebelluft. Aber auch eine große Überraschung sollten ihm diese Tage bringen.

Eines Abends im Dezember – der Marschallik war eben auf Besuch – erklang das Mautglöckchen am Hause, und als Sender in die bittere Kälte hinaustrat, den Schranken zu öffnen, hielt da ein kleiner, von einem Knaben gelenkter Schlitten, in dem eine Reisende saß. „Guten Abend, Sender", grüßte sie zaghaft.

Er trat näher.

„Ihr, Jütte!" rief er überrascht. „Im offenen Schlitten! Ohne Pelz, bei der Kälte? Und mit Eurem Koffer? Was ist geschehen?!"

„Gutes!" erwiderte sie, aber es klang nicht eben fröhlich. „Ist mein Vater daheim?"

„Sogar bei uns! Kommt herein! Ihr müßt ja halb erstarrt sein!"

Sie zögerte. Dann kletterte sie so rasch, wie es die steifen Glieder gestatteten, aus dem Schlitten. „Ach was", sagte sie tapfer, „erfahren muß er's doch." Und ebenso tapfer ließ sie in der Stube die Flut von Fragen und Klagen, mit denen der Marschallik sie empfing, über sich ergehen.

„Ja, Vater", erwiderte sie endlich und wischte sich den Schnee aus dem braunen Haar, „fortgejagt hat mich Reb Hirsch Knall und Fall, das ist nicht zu ändern. Noch vorgestern war ich sein ‚lieb' Kind', sein ‚Nüssele', und heut' eine Verbrecherin. Aber meine Schuld ist's nicht! Oder doch – ja, aber ich bereu's nicht!"

„Wegen Malke?" klagte Reb Itzig. „Du hast dich für sie geopfert?"

„Geopfert?" Die Kleine reckte sich empor, wie es ihre Gewohnheit war. „Seh' ich aus wie eine Geopferte? Freilich wär' ich lieber in Frieden aus dem Haus gegangen, wo ich so lang wie ein Kind gehalten war. Aber wozu klagen? Natürlich, Malkes wegen war's. Vor vierzehn Tagen kommt unter meiner Adresse ein Brief vom Bernhard, er hofft, bald als Advokat angestellt zu werden, ob er kommen und um sie anhalten soll? Sie antwortet: ihn allein wird Reb Hirsch hinauswerfen, er soll mit seinem Vater kommen. Richtig kommen gestern die beiden – eine furchtbare Szene, Reb Hirsch wirft auch seinen Bruder hinaus. Sie reisen zum Schein ab. Aber wie ich gestern abend zum Bäcker geh', tritt mir jemand in den Weg, der Bernhard: ‚Mein Vater und ich halten morgen früh um fünf am Marktplatz und nehmen Malke mit.' So hab' ich denn die Nacht mit ihr durchwacht und sie an den Wagen gebracht. Wie Reb Hirsch aufsteht und das Nest leer findet, ich hab' geglaubt, er verliert vor Wut den Verstand. Aber das nützt alles nichts, fort ist sie, ich aber – der Hausknecht hat uns gesehen, wie wir zum Wagen geschlichen sind, aber ich hätt's auch sonst nicht geleugnet – ich hab's ausbaden müssen –"

„Und nun?" jammerte Türkischgelb.

„Muß ich verhungern", erwiderte sie lachend, „denn es gibt auf der ganzen Welt keine Wirtschaft mehr, die mich brauchen könnt'." Sie streckte die runden Arme. „Und so schwach bin ich nebbich (Ausdruck des Mitleids) auch! . . . Schämt Euch, Vater, für mich ist's wohl nicht schlecht, und für Malke ist's gut, und für den da auch." Sie wies auf Sender. „Ich hör', die dummen Leut' haben Euch ordentlich in Verruf getan. Nun sollen's alle erfahren, wie es damals zugegangen ist!"

Und sie erzählte es. „So verdirbt die Tochter dem Vater das Geschäft!" rief Türkischgelb zwischen Zorn und Lachen; Frau Rosel aber war innigst erfreut: ihre Vermutung, daß er sie eines geheimen Vorhabens wegen abgelehnt, war irrig gewesen, und wenn die Leute erst erfuhren, wie Malke war, so mußte jeder Sender beistimmen. Nach ihrer Auffassung konnte nur eine Entartete bei Nacht und Nebel mit dem Geliebten fliehen. Dann aber fand auch der Marschallik kein Hindernis mehr, wenn er für Sender eine neue Partie suchte, und sie hätte den Alten noch heute darum gebeten, wenn er minder betrübt gewesen wäre.

Aber schon zwei Tage später war er die Sorge um Jütte los: Schlome Freudenthal, der Besitzer des Barnower Gasthofs, hatte sie als Wirtschafterin aufgenommen. „Für mich ist's gut", sagte Türkischgelb der Freundin, „für sie schlecht. Am Ort, wo ihr Vater lebt, hat noch keines Marschalliks Tochter geheiratet." Für Sender aber versprach er sich umzutun: „es wird gehen, nun loben ihn ja alle!" In der Tat wußte sich dieser der Glückwünsche kaum zu erwehren. „Daß du's auf dich genommen hast", hieß es, „war eine Narrheit, aber daß du sie nicht genommen hast, dein Glück. Sonst wär' die Elende dir davongelaufen."

Er aber verteidigte sie warm und ehrlich. Wohl tat ihm noch immer leise das Herz weh, wenn er ihrer gedachte, aber redlich gönnte er ihr alles Gute. „Mag sie der Doktor so glücklich machen", dachte er, „wie es mein Vorsatz war!" Und mit feuchten Augen las er das Blatt, das um Neujahr an ihn gelangte. Auf die lithographierte Anzeige: „Wir beehren uns, Ihnen ergebenst unsere Vermählung anzuzeigen. Doktor Bernhard Salmenfeld und Frau Regine, geb. Salmenfeld", hatte Malke geschrieben: „Mit tausend Grüßen innigster Dankbarkeit ihrem teuren Freunde Alexander Kurländer." Darunter stand von der Hand des jungen Gatten: „Wie wollen wir applaudieren, wenn einst ‚Dawison II.' in unserem Wohnort Triumphe feiert. Aber in so ein Nest kommt er wohl gar nicht. Ich werde froh sein, wenn ich für Barnow ernannt werde." Stolz zeigte er das Blatt seiner Freundin Jütte, und auch Pater Marian bekam es zu lesen.

„Also doch!" sagte der Greis lächelnd. „Darum warst du so traurig. Aber ‚Dawison II.' – damit hat's seine Wege." Aber er selbst fühlte sich in diesen Tagen immer wieder an Senders berühmten Landsmann und Glaubensgenossen erinnert. Auf sein Drängen las er mit ihm den „Kaufmann von Venedig". Hatte ihn Senders Begabung schon früher oft genug mit freudigem Staunen erfüllt, so fühlte er sich vollends durch die Art, wie er den Shylock las, tief ergriffen; sie mutete ihn an wie ein Wunder der geheimnisvoll waltenden Natur, und als Sender die Worte sprach: „Wenn Ihr uns stecht, bluten wir nicht? Wenn Ihr uns kitzelt, lachen wir nicht? Wenn Ihr uns vergiftet, sterben wir nicht?" wandte er sich ab, damit Sender nicht sehe, wie ihm die Augen feucht geworden. „Es ist ja alles noch roh", dachte er, „und würde auf der Bühne wahrscheinlich ausgelacht werden, – die eckigen Gesten, die unreine Aussprache! – aber welches Talent steckt in diesem Burschen, welches Gemüt! Das kann ihm Gott der Herr doch nicht ohne Absicht geschenkt haben, er will, daß er ein Künstler wird zur Freude, zur Erbauung der Menschen. Und was ich dazu tun kann, soll geschehen." Mit wahrer Inbrunst widmete er sich dem Unterricht, ihm war's, als wäre auch dies Gottesdienst.

Aber dies Studium des Shylock sollte auch eine unerwünschte Folge haben. In ihrem Eifer hatten die beiden ganz ihren Nachbar, den Pater Ökonom vergessen. Und so hörte dieser, als er eines Tages – es war um die Mitte des Januar – in der ihm gewohnten Art beschaulichen Gedanken nachhing, deutlich eine fürchterliche Stimme: „Ich will ihn peinigen, ich will ihn martern!" Und gleich darauf: „Ich will sein Herz haben! . . . Geh, und triff mich bei unserer Synagoge! –" Entsetzt fuhr der Trunkene empor und lauschte. „Juden", murmelte er, „Juden sind im Kloster und wollen mich töten." Und als dieselbe Stimme noch gellender und mit geradezu blutdürstigem Ausdruck wiederholte: „Ich will sein Herz haben!" brach er das Hausgesetz, das ihn an die Zelle fesselte, und stürzte zum Prior.

Der hochwürdige Valerian schalt heftig auf ihn ein; daß der verkommene Mönch, der einen starken Fuselduft verbreitete, im Rausch eine Halluzination gehabt, kam ihm viel wahrscheinlicher vor, als daß sich die Juden von Barnow am hellen Tage im Kloster zusammengerottet hätten, um die Mönche zu ermorden. Da jedoch der Pater mit den heiligsten Eiden beteuerte, er habe es deutlich gehört und wolle die schwerste Strafe erdulden, wenn er der Lüge überführt würde, so folgte ihm der Prior kopfschüttelnd auf den Korridor der Pönitenz. Der Bitte des Paters, einige handfeste Fratres mitzunehmen, willfahrte er nicht; „mit diesen fürchterlichen Juden werd' ich schon selbst fertig", sagte er und betrat lächelnd den Korridor. Aber wie ward ihm, als er nun wirklich aus einer der Zellen eine kreischende Stimme vernahm – und offenbar die eines Juden – die in wilder Freude rief: „Ja! das ist wahr! Geh, Tubal, miete mir einen Amtsdiener!" und dies wiederholte, bis eine andere einfiel: „Keine solchen Grimassen, Sender. Und leiser!" Aber der andere brüllte: „Ich will sein Herz haben!" Da riß der Prior die Tür auf.

Es wäre schwer zu entscheiden gewesen, wer starrer vor Staunen war, die beiden, als sie den Prior erblickten, oder Valerian, als er in einer Zelle seines Klosters einen jungen Juden entdeckte, der mit erregten Mienen und blitzenden Augen dem Pater Marian zurief, daß er jemandes Herz wolle. Unwillkürlich schlug er ein Kreuz, und es währte lange, bis er sich so weit gefaßt hatte, um fragen zu können: „Was suchst du hier? Was geht da vor?"

Aber noch länger währte es, bis ihm Marian antworten konnte, und wohl gar eine Viertelstunde, bis der Prior begriff, nicht um was es sich handelte – das war ihm noch lange nicht klar – sondern daß Pater Marian mindestens bei Vernunft war. Was er von dem Juden halten sollte, der da totenbleich, wie vernichtet mit halbgeschlossenen Augen in einer Ecke lehnte, wußte er freilich nicht, wohl aber, daß er keinesfalls ins Kloster der Dominikaner gehöre. „Geh'", sagte er ihm, und zu Pater Marian: „Sie kommen heut' nachmittag zu mir."

Aber Sender konnte dem Befehl nicht sofort folgen: „Hochwürdiger Herr", stammelte er entsetzt, „erst muß der Fedko da sein, um mich bei der Tartarenpforte hinauszulassen. Denn wenn mich die anderen aus der großen Tür treten sehen, schlagen sie mich tot . . ."

Zum Glück kam eben Fedko mit seinem Schlüsselbund daher. So sah der Korridor der Pönitenz nun den fünften erschreckten Mann, und vielleicht den entsetztesten von allen. Und als ihm der Prior zurief: „Also du besorgst den Büßern Schnaps und läßt Juden ein?" sank er fast ohnmächtig in die Kniee.

Mit Mühe brachte ihn Sender wieder auf die Beine und bis an die Pforte. „Es ist alles aus", murmelte der Alte, „mit meinem Dienst, mit dem Slibowitz des Ökonomen, mit deinem Slibowitz. Die Welt geht unter . . ."

Es sollte glimpflicher kommen. Kopfschüttelnd hörte der Prior die lange Erzählung Marians an, was Sender anstrebte, warum er ihn gefördert, was den jungen Mann noch in Barnow festhalte; dann aber, nach längerem Nachsinnen, sagte er: „Lieber Bruder, Sie wissen, ich bin kein Gelehrter wie Sie, sondern ein dummer Mönch. Ob dieser Sender zum Schauspieler taugt, kümmert mich nichts, ob es ein löbliches Werk ist, ihn zu fördern, will ich nicht entscheiden. Daß aber die Zellen unseres Ordens nach dem Statut unseres erhabenen Begründers, des heiligen Dominikus de Guzman, nicht dazu bestimmt sind, daß wir darin junge Juden zu Schauspielern ausbilden, dies weiß ich ganz genau. Aber andererseits kenne ich Sie und weiß, Sie können nichts Unedles gewollt haben. Durch das Vergangene also ziehen wir einen dicken Strich, aber die Fortdauer des Unterrichts muß ich verbieten. Das braucht ja Sie und ihn nicht gar so sehr zu kränken, da er ohnehin in vierzehn Tagen fort will. Damit ich ihn aber unter allen Umständen los werde, so will ich mir in den nächsten Tagen den Wolczynski und den Strus ins Gebet nehmen. Sie sind ja beide meine Beichtkinder, und namentlich der Strus, der Heuchler, schmilzt, wenn man ihm die Hölle heiß macht. Ich hoffe, die alte Jüdin behält die Pachtung."

Er kratzte sich an der Tonsur. „Ach ja, um was alles sich ein Prior kümmern muß. . . . Und noch eins! Sie haben ja diesen Sender so lange unterrichtet, da werden Sie auch Abschied von ihm nehmen wollen? Nun, zum Abschiednehmen darf er noch zu Ihnen kommen, meinetwegen jeden Tag, wo er noch hier bleibt. . . . So – dies ist meine Entscheidung. Verzeihen Sie, ich bin ein dummer Mönch . . ."

Der Greis faßte seine Hand und drückte sie. „O", rief er. „Sie sind der Weiseste der Menschen!"

„Schmeicheln Sie mir nicht!" brauste der Prior auf. Sonst glaube ich, unrecht getan zu haben, und ich habe mich doch streng ans Statut gehalten – nicht wahr?"

Siebenundzwanzigstes Kapitel

So trat von all den Schrecknissen, die Fedko vorausgesehen, nur eines ein: mit dem Slibowitz des Ökonomen war es wirklich zu Ende. Im übrigen verzieh ihm der Prior, und Sender entschädigte ihn reichlich. Dem jungen Manne war's, seit er die Entscheidung des Priors erfahren, als wären ihm Flügel gewachsen, und die Welt erschien ihm von ewigem Sonnenglanz überflutet. Nun war er endlich frei, frei – am einunddreißigsten Januar bekam die Mutter die Pacht wieder zugesprochen, am folgenden Tage wollte er nach Lemberg aufbrechen. Freilich bangte es ihm ein wenig vor der großen Stadt, den wildfremden Menschen, indes – das mußte eben überwunden werden.

Aber ein gütiges Schicksal schien ihn auch dieser Sorge überheben zu wollen. Wenige Tage nach jener Überraschung durch den Prior überreichte ihm Fedko einen Brief. Er trug den Poststempel Hermannstadt in Siebenbürgen und Nadlers Handschrift auf der Adresse. Vor Aufregung zitternd las Sender die Zeilen.

Der Direktor schrieb, er habe zwar seit jenem Dankbrief, der ihn sehr erfreut, obwohl da noch der Briefsteller etwas zu ausgiebig benützt gewesen, nichts von Sender gehört, hoffe aber, daß ihn dies Schreiben gesund und seinem Vorsatz getreu finde. Auch habe er hoffentlich die Bücher fleißig studiert. „Da ich im vorigen Jahr in Czernowitz gute Geschäfte gemacht habe – nur hatte ich da viel Verdruß, weil mir einige, gottlob untergeordnete Mitglieder, unter Führung meines zweiten Komikers Stickler, durchbrannten, um sich, wie ich höre, in Galizien herumzutreiben –, so gedenke ich auch dieses Jahr am 1. März dort einzutreffen. Willst Du kommen, so erwarte ich Dich also zu diesem Termin und möchte Dir raten, Dich, falls Du überhaupt noch Schauspieler werden willst, nun durch keine äußeren Hindernisse abhalten zu lassen. Denn da Du nun bald zweiundzwanzig Jahre alt bist, so ist's die höchste Zeit." Unumwunden – schrieb er ferner und auf die Gefahr hin, in Senders Augen an Autorität einzubüßen – wolle er gestehen, daß ihm Zweifel gekommen, ob sein erster Rat, noch zwei Jahre in Barnow zu verbringen, ein guter gewesen. „Es sprach ja vieles dafür, aber ich bereue es doch, Du wärest, wenn ich Dich damals gleich mitgenommen hätte, wahrscheinlich viel weiter. Denn fast alle Kollegen, denen ich von Dir erzählt habe, waren dieser Meinung, darunter namentlich Dein großer Landsmann Bogumil Dawison, den ich in diesem Sommer in Dresden gesprochen habe. Meine Erzählung Deiner Schicksale hat ihn auf das lebhafteste interessiert und an seine eigene Jugendzeit erinnert. Hoffentlich triffst Du einmal, wenn auch Du ein tüchtiger Schauspieler geworden bist, mit ihm zusammen und Ihr könnt dann beide von Euch sagen, daß Euch die frühen Kämpfe und Entbehrungen nicht gebrochen, sondern gestählt haben. Dawison also war es vornehmlich, der mir sagte: ‚Sie kennen das polnische Ghetto nicht, wohl aber ich. Sie hätten den armen Jungen sofort befreien müssen. Auch wird man nur durch Spielen ein Schauspieler, nur auf der Bühne und nicht aus Büchern. Hätte Ihr Schützling, wenn er ein Talent ist' – und das bist Du, Sender – ‚auf der letzten Schmiere zwei Jahre lang Bediente gespielt, so würde ihm das mehr genützt haben, als wenn er inzwischen eine ganze Bibliothek durchstudiert hat.' Wie gesagt, lieber Sender, ich wollte Dir dies nicht verschwiegen haben, obwohl es gegen mich spricht, weil ich Dich nun wenigstens vor längerem Zögern bewahren möchte." Der Brief schloß mit dem Rat, Wäsche, aber so wenig Kleider wie möglich mitzunehmen. „Denn Deinen Kaftan wirst Du bei mir nicht tragen. Was Geld betrifft, hast Du keins, so mach' Dir nichts draus. Also auf Wiedersehen am 1. März."

Sender las und las immer wieder. „Der gute Mensch", murmelte er gerührt. „Wie er sich nun gar selbst anklagt, und er hat mir doch gewiß geraten, so gut er's verstanden hat. Zum Glück irrt er sich obendrein, er weiß ja nicht, was für einen Lehrer ich inzwischen gehabt habe und was ich schon kann . . . Freilich, nun reise ich erst gegen Ende Februar, aber an den drei Wochen kann doch mir nichts liegen und dem Herrn Prior hoffentlich auch nicht. . . . Aber dieser Stickler – prügeln sollt' man ihn, solche Lügen auszusprengen: ‚wegen fünfzig Gulden –' hahaha!"

Er lachte vergnügt auf. Auch Pater Marian wünschte ihm aufrichtig Glück. „Das scheint ein redlicher und verständiger Mann", sagte er. „Du bist in guten Händen. . . . Und daß sich Dawison für dich interessiert, kann dir einmal sehr nützen. . . ."

„Gewiß", sagte Sender. „Aber wenn er", fügte er zögernd bei, „nur dabei bleibt, auch wenn ich berühmt geworden bin. Künstler sind oft sehr auf einander neidisch. In meinem Lesebuch steht eine Geschichte von Talma –"

„Nun", lachte der Pater, „für einige Jahre hat ja wohl Dawison noch keinen Grund dazu . . ."

Sender errötete. „Natürlich . . . Aber ich werd' nie neidisch sein . . ."

Sie lasen heute die Gerichtsszene. Sender hustete so oft, daß ihn der Pater besorgt anblickte.

„Das kommt von dem Brief", entschuldigte sich Sender. „Sobald mich etwas aufregt, ob es nun traurig oder lustig ist, spür' ich's hier." Er deutete auf die Brust.

Der Pater schüttelte den Kopf. „Kein Wunder", sagte er, „du hast ja diesen Winter wieder unvernünftig gelebt, die Nächte gearbeitet, kaum vier Stunden geschlafen."

„Aber habe ich", wendete Sender ein, „wissen können, daß der Prior meiner Mutter hilft und Nadler mir? Jetzt freilich bedaure ich es. Übrigens bin ich ja gesund genug."

Dieser Meinung war der Pater nicht, aber er schwieg. „Wozu ihm bange machen", dachte er, „halten läßt er sich ja doch nicht." Laut aber sagte er: „Du mußt dich recht schonen, auf der Reise, aber auch in Czernowitz. Mit deinen dreihundert Gulden reichst du freilich nicht allzuweit!"

„Mit dreihundert Gulden?" rief Sender erstaunt. „Damit würd' ich zehn Jahre auskommen. Aber ich hab' ja nicht einmal so viel und nehm' gar nur einen Teil mit. Von den dreihundert Gulden ist der Zehnte für die Armen abgegangen, macht zweihundertsiebzig, meine Zinsen und Ersparnisse dazu macht zwanzig, zusammen zweihundertneunzig. Davon nehm' ich vierzig mit und zweihundertfünfzig laß' ich der Mutter."

„Das ist zu viel!" rief der Pater heftig.

„Ich meine nur", erwiderte Sender zaghaft, „weil er schreibt, ich brauche deutsche Kleider."

„Zu viel, was du der Mutter hinterläßt. Sie behält ja ihren Erwerb."

Sender schüttelte den Kopf. „Bedenken Sie, ich *muß* ja gehen, aber gegen sie ist es schlecht und herzlos. Auf andere Art kann ich ihr nicht beweisen, daß ich doch ein guter Sohn bin."

Der Kummer, den er der Mutter bereiten würde, war nun wieder wie im Vorjahr die einzige Last, die er empfand. Denn im übrigen gestaltete sich alles gut; die Pacht wurde der Mutter zu den alten Bedingungen zugesprochen, von Nadler kam auf seinen Dankbrief ein zweites Schreiben, das ihn herzlich willkommen hieß.

Mit aller Sorgfalt bereitete er nun seine Reise vor. Am Mittwoch, den 24. Februar, wollte er sie antreten, dann war er Freitag abend in Czernowitz und konnte sich Sonntag bei Nadler melden. Da die Mutter sein Reiseziel nicht ahnen durfte, so wollte er vor Tagesanbruch das Haus verlassen, bis zum Dorfe Miaskowka zu Fuße wandern und dort einen Bauernschlitten mieten, der ihn bis zum Städtchen Tluste brachte. Unter den Leuten des Ghetto wollte er von niemand Abschied nehmen, als von Jütte; sie verriet ihn gewiß nicht, und wenn er sie recht bat, stand sie der Mutter gewiß in den ersten schweren Tagen bei. Die anderen aber, die ihm nahe gestanden, wollte er zum mindesten vor der Reise noch besuchen.

Am letzten Sonnabend, den er im Ghetto verbrachte, lud er sich bei seinem einstigen Lehrherrn, Simche Turteltaub, zu Tische. Außer ihm war noch ein anderer Gast anwesend, ein „Schnorrer", „Meyer mit dem langen Bart" genannt, der damals seiner Schnurren wegen einen guten Ruf in der Bukowina und Südrußland besaß; Galizien bereiste er zum ersten Male. Simche ehrte ihn durch die besten Bissen, wie es die Sitte gebot, ganz besonders freundlich aber war Sender gegen ihn. Er liebte das abenteuerliche, sorglose Wesen dieser fahrenden Leute und hatte sich immer gut mit ihnen verstanden. Und Meyer sah nicht bloß stattlich und ehrwürdig aus – der Bart floß ihm silbern über die Brust nieder –, sondern war auch ein berühmter Vertreter seiner Zunft.

Dieses Rufes war er sich auch stolz bewußt. „Ich bin ja zum ersten Mal in diesem Land", sagte er, „aber ich hab' keinen getroffen, der nicht schon meinen Namen gehört hätt'. Kein Wunder! So viel wie unser König, mein armer Freund, Mendele Kowner, mit dem Friede sei, kann ich ja nicht, aber etwas doch! Und so einer wie Mendele kommt ja nie wieder."

„Ihr habt ihn noch gekannt?" fragte Sender. Mendeles Name war ihm natürlich bekannt wie jedem Juden des Ostens, er hatte auf seinen Fahrten von ihm wiederholt berichten hören, und die berühmteste Geschichte des „Königs der Schnorrer": wie er mit Napoleon, nach Moskau gezogen, hatte ihn so erlustigt, daß er sie sich genau eingeprägt und oft anderen erzählt. Aber einem, der den merkwürdigen Mann noch persönlich gekannt, war er nie begegnet. „Erzählet doch", bat er.

Der Wirt wurde unruhig, doch mußte er Meyer gewähren lassen. Und so erzählte dieser mit Begeisterung von dem unübertrefflichen Witz, der stolzen Selbstlosigkeit, der Güte und Liebenswürdigkeit seines Vorbilds. Auch einige seiner Streiche kramte er aus, die Geschichte von der verhexten Henne, vom Bart des Wilnaer Rabbi und welche Schnippchen er den Heiratsvermittlern geschlagen. „Aber schließlich hat er ja doch geheiratet", schloß er. „Und – jetzt erst fällt mir's ein, hier in der Gegend soll ja auch sein Sohn leben."

„Davon hab' ich nie gehört", versicherte Sender, und auch Simche, dem es ganz schwül ums Herz geworden, beeilte sich, dasselbe zu beteuern.

Damit schien das Gespräch denn auch glücklich von dem heiklen Thema abgelenkt. Meyer erzählte nun Schnurren aus dem eigenen Leben, und Sender war nicht zu stolz, mit ihm zu wetteifern. Namentlich die Geschichte, wie er dem geizigen Chaim Burgmann als Geist seiner Schwester erschienen, und dann, wie er der strengen Verwalterstochter die beiden Hebammen ins Haus geschafft, rissen Meyer zu neidloser Bewunderung hin.

„Ein Glück, daß Ihr ein Schreiber seid", rief er, „denn wäret Ihr ein ‚Schnorrer' geworden, wir könnten alle einpacken. Seit Mendele Kowner, mit dem Friede sei, hab' ich so was nicht gehört!" Plötzlich aber – Sender strich sich eben mit stillem Lächeln ums Kinn – wurden seine Augen weit und er beugte sich fast erschreckt vor. „Was ist das?" murmelte er. „Wer seid Ihr?"

„Was habt Ihr?" fragte Sender befremdet. Daß Simche totenblaß geworden, sah er zum Glück nicht.

„Es ist nichts", murmelte der „Schnorrer". „Jetzt ist's fast weg. Eine Ähnlichkeit ist freilich noch da, aber früher war sie gar zum Erschrecken. Wenn ich nicht Euren Namen wüßt'... Nämlich, wie Ihr Euch da vorhin übers Kinn gestrichen habt – geschworen hätt' ich, da sitzt Mendele Kowner. Grad' so hat er's gemacht, grad' so gelächelt, nachdem er ein feines Wörtel erzählt hat..."

„Also seh' ich ihm etwas ähnlich?" fragte Sender halb befremdet, halb geschmeichelt. „Wie hat er denn eigentlich –"

Aber weiter kam er nicht. Simche erhob sich und begann das Tischgebet zu sprechen, obwohl sich der fremde Gast eben noch seinen Teller mit köstlicher „Kugel" vollgehäuft.

„Verzeiht", flüsterte er dann Meyer zu und zog ihn in eine Ecke. „Aber da hättet Ihr fast ein Unglück angerichtet." Er teilte ihm das Geheimnis mit und schärfte ihm strengste Verschwiegenheit ein.

„Aber das ist ja eine Sünd", rief der „Schnorrer". „Dem armen Mendele raubt Ihr den ‚Kadisch' und ihm den Ruhm, einen solchen Vater zu haben."

„Wenn's eine Sünd' wär'", entgegnete der Fuhrmann, „so hätt's uns der Rabbi nicht so aufs Gewissen gebunden."

„Freilich, wenn's Rabbi Manasse sagt", lenkte der „Schnorrer" ein, „aber wie fromm muß eure Gemeinde sein!" Und dieser Ausruf war wohl begründet; unter Leuten, die minder sklavisch jedem Gebot ihres Geistlichen gehorchten, wäre die Wahrung des Geheimnisses durch all die Jahre schwerlich denkbar gewesen.

Nach dem Essen wollte Sender das Gespräch wieder auf Mendele Kowner lenken. Aber der Hausherr fuhr dazwischen. „Jetzt laß auch mich was erzählen!" rief er. „Diese Woch' war ich in Sadagóra und hab' auf dem Rückweg in Zalefzczyki übernachtet. Da ist Theater! Dieselben Spieler, die im Frühjahr in Chrostkow waren. Die Sach' vom verliebten Schneider, von der Jütte erzählt hat, hab' ich jetzt selbst gesehen – zum Totlachen! Sehr gute Spieler!"

„Was Euch nicht einfällt!" erwiderte Sender, „schlechte Komödianten!"

„Woher weißt du das? Du hast sie ja nicht gesehen?"

Sender wurde verlegen. Er wußte es ja nur aus Nadlers Brief. „Das läßt sich ja denken. Gute Künstler würden auf der Czernowitzer oder Lemberger Bühne auftreten, statt sich bei einer Schmiere in Chorostkow oder Zalefzczyki herumzutreiben."

„Immer deutscher redet er", lachte Frau Surke. „Man versteht ihn kaum mehr."

Der nächste Dienstag war der letzte Tag, den er in Barnow verbringen sollte. Dennoch erledigte er in der Kollektur alles pünktlich und stellte jeden Kunden zufrieden, sogar den Richter von Miaskowka, indem er ihm hoch und teuer schwor, das nächste Mal, wenn er ihn hier treffe, wolle er ihm alle fünf Nummern verraten. Dovidl sollte ihm nichts nachsagen dürfen. „Und daß ich ihn sitzen lass'", dachte er, „dafür hat er einen Trost, mein Monatgeld für Februar."

Des Mittags behob er sein Geld in der Sparkasse und nahm dann Abschied von Pater Marian. Schluchzend beugte er sich auf die welke Hand seines Wohltäters nieder. Auch der Pater war sehr bewegt. „Gott mit dir", murmelte er, legte ihm die Hand aufs Haupt und sprach den Segen seiner Kirche über ihn.

Sender litt es, aber er zuckte unwillkürlich zusammen.

„Der Segen eines alten Mannes wird dir nicht schaden", sagte der Greis und lächelte mit feuchten Augen. „Auch wenn es die Worte sind, die ich gewohnt bin."

Auch Fedko war in seiner Art gerührt.

„Nun ist's auch mit diesem Slibowitz zu Ende", sagte er. „Und einer wie du kommt nicht wieder. Denn wenn ich noch hundert Jahre lebe, einen so verrückten Juden wird es in Barnow nicht mehr geben. Ach ja, die Verrückten gehen, die Vernünftigen bleiben. Leb' wohl, Senderko!"

In der Dämmerung ging er nach dem Gasthof des Freudenthal und ließ Jütte hinters Haus rufen. Erschreckt kam sie herausgestürzt.

„Was ist geschehen?" fragte sie, fuhr aber gleich fort: „Ich weiß es ja – Ihr geht morgen!"

„Woher wißt Ihr!"

„Ich hab' ja längst davor – ich hab's ja längst geahnt", verbesserte sie sich hastig. „Und Eure Mutter?"

Er seufzte. „Ihr werdet Euch ihrer annehmen!" sagte er gepreßt. „Auch darum wollt' ich Euch bitten. Lebt wohl!"

Sie schluchzte auf. „O, es ist hart – für die alte Frau – wollt Ihr nicht noch einige Tage . . . Ich meine, bis es schön wird, sollt Ihr hier bleiben. Es ist so furchtbar kalt, das ist nichts für Eure Lungen . . ."

„Es geht nicht, Jütte. Ich werde erwartet. In Czernowitz." Es war ihm nur so entfahren. „Aber Ihr verratet mich nicht."

„Ich! Aber muß es denn sein?" Sie rang die Hände.

„Jütte", sagte er, „was habt Ihr damals im Schloßhof gesagt? Ihr wißt, es ist mein Lebensziel, was macht Ihr mir das Herz schwer?"

„Ihr habt recht", stieß sie hervor. Dann rührte sie an seine Hand, murmelte etwas Unverständliches und stürzte ins Haus.

„Das gute Mädchen!" dachte er. „Welches Mitleid sie mit meiner Mutter hat. Ach, auch mir fällt's hart."

Er ging heim. Der Ostwind pfiff über die Ebene und wirbelte den Schnee auf; sein eisiger Hauch ging durch Mark und Bein. Er achtete kaum darauf, seine Gedanken weilten bei der Mutter.

Daheim nahm er alle seine Kraft zusammen, um unbefangen zu scheinen. Es gelang ihm doch nicht ganz. „Was hast du heut'?" fragte Frau Rosel. „Bist du nicht wohl?"

„Nur müd'", erwiderte er und erhob sich. „Gut' Nacht", sagte er mit abgewandtem Antlitz und stieg zu seiner Kammer empor.

Dort erst ließ er seine Tränen fließen. „Mutter", schluchzte er immer wieder, „Mutter"!

So saß er im Dunkeln, bis unten das Glöckchen klang. Das riß ihn empor. Er machte Licht, holte sein Geld hervor, legte zweihundertfünfzig Gulden in einen Umschlag und schrieb den Brief dazu, in hebräischen Lettern, die sie lesen konnte: „Verzeih' mir, Mutter, verzeih', ich kann nicht anders. Alle sagen, daß ich zum Schauspieler tauge, und mein Herz sagt mir, daß ich dazu geboren bin. Darum geh' ich in die weite Welt, es zu werden. Ich bin nicht schutzlos, gute Menschen nehmen sich meiner an. Es braucht dir nicht bang um mich zu sein, auch nicht meiner Gesundheit wegen; ich fühl' mich ganz gesund.

Gott ist mein Zeuge, ich geh' nicht leicht. Und Dich, Mutter, trifft's gar ins Herz. Aber es muß sein, glaub' mir, und mein Trost ist, daß wir einst beide diese Stunde segnen werden. Auch Du, wenn Du mich glücklich siehst, denn Du hast ja immer für mich gelebt. Die Leute sagen, es ist Pflicht der Mutter, für ihr Kind zu sorgen, aber Du hast all die Jahre tausendmal mehr getan als Deine Pflicht. Und wie wenig Freuden hab' ich dir gemacht – und nun diesen Schmerz. Aber ich kann nicht anders, ich kann nicht!

Das Geld da gehört Dir, als Sparpfennig für Deine alten Tage. Ich rat' Dir, leg es in die Sparkasse, das bringt wenig Zinsen, ist aber sicher. Du darfst nicht glauben, daß ich Dir damit Deine Liebe bezahlen oder mich gar von Dir loskaufen will. Ich will Dir oft schreiben und Dich besuchen, so oft es möglich ist, und treu für Dich sorgen.

Mutter, liebe Mutter, verzeih' mir und leb' wohl."

Die Schrift war etwas undeutlich, weil seine Hand zitterte. Auch war an einer Stelle ein Tropfen aufs Papier gefallen.

Nun packte er seine Wäsche in ein Ränzelchen, das er aus seiner Fuhrmannszeit hatte, und legte die Bücher dazu. Dann griff er zu einer Schere und trat, die Kerze in der Hand, vor sein Spiegelchen. Es war ein bleiches, aber entschlossenes Antlitz, das ihm daraus entgegenblickte. Er legte die Schere an die Schläfen und schnitt sich die Wangenlöckchen ab.

Dann griff er zum Kaftan, den er mitnehmen wollte, um auch ihn „deutsch" zu machen. Er schnitt zwei Spannen ab und nähte den Rand zu, so gut er konnte.

Während dieser Arbeit hielt er oft inne und lauschte bang. Das Glöckchen klang in dieser Nacht nicht wieder, das Wetter war gar zu schlimm geworden. Der Ostwind war zum Sturm angewachsen, umheulte das Haus und wirbelte den Schnee hoch empor. Es war eine böse Nacht.

Gegen die vierte Morgenstunde war er fertig. Nun hatte er nur noch eins zu verrichten: sein Morgengebet. Er schlang den Gebetriemen um Haupt und Arm, schlug sein altes Büchlein auf und betete inbrünstig. Seine Seele lag vor Gott im Staube und flehte um Trost für die Mutter, um Gedeihen auf seinen Wegen. „Du hilfst denen, die reinen Herzens sind und das Gute wollen –" ja, er durfte auf Gottes Hilfe vertrauen. . . .

Als er das Büchlein zuklappen wollte, fielen ihm wieder einmal jene seltsamen Widmungen ins Auge, die er seither so oft gelesen. „Dies Büchlein soll meinem Kinde gehören, es ist das einzige, was ich ihm vermachen kann. Aber da ich nun weiß, wie gnädig der Herr ist, so weiß ich auch, daß dies Büchlein meinem Kind zum Segen sein wird."

„Armer Mann", dachte er, „dein Segen gehört nicht mir, aber von deinem Büchlein will ich mich doch nie trennen." Er steckte es in die Tasche seines Mantels, hob das Ränzel auf die Schultern, griff nach Hut und Stock und kletterte die Treppe hinab.

Im Flur vor der Schlafkammer der Mutter hielt er an und lauschte. Aber er konnte die Atemzüge der alten Frau nicht vernehmen, der Wind heulte zu laut.

Geräuschlos suchte er die Tür zu öffnen. Der eisige Sturm fuhr herein, er mußte alle Kraft aufbieten, sie wieder zu schließen. Wie betäubt stand er einen Augenblick still, so schneidend umschnob ihn der Wind, und die Schneesplitter stachen ihm in die Augen.

Dann aber richtete er sich entschlossen auf und schritt in die Nacht hinaus, einem neuen Leben entgegen.

Achtundzwanzigstes Kapitel

Hunderte von Meilen erstreckt sich die Ebene gegen Osten, darum hat der Wind, der von dieser Seite weht, eine furchtbare Gewalt, und wächst er zum Sturm an, so bergen sich Mensch und Tier vor seinem tötenden Odem und trauen sich nicht eher hervor, bis er ausgetobt. „Gott, dem Teufel und dem Oststurm kann niemand widerstehen", geht das Sprichwort in Podolien. Er läßt das Blut erstarren, wirft den Stärksten wie einen Halm nieder und begräbt ihn unter dem Schnee, den er haushoch emporwirbelt! Wütet er mit voller Wucht, so ist kein Entrinnen vor ihm, und alles Leben, das ihm in die grausamen Fänge gerät, erstickt und verkommt.

Noch hatte der „Verderber", wie sie ihn in der Ebene nennen, in dieser Nacht nicht seine volle Kraft gewonnen. Aber furchtbar genug trieb er es schon, und nach hundert Schritten mußte sich Sender sagen, daß er ein törichtes Wagnis begonnen – nicht mehr. An eine ernste Gefahr glaubte er nicht, obwohl er immer wieder mit abgewandtem Antlitz, den Rücken gebeugt, die Füße breit auseinandergestemmt stehen bleiben mußte, bis ein Windstoß vorüber war, und auch dann nur langsam, Schritt für Schritt vorwärts kam, weil der Fuß im Schnee versank und die eisige Luft das Atmen erschwerte. Aber er hatte nicht umsonst Jahre seines Lebens auf der Landstraße zugebracht. „Zum Schlimmsten kommt's heut' schwerlich", dachte er, „gegen Morgen wird's besser." – Freilich war's eine volle Meile bis Miaskowka, aber wenn er erst den Fußweg erreichte, der etwa halben Weges von der Heerstraße abzweigt, dann ging's leichter. Der Fußweg kürzte die Straße ab und ging durch eine Schlucht, wo der Sturm gelinder war. Und er arbeitete sich weiter, von einer Pappel zur anderen, die an der Straße standen, schwer atmend, in Schweiß gebadet, so lang er vorwärts stapfte, dann erstarrend, wenn er innehalten mußte, aber trotzigen Mutes.

Da urplötzlich mit einem Schlage, als hätte eine Riesenfaust dem Verderber die Kehle zugeschnürt, verstummte er. Die Luft ward still, der aufgewirbelte Schnee fiel zur Erde, das Dunkel lichtete sich, daß die verschneite Straße weithin sichtbar wurde. „Barmherziger, erbarme Dich!" stöhnte Sender auf und blieb von Entsetzen gelähmt stehen. Er wußte, was diese jähe Stille bedeutete. Der Sturm sammelte neue Kraft, noch eine Minute, und er kam als Orkan wieder, der alles tötete und dann begrub.

„Zurück“, dachte er, „das Haus erreiche ich vielleicht wieder, den Hohlweg nicht mehr.“ Er wandte den Fuß. Da durchfuhr's ihn, daß er sich den Rückweg abgeschnitten, buchstäblich, mit der Schere; ohne Wangenlöckchen, im kurzen Kaftan konnte er der Mutter, den Leuten nicht mehr vor die Augen treten. Und dann war enthüllt, daß er ein „Deutsch“ werden wollte.... „Vorwärts!“ Und wie ein Verzweifelter eilte er weiter, als gäbe es ein Entfliehen vor dem Verderber.

Aber da war er plötzlich wieder, der Ungeheure. Ein langgezogenes, heulendes Brausen flog ihm voraus, dazwischen dumpfes Dröhnen und Knattern, das Geräusch der splitternden Äste und Bäume; es wurde dunkel, und nun kam er mit entsetzlicher Wucht dahergejagt. Blitzschnell hatte sich Sender auf den Boden geworfen, so allein entging er dem Lose, von dem Rasenden erfaßt und einige Schritte weiter hingeschmettert zu werden. Plattgedrückt lag er auf dem Schnee, das Gesicht nach der sturmfreien Seite gewendet, um atmen zu können.

Aber der Schnee überdeckte ihn immer dichter, er drohte ihn zu ersticken.... Er wollte sich erheben; der Orkan drückte ihn nieder. Da raffte er alle Kraft zusammen und kroch auf Händen und Füßen vorwärts, bis er die nächste Pappel erreicht. Hier konnte er wieder atmen, aber nun fühlte er, wie ihm die Kälte langsam die Glieder umschnürte. Noch konnte er sich regen, sie abwehren – aber wie lange....

Da wurde es abermals plötzlich still, grabesstill, nur der aufgerührte Schneestaub fiel mit leisem Klirren nieder, und fern, fern ächzte etwas auf. Vielleicht ein Ast, der sich vom froststarren Stamm löste, vielleicht ein verendendes Tier. Sender suchte sich emporzurichten und blickte um sich. Auf dem Acker zur Rechten sah er im matten Schein des Schnees ein Kreuz ragen; er kannte es, es stand etwa halben Wegs zwischen dem Städtchen und dem Hohlweg; eine Viertelmeile hatte er nun doch zurückgelegt, freilich war die Stille ein böses Zeichen. Noch hatte der Orkan nicht seine volle Höhe erreicht, nun galt es jeden Atemzug nützen, bis er wiederkam....

Und wieder watete er durch den Schnee weiter, so rasch ihn die zitternden Kniee tragen wollten, mit keuchender Brust, schweißbedeckt weiter... weiter.... Bald mußte zur Rechten eine kleine Kapelle auftauchen, am Feldweg gegen Biala, vielleicht konnte er sie erreichen, ehe der Orkan losbrach.... Er spannte alle Sehnen an, da, nicht zehn Schritte weit, schimmerte die Kapelle... Aber im selben Augenblick kam der Orkan herangebraust über die ungeheure Ebene, Erde und Himmel ächzten auf und wurden zu einem weißen, brüllenden, stöhnenden Chaos, blitzschnell – ehe sich Sender niederwerfen konnte, fühlte er sich von der Riesenfaust gefaßt und durch die Luft getragen und niedergeschmettert, daß ihm die Sinne vergingen.

Nur einen Augenblick, dann riß ihn die Todesangst empor. Wie eine schwere, eiskalte Hand legte es sich auf sein Antlitz und hielt ihm den Mund zu, daß er sich ersticken fühlte. Der Sturm hatte ihn in den Straßengraben geworfen und mit Schnee bedeckt. Er schlug um sich. „Hilfe, Hilfe!" röchelte er, nun konnte er wieder atmen. Langsam arbeitete er sich aus dem Graben hervor und kroch zur Kapelle, während über ihm das ungeheure Wüten der Lüfte forttobte.

In der Kapelle brach er halb ohnmächtig zusammen. „Wach bleiben, bei Vernunft bleiben!" murmelte er und griff nach Schnee, die brennende Stirne zu kühlen. Da fuhr er zusammen, aus einer Ecke der Kapelle kam ein wimmernder Laut, dann ein leises Heulen. Es mußte ein Tier sein, das sich da geborgen. Und nun kam es langsam auf ihn zu – ein Wolf? ein Hund? Mit wirbelnden Sinnen faßte er seinen Stock und hob ihn. Das Tier kauerte sich nieder und wimmerte und wedelte mit dem Schweif. Nun sah er, es war ein Hund. „Moskal!" rief er, es ist der verbreitetste Hundename in jener Landschaft. Zufällig mochte er es getroffen haben, der Hund kam heran, leckte ihm die Hände und schmiegte sich dicht an ihn. Sender ließ es geschehen und kraute ihm das Fell. So trösteten und wärmten sie sich gegenseitig, der Mensch und das Tier. Und beide hatten wohl in diesem Augenblick tiefster Angst vor dem Toben der Natur dieselbe und keines eine höhere Empfindung.

Dann begann Sender seine Gedanken zu sammeln. Die schlimmste Gefahr war nun wohl vorbei. Noch tobte der Orkan in ungeschwächter Kraft fort, aber lange, das wußte er, konnte dies nicht mehr währen. Entweder linderte sich allmählich seine Gewalt oder es trat jählings eine neue Stille ein, wo der Verderber gleichsam Atem schöpfte. In beiden Fällen konnte er die Schlucht erreichen, dort war sicherlich leichter vorwärts zu kommen. Denn hier sitzend den Morgen heranwachen, war unmöglich; es wäre der sichere Tod gewesen. Die Kälte war entsetzlich. Wieder fühlte er, wie sie sich um seine Glieder legte, die Füße wurden starr und die Hände. Er sträubte sich dagegen, suchte sich aufzurichten, preßte den Hund fester an sich. Aber seine Bewegungen wurden immer langsamer, seine Kraft verließ ihn.... „Schlafen!" murmelte er und schloß die Augen. „Aber Schlafen ist Tod!" fuhr es ihm durchs Hirn, und er richtete sich angstvoll auf. Aber sich zu erheben, vermochte er nun nicht mehr. Wieder sanken ihm die Lider zu.

Anders der Hund, vielleicht weil sein Instinkt der schärfere war. Er schüttelte sich und bellte, leckte dem Menschen übers Gesicht und zerrte an seinem Rock. Das brachte Sender wieder zu sich. Er taumelte empor, begann auf und nieder zu stampfen, sich zu schütteln. Dabei kollerte etwas aus seinem Rock zur Erde nieder. Es war sein Gebetbuch. Er hob es auf und umklammerte es mit beiden Händen. Ihm war's, als strömte ihm daraus neue Kraft zu, als hätte er damit Gottes Gewand gefaßt und brauchte es nur festzuhalten, um nicht zu vergehen. Das Gebet, das man in Lebensgefahr zu sprechen hat, fiel ihm wieder bei, er sprach die Worte vor sich hin. „Herr über Leben und Tod, begnade mich zum Leben!" Der Klang der eigenen Stimme gab ihm neue Kraft, er kauerte sich wieder hin, das Büchlein legte er neben sich und die Rechte drauf, und der Hund kam wieder herangekrochen.

Da wurde es wieder einmal jählings still. Nun auf – zur Schlucht! Sender erhob sich, erst als er ins Freie trat, wurde er gewahr, daß ihm der Orkan den Hut entführt – wer weiß, wie viele Meilen weit. Er band ein Tuch um den Kopf und schritt aus – der Hund folgte. Da erhob sich jenes Ächzen, das er vorhin gehört. Es war ein heiserer, krächzender, langgezogener Laut. Sender erstarrte das Blut: das waren Wölfe! Auch der Hund hatte wohl den Ton erkannt, er blieb, den Schweif eingeklemmt, stehen, und stieß ein ängstliches Heulen aus.

„Das hilft nichts", murmelte Sender. „Vorwärts! der Ton scheint von der Straße zu kommen, ich will in die Schlucht. Mit Gott!" Und er tastete nach dem Büchlein.

Er fand es nicht. Er durchwühlte die Taschen, er hatte es nicht mehr. Da fiel ihm bei, daß es wohl in der Kapelle liegen geblieben. Er blickte zurück, kaum zweihundert Schritte war's bis dahin, aber nicht viel mehr zur Schlucht, und auch diese Stille währte wohl nur kurz. Aber gleichviel, der Hut ließ sich ersetzen, das Büchlein nicht. Und er eilte zurück, der Hund folgte mit freudigen Sprüngen.

Da lag das Buch wirklich zu Füßen des Kreuzes. Er hob es auf – da brach der Orkan wieder los. Abermals war er in der Kapelle festgebannt, von neuem begann der Kampf gegen die Kälte. So geschwächt seine Kraft war, Sender fühlte sich mutiger als früher. Er hielt das Büchlein, das Gewand Gottes, der Sturm mußte sich ja endlich legen. Und nun rötete sich's im Osten, das Licht kam wieder, grau und häßlich, aber doch der Tag, der Tag!

Gegen die siebente Stunde schwieg der Orkan. Sender erhob sich und taumelte zurück; er war zu schwach, die Kniee trugen ihn nicht mehr. Er versuchte es nochmals – nein, es ging nicht. Er mußte ausharren, bis ein Gefährt vorbeikam. Zum Glück hatte sich mit dem Orkan auch die Kälte gebrochen. Wie fast nach jedem Oststurm in der „großen Ebene", begann nun der Wind aus Westen zu wehen, sanft, warm und weich.

Etwa eine Stunde, nachdem es Tag geworden, kam endlich von Barnow her ein Schlitten. Ein Bauer lenkte ihn, sein Weib lag drin. Der Hund schlug an. Sender trat vor die Kapelle und winkte dem Manne. Es war der Richter von Miaskowka.

„Alle Heiligen!" rief er und hielt den Schlitten an. „Senderko, wie kommst du her? Hast du die Nacht im Freien verbracht, diese Nacht?"

Sender nickte. „Nehmt mich in Euer Dorf mit", bat er. Der Richter war dazu bereit. Nur mit dem Platz ging es nicht so leicht. „Du siehst, mein Weib ist besoffen. Aber wir wollen sie auf die Seite legen." Nachdem dies geschehen, konnte Sender sich setzen. Der Hund sprang mit auf.

„Gehört der Köter dir?" fragte der Richter. „Ein schönes Tier hast du dir da ausgesucht."

Liebevoll strich der todmatte Mann über das struppige Fell. „Ja, der gehört zu mir", erwiderte er, „für immer. Fahrt zu, Richter."

Die Pferde zogen an. „Du hast mir noch nicht gesagt, wie du herkommst", sagte der Bauer. „Und wie du aussiehst! Zum Erschrecken! Und ohne Hut!"

Sender erwiderte, er habe in aller Frühe nach Miaskowka wollen, da habe ihn der Sturm knapp vor der Schlucht eingeholt.

Der Bauer riß die Augen auf. „Durch die Schlucht wolltest du? Da kannst du dem Sturm dankbar sein. Sie ist ja tief verschneit, und es haben sich dort Wölfe festgesetzt. Du wärest nicht lebend davongekommen. Aber was schneidest du für ein sonderbares Gesicht, Jude?"

In der Tat, bewegt genug mochte Senders Antlitz sein. „Das Büchlein hat mich gerettet", dachte er. „Gott durch das Büchlein. Wäre ich nicht in die Kapelle zurückgekehrt, es zu holen –" er schloß die Augen, und ein Schauer überlief ihn. Dann bewegten sich leise seine Lippen zum Dankgebet.

Nach einer Weile begann der Richter wieder: „Verrücktheit, in solcher Nacht nach Miaskowka zu laufen. Und was willst du dort?"

„Ein Geschäft besorgen", erwiderte Sender, „mit dem Schänkwirt." Er fühlte sich todmüde und mußte nun gleichfalls ruhen. „Dann will ich nach Tluste weiter. Wollt Ihr mich fahren? Ich zahle gut."

Der Richter schüttelte stolz den Kopf. „Das ist nicht mein Geschäft", sagte er würdevoll. Dann aber kratzte er sich nachdenklich hinter dem Ohr. „Übrigens", sagte er, „ausnahmsweise mag es sein. Wir haben gestern am Wochenmarkt unser ganzes Geld versoffen. Was das für ein Rausch war, kannst du an meinem Weib sehen. Was wißt ihr verdammten Juden, die ihr uns aussaugt, davon, was der Bauer für ein schweres Leben hat! Ohne Lotterie geht es wirklich nicht mehr! Aber du hast mir ja versprochen . . ."

„Gewiß!" murmelte Sender mühsam. Die Nachwehen der Nacht machten sich nun erst voll fühlbar; jeder Atemzug schmerzte ihn.

Taumelnd ging er in die Kammer, die ihm der Schänkwirt im Dorfe anwies, ließ sich einen Tee bereiten und versank, noch ehe er das Glas ganz geleert, in bleiernen Schlaf.

Als er erwachte, empfand er starkes Kopfweh, auch ein Brennen in Rachen und Nase, aber das Stechen in der Lunge war etwas linder geworden. Da er zugleich heftigen Hunger fühlte, schloß er daraus, daß er noch gnädig weggekommen. In der Kammer war Dämmerung, er schob es auf das verhangene Fenster, aber während er sich ankleidete, wurde es immer dunkler; er hatte den ganzen Tag verschlafen.

Der Schänkwirt trug ihm auf, was das arme Haus bieten konnte; der Gast langte tapfer zu. Da stieß etwas Nasses, Kaltes an seine Hand, es war Moskals Schnauze. „Armer Kerl", rief er mitleidig, „hast du auch den Tag über nichts gegessen?" Dann teilte er redlich mit ihm.

Der Wirt setzte sich zu ihm. „Verzeiht, Sender, aber ich halt's vor Neugierde nicht mehr aus! Was wollt Ihr hier? Wo sind Eure Löckchen? Wo die Kaftanschöße?"

Sender dachte nach. „Gut, Euch will ich's sagen, wenn Ihr Schweigen gelobt", flüsterte er ihm zu. „Ich habe in Rabbi Manasses Auftrag etwas in Tluste auszuführen, wobei man mich für einen Christen halten muß. Es ist für die ganze Gemeinde. Erfährt es jemand vor Ablauf eines Monats, so ist der Rabbi verloren. Ihr seht, wir sind in Eurer Hand." – „Hoffentlich hält er jetzt seinen Mund", dachte er. Den Richter, der sich am Abend einfand, bestellte er für den nächsten Morgen.

Wieder schlief er zehn Stunden fest und traumlos. Am Morgen erwachte er mit einem Schnupfen, daß ihm die Augen tränten, fühlte sich aber sonst fast wohl. „Gottlob", dachte er, „es wäre ja aber auch zu entsetzlich gewesen, jetzt zu erkranken." Und als er nun doch Schmerzen in der Brust empfand, zwang er sich förmlich, nicht darauf zu achten. „Ich muß ja gesund sein", dachte er. Fröhlich fuhr er davon, nachdem er von einem Bauer eine Pelzmütze eingehandelt und dem Wirt noch einmal Rabbi Manasses Schicksal auf die Seele gebunden.

Es war ein grauer, aber fast warmer Tag. Der Westwind wehte unablässig. „Verrücktes Wetter", meinte der Richter, „so schlimm hat's schon lange weder der Verderber, noch die Tränenmagd getrieben. Seit gestern freilich ist sie unablässig an der Arbeit." Die „Tränenmagd", so nennen sie den Westwind, weil er Regen bringt oder den Schnee schmelzen macht. „Am Dniester kann's böse werden, über Nacht kommt plötzlich der Eisstoß, und es gibt eine Überraschung. Und was ist das für ein Weg!"

In der Tat arbeiteten sich die Pferde schwer durch den weichen Schnee, und es war bereits später Nachmittag, als sie in Tluste einfuhren. Bei dem ersten Hause des Fleckens begegnete ihnen ein großer Schlitten, in dem wohl zehn Juden dichtgepreßt saßen. Sender wandte sich hastig ab, in einem von ihnen hatte er seinen einstigen Lehrer, Schlome Rosenthal erkannt. „Hoffentlich hat er mich nicht erkannt", dachte er, „sonst wissen die Barnower morgen Mittags, welchen Weg ich eingeschlagen habe."

Er kehrte in einem Wirtshaus ein, dessen Besitzer ihm nicht bekannt war, aber kaum, daß ihm der Mann die Suppe vorgesetzt hatte, begann er auch: „Ihr seid doch Sender, der Pojaz? Ich bitt' Euch, sagt mir, warum Ihr wie ein ‚Deutsch' reiset, ohne Löckchen, im kurzen Rock und mit einem Hunde? Und dazu eine Bauernmütze?"

Sender dachte nach. Der Wirt machte nicht den Eindruck eines Frommen, in seine Hände konnte er also das Schicksal Rabbi Manasses nicht legen. „Später", sagte er, „Ihr werdet mein Vertrauen lohnen und den Spaß nicht verderben . . ."

„Behüte!" beteuerte der Wirt. „Dazu sind Eure Späße zu gut. Über Eure Brautschau bei der Uhrmacherstochter in Mielnica hab' ich mich krank gelacht."

„Vortrefflich", dachte Sender, „der Mann hilft mir." Nachdem er ihm das Gelöbnis strengster Verschwiegenheit abgenommen, sagte er: „Es ist was Ähnliches, aber, glaub' ich, noch besser. Meine Mutter will, daß ich eines Chassids Tochter in Sadagóra bei Czernowitz heirate. In dem Zustand stell' ich mich ihr vor."

Der Wirt wollte sich ausschütten vor Lachen und behandelte den Gast fortab mit noch größerer Aufmerksamkeit. Auch schaffte er ihm eine billige Fahrgelegenheit, einen Kutscher, der mit leerem Schlitten nach Czernowitz zurückmußte. Freilich konnten sie nicht vor Sonntag dort sein, da sie über Sabbat in Zalefzczyki rasten mußten. Sender war leicht darüber getröstet. „Da schau' ich mir dort die berühmte Gesellschaft Stickler an", dachte er, „und die Ruh' wird mir wohltun." Denn obgleich sich auch nun seine Erfahrung bestätigte, wie sehr sein Befinden von seinem Gemütszustand abhing, so konnte ihn doch all die fröhliche Tatkraft, die ihn erfüllte, die Schmerzen in der Brust nicht ganz vergessen machen. Die böse Nacht hatte doch tiefere Spuren hinterlassen, als er anfangs gehofft. Sein Trost war nur das warme Wetter.

Es hielt auch am Freitag an, wo sie aus Tluste weiter nach Süden fuhren, dem Flußtal des Dniester zu, noch mehr, nun wurde der West zum Schirokko, es war so schwül, daß Sender den Mantel ablegen mußte. Der Wind leckte den Schnee weg und weichte das Eis auf. Auf der Straße war nun ein Gemisch von Kot und Schnee, durch das sich der Schlitten mühsam durcharbeitete, von allen Feldern rieselte das graue Schneewasser, füllte die Straßengräben und ließ die Bäche zu Flüssen anschwellen. Überall, so weit der Blick reichte, quirlte und schäumte es, das eintönige Rauschen der Wasser erfüllte unablässig das Ohr.

„So jäh' hab' ich's noch selten erlebt", sagte der Kutscher. „Heut' nacht oder morgen früh macht sich der Eisstoß im Dniester auf den Weg. Mit der Sabbatruhe in Zalefzczyki ist's nun nichts. Wir müssen noch heute über die Schiffbrücke, sonst nimmt sie der Eisstoß mit."

„Und wo bleiben wir dann über Sabbat?" fragte Sender.

„In einem Feldwirtshaus jenseits des Flusses. Freilich ist's ein elendes Haus, aber weiter kommen wir heute nicht."

Damit war Sender schlecht zufrieden, er hatte sich auf die Vorstellung und das gute Bett in Zalefzczyki so gefreut. „Wir wollen doch erst sehen, ob's nötig ist", erwiderte er.

Die Fuhrleute, die ihnen begegneten, waren verschiedener Ansicht. „Die Eisdecke hat Sprünge", erwiderte der eine, „am Montag geht's wohl los." – „Schon heute nacht", meinte ein Zweiter. Der Dritte wieder sagte: „Vor dem Mittwoch ist nichts zu befürchten. Und wenn auch der Eisstoß abgeht, der Brücke tut er nichts."

Am heftigsten aber beteuerte die Wirtin des Gasthofs in Zalefzczyki, vor dem Sender halten ließ, daß nicht das geringste zu befürchten sei.

„Das Eis steht wie eine Mauer", schwor sie, „vor einer Woche rührt sich's nicht. Und wenn auch, was verschlägt's Euch. Vor fünf Jahren hat der Eisstoß die Schiffbrücke zerstört, aber seither nie. Und jetzt ist die Brücke neu und ruht auf Ketten, so dick wie ich."

Dann mußten es allerdings verläßliche Ketten sein, die Frau war wie eine Tonne, aber der Kutscher schüttelte den Kopf. „Euch ist's um die Sabbatgäste zu tun", erwiderte er, „und mir ums Heimkommen. So einen furchtbaren Eisstoß, wie er diesmal wird, hat's lange nicht gegeben. Der nimmt die Brücke mit."

Schon wollte Sender in die Weiterreise willigen, da fiel sein Blick auf einen riesigen roten Zettel am Tor: „*Theater in Zalefzczyki*", und gleichzeitig trat ein blonder, schlanker Mensch im schäbigen Mantel, einen riesigen Filzhut schief auf den Kopf gedrückt, vors Tor und blickte gähnend um sich. Das verlebte Gesicht war glatt rasiert. Ein Schauspieler!

Senders Herz begann zu pochen. „Ist das Theater hier in Eurem Haus?" fragte er die Wirtin.

„Ja", erwiderte sie eifrig. „In meinem Saale. Solche Spieler habt Ihr noch nicht gesehen. Und nach der Vorstellung sind alle in meiner Wirtsstube. Schöne Mädchen darunter", setzte sie mit einem unangenehmen Lächeln hinzu. „So eine Unterhaltung werdet Ihr noch nie erlebt haben."

Sender schwankte. Die schönen Mädchen lockten ihn nicht, aber die Vorstellung. Und er sollte den Sabbat in einem elenden, langweiligen Feldwirtshaus verbringen? Aber anderseits – Montag war ja der 1. März, da mußte er in Czernowitz sein. . . . „Wir wollen's uns ansehen, wie's da unten aussieht", sagte Sender zum Kutscher und deutete nach dem Flusse. „Kommt mit."

Sie schritten die Straße hinab bis zu einem kleinen, künstlich erhöhten Platz am Flußufer, einer Art Bastion dicht an der Brücke. Da konnten sie den Dniester weithin übersehen, eine schmutzige, graue, breite Riesenschlange, die sich durch das Weiß der Äcker wand. Unter ihnen lag die Schiffbrücke, eine Reihe flacher, mit

Bohlen überdeckter Kähne, die zwischen zwei mächtigen, um steinerne Pfeiler gewundene Eisenketten befestigt waren. Fußgänger und Wagen zogen darüber hin, weit und breit war nichts Bedrohliches zu sehen.

„Ich bleib' nicht", sagte der Kutscher dennoch. „Seht Euch die Farbe des Dniester an. Das Eis steht noch, aber das Wasser über der Decke ist schon wohl einen Fuß hoch, sonst würde es nicht so schmutzig aussehen. Die Farbe des Eises schlägt kaum noch durch. Ich kenn' das."

„Das Wasser steht drüber", gab Sender zu, „aber man hört ja noch nicht das leiseste Krachen im Eis, und das fängt tagelang vorher an."

„So bleibt Ihr", erwiderte der Kutscher. „Ich fahre."

Ungeduldig spähte Sender um sich; vielleicht war ein Eingeborener da, der diesen hartnäckigen Menschen bekehren konnte. Und da war wirklich einer, und gar eine Amtsperson.

In einer Ecke der Bastion schaufelte ein junger Mann in grauem Soldatenmantel eine Grube aus. Der Mantel war zerfetzt und das Gesicht des Menschen ganz ungewöhnlich dumm, aber auf seinem Strohhut blinkte ein Blechschild: „Städtische Polizei".

„Glaubt Ihr", sprach ihn Sender ruthenisch an, „daß die Brücke bedroht ist?"

„Zu mir sagt man ‚Sie'", erwiderte der Zerlumpte würdevoll, „weil ich die Polizei bin. Aber die Brücke? fragt Ihr. Wer sollte ihr denn was antun?"

„Nun, der Eisstoß."

„Der tut ihr nichts! Er darf nicht. Der Herr Bürgermeister hat's verboten. Ich war selbst dabei, wie er gesagt hat: ‚Diesmal darf der Eisstoß die Brücke nicht zerstören, es macht zu viel Kosten.'"

„Nun seid Ihr beruhigt?" lachte der Kutscher höhnisch auf.

Sender aber fragte: „Und hat der Herr Bürgermeister nicht gesagt, wann der Eisstoß kommt?"

„Nein. Aber er sagt: ‚Nicht so bald, denn ich habe noch kein Telegramm'."

„Telegraphiert ihm der Eisstoß?" fragte der Kutscher.

„Ich weiß nicht, wer", erwiderte der Polizist. „Aber vorher müssen wir vom Amt die Telegramme bekommen, aus Mikolajow, aus Halicz, aus Jezupol, aus allen Städten da oben." Er deutete flußaufwärts. „Dann erst kann er kommen. Und er darf auch gar nicht früher kommen, als Mittwoch."

„Warum?"

„Wegen dieser Sache da." Er deutete auf die Grube. „‚Heute, Hritzko', hat mir der Herr Bürgermeister gesagt, ‚schaufelst du die Grube für den Mörser aus, Montag schaffen wir ihn hin, Dienstag laden wir ihn.' Also", schloß er gewichtig, „vor Mittwoch ist es nichts, denn durch diese Mörserschüsse wird's der Stadt angezeigt."

„Nun können wir ruhig schlafen", lachte der Kutscher. Sender aber dachte: „Wenn's nicht gerade Theater wäre, ich wollt' in Gottes Namen nachgeben. So aber?!" Da jedoch auch der Fuhrmann fest blieb, so machten sie im Gasthof ihre Rechnung glatt und schieden.

Neunundzwanzigstes Kapitel

Sender ließ sich eine Schlafkammer anweisen und in der Wirtsstube ein Mittagessen auftragen. Gottlob, der Kellner kannte ihn nicht und fragte daher nicht auch nach seinen Löckchen, wohl aber, ob er abends das Theater besuchen wolle, und als Sender bejahte, griff er in die Tasche und legte eine Karte vor ihn hin. „Sperrsitz ersten Ranges, vierzig Kreuzer. Nummer sechs. Erste Bank. Von dem Platz sieht man am besten!"

„Habt Ihr keinen billigeren?" fragte Sender.

„Ein Herr wie Ihr!" rief der Kellner, „ein ‚Deutsch', der keine Löckchen mehr trägt und einen kurzen Rock. Der zweite Rang kostet dreißig Kreuzer – oder zwanzig – ich weiß wirklich nicht genau, denn mit Leuten, die dorthin gehen, hab' ich nichts zu tun. Aber auf diesem Platz ist vorgestern der Herr Kreishauptmann gesessen und gestern der Herr Oberst. Auch sieht man vom zweiten Rang nichts."

Das gab den Ausschlag. Sender zählte ihm die vierzig Kreuzer zu. „Habt Ihr keinen Zettel?" fragte er.

„Nein. Aber am Tor klebt einer. Es werden täglich nur sechs gemalt, weil wir ja hier noch sehr zurück sind. Gibt es denn in Zalefzczyki eine Druckerei? Aber halt – an der Kasse hängt ein Zettel, den bring' ich Euch."

Er stürzte ab und brachte dienstfertig den Zettel herbeigeschleppt. Es war ein Riesenblatt, aus mehreren Bogen roten Papiers zusammengeklebt und mit einem Pinsel bemalt. Ein dicker Strich schied ihn in zwei Hälften. Die linke wies hebräische, die rechte lateinische Lettern. Beide Texte waren hochdeutsch und besagten ungefähr dasselbe, aber nur eben ungefähr.

Der Zettel lautete:

Theater in Zalefzczyki	*Theater in Zalefzczyki*
Die berühmten Czernowitzer Spieler! Direktor Nadler (jetzt heißt er Stickler!)	Direktion Stickler, vorm. Nadler Gesellschaft des Czernowitzer Stadttheaters.
Billig! Billig!! An alle guten, edlen Israeliten von Zalefsczyki,	An den hohen Adel! An das hochlöbliche K. K. Offizierskorps!

die gern ein koscheres Vergnügen haben wollen, ob arm, ob reich!

Billig!!! Billig!!!!

Nur weil uns alle so gebeten haben!
Zum aller-, aller-, allerletzten Mal!!
Morgen spielen wir ja in Borszczow!!!
Die Koffer sind schon unterwegs!!!!

Heute zu Sabbat Eingang
beiläufig um acht!
Wo?
Was fragt ihr? Wie immer!
Bei der dicken Chane!
So was hat noch niemand gesehn!
Augen werdet ihr machen, wie Räder!
Nur weil uns die edlen Israeliten hier so gut haben verdienen lassen und wir wollen ihnen dafür zum Dank ein großartiges Vergnügen und einen riesigen Nutzen bereiten!
Kommt!
Wir haben es noch nicht gespielt!
Wir werden es nicht mehr spielen!

Deborah

die edelste und schönste Israelitin auf der ganzen Welt!!!
oder:
Du ehrlich jüdisch Kind!!
Laß dich mit keinem Christen ein!!
Sonst geht's dir schlecht!!!!!!
oder:
Großer Sieg der Israeliten, über alle ihre Feinde, die sie zuletzt segnen müssen!
Ein Spiel für Arm und Reich, Groß und Klein
in
neun langen, wunderschönen Teilen

Aufgeschrieben
von
Schlome Hirsch Mosenthal.
Der Herr Schlome Hirsch Mosenthal ist ein in der ganzen Welt berühmter, aus Tarnow in Galizien gebürtiger
!!hochedler Israelite!!
der treu an seinem Glauben hängt, seine Glaubensbrüder immer verteidigt und daher von den Israeliten der ganzen Welt geliebt, verehrt und bewundert wird. Wer sich dies Stück nicht ansieht, ist undankbar und verdient nicht, daß die-

An die hochmögende K. K. Beamtenschaft!
An das ganze P. T. kunstsinnige Publikum von Zalefzczyki und Umgebung!
Auf aller allgemeinstes Verlangen!
Ganz unwiderruflich allerletzte Vorstellung!
Morgen Vorstellung in Borszczow!
Nur noch dies eine Mal!

Heute Freitag
den 26. Februar 1853
Abends 8 Uhr.

Im großen Saale des Hotels der Frau Chane Gurkensalat.

Große außerordentliche noch nie dagewesene Extra-Abschiedsvorstellung aus Dankbarkeit
für unsere verehrten Gönner!

Zum
allerersten und allerletzten Mal!

Deborah

die fluchende und verfluchte Jüdin!
oder:
Christliche und jüdische Liebe und was dabei herauskommt!
oder:

Der Juden Fluch
ist
der Christen Segen!
Volksschauspiel in vier Akten

Verfaßt
von
Dr. Prof. Ritter G. H. Mosentahl.
Der Herr Verfasser Dr. Professor Ritter Sigmund Heinrich Mosenthal, ist ein in der ganzen Welt berühmter dramatischer Dichter, aus Berlin (Hauptstadt Preußens und der Intelligenz) gebürtig, aber von Seiner kk. apostolischen Majestät dem Kaiser Franz Joseph höchstpersönlich nach Wien berufen, mit den bedeutendsten Orden ausgezeichnet – er soll 17 haben! – und als kk. Staatsbeam-

ser weltberühmte Schlome Hirsch sein
Glaubensbruder ist! Er ist:

kk. Rat beim Kaiser persönlich
und hat nicht weniger als
170 Orden!!

Die Spieler heißen:

im Spiel: wirklich:

Lorenz, der Dorfrichter hat kein schlechtes Herz, aber – Herr *Stickler*.

Joseph, sein Sohn, macht eine Jüdin unglücklich, aber die Strafe bleibt nicht aus Herr v. *Hoheneichen*.

Der *Schullehrer*, ein niederträchtiger Mensch, ein getaufter Jud', der gegen Juden hetzt Herr *Können*.

Der *Pfarrer*, nicht der schlechteste, aber – Herr *Birk*.

Hanne, eine Christin, sehr schön Frl. *Linden*.

Der *Polizeidiener* *

Der *Dorfbader* Herr *Cohn*.

Der *Schneider* Herr *Lewy*.

Der *Krämer* Herr *Moses*.

Der *Bäcker* Herr *Hirsch*.

Die *Wirtin* Fr. v. *Stranz*.

Die *alte Liese* Fr. *Mayer*.

Jakob (aber kein Jud'!) Herr *Cohn der Jüngere*.

Röschen, ein noch schöneres Mädchen Frl. *Rosen*.

Abraham, ein hochedler, alter Israelit, leider blind, aber Gott läßt ihn sehen Herr *Itzigsohn*.

Deborah, die alleredelste, und allerschönste Jüdin auf der ganzen Welt * *

Ein jüdisches Weib mit einem kleinen Kind und einem guten Herzen – Frl. *Sinding*.

Ruben, auch hochedel, führt die Juden aus der Verbannung nach Palästina zurück Herr *Silberstein*.

Ein *Knabe* Der Bube von dem Frl. *Linden*.

Ein *Mädchen* Das Mädchen von dem Frl. *Linden*.

* *Hritzko! Euer Polizeidiener!*
Heißt ein Spieler!
Der Herr Bürgermeister hat's erlaubt.

* * Frl. *Klothilde Schönau*, vom kaiserlichen
Theater in *Wien, als Gast*.

Zwanzig Bauern, dreißig Bäuerinnen, vierzig Juden, fünfzig Jüdinnen und sehr viel Musikanten.

Ort: Ein Dorf, – vielleicht kennt ihr's.
Zeit: Unter dem großen Kaiser Joseph.

Preise.
Billig! Billig!! Billig!!!
wie nie!!!!!!
Kinder die Hälfte!
Auf drei eins umsonst!!

ter angestellt. Sein Urgroßvater soll angeblich Jude gewesen sein, er selbst ist

!!katholisch geboren!!

kennt jedoch die Juden genau und weiß
sie nach Gebühr zu zeichnen!

Personen dieses
interessanten Dramas:

Lorenz, der würdige, leider allzumilde Ortsrichter Herr *Stickler*.

Joseph, sein edler, aber leider nur zu gewissenhafter, von einer Jüdin umstrickter Sohn Herr *v. Hoheneichen*.

Der *Schullehrer*, ein braver Mann, leider durch jüdische Bosheit sehr gekränkt Herr *Können*.

Der *Pfarrer*, leider nur allzu judenfreundlich Herr *Birk*.

Hanne, ein schönes Mädchen Frl. *Linden*.

Der *Polizeidiener* *

Der *Dorfbader* Herr *Mohrenheim*.

Der *Schneider* Herr *v. Tutzing*.

Der *Krämer* Herr *Lilienau*.

Der *Bäcker* Herr *Sorge*.

Die *Wirtin* Fr. v. *Stranz*.

Die *alte Liese* Fr. *Mayer*.

Jakob, ein Bursch Hr. *Berwulski*.

Röschen, ein besonders schönes Mädchen Frl. *Rosen*.

Abraham, ein alter jüdischer Betrüger, durch Blindheit von Gott gestraft Hr. *Itzigsohn*.

Deborah, die unschädlich fluchende, aber dann selbst verfluchte Jüdin, übrigens das allerschönste Mädchen * *

Ein *Jüdisches Weib*, ganz geldgierig und ganz gemein Fr. *Cohn*.

Ruben, ein verrückter Jude, geht nach Amerika und nimmt zum Glück viele mit sich Herr *Silberstein*.

Ein *Knabe* Kleiner *Linden*.

Ein *Mädchen* Kleine *Linden*.

* Mit gnädiger Bewilligung des hohen
Bürgermeisteramts
Herr *Hritzko Tomczuk*,
Polizeidiener hier, als *Gast*.

* * Frl. *Klothilde Schönau* vom
kk. Stadt-Theater in Lemberg *als Gast*.

Volk. Juden. Musikanten.

Ort der Handlung:
Ein Dorf in Steiermark.
Zeit: 1780.

Preise.
Wie gewöhnlich äußerst billig!
Kinder und Soldaten vom Feldwebel
abwärts die Hälfte.

Bis Sender den Riesenzettel in seinen beiden Hälften zu Ende gelesen, war ihm der Braten kalt geworden, und dann konnte er vor Ärger kaum essen; Moskal konnte sich über seinen Anteil nicht beklagen. „Diese Gauner", murmelte er in sich hinein, „allen wollen sie es recht machen und lügen das Blaue vom Himmel herunter. Und das sind auch Künstler. Habt ihr solche Zettel beim Herrn Nadler gelernt, ihr Halunken?" Fast am meisten ärgerte es ihn, daß sie dessen Namen zu mißbrauchen wagten. „Na, wartet, das wird er euch legen!"

Vieles an dem Zettel war ihm rätselhaft und reizte seine Neugierde, aber er mochte gar nicht wieder hinsehen. „Gesindel, eure Vorstellung will ich mir ansehen – wird auch was Schönes sein! Aber sonst seid ihr keinen Gedanken von mir wert!" Er zahlte und ging, sich die Stadt zu besehen, die er noch nie bei Tage gesehen; er hatte als Fuhrknecht da immer nur übernachtet.

Als er aus dem Tore trat, hörte er plötzlich rufen: „Pojaz – du hier?" Es war der Wirt, bei dem er damals zu übernachten pflegte. „Und bist nicht zu mir gekommen? Aber wo sind deine –?"

„Meine Löckchen geblieben?" rief Sender wütend. „Der Teufel hat sie zuerst geholt, nun kommt er über die Eurigen!" und er ließ den verblüfften Mann stehen und rannte davon.

„Recht war's nicht", dachte er dann. „Aber dies viele Fragen macht einen ganz wild. Das muß aufhören. Ob ich mich hier ganz zum ‚Deutsch' mache oder erst in Czernowitz, ist ja gleichgültig. Dann erkennt mich keiner mehr!"

Er trat in eine Barbierstube und ließ sich das Haar stutzen, den Schnurr- und Backenbart abrasieren. Der Barbier, ein Jude tat es unter Kopfschütteln. „Wie ein Schauspieler", sagte er, „das hat noch kein jüdisch Kind von mir verlangt. Zuerst die Löckchen –"

Sender warf sein Geld hin und schoß zur Tür hinaus. Unweit davon war ein Kleiderladen. Der Besitzer, gleichfalls ein Jude, sah ihn groß an, als er ihn fragte, ob er ihm für seinen Mantel und Kaftan sowie eine Draufgabe in Barem einen deutschen Anzug und einen modern geschnittenen Mantel eintauschen wolle. „Es kommt auf die Draufgabe an", sagte er endlich langgedehnt und brachte seine Ware herbei. Sender mußte lange probieren, bis sich etwas Passendes fand, und dann noch länger feilschen, der Händler forderte einen unverschämten Preis. „Der Kaftan ist ja nichts nütz", sagte er, „den hat kein Schneider abgeschnitten." Erst als Sender davonging, lief er ihm nach und gab sich mit zwanzig Gulden zufrieden. Nachdem der junge Mann im Hintergrund des Ladens die Kleider angezogen, trat er vor den Spiegel. Er kam sich in der ungewohnten Tracht recht seltsam vor, auch der Hund bellte plötzlich auf, als ob er ihn nicht erkenne, oder doch um seine Verwunderung auszudrücken.

Seufzend zahlte Sender die zwanzig Gulden auf den Tisch, nun blieben ihm noch dreizehn. „Ihr seid ein rechter Räuber", sagte er, „es sind ja keine neuen Kleider."

„Aber von einem Grafen abgelegt", erwiderte der Händler. „Übrigens – ich will nicht lügen. Daß Ihr's nur wißt, jeder Christ hätt's billiger bekommen. Aber einem zum Abfall verhelfen, ist eine Sünde, dafür will ich bezahlt sein. Wie lang mag's her sein, daß Ihr Eure Löckchen –"

„Schweigt!" donnerte Sender und lief davon. „Aber nun wenigstens hat's ein Ende!" dachte er.

In der Tat, im nächsten Laden, beim Hutmacher, wurde er bereits mit „Herr" angesprochen, also wohl gar nicht mehr als Jude erkannt. Noch mehr, unaufgefordert reichte ihm der Handwerker einen riesigen, weichen Filzhut hin. „So einen hat mir auch der Herr v. Hoheneichen abgekauft", sagte er. Sender sah also sogar schon wie ein Schauspieler aus. Aber sein Stolz darüber minderte sich, als der Hutmacher, während er vor den Spiegel neben der Tür trat, sich vor dieselbe hinstellte und sogar ängstlich die Hand auf die Klinke legte. Moskal ließ wieder sein Bellen hören, aber Sender fand, daß ihm der Hut ausgezeichnet stehe, und kaufte ihn nach längerem Feilschen um drei Gulden, die Bauernmütze gab er drauf. Beim Anblick des Geldes erhellte sich das Antlitz des Meisters. „Wenn Sie vielleicht", bat er, „Ihren Herrn Kollegen, den Herrn v. Hoheneichen, auch erinnern wollten . . ."

„Ich kenn' ihn nicht", erwiderte Sender stolz. „Ich bin freilich auch Schauspieler, aber nicht bei der hiesigen Schmiere, sondern Mitglied des Stadttheaters in Czernowitz. Unter der *echten* Direktion Nadler . . ."

„Das hätt' ich mir denken können", sagte der Hutmacher ebenso devot wie traurig. „Die Hiesigen zahlen nie . . ." Er riß respektvoll die Tür auf, und Sender schritt erhobenen Hauptes auf die Straße.

Die Dämmerung war eingebrochen, aber die Wärme gegen den Vormittag nur noch gestiegen, von allen Dächern triefte es nieder, durch die durchgeweichten Straßen flossen Bäche; aller Schnee schien auf einmal wegzuschmelzen. Der Westwind war stärker, aber auch noch schwüler geworden; fast erschlaffend legte sich sein Hauch um die Glieder, daß Sender kaum den Mantel ertrug, obwohl er viel leichter war als der alte, solide, der ihn so lange treu vor Wind und Wetter geschützt. Es war unbehaglich auf der kotigen Straße, er wollte eben in seinen Gasthof zurückkehren, als plötzlich die Worte an sein Ohr schlugen: „Das Wasser steigt! Nun kracht's auch schon im Eis!"

Ein Herr hatte es dem anderen zugerufen, beide eilten nun zum Dniester hinab. „Das wäre eine schöne Bescherung", dachte Sender erschreckt und folgte ihnen. „Zehn Gulden hab' ich noch, das reicht knapp zur Zehrung und Reise bis Sonntag abend. Ich werd' ohnehin fast ohne Heller in Czernowitz ankommen. Geht mir nun die Schiffbrücke vor der Nase weg –"

Aber so bedrohlich sah es am Dniester noch nicht aus. Die Brücke unten war nun mit Fackeln beleuchtet, die Bastion voll von

Menschen, die sich neugierig das ungewohnte Schauspiel besahen, Angst schien niemand zu empfinden. Das Wasser war gestiegen, aber man hatte auch die Ketten höher gewunden, so daß die Bohlen wieder über der Flut lagen; der Verkehr über die Brücke währte fort und wurde nur zeitweilig unterbrochen, wenn es die Arbeit der Pioniere erforderte; hatten sich Baumstämme und sonstiges Trümmerwerk an der Brücke angesammelt, so hoben sie es mit Spießen und Stangen aus der Flut, schleiften es über die Brücke und warfen es auf der anderen Seite wieder in die Strömung. Unheimlich war nur das Krachen im Eis, ein seltsamer Ton, dumpf einsetzend, dann immer heller und durchdringender anschwellend, als schnitte eine Riesenfaust eine ungeheure Glastafel entzwei, dann in einer Art Glucksen verhallend, dem Geräusch des Wassers, das in den Riß eindrang und ihn erweiterte.

Inmitten einer andächtigen Schar von Zuhörern stand ein dikker, alter Herr und perorierte heftig. „Nur keine Angst", rief er, „vom Oberlauf ist noch kein Telegramm da. Ihr seht, ich habe noch nicht einmal den Mörser aufstellen lassen. Vor dem Montag kommt der Eisstoß nicht. Geht heim – ich wache!"

Ein jüdischer Greis in seidenem Kaftan – es mußte ein Vornehmer sein – drängte sich durch die Reihen. „Herr Bürgermeister", rief er atemlos, „da hab' ich ein Telegramm bekommen –"

„Woher?"

„Aus Barnow!"

„Haha!" rief der Bürgermeister. „Seit wann liegt Barnow am Dniester?" Auch die Umstehenden lachten.

„Aber es ist wichtig!" erwiderte der Jude und sprach flüsternd auf den Bürgermeister ein. Aber der hörte ihn kaum an. „Ein andermal, Herr Silberstein. Jetzt hab' ich keine Zeit für Eure jüdischen Sachen."

„Was mag das sein?" dachte Sender mehr neugierig als besorgt. Ihn konnte es doch unmöglich betreffen, er war ja kein Dieb, den man telegraphisch verfolgen konnte. Und für sein Fortkommen am Sonntag brauchte ihm nun auch nicht bange zu sein.

Er ging in den Gasthof zurück. Im Torweg stand die dicke Wirtin und hielt ihn an, als er vorbei wollte. „Wohin wünschen der Herr?"

„Nummer neun", erwiderte er kurz.

Da riß sie die Augen weit auf und schlug die Hände zusammen. „Ihr seid es! Also ein Spieler wollt Ihr – wollen Sie werden?"

Ähnlich empfing ihn der Kellner in der Wirtsstube, Sender fühlte sich sehr gehoben – kein Zweifel, wie ein Schauspieler sah er nun wirklich aus. Aber auch hier bekam er sofort die Kehrseite der Medaille zu sehen. Als ihm der Kellner das bestellte Fläschchen Moldauer brachte, blieb er am Tische stehen und sagte: „Verzeihen der Herr – hier wird gleich bezahlt."

Lächelnd zog Sender seine Brieftasche und holte, ohne hinzusehen, die Zehnguldennote hervor. Das machte sich großartig und war doch kein Kunststück, sonst war nichts mehr drin.

Der Kellner wechselte. „Entschuldigen der Herr", stotterte er, „die hiesigen Schauspieler . . ."

„Glaub ich gern", sagte Sender herablassend. „Wir vom Czernowitzer Stadttheater kennen diese Leute auch."

Dreißigstes Kapitel

Der Kellner schlich hinaus. Offenbar gab er draußen seine Erfahrung zum besten: die Wirtin erschien und fragte, ob er nicht ein besseres Zimmer befehle. Sender lehnte dankend ab. Und kaum daß sie gegangen, trat der schlanke Blonde ein, den Sender bei der Ankunft gesehen, und eilte mit erhobenen Armen auf Sender zu, als ob er ihn umhalsen wollte. Aber Moskal richtete sich drohend auf und knurrte ihn grimmig an. So konnte er nur aus einiger Entfernung rufen: „Ein Kollege! ... Auf Durchreise? ... Welche Freude!"

‚Kusch dich, Moskal, befahl Sender dem Hund. „Ja", erwiderte er sehr kühl, „Schauspieler bin ich allerdings" – „Aber nicht dein Kollege", fügte er in Gedanken hinzu.

Der Blonde kam heran, nun mit gesenkten Armen. „Hermann Dagobert v. Hoheneichen", sagte er mit leichter Verbeugung. „Erster Liebhaber, Held, Charakterspieler, Bonvivant."

Sender erhob sich halb vom Stuhl. „Alexander Kurländer." „Was soll ich noch sagen", dachte er. „Mir scheint, ich werd' Charakterspieler, aber das muß ja erst Nadler bestimmen." So sagte er denn gar nichts.

„Kurländer?!" rief Hermann Dagobert v. Hoheneichen. „Wirklich? – Alexander? – der *berühmte* Kurländer? O welche Freude!" Er ergriff Senders Hand. „Wie oft hab' ich schon von Ihnen gehört! Sie sind ja ein Pfeiler, ein Stolz der deutschen Kunst. Kurländer in Zaleszcyki!" Er fuhr sich an die Stirne, als mache ihn die Freude fast verrückt. „Welch glücklicher Zufall!"

Sender war einen Augenblick verblüfft. „Sollte es wirklich einen berühmten Kurländer geben?" dachte er. Als aber der andere ungestüm rief: „Die Freude muß ich begießen! Heda, Wirtshaus –" da wußte er Bescheid.

„Sie irren," sagte er. „Ich bin durchaus nicht berühmt. Ich –"

„Welche Bescheidenheit!" rief Hoheneichen und nahm am Tische Platz. „Ja, so ist die *echte* Größe! Ich – ich kann mich ja mit Ihnen nicht messen, aber bescheiden bin ich auch. Nur muß alles seine Grenzen haben! *Sie* nicht berühmt? Wer wäre es dann? Man hat Sie ja wiederholt den zweiten Dawison genannt! Wer war's nur? Saphir – richtig – Saphir! Er, der sonst jeden verreißt – das heißt, mich hat er auch gelobt, wiederholt und *sehr*, Kollege – Sie also hat er in den Himmel gehoben." Das strömte wie ein Sturzbach, er sprach einen hohen, heiseren Tenor und stieß etwas mit der Zunge an. „Und war ich denn nicht selbst dabei, als Sie das ganze Haus zu Beifallsstürmen hinrissen? Auch ich applaudierte wie besessen. Wo war es nur? In Wien? In Berlin? Aber das ist ja gleichgültig. Wirtshaus – wo steckt der Kerl!"

Der Kellner stürzte herbei. „Auch mir so eine Flasche.", befahl Hoheneichen.

Der Kellner blickte Sender fragend an. Dieser schüttelte den Kopf.

„Sie irren", wiederholte er nachdrücklich. „Ich bin ja noch niemals aufgetreten. Gesehen haben wir uns freilich schon, aber daran werden Sie sich nicht erinnern." Der Sprachfehler des Künstlers hatte ihn auf die richtige Spur gebracht. „Vor zwei Jahren in Czernowitz, nach der Vorstellung des ‚Kaufmann von Venedig'. Sie waren der Antonio. Sie sind damals mit am Tische des Herrn Nadler gesessen und haben sich vor Lachen über mich ausschütten wollen. Ich hab' dem Herrn Direktor erzählt, wie mir die Vorstellung gefallen hat."

„Das waren Sie!" rief Hoheneichen, ergriff Senders Hand und schwang sie wie einen Pumpenschwengel hin und her. „Der junge, blasse Student waren Sie? Und nun haben Sie es schon so weit gebracht? Es ist erstaunlich! Aber nein, es ist nicht erstaunlich. Es bestätigt nur, was ich immer sage. ‚Kinder', sag' ich, ‚paßt auf, die akademische Bildung!' Ja, das ist kein leerer Wahn! Wir alten Studenten kommen auch beim Theater am raschesten vorwärts und nicht die Schneider und Barbiere! Prosit! – Vivat academia! ... Kellner, wo bleibt mein Wein?"

Der Kellner rührte sich nicht. Auch Sender blieb hart. „Schon wieder ein Irrtum", sagte er, „ich war ja damals nicht Student, sondern Fuhrknecht ..."

„Was waren Sie?" Einen Augenblick stockte der Sturzbach, aber auch nur einen. „Oh, auch ein schöner Beruf. ‚Wenn die Peitsche knallt ...' Und umso ehrenvoller, daß Sie sich so rasch emporgearbeitet haben!"

„Nun, das muß sich ja erst zeigen. Aber ich vertraue auf den Herrn Dirketor Nadler. Er ist ein braver Mann und versteht seine Sache."

„Das ist er", rief Hoheneichen. „Bei Gott ja! Ein Ehrenmann vom Scheitel bis zur Sohle! Das heißt, Fehler hat er auch, wie jeder Mensch. Kollege, Sie sind jung, unerfahren, gestatten Sie mir ein offenes Wort. Nadler ist gegen den Anfänger wohlwollend, gegen den fertigen Künstler hart, da regt sich sein Neid. Je talentvoller ein Mitglied ist, umso seltener beschäftigt er es. Ich weiß ein Lied davon zu singen. Was bekam ich, der in Wien, in München, in Berlin ein Liebling des Publikums war, zuletzt zu spielen? Darum bin ich von ihm gegangen, das heißt darum allein nicht. Er ist ja auch ein Schwindler, der Gagen verspricht und keinen Heller zahlt. Er ist uns ja im vorigen Jahr durchgebrannt und hat uns sitzen lassen. Lassen Sie sich das erzählen, Kollege, es wird Ihnen sehr interessant, sehr nützlich sein. *Sehr!*" Er hob den Finger. „Es ist meine Pflicht, Sie vor diesem Schurken zu warnen. Aber mit trockener Kehle kann ich es nicht, lassen Sie uns eine Flasche trinken – es ist ja unter Kollegen gleichgültig, wer sie bezahlt!"

„Unter Kollegen – mag sein!" erwiderte Sender. „Aber wer auf Nadler schimpft und so lügt, ist nicht mein Kollege. Sie sind ihm durchgebrannt, weil Sie der Stickler aufgestachelt hat, und haben sich dadurch, wie es scheint, nicht gerade gut gebettet. Und statt sich selbst anzuklagen, verleumden Sie Nadler?"

Der Schauspieler fuhr empor, ebenso Sender. „Das wird eine Szene geben", dachte er. „Gleichviel, ich war es Nadler schuldig." Wohl streckte der Künstler die Hand gegen Sender, aber nur, um sie gerührt auf seine Schulter zu legen.

„Sie haben recht, Kollege", sagte er, „in allem! Ich weiß es zu schätzen, wie mannhaft Sie da für Ihren Direktor eingetreten sind. Auch ich bin ja ein Charakter, nicht bloß ein Talent. Zum Glück ist zwischen unseren Ansichten kein gar so großer Unterschied; wir können einander entgegenkommen, ohne uns selbst etwas zu vergeben. ‚Ein Ehrenmann vom Scheitel bis zur Sohle –' so war mein Urteil über Nadler; ich bitte Sie, dem zuzustimmen! Dafür bin ich bereit, Ihnen zuzugeben, daß es töricht von mir war, den Einflüsterungen dieses elenden Sticklers zu folgen und das Engagement einseitig zu lösen. Und recht haben Sie auch, daß ich es zu bereuen habe." Er fiel schlaff auf den Stuhl nieder. „Das ist ja ein Hundeleben! Ein Mann von uraltem Adel, ein Hoheneichen! Wissen Sie, was das heißt? Gegen uns sind die Habsburger Parvenüs. Ein Hoheneichen war im dritten Jahrhundert deutscher Kaiser!"

„Entschuldigen Sie zur Güte", unterbrach ihn Sender. „Das ist schon wieder ein Irrtum. Ich hab' die ganze Weltgeschichte durchgelesen. Aber daß Sie es hier nicht gut haben, glaub' ich gern."

„So stimmen wir also in allen Hauptsachen überein", rief Hoheneichen begeistert und reichte ihm über den Tisch die Hand hin. „Wir müssen Freunde werden, lieber Kurländer, die Natur selbst hat uns zu Freunden bestimmt. Wie Sie in meiner Seele lesen! Ja, ein Hundeleben! Wenn nicht die Begeisterung für die Kunst wäre, man müßte zusammenbrechen. Welche Umgebung für einen Künstler, den Seidelmann ausgebildet, Laroche gefördert, Devrient anerkannt, Döring beneidet, Dawison verfolgt hat! Der versoffene Stickler, der verkommene Birk, der elende Können, dazu die drei Weibsen. Hahaha! Ich könnte über mich lachen, wenn ich nicht weinen müßte. Man jauchzt mir zu, aber was ist für einen, den der Beifall aller Weltstädte umtobt hat, das Jauchzen der Chorostkower und Zaleszczyker?! Wissen Sie, weshalb ich auf dem rechten Ohr nicht ganz gut höre? Weil mir der tosende Jubel der Wiener über meinen Franz Moor das Trommelfell gesprengt hat."

„Da haben Sie wohl zum Glück", fragte Sender, „im linken Ohr zufällig Watte gehabt?"

„So war es", erwiderte Hoheneichen. „Es ging ja durch alle Zeitungen ... Aber nun gar der Abstand in der Gage! Nicht die Hauptsache für einen Künstler, aber doch nennenswert. Damals hundert Gulden täglich und heute?"

Er machte eine Pause. „Ich kann's Ihnen nicht sagen, lieber Kurländer", fuhr er mit zitternder Stimme fort, „denn Sie haben ein Herz für mich. Ihr Herz wird bluten."

Wieder hielt er inne und blickte Sender erwartungsvoll an. Da aber dieser keine Miene verzog, winkte er den Kellner herbei.

„Ruben", hauchte er, „sagen Sie diesem berühmten Künstler, in welcher Lage sein Kollege ist."

„Es geht Ihnen wirklich schlecht", sagte der Kellner. „Zwanzig Kreuzer täglich und freie Station. Allen Leuten sind sie was schuldig. Jetzt" – er blickte auf die Uhr, sie wies auf halb sieben – „sind Sie wahrscheinlich sehr hungrig, denn um zwölf bekommen Sie Ihr Mittagessen. Das Nachtmahl ist erst nach der Vorstellung."

„Halten Sie ein", murmelte Hoheneichen, nachdem er geschlossen, „mich tötet die Scham ..."

„Geben Sie dem Herrn ein Butterbrot und ein Fläschchen Moldauer", sagte Sender. Denn dem Kellner glaubte er, und dieser Abkömmling eines deutschen Kaisers war zwar nicht sein „Kollege", aber doch immerhin ein Mann der Zunft, zu der nun auch er für immer gehörte.

„Bruder", jauchzte Hoheneichen, „das vergess' ich dir nie! Denn wir wollen uns duzen – nicht wahr?"

„Später", sagte Sender. „Warum bleiben Sie hier?" fragte er dann. „Sie waren doch schon an einer besseren Bühne."

„Der Stolz des Wiener Burgtheaters. Aber so ohne Heller kann ich doch nicht fort, da verhungere ich ja! Und dann – dir will ich's vertrauen, Bruderherz – mich fesselt die Liebe! Die Schönau ist meine Braut. Und das elende Leben hat ja auch Lichtblicke", fuhr er fort und biß gierig in das Butterbrot. „Ich bleibe, meinem elenden Todfeind zum Trotz! O dieser Können! Alles will mir der Verruchte rauben, die Braut, die Rollen. Um ein Haar hätte er es neulich durchgesetzt, daß er den Franz Moor spielt. In der Regel spiele natürlich ich den Karl *und* Franz – und *wie*! Amadeus Können als Franz Moor – hahaha! Aber er heißt gar nicht so, sondern Aaron Kohn und war Schreiber in einer Tarnower Advokatur."

„Und ich gar in einer Barnower Kollektur", erwiderte Sender. „Deshalb könnt' er doch ein anständiger Mensch sein."

„Du!" rief Hoheneichen, „du hättest Mist schaufeln können, dich hat der Schenius auf die Stirne geküßt! Aber dieser Können –"

„Pst!" warnte Ruben.

Zur Tür herein schob sich ein kleiner, hagerer Mensch in dürftiger Kleidung, so recht der Typus eines armseligen gedrückten Juden. Den Kopf gesenkt, schlich er trübselig auf seinen kurzen Beinen dem Tisch in der Ecke zu, einen Kleistertopf in der Rechten, eine Riesenrolle roten Papiers in der Linken.

Mißmutig hob Ruben auf seine leise Bitte das Tuch vom Tisch. Der Mann breitete die Rolle darauf aus und begann die Bogen aneinander zu kleben.

„Die Zettel für morgen sind schon fertig", sagte der Kellner. „Wozu kleben Sie mir wieder den Tisch voll."

„Es sind die Zettel für den Montag, die erste Vorstellung in Borszczow", erwiderte der Mann demütig. „Der Herr Dirketor hat's mir befohlen, sie fertig mitzunehmen, weil wir am Sonntag unterwegs sind, und Montag muß ich die Bühne aufschlagen helfen."

„Wird morgen noch hier gespielt?" fragte Sender erstaunt sein Gegenüber.

„Freilich", erwiderte Hoheneichen. „Ausverkauftes Haus. Kein Platz mehr zu haben. Benefiz meiner Braut. Du nimmst ihr doch ein Billett ab?"

„Aber auf den heutigen Zetteln steht ja, daß es ganz gewiß das letzte Mal ist."

Hoheneichen lachte auf.

„Das mußt du den Schwindler dort fragen", sagte er mit gedämpfter Stimme. „Der schmiert all die Lügen zusammen ... Aber verzeih', Bruderherz, die Kröte vergiftet mir die Luft. Auch muß ich meine Rolle nochmals lesen."

Er erhob sich, „Auf Wiedersehen, Bruderherz. Hier, nach der Vorstellung, nicht wahr?"

Er ging. Auch der Kellner verließ das Zimmer. Sender war nun mit dem Männchen allein, das emsig in seiner Hantierung fortfuhr, aber zuweilen verstohlen zu ihm herüberblickte. Auch Sender mußte dasselbe tun: es war doch ein ganz merkwürdig häßliches Gesicht. Unter der niedrigen, zurückfliegenden Stirne, in die sich krauses, pechschwarzes Haar drängte, saßen zwei kleine, melancholische Äuglein, zwischen ihnen sprang eine Riesennase kühn hervor, als wollte sie einen Fuß lang werden, zog sich dann aber, wie über ihr eigenes, tolles Vorhaben entsetzt, in jäher Krümmung zu den dünnen Lippen nieder; dafür sprang aber das Kinn wieder kräftig hervor. „Wenn Franz Moor ein Jud' wär", dachte Sender, „diese Maske würd' ich mir für ihn nehmen."

Das Männchen blickte immer häufiger herüber. „Nun wird er mich ansprechen", dachte Sender mit Unbehagen. Hoheneichen hatte ihm gründlich mißfallen, mit dem Verfasser dieser Zettel wollte er vollends nichts zu tun haben. Aber als nun der Kleine wirklich, nachdem er sichtlich mit dem Entschluß gekämpft, auf ihn zugeschlichen kam, konnte er doch nicht gut Reißaus nehmen. Er begnügte sich, eine möglichst abwehrende Miene zu machen.

Der andere merkte es und blieb auf halbem Wege stehen.

„Entschuldigen Sie zur Güte", sagte er dann demütig, und schob sich noch langsamer vorwärts, „ich wollt' Sie nur was fragen. Ich heiße Können, bin hier bei der Truppe. Sie sind doch der Barnower, von dem Nadler so viel hält? Ich hab' in seinem Auftrag die Bücher gekauft, die er Ihnen im vorigen Januar geschickt hat."

„Ja, ich bin derselbe."

„Und, entschuldigen Sie, hat Sie Nadler jetzt ausdrücklich zu sich berufen oder tun Sie es auf eigene Faust?"

„Das geht Sie zwar gar nichts an", erwiderte Sender, „aber er hat mich berufen."

„Dann ist es gut", sagte Können und nickte. „Sehr gut! . . . Verzeihen Sie!"

Und er ging an seine Arbeit zurück.

Sender sah ihm verblüfft nach. „Warum haben Sie gefragt?" rief er nach einer Weile hinüber.

Der Kleine kam wieder heran. „Warum? Sie haben recht, es geht mich nichts an. Aber wenn Sie zusehen, wie ein Mensch, der nicht schwimmen kann, ins reißende Wasser springen will, so werden Sie ihn auch fragen: ‚Hast du ein Seil, woran du dich halten kannst?' Und wenn er ‚nein' sagt, so werden Sie ihn warnen. Sie haben gottlob ein Seil, da ist nichts mehr zu sagen. Was Adolf Nadler ihm rät, soll ein Mensch tun."

„Hat er Ihnen geraten, ihm durchzubrennen?" fragte Sender.

„Ich?" rief der Kleine erschreckt. „Die anderen sind ihm durchgebrannt, mich hat er selbst fortgeschickt. Im April – drei Jahre hat er mich damals schon mit sich geschleppt, nur so aus Mitleid und weil ich als Sekretär zu brauchen war – da also sagt er mir: ‚Kohn', sagt er, denn das ist mein wirklicher Name und er hat mich immer so genannt, ‚Sie schreiben eine schöne Hand, Sie sind ein geschickter Mensch, ein anständiger Mensch'" – der Kleine richtete den gebeugten Nacken empor – „ja, so hat der Herr Nadler zu mir gesagt, ‚aber zum Schauspieler haben Sie weder das Talent, noch die Gestalt. Gehen Sie wieder zu einem Advokaten oder werden Sie Kaufmann, Sie werden überall besser fortkommen als beim Theater.' Aber noch aus einem anderen Grund hat der Herr Nadler so zu mir gesprochen . . ."

Das Männchen errötete. „Nun ich hab's eingesehen, bin beim Herrn Doktor Max Salmenfeld als Sollizitator eingetreten, und er und sein Sohn, der junge Herr Doktor Bernhard waren sehr gut mit mir zufrieden. Auch ich hab' nicht zu klagen gehabt und doch war ich sehr unglücklich, denn das Theater – wen es einmal hat –" Er seufzte tief auf. „Und da kommt also Anfang Mai der Stickler zu mir. ‚Komm' mit, Können, als erster Charakterspieler und Theatersekretär. Den Franz Moor wirst du machen', sagte er, ,und den Wurm und den Martinelli und den Shylock und den Mephisto' – und noch ein Lockmittel hat er für mich gehabt" – wieder errötete er – „und das war das stärkste, und so bin ich mitgegangen . . . Entschuldigen Sie, daß ich Sie damit belästigt habe, aber weil Sie vom Durchbrennen gesprochen haben – ich wäre bei meinem Herrn Nadler gern geblieben bis zu meiner letzten Stunde."

Und er machte wieder kehrt.

Sender fühlte sich seltsam angemutet, weniger durch die Worte, als durch ihren traurigen Ton. Das war doch ein ganz anderer Mann, als er gedacht.

„Wenn Ihre Arbeit nicht drängt", sagte er, „so nehmen Sie einen Augenblick bei mir Platz."

„Leider drängt sie", war die Antwort. „Ich muß die Blätter bis zur Vorstellung geklebt haben, damit sie trocknen können und ich sie heut' nacht und morgen früh bemalen kann. Aber wenn Sie sich zu mir setzen wollen, wird es mir die größte Ehre sein."

Sender tat es, obwohl ihn der Hinweis auf die Zettel wieder kühler stimmte.

„Wie lang sind Sie beim Theater?" fragte er.

„Sechs Jahre", war die Antwort. „Ich bin spät dazu gekommen, mit fünfundzwanzig."

Sender machte unwillkürlich eine Bewegung des Erstaunens.

„Weil ich so viel älter ausseh'?" frage das Männchen mit traurigem Lächeln. „Hoch in den Vierzigen hätten Sie mich gewiß geschätzt. Aber, lieber Herr, was ist das für ein Leben!"

„Wie sind Sie eigentlich dazu gekommen?"

„Nur durch den eigenen Willen", war die Antwort, „mein Herz hat darnach getrachtet von Kindheit auf. Ich bin, man sieht mir's freilich nicht an, aus einer feinen, reichen Familie, mein Vater Schlome Kohn, war der größte Weinhändler in Tarnow und dabei der frömmste ,Chassid'. Mein älterer Bruder sollte das Geschäft erben und ich Rabbiner werden. Seit meinem fünften Jahr hat man Talmud und Thora in mich hineingestopft, soviel Platz war. Aber ich weiß nicht" – er deutete auf die Stirne – „da war überhaupt nicht viel Platz, oder wenigstens nicht für solche Sachen, es ist nicht recht gegangen. Nur eines habe ich gern getan und darum leicht: Gedichte lernen, natürlich hebräische. Mit acht Jahren habe ich den halben Jehuda-ha-Levy auswendig gekonnt. Meine größte Freude waren aber die Spiele zu ,Purim' (Fastnacht) und ,Chanuka' (Makkabäerfest); monatelang im voraus habe ich von nichts anderem geträumt, aber mitgetan habe ich nicht; ich war zu schüchtern. Und wie ich's versuchen wollte, haben mich die anderen Knaben nicht zugelassen, weil ich zu häßlich war und zu klein, und wie ich mir's endlich durchgesetzt habe, bin ich stecken geblieben. Mit dreizehn Jahren aber, lieber Herr, ist mein Unglück fertig gewesen. Da war ich bei Verwandten auf Besuch in Krakau, und sie haben mich einigemal ins Theater mitgenommen, und davon bin ich verrückt geworden. Nichts anderes habe ich gedacht bei Tage und nichts anderes geträumt bei Nacht, auch wie ich wieder in Tarnow war. Und eines Tages, wie ich wieder früh in meine ‚Jeschiva' (Lehranstalt für Talmudunterricht) gehe, kommt's mir: ‚Du mußt nach Krakau ins Theater.' Und wie ich geh' und steh', dreizehn Jahre alt und mit zwei Kreuzern in der Tasche, bin ich fortgelaufen und hab' mich bis Krakau durchgebettelt und Nachmittags ins Theater hineingeschlichen, wie es gerade gelüftet worden ist, und mich auf der Galerie versteckt. Die Vorstellung habe ich gesehen, aber dann haben sie mich hinausgeworfen und in der Nacht bin ich vor Hunger auf der Straße ohnmächtig geworden. Da hat mich die Polizei aufgefunden und nach Tarnow zurückgebracht. Und da bin ich furchtbar geprügelt worden, aber daß es nichts genützt hat, können Sie sich denken."

Sender nickte.

„Ich hab' dran festgehalten", fuhr das Männchen fort, „Jahre und Jahre. Nur vernünfig hab' ich's nun anfangen wollen. Man muß Deutsch können – das habe ich, weil mein Bruder als künftiger Geschäftsmann einen deutschen Lehrer gehabt hat, heimlich mitgelernt. Und Geld muß man haben, und da habe ich" – er atmete schwer – „meinem Vater hundert Gulden gestohlen und bin nach Lemberg gefahren. Siebzehn Jahre war ich alt. In Lemberg gehe ich zum Direktor und frage ihn, ob er mich als Schauspieler annehmen will. Er lacht sich halb tot und wirft mich hinaus. Ich laufe zu den Schauspielern. Die einen verhöhnen mich und die anderen suchen mir's auszureden. Und wie ich so verzweifelt herumgeh', begegnet mir ein glattrasierter Mensch. ‚Sie sind auch Schauspieler?' frage ich. – ‚Direktor Thalheim', antwortet er. Er hat eben eine Schmiere zusammengestellt, für meine neunzig Gulden hat er mich bis Stryj mitgenommen und dort einen Bedienten spielen lassen, der zu sagen hat: ‚Die Frau Gräfin läßt bitten.' Wie ich auf die Bühne komme, lachen die Leute wie besessen, geredet habe ich nichts. Da jagt mich der Lump gleich weg und gibt mir ‚aus Erbarmen' einen Gulden zurück. In dieser Nacht" – seine Stimme zitterte – „habe ich mich in den Stryj gestürzt, aber Flößer haben mich gerettet. Ich bin ins Spital gekommen, dann hat mich mein Vater abholen lassen."

„Schrecklich!" murmelte Sender.

Der Kleine nickte.

„Aber das Schrecklichste ist, daß mich mein Wahnsinn trotzdem nicht losgelassen hat. Unser Hausarzt war ein verständiger Mann. ‚Der Bursch ist ein Phantast', sagte er, ‚ein Schauspieler kann nicht aus ihm werden, aber vielleicht ein Schriftsteller.' Auf seinen Rat hat mich mein Vater, so schwer es ihm seiner Frömmigkeit wegen gefallen ist, ins Gymnasium gegeben. Ich habe leicht gelernt, aber ungern – wozu braucht ein Schauspieler Latein und Griechisch?

Da hat mich mein Vater nach drei Jahren aus der Schule genommen, zu einem Advokaten gegeben, damit ich mit der Zeit die Winkelschreiberei erlerne, und gleichzeitig zwangsweise verheiratet. Es war eine schreckliche Ehe, ich habe meine Frau vom ersten Tag an gehaßt als Hindernis meiner Pläne und sie mich allmählich noch mehr; zum Unglück kam auch noch ein Kind, ein armseliger Wurm wie ich. Da stirbt nach vier Jahren mein Vater, kurz darauf mein Knabe. Ich lasse mich von meiner Frau scheiden und gebe ihr dafür mein halbes Erbe. Mit der anderen Hälfte gehe ich nach Wien und nehme dramatischen Unterricht. Alle raten ab, ich bleibe dabei, nur daß ich jetzt durch die Praxis lernen will. Ich stelle eine Schmiere zusammen und ziehe mit ihr durch Mähren und Schlesien nach Galizien, und bringe in zwei Jahren meine achttausend Gulden an. Warum? Weil ich überall die Hauptrolle spielen will, und da laufen die Leute davon. Wie ich am Bettelstab bin, nimmt sich Nadler meiner an und – das andere wissen Sie."

Er seufzte tief und strich gesenkten Hauptes mit dem Kleisterpinsel übers Papier.

„Aber wenn Sie dies alles so klar erkennen –" begann Sender.

„Warum ich nicht gehe? Weil ich wahnsinnig bin!" rief der Kleine verzweiflungsvoll. „Weil der Teufel in mir steckt. Jetzt habe ich nur die eine fixe Idee: ich muß wieder den Franz Moor . . ."

Die Uhr schlug acht.

„Um Gotteswillen", rief er bestürzt und breitete die Blätter hastig zum Trocknen aus. „Und ich komme schon im ersten Akt . . . Und ich hab' mir für heut' eine Maske ausgedacht, eine feine Maske – aber sie braucht Zeit . . ."

Und er stürzte ab.

Einunddreißigstes Kapitel

Auch Sender beeilte sich, seinen Sperrsitz einzunehmen. Es befremdete ihn, daß er auf der Treppe nur einige Knaben traf, die da umher lungerten, auch im Korridor war kein Erwachsener zu sehen, die Kassierin abgerechnet. Es war ein dickes, altes, grellgeschminktes Weib in seltsamem Kostüm: einer grauen Jacke, einem roten Unterrock und einem gelben Kopftuch.

„Wahrscheinlich sind die anderen schon drinnen", dachte Sender und trat in den Saal. Aber da traf er nur Ruben, der eben die Talglichter an den Wänden anzündete.

„Sie sind zu früh gekommen", sagte er, „vor neun fängt's kaum an. Die Juden sind nicht früher mit dem Essen fertig, und auch von den Herrschaften sind viele am Dniester unten. Das Wasser steigt sehr, sagt man."

„Aber die Brücke ist doch nicht in Gefahr?"

„Nein, gewiß nicht", beteuerte Ruben. Trotzdem überlegte Sender, ob er sich nicht selbst überzeugen sollte. Aber seine Lungen machten ihm heute besonders viel zu schaffen, und das Atmen in der schwülen schweren Luft war ihm vorhin sehr hart geworden, so blieb er denn und vertrieb sich die Zeit mit der Betrachtung des Theaters.

Aber daran war nicht viel zu sehen. Es war ein Saal, wie ihn jeder erste Gasthof einer galizischen Kleinstadt aufzuweisen hat, mittelgroß, mit niedriger Decke, die Wände grell bemalt, hier mit Palmen und Zitronenbäumen, unter denen nackte, seltsam gestaltete Wesen, vielleicht Menschen, vielleicht Affen, wandelten und nach den kürbisgroßen Früchten langten. Doch sah man vor lauter Schmutz wenig von all der Herrlichkeit. In halber Höhe war eine Holzgalerie angebracht, zu der wacklige Treppen emporführten. Der Raum diente für alle Lustbarkeiten der Stadt, in den hohen jüdischen Festtagen, wo die Synagoge die Scharen nicht zu fassen vermochte, auch als Betraum. Dann wurde die Galerie den Frauen eingeräumt, heute diente sie als billigster Platz, als „Eintritt". Wie überall in der weiten Welt füllte er sich auch in Zaleszczki zuerst, mit Bauern, Kleinbürgern und ihren Weibern, und Soldaten.

„Fast alles Freibillets", flüsterte der Kellner Sender zu. „Wir brauchen heut' viel Statisten."

Das war auch deutlich zu hören. Hinter dem wahrscheinlich einst himmelblauen, nun schmutzig grauen Vorhang, auf dem ein wenig bekleideter Lümmel mit der Lyra im Arm von einigen sehr leicht geschürzten Vetteln umgeben, einhertanzte, klangen vielerlei Stimmen halblaut durcheinander. „Ihr jüdischen Schurken", brüllte plötzlich jemand ruthenisch los, „wo bleibt der Schnaps? Wir wollen ihn vorher haben!"

„Vorher!" fielen einige ein.

„Können", rief eine fettige Stimme, „führen Sie den Kerl unter die Pumpe im Hof, er ist ja schon besoffen!"

„Ich kann nicht, Herr Direktor, meine Maske ist noch nicht fertig."

„Hol' der Teufel Ihre Maske! Ausgepfiffen werden Sie ja doch!"

Darauf hörte Sender die Stimme des Kleinen in ruthenischer Sprache flehen und beschwören.

Allmählich begannen sich auch die Sitzreihen unten zu füllen, mit Unteroffizieren, christlichen Bürgern in langen Kaputröcken und ihren Frauen in großgeblümten Umschlagtüchern, Juden mit ihren Frauen in Seidenkleidern, auf dem Haupt die perlenbesetzte Stirnbinde. Das war das Publikum des zweiten Ranges. Um Sender war es noch leer. Er begann auf und nieder zu gehen, sein Herz pochte erwartungvoll; es war eine elende Schmiere – aber doch erst die zweite Theatervorstellung in seinem Leben. Der Vorhang bewegte sich; an das Guckloch, das.gerade in den Nabel des Apollo geschnitten war, legte sich zuweilen ein Auge. „Pst, pst", hörte Sender, als er gerade vorbeikam, und sah sich um.

„Grüß Gott, Kollege", klang eine helle Mädchenstimme. „Ich wollte Ihnen nur sagen, daß Sie ein hübscher Junge sind. Ich bin die Schönau."

Errötend schlug er den Blick zu Boden und ging weiter. „Freches Volk", murmelte er.

Es ging auf neun, als sich endlich auch die Reihen des ersten Ranges füllten, mit Offizieren, Beamten und polnischen Herren, die Damen nach der Pariser Mode vor fünf Jahren gekleidet. Da jedoch die Stühle der Musikanten an den Pulten vor dem Vorhang noch leer waren, blieb Sender neben dem Vorhang stehen und musterte die Versammlung, bis er gewahrte, daß auch er nicht minder eifrig gemustert wurde. Er errötete, er schob es auf die neue Tracht, die ihm wohl seltsam stehen mochte, dann fiel ihm zu seinem Schrecken ein, daß ihn vielleicht unter den Juden jemand kenne. Mit flammenden Wangen setzte er sich auf seinen Platz in der ersten Reihe.

Rings um ihn wurde nur vom Eisstoß gesprochen.

„Morgen geht's los", hieß es von allen Seiten. – „Diesmal wird's sehr bös", erwiderte der Herr rechts neben Sender auf dessen Frage.

Sender seufzte tief auf, aber da klang ein Glöckchen, und der Vorhang rollte empor, wenn auch schwer. „Er zögert mitleidvoll", sagte der Herr halblaut zu seiner Frau.

Der Kirchplatz des steirischen Dorfes wies ein mächtiges von Bäumen umgebenes gotisches Schloß auf. „Der Park von Fotheringhay", flüsterte Senders Nachbar. Hanna und der Pfarrer traten auf. Die Linden war eine ältliche hagere, häßliche Blondine, die schrecklich kreischte, aber von Birk sagte sich Sender nach den ersten Sätzen respektvoll: „Der kann was! Oder hat doch was gekonnt", fügte er bei, als er sah, wie Kniee, Hände und Kinnlade des hochgewachsenen Mannes zitterten und er angstvoll nach dem Souffleur schielte. Aber da kamen Stickler und Können als Lorenz und Schulmeister, und die Zuschauer lachten los.

Es galt der Maske Könnens; in dem Bestreben, die Nase zu mildern, hatte er sich dicke Wangen aus Pappendeckel und einen Riesenschnurrbart mit emporgerichteten Spitzen angeklebt, es war ein fürchterlicher Anblick. Der Kleine zuckte zusammen, als er sich so begrüßt sah. „Wel- Weltenlauf!" stotterte er das erste Wort seiner Rolle. Da lachten sie wieder. „Backen weg!" rief ein Offizier, „Nase heraus!" Das Johlen ward zum Brüllen. Erst bei Hannas Deklamation von der Judenfamilie, die sie im Wald gelabt, beruhigte sich das Publikum wieder, aber als nun Können sagte: „Die Jüdin? Ist die Jungfer verrückt?" rief jemand: „Pfui, Kohn, gönn's deinen Leuten", und der Spektakel ging wieder an.

Die Bühne füllte sich, der Krämer, der Schneider, der Bäcker traten auf. Offenbar Soldaten in den seltsamsten Kostümen. Nun war Sender das lange Personenverzeichnis verständlich, wenn er auch nicht begriff, warum die Statisten auf der linken Seite jüdische, auf der rechten christliche Namen trugen. Die Reden, die ihnen der Dichter zugeteilt, sprach sämtlich die Kassierin als „alte Liese".

Da erhob sich neues Lachen, aber auch Beifallsklatschen, zwei offenbar angetrunkene ruthenische Bauern, die man ruhig in ihrer Tracht gelassen, zerrten Deborah auf die Bühne.

Sender zuckte zusammen. „Um Gotteswillen, das ist ja Malke!"

Das waren ihre blauen Augen, ihr gewelltes braunes Haar. Aber die Gestalt, die das Hemde und der Unterrock kaum verhüllten, war viel üppiger, und als die Schönau zu sprechen begann, atmete er auf. Das war nicht Malkes Stimme, nicht ihr Ausdruck. „Hübsch sieht das Mädel heut' wieder aus", murmelte der Offizier hinter Sender, er mußte ihm in Gedanken zustimmen und ließ kein Auge von ihr. Der Schrecken war verschwunden, aber sein Herz pochte in schweren Schlägen, und die Wangen flammten; es ärgerte ihn, daß dies schamlos entblößte Geschöpf, das so überaus deutliche Blicke ins Parterre warf, Malke ähnlich sah, aber schön war das Mädchen wirklich, und gerade diese Ähnlichkeit hatte einen unheimlichen Reiz. Als ihr Blick ihn traf und dann immer häufiger auf ihm haftete, schlug er den seinen zu Boden und nestelte an der ihm ohnehin ungewohnten Krawatte; das Atmen wurde ihm schwer. Erst als der Vorhang zur Verwandlung gefallen war, wich diese quälende Empfindung.

„Schade um sie", sagte der Herr nebenan zu seiner Frau. „Sie soll ein ganz verworfenes Geschöpf sein, aber ein Talent ist die doch!" Darauf hatte Sender noch nicht geachtet. Als sich der Vorhang zur Waldszene zwischen Deborah und Joseph hob, gab er sich Mühe, auch ihrem Spiel zu folgen. Das gelang ihm freilich nur, wenn sie ihren Partner, Hoheneichen, anblickte, nicht das Parterre, aber sein Instinkt ließ ihn sofort den ungeheuren Abstand zwischen den beiden erkennen. Sie sprach fast natürlich, ihr Wehruf wie ihr Jubel gingen ihm ans Herz – „Die hätte sogar mein Pater gelten lassen", dachte er, „der immer so fürs Einfache war." Nun fiel's ihm auch bei – das war ja die Portia seines ersten Theaterabends. Hoheneichen hingegen heulte entsetzlich – er hatte sich in den beiden letzten Jahren offenbar sehr verschlimmert.

„Gott segne dich! Geliebter! Gute Nacht!" Deborah streckte sehnend die Hände aus, der Vorhang fiel, die Leute riefen: „Schönau, Bravo!" Und sie erschien dreimal und verbeugte sich, die runden Arme über dem üppigen Busen gekreuzt, auf den Lippen das Lächeln einer Hetäre. „Schade um sie", dachte nun auch Sender.

„Bisher ist aber das Judenvolk gut weggekommen", sagte Senders Nachbar zur Linken halblaut zu seinem Begleiter.

„Natürlich haben sie auf dem Zettel wieder geschwindelt", erwiderte dieser verächtlich.

Sender schnitt ein grimmiges Gesicht. „Das will ich dem Kleinen sagen", dachte er. Im übrigen sprach man aber nirgendwo vom Stück, sondern nur von der Schönau und spottete daneben über Können. Das Publikum war nur auf seine eigene Unterhaltung angewiesen, die Stühle der Musiker blieben leer. Sender erkundigte sich bei seinem Nachbar zur Rechten nach der Ursache.

Der Herr blickte ihn lächelnd an.

„Mir scheint", sagte er, „das könnten Sie ebenso gut wissen wie ich. Es ist ja Sabbat Vorabend, da dürfen die Musikanten nicht spielen."

Sender errötete. Er hätte in dem feinen Herrn den Glaubensgenossen nicht herausgefunden.

„Gewiß, ich bin auch ein Jude", erwiderte er eifrig, worauf der „Herr Doktor" – so nannten ihn andere – abermals lächelte; die ausdrückliche Beteuerung mochte ihm wohl überflüssig erscheinen.

Die Eingangsszene des zweiten Akts brachte Sender eine weitere Erklärung für die Länge des Zettels. Der Dorfbader, der den vom Schlag gerührten und darum zunächst unsichtbaren Lorenz behandelte, obwohl er für die Christen „Herr Mohrenheim", für die Juden „Herr Kohn" hieß, war derselbe Stickler, der im ersten Akt den Lorenz gespielt. Für die Heiterkeit sorgte auch diesmal der unglückliche Können schon durch seinen Anblick, noch mehr durch die Hetzrede gegen die Juden. Nach einer Weile kam Stickler wieder als Lorenz, dann nach der Verwandlung die Kassierin als Judenweib, und Birk als Abraham; er hatte sich nur einen weißen Bart umgebunden, der Talar war derselbe, den er als Pfarrer trug.

Die Leute schwatzten, erst als Deborah wieder erschien und ihren Monolog über die Liebe sprach, wurde es still. „Stark wie der Tod ist Liebe" – Sender errötete bis ins Stirnhaar, wieder blickte sie ihn voll an.

Auch diesmal folgte großer Beifall, aber den Vogel schoß doch der dumme Hritzko ab, der nun an Könnens Seite als Gerichtsdiener erschien. Er trug seine gewöhnliche Uniform, sogar der zerfetzte Strohhut mit dem Blechschild „Städtische Polizei" fehlte nicht. Alle klatschten wie besessen, und als sich Hritzko nun aber vernehmen ließ – er erwiderte auf Könnens Satz: „Gehen die Juden nicht gutwillig, so jagen wir sie fort!", in ruthenischer Sprache: „Ja, die Juden müssen fort!" – wollte der Jubel kein Ende nehmen. Aber die nächste Szene, wo Birk-Abraham Können als Juden entlarvte, entfesselte fast gleiche Heiterkeit, „Kohn" jubelte es von allen Seiten, „da hast du's nun!" Der Verhöhnte tat Sender leid; aber daß er fast ebenso entsetzlich spielte, wie er aussah, mußte auch er sich sagen. Hingegen gefiel ihm Birk in dieser Szene, der ergreifendsten des sonst so hohlen Tendenzstücks, sehr. „Auch um den ist's schade", dachte er.

Dann wieder eine Verwandlung – das heißt, der Vorhang fiel, – das englische Königsschloß hing noch immer da – die Verweisung Deborahs durch Lorenz, ihre Szene mit Joseph. Abermals klatschte das Publikum, sie erschien diesmal, Hoheneichen an der Hand; ihr Blick flammte Sender an, daß er seinen niederschlug.

So blieb er auch sitzen, nachdem der Vorhang gefallen war. „Die Schamlose", dachte er, „die Leute merken es gewiß. Was will sie von mir?" Aber innerlich schmeichelte es ihm doch.

Da hörte er hinter sich einen Offizier seinem Kameraden zuflüstern: „Du, Röder, hast dich mit der Schönau eingelassen? Sie schaut dich immer so an."

Der andere lachte verlegen. „Was soll man in dem öden Nest anfangen!"

Sender wurde abwechselnd bleich und rot. Er wußte sich vor Scham nicht zu fassen. Und er hatte geglaubt, es gelte ihm!

Der erste Teil des dritten Akts, die Hochzeit Josephs mit Hanna, währte nur kurz, da die meisten Rollen durch Statisten dargestellte waren, hingegen wurde der Schluß, die Fluchtszene, vollinhaltlich gegeben. So entrüstet Sender über die Schönau war, er mußte sich sagen, daß sie ihre Sache gut mache, und als nach den kuriosen Schlußworten, die der Dichter seiner Heldin in den Mund legt: Leb' – elend! Denke mein! Auf Wiedersehn!" der Beifall losbrach, stimmte er mit ein.

Aber in diesen Beifall mischten sich nun auch Zischen und Widerspruch, die freilich nicht der Schauspielerin galten. „Das ist ja für die Juden!" riefen einige, „Juden hinaus!" worauf die Juden noch stärker applaudierten. Die Offiziere hörten erheitert zu, ohne sich in den Streit zu mischen, und als einer von ihnen rief: „Hoch Mosenthal, der jüdische Schiller!" stimmten alle lachend ein.

Nur Senders Nachbar zur Linken schien sich nicht zu beruhigen. „Juden hinaus!" rief er immer wieder. Sender wandte sich heftig zu ihm, da legte ihm der Herr zur Rechten die Hand auf den Arm.

„Ruhe!" sagte er lächelnd. „Er geht ja gegen mich. Der Mann ist mein Kollege ... Advokat Doktor Tittinger", stellte er sich dann vor.

„Kurländer, vom Czernowitzer Stadttheater", erwiderte Sender und fügte dann alter Gewohnheit gemäß bei: „Ein Barnower bin ich!"

Der Advokat war etwas erstaunt. „So, aus Barnow?" sagte er dann höflich. „Da kommt ja jetzt endlich auch ein Advokat hin, der Doktor Bernhard Salmenfeld aus Czernowitz. Die Ernennung steht heute im Amtsblatt ... Kennen Sie ihn?" fragte er, als er sah, wie durch Senders Antlitz ein Zucken ging.

„Nein", erwiderte dieser hastig. Die Nachricht kam ihm sehr überraschend, er hatte die Bemerkung in Bernhards Brief, daß dieser auch mit der Ernennung für Barnow zufrieden sein würde, für einen Scherz genommen. „Also wird Malke doch ihr Leben in Barnow verbringen", dachte er. „Alles Gute mit ihr – aber es ist doch auch deswegen gut, daß ich fort bin." Ihr Bild trat wieder klar vor ihn hin, es wurde ihm wehmütig ums Herz. „Die Schönau sieht ihr etwas ähnlich", dachte er, „ja – aber wie eine Dirne einer Königin!"

Die erste Szene des vierten Akts – Ruben führte eine Schar Juden nach Amerika – brachte eine andere Dekoration, einen griechischen Tempel, und, da der „Herr Silberstein" des Zettels ein Pseudonym für Können war, stürmische Heiterkeit. Die Backen waren nun weg, hingegen hatte er das halbe Gesicht mit einem schwarzen Bart zu verdecken versucht, aber die Nase leuchtete nun wieder glorreich hervor und wurde stürmisch begrüßt. Dieser Szene folgte übrigens gleichfalls ein Streit, der das Stück betraf, nur spielte er sich diesmal unter den Juden ab. Namentlich auf der Galerie sah man sie heftig gegeneinander gestikulieren.

Sender begriff nicht, was sie wollten.

„Auch diesen Streit hat der Zettelschreiber auf dem Gewissen", belehrte ihn der Advokat. „Auf der jüdischen Seite läßt er Ruben die Juden nach Palästina führen, darum sind heute auch viele Chassidim gekommen. Im Stück aber läßt ihn der Dichter sagen: ‚Jerusalem ist unsre Heimat nicht', und für Amerika schwärmen, und nun schimpfen sie über Mosenthal und den armen Kerl, den Können, während die Aufgeklärten beide verteidigen. Aber ihr Eintrittsgeld bekommen sie doch nicht wieder", schloß er lachend. „Sie sehen, der Zettelmann versteht sein Geschäft."

„Mag sein", erwiderte Sender, „aber bei uns am Czernowitzer Stadttheater kommt das gottlob doch nicht vor."

Die Schlußszene befriedigte wieder alle Parteien, Christen und Juden. Die beiden Kinder des Fräulein Linden weckten allgemeine Rührung; die Christen waren befriedigt, daß sich der Titel „Der Juden Fluch ist der Christen Segen" insoweit bewahrheitet, als Joseph und Hanna miteinander glücklich waren und blieben, die Juden aber, daß „die Feinde schließlich die Israeliten segnen müssen" – sogar mit Rosenkränzen in den Händen! Der Beifall klang stürmisch, alle Mitspielenden, sogar Können, erschienen und verbeugten sich, ein zweites Mal trat Fräulein Schönau allein hervor und hielt eine Ansprache.

„Hochverehrte Gönner!" begann sie. „Im Namen der Direktion danke ich Ihnen für die überreiche Huld und Gnade, die Sie uns bisher erwiesen haben, und erlaube mir zugleich, Sie zu meiner Benefizvorstellung für morgen ergebenst und dringendst einzuladen. Es wird gewiß niemand das Theater unbefriedigt verlassen, denn wir werden geben: auf allgemeines Verlangen ‚Schneider Fips', dann zum ersten Male ‚Maria Stuart' von dem bekannten Dichter Friedrich Schiller, darauf das herrliche, hier noch nie gegebene Lustspiel: ‚Das Landhaus an der Heerstraße' von dem unsterblichen Kotzebue, der auch den ‚Schneider Fips' geschrieben hat. Ferner werde ich das Gedicht: ‚Der Handschuh' von Schiller deklamieren, die Soloszene: ‚Lieschen im Hemde' von einem unbekannten, aber noch berühmteren Dichter vorführen und zum Schluß, meine liab'n Herrn, da sing' i a paar fesche Weana Liadar, teils im Kostüm, teils ohne, Sie verstengen schon!"

Sie blinzelte cynisch und schloß: „Und so darf ich wohl auf geneigten Zuspruch rechnen, da ich keine Mühe gescheut habe und scheuen werde, meine teuren Gönner, die verehrten Damen und Herren zufrieden zu stellen."

Lachen und Händeklatschen, und alles drängte dem Ausgang zu.

Zweiunddreißigstes Kapitel

Sender trat in die Wirtsstube. Fast an allen Tischen saßen schon Gäste, ihre Zahl wuchs immer mehr. Verlegen sah er sich um einen Platz um, nur der Tisch, auf dem Können die Blätter ausgebreitet, war noch leer. Sender ging auf ihn zu. „Ganz richtig", rief Ruben, der eben mit einem Tablett voll Speisen vorbeischoß, „dort ist der Künstlertisch."

Da zögerte Sender wieder und sah sich um. Aber hier saß offenbar jeder Stand gesondert, an dem einen Tische die christlichen Honoratioren, an dem anderen Tittinger und seine Freunde in deutscher Tracht, an einem dritten die Beamten, einem vierten die jüdischen, einem fünften die christlichen Kleinbürger, sogar die Offiziere hielten sich je nach der Waffe getrennt, an einem Tisch die Infanteristen und Pioniere, am anderen die Ulanen.

„In Gottes Namen", dachte Sender und setzte sich an den Künstlertisch. „Also neben die Kollegen. Aber zahlen tu' ich keinem mehr was!"

Ruben kam herbeigestürzt, räumte die Blätter fort, und deckte den Tisch. „Die Schauspieler kommen gleich", sagte er. „Mit ihrem Nachtessen werden Sie nicht zufrieden sein, auch wenn man Sie einladet. Ich bring' Ihnen was Gutes." Und ohne Senders Auftrag abzuwarten, stürzte er wieder ab.

Bald kamen auch Stickler und Birk. „Freue mich ungeheuer", rief ihm Stickler entgegen und grinste über das ganze breite, flache, aufgedunsene Trinkergesicht. „Habe schon gehört! Keine Umstände, lieber Kurländer", wehrte er ab, als dieser sich erheben wollte, und faßte seine Rechte mit beiden Händen. „Tausendmal willkommen! Hier Ferdinand Birk, der berühmte Held und Vater, früher am Wiener Burgtheater, jetzt mein Stolz, der Pfeiler meiner Bühne."

Wenn dem so war, dann stand diese Bühne noch unsicherer als Sender geglaubt. Mühsam, stolpernd ließ sich der Mann auf einen Stuhl fallen und fuhr mit zitternden Händen über die Stirne. Sender hielt ihn anfangs für betrunken, aber dazu stimmten die erloschenen Augen, der todmüde Ausdruck der Züge nicht. Es war einst sicherlich ein schönes, stolzes, kühn geschnittenes Antlitz gewesen, man konnte es deutlich erkennen, trotz aller Verwüstungen und so unheimlich das immer wackelnde Kinn anzusehen war.

Der Mann mußte sehr krank sein. Von Sender nahm er keinerlei Notiz.

„Ein Schnäpschen, Birk?" fragte der Direktor.

„Nein", erwiderte dieser matt. „Du weißt, ich vertrage es nicht. Aber Hunger hab' ich!" Ruben stellte eben einen Braten und ein Fläschchen Wein vor Sender hin. Die Augen Birks hefteten sich gierig auf die Speise.

„Ist's gefällig?" fragte Sender und reichte ihm die Hälfte hinüber. „Auch etwas Wein?"

„Danke", murmelte Birk und machte sich über den Teller her. „Nein, Wein nicht."

„Aber das sollt' ich eigentlich nicht dulden!" rief Stickler. „Sie sind natürlich mein Gast, lieber Kollege. Nun, später trinken Sie einen Schluck mit mir ... Ruben, meine Mischung, wie gewöhnlich. Und einen Kalbsbraten."

Fräulein Linden mit ihren beiden Kindern trat ein, dann die Kassierin und Hoheneichen. Endlich kam auch Können geschlichen, nicht durch die Haupttür, sondern aus der Küche; er scheute sich offenbar, durch den gefüllten Saal zu gehen. Stumm saß die armselige Gesellschaft um den Tisch, selbst Hoheneichen rief Sender nur ein kurzes: „Servus, Bruderherz!" zu und schielte dann trübselig nach dem Braten des Direktors. Umso unablässiger schwätzte Stickler, obwohl er gleichzeitig aus Leibeskräften kaute.

„Hier Hermine Linden, lieber Kurländer. Die Zeit der Lindenblüte ist vorüber, hehe! – Aber haben Sie schon je eine solche Sentimentale bewundert? ... Erinn'rung schön'rer Tage blieb zurück, wie Sie sehen, sogar doppelt, hehe! ... Pepi Meyer, genannt die Perle von Temesvar, kann bei ihrem Benefiz auch jetzt noch volle Häuser machen, wenn sie die Billette verschenkt, übrigens als Kassierin groß, als komische Alte unerreichbar ... Mein Hoheneichen – keine Vorstellung mehr notwendig, hat Sie schon angepumpt. Über Können brauch' ich Ihnen auch nichts zu sagen. Sinniges Pseudonym, kommt von Nichtkönnen, hehe! ... Aber Kinder", unterbrach er sich, als niemand lachte und nur jene, auf die er gerade stichelte, die Mienen verzogen wie Gefolterte, wenn sie gekitzelt werden, „was sitzt ihr so still da, nach solchen Triumphen? Ha! ich verstehe, die Atzung ... Ruben, mein Rabe, wo bleibt die Atzung? Ich hab' euch einen köstlichen Schmaus besorgt. Ein Gläschen von meiner Mischung, Kurländer?"

Sender lehnte hastig ab, die Mischung bestand aus einem Viertel Met, drei Viertel Schnaps, der köstliche Schmaus aus einer Riesenschüssel Kartoffeln, einem Tellerchen Schmalz und einem Krug Wasser. Heißhungrig machte sich die Tafelrunde darüber her, nur Birk konnte mit seinen zitternden Händen nicht so rasch zugreifen. Stickler häufte ihm den Teller voll und gab ihm auch alles Schmalz, das noch übrig war.

„Da, mein Ferdinand", sagte er wohlwollend. „Gelt, es schmeckt besser, als die Trüffelpasteten, die du einst hattest? ...

Die Schönau hat wohl wieder für sich selbst gesorgt?" fragte er den Kellner.

„Sie soupiert im Extrazimmer", erwiderte Ruben. „Der Herr von Czapka und drei polnische Herren haben sie eingeladen. Sie trinken Champagner . . ."

„Braves Kind", murmelte Stickler gerührt. „Sorgt immer für sich selbst. Und was sagen Sie zu *dem* Talent?" wandte er sich an Sender. „Großartig! Aber weil wir gerade von Talenten sprechen, was spielen Sie für ein Fach?"

Sender zählte die Rollen auf, die er mit dem Pater durchgenommen. Als er den Shylock nannte, fuhr Stickler wie elektrisiert empor.

„Das wär' was gewesen!" rief er. „Jammerschade, daß Sie nicht früher gekommen sind! Ich hätte Sie zu einem Gastspiel gepreßt – und wenn's drei Gulden gekostet hätte! Denn, sehen Sie, das ist ein Stück für Galizien. Das interessiert Jud' und Christ und beide können sich nach Herzenslust freuen und ärgern. Der Shylock macht überall ausverkaufte Häuser; hat der Ort über dreitausend Einwohner, so kann man ihn ruhig zweimal geben. Und *das* Stück fehlt mir! Ich habe keinen Shylock. Der Hoheneichen könnt' ihn ja zur Not spielen, aber dann fehlt mir der Antonio. Ich hab's mir neulich extra daraufhin angesehen, aber der Antonio läßt sich wirklich nicht streichen. Jammerschade!"

„Ich hab' ihn ja auch noch nie gespielt", sagte Sender. „Wer weiß, ob ich –"

„Aber ja! Ganz bestimmt! Der Nadler ist ein – na, ich sage nichts, Sie schwärmen für ihn, höre ich –, aber wen er fördert und als Anfänger blindweg engagiert, der hat Talent. Eine feine Nase hat der – Herr, das muß man ihm lassen. Und dann, ich bitte Sie, in Zaleszczyki! Das heißt", fügte er rasch hinzu, „Sie könnten ihn gewiß auch in Tarnopol spielen, in Wien, in Pardubitz – überall! Aber nun ist's zu spät. Vier Wochen sind wir hier, haben sechzehnmal gespielt, das letzte Mal ‚Lumpazi Vagabundus' und ein Stück aus den ‚Räubern' – und zwei Gulden Einnahme! Heut' war's passabel, aber es ist auch der beste Theatertag, der Freitag, und ‚Deborah' und dieser Zettel! Und nach dem Benefiz der Schönau zieht überhaupt gar nichts mehr, rein gar nichts!" Er seufzte auf. „Also hier geht's nicht! Aber kommen Sie doch nach Borszczow mit! Ich habe dort für Montag den ‚Schneider Fips' und ‚Kabale und Liebe' angesetzt, aber der Shylock würde weit mehr ziehen! Also besinnen Sie sich kurz – schlagen Sie ein!"

Er bot Sender die Hand hin. Aber dieser schüttelte den Kopf. „Montag muß ich in Czernowitz sein", sagte er fest.

„So sind Sie eben am Mittwoch dort . . . Helft mir doch, Kinder! . . . Nicht wahr, Birk, er muß mit?"

Aber Birk regte sich nicht. Er starrte, nachdem er sein Essen verschlungen, wieder teilnahmlos vor sich hin.

„Birk, hörst du nicht? An was denkst du eigentlich . . . An deine

Gräfinnen und Zofen von anno dazumal . . . die Sarolta – he, was?"

In den erloschenen Zügen glomm ein Lächeln auf, ein häßliches, gemeines Lächeln, und die zitternden Hände griffen wie tastend in die Luft. „Die Sarolta . . ." kicherte er. Sender sah ihn entsetzt an; der Mann, der bisher sein Mitleid erweckt, sah in diesem Augenblick überaus widrig aus. Dann wurde das Gesicht wieder stumpf wie zuvor.

Stickler zuckte die Achseln. „Nun und ihr, Kinder?" wandte er sich an die anderen.

„Natürlich muß er mit", riefen die Kassierin und die Linden wie aus einem Munde.

Auch Hoheneichen, der bisher verdrossen dagesessen, stimmte ein. „Ja, Bruderherz, du mußt! Lassen Sie ihn nicht locker, Direktor, ich sage Ihnen, den hat der Schenius auf die Stirne geküßt! Du wirst einen Shylock hinlegen, daß ganz Borszczow wackelt. Ich würde dich schon herumkriegen, wenn mir die Kehle nicht so trocken wäre . . ."

Der Direktor verstand den Wink. „Ruben, ein Glas Bier für Hoheneichen!"

Alle machten große Augen, eine solche Freigebigkeit war wohl unerhört. An diesem Engagement mußte ihm sehr viel liegen.

„Bravo!" rief er. „Natürlich wird Borszczow wackeln. Was sagen Sie, Können?"

Der Kleine fuhr zusammen, blickte Stickler ängstlich an, schwieg aber. Einen Augenblick war's still am Tische, und in diese Stille hinein tönte Birks Stimme.

„Nein", sagte er dumpf. „Er soll nicht! . . . Soll nicht mit ins Elend hinein! . . . Ist noch so jung!"

„Birk!" rief Stickler ärgerlich. „Du wirst bald ganz blödsinnig!"

„Ja!" murmelte der Unglückliche und fuhr sich über die Stirne. „Ich fühl's . . . Aber darin hab' ich recht!"

Er erhob sich und schlich auf zitternden Knien hinaus.

Darauf war es wieder still. Endlich hatte sich Stickler gefaßt. „So was!" rief er und versuchte zu lachen. „Weil er sich in Wien und München mit seinen Weibern um Kraft und Verstand gelumpt hat, darum soll unser junger Freund nicht auf zwei Tage nach Borszczow . . . Tildchen!" unterbrach er sich. „Da kommt sie ja! Tildchen, Stab meines Alters, du kommst zu rechter Zeit!"

Es galt der Schönau. In weit ausgeschnittenem, hellgrünem, schmutzigem Seidenkleid, künstliche Rosen im Haar, kam sie eben zwischen den Tischen auf die Schauspieler zu, von allen Seiten neugierig oder begehrlich angestarrt und die Blicke ebenso erwidernd. Die Wangen waren geschminkt, aber sie flammten offenbar auch in natürlicher Röte und die Augen blitzten.

„Guten Abend, Kinder! . . . Grüß Gott, schöner Fremdling! Daß du mir gefällst, hab' ich dir schon gesagt!" Sie strich Sender ums Kinn. „O die liebe Unschuld, wie rot er wird! Auch im Theater, so oft ich ihn angesehen habe. Das reine Kind. O, du Fratzerl du!"

„Tildchen! Das Fratzerl muß nach Borszczow mit. Sei du seine Amme!"

„Wird gemacht! Aber zuerst das Geschäft, dann das Vergnügen!" Sie blickte sich im Saal um. „Gottlob, die Leuteln san no da. Das macht der Eisstoß. Drinnen haben mich die verrückten Polen nicht weglassen wollen, – ‚aber, Kinder', sag' ich, ‚morgen ist mein Benefiz, ich muß den Leuten noch Karten anhängen! Von euren zwanzig Gulden', sag' ich, ‚werd' ich nicht fett!' Die haben s' mir für vier Sperrsitz' 'zahlt!" Sie holte die Scheine aus der Tasche und warf sie auf einen Teller. „Als gutes Beispiel! . . . Pepi, die Karten."

Und sie ging an den Offizierstisch.

„Ein Teufelsmädel!" lachte Stickler. Auch Hoheneichen, der glückliche „Bräutigam", schien sehr vergnügt, nur Können saß finster da, seine Wangen flammten fast ebenso wie die Senders.

Den litt es nicht mehr auf seinem Stuhl, ihm war's, als müßte er in dieser Luft ersticken. „Gute Nacht", murmelte er.

„Aber was fällt Ihnen bei?" rief Stickler. „Jetzt wird's ja erst lustig!" Und als der junge Mann sich nicht halten ließ: „Wir sprechen morgen weiter!"

„Morgen", sagte Sender, um nur loszukommen, und ging in seine Kammer. „Wir gehen nicht nach Borszczow", sagte er, indem er sich zu entkleiden begann. „Nicht wahr, Moskal? Das fällt uns gar nicht ein." Und der Hund bellte und wedelte, als wäre er derselben Meinung.

Als Sender am nächsten Morgen erwachte, wies seine Uhr auf neun. Fast beschämt erhob er sich, so lang war er noch nie in den Federn gelegen. Auch die Lungen schmerzten ihn. „Heut' geh' ich mit den Hühnern zu Bett", dachte er. „Denn morgen muß ich ja in aller Frühe fort! Das Benefiz kann ohne mich stattfinden . . . ‚Fratzerl –' Du freches Ding!"

Als er die Treppe hinabging, hörte er plötzlich die nahe Kirchenglocke anschlagen. Ihr Ton klang heute anders als gestern, kurz, gellend. Die Schläge folgten sich rasch, unregelmäßig, immer schriller. Eine andere ferne Glocke fiel ebenso ein. „Feuer!" rief Sender und stürmte in den Torweg.

Dort kam ihm die dicke Wirtin entgegen. „Erschrecken der Herr nicht, es ist nur eine Überschwemmung. Was geht den Herrn die Überschwemmung an!"

Ohne zu erwidern eilte er an ihr vorbei, die Straße hinab, dem Flusse zu. Noch immer gellte die Sturmglocke. Aus allen Häusern stürzten die Leute hervor, jammerten und schrien. Es regnete in Strömen, ein warmer Regen. In der Straße, die abwärts führte, war schwer vorwärts zu kommen, sie glich dem Rinnsal eines Wildbachs.

Es währte lange, bis er die Bastion erreicht, noch länger, bis er sich durch die triefende, stoßende, jammernde Menge so weit durchgedrängt, um das Flußtal übersehen zu können. Es war ein trostloser Anblick. So weit das Auge das dichte Regennetz durchdringen konnte, nichts als Grau, häßliches, schmutziges Grau, oben die Wolken, unten der Fluß. Die Riesenschlange war seit gestern ins Ungeheure angeschwollen, ins Endlose schien sich ihr Leib zu dehnen, denn nun hatte der Fluß die Äcker überflutet und von jenen, die höher lagen, war der Schnee geschmolzen. Wasser, Wasser, nichts als graue, unheimliche Flut, vom Himmel stürzte sie nieder, aus der Erde schien sie emporzuquellen, als wollte sie alles Leben ersticken. Man sah förmlich das Steigen des Wasserspiegels. Noch hatten eben die Gartenzäune unten über ihn hinausgeragt, nun sah man nur noch die Spitzen – jetzt verschwanden auch diese.

Von den Häusern dicht am Fluß ragten nur noch die Strohdächer hervor. Aus einzelnen Dachluken sah man die Bedrohten mit Tüchern winken, ihr Rufen vernahm man nicht. Aus den anderen, höher gelegenen Häusern flüchteten eben die Bewohner; mit entsetzten Gesichtern wild durcheinander drängend, man sah förmlich ihr Angstgeschrei, aber man hörte es nicht. Auch das Klatschen des Regens, das Plätschern der Flut, das Poltern des Trümmerwerks, das unten dahintrieb und aneinanderstieß, drang nicht ans Ohr. Denn ein ungeheures, betäubendes Geräusch schwamm unablässig in den Lüften, kaum auf Sekunden ersterbend, dann immer stärker anschwellend: das Krachen im Eis. Wie wenn ein Orkan in eine Riesenharfe greifen würde, klang es: jetzt überaus gellend, daß es durch Mark und Bein schnitt, dann dumpf dröhnend wie Kanonendonner, bald wieder ein minutenlanges Knattern, als zersplitterten jählings alle Äste eines Waldes, dazwischen als unheimlichstes Getön jenes Gurgeln und Glucksen der eindringenden Flut, als hätte sich ein Schlund aufgetan, alles Lebende hinabzuziehen. Selbst der Ton der Notglocke war vor diesem ungeheuren, die Sinne betäubenden Klingen und Dröhnen kaum hörbar.

Das Eis barst, aber es stand noch. Immer häufiger sah man einen Block emportauchen, sich aufrichten, als wollte er über den Spiegel hinwegsehen und dann reglos liegen bleiben. Noch war die Flut nicht mächtig genug, sie vor sich herzurollen, sie blieben liegen und versperrten nur den Wassern den Weg. Daher das jähe Steigen des Spiegels, die wachsende Überschwemmung. Haus um Haus, Gasse um Gasse der Unterstadt wurden überflutet.

Die Notglocke heulte unablässig; ihr Hauptzweck, Helfer herbeizurufen, die Leute aufzustacheln, blieb unerreicht. Der Slave ist schwer zur Selbsthilfe zu bringen, das liegt in seiner stumpfen, entsagungsvollen Natur, noch schwerer der Jude, er ist ungewohnt, der Gefahr die Stirne zu bieten, und verliert leicht den Kopf. Fast nur die Soldaten sah man in Kähnen am Rettungswerk, selten mengte sich unter die weißen Uniformen der Pelz des Bauers, der Kaftan des Juden. Die Pioniere aber waren mit der Rettung der Brücke beschäftigt, indem sie die Ketten so hoch wie möglich zu winden suchten. Aber es ging schwer, weil sich das Eis an die Kähne gesetzt und sie festhielt oder niederzog. Noch immer standen die Bohlen über Wasser, aber der Verkehr war nun eingestellt.

Angstvoll starrte Sender auf die Brücke nieder. Die Umstehenden zu fragen, hatte er aufgegeben, es gab jeder eine andere Antwort. Da sah er seinen Sitznachbar von gestern abend, den Doktor Tittinger, in der Menge auftauchen, und drängte sich zu ihm durch. Ob er morgen früh nach Czernowitz könne, fragte er.

„Nein", erwiderte der Advokat. „Dies selbst im besten Falle nicht. Gelingt es, die Brücke so weit zu heben, daß der Eisstoß unten hinweggehen kann, und kommt dieser schon heute, so können Sie Montag hinüber. Aber ich glaube nicht, daß es gelingt, und beschädigt das Eis die Brücke, so sind wir wohl für eine Woche von der Bukowina abgeschnitten."

„Eine Woche!" rief Sender angstvoll. „Aber es muß doch irgendwo oben eine Brücke geben!"

„Auf zwei Tagereisen nur Fähren", war die Antwort. „Wäre der Dniester so leicht überbrückbar, wir hätten längst eine steinerne gebaut. Nur oberhalb Halicz ist eine, dort ist der Fluß noch zahm und klein. Aber das ist, wenn Sie nach Czernowitz wollen, ein Umweg von etwa fünf Tagereisen, da warten Sie lieber hier!"

Dreiunddreißigstes Kapitel

In rechter Angst ging Sender ins Hotel zurück. Vom Torweg blickte ihm der hellrote Zettel entgegen – der war an allem schuldig! Aber im Vorbeigehen hielt er doch an und las. Das heutige Kunstwerk glich dem gestrigen, nur fehlte das Doppelspiel von Judenfeindschaft und -Freundschaft, dafür war eine Ansprache beigefügt, ungefähr dieselbe, welche die Schönau gestern gehalten, nur noch zweideutiger. „Dieser Mensch gibt sich doch zu allem her", dachte Sender, halb mitleidvoll, halb verächtlich. Übrigens fand sich auf diesem Zettel auch eine Bemerkung, die nur den Christen galt: „Karten sind auch bei der Benefiziantin, im Hotel Gurkensalat, Zimmer Nr. 3, persönlich zu haben. *Freundlicher Empfang!*"

Als er in die Wirtsstube trat, das versäumte Frühstück nachzuholen, fand er Können am Tisch neben dem Fenster; er malte eben mit Pinsel und Schablone die Borszczower Zettel fertig. Mit demütiger Freundlichkeit begrüßte er Sender: „Die Notglocke hat ja aufgehört, ich hoffe, Sie können morgen reisen."

Sender zuckte die Achseln. „Aber nach Borszczow gehe ich keinesfalls!"

Der kleine Mann atmete auf. „Da haben Sie recht", sagte er fast freudig. „Ich war schon in rechter Sorge. Glauben Sie mir, Birk hat wahr gesprochen. Es wäre nur *ein* Schritt ins Elend hinein, aber auch der soll Ihnen erspart bleiben. Und dann, wer weiß, vielleicht käme ein zweiter und dritter nach."

Er sprach so eifrig, daß Sender befremdet war. „Ich danke Ihnen", sagte er und setzte sich an sein Frühstück.

„Nichts zu danken", erwiderte Können eifrig. „Nichts", wiederholte er nach einer Pause. „Ich muß es Ihnen sagen, es freut mich nicht bloß Ihretwegen." Er war rot vor Verlegenheit. „Auch meinetwegen. Und daß ich es Ihnen gestehe, das soll die Strafe für meinen Wahnsinn sein. Also mich freut's auch deshalb, daß Sie nicht den Shylock bei dieser Truppe spielen, weil Stickler die Rolle mir immer versprochen hat. Und wenn nicht ich, dann auch kein anderer."

Sender schwieg; was war auch darauf zu sagen?

Können erriet seine Gedanken. „Wahnsinn, sagen Sie. Sie haben mich ja gestern gesehen. Freilich spiel' ich nicht immer so erbärmlich, auch war ja das Unglück mit der Maske dabei. Ich habe sie mir sehr fein ausgedacht, aber sie ist mir mißlungen. Das kann auch dem größten Schauspieler passieren, nicht wahr? . . . Aber was lüge ich da?" unterbrach er sich heftig. „Immer spiele ich so schlecht, immer! Und dennoch dieser Wahnsinn, sagen Sie. Ja, dennoch, lieber Herr, dennoch!" Er seufzte tief auf.

„Wenn Sie es nur erkennen", tröstete Sender. „Und mit der Maske haben Sie ja recht!"

„Auch darin nicht", erwiderte das Männchen. „Wenn ich was könnte, würden mir die Leute sogar meine Nase verzeihen. Und dann, ich könnte doch vernünftig werden und einsehen, daß sich eine solche Nase nicht wegschminken läßt." Er stöhnte fast. „Das ist ja nicht eine, das sind mehrere Nasen. Aber wissen Sie, was mich am meisten gekränkt hat? Daß mich die Leute ‚Kohn' gerufen haben. Das wird Ihnen unbegreiflich sein. Wer eine solche Nase hat, dem kann's doch gleichgültig sein." Wieder ein Stöhnen. „Der trägt ja gewissermaßen den Namen im Gesicht . . ."

„Auch ist es doch wahrhaftig keine Schande", fiel Sender ein.

„Gewiß nicht. Und dennoch! Als Künstler halt' ich was auf meinen Künstlernamen . . . Als Künstler?" unterbrach er sich wieder. „Als Stümper . . . Und doch, und doch! Aber ich weiß, wer's mir eingetränkt hat. Der Hoheneichen. Hat er's Ihnen nicht auch gesagt, daß ich eigentlich Kohn heiße?"

„Ich erinnere mich nicht!" erwiderte Sender. „Wozu den Zwischenträger machen!" dachte er. „Aber daß Sie selbst es mir gesagt haben, weiß ich ganz genau."

„Ihnen! Sie sind ein Kollege und obendrein auch Jude. Aber das Publikum braucht es nicht zu wissen, da bin ich Amadeus Können und will es bleiben! – Sie lächeln. Recht haben Sie. Und Hoheneichen hat recht, daß er mein Todfeind ist. Ich hab's Ihnen ja schon gestern gesagt: es ist meine fixe Idee, wieder den Franz Moor zu spielen. Diesmal wird's gehen, denke ich, und ich weiß doch, es wird nicht gehen. Die Leute werden lachen oder mir gar alles Mögliche an den Kopf werfen, wie mir auch schon oft geschehen ist. Aber ich lasse nicht nach, und wie ich vor mehreren Monaten wieder Geld von meinem Bruder bekomme – er schickt mir manchmal aus Erbarmen einige Gulden – bestech' ich den Direktor, daß er dem Hoheneichen die Rolle abnimmt. Der Stickler hat das Geld genommen und ihm die Rolle gelassen, es war beides vernünftig. Aber hat nun Hoheneichen nicht recht, mich zu hassen?"

„Was ist das für ein Mensch?" fragte Sender. „Er hat mir sehr mißfallen."

Der Kleine nickte. „Jetzt ist er ein erbärmlicher Lump – in jeder Beziehung. Aber er ist es doch erst in diesem Jahr geworden. Früher, bei Nadler, hat er sich zwar auch nicht gern daran erinnern lassen, daß er Max Wuttke heißt und Barbiergehilfe aus Leipzig ist, aber das war menschlich. Auch streitsüchtig war er immer, aber sonst kein übler Mensch, ganz geschickt – er weiß doch für einen Barbier gut genug zu reden –, als Schauspieler nicht unbegabt. Die Lumperei hat eigentlich erst hier begonnen – hier ist alles Lug und Trug."

„Das hab' ich schon an den Zetteln gemerkt", sagte Sender offenherzig. „Wie können Sie, ein ehrlicher Mann, solche Zettel schreiben?"

Er erwartete irgend eine Erklärung oder Entschuldigung. Aber er irrte sich.

„Die Zettel?" fragte Können befremdet. „Was finden Sie daran? Die Zettel sind ausgezeichnet! Ich kann sagen: solche Zettel hat sonst keine Schmiere in Galizien. Ohne sie wären wir schon alle verhungert."

„Mag sein", erwiderte Sender gereizt. „Aber es war doch häßlich, daß Sie zum Beispiel gestern auf einer Seite den Juden geschmeichelt und auf der anderen gegen sie gehetzt haben." Und er berichtete die Äußerungen seiner Nachbarn zur Linken.

„Nun also! Und da reden Sie von hetzen?" Können lächelte schmerzlich. „Ist es erst nötig, die Christen herzuladen, gegen uns zu hetzen? Das tue ich übrigens auch nicht, ich mache ihnen bloß vor, daß das Stück gegen die Juden geht. Das muß sein, sonst gingen sie nicht hinein."

„Und warum hat das Stück für Christen vier, für Juden neun Akte, warum hat Mosenthal für Christen siebzehn, für Juden hundertsiebzig Orden, warum liegt für die Christen das Dorf in Steiermark, und den Juden wird vorgemacht, daß sie es vielleicht kennen?"

„Und das fragen Sie?!" rief Können. „Weil der Jude neugieriger ist, mehr für sein Geld haben will und stärkere Farben liebt."

Sender zuckte die Achseln.

„Übrigens ist da noch manches, was ich trotzdem nicht verstehe. Warum geben Sie den männlichen Statisten und Doppelrollen für die Juden jüdische, für die Christen christliche Namen, während die Frauen auf beiden Seiten christliche Namen tragen?"

„Das ist eine sehr feine Sache, die ich erfunden habe", sagte Können stolz. „Der Jude ist neugierig, wiederhole ich, da wähle ich also Namen, die in dem Städtchen stark vertreten sind. Kohn, Levy, Hirsch, Silberstein. Nun sagen sich freilich alle, daß der hiesige Vorsteher Silberstein nicht plötzlich bei uns als Ruben auftreten wird, aber – sie wollen doch sehen, was dahinter steckt. Hingegen würde niemand glauben, daß eine ehrbare jüdische Frau auf der Bühne mittut . . . Eine feine Sache, lieber Herr, und sie zieht sehr!"

Sender erwiderte nicht mehr.

Dieses Doppelspiel von Verstellung und Selbsterkenntnis, von ungestümer Ehrlichkeit und überspitzter Schlauheit berührte ihn sonderbar. Schweigend las er den Borszczower Zettel. Der Vermerk über die Direktion war derselbe wie hier. Und es ärgerte ihn dermaßen, daß er nicht schweigen konnte.

„Herr Können", sagte er, „Sie sprachen von Nadler gut und dankbar, warum stehlen Sie ihm dennoch den Namen. Und auf der jüdischen Seite steht sogar: ‚Direktor Nadler, jetzt heißt er Stickler.' Die Leute sollen glauben, daß Nadler seinen Namen gewechselt hat!"

„Daran bin ich unschuldig", beteuerte der Kleine, „das schreibt Stickler vor, und für die Juden ganz besonders, weil Nadler unter ihnen einen großen Namen hat. Und ich esse ja Sticklers Brot."

„Es hat aber alles seine Grenzen. Auch die Unanständigkeiten der heutigen Ansprache hätten Sie nicht schreiben sollen und wenn er's Ihnen zehnmal befiehlt."

„Das hat *sie* verlangt", murmelte Können.

„Die Schönau?"

Der Kleine nickte, sein Antlitz flammte, er beugte sich tief auf das Blatt nieder. „Und was *sie* verlangt, muß ich tun ... Wenn sie sagen würde: ‚Können, spring' in den Dniester' – ich tät's auch ... Und das" – er atmete mühsam – „das täte mir lange nicht so weh, wie solche Ansprachen in ihrem Namen zu schreiben ..."

„Mensch", rief Sender erschüttert, „was reden Sie da?" Nun verstand er, womit Stickler den Kleinen geködert. „Sie lieben dieses Geschöpf?"

Können erwiderte nichts. Sein Atem ging immer rascher, ein Schluchzen brach aus seiner Brust, und nun fiel ein großer Tropfen auf das Blatt nieder und verwischte die Tusche.

„Verzeihen Sie", murmelte er. „Es hat mich so übermannt ... Ich habe schon lange mit niemandem darüber gesprochen, der es gut mit mir meint ... Hier wissen es ja alle, aber sie höhnen mich nur ... Und sie haben ja recht ..."

Er wandte sich ab und trat in eine Ecke. An den Bewegungen der Gestalt erkannte Sender, daß der Unglückliche noch immer mit Tränen kämpfte. Er hätte ihm gern ein Wort des Mitleids gesagt, aber das war doch eine gar zu häßliche und unbegreifliche Sache.

Endlich hatte sich der Kleine gefaßt.

„Ich weiß, was Sie denken", sagte er. „‚Seine Schauspielerei ist ein Wahnsinn, aber eine solche Person zu lieben, mit dem Herzen zu lieben, ist eine Gemeinheit.' Und doch – auch davon komme ich nie los. Einst hat mir der gute Herr Nadler gesagt: ‚Mein Trost ist nur, ein Fieber dauert nicht lange.' Aber das war vor drei Jahren ..."

„So lange schon?"

„Ja. Damals hat's angefangen. Im Frühjahr 1850 – wir waren in Laibach – da ist sie mit Birk zu uns gekommen, der war damals ihr Geliebter, aber auch nicht ihr erster. Überhaupt glaube ich nicht, daß der unglückliche Mensch viele auf dem Gewissen hat. Dazu war er immer zu nobel und zu gutmütig; er hat sich von den Weibern ruinieren und ausbeuten lassen, nicht umgekehrt. Sie sehen es ihm wohl nicht an, daß er einer der gefeiertsten deutschen Schauspieler war und einer der schönsten Männer dazu – und es ist doch nicht gar zu lange her. Vor fünfzehn Jahren war er noch erster Liebhaber am Wiener Burgtheater, er ist ja noch gar nicht alt, kaum fünfundvierzig. Aber die Weiber, lieber Herr, die Weiber! Er hat ihnen alles geopfert, seine Stellung, seine Gesundheit, sein Talent. Ein Wüstling, sagen Sie, es geschieht ihm recht. Natürlich, aber jammerschade ist's doch! Wenn ich so denke, was er selbst noch vor drei Jahren gekonnt hat in Laibach! Seinetwegen hat Nadler damals auch die Schönau engagiert, sie war eine blutige Anfängerin. Elise Schütz heißt sie und ist die Tochter eines Troppauer Beamten; in ihrem siebzehnten Jahre ist sie von einem Offizier verführt worden, dann immer tiefer gesunken. Endlich hat sie Birk bei einem Gastspiel dort kennen gelernt und mitgenommen. Wie schön sie damals war, ist gar nicht zu sagen. Die Weiber waren mir bis dahin gleichgültig, in sie habe ich mich auf den ersten Blick bis zur Tollheit verliebt. Natürlich hat sie mich ausgelacht; trotzdem und obwohl ich bald bemerkt habe, daß sie auch ihren Geliebten betrügt, hat meine Liebe nur zugenommen. Das hat so zwei Jahre gedauert – ihr Talent hat sich entwickelt, aber auch ihre Verderbtheit immer mehr – Herr, was ich gelitten habe, ist nicht zu sagen. Endlich sagt mir Nadler: ‚Sie werden nicht vernünftig, so lang Sie beim Theater sind –' und alles andere dazu. Aber da hat mich der Stickler überredet: ‚Komm' mit' – das war das einzige Mal, wo er ‚du' zu mir gesagt hat, der Lump – ‚da bist du täglich mit ihr zusammen, da hast du keine Rivalen.' Und die Folge? Noch ein Jahr Folter ... O Herr, lieber Herr, so viel kann noch kein Mensch gelitten haben!"

Sender war tief erschüttert; ein so wildes Weh, wie aus diesen Worten sprach, war ihm im Leben noch nie begegnet.

„Das muß anders werden", sagte er. „Ich will mit Nadler sprechen, vielleicht engagiert er Sie wieder. Dann hätten Sie wenigstens den Trost, beim Theater zu bleiben."

Können faßte seine Hand. „Ich danke Ihnen", sagte er. „Sie sind ein guter Mensch. Und Nadler täte es vielleicht aus Barmherzigkeit wirklich ... Aber *jetzt* ist's zu spät ..."

„Jetzt?"

Können wankte. Sein Gesicht war totenbleich geworden, er ballte die Fäuste, daß die Nägel schmerzhaft ins Fleisch drangen. Und so, mit gesenkten Augen, stieß er fast unverständlich hervor: „All die Jahre hab' ich gedacht: ‚Wenn du sie einmal – nur einmal – in deinen Armen hältst – dann weicht dein Wahnsinn von dir –' Und vor einigen Wochen – wir waren in Kolomea – mein Bruder hat mir – gerade Geld geschickt –"

Er brach zusammen und schlug die Hände vors Gesicht.

„Jetzt nicht mehr!" stöhnte er. „Jetzt könnte ich – einen Mord begehen, um wieder Geld zu bekommen ..."

„Entsetzlich!" murmelte Sender und wandte sich ab. Er fand kein Wort mehr, auch Können schwieg.

Da ging die Tür .

Es war Hoheneichen. Mit ausgebreiteten Armen kam er auf Sender zu. „Servus, Bruderherz, der Eisstoß kommt uns zu Hilfe. Nun mußt du nach Borszczow. Ich sage dir . . ."

Aber Sender war nicht in der Stimmung, sein Geschwätz zu ertragen. Er eilte auf seine Kammer. Als er an Nummer drei vorbeiging, trat eben die Schönau hervor, in demselben hellen Seidenkleid wie gestern abend.

„Guten Morgen, Junge!" Sie tätschelte ihm die Wange. „Hast du schon eine Karte? Wart', dir schenk' ich eine."

Sie ging in ihr Zimmer zurück. Er aber, als müßte er einer Gefahr entfliehen, lief nach seiner Kammer und riegelte sich dort ein.

Zur Mittagsstunde mußte er doch wieder hinunter. Doch ließ er sich das Essen ins Extrazimmer bringen und schärfte Ruben ein, den Schauspielern nichts davon zu sagen.

Sie wußten ihn dennoch zu finden. Kaum, daß er den letzten Bissen hinuntergewürgt, trat der Direktor ein, hinter ihm die Schönau.

„Da haben wir den Ausreißer", rief Stickler. „Aber Sie entrinnen uns nicht!"

Und sie schmollte: „Grobian! Mir so davonlaufen! Das bin ich sonst nicht gewöhnt! Schein' ich dir so häßlich?"

Sender stammelte verlegen, er habe nicht stören wollen. „Und nach Borszczow kann ich keinesfalls mit", fügte er fest hinzu.

„Larifari", rief die Schönau. „Was ich will, setz' ich durch."

Stickler aber bat: „Ums Himmelswillen, warum nicht? Sie können ohnehin frühestens am Mittwoch über den Dniester. Ob Sie die drei Tage hier oder in Borszczow zubringen, kann Ihnen und Ihrem Direktor doch gleichgültig sein. Und bei uns können Sie spielen, Geld verdienen, den Beifall eines dankbaren Publikums ernten."

„Es geht doch nicht", erwiderte Sender. „Und ich habe es Ihnen schon gestern gesagt", fügte er bei, „wer weiß, ob ich's kann."

„Schön", sagte Stickler. „Dann sprechen Sie uns die Rolle vor. Tildchen, schick' die anderen nach oben ünd Können mag das Buch holen."

Er faßte Sender unter den Arm und zerrte ihn auf den Flur. Sender schwankte, ob er sich mit Gewalt losreißen oder nachgeben sollte. Er hatte sich eben für das erstere entschieden, als Birk hinzutrat. Er sah noch immer gebrechlich genug aus, aber doch frischer als am Abend.

„Tun Sie's", sagte er. „Die Probe schadet Ihnen nicht. Ich habe die größten Darsteller dieser Rolle gesehen, einst Ludwig Devrient, zuletzt Dawison. Vielleicht kann Ihnen ein Hinweis von mir nützen . . . Nadler hat mir wiederholt von Ihnen gesprochen, Sie interessieren mich."

Darauf gab Sender nach. Sie traten in den Saal. Unten nahmen die Schauspieler Platz, auf der Bühne stellte sich Stickler, das Buch in der Hand, neben Sender hin, die anderen Rollen zu markieren. Das Herz des jungen Mannes klopfte, daß er kaum zu atmen vermochte; er konnte ja die Rolle auswendig, wie sein Morgengebet, auch hatte ihn Pater Marian hier seiner Auffassung wegen besonders belobt, dennoch war ihm zu Mute, als könnte er kein Wort über die Lippen bringen.

Aber es ging. „Dreitausend Dukaten – gut –" Diese ersten Worte murmelte er noch fast unverständlich. Dann aber festigte sich seine Stimme. Er nahm die Sprechweise an, wie er sie in der Klosterzelle einstudiert, dann auch die Haltung. Es ging immer besser und er fühlte es, er machte seine Sache gut. Die unten steckten die Köpfe zusammen und flüsterten; er wußte, es konnte kein Hohn sein. Stickler schien freudig überrascht, und als Sender die große Rede sprach:

„Signor Antonio, viel und oftermals
Habt Ihr auf dem Rialto mich geschmäht –"

machte er immer größere Augen. „ Alle Wetter!" rief er, nachdem Sender geschlossen, und gab fast erregt das nächste Stichwort.

Als die Szene zu Ende war, faßte er Senders Hand: „Mensch, wo haben Sie das her?"

Die anderen applaudierten, nur Können und Birk nicht. Der Kleine saß mit gesenktem Haupte da, Birk fast aufrecht, seine Augen glänzten, aber er sagte nichts.

Noch größer war der Eindruck der folgenden Szenen. Immer stärker fühlte Sender seine Kraft erwachen, immer leichter flossen ihm die Worte von den Lippen. Und als er jene Rede begann, die ihm Marians höchstes Lob eingetragen: „Fisch mit zu ködern: sättigt es sonst niemanden, so sättigt es doch meine Rache . . ." – da vergaß er, wer und wo er war, er fühlte sich als der Jude Shylock auf dem Rialto zu Venedig.

Aber gerade beim Schluß dieser Rede: „Die Bosheit, die ihr mich lehrt, die will ich ausüben –" wäre er fast gescheitert. Das Wort stockte ihm in der Kehle, das Blut drängte zum Herzen – mit bleichem Gesicht und erschreckten Augen starrte er ins Parterre. Sein Blick war zufällig dahin geglitten – und da saß Malke. Nicht die Schönau, sondern das Mädchen, das er so schmerzlich geliebt. Wie die junge Schauspielerin nun dasaß, das Antlitz ernst, voll gespannter Teilnahme, die Augen sinnend auf ihn gerichtet – das war keine Ähnlichkeit, das war Malke selbst . . . Mit Mühe riß er den Blick los und hütete sich wohl, wieder nach ihr zu blicken . . . Erst in der Gerichtsszene fand er die frühere Sicherheit wieder.

„Mensch!" rief Stickler, nachdem er geschlossen. „Sie sind ja ein Hauptkerl . . . Und Sie trauen sich nicht, den Shylock in Borszczow zu spielen? . . . Unter tausend Anfängern findet man einen wie Sie."

Auch die anderen umringten und beglückwünschten ihn. Am lautesten und wortreichsten Hoheneichen; er wollte Sender umarmen, da trat die Schönau dazwischen.

„Halt's Maul", befahl sie ihrem „Bräutigam". „Schieb' ab! Der braucht dein Lob nicht." Ihr Gesicht wies einen ungewohnten, ernsten, ja herben Zug. „Und mein's auch nicht."

Sie wandte sich ab und ging. Verdutzt schaute ihr Sender nach und sah sich dann nach Können um. Das Männchen saß noch immer unbeweglich auf seinem Platze, das Haupt tief geneigt.

„Ich lasse Sie nicht!" rief Stickler. „Einmal will ich auf meiner Bühne einen solchen Kerl haben. Sie haben ja fast nichts mehr zu lernen."

Da trat Birk heran.

„Im Gegenteil", sagte er scharf. „Technisch hat er noch sehr viel zu lernen, fast alles. Aber was liegt daran? . . . Sie können's! Wenn aus Ihnen kein Ganzer und Großer wird, die Natur kann nichts dafür. – Merken Sie sich das, ich hoffe, daß Sie einst Ihren Kollegen im Burgtheater erzählen können: ‚Das hat mir der Birk gesagt, einige Wochen, eh' ihn der Tod erlöst . . .'"

Er nickte und schlich wankend hinweg.

„Fünf Gulden, Kurländer", drängte Stickler. „Freie Reise, freie Station für den einen Abend."

Aber Sender riß sich los und eilte in seine Kammer. Dort saß er wohl zwei Stunden auf dem Bette, mit klopfendem Herzen, glühenden Wangen, das Hirn voll stolzer Träume und Gedanken. Er hat dieser Stunde nie vergessen.

Vierunddreißigstes Kapitel

Die Notglocke riß ihn aus seinem Sinnen empor. Heulend setzte sie wieder ein, dazwischen tönte dumpfes, unablässiges Dröhnen wie der Donner eines riesigen Wasserfalls. Sender stürzte auf die Straße, dem Flusse zu. „Der Eisstoß! Der Eisstoß!" jammerte es aus hundert Kehlen. Und da war er wirklich.

Betäubt schaute Sender auf das gewaltige, unheimliche Schauspiel nieder. Die Bastion glich nun einer Halbinsel, die weit in die See hinausragt. Aber nur wenn es ein Orkan aufwühlt, tobt das Meer so laut wie hier der wilde Bergfluß, der endlich die Last gesprengt, die auf ihm gewuchtet, und sie nun in tausend Trümmer zerschlagen, auf seiner Flut daherwälzte, hob und senkte und zerrieb. Der Regen strömte unablässig fort und hemmte die Aussicht, aber so weit das Auge blickte: die graue Flut und auf ihr tanzend, schwingend, sich bäumend ein unendliches Gewirr weißlicher, grünlicher, schwärzlicher Massen – Eisblöcke. Welche Formen, welche Farben! Hier eine schlanke, ja zierliche Säule von hellgrünem Kristall, die nur leise schwankend dahinzog, bis sie an ein plumpes, graues Ungeheuer geriet, über das sie stürzte und zerschellte. Dort eine riesige weiße Tafel, die sacht und ruhig dahinzog, alles vor sich herstoßend, bis sie an ein kleines schwärzliches Riff, vielleicht ein Felsstück, vielleicht schmutziges Eis, das mitten im Flusse lag, stieß und feststand. Eine zweite Tafel, die hinter ihr gezogen kam, schob sich über sie, eine dritte, eine vierte, bis das Riff nachgab und nun der ganze Bau zusammenstürzte. Dazwischen schmale, längliche Eisstücke, die wie Fische dahinschossen, rundliche Schollen, die langsam, tänzelnd, in langer Reihe dahergezogen kamen, dazwischen spitze Kuppen, unförmliche Berge. Aber was alles hatten die empörten Wogen fortgerissen und trieben es nun mit und zwischen dem Eise dahin! Baumstämme, Kähne, ein Strohdach, unzähliges Hausgerät, Trümmerwerk von Häusern, die Pfähle einer Brücke, ein Bett, auf dem noch Polster und Decken lagen, eine leere Wiege – vielleicht hatte die Mutter das Kind rechtzeitig herausgerissen, vielleicht trieb es nun starr und tot in der Flut mit . .

Aber so furchtbar der Eindruck fürs Auge war, unendlich schreckvoller und gewaltiger war der fürs Ohr. Ein Krachen, Knirschen, Gellen, Knattern und Dröhnen, unablässig, ungeheuer laut; es war, als wollte die Welt untergehen, als müßte alles Menschenwerk davon zusammenstürzen ... Sender folgte dem Beispiel der Umstehenden, er stopfte die Finger in die Ohren, aber seltsam – nun hörte er das Gedröhne gleichsam mit dem Leibe, noch stärker als vorher, es durchzitterte ihn bis ins Innerste, daß er die Hände wieder sinken ließ.

Mitten in all dem Toben verteidigte ein Häuflein Menschen das Werk seiner Hände tapfer gegen das Rasen der Natur. Die Häuser waren nun geräumt, und was noch an Gut oder Menschen drin sein mochte, verloren und ersäuft – die Kraft der Pioniere vereinigte sich auf die Erhaltung der Brücke. Noch stand sie, und war hoch genug gewunden worden, um der Flut, den kleineren Eisschollen Durchgang zu gewähren, die höheren sammelten sich immer dichter vor ihr an. Es war schreckhaft und doch erhaben anzusehen, wie die wackeren Blauröcke mit den schwarzen Helmen auf den überfluteten Bohlen Stand hielten, bis an die Kniee, die Hüften im Wasser, und mit ihren Äxten und Stangen das Eis zu zertrümmern, die Blöcke hinabzudrücken suchten. Aber das gelang nur bei den kleinen Stücken, jener Berg wuchs immer höher an, die Flut trieb ihn immer gewaltiger an die Brücke ... Da streckten sich plötzlich oben auf der Bastion fünfzig Arme zugleich in die Luft und wiesen hinunter – was wollten die Pioniere? Was bedeutete das? Ein niedriges Holzgerüst wurde auf die Brücke gesetzt, daran waagrecht eine lange Schiebeleiter befestigt. Sie reichte nun bis an den Eisberg. Einige kletterten hinüber, legten sich flach auf die Eistafel, krochen weiter und weiter – was sie da taten, konnte man durch das Regennetz nicht deutlich sehen. Dann krochen sie zurück, nun standen sie wieder auf der Brücke. Die Mannschaft wich rechts und links auf den Brückenkopf zurück. Da – ein ungeheurer Knall – der Eisberg wankte, einige Blöcke flogen fußhoch empor, in Trümmer zerschlagen, der Berg senkte sich und brach zusammen. Sie hatten in wasserdichtem Schlauch eine Mine versenkt, das Eis gesprengt, nun standen sie wieder auf der Brücke und setzten ihr Werk fort.

Diesmal war's gelungen, aber das nächste Mal? Schon schwammen von oben neue Massen herab, noch gewaltiger als die früheren. Man konnte sie nur undeutlich sehen, die Dämmerung brach herein, auch die Gestalten auf der Brücke waren kaum noch zu unterscheiden. Nun kam auch die Bundesgenossin alles Unglücks, die Nacht, und lieh dem Verderben ihre dunklen Fittiche.

Angstvoll starrte Sender hinab. So nahe ihn das Schicksal der Brücke anging, er dachte kaum noch an sich selbst. Da fühlte er sich weggedrängt, in nächster Nähe erklang ein Trompetensignal; eine Abteilung Infanterie räumte die Bastion und schob die Menge langsam gegen die Stadt zurück. Als Sender wieder in der engen Gasse stand, sprach ihn plötzlich jemand beim Namen an. Es war der Advokat. „Schlimm steht's, Herr Kurländer." Die Bastion sei nicht in Gefahr, fügte er bei; man habe sie nur geräumt, um darauf einen Raketenapparat zur Erleuchtung der Brücke anzubringen. Aber es sei fraglich, wie lange man sie noch halten könne. Sie selbst abzubrechen, sei nun zu spät.

Auf dem Heimweg überdachte Sender seine Lage. War die Brücke zerstört, so mußte er eine Woche hier ausharren – so weit reichten seine Mittel nicht. Eine andere Hilfe, als die Nadlers, hatte er nicht zu erwarten. Die mußte er in Anspruch nehmen. Er wollte sie sofort, wenn die Katastrophe eintrat, erbitten. Nadler ließ ihn gewiß nicht im Stich. Es war gerade kein Unglück, aber doch recht peinlich.

Er ging auf seine Kammer und trocknete am Ofen seine triefenden Kleider. Es erhöhte seinen Mißmut, daß ihm seine Lungen so viel zu schaffen machten. Ein Wunder war's nicht, da er den halben Tag im Unwetter auf der Straße gewesen.

Die Vorstellung wollte er nicht besuchen. Aber je näher die Uhr auf Sieben rückte, wo sie heute begann, desto wankender wurde sein Entschluß. Was sollte er mit den Stunden anfangen? Und dann – eine Vorstellung versäumen, die man sehen konnte, das ging fast gegen das Gewissen. Schlag Sieben löste er sein Billett. Die „Perle von Temesvar", diesmal im Kostüm der Madame Zephir im „Schneider Fips", wollte die vierzig Kreuzer durchaus nicht von ihm annehmen. „Ein Kollege – und das Haus ist ohnehin fast ausverkauft – freilich werden heut' viele ihr Billett nicht benützen." Er legte ihr das Geld hin und trat ein.

In der Tat waren die Reihen wenig besetzt, sie füllten sich auch später nicht. Als er vor dem Vorhang saß und die Musik begann – eine Geige, eine Flöte, ein Brummbaß und eine türkische Trommel – schweiften Senders Gedanken in immer weitere Fernen ... Aber als der Vorhang aufging, war er doch ganz Ohr. Freilich konnte er Sticklers Meckern als Fips nicht ganz so komisch finden, wie einst Jütte, hingegen fesselte ihn der dritte Akt aus „Maria Stuart" sehr, Elisabeth – Linden und Mortimer – Hoheneichen waren allerdings abscheulich, aber von der Schönau mußte er sich wieder sagen: „Wie schade um sie! Wie schade!" Der arme Können als „Paulet" hatte wieder einen Lacherfolg. Nachdem sich der andere Schwank des „unsterblichen" Kotzebue mit Stickler, der Schönau und Hoheneichen abgespielt, sollten die „Deklamationen und Lieder" folgen. Aber kaum daß die Schönau die ersten Strophen des „Handschuh" gesprochen, gellte plötzlich wieder die Notglocke – nur einige wenige Schläge – dann verstummte sie wieder.

Das Publikum erhob sich und stürzte dem Ausgang zu. Jeder, auch Sender, wußte sofort, welche Hiobspost das kurze Signal verkündete: die Brücke war in Trümmern. „Und drei Pioniere verunglückt", hörte Sender im Torweg. Auf der Straße waren es schon zehn geworden. Die Nacht war rabenschwarz, der Regen goß in Strömen nieder – Sender kehrte um.

In der Wirtsstube war noch niemand von den Schauspielern, hastig schlang er einige Bissen hinab, ließ sich von Ruben Schreibzeug und Papier geben und ging auf seine Stube, den Brief an Nadler zu schreiben. „Ja, ja, Moskal", nickte er seinem Gefährten zu, „jetzt müssen wir um Geld bitten, Schulden machen."

Er hatte erst wenige Zeilen geschrieben, als es an seine Tür klopfte. Noch ehe er „herein!" rufen konnte, trat die Schönau ein; errötend fuhr er empor.

„Werden Sie nicht rot", sagte sie. „Werfen Sie mich auch nicht hinaus. Ich beiße Ihnen nichts ab, nicht einmal küssen will ich Sie." Das sagte sie zwischen Ernst und Lachen, dann aber, nachdem sie die Tür hinter sich zugezogen, fuhr sie ernsthaft fort: „Ich komme, weil es Stickler will. Was er Ihnen bietet, wissen Sie. Er ist ein Schmutzian, aber war er verspricht, wird er halten, übrigens hätt' er's auch sonst mit mir zu tun. Die Brücke ist nun fort, hier verzehren Sie nur Ihre paar Groschen – wenn Sie sie haben; Ihr Nein hätte keinen vernünftigen Grund mehr. Wovor fürchten Sie sich eigentlich? Vor der Schmiere? Die besudelt Sie das eine Mal nicht. Vor mir?" Sie lachte kurz auf und blickte ihn dann wieder ernst an. „Ich tue Ihnen nichts. Wenn ich wollte", fuhr sie drohend fort, „lägen Sie binnen zwei Minuten da" – sie deutete auf den Boden vor sich – „und würden um mich betteln. Aber ich will nicht. Wie ich bin, bin ich, aber vor einem hab' ich Respekt, vor dem Talent. ‚Da irrst du', habe ich dem Stickler gesagt, ‚den nehme ich nicht auf mein Gewissen.' Also, was soll ich ihm jetzt sagen?"

„Daß ich nicht mitkomme", sagte Sender fest, aber er vermied es, sie dabei anzublicken. Ihr Lachen war ihm nicht gefährlich, wohl aber ihr Ernst. Sie hatte nun wieder dieselbe Miene wie bei der Probe. „Verzeihen Sie, aber ich kann nicht . . ."

„Warum nicht? Die Schmiere schreckt Sie? Sie sollen ja nicht dabei bleiben. Die Größten haben so begonnen –"

„– und aufgehört", fiel er ein. „Und wie viele sind da erstickt, aus denen was hätte werden können. Mein Lehrer hat mir aus einem Buch, das er gelesen hat, viel Beispiele erzählt."

„Dazu brauchen wir die Bücher nicht." Sie lachte kurz auf. „Ein solches Beispiel steht vor Ihnen. Aber was beweist das für Sie?"

Er blickte zu Boden. „Ich weiß nicht", sagte er leise. „Mir graut davor . . . Aber Sie, Fräulein, wenn Sie einsehen, daß Sie – Sie sind ja ein großes Talent", fuhr er fort und seine Stimme klang immer sicherer und wärmer. „Und Ihr Leben hier kann Ihnen doch keine Freude machen . . . Sie könnten ja an einer großen Bühne spielen . . . Warum sind Sie von Nadler fort? . . . Es ist schade um Sie . . . Und es wäre ja jetzt noch Zeit . . ."

„Da irren Sie", erwiderte sie. „Jetzt nicht mehr . . . Ich bin schon zu tief im Schmutz, bis an den Hals, auch mit allen meinen Gedanken. Ich kann keine neue Rolle mehr lernen, diese häßlichen

Gedanken drängen sich dazwischen, und wenn ich auf der Bühne stehe – manchmal reißt's mich fort, aber dann muß ich wieder ins Parterre schielen . . . Ein Wunder ist's nicht, ich habe schon so vielen Schmutz mitgebracht . . ."

„Sprechen Sie nicht so", bat er. „Es ist ja traurig . . . Aber wenn Sie an eine bessere Bühne kämen . . . Vielleicht wieder zu Nadler."

„Der nimmt mich nicht mehr!" erwiderte sie. „Und er hat recht, daß er's nicht tut. Ich habe schon im vorigen Mai aus Chorostkow an ihn geschrieben. Da hatte mir nämlich auch jemand ins Gewissen gesprochen, wie heute Sie, ein Mädchen, die Tochter des dortigen Gastwirts . . ."

Sender machte unwillkürlich eine Bewegung.

Sie kennen Sie vielleicht?" fragte sie. „Salmenfeld, glaub' ich, war der Name."

„Ja", erwiderte Sender. „Ich kenne sie zufällig, ein gutes, kluges Mädchen."

„Gewiß, nur etwas zu überbildet. Sie hat ganz unleidlich gesprochen, immer wie ein Buch. Aber gut gemeint hat sie's doch. Nun, auf ihr Drängen schrieb ich an Nadler. Keine Antwort. Darauf versuchte ich's vor einigen Wochen noch einmal. Diesmal antwortete er: er lehnte kurz ab."

„Wenn ich's ihm vielleicht vorstelle", sagte Sender schüchtern. „Talente sollen ja so selten sein . . ."

„Ich danke Ihnen. Aber es wäre nutzlos . . . Also – was soll ich dem Direktor sagen? Ich muß nun fort – auch heute ein Souper im Extrazimmer." Sie ließ wieder ihr kurzes, gellendes Lachen hören. „Sie sehen, wie recht Nadler hat!"

Er fühlte seinen Widerwillen erwachen. „Ich geh' nicht mit", sagte er.

Sie schüttelte den Kopf. „Es hat aber wirklich keinen Sinn. Überlegen Sie sich's bis morgen früh. Freilich sollen wir schon um Sechs fort, aber es wird wohl Acht, bis wir abreisen. Auf Wiedersehen!"

Sie reichte ihm die Hand. Er rührte zaghaft an ihre Finger. Aber sie hielt seine Hand mit warmem Druck fest.

„Leben Sie wohl! Wir sehen uns wohl nie wieder!" Ihre Stimme zitterte. „Vielleicht kann ich einmal erzählen . . . Unsinn!" unterbrach sie sich. „In einem Jahr bin ich tot . . . Adieu!"

Sie ging. Tief bewegt starrte er ihr nach, und es währte lange, bis er seinen Brief fertig schreiben konnte. Er war sehr müde, aber der Schlaf wollte nicht kommen, und dann hörte er noch bis in den Traum hinein ihr kurzes, gellendes Lachen.

Am nächsten Morgen weckte ihn ein Klopfen an der Tür aus dem Schlaf. Die Uhr wies auf Sieben. „Stickler", dachte er und verhielt sich still.

Der war es wirklich. „Kollege! Hören Sie mich nicht? Stellen Sie sich doch nicht taub! Lieber Kurländer, sechs Gulden, wenn's sein muß! Aber kommen Sie . . ."

Er schwieg.

„Sieben Gulden!" Endlich hörte er den Mann fluchend abziehen.

Eilig erhob sich Sender und nahm hastig das Frühstück. „Die Schauspieler waren alle sehr unglücklich, daß Sie nicht mitkommen wollten", meldete Ruben. „Nur der Können hat mir aufgetragen, Ihnen zu sagen, daß Sie recht getan haben."

Sender eilte zur Post und ließ den Brief einschreiben. Als er auch die Expreßgebühr erlegen wollte, sagte der Beamte lächelnd: „Die können Sie sparen. Wir können den Brief nur über Halicz und Kolomea schicken. Vor vier Tagen ist er ohnehin nicht in Czernowitz."

Sender erschrak, daran hatte er nicht gedacht. „Dann will ich telegraphieren", sagte er und erbat sich ein Formular. Aber er fand in seiner Verwirrung die rechten Worte nicht und mußte immer wieder ein neues erbitten. Da meinte der Beamte endlich: „Setzen Sie doch das Telegramm zu Hause in Ruhe auf. Sie verlieren nichts dabei. Der Eisstoß hat ja auch die Telegraphenleitung zerstört. Wir müssen's nun auf einem ungeheuren Umweg durch Ungarn und Siebenbürgen versuchen, mit Czernowitz in Verbindung zu kommen. Vorläufig geht's nicht – da liegt auch ein Haufe amtlicher Depeschen. Ob Sie mir das Telegramm jetzt oder morgen früh geben, ist ganz gleich."

Tief betrübt schlich Sender davon.

Unwillkürlich schlug er den wohlbekannten Weg zur Bastion ein. Von fernher schon schlug ihm das Dröhnen und Krachen der Schollen ans Ohr. Noch war der Eisstoß im vollen Gange so weit das Auge blickte – die graue Flut mit Blöcken und Trümmerwerk bedeckt. Von der Brücke war nur noch einer der Pfeiler zu sehen, um welche die Kette gewunden gewesen, der andere lag im Fluß. Der Regen hatte aufgehört, der Blick konnte weithin schweifen, überall die Wüste der Wasser . . .

Langsam ging er nach dem Hotel zurück und blieb im Torweg stehen. Da kam Hritzko herbei, zog den Hut vor ihm, blieb stehen, kratzte sich hinter dem Ohr und sagte endlich: „Verzeihung, gnädiger Herr, aber ich möchte Sie etwas fragen. Sind Sie vielleicht – verzeihen Sie – der jüdische Lump aus Barnow, der sich als Schauspieler verkleidet hat? Ich soll ihn verhaften."

Sender wurde aschfahl, aber die Größe der Gefahr gab ihm die Geistesgegenwart zurück. „Nein", erwiderte er, „der ist schon gestern abend nach Lemberg fort."

„Gottlob", sagte Hritzko freudig. „Auch der Herr Bürgermeister wird sich sehr freuen. ‚Es ist kein Grund, nämlich nach dem Gesetz', sagt er dem Silberstein. ‚Ich werde Scherereien davon haben', sagt er, ‚daß die Juden in Barnow es wollen, genügt nicht.' Aber weil der Silberstein so gebeten hat, schon vorgestern und heute wieder, so hat er endlich nachgegeben. ‚Meinetwegen', sagt er, ‚fassen wir den Kerl und schicken wir ihn mit dem Schub zurück. Hritzko', sagt er, ‚jetzt hast du ohnehin nichts zu tun, die Brücke ist ja fort.' Also nach Lemberg ist er?"

„Ja", erwiderte Sender, „mit der Post. Telegraphisch faßt Ihr ihn noch ab."

„Das können ja die Juden", sagte Hritzko, „uns vom Amt geht's nichts mehr an. Aber wie sie sich ärgern werden! ‚Ich hab's schlau angefangen', sagt der Silberstein. ‚Nur die Wirtin hab' ich ins Vertrauen gezogen. Der Lump ist ganz ahnungslos!' sagt er. Nun hat er's doch gerochen – hehe! Schönsten Dank, gnädiger Herr." Er zog den Strohhut und ging.

Tief aufatmend sah ihm Sender nach. Dann stürzte er in seine Kammer, einige Minuten später stand er reisefertig da. Einen Gulden legte er auf den Tisch, mehr konnte das Zimmer keinesfalls kosten. Nun galt es noch unbemerkt zu entwischen. Er schlich die Hintertreppe hinab, der Hund, als wüßte er, was vorgehe, lautlos, mit eingekniffenem Schwanz hinter ihm her. Gottlob, niemand begegnete ihnen.

Durch das Hoftor trat er auf die Straße und schritt weiter, ohne auf die Richtung zu achten – nur zur Stadt hinaus wollte er – gleichviel wohin. Endlich stand er an einem Mauthaus. „Wohin geht die Straße?" fragte er den Zöllner.

„Nach Borszczow", war die Antwort.

Einen Augenblick zögerte er, dann schritt er vorwärts. „Vielleicht ist dies das beste", dachte er. „Fünf Gulden habe ich noch, sieben will mir ja Stickler zahlen. Dann brauche ich wohl gar nicht an Nadler zu telegraphieren; ich reiche damit bis Czernowitz, wenn ich sparsam bin. Und da sie im Wirtshaus wissen, daß ich nicht habe mitkommen wollen, so suchen sie mich vielleicht in Borszczow zuletzt."

Fünfunddreißigstes Kapitel

Er schritt aus so rasch er konnte.

Aber daß sie ihn auch suchten! Daß seine Mutter ihn verfolgen ließ wie einen Verbrecher trotz seines Briefs, trotz seines Vermächtnisses! Jetzt, wo die Gefahr für den Augenblick vorbei war, übermannte ihn die Empörung. O solche Härte, solche Beschränktheit hatte er ihr nicht zugemutet! Aber es sollte ihr nichts nützen, nicht überall befand sich ein Bürgermeister, der ungesetzliche Befehle ausführte, um den Chassidim gefällig zu sein. Sie sollten ihn nicht fangen – nein! „Ich werde, wozu mich Gott bestimmt hat . . ."

Und er schritt immer schneller aus. Aber so konnte er's nicht lange, er mußte langsamer gehen, dann ganz innehalten, das Stechen in der Brust war allzu schmerzhaft geworden. Nun mußte er heftig husten – da erschrak er tödlich. Das war derselbe widrige, süßlich-salzige Geschmack im Munde, den er nur einmal verspürt und doch nie vergessen: bei jener entsetzlichen Szene vor dem Rabbi. Bebend riß er das Taschentuch hervor und preßte es vor den Mund – ja, Blut. Verzweiflungsvoll blickte er um sich – rings der Morast der Äcker, die durchweichte Straße, nirgends ein Mensch, bei ihm nur der Hund, der ihn wedelnd umsprang. „Mein Herr und Gott", flehte er, und seine Hand umkrampfte das Gebetbüchlein im Mantel, „lass' mich nicht so vergehen!"

Es schien, als wollte der Himmel sein Gebet erhören. Wohl mußte er immer wieder husten, und zuweilen kam noch ein roter Tropfen über die Lippen gequollen, aber zu einem Blutsturz schien es diesmal nicht zu kommen. Mit zitternden Knien setzte er seinen Weg fort und blickte immer wieder zurück, ob nicht ein Wägelchen ihn überhole, das ihn mitnehmen konnte. Endlich sah er einen Karren herankommen, aber er fuhr auf ihn zu. Ein jüdischer Knabe lenkte ihn. Sender hielt ihn an. Ob er nicht einigen großen Wagen begegnet?

„Den Pojazen? Ja. Vor der Rosatyner Schänke. Eine halbe Meile von hier."

Sie wurden bald handelseins, der Knabe wandte das Wägelchen und trieb das Pferd unablässig an. „Das ist brav von dir", sagte Sender.

Der Knabe sah ihn groß an. „Es ist ja mein Vorteil", sagte er. „Umso schneller erreichen wir sie. Und dann sind Sie so blaß,

Herr, grad' als wollten Sie sterben. Meinem Vater ist einmal ein Herr im Wagen gestorben, da hat er viel Verdruß davon gehabt."

Endlich war das Dorf erreicht. Vor der Schänke hielten noch die Wagen, ein einstiger Möbelwagen mit den Dekorationen und Kostümen, und ein lebensmüder Omnibus fürs Personal. Als Sender abstieg, trat die Gesellschaft eben heraus, die Fahrt fortzusetzen.

„Hurra!" rief Stickler. „Jubelt Kinder! Hoch Kurländer!" Auch die anderen umringten ihn freudig, nur Birk nicht, der mit kurzem Kopfnicken in den Wagen kletterte.

„Aber wie blaß Sie sind!" rief die Schönau. „Und Ihre Lippen sind blutig. Was ist Ihnen?"

„Nichts", wehrte er hastig ab. „Etwas Husten, ich habe mich erkältet . . . Fahren wir?" fragte er den Direktor.

„Wie er brennt!" rief Stickler, „der Stätte seiner Triumphe entgegen! Ja, mein Sohn, du sollst die Borszczower als Shylock hinreißen und deine drei Gulden bekommst du obendrein."

„Fünf!" sagte die Schönau und zog den Fuß vom Trittbrett, „sonst fahr' ich nicht mit."

Stickler sah sie an. Diese Miene mochte ihm bekannt sein. „Hab' ich ihm fünf versprochen?" fragte er. „Dann natürlich fünf. Der Stickler hält sein Wort! . . . 'rein! . . . Vorwärts! . . ."

Sie kletterten in den Omnibus, nur Können nicht, der seinen Platz neben dem Kutscher des Möbelwagens hatte; dort waren auch irgendwo die Kinder der Linden verpackt. Die Schönau wies Sender seinen Platz zwischen der Linden und der Mayer an, auf dem Mittelsitz, wo das Stoßen des Wagens am wenigsten fühlbar wurde; sie war früher darauf gesessen, nun nahm sie ihm gegenüber Platz. Der Direktor mußte in die Ecke, Hoheneichen zum Kutscher.

„Stinkadores weg!" befahl sie Stickler, als dieser eine Zigarre anzünden wollte. „Und Kurländer wird nicht angesprochen, er soll nicht reden."

„Wegen des bißchen Husten", lachte Stickler. Sender aber blickte sie dankbar an. Es fieberte ihn, und er fühlte sich furchtbar schwach. Mit geschlossenen Augen saß er schweratmend da, und nur wenn wieder ein Tropfen kam, führte er das Tuch zum Munde.

„Das passiert den gesündesten Leuten", sagte Stickler. Und die Mayer erzählte eine lange Geschichte von einem schwindsüchtigen Grafen, der sie unglücklich geliebt und schließlich an Altersschwäche gestorben. Aber die Schönau unterbrach sie: „Schweigt! Man kann auch einmal still sitzen."

Langsam humpelte der Omnibus durch den tiefen Morast der Heerstraße, die vom Dniester gegen Nordosten führt, – Borszczow liegt nahe der russischen Grenze – zur Rechten und Linken, so weit der Blick reichte, überschwemmtes Heideland und schlammige Äcker. Allmählich nickten die Reisenden ein, Stickler und die „Perle von Temesvar" schnarchten vernehmlich. Nur die Augen der Schönau sah Sender auf sich gerichtet, so oft er den Blick erhob. „Wie geht's?" fragte sie leise.

„Besser", erwiderte er. Er log, aber als nun die Sonne durchbrach, fühlte er sich wirklich besser, und nachdem er im Wirtshaus, wo sie Mittagsrast hielten, eine Suppe gegessen und etwas Wein getrunken, begann die Mattigkeit in den Gliedern zu weichen. Des Nachmittags kam auch der Husten seltener. „Es wird vorbeigehen", dachte er, „es wäre ja auch entsetzlich, wenn es nicht vorbeiginge! Jetzt krank werden, sterben! So hart kann der Allgütige nicht sein!"

Es war schon tiefe Dunkelheit, als sie endlich das Städtchen erreichten und vor dem Gasthaus hielten. Der Wirt trat ihnen entgegen. Sender fuhr zusammen – wo hatte er dies häßliche Geiergesicht schon gesehen? Erst der Name, Salomon Wohlgeruch, führte ihn auf die richtige Spur; es war der Bruder jenes „Rebbe" Elias, der ihm einst als Kind den Arm gebrochen. Den Mann kannte er nicht; er war seines Wissens nie in Barnow gewesen.

Sender ging sofort auf die Kammer, die ihm angewiesen war. Er wolle allein sein, bat er, aber er konnte nicht hindern, daß ihm die Schönau selbst den Tee brachte; dann kam Birk mühsam hereingehumpelt und setzte sich an seinem Bette nieder.

„Schonen Sie sich", sagte er. „Mut, denken Sie an die Zukunft!" Er blieb, bis er an Senders Atemzügen erkannte, daß der Kranke eingeschlummert war. „Die Natur kann nicht so grausam sein", murmelte er. „So ihr eigenes Werk zu zerstören . . . Aber sie ist oft so grausam . . . o wie oft!" Er schlich hinaus, so leise es sein wankender Schritt gestattete.

Als Sender in der Nacht erwachte, sah er beim Schein des Nachtlichts in der Ecke der Stube sich etwas regen. „Moskal!" rief er. Da schlug der Hund aus einer anderen Ecke an. Das Geschöpf drüben war Können. Auf den Zehen kam er geschlichen.

„Sie wachen bei mir?" murmelte Sender gerührt. „Nach einer solchen Reise!"

„Reden Sie nicht!" bat der Kleine. „Schlafen Sie. Mir tut's ja nichts. Ich bin ja von Eisen . . . Leider!" fügte er fast unhörbar hinzu.

Sender vernahm es nicht. Und darauf schlief er wieder ein. Auch diesmal, wie nach der entsetzlichen Wanderung vom Mittwoch, schien sich die Natur selbst helfen zu wollen. Er schlief bis zur Mittagsstunde, und als er sich erhob, war das Fieber gewichen. Freilich mußte er häufiger als sonst husten, aber nun kam fast kein Blut mehr.

In der Wirtsstube unten begrüßten ihn seine Kollegen – nun waren sie es doch geworden – als wäre er vom Tode erstanden.

„Wir geben den ‚Kaufmann' erst Mittwoch", berichtete ihm Stickler . . . „Die Schönau will's – morgen pausieren wir. Besetzung eines Künstlers wie du würdig . . . ‚Antonio, Marocco, Arragon' – Hoheneichen, ,Bassanio' und ,Alter Gobbo' – Birk, ,Porzia' und ,Lanzelot' – die Schönau ,Tubal' und ,Lorenzo' – Können ,Jessica' und,Graziano' – die Linden, ,Doge' und ,Salarino' – ich, ,Nerissa' und ,Solanio' die Mayer . . . Alle anderen Rollen gestrichen."

In Senders Zügen prägte sich das helle Entsetzen aus.

„Eine Mustervorstellung wird's", rief Stickler. „Guter Souffleur hier gewonnen. Schon auf der Probe, Mittwoch zehn Uhr, wirst du Augen machen. Bis dahin bist du Freiherr, kannst spazieren gehen."

Das tat Sender nicht. Er hielt sich den Rest des Tages auf seiner Stube und sah sich auch nur einen Akt vom „Kabale und Liebe" an. Der Saal war noch schmutziger und kleiner, als der in Zaleszczyki, aber er war nahezu gefüllt, und die Leute applaudierten aus Leibeskräften. Das beruhigte ihn und er schlief, trotz des leisen Bangens vor seinem ersten Debüt, bald ein und es war auch am Dienstag nahezu Mittagszeit, als er in der Wirtsstube erschien.

Dort malte Können eben die morgigen Zettel fertig. „Damit Sie sich bei Ihrem ersten Auftreten nicht ärgern", sagte das Männchen, „habe ich diesmal die christlich-jüdischen Sachen nicht gemacht, obwohl das Stück noch besser dazu taugt als Deborah." In der Tat war der Zettel von solchem Doppelspiel frei, sogar die Titel hüben und drüben dieselben, und es waren nicht weniger als fünf: „Der Kaufmann von Venedig" oder „Christen und Juden in Handel und Wandel" oder „Was in einem Kästchen stecken kann" oder „Wie schneidet man einem lebendigen Menschen ein Pfund Fleisch heraus, ohne einen Tropfen Blut zu vergießen" oder „Liebe, Rachgier und Verzweiflung". Sender war angekündigt als: „Herr Alexander Kurländer, genannt der ‚zweite Dawison', eines der größten Talente der Vergangenheit und Gegenwart, Mitglied mehrerer Weltbühnen, auf der Durchreise von Berlin nach Wien unwiderruflich nur dies eine Mal als Gast."

Er erschrak. „Was werden sich die Leute versprechen!" rief er.

„Weniger als sie finden werden", sagte Können. „Ich habe Ihnen – bisher nichts über die Probe gesagt", fuhr er stammelnd fort. „Sie glauben – aus Neid – und da haben Sie nicht ganz unrecht – es ist auch Neid dabei gewesen. Aber die Hauptsache war der Gedanke: ‚Du bist ja nicht wert, ihn zu loben.'" Er faßte Senders Hand und drückte sie. „Hier, zur Erinnerung habe ich einen eigenen Zettel für Sie gemalt. Geben Sie acht, er kommt einmal in ein Museum, so wahr ich ein elender Stümper bin. Aber wie fühlen Sie sich? Besser, hoff' ich. Denn die Nacht war gut – nur zweimal haben Sie gehustet, sind aber nicht erwacht."

„Sie haben wieder bei mir gewacht?" rief Sender gerührt.

„Ja, nach der Vorstellung habe ich mich hineingeschlichen und in aller Frühe wieder hinaus. Der Moskal ist ein kluges Tier, er hat gewußt, ich tu' seinem Herrn nichts . . . Danken Sie mir nicht", wehrte er hastig ab, als Sender es tun wollte.

Den Abend verbrachte Sender mit Birk auf dessen Stube. Der unglückliche Mann war frischer, als er ihn je zuvor gesehen, und erzählte viel aus den Glanzzeiten seines Lebens, namentlich vom Burgtheater, dann vom Elend der Schmieren. Sender verstand die Absicht. Um neun Uhr schickte ihn Birk fort.„Ins Bett. Morgen müssen Sie gesund sein."

„Ich werde es sein", erwiderte Sender mit leuchtenden Augen. Es war ja alles gnädig vorbeigegangen. Und welche Zukunft harrte sein!

Diesmal verriegelte er die Tür. Ihm war der Gedanke peinlich, daß der arme Mensch, der den Tag über sich so schwer mühte, nun auch vielleicht diese Nacht auf der Diele verbringen sollte, als wäre auch er sein Hund. Dann träumte er lange seligen Herzens mit offenen Augen, aber noch schönere Träume brachte ihm der Schlaf. Da war alles, was er von der Zukunft erwartete, Wirklichkeit – er stand auf einer Bühne und blickte in ein großes, vollerleuchtetes, dichtbesetztes Haus hinein, es war noch viel, viel größer, als der Theatersaal in Czernowitz, alle Sitze mit rotem Samt ausgeschlagen und auf ihnen schöne Frauen und Herren mit Orden und Offiziere, und da – da war der junge Kaiser . . . Er hatte eben die Szene mit Tubal beendet, und alle applaudierten, sogar der Kaiser, und riefen: „Kurländer!" Einige klopften auch auf den Boden und dies Klopfen ward immer stärker und eine Stimme rief: „Sender!" die Stimme seiner Mutter. Aber wie kam sie ins Burgtheater? Nun jedoch schwiegen alle anderen Stimmen und nur sie rief: „Sender!"

Er fuhr empor und rieb sich die Augen. Barmherziger Gott, das war ja kein Traum mehr. Es war heller Tag, und das die Kammer im Gasthof zu Borszczow, und draußen klang das Klopfen und Rufen seiner Mutter: „Sender! Mach' auf! Es nützt dir nichts!"

Fast ohnmächtig sank er in die Kissen zurück; in tollem Wirbel kreisten seine Gedanken. Aber nur wenige Sekunden, er sprang aus dem Bette ans Fenster. Die Kammer lag ebenerdig; eh' sie etwa die Tür sprengen ließ, war er längst angekleidet und im Freien. Aber das zuckte ihm nur so durch den Sinn. Fliehen? Warum? Und als es draußen wieder klang: „Es nützt dir nichts", warf er trotzig den Kopf zurück. „O doch", dachte er, „mein gutes Recht über mich selbst wird mir nützen."

„Ich öffne", sagte er. „Warte, bis ich mich angekleidet habe."

Als er fertig war, legte er die Hand auf das Büchlein, das auf dem Nachttisch lag. „Gott, laß mich nicht vergessen, daß es meine Mutter ist." Um Stärke brauchte er nicht zu flehen.

Er öffnete. Die Mutter trat ein, hinter ihr schob sich der Marschallik in die Stube. Moskal fuhr die Eintretenden bellend an. Sender ließ ihn kuschen. Das war das einzige Wort, das er hervorbringen konnte, so tief erschütterte ihn der Anblick der Mutter; eine alte, aber rüstige Frau hatte er daheim gelassen, eine gebrochene Greisin stand vor ihm. Auch sie sah ihn starr aus entsetzten Augen an; vielleicht ebenso seiner Tracht wie seines leidenden Gesichts wegen.

„Mutter", begann er endlich. „Du bist umsonst gekommen ... Es tut mir leid, daß du meinen Brief nicht verstehen wolltest ..."

„O, wohl habe ich ihn verstanden", rief sie. „Und was ich noch nicht gewußt habe, das habe ich von der Wirtin in Zaleszczyki und dem Wirt hier lernen können. Ein Abtrünniger, der mit anderen Verworfenen durch Possen sein Leben fristet. Das ist das Große, was dir dein Herz gebietet und wozu dich Gott bestimmt hat!"

„Da mußt du auch andere fragen", erwiderte er. Er suchte ihr klar zu machen, welches Ziel er sich gesteckt, verwies auf Nadlers Briefe, sein Engagement in Czernowitz.

Sie hörte ihn ungeduldig an. „Wahnsinn", murmelte sie immer wieder dazwischen. „Wahnsinn und Sünde!"

Der Marschallik aber fragte: „Sender, du warst im vorigen Jahr so krank – und jetzt hast du wieder Blut gehustet, bis du für ein solches Leben gesund genug?"

„Mit Gottes Hilfe – ja!"

„Ruf' dabei Gott nicht an!" rief sie wild. „Du bist krank, mußt bei diesem Leben bald zu Grunde gehen. Aber auch wenn du gesund vor mir ständest, ich würde dich beschwören: „Kehr' um, so lange es Zeit ist! Komm' heim!" Und als er den Kopf schüttelte, knirschte sie: „Dann zwing' ich dich. Die Gerichte wissen, daß ein Minderjähriger unter dem Willen seiner Mutter steht."

„Probier's!" erwiderte er finster.

Sie wollte noch heftiger werden, da trat der Marschallik dazwischen.

„Nicht so!" bat er. „Ob du gezwungen werden kannst, weiß ich nicht, die Leut' reden verschieden. Aber du sollst nicht gezwungen werden. Nein, bei Gott! Denk' an deine Gesundheit und an deine alte Mutter. Du bringst sie vorzeitig ins Grab. So sieh doch nur!"

Sender vermochte nichts zu erwidern, er stöhnte nur auf und wandte sich ab. Und so blieb er auch, als sie auf ihn zutrat.

„Sender!" rief sie mit gefalteten Händen. „Du hast geschrieben, daß ich mehr für dich getan habe, als sonst eine Mutter – ist dies dein Dank? Mit Geld willst du es bezahlen? Hier ist dein Geld!" Sie riß eine Brieftasche hervor und warf sie auf den Tisch. „Zähl' nach, es fehlt nichts!"

Ihr Zorn gab ihm die Fassung wieder. „Ich nehm's nicht!" stieß er hervor. „Es gehört dir! Und alles, was ich verdienen werde. Aber mit meinem Leben kann ich nicht zahlen!"

„Und so soll ich es tun!" schrie sie auf. Im nächsten Augenblick sank sie zu seinen Füßen nieder. „Sender", schluchzte sie, „deine Mutter liegt vor dir auf den Knien und bettelt um ihr Leben! Aber nein – nicht darum – nur um eine ruhige Sterbestunde."

Er hob sie auf und umfaßte sie. „Zerreiß' mir nicht das Herz!"

murmelte er mit bleichen Lippen . . . „Eine ruhige Sterbestunde! – Glaubst du, daß Gott so richtet wie Rabbi Manasse? Du kannst in Freuden leben, in Freuden sterben, auch wenn dein Sohn Schauspieler wird!"

„Nein!" schrie sie auf. „Der Rabbi? Das braucht mir kein Rabbi zu sagen!"

Wieder mischte sich der Marschallik ein. „Komm' mit uns, Sender, sprich mit unserem Stadtarzt! Vielleicht beruhigt er die Mutter. Auf einige Wochen kann es dir ja nicht mehr ankommen."

„Nein!" rief sie. „Auch wenn es der Arzt erlauben würde. Ich darf's nicht zulassen. Entscheide dich!"

„Ich habe mich entschieden", erwiderte er. „Sehr viel darf eine Mutter von ihrem Kinde verlangen – so viel nicht!"

Wieder wollte sie sich zu seinen Füßen stürzen. Der Marschallik hielt sie zurück. „Frau Rosel", sagte er. „Er ist krank. Ihr werdet es werden. Schont ihn und Euch und scheidet in Frieden! Wie Gott will – was zu sagen war, ist gesagt."

„Nein, ich geh' nicht!" schrie sie gellend. „Nein! Nein! Nein!" Sie war unheimlich anzusehen. Die Augen glühten wie im Wahnsinn, sie hatte alle Herrschaft über sich verloren. „Mein Leben auf Erden hab' ich dem fremden Kind geopfert, mein Leben im Jenseits nicht! Ich will ruhig sterben, ich will seinen Eltern sagen können –"

„Mutter", stammelte Sender entsetzt. „Barmherziger Gott", dachte er, „sie ist wahnsinnig geworden . . ."

Auch der Marschallik war bis in die Lippen erbleicht. „Frau Rosel", murmelte er, „um Gotteswillen, was redet Ihr da?"

„Nun ist mir alles gleich!" rief sie wild. „Hier war ich in Jammer und Elend um seinetwillen – meine Seligkeit geb' ich nicht für ihn. Ehe sein armer Vater, Mendele Kowner, im Straßengraben gestorben ist, war sein letztes Wort: ‚Alles soll mein Sohn werden, nur kein Schnorrer!' Und deiner Mutter, mit der Friede sei, hab' ich's gelobt, du wirst es nicht . . ." Sie preßte die Linke wie in Todesangst aufs Herz, die Rechte reckte sie empor. „Was soll ich ihnen nun sagen? Was? Was?!"

Sender stand regungslos, nur die bleichen Lippen zitterten. Starr blickte er sie an, dann den Marschallik. Als er die Augen des Alten voll tiefsten Mitleids auf sich gerichtet sah, schloß er die seinen und sank wie vernichtet auf den Stuhl, neben dem er stand.

Darauf war es sehr lange still, man vernahm nur die erregten Atemzüge der drei Menschen.

Dann erhob sich Sender wankend, tastete nach dem Büchlein und führte es an die Lippen. Hierauf barg er sein Gesicht und brach in heftiges Schluchzen aus.

Auch Frau Rosel begann heftig zu weinen. Sie wollte auf ihn zutreten, aber der Marschallik hielt sie zurück.

„Kommmt", flüsterte er, und als sie ihm nicht folgte, wiederholte er befehlend: „Kommt. Nun ist er nicht Euer Sohn mehr, laßt ihn mit seinen Eltern allein!" Und zu Sender gewendet: „Du triffst uns unten."

Zwei Stunden mochten vergangen sein, Sender ließ sich noch nicht blicken. Da schlichen die beiden an seine Tür und wagten endlich einzutreten.

Sie trafen ihn in derselben Haltung, wie sie ihn verlassen, die eine Hand hielt das Büchlein fest, die andere deckte die Augen. Als sie vor ihn traten, richtete er sich auf. So schmerzvoll hatte der alte Mann in seinem langen Leben noch keines Menschen Antlitz gesehen, jedoch Senders Stimme klang zwar tonlos, aber fest: „Ich komme mit!"

„Sender!" jubelte sie auf und wollte auf ihn zustürzen. Der Marschallik hielt sie zurück.

„Ihr müßt es ihm versprechen", sagte er, „daß Ihr nichts dagegen habt, wenn es unser Arzt erlaubt . . . Er überlebt sonst den Schmerz nicht", flüsterte er ihr zu. Dann wieder laut: „Es ist nicht für immer. Die Toten dürfen nicht verlangen, daß sich die Lebenden für sie opfern."

„Wie Gott will!" erwiderte Sender. „Meine Eltern – das würde ich auf mein Gewissen nehmen. Aber hat mir eine Fremde ihr Leben geopfert, so darf sie mein Leben dafür verlangen."

Sechsunddreißigstes Kapitel

Es währte eine volle Woche, bis die drei wieder das Mauthaus zu Barnow erreicht. Sie mußten im Schritt fahren und täglich nur wenige Stunden, in Zaleszczyki und Tluste je zwei Tage rasten. Denn wohl brachte Frau Rosel ihren Pflegesohn zurück, aber als einen Schwerkranken. Immer schlimmer wurde das Fieber, immer quälender der Husten. Es hätte nicht erst der Mahnung der Ärzte bedurft, daß er nicht sprechen solle, mit geschlossenen Augen, stumpfe Trauer in den Zügen lag er im Wagen. Er litt es, daß sich die Mutter um ihn mühte, und wenn sie ihm zärtlich Mut zusprach und auf den Sommer verwies, der ihm, wie im vorigen Jahre, die volle Genesung zurückbringen werde, so gewann es er sogar zuweilen über sich, zu lächeln. Aber unruhig wurde er, wenn ihn der Marschallik zu trösten suchte, vielleicht werde der Stadtarzt im Sommer doch gestatten, daß er gehe, wohin ihn sein Herz ziehe, und die Mutter werde sich dann wohl auch darein finden. Daran wollte er nicht erinnert sein, damit war's aus und vorbei für immer, und wie furchtbar sein Schmerz darüber war, er zuckte zusammen, wenn die fremde Hand mitleidig an die Wunde rührte, die nur der Tod heilen konnte.

So stumpf, so todtraurig blieb er auch in den ersten Wochen nach seiner Heimkunft. Still lag er, die Hand auf dem Kopf seines treuen Hundes, den Blick ins Leere gerichtet, auf dem Sofa der Wohnstube oder im Lehnstuhl am Ofen, den am Fenster vermied er ängstlich. Niemand hatte ihm erzählt, welches Aufsehen seine Flucht im Städtchen erregt, welche Flüche und Verwünschungen sich über seinem Haupte entladen, weil er in deutscher Tracht heimgekehrt; wahrscheinlich ahnte er es, aber nicht deshalb mied er den Sitz am Fenster. Nur niemand sehen und von niemand gesehen werden, in Ruhe sterben – das war alles, was er noch wollte. Selbst die Besuche des Marschallik und seiner Tochter rissen ihn nicht aus diesem dumpfen Hinbrüten, so lieb ihm die beiden Menschen waren, so sehr ihn ihr Mitgefühl rührte. Kamen sie, so gingen sie auch bald wieder, denn er selbst tat nie eine Frage; was sie ihm erzählten, hörte er kaum an, wohl aber schien ihn ihre bloße Anwesenheit zu beunruhigen. Nur einmal, als er erfuhr, daß der neue Advokat und seine Gattin in den nächsten Wochen erwartet würden, belebte sich sein Gesicht. „Da kann ich wohl noch Abschied von ihr nehmen", dachte er, aber gleich darauf wurden seine Züge wieder stumpf, „wozu – ich war ihr ja immer gleichgültig!" Auch seine deutschen Bücher rührte er nicht mehr an, während er das Gebetbuch kaum noch aus den Händen ließ; aber auch nach seinen Eltern tat er keine Frage, er fühlte sich ja schon auf dem Heimweg zu ihnen!

Die drei Menschen, die an ihm hingen, waren tiefbekümmert, aber nur dem Marschallik und Jütte war es klar, daß ihn nicht der Husten allein gebrochen. Frau Rosel gab wohl zu, daß er traurigen Herzens sei, „aber", meinte sie, „das gibt sich mit der Krankheit."

Daß sie recht gehandelt, stand ihr unerschütterlich fest, aber sie vermochte auch nicht einzusehen, daß sie ein Opfer gefordert und empfangen. Im Gegenteil, schenkte ihm der Himmel die Gesundheit wieder, so hatte sie ihr Teil Verdienst daran, bei jenem elenden Leben unter Dirnen und Vagabunden wäre er verloren gewesen.

Sie war sehr bestürzt, als ihr der Arzt eines Tages das Gegenteil sagte. Es war dies nach seinem zweiten Besuche zu Anfang April. Als ihn Frau Rosel, das erste Mal holte, wußte er von Sender nur, was alle Welt in Barnow erzählte: daß der unstete Mensch unter wandernde Gaukler geraten und von der Mutter zwangsweise zurückgebracht worden – das vermochte ihm kein tieferes Interesse einzuflößen. Er untersuchte den Kranken und meinte: es liege Grund zur Sorge vor, aber nicht zur Verzweiflung, bei guter Ernährung, Gemütsruhe und einer Molkenkur im Sommer könne er noch recht glimpflich davonkommen. Aber seither hatte ihm – er war ja auch der Arzt des Klosters – Pater Marian von Sender erzählt und das weckte seine Teilnahme. Obwohl ihn Frau Rosel nicht wieder holen ließ – Sender hatte so dringend gebeten, dies zu unterlassen, daß sie ihm den Willen getan – trat er eines Tages wieder in die Wohnstube.

Er untersuchte den Kranken und schüttelte den Kopf. Dann ersuchte er die Frau, ihn mit Sender allein zu lassen, und sagte: „Ich glaube nun Ihre Geschichte zu kennen, eine echte, rechte Märtyrergeschichte. Aber zum Teil mindestens liegt es in Ihrer Hand, welchen Ausgang sie nimmt. So, wie Sie vor mir liegen, sind Sie das Musterbild eines Kranken, wie er *nicht* sein soll: apathisch, ja verzweifelt. So können Sie nie gesund werden."

Sender erhob abwehrend die Hand: „Das werd' ich ohnehin nie mehr."

„Da wissen Sie mehr als ich", erwiderte der Arzt. „Wie es um Sie steht, habe ich Ihnen schon vor Wochen gesagt. Sie werden sich auch bestenfalls Ihr Leben lang etwas mehr schonen müssen als andere, im schlimmeren viel mehr, an das schlimmste glaube ich nicht. Sie haben etwas von der Natur Ihres Vaters geerbt, dessen

Kraft und Ausdauer in meiner Jugendzeit fast sprichwörtlich waren. Wer nach einem Blutsturz, wie Sie ihn vor einem Jahr hatten, und nach den furchtbaren Strapazen und Aufregungen Ihrer letzten Wanderung nur eben mit einem schweren Husten davongekommen ist, braucht nicht zu verzweifeln.

Sender lag schweratmend da, er erwiderte nichts. Auch der Arzt sprach nicht weiter, es war ja jedes Wort nutzlos. Wohl aber sagte er draußen Frau Rosel seine Meinung: „Nichts hätte für seine Krankheit schlimmer sein können, als diese Rückkehr. Dort wollte er leben, und hier will er sterben."

Das traf sie hart, aber sie glaubte es doch nicht recht.

Umso besser verstand Pater Marian den Bericht des Arztes. „Wenn ich ihn nur besuchen könnte!" rief er und schickte Fedko mit einem Schreiben an Sender, worin er ihm seinen Besuch oder doch Bücher anbot.

Der Pförtner kam betrübt zurück. „Mit unserem armen Verrückten geht's zu Ende", meldete er. „Er dankt für beides."

Auch den Besuch Malkes und ihres Gatten, die sich gleich nach ihrer Ankunft durch Jütte bei ihm anmelden ließen, lehnte er ab. Als sie vom Arzt erfuhren, wie es um ihn stehe, baten sie ihn in einem herzlichen Brief, kommen zu dürfen. Er blieb bei seinem Entschluß.

Aber Jütte gab nicht nach. „Ihr müßt hingehen!" rief sie ihrer Freundin zu, die sie nun als Wirtschafterin ins Haus genommen. „Ihr müßt." Sie rang die Hände. „Sonst stirbt er", rief sie verstört und brach in ein heftiges Schluchzen aus.

Malke blickte sie befremdet an; Tränen war sie an dem tapferen Mädchen nicht gewohnt. „Jutta", sagte sie sehr ernst. „Du hast einmal die Liebe eine ‚christliche Mode' genannt . . ."

„Ich liebe ihn nicht!" rief Jütte heftig. „Aber mein Leben gäb' ich drum, wenn ich das seine erhalten könnte."

Ihren Willen setzte sie durch. Eines Tages traten Doktor Salmenfeld und seine Gattin bei dem Kranken ein. Sender war sehr erregt, und als sie ihm herzlich zusprachen, feuchteten sich seine Augen. Aber er erwiderte doch nur: „Wünschen Sie mir keine Genesung. Wozu? Um bei Dovidl Nummern zu schreiben?"

„Um ein großer Künstler zu werden", rief Malke.

„Damit ist's vorbei. Ein todkranker Mann! Und wenn auch das nicht – meine Pflegemutter verlangt das Opfer, *muß* es verlangen, und ich *muß* es bringen."

„Lieber Herr Glatteis", sagte der Advokat, „nur das erste ist richtig. Nach ihren Anschauungen muß sich Ihre Pflegemutter durch die letzten Worte Ihrer Eltern gebunden halten. Aber Sie?! Ihr armer Vater war ja ein in seiner Art berühmter Mann; wir alle haben genug über ihn erfahren, um zu wissen: wenn *er* lebte, er würde Sie deshalb nicht verdammen, ihm wäre der Unterschied zwischen einem ‚Schnorrer' und einem Künstler klar. Und Frau Rosel spricht ja nur gleichsam in seinem Namen . . ."

Sender schüttelte den Kopf. „Das mag ja alles richtig sein, aber *ihr* wäre es doch das Furchtbarste. Und darauf allein kommt es an. Sie hat mir ihr ganzes Leben auf Erden geopfert – soll ich ihr dafür die künftige Seligkeit rauben?"

Aber ein Interesse weckten diese Unterredungen doch in ihm: er begann dem Leben und Wesen seines Vaters nachzuforschen. Der Marschallik konnte ihm viel von Mendele berichten, die Bedeutung der Inschriften im Gebetbuch ward ihm nun verständlich. Frau Rosel aber erzählte ihm von der armen Miriam, wie sanft und fromm sie gewesen, wie gut und dankbar. Auch lebte noch einer der Männer, die einst an Mendele Kowner die letzte Pflicht erfüllt und seinen Leichnam von der einsamen Todesstätte nach dem „guten Ort" zu Barnow gebracht. Es war Meyerl Kaiseradler, der Gemeindediener. Aber seine Erzählung brachte Sender eine tiefe Erschütterung des Gemüts, denn auf die Frage, wo jene Stätte gewesen, erwiderte Meyerl: „Dicht an der kleinen Kapelle, wo der Fußweg nach Biala von der Straße abzweigt." Es war dieselbe Stelle, wo der Orkan Sender in den Straßengraben geschleudert, die Kapelle, wo er zu seiner Rettung das Büchlein liegen gelassen. Ihm war es kein seltsamer Zufall; nun wußte er, wessen Geist ihn in jener Stunde umschwebt und gerettet. Aber freilich? – wozu? – zu solchem Ende?!

Gegen Ende April kam ein Brief Nadlers aus Czernowitz, er habe durch einen Zufall erst jetzt erfahren, warum Sender nicht gekommen. In herzlichster Teilnahme bat ihn der Direktor, nicht mutlos zu werden, das Siechtum zu überwinden; sein Schutz sei ihm immer sicher. Daß der Zufall in einem Brief Salmenfelds bestanden, wußte Sender nicht, wohl aber, was er zu erwidern habe. Er dankte dem Direktor in rührenden Worten und nahm von ihm Abschied.

Da sollte ein furchtbares Ereignis wieder in sein Leben eingreifen, zugleich zum Segen und zum Verderben.

Es war an einem der ersten Maitage, Sender besprach eben mit Frau Rosel, daß sich nächstens sein Geburtstag jähre, wo er zugleich zum ersten Male den Todestag seiner Mutter begehen könne, als der Marschallik eintrat. Sender sah ihm sofort an, daß er schlimme Botschaft bringe, doch erfuhr er nicht, um was es sich handle; der Alte teilte es Frau Rosel auf dem Flur mit. Es mußte etwas sehr Schlimmes sein, denn als sie wiederkam, war ihr Gesicht bleich und angstvoll, doch erwiderte sie auf Senders Frage „Nichts, nichts von Bedeutung."

Es mußte aber von Wichtigkeit sein, denn nach einer Stunde hörte Sender auf dem Flur neben der Stimme Türkischgelbs auch jene Dovidls. Aber auch von seinen hastigen Reden konnte er nur einige Worte verstehen: „Und alles das hat der Schurk', der Stümper, der Luiser auf dem Gewissen." Und dann das letzte: „Beruhigt Euch, ich kenne ja die Gesetze. Nach den Gesetzen darf er Euch nichts antun."

Beruhigend schien diese Versicherung nicht auf sie gewirkt zu haben; als sie in die Stube zurückkehrte, war sie noch erregter. Vergeblich bat Sender nochmals, ihm den Grund zu sagen. Sie stand fast immer am Fenster und spähte auf die Straße hinaus. Da – es dämmerte schon – schrie sie plötzlich entsetzt auf: „Da ist er!" und stürzte auf den Flur. Gleich darauf hörte er eine rauhe, ihm fremde Stimme, offenbar die Stimme eines Trunkenen, brüllen: „Selbst sollst du mir sagen, daß du mich nicht aufnimmst! Warum läßt du mich dann suchen?"

Und dann ihren gellenden Ruf: „Geh', Froim, oder ich schrei' um Hilfe!"

So weit hatte Sender starr vor Schrecken zugehört. Nun raffte er alle Kraft zusammen und stürzte auf den Flur. Er kam genau zur rechten Sekunde. Da stand ein alter, entsetzlich verwahrloster Bettelmann vor Rosel, hatte eben den schweren, eisernen Haken ergriffen, durch den der Schranken des Nachts versperrt zu werden pflegte, und schwang ihn über dem Haupt der Greisin.

„So schrei' zu", brüllte er. „Aber zuerst schlag' ich dich tot."

Blitzschnell warf sich Sender zwischen Froim und sie. Das schwere Eisen traf sein Haupt statt des ihren. Er schlug zur Erde hin, in seinen Ohren dröhnte es, seine letzte Empfindung war, daß ihm ein heißer Strom die Stirne überrieselte. Dann vergingen ihm die Sinne.

Drei Wochen lag er betäubt zwischen Leben und Sterben, der Arzt befürchtete täglich das Ende; eine so schwere Verletzung, ein so heftiges Wundfieber konnte der geschwächte Körper kaum überwinden. Er bot seine ganze Kraft und Kunst auf, auch sonst fehlte es dem Kranken nicht an liebevoller Pflege und Teilnahme. Jütte wohnte nun im Mauthaus, um Tag und Nacht bei der Hand zu sein, der Marschallik kam täglich, ebenso Salmenfeld und seine Gattin; noch mehr, eines Tages trat Pater Marian ein und beugte sich voll schmerzvoller Rührung über seinen armen Schüler, der ihn nicht erkannte. Der Besuch blieb im Ghetto nicht unbekannt und machte als nahezu unerhörtes Ereignis das größte Aufsehen; den jähen Wandel der Stimmung vermochte es nicht zu beeinflussen. Nun schwärmten die Juden von Barnow wieder einmal für denselben Mann, auf dessen Haupt sie kurz vorher die schwersten Flüche gehäuft. Er hatte sein Leben eingesetzt, das der Mutter zu erhalten – nun war er trotz seiner deutschen Tracht wieder kein Mensch, sondern ein Engel. Täglich kamen Scharen, sich nach seinem Befinden zu erkundigen; wer irgend einen seltenen Leckerbissen hatte, sandte ihn für den Kranken. Daß eine Gewalttat wie die Froims im podolischen Ghetto überaus selten ist, mehrte die Begeisterung; der dicke Simche, der zufällig vorbeigefahren und den Frevler entwaffnet, wurde wie ein Held gefeiert. Die Leute hätten Froim am liebsten gelyncht, es war gut, daß ihn der Bezirksvorsteher hinter Schloß und Riegel gesetzt.

„So sind sie", sagte der Arzt dem Advokaten, „maßlos in ihrer Liebe wie in ihrem Haß! Aber all dies Segnen nützt dem Armen nichts."

Dies nicht, vielleicht nicht einmal die aufopfernde Pflege, aber seine zähe Natur schien den Kranken retten zu wollen. Die Wunde begann zu heilen, die Betäubung schwand. Die Sorge des Arztes wollte dennoch nicht weichen.

„Seine Genesung ist so etwas wie ein halbes Wunder", sagte er dem Pater, „aber ganze Wunder gibt's in der Natur nicht. Ohne dieses Unglück wäre er wohl wieder leidlich gesund geworden, sofern er nur ernstlich gewollt hätte. Jetzt fürcht' ich, zählt sein Leben nur noch nach Monaten. Wenn ich sie ihm wenigstens heiter gestalten könnte! Aber mit der Besinnung kommt ja auch die Apathie wieder, hinter der sich in Wahrheit eine so tiefe Verzweiflung birgt."

„Sprechen Sie doch mit seiner Mutter", bat Marian, „jetzt wenigstens sollte sie doch ihren Widerstand aufgeben. Schauspieler wird er ja ohnehin nicht mehr."

Der Arzt zog den Marschallik ins Vertrauen. Der Alte war fassungslos vor Schmerz.

„Das kann Gott nicht zulassen!" rief er dann. „Vielleicht irren Sie sich doch. Die Frau aber – die bring' ich herum."

Er hatte zu viel versprochen, vielleicht weil er der Greisin nicht alles sagen mochte. Nur so viel erreichte er, daß sie ihm zuschwor, kein Wort mehr dagegen zu sagen, außer wenn Sender etwa Ernst machen wollte. Dann freilich werde sie wissen, was sie den Toten schuldig sei.

Aber es kam weniger auf sie an, als die Freunde glaubten. Mit Staunen sah der Arzt, wie heiter die Miene des Kranken war, als er ihn zuerst bei voller Klarheit des Geistes wiederfand. Vor ihm war Jossef Grün dagewesen und hatte die Grüße und Wünsche der Gemeinde überbracht – aber konnte dies auf Sender so tief gewirkt haben? Er war so schwach, daß er kaum die bleichen Züge zu einem Lächeln verziehen konnte, aber seine Augen leuchteten, und als sich der Arzt zu ihm beugte, hauchte er: „Nicht wahr, Herr Doktor, ich werde gesund?"

Der Arzt bejahte eifrig.

„Ich hab's ja gewußt", flüsterte er mit seligem Lächeln. „Mein Herz hat's mir gesagt. So gesund, daß ich Schauspieler werden kann?"

Der Arzt nickte.

„Aber da müssen Sie dazu helfen", fügte er fast barsch hinzu, seine Rührung zu bewältigen. „Nun keine trüben Gedanken mehr."

„Es ist ja kein Grund mehr", hauchte Sender. „Alle sagen es, und ich fühle es auch: die Schuld ist bezahlt! Nun weiß ich, warum ich in jener Nacht in der Kapelle nicht gestorben bin . . ."

Letztes Kapitel

Die Schuld war bezahlt, er konnte Schauspieler werden – nur die Krankheit stand noch zwischen ihm und seinem Ziele. Selten hatte der Arzt einen so tapferen, heiteren, fügsamen Patienten gehabt, wie es Sender jetzt war, aber selten auch einen, der den gütigen Mann so oft zu seinem barschen Ton gezwungen. Dieser Gegensatz zwischen dem rührenden Glauben des Kranken und der herben Wirklichkeit ergriff ihn immer wieder tief.

Die anderen aber freuten sich nur über die Wandlung und schöpften neue Hoffnung, auch der Pater und der Marschallik. Sollten sie dem Arzte mehr glauben, als ihren eigenen Augen? Sender wurde ja zusehends wieder kräftiger, das Gesicht war leicht gerötet, die Augen glänzten, auch der Husten hatte fast ganz aufgehört; freilich wurde der Atem kürzer, aber auch das gab sich wohl. Vor allem aber täuschten sie sein Mut, sein Selbstvertrauen über seinen Zustand hinweg.

Nun war alles anders als früher; jeder Besuch freute ihn, mit den Freunden sprach er auch von seinen Plänen; nur kurz freilich, schon weil ihm der Arzt vieles Reden untersagt, aber aus jedem Wort klang felsenfeste Zuversicht. Frau Rosel empfand dies jedesmal als einen rechten Stich ins Herz, aber sie schwieg, ihre Zusage wollte sie halten. Auch las er nun wieder eifrig, und als er zum ersten Male das Bett verlassen konnte, schrieb er einen langen Brief an Nadler, worin er erzählte, wie es sich mit ihm gefügt, daß er nun auf dem Wege zur Genesung sei und bitte, ihn nicht zurückzuweisen, wenn er sich – hoffentlich bald – zum Antritt seines Engagements melde. Der Direktor erwiderte umgehend aus Lemberg: Sender werde ihm immer willkommen sein, und nun könne er ihm auch bessere Vorbilder bieten als in Czernowitz, er sei zum Direktor des Lemberger deutschen Theaters ernannt worden und übernehme im Herbst die Leitung.

Sender war selig; jeder der Freunde mußte den Brief lesen. „Bis zum Herbst bin ich ja längst gesund", sagte er. „Der Herr Doktor hat es mir ja versprochen."

In der Tat hatte der Arzt zum mindesten nicht widersprochen, als Sender um Antwort gedrängt und sie sich dann selbst gegeben. „Im Herbst wollen wir dann weiter lügen", dachte er mitleidsvoll, „wenn es noch nötig sein sollte ––" Laut aber sagte er: „Natürlich müssen Sie vorher nach Delatyn zur Molkenkur!" Heilung konnte Sie Sender nicht mehr bringen, aber Erleichterung der Atemnot.

Der Kranke war es zufrieden; auf Mitte Juni war die Abreise festgesetzt. Aber nun erhob sich die Schwierigkeit, wer ihn begleiten sollte, denn der Arzt bestand darauf, daß er nicht allein gehe. Frau Rosel konnte von ihrem Posten nicht abkommen, auch hatte sie die Todesangst während Senders Flucht nicht recht verwunden und war in den letzten Monaten sehr gebrechlich geworden. Jütte? Sie selbst wäre freilich auch dazu bereit gewesen, aber das verbot die Sitte. Auch Sender sah dies seufzend ein, sonst hätte er sich keine bessere Gesellschaft zu wünschen gewußt. Das Mädchen war ihm durch seine selbstlose Güte sehr teuer geworden, er liebte sie so recht wie eine Schwester.

„Nüssele", sagte er ihr einmal, „was hast du für ein golden Herz!" Seit den Tagen seiner Krankheit duzten sie sich. „Darum verstehst und begreifst du auch alles – nur durchs Herz. Ich denk' mir nur immer: wo nehmen wir einen Mann für dich her, der dich wert ist!"

Ihr war sehr weh, als er so sprach, aber sie bezwang sich.

„So ein Mensch ist eben noch gar nicht geboren", erwiderte sie, „und darum muß ich ledig bleiben."

„Behüte!" erwiderte er lächelnd. „Er ist schon unterwegs. Wenn er kommt und ich bin nicht mehr da, dann will ich bei der Hochzeit nicht fehlen, und wenn ich aus Berlin oder Hamburg herreisen müßte. Mit einer großen Kiste voll Geschenken komm' ich dann gefahren, Nüssele, und schau' mir den glücklichen Menschen an, der das beste Weib auf der Erde bekommt."

Da wandte sie sich ab und ging rasch hinaus; ihre Kräfte drohten sie zu verlassen. Außer dem Arzte wußte wohl sie am besten, wie es um Sender stand; auch dies hatte ihr das Herz gesagt, das Herz, das ihn liebte.

Schon war beschlossen, daß ein gemieteter Wärter Sender begleiten sollte, als das Schicksal für einen besseren Pfleger sorgte.

Als Sender eines Nachmittags mit dem Marschallik auf dem Bänkchen vor dem Hause saß, unter dem Lindenbaum, fuhr der Alte plötzlich auf und rief, auf die Straße deutend: „Da ist ja der kleine, jüdische Spieler aus Borszczow."

Sender blickte auf, auch er erkannte Können sofort. Langsamen Schrittes, das Haupt gebeugt, kam der Kleine, ein Ränzelchen auf dem Rücken, dahergegangen. Als er Sender gewahrte, blieb er wie starr vor freudigem Schrecken stehen und eilte dann auf ihn zu.

„Also Sie leben!" rief er und faßte nach seiner Hand. „Sie leben!"

„Natürlich", erwiderte Sender. „Nicht mein Geist. Fühlen Sie nur, Fleisch und Blut, wenn auch noch etwas wenig. Hat man mich tot gesagt?"

„Gottlob!" rief der Kleine, ohne auf die Frage zu antworten, dann begrüßte er auch den Marschallik, der ihm freundlich die

Hand drückte. Ohne seine Hilfe hätte er Sender in Borszczow kaum von Stickler losgebracht; der Direktor hatte fünfzig Gulden Entschädigung verlangt und sich schließlich nur auf Könnens Vorstellung mit fünfzehn begnügt.

„Kommen Sie als Quartiermacher?" fragte er. „Ich fürcht', in Barnow werden Sie keine guten Geschäfte machen."

Der Kleine schüttelte den Kopf. „Ich bin kein Schauspieler mehr", sagte er düster. Und nun erst sah Sender, daß ihm ein Wald schwarzer Stoppeln im Gesicht wucherte.

„Und die Gesellschaft?"

„Aufgelöst", erwiderte Können und um seinen Mund zuckte es schmerzlich. Dann setzte er zum Reden an, blickte auf den Marschallik und verstummte wieder.

Der Alte verstand den Blick und ließ die beiden allein.

„Es freut mich, daß Sie sich endlich losgemacht haben", sagte Sender. „Es war hohe Zeit . . ."

„Das war's", erwiderte Können, „aber ich habe mich nicht losgemacht . . ." Er blickte zu Boden, seine Lippen bebten. „Ich hätte es nie gekonnt . . . Sie ist . . ."

„Tot?!" rief Sender bewegt. Wie immer sie sonst gewesen, ihm hatte sie Teilnahme erwiesen. „Wie schade! Ein solches Talent! Aber sie war ja noch so jung und ein blühendes Geschöpf." Da erinnerte er sich ihres gellenden Lachens, ihrer verzweifelten Reden. „Hat sie sich etwa selbst . . .?"

Können nickte, sprechen konnte er nicht. „Sie hat sich vergiftet", stieß er endlich hervor. Aber es währte lange, bis er erzählen konnte: „Sie wissen wohl noch, Birk hat einst viel für sie getan und sie es ihm übel gelohnt. Sie hat ihn zuerst betrogen, dann sich ganz von ihm losgesagt. Er hat nie ein Wort darüber gesprochen, vielleicht habe nur ich gewußt, daß dies das schmerzlichste war, was den Unglücklichen in seinen letzten Jahren getroffen hat; seit dem Bruch mit der Schönau ist es immer rascher mit ihm abwärts gegangen. Und er war dazu verdammt, sie täglich zu sehen, er hat auch dies ertragen müssen, nur daß er außer der Bühne nie ein Wort mit ihr gesprochen hat. Um Mitte Mai – wir waren eben in Kolomea – sagt er mir einmal vor der Vorstellung der Räuber: ‚Ich fürchte, heut' bring' ich's nicht zu Ende!' Und richtig, gleich in der ersten Szene – er hat den alten Moor gespielt und Hoheneichen erzählt eben von Karls Verworfenheit, stöhnt er bei den Worten: ‚Mein, mein ist die Schuld!' auf und greift sich an die Stirne und sinkt zurück und röchelt leise. Und das war so schauerlich, daß eine Bewegung durchs Publikum gegangen ist und alle gesagt haben: ‚Großartig!' Und Hoheneichen merkt auch nichts und spricht weiter, aber auf das nächste Stichwort ist Birk nicht mehr eingefallen. Es war ein Nervenschlag . . ."

„Entsetzlich", murmelte Sender.

„Für ihn war's eine Erlösung", fuhr Können fort, „nur daß er nicht gleich tot war. Drei Tage ist er dagelegen und hat geröchelt und Worte gelallt, die ich nicht verstanden habe. Denn ich habe ihn gepflegt und war sehr betrübt, denn er hat mich nie gehöhnt. Aber das war in jenen Tagen nicht mein größter Schmerz, sondern" – er stockte – „aber warum sollt' ich's Ihnen nicht sagen, da es gottlob nicht wahr war? – Der Souffleur von Nadlers Gesellschaft, der mein Freund ist, hat mir geschrieben, Sie liegen im Sterben . . . Also, am dritten Tage, wie ich eben bei ihm bin und sehe, es geht zu Ende, klopfte es an die Tür, ich blicke hinaus: die Schönau. Sie hat entsetzlich ausgesehen. ‚Mein Gewissen läßt mir keine Ruhe', sagt sie, ‚vielleicht verzeiht er mir vor dem Tode!' Und obwohl ich abmahne, tritt sie ein. Da zuckt es in seinem Gesicht, er sucht die Hand zu heben. ‚Weg!' ruft er. – ‚Ferdinand!' schluchzt sie und wirft sich vor seinem Bett nieder. Da richtet er sich plötzlich auf und lallt: ‚Weg! Dirne! Mörderin!' Und sinkt zurück und stirbt, und noch im Tod war auf seinem Gesicht der Abscheu und der Zorn . . ."

Er atmete tief auf und fuhr fort: „Drei Tage ist sie still herumgegangen, aber mit einem Gesicht – uns allen hat nichts Gutes geahnt. Da bekommt der Stickler Furcht und bittet einige Edelleute, daß sie sie zu einem Souper einladen. Und sie sagt zu. ‚Genug gejammert', lacht sie, ‚es holt uns doch alle der Teufel!' Aber wie das Souper beginnen soll, kommt sie nicht. Und wie einer auf ihr Zimmer geht, sie zu holen – – –"

„Sie war sogleich tot?" fragte Sender.

Können nickte. „Blausäure, sie kann nicht gelitten haben." Wieder schöpfte er tief Atem. „Von mir will ich nicht reden . . . Nach dem Begräbnis habe ich dem Stickler gesagt: ‚Nun geh' auch ich.' Und obwohl er mich nun plötzlich wieder ‚du' genannt hat, der Lump, bin ich fest geblieben. Mit den drei anderen hat er nicht fortspielen können – und ohne solche Zettel! – so hat sich die Gesellschaft aufgelöst. Sie suchen nun einzeln ein anderes Engagement, nur die Linden nicht, die wird Putzmacherin in Czernowitz."

„Und was haben Sie vor?" fragte Sender.

„Ich hoffe, der Herr Doktor Bernhard Salmenfeld hier nimmt mich in seine Kanzlei. Ist bei ihm keine Stelle frei, so versuch' ich's anderswo. Um mich ist mir nicht bange."

„Mir auch nicht", sagte Sender. „Und ich wüsche Ihnen Glück, daß – verzeihen Sie, Sie haben's selbst so genannt – der Wahnsinn zu Ende ist."

Können schüttelte den Kopf.

„Der Schauspielerwahnsinn, da haben Sie recht. Aber das andere . . ."

Er wandte sich ab, dann griff er nach Stock und Ränzel und ging mit stummem Gruß der Stadt zu.

Salmenfeld wollte den Mann, den er als verläßlich kannte, gern behalten, mußte aber erst seinem Sollizitator kündigen. So war Können für die nächste Zeit frei und gern bereit, Sender nach Delatyn zu begleiten. Frau Rosel war freilich etwas besorgt: ein Fremder und ein einstiger „Spieler" dazu! Aber ihr Mißtrauen war unbegründet, treuer als er hing selbst Moskal nicht an seinem Herrn.

Ehe sie die Reise antraten, suchte Sender zum ersten Mal die Gräber seiner Eltern auf. Rabbi Manasse hatte einst den Fremden die Ruhestätte an der Friedhofmauer angewiesen, wo die Ärmsten gebettet werden, aber die Gräber fand Sender wohlgepflegt; auch für zwei stattliche Grabsteine hatte Frau Rosel gesorgt. Lange saß er auf dem Grabhügel seines Vaters, der von dem der Mutter nur durch einen schmalen Raum getrennt war, der eben noch knapp für eine Grabstätte reichte. „Ich war im Leben nicht bei ihnen", dachte er, „im Tode will ich es sein, wohin immer mich mein Weg führt. Hier wird sich's einst nach langer, hoffentlich segensreicher Arbeit am besten ruhen." Und er bat noch selben Abends den Marschallik, ihm bei der Gemeinde das Grab zu sichern. „Ich fühl's", sagte er, „ich werde lange leben. Wer weiß, wie überfüllt dann der Friedhof ist. Es soll sich nichts Fremdes zwischen uns drängen." Der Alte konnte ihm schon am nächsten Tage die Bestätigung der Gemeinde bringen.

Der Flecken Delatyn liegt in den Karpathen, etwa zwölf Meilen von Barnow; er wird seiner würzigen Tannenluft sowie der kräftigen Molke wegen viel von Lungenkranken aufgesucht. Dort verbrachte Sender mit seinem treuen Können sechs stille, schöne Wochen. Sie suchten niemandes Bekanntschaft; die Gesellschaft des Kleinen genügte Sender vollständig; er konnte ja mit ihm vom Theater sprechen! Dazu die Bücher, die schöne Natur, die Hoffnung, schon in zwei Monaten nach Lemberg zu gehen – er fühlte sich glücklich, fast wunschlos.

Auch mit seiner Gesundheit ging es immer besser. Zwar die Schwäche wollte nicht weichen, aber aus dem Spiegel blickte ihm ein volleres Gesicht entgegen und das Atmen ging leichter. Selbst der Arzt war einen Augenblick freudig überrascht, als Sender sich nach seiner Rückkunft bei ihm meldete. Aber die Freude verflog, als er das Hörrohr an die Brust des Kranken legte. Dennoch widersprach er nicht, als dieser fragte: „Nicht war, im September darf ich nach Lemberg?" Wohl aber beriet er mit Samenfeld. „Da muß wieder einmal Ihre Bekanntschaft mit Nadler aushelfen", sagte er ihm. „Er muß ihn durch irgend einen Vorwand auf den Frühling vertrösten. Spätestens im November ist der arme Junge erlöst."

Der Direktor beeilte sich, dem Wunsche Salmenfelds zu entsprechen, nur machte er diesmal seine Sache trotz besten Willens nicht eben geschickt. Er bat Sender, sich bis zum April zu gedulden, weil in den ersten Wochen der Wintersaison eine ganze Reihe von Gastspielen stattfinde, zuerst komme Dawison, dann die Rettich, La Roche und Fichtner. Nun bedürfe ein Anfänger der steten

Anleitung, gerade die ersten Wochen seien oft geradezu entscheidend für die ganze Künstlerlaufbahn, und da werde er sich ihm ja der Gastspiele wegen nicht widmen können.

Dieser Grund leuchtete Sender nicht ganz ein; da er jedoch gewohnt war, jede Weisung Nadlers wie einen Orakelspruch hinzunehmen, so ließ er ihn gelten und machte sich sogar keine Gedanken darüber. „Es ist mir also vorbestimmt", dachte er, „mein Engagement im Frühling anzutreten, allerdings ein Jahr später. Aber Nadler hat sicherlich wohl überlegt, daß die Verzögerung der geringere Schade ist." Hingegen erregte der Name Dawison stürmische Sehnsucht in seinem Herzen. Der berühmteste deutsche Schauspieler seiner Zeit, desselben Stammes wie er, der einst freundliche Teilnahme für sein Schicksal gezeigt, in Lemberg – und er sollte ihn nicht sehen! Dawison hatte im Dezember vorigen Jahres – das wußte er – sein Engagement am Burgtheater gelöst und gastierte nun, es hieß, er wolle nach Amerika gehen – wie, wenn sich die Gelegenheit nie wieder fand! Und als er in dem Wiener Blatte, das ihn Salmenfeld lesen ließ, die Nachricht fand, daß der Künstler außer dem Mephisto und Richard III. auch den Shylock spielen werde, erklärte er der Pflegemutter den Entschluß, nach Lemberg zu gehen. Sie widersprach heftig, noch immer täuschte sie sich ja über seinen Zustand, nun wollte er ernstlich zur Bühne, sie durfte es nicht dulden. Der Widerstand nützte ihr nichts, umsomehr da auch der Arzt keine Einwendung hatte. „Warum sollte ich dem Ärmsten nicht noch diese Freude gönnen?" sagte er zu Salmenfeld. „Nur muß freilich Können mit." Und so geschah's.

In den letzten Septembertagen sollte das Gastspiel stattfinden, schon acht Tage früher brachen die beiden auf, um die vier Tagereisen bequem zurückzulegen. Sender war selig – welcher Genuß harrte seiner! Und das Wetter war warm und sonnig, das Wägelchen bequem, Nadler war verständigt und hatte seine Freude ausgedrückt, ihn wiederzusehen – die Freunde hatten eben für alles gesorgt; im Kofferchen lag sogar ein feiner, schwarzer Anzug, damit er sich dem Künstler würdig vorstellen könne. Wenn ihn Können in diesen ersten Stunden ansah, hätte er kaum glauben mögen, daß es ein Todkranker war, neben dem er saß. Aber bald machten sich die Folgen der Anstrengung fühlbar, der Ärmste rang nach Luft, und die rüttelnde Bewegung bereitete ihm so große Schmerzen, daß er trotz aller Selbstbeherrschung leise stöhnen mußte. Erschreckt ließ Können schon im nächsten Flecken halten; statt desselben Tages gelangten sie erst am nächsten nach Buczacz, der Stadt seiner Knabenstreiche, die er einst so plötzlich hatte verlassen müssen, und mußten hier einen vollen Tag rasten. In der Folge ging es ähnlich, ja schlimmer. Die beiden ersten Gastvorstellungen waren nun versäumt, sie langten erst am Vorabend der letzten Vorstellung in Lemberg an.

Sender war betrübt, aber nicht verzweifelt. „Der Shylock soll ja seine bedeutendste Rolle sein", sagte er, „das Beste entgeht mir also doch nicht." Noch mehr, er gewann seinem Ungemach sogar eine gute Seite ab. „Ich bin doch noch nicht so ganz hergestellt, wie ich geglaubt habe; vielleicht hätte mich das Spielen jetzt noch zu sehr angegriffen; im April, nach einem ruhigen Winter, wird's mir weit besser gehen."

Am nächsten Tage suchten sie Nadler in der Direktionskanzlei auf. Der weichherzige Mann hatte Mühe, seine tiefe Erschütterung über Senders Aussehen zu verbergen. Doch faßte er sich rasch, hieß ihn herzlich willkommen und gewann es sogar über sich, ihm von Rollen zu sprechen, die er ihm im nächsten Frühling zuteilen wolle. Für den Abend lud er die beiden in seine Loge, am nächsten Nachmittag versprach er, Sender Dawison vorzustellen. Mühsam atmend, aber mit stolzen, leuchtenden Augen kehrte Sender, auf Könnens Arm gestützt, ins Hotel zurück.

Am Nachmittag machte der Direktor den beiden einen Gegenbesuch. Sender ruhte, nur Können empfing ihn. Nadler ließ sich von ihm eingehend berichten, auch von jener Probe in Zaleszczyki. Als er ihm Birks Urteil erzählte, rief Nadler schmerzvoll: „Und Birk hatte einen untrüglichen Instinkt wie jedes großes Talent. Ich werde nie aufhören, mir Vorwürfe zu machen, daß ich ihn nicht damals sofort mitgenommen habe!"

Können wollte ihn unterbrechen.

„Ich weiß, was sich zu meiner Entschuldigung vorbringen läßt", sagte er, „aber mich drückt's doch. Es ist ja traurig genug, wenn ein Talent durch eigene Schuld zugrunde geht wie Birk. Und nun erst dieser Sender! Warum muß er sterben? Sein Verbrechen ist, daß er deutsche Bücher nirgendwo anders fand als in der ungeheizten Bibliothek des Barnower Klosters."

Schon lange vor Beginn der Vorstellung waren die beiden in der Loge. Klopfenden Herzens musterte Sender das stattliche Haus, das sich eben füllte. Die Stätte seines einstigen Wirkens! Dann dachte er an nichts als die Freude, die heute seiner harrte. So andachtsvoll mag selten jemand einer Vorstellung gelauscht haben wie der arme, blasse Mensch, der die Nebensitzenden zuweilen durch sein Husten störte. Als sich der Vorhang zur ersten Sylockszene hob, ergriff er unwillkürlich Könnens Hand, ihn schwindelte, er ertrug die Spannung kaum.

Da – ein stürmisches Klatschen, daß das Haus dröhnte – da war Dawison.

Vorgebeugt, schwer atmend saß Sender da, die Maske zwar verwunderte ihn nur: er hätte nie gedacht, daß Shylock so alt und häßlich aussehen müsse, aber die Sprechweise, das Spiel ließen ihn sofort erkennen, daß diese Auffassung eine ganz einheitliche sei. Welche Bewegungen, welche Stimme – ihr umflorter, nervöser Klang, in welchem der unterdrückte Haß zitterte, ging ihm durch Mark und Bein. Bei der Rede: „Signor Antonio, viel und oftermals" und so weiter feuchteten sich seine Augen. ‚Und ich war auf mein Deklamieren stolz!' dachte er. Die Erkenntnis der eigenen Unzulänglichkeit und die Freude, einen solchen Künstler zu hören, ergriffen ihn gleichermaßen. Ähnliches empfand er bei den folgenden Szenen, aber die tiefste Bewegung überkam ihn während der Eingangsszene des dritten Aktes. „Wenn ihr uns stecht, bluten wir nicht? Wenn ihr uns kitzelt, lachen wir nicht?"– Das war kein Schauspieler mehr, sondern ein armer, unseliger Mensch, der lange seine und der Brüder Jammer verschlossen in sich getragen, der klaglos geduldet und nun plötzlich Worte fand für sein furchtbares Weh. Über Senders Antlitz rannen die Tränen nieder; als am Schlusse der Szene donnernder Beifall losbrach, saß er regungslos, aber seine Lippen murmelten: „Mein Gott und Herr, ich danke dir!"

Gleich mächtig vermochte nichts mehr auf ihn zu wirken, und in der Gerichtszene, wo Dawison den Blutdurst durch die grellsten Mittel verbildlichte – er wetzte sogar das Messer an der Sohle – ertappte er sich sogar auf dem Gedanken: „Ist das nötig?" Gleichwohl war er auch hier voll der wärmsten Bewunderung, und als der Vorhang des vierten Akts gefallen war, erhob er sich.

„Kommen Sie", flüsterte er Können zu.

„Sind Sie nicht wohl?" fragte dieser besorgt.

Sender schüttelte den Kopf. „Nein", erwiderte er. „Aber aus diesem Künstler hat mich Gottes Odem angeweht, die anderen sind nur Menschen."

In dieser Nacht schloß Sender kein Auge. Neben dem Jubel, daß ihm solches zu sehen vergönnt gewesen, erfüllte ihn auch kleinmütiges Verzagen an der eigenen Begabung. Aber dann kam ihm der Trost: „An Talent mag er mich hundertfach übertreffen, an Begeisterung nicht. Wenn auch kein großer Künstler aus mir wird, so doch gewiß ein ehrlicher." Und dieser Gedanke beruhigte ihn so, daß er im Morgengrauen endlich den Schlaf fand.

Am Nachmittag holte ihn Nadler zu Dawison ab; er wohnte in einem Hotel dicht neben dem Senders. Der Direktor hatte ihn wohl vorbereitet; der Künstler wußte, daß er einem Todgeweihten die letzte große Freude seines Lebens bereiten konnte, und empfing ihn darum mit größter Herzlichkeit.

„Unsere Schicksale sind einander so ähnlich", sagte er. „Kampf mit der Armut und dem Vorurteil! Freilich habe ich das Polnische in einer Schule erlernen können, aber mein Sequestrator, für den ich Akten rein schrieb, wird nicht viel anders gewesen sein, als Ihr Winkelschreiber. Und das Deutsche habe ich auch als Schreiber in der Redaktion der ‚Gazeta' aus eigener Kraft erlernen müssen. Und es ist doch gegangen! Ich hoffe, das wird Ihnen trostreich sein, lieber Kollege."

Sender vermochte nichts zu erwidern, er sah nur immer in das scharfgeschnittene, bewegliche Antlitz. Er, Sender, der Pojaz, war bei Bogumil Dawison und der nannte ihn seinen Kollegen. Es dünkte ihm wie ein Traum.

Dawison sprach dann von seiner Lemberger Zeit, wie er durch Laubes Fürsprache ans Burgtheater gekommen und schließlich auch durch diesen verdrängt worden. „Aber das kann Sie nicht irre machen", fuhr er dann hastig fort. „Natürlich hat das Künstlerleben auch seine Schattenseiten. Und dennoch: wer dazu berufen und auserwählt ist, sollte mit keinem König tauschen wollen!"

Sender nickte, seine Augen glänzten, Worte fand er nicht, kaum daß er zum Schluß seinen Dank stammeln konnte. Auch von Nadler nahm er zur selben Stunde Abschied.

„Ich weiß", sagte er. „Sie würden mir noch für einige Vorstellungen den Besuch erlauben, aber mir ist's, als hätte ich in die Sonne gesehen; darauf kann man lange nichts anderes unterscheiden. Auch muß ich mich ja nun recht schonen, um im nächsten Frühling zur Stelle zu sein. Kann ich vielleicht – aber Sie dürfen nicht böse sein – erst Ende April kommen, weil dann schon das Wetter verläßlicher ist?"

Nadler nickte nur, sprechen konnte er nicht.

Erst am zweitnächsten Morgen reisten die beiden ab. Können hatte auf dieser Rast nach den Aufregungen bestanden. Gleichwohl faßte ihn auf der Rückreise oft die Angst, daß sein Pflegling am Wege sterben werde. Aber es ging doch, und noch mehr: ahnungslos, wie er abgereist, kam Sender wieder. „Ich bin schwach", sagte er dem Arzt, „das ist doch nach einer solchen Reise nur natürlich!"

Darum blieb er auch am nächsten Morgen geduldig im Bette. Er war schmerzloser, als seit lange, und griff nach den Büchern, die ihm Salmenfeld geliehen. Und da traf er auf das Zitat: „Jung stirbt, wen die Götter lieben."

Kurz darauf kam Pater Marian zu ihm. Sender erzählte von den Freuden, die ihm die Reise nach Lemberg gebracht, dann sagte er: „Sie haben mich so oft belehrt, tun Sie es auch heute! Diesen Satz hier kann ich nicht verstehen." Er deutete auf die Stelle.

„Er hat einen guten Sinn", sagte der Pater mit zitternder Stimme. Und er sprach von den Enttäuschungen, der Gebrechlichkeit des Alters. „Wer jung stirbt, hat das Höchste doch schon genossen, was das Leben bietet, das Streben nach hohen Zielen."

Sender nickte. „Gewiß! Wenn man mir sagen würde: ‚Streiche das Streben aus deinem Leben, und du wirst hundert Jahre alt', ich würde antworten: ‚Dann will ich lieber heute sterben.' Mein Leben war ja bisher so schön, so schön! Sogar meine Liebe danke ich meinem Streben. Sie hat mir viel Schmerz gebracht, denken Sie vielleicht. O diese Nacht, wo ich geglaubt habe, daß sie mich liebt, wiegt alles auf . . . Und meine Kunst – nun beginnt ja erst mein Leben. Gott läßt mich genesen, ich kann heute so leicht atmen, wie seit lange, sehr lange nicht."

Pater Marian ahnte, was das bedeutete, und der Arzt, der eintrat, bestätigte seine Vermutung. Nach einer Stunde waren alle, die ihn liebten, in der Stube versammelt. Sie mühten sich, ihr Schluchzen zurückzuhalten, aber er hörte sie nicht mehr. Das Bewußtsein war geschwunden, er phantasierte.

Aus den leisen Worten, die zuweilen von seinen Lippen fielen, konnten sie entnehmen, daß ihn heitere Bilder umgaukelten.

„O, er ist ein großer Künstler ... Ich danke Ihnen, Herr Dawison ... Danke ... Danke ...“ Dann spielte er selbst den Shylock. „Wenn Ihr uns stecht, bluten wir nicht? Wenn Ihr ...“ Er suchte das Haupt aus den Kissen zu heben, seinen Mund umspielte ein seliges Lächeln. Nun verneigte er sich wohl vor dem Publikum ...

Nur einmal noch öffnete er die Augen, und diesmal schien es Jütte, die seinem Bette zunächst stand, als glimme ein Strahl des Bewußtseins in ihnen. Aber das Lächeln schwand deshalb nicht von seinen Lippen.

„Mein Leben“, hauchte er. „So schön ... so schön ...“

Das waren seine letzten Worte.

Jost Hermand

Nachwort

I

Wer sich heute noch an Karl Emil Franzos erinnert, muß schon sehr spezielle Gründe dafür haben. Selbst bei vielen Literaturwissenschaftlern weckt dieser Name keine Assoziationen mehr. Den Kenntnisreicheren unter ihnen fällt höchstens ein, daß Franzos mit Ferdinand von Saar und Marie von Ebner-Eschenbach zu jenen altmodischen und bereits angestaubten Novellisten im Gefolge des bürgerlichen Realismus gehört, die bis tief in die neunziger Jahre hinein am Erzählstil eines Paul Heyse festzuhalten versuchten. Wer sich dagegen nach den Titeln seiner Erzählungen und Romane erkundigt, begegnet fast immer einem ironischen Achselzucken. Ab und zu trifft man noch auf jemanden, der einmal aus bloßer Neugier die Zeitschrift *Deutsche Dichtung* in der Hand gehabt hat, die Franzos zwischen 1886 und 1904 redigierte. Doch dieses Blatt, das sich auf der Linie Storm-Meyer-Heyse bewegt, bietet ‚modernistisch' eingestellten Germanisten wenig Neues. Also legt man es schnell wieder beiseite. Die einzigen, die bei diesem Namen aufhorchen, sind die Büchner-Spezialisten. Schließlich war es Franzos, der im Jahre 1879, inmitten des nationalistischen Gründerrausches und der aufgedonnerten Meiningerei, als makartisierende Dramatiker wie Albert Lindner, Adolf Wilbrandt und Heinrich Kruse den Ton angaben, die erste Büchner Ausgabe veranstaltete, welche den Erstdruck des *Woyzeck* und den vollen Wortlaut des *Hessischen Landboten* enthält. Ja, Franzos scheute nicht davor zurück, den *Hessischen Landboten* im Vorwort als die „erste sozialistische Flugschrift" Deutschlands hinzustellen und Büchner als einen volksverbundenen „Demokraten" zu preisen, der nicht nur für die „geistigen Güter der Gebildeten", sondern auch für die „materiellen der Armen und Unwissenden" eingetreten sei. Wer hat sich um 1880, vor dem Durchbruch des Naturalismus, sonst mit Äußerungen dieser Art hervorgewagt?

Doch nicht allein die Büchner-Edition oder das mutige Eintreten für Heine, Börne und Herwegh, auch seine eigenen Werke verdienen vollste Achtung und Anerkennung. Das gilt vor allem für das große Reisewerk *Aus Halb-Asien* (1876) und die Novellensammlung *Die Juden von Barnow* (1877), zwei höchst streitbare und kontroverse Werke, in denen ein Wespennest von Problemen angestochen wird: die Mißstände in der Donaumonarchie, die Judenfrage, die Unterdrückung nationaler Minderheiten, der Panslawismus und die Galizienmisere. Beide gaben dem Leser von damals erste Einblicke in jenen halbasiatischen Bereich der Bukowina, wo neben der „Sonne der Kultur", wie Franzos behauptet, der Zustand „tiefsten Dunkels" und „dumpfer Rohheit" herrschte. Ihr Autor wurde daher nicht müde, unablässig auf die Rückständigkeit dieser Gegenden hinzuweisen und für wahre „Bildung" und echte „Fortschrittlichkeit" einzutreten. Doch nicht nur das streitbare Engagement, auch die Farbigkeit der Schilderung und die novellistisch zugespitzte Dramatik machen den Rang dieser Bücher aus. Wer sich ohne Vorurteile von ihnen gefangennehmen läßt, versteht, warum diese Werke einmal ‚Bestseller' im besten Sinne des Wortes waren. Beide erlebten schon kurz nach ihrem Erscheinen eine Auflage nach der anderen. *Aus Halb-Asien* wurde in sechzehn Sprachen, *Die Juden von Barnow* in zwölf Sprachen übersetzt. Und so stieg Franzos fast über Nacht zu einem weithin bekannten Schriftsteller auf, dessen Stimme in der politischen und literarischen Meinungsbildung einiges Gewicht hatte.

Aufgrund dieser Tatsachen wird man neugierig, liest auch anderes und stößt schließlich auf sein bestes Werk, den Roman *Der Pojaz* (1905), ein gefühlsmäßig aufwühlendes Buch, das alle in *Halb-Asien* und den *Juden von Barnow* angepackten Probleme in äußerster Zuspitzung und hoher dichterischer Vollendung bringt. Wie kommt es, daß diese „Geschichte aus dem Osten", wie Franzos sie im Untertitel nennt, dennoch so unbekannt geblieben ist? Hängt das mit ihrem späten Erscheinungsdatum zusammen? Warum wurde gerade dieser Roman, der sich inhaltlich und stilistisch von den *Juden von Barnow* kaum unterscheidet, erst so spät veröffentlicht? All das sind Fragen, die sich nicht leicht beantworten lassen. Überhaupt ist dieses Werk entstehungsgeschichtlich ein merkwürdiges Unikum. Franzos erwähnt es zum erstenmal gegen Ende der siebziger Jahre, arbeitete mit großen Unterbrechungen daran und schloß es endlich im Juli 1893 ab. Doch anstatt es nun gleich zu publizieren, ließ er das Ganze – von einem russischen Vorabdruck einmal abgesehen, der 1894/95 in der Petersburger Zeitschrift *Woschod* erschien – bis zu seinem Tode im Januar 1904 in der Schublade liegen. Und so wurde der *Pojaz* erst 1905 von Ottilie Franzos, seiner Witwe, herausgegeben, deren kurzes Vorwort jedoch keinerlei Aufschluß darüber gibt, warum Franzos dieses Manuskript so lange zurückgehalten hat.

Liest man dieses Werk etwas genauer, so entpuppt es sich trotz des galizischen Ghettomilieus als ein typischer Bildungs- und Entwicklungsroman, dessen Held einer jener reinen, aber tolpatschigen ‚Toren' ist, der alles daran setzt, sich aus der provinziellen und religiös-sektiererischen Stickluft seiner Heimat zum Gefühl wahrer ‚Menschenwürde' durchzuringen. Franzos kleidet das in die Geschichte des in jeder Hinsicht benachteiligten Judenjungen Sender Glatteis ein, der fern der „modernen Bildung" unter den „ärmsten Menschen der Erde" in Barnow, im ostgalizisch-podolischen Ghetto heranwächst, wo nicht nur der Wille der österreichischen oder polnischen „Machthaber", sondern auch der „eigene fromme Wahn" der Juden jeden Ansatz zur Ausbildung seiner eigenen Persönlichkeit von vornherein unmöglich machen. Um diese Situation noch dramatisch zu schürzen, stammt der kleine Sender von einem im Straßengraben umgekommenen ‚Schnorrer' ab, der von der störrischen und häßlichen Rosel Kurländer als ihr eigener Sohn großgezogen wird. Nach alter Ghettotradition möchte sie ihn zu einem fleißigen und frommen Handwerker erziehen. Doch schon der zehnjährige Sender zeigt alle Anzeichen, daß er zu einem ‚Pojaz', also Bajazzo, geboren ist. Bereits in der Schule wird er als Außenseiter grausam mißhandelt und schließlich mit dreizehn Jahren bei einem Fuhrmann in die Lehre gegeben. Durch diese Tätigkeit kommt er eines Tages bis nach Czernowitz (heute Černovcy), wo er das entscheidende Erlebnis seines Lebens hat: einen Theaterbesuch. Obwohl es sich nur um ein sentimentales Rührstück, um Salomon Mosenthals *Deborah* (1849) handelt, ist er von der höheren Wirklichkeit dieser Sphäre so überwältigt, daß er sofort Schauspieler werden möchte. Doch der Direktor dieser Wanderbühne, ein verständnisvoller, assimilierter Jude namens Adolf Nadler, rät ihm, erst einmal richtig Deutsch zu lernen, bevor er das Wagnis einer so unsicheren Existenz auf sich nimmt. Wie soll er jedoch im orthodoxen Barnow – wo jeder, der nur ein Wort deutsch lesen kann, sofort als Abtrünniger gilt – an eine Fibel oder einen Dramentext herankommen?

Der erste, der ihm ein deutsches Buch in die Hand drückt, und zwar die *Gedichte* (1849) des jüdischen Vormärzlers Moritz Hartmann, ist der Trainsoldat Heinrich Wild, den man als rebellischen Studenten nach der Achtundvierziger Revolution in eine galizische Strafkompanie gesteckt hat. Kurze Zeit später besticht Sender den ruthenischen Pförtner Fedko, ihn heimlich in die unbenutzte Bibliothek des dortigen Dominikanerklosters einzulassen, wo er manchen Winterabend mit halb erfrorenen Füßen, aber glühenden Wangen Lessings *Nathan* zu buchstabieren und dann zu lesen beginnt, um endlich seinen jiddischen Jargon zu überwinden. Als ihn seine Mutter und der Marschallik Itzig Türkischgelb verheiraten wollen, weigert er sich, so gut er kann, und schreibt heimlich einen Hilfebrief an Nadler. Dieser rät ihm jedoch abermals noch etwas zu warten, und schickt ihm einige Bücher zum Selbstunterricht, mit denen sich Sender nachts – bei kleingedrehter Lampe – mühsam weiterzubilden versucht. Als Rabbi Manasse Kirschenkuchen davon hört, will er ihn sofort in den Dorfbann tun. Das einzige, was Sender davor bewahrt, ist ein furchtbarer Blutsturz, in dem sich die beginnende Schwindsucht anmeldet, die er sich in der eisigen Klosterbibliothek zugezogen hat. Da sein Bildungshunger jedoch nicht zu stillen ist, liest er anschließend mit dem ehrwürdigen Pater Marian, der im Verdacht der Abtrünnigkeit steht, Schillers *Räuber* und Shakespeares *Kaufmann von Venedig*. Und dann kommt der entscheidende Moment: Nadler lädt ihn nach Czernowitz ein. Sender flieht, wirft den Kaftan weg, läßt sich die Wangenlöckchen abrasieren und wird damit „ein Deutsch". Am Dnjester halten ihn jedoch große Überschwemmungen für ein paar Tage fest. Die Mitglieder einer Schmierenbühne, die das gleiche Schicksal mit ihm teilen, erkennen sofort sein großes Talent und versuchen ihn zu überreden, bei ihnen den Shylock zu spielen. Doch bevor er sich dazu entscheiden kann, holt ihn Rosel Kurländer ein. Sender erfährt, daß sie nur seine Stiefmutter ist, die ihm ihr ganzes Leben geopfert hat. Gebrochenen Herzens kehrt er mit ihr heim, brütet stumm vor sich hin und rettet ihr schließlich in einer bedrohlichen Situation das Leben, wobei er sich selbst schwere Verletzungen zuzieht. Seitdem gilt er im Dorf als ‚gute Seele', die ihre Schuld beglichen hat. Jetzt könnte er tatsächlich Schauspieler werden, und man erlaubt ihm sogar nach Lemberg (heute Lwiw) zu fahren, um dort den großen Bogumil Dawison als Shylock zu sehen. Im Anschluß an dieses Erlebnis wird er zum dritten Mal von furchtbaren Blutstürzen heimgesucht. Er läßt sich nach Barnow zurückbringen und stirbt dort im Vorgefühl der nahen Befreiung.

Aber die baren Fakten sagen in diesem Fall nur die Hälfte. Entscheidend ist der aufrüttelnde Ton, der die Lektüre dieses Buchs so unvergeßlich macht. Mit rein ästhetischen Kriterien läßt sich diese Wirkung nicht begreifen. Der *Pojaz* ist kein Kunstprodukt, sondern ein ‚Dokument des Herzens', das in die Ahnenreihe so unterschiedlicher Bücher wie der *Konfessionen* Rousseaus, des *Anton Reiser* von Moritz oder einiger Dostojewski-Romane gehört. Viele Intellektuelle sind heute nur allzu leicht geneigt, solche Werke als überspannt oder sentimental abzutun. Doch Bücher wie diese sind eben nicht für die Skeptiker, die Geistreichen und Smarten geschrieben, welche bei jedem echten Gefühlsausbruch höhnisch die Luft aus der Nase lassen, sondern für jene Leser, denen es ein Bedürfnis ist, wirklich gepackt, erschüttert oder erhoben zu werden.

Um so verwunderter ist man, warum Franzos diesen Roman, mit dem er zweifellos eine große Breitenwirkung erzielen wollte, nicht sofort veröffentlicht hat. Erschien ihm das Ganze noch nicht ausgereift genug? Wohl kaum – denn sonst würde seine Witwe nicht im Vorwort behaupten: „Er hielt sein Werk keiner Änderung mehr bedürftig und hat auch tatsächlich seit dem Jahr 1793 nichts mehr hinzu- und nichts mehr hinweggetan." Fand er etwa keinen Verleger dafür? Auch daran kann es nicht gelegen haben. Erstens wäre es Franzos ein leichtes gewesen, den *Pojaz* in seiner eigenen Zeitschrift, der *Deutschen Dichtung*, herauszubringen, in der sich so manche Erstdrucke seiner Werke finden. Zweitens gehörte er zu den Mitbesitzern des Concordia-Verlages und war damit absolut ungebunden, was den Druck seiner Manuskripte betraf. Drittens hätte sich jeder andere Verlag – bei seinen Erfolgen und Auflagenhöhen – darum gerissen, ein neus, größeres Werk von Franzos auf den Markt zu werfen. Schließlich war er nicht irgendwer, sondern ein Autor von Bestsellern, der mit großen Verlegern, wie Cotta, in gutem Einvernehmen stand!

Waren es also rein persönliche Gründe? Hielt Franzos dieses Werk für zu privat, zu autobiographisch? Schließlich hängt ja der *Pojaz* bei näherem Zusehen sehr eng mit seiner eigenen Entwicklung zusammen, was sich an Hand vieler Details nachweisen läßt. Barnow ist ohne Zweifel das Czortkow (heute Čortkov) seiner Jugend in Ostgalizien. Auch sein erster Lehrer hieß Heinrich Wild und diente als Trainsoldat in einer Strafkompanie. Nach dem Tode Wilds besuchte der kleine Franzos zeitweilig eine Dominikanerschule. Wie Sender Glatteis wurde er schon als Kind von den Christen als Jude, von den Juden als ‚Abtrünniger' behandelt. Sein erstes Bühnenerlebnis war die *Deborah* von Mosenthal, die ihn so ergriff, daß er wie der kleine Sender die Aufführung wegen ‚Ruhestörung' verlassen mußte. Doch trotz all dieser autobiographischen Elemente kann es nicht die Scham vor der Selbstentblößung gewesen sein, die Franzos davon abhielt, dieses Buch der Öffentlichkeit zu übergeben. Dagegen spricht schon die Novelle *Das Christusbild* (1868), in der er mit kaum verhüllter Selbstbezogenheit die Tragödie seiner ersten Liebe beschreibt. Ähnliches gilt für seine *Juden von Barnow*, die voller selbsterlebter Züge stecken. Franzos ist überhaupt ein typischer Bekenntnisautor, dem das Verschleiern und Vertuschen völlig fern liegt. Warum hätte er sonst Autoren wie Meyer, Heyse, Spielhagen, Fontane und andere aufgefordert, etwas über den persönlichen Anlaß ihres ersten Werks zu schreiben? Als er genug Beiträge dieser Art zusammenhatte, ließ er sie 1895 in der hochinteressanten Anthologie *Die Geschichte des Erstlingswerks* erscheinen. Was er in diesem Buch über seine eigene Werdezeit berichtet, gehört zu den wichtigsten autobiographischen Quellen, die wir über Franzos besitzen. Doch auch im Vorwort zum *Pojaz* entwirft er noch einmal ein breites Gemälde seiner Jugend in Czortkow und hebt vor allem hervor, wie mühsam es in dieser Umgebung war, sich zum „Geist der Humanität" durchzukämpfen. Nach diesen Angaben scheint es sein Jugendtraum gewesen zu sein, Professor der Altphilologie in Wien zu werden. Als sich diese Hoffnung – wegen der offenkundigen Judenbenachteiligung – nicht verwirklichen ließ, studierte er Jura, betätigte sich 1870/71 als deutschnationaler Burschenschafter und zog sich damit den Verdacht der Polizei und der Behörden zu. Aus diesem Grunde schwenkte er schließlich ins Journalistische um, zumal er einen ständig wachsenden Hang zum ‚Schreiben' in sich verspürte.

Daß Franzos den *Pojaz* nicht selbst veröffentlicht hat, kann also weder ästhetische noch verlegerische oder persönlich-psychologische Gründe haben. Wie so oft bleibt damit als entscheidender Grund nur das Ideologische übrig. Waren ihm etwa seine politischen und religiösen Überzeugungen plötzlich zu riskant geworden? Ist also dieses Verschweigen ein Symptom für eine konservativere Altershaltung? Hatte er nicht mehr die Kraft, unentwegt als Bannerträger einer utopischen ‚Humanität' aufzutreten? Oder sind an diesem Verstummen auch bestimmte Zeitumstände beteiligt, die seine Witwe als „dunkle Mächte" bezeichnet?

II

Doch bevor sich diese Fragen beantworten lassen, muß man einen kurzen Rückblick auf die Geschichte der deutschen Ghettonovelle werfen, in der Franzos eine so maßgebliche Rolle spielt. Die ersten Vertreter dieses Genres finden sich unter den Jungdeutschen, die im Rahmen ihres Emanzipationsprogramms auch die ‚Judenfrage' auf die Tagesordnung setzten. Dafür sprechen sowohl Heines *Rabbi von Bacherach* (1824–1840) als auch Gutzkows *Sadduzäer von Amsterdam* (1834), in denen ein positives Bekenntnis zum Judentum und zugleich ein Losringen von der religiösen Orthodoxie zum Ausdruck kommen. Aber diese Werke blieben Einzelfälle. Zu einem breit ausgeführten Thema wurde das Judenproblem erst in der Literatur des bürgerlichen Realismus, als man sich intensiv mit der Welt des modernen Kommerzlebens auseinanderzusetzen begann. In den Romanen nach 1848 begegnet man deshalb allenthalben dem ‚bösen' und dem ‚guten' Juden, dem Typ des Schacherers und des rührenden Familienvaters. Bei den christlichen Autoren überwiegt dabei oft die negative Perspektive, der sich selbst die Nationalliberalen nicht entziehen konnten. Wohl die bekanntesten Beispiele dafür sind der Veitel Itzig in Freytags *Soll und Haben* (1855) und der Moses Freudenstein in Raabes *Hungerpastor* (1864). In diesen beiden Romanen, die fatalerweise zu großen Bucherfolgen wurden, wird jener Judentyp geschildert, der sich schnell zu einem Klischee des Popularbewußtseins entwickelte und breite Kreise mit antisemitischen Gefühlen infizierte. Man denke an jene raffgierigen Händler- und Wucherertypen im Bereich der regionalistischen Trivialliteratur, die ständig ihren Namen wechseln, weder Familiensinn noch bürgerliche Geschäftsmoral besitzen, mit der größten Skrupellosigkeit über Leichen gehen oder sich als wurzellose Intellektuelle erweisen, denen jedes Mittel recht ist, sofern es ihre egoistischen oder kraß materiellen Wünsche befriedigt. Wenn man dagegen christlich-deutsche Kaufleute und Handwerker schildert, wird der Akzent stets auf Gemüt, Innigkeit, Heimatsinn, Strebsamkeit und moralische Integrität gelegt, also Werte, von denen Musterknaben wie

Freytags Anton Wohlfahrt und Raabes Hans Unwirrsch ein geradezu unerträgliches Übermaß besitzen.

Wie hätten sich jüdische Autoren gegen solche Angriffe wehren sollen? Durch Proteste – würde man heute sagen. Doch das erschien ihnen in einer so vergifteten Atmosphäre zu riskant. Sie wählten daher lieber einen leichteren Weg, indem sie sich all jene Tugenden anzueignen versuchten, die von den christlichen Autoren als typisch ‚deutsch' oder typisch ‚bürgerlich' hingestellt wurden. Und so entstand in den fünfziger Jahren das Genre der ‚Ghettonovelle mit Gemüt', welche sich von den realistischen Dorf- und Kleinstadtgeschichten lediglich in einigen kulturhistorischen Äußerlichkeiten unterscheidet, während sie in sozialer und moralischer Hinsicht den Werken Freytags oder Raabes relativ ähnlich sind.

Der eigentliche Begründer dieses Novellentyps war Leopold Kompert mit seinen vielgelesenen Sammelbänden *Aus dem Ghetto* (1848), *Böhmische Juden* (1851), *Neue Geschichten aus dem Ghetto* (1860) und *Geschichten einer Gasse* (1865), wo es sich meist um Dorfgeschichten handelt, in denen der Geist Berthold Auerbachs auf die böhmische ‚Gasse' übertragen wird. Hier wie dort scheint es nur ein Ideal zu geben: die Tugend. Kompert versucht deshalb alles, seine Juden so fleißig und bürgerlich respektabel wie nur möglich zu schildern, damit sie jedem guten Kaufmann als Vorbild dienen können. Auch ihr Familienleben ist von einer solchen Innigkeit, daß es selbst den Vergleich mit Raabe nicht zu scheuen braucht. Kurzum: seine Gestalten entsprechen in allem den Wunschbildern des bürgerlichen Realismus und erregten darum bei ihrem Erscheinen keinerlei Anstoß, sondern wurden willig aufgenommen. Sogar auf religiösem Sektor geht Kompert ausgesprochen ‚versöhnlerisch' vor, indem er die völlige Assimilation des Judentums in den deutschen Volkskörper als das erstrebenswerte Fernziel hinstellt. Bei ihm ist das Jüdische manchmal nur noch ein kulturhistorisches Relikt, das gewisse romantisch-nostalgische Gefühle auslösen soll. Seine Konfliktsituationen sind daher weitgehend moralischer Natur, während er allen politischen, sozialen oder religiösen Spannungen mehr oder weniger aus dem Wege geht. Wohl das aufschlußreichste Dokument dieser Gesinnung ist das Vorwort zu den *Geschichten einer Gasse*, wo es unter anderem heißt: „Und wenn man mich nun fragt: Hat das deutsche Volk in seinem ausgleichenden Gerechtigkeitsgefühle dieses ‚Gasse' nicht geschlossen? hat es nicht im Schoße seiner Städte und Weiler Raum geschafft, damit es den Bewohnern jener dumpfen Gegenden an Luft, Licht und Sonnenschein nicht gebreche? so sage ich hierauf: Eben dem deutschen Volke schrieb ich zu Dank, und wenn jemals eine Stimme der Anerkennung oder gerechten Tadels mich tief ergriffen hat, so war es jene, die mir jüngst nachrühmte, ich hätte die Welt der ‚Gasse' für die deutsche Literatur erobert. Ja! ich wiederhole es, dem deutschen Volke sollen diese Geschichten erzählen, was diese ‚Gasse' einst an Freud und Leid, an Drangsal und Aufrichtung umschloß; ihre Gestalten und Naturen, so treu wiedergegeben, als ich es vermochte, sollen dartun, unter welchen Kämpfen und Wehen das Licht des Morgens nach so langer Nacht für sie angebrochen ist. Sie sollen erklären, warum der Born des Familiensinnes und der Zusammengehörigkeit noch immer so voll und unerschöpft fließt, und wie es gerade dieser geheimnisvolle Zug war, der das deutsche Volk, diesen treuesten Hüter und Pfleger der Familie, aus der sein Schönstes und Größtes entsprang, bestimmen konnte, offen, herzlich und brüderlich die Arme für diejenigen zu öffnen, die gleich ihm am lohenden Feuer des heimatlichen Herdes ihren liebsten Platz haben. Der Poet darf es vielleicht sagen, was der Politiker ironisch lächelnd ablehnen wird: dieser Zug innerer Verwandtschaft war am Ende der entscheidende Moment! In dieser Beziehung glaube auch ich, die sonst viel mißbrauchte Bezeichnung ‚kulturhistorisch' für diese Geschichten in Anspruch nehmen zu dürfen."

An die hier vertretene Gesinnung schloß sich bald eine weitverbreitete Schule von Ghettoautoren an, die gleichen oder ähnlichen Vorstellungen huldigte. Daher begegnet man in den sechziger und siebziger Jahren im Bereich dieses Genres immer wieder einer sentimentalen Verklärung des jüdischen Familienlebens mit all jener Herdnähe und Gefühligkeit, in welcher sich ein spezifisch kleinbürgerliches Empfinden manifestiert. Der ‚Gartenlauben'-Jude entsteht, der wie die christlichen Kannegießer und Krähwinkelianer jenen ‚Stillen im Lande' gleicht, die sich vor der Welt der Kanaille in ihren vier Wänden abzuschließen versuchen. Selbst die Begeisterung für die kulturhistorischen Elemente teilen diese Autoren mit ihren christlichen Zwillingsbrüdern. Während sich Freytag und Riehl mit positivistisch-liebevoller Emsigkeit in die deutsche Vergangenheit versenken, entdeckt man auf jüdischer Seite die noch unbekannten, farbigen, ja geradezu exotischen Reize des Ghettos für die deutsche Literatur.

So liefert etwa Aaron Bernstein in seinen Ghettonovellen *Mendel Gibbor* (1860) und *Vögele der Maggid* (1863) ein breites kulturhistorisches Gemälde aus dem Judenviertel des frühen 19. Jahrhunderts, und zwar mit allen Details ihrer vom Christlichen abweichenden Sitten und Gebräuche. Soziales und Kritisches bleibt dabei, wie bei Kompert, weitgehend am Rande. Um so stärker betont Bernstein das goldene Gemüt, die Familienliebe und die allgemeine Hilfsbereitschaft dieser Kreise. Deshalb haben diese Novellen zwar Charme, aber kaum Dramatik. Es sind eher „idyllisch-behagliche Kleinstadtgeschichten" als Erzählungen, die sich mit der Tragik des jüdischen Schicksal befassen, wie die Sekundärliteratur betont hat. Ähnliches gilt für den Sammelband *Aus dem jüdischen Volksleben* (1869) von Eduard Kulke, der Leopold Kompert, dem „Großmeister der Ghettogeschichte", gewidmet ist. Auch er begnügt sich mit den üblichen Themen der Novellentradition: ein alter Mann wird wieder jung, ein Mädchen stirbt an gebrochenem Herzen oder ein ‚verlorener' Sohn kehrt plötzlch wieder heim. Von der tieferen Problematik der ‚jüdischen Frage' ist hier wenig zu spüren. Als Ersatz dafür wird der Leser, wie bei Bernstein, mit bereits vorgeprägten kulturhistorischen Topoi abgespeist. Ebenso ‚verklärt' wirken die *Bilder aus dem jüdischen Familienleben* (1887) von Salomon Mosenthal, die manchmal fast ans Süßliche grenzen, was in Titeln wie *Raschelchen* oder *Schlemihlchen* zum Ausdruck kommt. Auch Mosenthal behandelt weitgehend Konflikte, die eher die Tränendrüse oder den Lachmuskel als das soziale Gewissen in Bewegung setzen. Noch oberflächlicher verfährt Leopold von Sacher-Masoch in seinen *Polnischen Judengeschichten* (1886) mit den hier angeschnittenen Problemen. Wiederum handelt es sich lediglich um kulturgeschichtliche Novelletten oder Genrebilder, die meist in kleinbürgerliche Idyllen münden, deren Grundstimmung sich durchaus mit Raabes Grunzenow-Glück vergleichen läßt.

III

Einer der wenigen, der diese Klischees wirklich durchbricht, ist Karl Emil Franzos. Das hängt zum Teil damit zusammen, daß seine Ghettogeschichten weitgehend im ostgalizischen Podolien spielen, wo die Juden selbst in diesen Jahren noch in feindlicher Umgebung und hoffnungsloser Arbeitslage lebten, während in Österreich und im reichsdeutschen Gebiet die Ghettoschranken schon gefallen waren. Was für Kompert oder Sacher-Masoch bereits den Charakter einer romantisierten Historie hat, wird in seinen Geschichten noch als bittere Wahrheit erfahren. Aus diesem Grund tritt Franzos von vornherein viel schärfer, viel direkter, viel bekenntnishafter auf. Für ihn ist das Ghetto nicht die schreckliche, aber ‚heilig' gehaltene Vergangenheit, an die man sich teils mit Grausen, teils mit stolzer Wehleidigkeit erinnert, sondern etwas ganz Reales. Anstatt also die jüdische Vergangenheit poetisch zu verklären oder ins Kulturgeschichtliche auszuweichen, zeigt er das Ghetto in seiner nackten Erbärmlichkeit. Franzos will weder verwischen noch beschönigen, sondern sich seiner eigenen Problematik bewußt werden, die mit dem jüdischen Schicksal untrennbar verbunden ist. Während die meisten lediglich den Druck von außen schildern, weist er mit unerbittlicher Schärfe auch auf das selbstgeschaffene Ghetto, auf die innerjüdische Unterdrükkung und Knechtung hin. Was früher als soziale Notwehr durchaus gerechtfertigt war, erscheint ihm im Zeitalter der bürgerlichen Emanzipation hoffnungslos veraltet, ja geradezu archaisch oder halbasiatisch. Deshalb werden die Rabbiner in seinen Werken mindestens ebenso scharf attackiert wie die polnischen Großgrundbesitzer oder die Bürokraten der k. u. k. Provinzialverwaltung.

Schon seine *Juden von Barnow* (1877) sind voller Kritik an der religiösen Rückständigkeit der podolischen Ghettobewohner. Franzos konnte dabei zum Teil an den *Bajazzo* (1863) von Moritz Rappaport und die *Polnischen Juden* (1867) von Leo Herzberg-Fränkel anknüpfen, in denen der Konflikt zwischen dem orthodoxen und dem freigläubigen Judentum bereits eine gewisse Rolle spielt. Was jedoch dort immer wieder überdeckt oder ausgeglichen wird, klafft bei Franzos in zwei radikal geschiedene Gruppen auseinander. Sein Barnow hat nichts Idyllisches, sondern ist ein „ödes schmutziges Nest in einem gottverlassenen Winkel der Erde", wo es schwer fallen würde, unter all dem Grind und Elend das ewig lächelnde „goldene" Gemüt Bernsteins zu finden. Die Barnower sind keine menschenfreundlichen Moses-Mendelssohn-Typen, ja nicht einmal nüchterne Mignadim, sondern intolerante Schwärmer und Fanatiker, also galizische Chassidim, welche die *Kabbala* über den *Talmud* stellen und voller Hochmut auf alle Andersdenkenden herunterblicken. Wer hier nur einen Jota von den anerkannten Glaubensregeln abweicht, wird sofort mit dem Gemeindebann belegt oder als Abtrünniger verstoßen. Wie so viele Fanatiker sperren sie sich gegen jede Form der ‚Aufklärung' und geben sich einem verzückten Aberglauben hin, der sich ständig zu aberwitzigen Visionen steigert.

Während die Romantiker des Judentums in dieser Mystik einen Beweis für die religiöse Erwähltheit ihres Volkes sahen, stellt Franzos diesen Wunderglauben vornehmlich als provinzialistischen Primitivismus hin. So ist der Wunderrabbi von Sadagóra (heute Sadgora), der von den Chassidim zutiefst verehrt wurde, für ihn lediglich ein „Verfechter des alten, finsteren Glaubens" und damit ein „Feind des Lichts". Ebenso scharf verurteilt er die von den örtlichen Rabbinern streng überwachten Sittlichkeitsgebote. Was man hier als ‚Religion' ausgebe, behauptet er, habe längst jede innere Verwandlungskraft eingebüßt und sei zu einem pedantischen Regelzwang erstarrt. Und zwar demonstriert Franzos diese These vor allem an der jüdischen Liebes- und Ehemoral, nach der es den Elten völlig frei stand, ihre Kinder gegen deren eigenen Willen zu verheiraten. Er schildert daher in seinen frühen Novellen immer wieder, wie sich die Orthodoxen rein an den Paragraphen des Gesetzes halten und jede individuelle Neigung von kleinauf zu unterdrücken suchen. So verflucht etwa der reiche Moses Freudenthal im *Shylock von Barnow* seine einzige Tochter, weil sie mit einem Christen in die Fremde zieht. Als sie später reumütig zurückkehrt, läßt er sie ungerührt auf seiner eigenen Schwelle verrecken. In der Geschichte *Der wilde Starost und die schöne*

Jütta quälen die aufgebrachten Juden eine abtrünnige Glaubensgenossin so lange, bis sie sich das Leben nimmt. Das *Kind der Sühne* ist als Parodie auf den Wunderrabbi von Sadagóra, den ‚großen' Reb Srolce, angelegt. Die junge *Esterka Regina* wird von ihren Eltern gezwungen, auf ihre Liebe zu einem getauften Juden zu verzichten und einen Rechtgläubigen zu heiraten, wodurch man sie in die seelische Vereinsamung und schließlich in den Tod treibt. In der Novelle *Ohne Inschrift* handelt es sich um die schöne Lea, die nachts von einer Gruppe von Gemeindefanatikern überfallen und ‚geschoren' wird, weil sie sich nach der Hochzeit nicht ihre Haare abgeschnitten hat, wie es der chassidische Brauch verlangt. Auch sie stirbt an dieser grausamen Behandlung. Schon diese wenigen Beispiele zeigen, wie kritisch Franzos in seinen Geschichten vorgeht. Er will das östliche Judentum weder „verherrlichen" noch „verhöhnen", sondern es so zeigen, wie es wirklich ist. Daß das Resultat dieses Strebens nicht gerade ermunternd wirkt, liegt weniger an ihm als an den dargestellten Verhältnissen.

Bei einer so objektiven und doch aufklärerischen Haltung fragt man sich unwillkürlich, an wen sich Franzos mit diesen Novellen eigentlich wendet? Will er damit seine Glaubensgenossen in Galizien ermahnen, sich endlich aus den selbstauferlegten Banden zu befreien und zum wahren ‚Menschsein' vorzudringen? Doch denen war es ja gar nicht erlaubt, ein deutsches Buch zur Hand zu nehmen. Also muß Franzos bei der Niederschrift seiner *Juden von Barnow* wohl eher an die Leser im ‚Westen' gedacht haben. Dafür sprechen die vielen kulturhistorischen Erläuterungen einzelner jüdischer Sitten und Gebräuche, die für östliche Leser überflüssig gewesen wären. Denn wie Kompert und seine Nachfolger verwendet auch Franzos ständig Worte wie Thora, Sabbath, Schul, Gutort, Schnorrer, Marschallik, Kadisch, Cherem, Kalle oder Maggid, die er dem ‚Westler' jeweils erklärt. Doch neben ihrer kulturgeschichtlichen Funktion sollen diese Begriffe bei ihm zugleich die archaische Glaubens- und Lebensweise der galizischen Juden dokumentieren, gegen die Franzos so energisch zu Felde zieht.

Was er weltanschaulich dagegensetzt, sind vor allem die Gedanken der westlichen Aufklärung: also Emanzipation, Toleranz und bildungsmäßige Vervollkommnung des Menschen im Sinne einer fortschreitenden Humanität, um so alle Völker, Rassen und Religionen im Laufe der Zeit einem gemeinsamen Ziele zuzuführen. Im ständigen Kampf gegen jede kulturfeindliche Absonderung und jeden Glaubenshochmut will Franzos die ‚halbasiatischen' Völker durch allmähliche „Annäherung an die europäischen Sitten" endlich auf jene Bewußtseinsebene heben, wo sie den Fatalismus ihrer Messiashoffnung durch ein Programm der Selbsttätigkeit und Selbstentwicklung ersetzen und somit ihr Geschick in ihre eigenen Hände nehmen. Er geht dabei bis zum Josephinismus zurück, der den Juden in Galizien zum erstenmal eine gewisse Respektabilität versprochen hatte. Aus demselben Grunde hält er wie sein Vater und Großvater an Leitbildern wie Moses Mendelssohn und Lessings *Nathan*, aber auch an Börne und Heine wie überhaupt den Ideen des Jungen Deutschlands und der Vormärzler fest. Auch die Schriften von David Friedländer müssen ihn nachhaltig beinflußt haben, der in seinem Buch *Über die Verbesserung der Israeliten im Königreich Polen* (1819) die Ideale der Aufklärung als die einzigen Waffen gegen „Vorurteile und Aberglauben" bezeichnet hatte. Statt weiterhin den „spitzfindigen Spekulationen" der Rabbiner nachzuhängen oder an die religiösen Lehren der „Chassidim" zu glauben, wird schon bei ihm eine durchgreifende „Reform der gesamten Judenheit" gefordert, die sich an den Ideen des „Fortschritts" und der „Freiheit des Geistes" orientiert.

Und so setzt sich auch Franzos ständig für das Ideal des Kultur- oder Assimilationsjuden ein. Wie Friedländer wendet er sich scharf gegen das hartnäckige Festhalten am Jiddischen, an der Ghettoorthodoxie und Rabbinergerichtsbarkeit, die ihn an die finstersten Zeiten des Mittelalters erinnern. Worin er das Heil des Judentums sieht, ist nicht der langerwartete Messias, sondern die deutsche Kultur. Aufgrund dieser Prämisse ist in seinen Werken immer wieder von jenem edlen Land im „Westen" die Rede, wo „Bildung und Duldung" zu Hause sind. Schon in *Halb-Asien* tritt Franzos energisch für eine planmäßige „Verbreitung deutscher Kultur" im Osten ein, während er den slawischen Nationalismus höchst negativ beurteilt, da sich die ‚unterlegene' Kultur dieser Völker nur repressiv auswirken könne. Selbstverständich ist dieses Konzept weniger politisch als idealistisch-kulturell gemeint. „An Germanisation denke ich dabei wahrlich nicht", schreibt er einmal mit wünschenswerter Deutlichkeit. Überhaupt stellt sich Franzos diesen Vorgang als einen rein geistigen Akt vor. Um zum Bewußtsein einer höheren Menschenwürde zu gelangen, soll sich nach seiner Meinung der Jude endlich mit „eigener Hand die Binde von den Augen reißen". Statt sich wie seine podolisch-bukowinischen Glaubensgenossen allein an die Lehren der Chassidim zu klammern, träumt er von einem Weltreich der Liebe, in dem sich alle Menschen vom Gedanken der Humanität leiten lassen. So heißt es einmal in den *Juden von Barnow*: „Bis in unsere Tage hat die Lüge fortgeklungen, daß nur der Glaube selig macht, die Liebe aber blind. Laßt uns endlich die Wahrheit begreifen, daß nur die Liebe selig macht, der Glaube aber blind, und laßt uns dafür kämpfen, allerorts, allimmer, mit ganzem Herzen und mit ganzer Kraft." Doch trotz dieser Wendung zur ‚Humanität' hat es Franzos stets abgelehnt, seine jüdische Religionszugehörigkeit aufzugeben. Auch in diesem Punkte hielt er sich an die Ringparabel des *Nathan*. Er wollte nicht einfach das Judentum wie ein ekliges ‚Gebrest' abstreifen, sondern blieb ein Jude aus „Pflicht" und ein Deutscher aus „Überzeugung", wie es in der *Geschichte des Erst-*

lingswerks heißt. Und dies ist auch das weltanschauliche Konzept, das ihm bei seinem *Pojaz* vorschwebte, wo es sich um einen Entwicklungsroman handelt, in dem er seinen ,Weg als Deutscher *und* Jude' nachzuzeichnen versucht.

IV

Der erste Plan zu diesem Werk scheint ihm im Jahr 1878 gekommen zu sein. Damals war jedoch das Ganze noch als Novelle im Stil der *Juden von Barnow* geplant, deren Held am Schluß „jammervoll im Ghettoelend" untergeht. So heißt es in einem seiner Briefe: „Er muß sogar heiraten, Jahre hinsiechen, geistig verkommen. Kurz, ich lasse ihn den richtigen elendigen Besiegten des Ghetto sein, während er im Roman nach einem kurzen Glückstraum *geistig* ein Sieger, physisch ein Besiegter, zu Grunde geht." Anfänglich wollte also Franzos bloß eine Ghettogeschichte schreiben, und zwar mit jener regionalistischen Ausschnitthaftigkeit und moralisch bestimmten Psychologie, die der Kompert-Schule ihr Gepräge geben. Was darüber hinausgeht, sind lediglich die ,starke Silhouette' und ein dramatisch zugespitzter Konflikt, der im Sinne der gründerzeitlichen Novellentheorie notwendig nach einem ,tragischen' Ende verlangt. Wenn Franzos dieses Konzept im Laufe der Jahre durch einen Romanplan ersetzt, so hängt das sicher mit der immer stärkeren Überwindung seiner galizischen Vergangenheit zusammen. Durch den intensiven Kontakt mit der ,westlichen' Welt wird sein Gesichtskreis plötzlich so groß, daß ihm die ostjüdische Ghettoatmosphäre nicht mehr als das Zentrum seines Weltgefühls erscheint. Statt also weiterhin novellistische Ausnahmefälle zu gestalten, die in ihrer eigenen Misere ersticken, wählt er jetzt das Genre des Bildungs- und Entwicklungsromans, das dieser Stufe seines eigenen Lebensganges am weitesten entgegenkam. Er schreibt darüber im Vorwort zum *Pojaz:* „Die Novelle schildert einen eng begrenzten, und zwar nicht bloß durch den Raum, sondern auch das Problem begrenzten Ausschnitt aus einem bestimmten Leben; der Roman aber soll, sofern er diesen Namen verdient, ein Spiegelbild dieses gesamten bestimmten Lebens sein."

Schon aus diesen wenigen Worten wird klar, wie bewußt sich Franzos in die deutsche Romantradition einzuordnen versuchte. Man braucht nur an den *Anton Reiser* von Karl Philipp Moritz zu denken, dessen Jugend ebenfalls im Zeichen häuslicher Enge und fanatischer Frömmigkeit steht, die ihn so bedrücken, daß er eines Tages einfach von Haus wegläuft, um sich der Ackermannschen Schauspieltruppe anzuschließen. Ähnliches gilt für *Wilhelm Meisters theatralische Sendung,* ja für jeden deutschen Bildungs- und Entwicklungsroman, dessen Protagonist nach alter aufklärerischer Tradition das Theater zum Instrument der Bildung erwählt und sich damit einen eigenen künstlerischen Seelen- oder Wirkungsraum zu eröffnen sucht. Das bedeutet nicht, daß man den *Pojaz* in allen Punkten direkt neben den *Wilhelm Meister* stellen kann. Und doch braucht er diesen Vergleich nicht unbedingt zu scheuen. Er ist zwar als Roman nicht so vielschichtig, aber dafür um so dramatischer, aufwühlender. Daß der arme Judenjunge Sender in dem Augenblick scheitert, wo der begüterte deutsche Kaufmannssohn Wilhelm sein Leben ‚meistert' und eine Adelige heiratet, hinterläßt bei vielen Lesern heute zweifellos einen tieferen Eindruck. Schließlich ist uns jene selbstsichere Variante des bürgerlichen Subjektivismus, wie sie Goethes Meister vertritt, inzwischen wesentlich ferner gerückt als das Leben des unterdrückten und geschundenen Glatteis, der von Anfang an keine rechte Chance hatte.

Trotz aller Ghettomisere erweckt daher der *Pojaz* durchaus den Eindruck einer ‚heldischen' Geschichte. Einer der „ärmsten Menschen der Erde" bäumt sich hier gegen die überwältigende ‚Macht der Verhältnisse' auf, welche ihn innerlich und äußerlich zu verkrüppeln droht. Wohin er auch blickt, sieht er sich von der „starren, düsteren Glaubenswelt" der Chassidim umgeben, die bereits das Lesen eines deutschen Briefes als „Todsünde" empfinden und jeden Abtrünnigen sofort als „unheilig" verketzern. „Lieber unglücklich werden, als kein frommer Jud' mehr sein können", lautet die Maxime dieser Leute. Dafür spricht, daß ihn der Rabbi zur Ehe mit einem völlig verwachsenen Mädchen zwingen will, nur weil ihre Seele die ‚frömmste' im ganzen Dorfe sei. Gegen diese Kurzsichtigkeit, Grausamkeit und Beschränktheit setzt der junge Sender seinen *Nathan*-Traum, nämlich Schauspieler zu werden, um von der Bühne herunter Toleranz zu predigen oder wenigstens jüdische Charaktere spielen zu können. Er möchte seinen Glaubensgenossen ein Beispiel geben, nämlich daß man selbst dann eine ‚Leuchte in Israel' sein kann, wenn man nicht an die *Kabbala*, sondern an die Aufklärung glaubt. Auch er hat einen ‚Glauben', aber den an das ‚Deutsche', an die großen Ideale der Humanität, des Idealismus, der Klassik, der Jungdeutschen und Vormärzler, denen es in erster Linie um ein lebenswertes Diesseits und nicht um eine fragliche Unsterblichkeit gegangen sei.

Daß Franzos seinen Sender – einer jiddischen Variante von Alexander – am Schluß an Schwindsucht sterben läßt, bedeutet keine Zurücknahme dieses weltanschaulichen Optimismus. Denn gerade im physischen Untergang beweist ja der Pojaz auf echt idealistische Weise seine weltanschauliche Überlegenheit. Mag auch sein Körper verfallen, will Franzos damit sagen, die Idee hat wenigstens einmal gesiegt und läßt sich fortan nicht mehr ganz unterdrücken. Und so erweist sich Glatteis trotz seiner Blutstürze doch stärker als der Rabbi mit seinem Gemeindebann, weil er der

,Geistigere' ist, in dem sich der Fortschritt der Menschheit manifestiert. Daß sich dieser Triumph unter so ungünstigen Verhältnissen vollzieht, wird jeden echten Leser nicht ungerührt lassen. Mitgerissen von seinen eigenen Gefühlen steigert sich Franzos in diesen Szenen in eine Dramatik hinein, bei der man zwischen seelischem Affekt und bewußter Provokation kaum noch unterscheiden kann.

Allerdings liegt dem Ganzen ein merklicher Widerspruch zugrunde. Denn bei einer derart ,idealistischen' Position fragt man sich unwillkürlich, weshalb Franzos trotzdem an der Glaubensgemeinschaft des Judentums festzuhalten versucht? Warum vollzieht er nicht den Schritt zum absolut emanzipierten Individuum, zum aufgeklärten Weltbürger? Dafür ließen sich mancherlei Gründe anführen, die letztlich alle mit der Frage zusammenhängen, warum Franzos den *Pojaz* bis zu seinem Tode in der Schublade zurückbehalten hat. Meines Erachtens läßt sich diese bittere Entscheidung nur vor dem Hintergrund des verstärkten Antisemitismus der neunziger Jahre verstehen. Schließlich weiß man aus der Geschichte, daß sich in diesem Zeitraum der politische Horizont für viele europäische Juden merklich verdüsterte. 1891 begannen die grausamen Ausschreitungen gegen die Juden in Rußland, die Franzos dazu bewogen, in Berlin dem ,Deutschen Zentralkomitee für die russischen Juden' beizutreten, das sich für die finanzielle Unterstüzung der zahllosen Ostflüchtlinge einsetzte. Zu ähnlichen Pogromen kam es in anderen östlichen Ländern, was zum Teil mit dem Erstarken der panslawistischen Bewegung zusammenhängt. In Frankreich wurde eine solche antisemitische Welle durch die ganz Europa erregende Dreyfus-Affäre (1894) ausgelöst. In Deutschland entfaltete sich in diesen Jahren die Propaganda des ,Alldeutschen Verbandes' und anderer antisemitischer Parteien, wodurch der Judenhaß eines Stöcker, Treitschke, Dühring oder Ahlwardt allmählich zu einer Massenhysterie anschwoll.

Mußten Franzos in eine solchen Situation nicht notwendig Zweifel an seinen idealistischen Humanitätsvorstellungen kommen? Waren die Juden wirklich bei den Deutschen am besten aufgehoben? Hatten die kapitalistischen und imperialistischen Tendenzen die noblen Konzepte der Aufklärung nicht längst in den Hintergrund gedrängt? Unter solchen Umständen noch vom ,Land der Dichter und Denker' zu schwärmen, grenzte geradezu ans Blasphemische. Wohin man auch blickt, klafft in dieser Ära der Gegensatz zwischen Deutschen und Juden, der sich im Laufe des 19. Jahrhunderts allmählich zu verringern schien, wieder weiter auf als je zuvor. Deshalb mußte auch Franzos die Möglichkeit einer totalen Integration plötzlich in einem höchst problematischen Lichte erscheinen. Schließlich begann man allerorts, sich wieder zum Kampfe zu rüsten. In dieser Situation mit seinem *Pojaz* herauszukommen, wäre unklug, wenn nicht gefährlich gewesen. Die

Alldeutschen hätten diesen Roman sicher als ein antisemitisches Werk ausgeschlachtet und zugleich eine Bestätigung ihrer Expansionsgelüste nach Osten darin gefunden. Den bedrängten Juden in Galizien, denen Franzos zutiefst helfen wollte, wäre er mit einer solchen Publikation notwendig in den Rücken gefallen. Denn auch viele Juden waren immer weniger geneigt, sich auf irgendwelche Versöhnungskonzepte einzulassen. Sie hörten lieber auf jene Propaganda, wie sie Theodor Herzl entfaltete und die 1897 zum ersten Zionistenkongreß in Basel führte.

Franzos ließ darum seinen mit Herzblut geschriebenen *Pojaz* erst einmal liegen. Dieser Entschluß muß ihm nicht leicht gefallen sein. Denn welcher Autor verzichtet gern auf den Erfolg desjenigen Werks, das ihm als sein bestes erscheint? Daß Franzos zu einer solchen Entscheidung fähig war, spricht für die Größe seiner Gesinnung, seines wahren und nicht opportunistischen Idealismus. Das ‚Jüdische' war für ihn fortan weitgehend tabu. Anstatt einen Trivialroman wie Jakob Wassermanns *Juden von Zirndorf* (1897) auf den Markt zu werfen, in dem die Judenfrage auf höchst unerquickliche Weise mit lebenssüchtiger Dekadenz und abgeschmacktem Jugendstil verbunden wird, schrieb Franzos in den neunziger Jahren vor allem bürgerliche Liebes- und Gesellschaftsnovellen mit leicht pessimistischen Zügen, die sich stilistisch zwischen Saar und Schnitzler bewegen.

Die einzige Geschichte, in der Franzos noch einmal zu ostjüdischen Problemen zurückkehrt, ist sein *Leib Weihnachtskuchen und sein Kind* (1896), deren Hauptgestalten die goldrote schöne Miriam und der häßliche, einsilbige Ruthene Janko sind. Durch die Unversöhnlichkeit der Gegensätze kommt es, wie es kommen muß. Die frommen Eltern zwingen die schöne Miriam, ein ‚ehrlich jüdisch Kind' zu bleiben und den siebzigjährigen Reb David, einen reichen Mühlenbesitzer, zu heiraten. Sie fügt sich diesem Gebot, worauf sie von Janko am Hochzeitstag ermordet wird. Auf den ersten Blick sieht das wie eine typische Barnow-Novelle aus. Doch bei näherem Zusehen erweist sich das Ganze als wesentlich diffiziler. So wirkt etwa Miriams Vater, der alte Leib, trotz mancher patriarchalisch-tyrannischen Züge wie ein nobler Traditionalist, der nicht ohne Sympathie gezeichnet ist. Überhaupt liest sich diese Geschichte, mag auch der Schluß noch so grausig sein, fast wie eine leise Entschuldigung dem alten, östlichen Judentum gegenüber. Franzos weist zwar selbst hier wiederholt auf die allgemeine Rückständigkeit der galizischen Zustände hin, betont jedoch zugleich die tiefe Weisheit dieser Menschen. Unter einer solchen Perspektive betrachtet, ist gerade der *Leib Weihnachtskuchen* ein deutlicher Beleg dafür, warum er den *Pojaz* nicht veröffentlicht hat.

Und so erschien dieser Roman erst ein Jahr nach seinem Tode zu einer höchst ungünstigen Stunde. Denn die Spannung zwischen

Deutschen und Juden war seit 1893 eher größer als kleiner geworden. Die einen ließen sich mit deutschnationalen Gefühlen zu einer Politik der Stärke aufpeitschen, andere setzten ihre Hoffnung mehr und mehr auf den Zionismus. Kein Wunder, daß der *Pojaz,* trotz seiner hohen Auflage, unter solchen Umständen relativ unbeachtet blieb. Für die meisten war dieser Roman ein unbequemes, ja geradezu peinliches Buch. Die Deutschen fanden ihn zu jüdisch, die Zionisten zu deutsch. Daß hier jemand die Möglichkeit eines ‚dritten Weges' propagierte, schien gegen viele der gängigen Klischees und Alternativen zu verstoßen. Wie verzweifelt in dieser ‚Geschichte aus dem Osten' um eine Aufhebung dieses Gegensatzes gerungen wurde, wollten nur wenige wahrhaben. Es gab zwar auf beiden Seiten recht tolerante Minderheiten, die ähnliche Standpunkte wie Franzos vertraten, doch selbst sie konnten nicht verhindern, daß weder die totale Anpassung noch ein tiefempfundenes Nationalgefühl das deutsche Judentum vor den Gaskammern der Nazis bewahrte. So gesehen, war das Wunschbild des *Pojaz* zwar edelmütig, aber letztlich der Ausdruck einer unbedeutenden Minderheit, welche gegen die fanatisierte Masse keine Chance mehr hatte. Nur gut, daß Franzos wenigstens die tragische Ironie erspart blieb, selbst noch mitzuerleben, wie aus den von ihm so verehrten ‚Deutschen' nach 1933 die von aller Welt gehaßten Totengräber der gesamten ost- und mitteleuropäischen Judenbevölkerung wurden.

Literaturhinweise

Wilhelm Goldbaum, Ghetto-Poeten. In: Ders., *Literarische Physiognomien* (Wien, 1884), S. 163–216.

Ludwig Geiger, Karl Emil Franzos. In: Ders., *Die deutsche Literatur und die Juden* (Berlin, 1910), S. 250–304.

Mina Schiffmann, *Die deutsche Ghettogeschichte* (Diss. Wien, 1931, masch.).

Emma Suschitzky, *Karl Emil Franzos als Erzähler* (Diss. Wien, 1935, masch.).

Johannes Wilhelmus Henricus Stoffers, *Juden und Ghetto in der deutschen Literatur bis zum Ausgang des Weltkrieges* (Graz, 1939), S. 475–498.

Peter Schkilniak, *Galizien bei Karl Emil Franzos* (Diss. Innsbruck, 1946, masch.).

Richard M. Thurber, *The Cultural Thought of Karl Emil Franzos* (Diss. Michigan, 1954, masch.).

Wolfgang Martens, „Deutsche Dichtung". Eine literarische Zeitschrift 1886–1904. In: *Archiv für Geschichte des Buchwesens* 1 (1958), S. 590–607.

Paul Reimann, *Von Herder bis Kisch. Studien zur Geschichte der deutsch-österreichisch-tschechischen Literaturbeziehungen* (Berlin/DDR, 1961), S. 40–52.

Alexander Malycky, *Das Ukrainertum in den Dichtungen von Karl Emil Franzos* (Diss. Cincinnati, 1961, masch.).

Günther Creutzburg, Ein Kampf ums Recht. Leben und Werk von Karl Emil Franzos. In: Karl Emil Franzos, *Der wilde Starost und die schöne Jütta* (Berlin/DDR, 1964), S. 5–33.

Mary Lynne Martin, *Karl Emil Franzos: His Views on Jewry, as reflected in his Writings on the Ghetto* (Dis. Wisconsin, 1968, masch.).

Jost Hermand, Karl Emil Franzos: Der Pojaz (1905). In: Ders., *Unbequeme Literatur. Eine Beispielreihe* (Heidelberg, 1971), S. 107–127.

Miriam Roshwald, *The Stetl in the Works of Karl Emil Franzos, Shalom Aleichem and Shmuel Agnon* (Diss. Minnesota, 1972, masch.).

Egon Schwarz und Russel A. Berman, *Karl Emil Franzos.* Aufklärung, Assimilation und ihre realistischen Grenzen. In: *Romane und Erzählungen des bürgerlichen Realismus.* Hrsg. von Horst Denkler (Stuttgart, 1980), S. 378–392.

Jost Hermand (Hrsg.), *Geschichten aus dem Ghetto* (Frankfurt 1987).

Claudia Albert/Gregor Blum: *Des Sender Glatteis neue Kleider.* Über Karl Emil Franzos. In: *Die Horen* (1985), H. 1, S. 68–92.

Detlef Ignasiak: *Karl Emil Franzos und Joseph Roth als galizische Schriftsteller.* In: *Galizien.* Eine literarische Heimat. Hrsg. von Stefan H. Kaszynski, Poznan 1987, S. 65–76.

Margarita Pazi: *Der Gefühlspluralismus im Werk von Karl Emil Franzos.* In: *Ebd.*, S. 77–114.

Hartmut Steinecke: *Karl Emil Franzos. Plädoyer für einen „mittleren" galizischen Erzähler.* In: *Ebd.*, S. 115–124.

Ein Kulturbild des deutschen Judentums zwischen Absonderung und liberaler Emanzipation

Dies ist die erste Anthologie deutschsprachiger Ghetto-Geschichten aus dem 19. Jahrhundert. Neben bekannteren Erzählungen dieses Genres von Heine, Gutzkow und Franzos wird in diesem Buch auch eine Fülle weitgehend vergessener, aber sehr aufschlußreicher Geschichten vorgestellt. Zwischen 1820 und 1910 geschrieben, behandeln sie fast durchweg die politische, religiöse, wirtschaftliche und gesellschaftliche Problematik von Außenseitern. Hier gibt sich die Geschichte am besten zu erkennen.

316 Seiten
mit Abbildungen
gebunden mit
Schutzumschlag

athenäum

Stéphane Mosès
Spuren der „Schrift“
Von Goethe bis Celan
150 Seiten
geb. mit Schutzumschlag

Aus zwei Quellen ist die europäische Kultur entsprungen: der griechischen und der hebräischen. Athen und Jerusalem als Symbole des Heidentums und des biblischen Glaubens sind die beiden Pole, zwischen denen unsere geistige Tradition sich bewegt. Das Christentum hat beide Pole in sich aufgenommen, und deren innige Verflechtung hat den Geist der westlichen Kultur grundlegend geprägt.

Die von der deutschen Reformation veranlaßte Rückwendung zum Text der Bibel hat die Rolle der Heiligen Schrift, also auch des Alten Testaments, als bevorzugte Eingebungsquelle für Künstler und Dichter bekräftigt. Mit dem von der Aufklärung eingeleiteten Prozeß der Säkularisierung wurde die Bibel als „älteste Urkunde des Menschengeschlechts“ (Herder) zu einer dichterischen Bezugsquelle, zu einer Fundgrube von Motiven, die in der Literatur wieder-aufgenommen und zugleich umgedeutet wurden.

Im vorliegenden Buch wird dieser Säkularisierungsprozeß an einigen Beispielen aus der deutschen Literatur dargestellt, wobei besonderer Nachdruck auf das Alte Testament und dessen Deutung in der jüdischen Tradition gelegt wird. Von Goethe über Nietzsche, Rosenzweig, Benjamin, Thomas Mann und Paul Celan wird die Bibel, die von diesem Zeitpunkt an ihren Offenbarungscharakter eingebüßt hat, zum Ausgangspunkt neuer dichterischer Interpretationen. Zugleich aber behalten die biblischen Motive, die nun als Mythen behandelt werden, eine sinngebende Funktion: Was bedeuten Schöpfung, Offenbarung und Erlösung, Paradies und babylonische Sprachverwirrung, Lehre und Auserwähltheitsgedanke in einer Welt, in der der Mythos nicht mehr zu uns spricht?

Anhand genauer Textanalysen versucht Stéphane Mosès, den bald deutlichen, bald verschlüsselten jüdisch-biblischen Hintergrund einiger Werke der deutschen Literatur hervorzuheben und somit den neuen Sinn zu erhellen, den Dichter und Denker unseres säkulären Zeitalters jenen uralten Motiven der biblischen Überlieferung zu verleihen wußten.

Jüdischer Verlag bei **athenäum**

Jüdisches Lexikon
Ein enzyklopädisches Handbuch des jüdischen Wissens in 5 Bänden
Begründet von Georg Herlitz und Bruno Kirschner.
5 Bände, zus. 4.482 Seiten mit über 2.000 Illustrationen, Beilagen, Karten und Tabellen

Das Jüdische Lexikon ist ein breit angelegtes Gesamtwerk der geistigen Geschichte des europäischen Judentums von unersetzlichem Wert. Gerühmt für seine Klarheit und Verständlichkeit, informiert es über die jahrtausendealte Geschichte jüdischen Denkens und jüdischer Kultur vom Altertum bis in die Moderne.

Seine Mitarbeiter, etwa 300 namhafte jüdische Gelehrte und Wissenschaftler, stammen aus allen Ländern der Welt; sie arbeiteten in unermüdlichen Studien am Zustandekommen dieser Enzyklopädie beinahe ein volles Jahrzehnt.

Das Lexikon ist in Auswahl und Darstellung bewußt so abgefaßt, daß ein breites Publikum gebildeter Laien angesprochen wird. Die einzelnen Stichwörter versammeln die unterschiedlichsten Gegenstände, Themen und Personen, die einen wesentlichen sachlichen oder persönlichen Bezug zum klassischen, mittelalterlichen und gegenwärtigen Judentum haben.

Das Lexikon informiert über Altertümer und geschichtliche Ereignisse, Personen und Familien Länder und Städte, Schrifttum und Buchwesen, religiöse und philosophische Begriffe, kultische und rituelle Einrichtungen, Sprichwörter und Zitate, Organisationen, Verbände, Institutionen u. a.

Ein Gesamtwerk liegt damit vor, dem in der Vielfalt und Verzweigtheit seiner Wissensgebiete nichts Vergleichbares an die Seite zu stellen ist.

Jüdischer Verlag bei athenäum

athenäum

Savignystr. 53
6000 Frankfurt a.M. 1